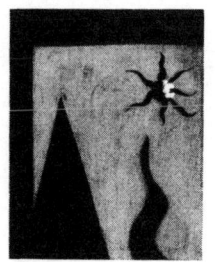

BECK & GLÜCKLER

Jean-François Vilar

Die Maßlosen

Aus dem Französischen
von Christel Kauder

Mit einem Glossar
von Kai Wilksen

BECK & GLÜCKLER

Titel der Originalausgabe:
Les Exagérés
© Éditions du Seuil 1989

Deutsche Erstausgabe
© 1995 Beck & Glückler Verlag
Holbeinstr. 8, D – 79100 Freiburg
Lektorat: Kai Wilksen
Gestaltung: Michael Wiesinger, Freiburg
Gesetzt aus der Garamond
Satz: Barbara Herrmann, Freiburg
Druck und Bindung: Clausen & Bosse, Leck
Printed in Germany
ISBN 3-89470-101-3

Die Maßlosen

Paris, 3. September 1986

Ein Schritt, und der Boden gab nach. So war es jetzt immer häufiger, und natürlich lag es nicht am Boden. Es war das Knie. Das geschwächte Gelenk. Die Erschöpfung. Ich blieb ein paar Meter weiter vor dem Schaufenster von Abels Laden für Gehstöcke und «Kuriositäten» stehen. Nicht zu lange. Die Passage Jouffroy war fast menschenleer. Ich setzte meinen Weg in Richtung Ausgang und Boulevard Montmartre fort. Am Kiosk kaufte ich *Libération* und *Le Soir*. Wie bei allen anderen Zeitungen waren ihre Schlagzeilen den französischen Geiseln im Libanon gewidmet. Ich kehrte noch einmal um und machte, den Apparat vor dem Bauch, aufs Geratewohl ein paar Fotos von anonymen Passanten. Eine Manie von mir.

Serge öffnete mir die Tür des Museums. Es war genau neun Uhr. Ich legte Wert darauf, mich jeden Morgen dort zu zeigen, wie man eine Liste abhakt. Das gehörte einfach zu meinem Arbeitsplan und seinen Vorbereitungen. Die Vorbereitungen sind entscheidend, wenn man in Form kommen will und überhaupt. Serge arrangierte ein paar Postkartentaschen und verschiedene Souvenirs auf dem Schalter neben dem Ausgang. Nichts Neues dabei. Ich sammelte schon seit über dreißig Jahren alles, was das Musée Grévin an Schnickschnack für Touristen hergestellt hatte.

Régis Gabriel-Thomas, eine große, elegante Gestalt, begrüßte uns. Der Konservator des Museums ging eiligen Schritts die Geheimtreppe zu seinem Büro hinauf.

Den ersten Abschnitt bildete die Affengrotte mit ihren Zerrspiegeln. Serge gesellte sich zu mir und betrachtete sich und mich im Spiegel. Wir sahen grotesk aus, platt, zu dicken Kugeln zusammengestaucht. Oder übermäßig dünn im Spiegel daneben. Seit ihrer Erfindung hatte der Erfolg dieser Attraktion nie nachgelassen.

– Du siehst schlecht aus.

– Du auch, sogar von Tag zu Tag schlechter. Eine Zigarette?

In solchen kleinen Sätzen, die wir seit drei Monaten jeden Morgen austauschten, äußerte sich unsere Sympathie füreinander. Wir kannten uns kaum. Wir mochten uns, weil uns die gleiche Leidenschaft für Wachsfiguren verband.

Serge hatte schon zahlreiche Fotografen ein- und ausgehen sehen. Profis ebenso wie Amateure. Profis beeindruckten ihn nicht. Das waren Voyeure unter vielen. Serge – klein, sehr rundlich, dünner Schnurrbart und abgetragener marineblauer Anzug – liebte es, die Stammgäste des Museums nach bestimmten Kategorien einzustufen. Solche, die sich nur für ein einziges Bild interessierten. *Das Floß der Medusa* oder *Die Ermordung Marats*. Die schlummernde Ludmilla Tchérina (ein genialer Mechanismus gab den Atem wieder) hatte ihre fanatischen Anhänger gehabt. Ebenso, zu ihrer Zeit, Anna Fried. Andere fühlten sich von einer jüngst aufgestellten Tagesberühmtheit oder von einer historischen Persönlichkeit angezogen. Serge rühmte sich, daß er auf Anhieb diejenigen erkannte, die am liebsten ein Kleidungsstück, eine Hand, eine Brust berühren würden. Die Leute, die für eine oder zwei Stunden kamen. Die Getreuen des Phantastischen Kabinetts oder des Palais des Mirages. Das amüsierte ihn.

Mich stufte er in die Kategorie der Liebhaber ein. Das ärgerte ihn ein wenig. Eine Art Eifersucht. Wir

8

hatten uns angewöhnt, morgens eine oder zwei Gauloises zusammen zu rauchen. Wir redeten wenig. Die kleinen Ereignisse des Hauses, die Vorbereitungen der neuen Ausstellung «Das Abenteuer im Film». Mit absolut geheuchelter Lässigkeit stellte Serge mir regelmäßig eine Frage, die mich in die Enge treiben sollte.

– Was hat der kleine Herr mit dem runden Hut, der auf seiner Bank eingenickt ist, in der Hand?

– *Le Journal officiel.*

– Und warum?

Ursprünglich hatte man ihm *Le Gaulois* gegeben. Das hatte Arthur Meyer, dem Herausgeber dieser Zeitung und Gründer des Museums, überhaupt nicht gefallen: über seiner Zeitung einzuschlafen! Man hatte es mit anderen Titeln probiert, aber jedesmal empörte Proteste geerntet. Zum Schluß hatten die einschläfernden Tugenden des *Journal officiel* Einstimmigkeit hergestellt.

– Nicht schlecht. Aber die Frage war leicht.

Serge verstand sich auf kompliziertere. Während er seinen wächsernen Kollegen (den alten Wärter) abstaubte oder vor dem Spiegel eine Grimasse zog, fragte er mich, in welchem Jahr Méliès im Phantastischen Kabinett sein erstes Zauberspektakel vorgestellt hatte (1886, und damals hieß das Kabinett noch Théâtre-Joli). Welche lebende Person war am längsten im Museum ausgestellt? Er setzte auf Cécile Sorel, ich auf De Gaulle, und wir stritten darüber. Meistens, nicht immer, ging es zu meinem Vorteil aus. Es kam auch vor, daß ich Serge über Nebensächlichkeiten befragte. Von wann stammte der sehr schöne Pariser Stadtplan an der Wand von Marats Zimmer? (1791) Das Einweihungsdatum der Säle der Französischen Revolution? (1885, drei Jahre nach der Eröffnung des Museums) Wann wurde die Gasbeleuchtung im Museum durch elektrisches Licht ersetzt? (auch 1885) Und ähnliche Dinge.

– Seit wann kommst du hierher?

– Ich glaube, schon immer.

Dann ging jeder von uns an seine Arbeit.

Ich machte mich wie jeden Morgen zu meinem Privatbesuch auf. Gerade als ich den Säulensaal betreten wollte, sagte Jérôme mir guten Tag. Er war früher da als sonst und hatte eine junge Frau bei sich. Julie, ein Modell, stellte er sie vor.

– Sie liefert den Körper für Brigitte Bardot in der Szenerie der *Gladiatoren*. Wir fangen heute mit den Sitzungen an.

Julie war in einen etwas unförmigen Trenchcoat eingeschnürt. Helle Augen, klare Stirn, schmale Lippen. Unbestreitbar schön, aber eine Bardot?

– Sie wird perfekt sein.

Jérôme war ein ausgezeichneter Bildhauer, einer der besten der Museumsmannschaft. Außerdem der jüngste. Derjenige, mit dem ich am liebsten zusammenarbeitete.

– Und Sie, wer sind Sie? fragte mich die Frau.

– Victor, fuhr Jérôme rasch fort. Victor Blainville. Ein Fotograf. Er macht eine Art Reportage über die Vorbereitung der nächsten Ausstellung.

Jérôme irrte sich. Ich dachte überhaupt nicht daran, eine Reportage zu machen. Es ging lediglich um eine persönliche Nachforschung über Wachsfiguren und ein paar andere Nebensächlichkeiten. Eine Richtigstellung erübrigte sich.

– Werden Sie mich fotografieren?

Ich betrachtete Julie einen Moment. Ihre Frage war eher provozierend als harmlos. Ich konnte mich so schnell nicht auf sie einstellen. Sie war kein Thema für mich. Sie hatte zuviel Gesicht, zuviel Ausstrahlungskraft.

Als die beiden zu der Treppe gingen, die hinauf in die Ateliers führt, hatte ich zwei Gewißheiten. Zum einen, daß Jérôme auf Julie scharf war. Zum anderen, daß sie ein Raubtier war. Daß man sie als Modell ausersehen konnte, erschien mir unpassend. Ein Fehler. Sie drehte sich um.

– Ich gebe heute abend ein kleines Fest. Sie können gern kommen, wenn Sie wollen.

– Lassen Sie uns später noch einmal darüber sprechen.

Ich konnte nie direkt zu den Ateliers hinaufgehen. Nie. Vorher mußte ich immer ein bißchen in den Galerien herumspazieren, allein, so wie früher.

Kein Mensch im «Gegenwartssaal», der von Arthur Meyer gewünschten «plastischen Zeitung». Die Großen dieser Welt waren dort versammelt, erstarrt in einem bizarren Meeting. Von Platini bis Mitterrand, dazwischen Depardieu (nicht sehr gelungen) und Coluche (ergreifend).

Das Abbild des verstorbenen Coluche war für die Filmausstellung vorgesehen, die mich interessierte. Ich setzte mich in den Sessel neben den Mann, der über seinem vergilbten *Journal officiel* vom 29. Dezember 1968 schlummerte. Ich nehme an, daß ich mich, wie jeder, beim ersten Mal hatte täuschen lassen. Wie alt war ich damals eigentlich gewesen? Sechs, sieben Jahre?

Judith hatte sehr früh mein Interesse an diesem Museum geweckt. Wie an allen anderen Pariser Museen und Denkmälern übrigens auch. Ihrer Meinung nach lag das in ihrer großmütterlichen Verantwortung, und der war sie uneingeschränkt nachgekommen.

Ein paar Meter weiter rechts Julio Iglesias, Yves Montand. Dahinter Ockrent, Rocard, Toubon ... Ich zündete mir eine Zigarette an. Die Typen da interessierten mich nicht besonders. Ein Stück hinter ihnen, etwas versteckt im Winkel der Treppe, die zum Zwischengeschoß führt, stand das Fräulein mit dem Strumpfhalter, und das war etwas ganz anderes. Eine altvertraute Erregung.

11

Sie war klein, geradezu ungewöhnlich klein, hatte ihr Kleid hoch über die Schenkel gerafft und zog ihren Strumpf glatt. Nicht mehr die Frau, die in *Nadja* von André Breton beschrieben wird («Die einzige mir bekannte Statue, die Augen hat: Augen der reinsten Provokation»). Sie war mit der Zeit verschollen, in der die Strumpfhose den Hüftgürtel verdrängt hatte. Eine kleine Neue ersetzte sie seit kurzem. Ich hatte sie unzählige Male fotografiert, aus allen Blickwinkeln, unter anderem auch, nachdem ich ihr Kleid höher gehoben hatte als vorgesehen (weiß mit schwarzen Sternen, in Wahrheit ein merkwürdiges Kleid, ein Aschenputtelkleid). Ich stand auf und fotografierte sie erneut. Von der Galerie in der Nähe des Palais des Mirages herab beobachtete mich eine Putzfrau. Ich hatte den Eindruck, sie mißbilligte mein Tun. So sehr ich mich auch in diesen Sälen zu Hause fühlte – schließlich kannte ich jede Einzelheit besser als mancher Angestellte und war mit sämtlichen Genehmigungen ausgestattet –, hatte meine Anwesenheit hier doch immer etwas Ungesetzliches. Ich streichelte den sehr zarten, kalten Nacken der Wachsfigur und korrigierte den Sitz einer Haarsträhne. Ich hätte sie ebensogut küssen können. Das war mir schon passiert. Gestern erst. Heute morgen ging ich meines Wegs.

Die wahre Erregung erfaßte mich stets kurz danach an einem ganz bestimmten Ort, dem Kuppelsaal mit seinen vier Nischen und den Commedia dell'arte-Figuren; Tanz, Theater, Musik und eine Auswahl der Crème der Gesellschaft in einer Opernloge zusammengedrängt: Dorin, Dutourd, Yourcenar, Pivot und Dali, bevor er die schlimmen Verbrennungen erlitt. Auf der Bühne – weit weg, eine perspektivisch gemalte Kulisse – wurde seit je dieselbe Galavorstellung von *Giselle* gegeben. Eine allerletzte Vorhalle dieser Saal. Die letzten Schritte in die Frivolität. Links gibt es eine enge, düstere Treppe, die man unbedingt nehmen muß.

Hier verspürte ich als Kind bei meinen einsamen Streifzügen dieses Etwas, das wohl nichts anderes als Angst war. Bevor ich hinunterging, trödelte ich, betrachtete Colombina, Arlecchino, den Pantomimen Marceau, Serge Lifar, trieb mich bei dem Fräulein mit dem Strumpfhalter herum, hielt mich vor dem Abguß von Victor Hugos Händen auf, bis ich in plötzlicher Entschlossenheit die Treppe hinunterrannte, die zu den Szenen der Französischen Revolution führt.

Der Saal ist immer ein wenig dunkel. Zuerst stößt man auf Mirabeau. Imposant, massig, in der Haltung eines Tribuns. Ein paar Schritte weiter ein anderes Bild: die letzte Begegnung zwischen Danton, Desmoulins (ich habe ihn sehr bald Camille genannt) und Robespierre (er war für mich immer Maximilien) vor ihrer Verhaftung. Noch ein Stück weiter dann der *Temple*, das Staatsgefängnis. Tragische Szenen: der kleine Capet als Gefangener und die Ratten, die Sansculotten als Kerkermeister (ihre brutalen Visagen beeindruckten mich, ich mochte sie). Dann Ludwig XVI., die Königin, La Fayette und Bailly. *Der Prozeß der Madame Roland, Die Ermordung Marats*. Bei meinen unzähligen Besuchen habe ich stets peinlich genau die Reihenfolge der Szenenanordnungen eingehalten. Auch heute morgen wieder.

Die Angst verflüchtigte sich. Wahrscheinlich war es nur Erregung, ein Fieber vor dem Rendezvous. Als Junge habe ich Camilles Arm angefaßt, habe mich überzeugt, daß die Ratten im *Temple* nicht echt waren. Madame Rolands Brust hat mich lange zum Träumen gebracht, ebenso wie das verzerrte Gesicht Marats in seiner Badewanne.

Einmal wurde ich überrascht. Ich hatte mich gerade in Robespierres Anblick vertieft und versuchte, ihn zu fixieren, indem ich direkt in seine Glasaugen starrte, eine kindliche Herausforderung. Da kam ein

Wärter. Er trat seinen Dienst an, ich hatte seine Schritte nicht gehört. Wir kannten uns natürlich. Meine Spiele waren für niemanden ein Geheimnis. Er warf einen Blick auf all die großen Persönlichkeiten in dieser dramatischen Atmosphäre und legte mir die Hand auf die Schulter. Wie alt war ich da? Knapp zehn Jahre. «Eine komische Zeit», sagte er. Und dann, ich erinnere mich genau (dumpfe Stimme, südfranzösischer Akzent): «Ich habe das alles in der Schule gelernt, aber ich verstehe nicht viel davon. Und du?» Ich wußte nicht, was ich sagen sollte. Er machte einen Schritt auf Robespierre zu, zupfte dessen Kragen ein wenig zurecht und drehte sich zu mir um. «Der Unbestechliche», murmelte er feierlich. «Man kann sagen, was man will, er war der Unbestechliche.»

Ich drehte noch eine Runde, ohne mich länger vor den Bildern aufzuhalten. Es machte mir einfach Spaß, mich wieder in diesem alten Traum zu bewegen. Zur Fortsetzung des Besuchs mußte man in jenen düsteren Bereich des Museums hinuntergehen, den die alten Angestellten noch «die Katakomben» nennen. «Die römischen Katakomben» war einst eine der Starausstellungen des Museums. Nicht weniger als hundertzwanzig Persönlichkeiten! Ein Gewölbe, eine Inschrift aus schwach leuchtenden, roten Buchstaben: «Vorsicht, elf Stufen abwärts.» Danach kann man das Panorama der Geschichte Frankreichs bewundern, von Karl dem Großen bis Napoleon III. Ein Abgrund.

Ich ging ein paar Stufen hinunter, und wieder gab der Boden nach. Ich wäre beinahe gestürzt, konnte mich mit Müh und Not an dem schmalen Eisengeländer festhalten. Lächerlich. Ich setzte mich hin. Ein Stock. Ich mußte mir einen Stock kaufen. Weil es ein schöner Gegenstand ist, und weil ich ihn brauchte. Vielleicht war auch eine neue Operation

14

nötig. Vielleicht würde es darauf hinauslaufen. Ich zündete mir eine Zigarette an. Ich war beunruhigt. Irgend etwas war nicht an seinem Platz, irgend etwas stimmte nicht. Was war es? Ich dachte nicht an mein heimtückisches Knie. Etwas Ungewöhnliches lag in der Luft. Während ich rauchte, stellte ich im Geist die Bilder zusammen, die ich seit meiner Ankunft gesehen hatte. Ich war nicht sehr aufmerksam gewesen, weil ich die Haltung jeder Person, den Standort jedes Objekts so genau kannte. Dreißig Jahre enger Vertrautheit, Hunderte von Fotos; dazu all die unterderhand erhaltenen Berichte, die Kulissen, die alten Archive, die Chroniken. Ich wußte eigentlich alles über das Musée Grévin. Trotzdem war mir eine Einzelheit entgangen, eine Unstimmigkeit, da war ich sicher. Oder ein Skandal, eine Unordnung in der Bilderwelt.

Ich war schnell an allen Szenen vorbeigegangen und hatte nur einen Blick auf diejenigen geworfen, die mich am meisten faszinieren, Marat zum Beispiel. Und jene andere, deren Titel mich bereits zum Träumen brachte: *Die königliche Familie im Temple, 3. September 1792, 13 Uhr.* Marie-Antoinette fällt ohnmächtig in die Arme von Madame Royale und Madame Elisabeth. Cléry bemüht sich um sie. Die Nationalgardisten sind hilflos. Ludwig XVI. steht neben dem mit schweren Stäben vergitterten Fenster. Er bewahrt Selbstbeherrschung, oder es ist die sanfte Gleichgültigkeit der leicht Debilen. Er hat vor Augen, was zum Schwächeanfall der Königin geführt hat, den abgeschnittenen Kopf der Prinzessin von Lamballe, auf eine Pike gespießt. Die Freundin, die Vertraute. Eine gräßliche Zurschaustellung. Die gesamte Szene ist im Verhältnis zu diesem armen Kopf aufgebaut, der so weit entfernt ist, daß die Museumsbesucher sich anstrengen müssen, wenn sie ihn entdecken wollen.

Genau. Der Kopf war nicht da! Vorhin war dieser Kulissenwinkel leer gewesen.

Ich kehrte dorthin zurück. Nichts.

Ich kam keine Sekunde auf den Gedanken, er könnte in den Werkstätten sein, um restauriert oder neu geschminkt zu werden. Der Kopf war gestohlen worden, davon war ich felsenfest überzeugt. Heute war der 3. September. Genau vor 194 Jahren war Marie-Thérèse de Savoie-Carignan, Prinzessin von Lamballe, ermordet worden.

Chaussée d'Antin

Morgens brauche ich normalerweise nur die Hand auszustrecken. Nicht nötig, die Augen zu öffnen. Die Gauloises liegen bereit, eine angebrochene Schachtel und darauf das Zippo-Feuerzeug. Dicht daneben der Aschenbecher, voll. Die Geste erfolgt automatisch, zwingend. Nach dem ersten Zug dämmere ich noch ein bißchen vor mich hin und versuche, die Fetzen irgendeines Traums zu retten (ich durchlebte damals eine Periode, in der es mir so vorkam, als ob ich häufig träumte, häufiger als vorher). Das Fenster steht immer offen.

Die Zigaretten waren nicht an ihrem Platz. Meine tastenden Finger stießen lediglich auf die kompakte Masse des Fotoapparates. Ich öffnete mühsam die Augen. Ein sehr heller Tag. Eine Sekunde lang panikartige Angst. Wo war ich? Ganz nah vor mir eine Wand, mit einer dunklen Textiltapete verkleidet. Auf dem Boden ein paar Bücher und Zeitschriften. Eine zurückgeworfene, zerknüllte Decke. Ein Hemd, meines. Die kalte Sonne in meinem Rücken. Meinetwegen.

Nach und nach fielen mir einzelne Bruchstücke wieder ein. Das gestrige Fest, die Musik, viel und sehr lauter Rock, Diskussionen. Leute, die ich nicht oder kaum kannte. Julie hatte sich mit jemandem gestritten. Sie war früh gegangen, zusammen mit Jérôme. Ich hatte wieder einmal zuviel getrunken. Ich fröstelte. Ich lag nackt in einem Gewirr aus Bettüchern.

Wie oft hatte ich mir gesagt: nie mehr in einem unbekannten Zimmer erwachen, nie mehr dieses Unbehagen.

Das Bett bestand aus einer einfachen Matratze, die auf einem fusseligen billigen Teppichboden lag. Ich fand meine Zigaretten in einer Falte der Bettdecke. Das Zimmer war nicht feindselig. Schon gestern hatte ich das an die Wand gepinnte Plakat von Man Ray entdeckt (Kikis Arsch oder *Das Gebet*, wie man will), die Regale mit den Krimis, die einfache, ziemlich sympathische Einrichtung, bei Emmaüs oder irgend so einem Trödelladen zusammengesucht. Halb Camping, halb kuscheliges Nest. Die Wohnung einer ledigen jungen Frau, die zu empfangen und, wenn nötig, festzuhalten wußte. Ich war festgehalten worden. Von wem?

Am Vortag, das heißt, vorhin war mir das kleine Porträt nicht aufgefallen, eine Postkarte, die an die Wand gepinnt war. Anna Fried.

Ebensowenig hatte ich gemerkt, daß nach und nach alle aufgebrochen waren. Wir hatten schließlich, jetzt fiel es mir wieder ein, zusammen im Nebenraum, dem Wohnzimmer, gesessen und uns alte Dinger aus den 60er Jahren angehört. Pink Floyd, King Crimson, was weiß ich? Ein braver Bursche, mit dem ich, ohne mir Böses dabei zu denken, lange geredet hatte (worüber bloß?) und dessen Gesicht ich mir überhaupt nicht mehr vorstellen konnte, hatte einen Joint gedreht. Der Tag war angebrochen. Ich hatte noch Bourbon getrunken, oder es war nur Gin übrig gewesen. Ich hasse Gin. Es war ein klarer Morgen. Wir schrieben September. Das Mädchen, das gestern neben mir saß, hatte den kleinen Joint ebenfalls abgelehnt. Von ihr war die Einladung ausgegangen, glaube ich. Jérôme hatte sie mir vorgestellt. Ihr Name fiel mir beim besten Willen nicht mehr ein.

Sehr hohe Stirn, leichte Hakennase, platte Lippen, die arrogante Mähne – blond mit blauen Strähnen – nach hinten geworfen. Die Augen? Ich wußte es nicht mehr. Ich mache in Schwarzweiß. Ich hatte

Lust gehabt, sie zu fotografieren (das war wenigstens eine genaue Erinnerung). Und zu berühren. Wahrscheinlich habe ich mir noch ein Glas Gin nachgeschenkt und auf die gleiche angewiderte Weise meine Feuerspuckernummer abgezogen. Ein Spiel. Bei Gin sind die Flammen grün. Das Mädchen ließ es zu, daß ich seine Hand nahm, und drückte meine sehr fest. Das Ganze hatte etwas Teenagerhaftes.

Jetzt war alles wieder da. Ja, so hatten sich die Dinge abgespielt. Meine Hand auf ihrem Schenkel, ihrer Hüfte und schließlich unter ihrer Bluse. Dumme, rituelle Gesten. Die supermoderne HiFi-Anlage ließ keinen Kratzer der alten Ray Charles-Platte aus. Das Parfüm war «Paris» von Saint-Laurent. Die Brüste unter dem Büstenhalter waren schwer, füllig und sehr weich. Sie war lächelnd aufgestanden und in einem Nebenzimmer verschwunden. Vielleicht ganz einfach auf dem Lokus. Die Nachtschwärmer ringsherum redeten dummes Zeug oder dösten vor sich hin. Unser kleiner Flirt lenkte sie kaum ab. Zwei Männer küßten sich. Sie kam zurück.

Nichts mehr unter dem Pulli diesmal. Nichts unter den Jeans. Die Jeans waren feucht zwischen den Schenkeln, dufteten, als ich meine Stirn daran rieb. An den Rest erinnere ich mich nicht. Der Fotoapparat lag in der Nähe, ich war einigermaßen betrunken. Die letzten Gäste wollten nicht gehen, jedenfalls nicht gleich. Einer der verliebten Männer weinte.

Wahrscheinlich habe ich sie gestreichelt, ihren Pulli hochgeschoben, ihre Brüste freigelegt. Wahrscheinlich hat sie gelacht und sich wieder bedeckt. Oder sich noch mehr zur Schau gestellt. Sie hatte das drauf: sich zeigen! Ein Typ, nur ein einziger, sah unserem Spiel zu. Das Mädchen wollte vögeln. Was danach war, weiß ich nicht mehr.

Jetzt war ich wach. Ich zündete mir eine neue Zigarette an.

19

– Ich wette, du erinnerst dich nicht mal an meinen Namen.

Die Stimme klang heiser. Ich drehte mich um. Das Mädchen stand auf dem Balkon oder besser, der Terrasse. Züchtig mit einem Laken bekleidet, das sie als Toga um sich gewickelt hatte. Amüsiert über mein mühsames Erwachen. Nicht unbedingt spöttisch. Hinter ihr? Ein blaßblauer Himmel mit einem Hauch Rosa. In der Hand hielt sie eine Magnum 357. Irgend etwas dieses Kalibers. Sie zielte auf eine harmlose Stelle der Matratze und schoß. Ich fuhr hoch. Wenige Zentimeter neben meinem Schenkel ein kleiner gezackter Krater. Danach mußte das Foto von Anna Fried als Zielscheibe herhalten. Eine seltsame Szene.

– Ich heiße Mona, sagte das Mädchen.

Mona zupfte das Laken an ihrem Körper zurecht und beobachtete mich. Eine Einzelheit war mir entgangen. Ihr fehlte ein Finger. Der kleine Finger der rechten Hand war hinter dem zweiten Glied abgetrennt. Sie warf die Waffe auf die Matratze. Unten auf dem Boulevard wurde wild gehupt, ein morgendlicher Verkehrsstau. Mona setzte sich in Bewegung, durchquerte das Zimmer und verschwand. Das angesengte Bettzeug auf der Matratze qualmte ein bißchen. Es war tatsächlich eine 357er, diese etwas klischeehafte, zu spektakuläre Filmknarre. Ich machte mich auf die Suche nach meinen Jeans.

Die Wohnung lag im obersten Stock eines Gebäudes an der Grenze Boulevard des Filles-du-Calvaire und Boulevard Beaumarchais. Zur Linken der Genius der Bastille, zur Rechten die massige Statue der Republik. Ein angemessener Ort. Mona kam zurück. Sie trug Lederkluft. Es fiel mir schwer zu sagen, ob sie schön war oder nicht.

– Ich habe zu tun, sagte sie. Schlag die Tür hinter dir zu, wenn du gehst. Oder auch nicht, das ist mir egal.

Sie machte kehrt, besann sich anders.

– Behältst du die Knarre?

– Warum?

– Um zu verhindern, daß ich Dummheiten mache.

Salut. Bevor sie verschwand, hatte ich noch Zeit festzustellen, was mich an ihr beunruhigte. Sie war kaputt. Die Hand, die Haut, die Stimme. Mona trug die Stigmata vorzeitigen Verblühens. Wie alt mochte sie wohl sein? Knapp 30 Jahre. Irgendwo in diesem Hause mußte es doch Kaffee geben.

Der Typ im Flur glich dem, was ich in meinem Leben bei ein oder zwei Gelegenheiten gewesen sein muß. Nicht häufiger, aber es waren Gelegenheiten, an die ich mich nicht gern erinnerte. Zusammengesunken, zur Kugel gerollt, lag er schnarchend in einem komaähnlichen Schlaf. Ich hob seinen Kopf an. Er war bleich, hatte vorstehende Backenknochen, einen Dreitagebart und schlaffe Lippen. Ich ohrfeigte ihn vorsichtig und schüttelte ihn für alle Fälle. Wie vorauszusehen, reagierte er nicht. Er trug die epaulettengeschmückte Jacke eines Marineoffiziers. Sie stand weit offen über seiner eingefallenen Brust. Weißes, weichliches Fleisch. Ich ohrfeigte ihn noch einmal, warum auch nicht? Er richtete sich auf und glotzte mich blöde an.

– Erlaube, daß ich mich vorstelle, Bürger. Ich bin Stanislas. Stan ...

Ein Luftzug rüttelte an den Fenstern zur Boulevardseite. Ich ließ dem Wrack Zeit, nach seinem eigenen Belieben wieder zu sich zu kommen. Ich brauchte nur einen Schritt über ihn hinwegzutun, um zur Küche zu gelangen.

Nur wir zwei waren noch da, Stan und ich. Er war leicht zu beschreiben: eine abstoßende Visage. Glänzende Augen, lange Nase, schlaffer Mund, die Zähne in sehr schlechtem Zustand. Fettiges, strähniges Haar, Glatzenansatz. Fahle Gesichtsfarbe. Ein Kerl, bei dem

21

es nicht verwunderte, daß seine Augenbraue angeschwollen war, daß er drei Stück Zucker zu seinem kalten Kaffee nahm und sich dann erkundigte, ob noch
Gin da war, zum Nachspülen. Es war noch welcher da.

– Wunderbar, rief er und schwenkte die Flasche
dazu ... Ertränken wir einen Chorknaben.

– Einen was?

– Einen Chorknaben! Ein alter volkstümlicher Pariser Ausdruck, wenn man meint: Kippen wir uns einen hinter die Binde. Auf dein Wohl, Bürger!

Dieser Gin war abscheulich! Ich wiederholte
meine Feuerspuckernummer. Stan servierte mir die
gleiche. Basta. Wir waren nicht besonders stolz auf
uns. Vor allem ich nicht. Ich weiß nicht, wie es dazu
kam, jedenfalls fingen wir an zu lachen. Über unsere
Visagen, den stinkenden Alkohol, über die von der
Fete heimgesuchte, schmutzbesudelte Küche, den
Sangriabottich, der auf dem klebrigen Fliesenboden
gestrandet war, die auf den Desserttellern ausge-
drückten Kippen und die von zahlreichen Flaschen
überquellende Spüle. Wir lachten lange. Stan hatte
wirklich scheußliche Zähne. Bei wem waren wir
hier?

– Bei Julie. Mona fällt oft hier ein. Die teuflischen
Zwillinge.

Zwillinge? Das war mir nicht aufgefallen. Es bestand keine besondere Ähnlichkeit. Stan mußte es zugeben. Er ergänzte sogar, daß die beiden Mädchen
nicht sehr gut miteinander auskamen. Der Beweis?
Erst gestern abend hatte es wieder einen Zusammenstoß gegeben. Deswegen Julies Aufbruch. Ich setzte
frischen Kaffee auf. Stan fragte sich, welche der beiden Schwestern die schlimmere Nervensäge war. Mir
fehlten Anhaltspunkte, um mir dazu eine Meinung zu
bilden.

– Glaubst du an die Geschichte mit der Rolle, die
man ihr vorgeschlagen hat?

– Wie bitte?

– Die Sache mit dem Film. Sie redet von nichts anderem mehr, seit sie diesen Macker, diesen Regisseur getroffen hat ...

Ich erinnerte mich an ein paar Gesprächsfetzen vom Vortag. Jérôme hatte von Julie und irgendwelchen Filmdingen geredet. Ziemlich konfuses Zeug.

– Ich dachte, sie ist ein Modell im Musée Grévin, sagte ich. Dort bin ich ihr nämlich begegnet.

Stans Augen blitzten auf.

– Arbeitest du in dem Museum?

– Ich mache ein paar Fotos dort.

– Zeigst du sie mir später?

Er kam sehr schnell wieder zur Sache und setzte seinen kleinen Vortrag fort. Julie war Schauspielerin, hauptsächlich am Theater, und ständig um Engagements bemüht. Die Sitzungen nahm sie mit, um das Telefon bezahlen zu können. Sie haßte solche demütigenden Jobs. Stan machte es einen Heidenspaß, die Klatschbase zu spielen.

– Sieht so aus, als würde sich alles ändern. Ein Genie der siebten Kunst hat sie entdeckt. Er wartet auf ihre Unterschrift unter einen phantastischen Vertrag. Das haben wir heute nacht angeblich gefeiert. Glaubst du das?

Da mir das absolut egal war, ging ich ins Badezimmer. An der Wand ein Poster von Ava Gardner und Fotos von Helmut Newton, aus einer Zeitschrift ausgeschnitten. Die Ablage über dem Waschbecken war vollgestellt mit einer ganzen Palette edler Schönheitsprodukte. Ich verteilte mit dem Finger Zahnpasta auf meinen Zähnen und putzte sie notdürftig. Außerdem hatte ich Lust auf eine Dusche. Ich zog mich schnell aus. Die Mischbatterie einstellen zu wollen, erwies sich als illusorisch. Ich stand schlotternd unter dem kalten Wasserstrahl, als Stan eintrat und sich an den Türrahmen lehnte. Ein eindringlicher Blick. Er lächelte.

– Keine Sorge, sagte er. Ich weiß, du bist nicht schwul …

Was wußte er? Er erklärte mir, er sei Zurückweisungen gewohnt und fände es nicht tragisch. Dann pinkelte er ziemlich lange, schüttelte seinen beschnittenen Schwanz und sagte, er werde sich wohl noch etwas Kaffee genehmigen. Ich trocknete mich ab. Im Bad stand eine Personenwaage. Ohne groß nachzudenken, stellte ich mich darauf. Knapp 70 Kilo. Nicht viel bei einer Größe von 1,90, aber so stand es mit mir. Ich zündete mir eine Gauloise an. Gab es in dieser beschissenen Wohnung tatsächlich nur noch Gin?

Der Kaffee war fertig. Stan trug das Tablett auf den Balkon. Ein angenehmer Ort. Die Brüstung war mit einem Rohrgeflecht umrandet. Unten der brodelnde Lärm des Boulevards. Es würde ein schöner Tag werden.

– Was machst du so im Leben?

– Ich bin Fotograf.

– Und was fotografierst du? Porno? Blut?

Ich hatte keine rechte Lust, mit Stan über meinen Job zu reden. Er fragte übrigens auch nicht weiter nach, sondern hielt eine kleine Rede, an deren Ende sich herausstellte, daß er für das Musée Grévin schwärmte. Wer tat das nicht? Er erinnerte mich daran, daß ich in der Nacht etwas Merkwürdiges erzählt hatte, nämlich daß der Kopf der Prinzessin von Lamballe gestohlen worden sei. Noch eine Gedächtnislücke.

– Am Jahrestag ihres Todes, sagte ich. Ja, das ist merkwürdig.

– Sehr sogar!

Stan nahm mich beim Arm und ermunterte mich, aufzustehen. Auf die Balkonbrüstung gestützt, zeigte er auf den gegenüberliegenden Bürgersteig, die Rue du Pont-aux-Choux. Dort lag eine Eckkneipe mit dem Schild *La Petite Chaise*. Ich war verstimmt.

– Irgendwelche Probleme? fragte Stan.

Es war nicht viel, ein Zufall. Aber ich entdeckte es ziemlich spät.

– An dieser Straßenecke da gegenüber, sagte ich, haben die Mörder Station gemacht.

Sie kamen vom Zuchthaus La Force und waren auf dem Weg zum Temple. Sie machten dort Halt, um einen Schluck zu trinken und den blutigen Kopf in einer Wanne oder einem Brunnen zu waschen. Die Szene, die der im Museum vorausging, wenn man so will. Diesen Zusammenhang hätte ich schon früher herstellen können. Ich hatte die Geschichte vergessen.

– Kennst du dich in diesen Dingen aus? fragte Stan interessiert.

– Ich muß gehen.

– Warte!

Ich nahm die Waffe von der Matratze und schob sie in meinen Gürtel. Blödsinnig. Ein schönes Stück. Ich sammle häufig Sachen ein, die herumliegen. Es war viertel vor neun. Ich schenkte mir einen letzten Schluck Gin und ging mir noch einmal die Zähne putzen. Ich hätte eine Rasur gebraucht, aber auf der Ablage gab es nur einen Einmalrasierer, an dem getrockneter Schaum und winzige Haare klebten. Auch kein Beinbruch. Ich hatte mich schon mit einer mieseren Visage gesehen. Außerdem dachte ich, daß ich vielleicht nicht ganz der Richtige war, das zu beurteilen.

– Ich begleite dich, entschied Stan.

Scheiße, dachte ich. Mein Jackett hing an einem Garderobenständer Marke «Papagei». Genau den gleichen hatte ich mir vor Jahren in einem Laden am Boulevard Richard-Lenoir gekauft. Ein sperriges Teil.

– Hast du deine Brieftasche noch? fragte Stan.

– Warum?

– Prüf es nach.

Ich prüfte es nach. In der rechten Jackettasche nichts mehr. Stan amüsierte sich gewaltig. Ich hielt

25

das Ganze für einen schlechten Scherz und packte ihn am Kragen. Ich tastete ihn ab, er ließ es sich gefallen. Ich hatte den Eindruck, er unterzog mich einem Einführungskurs für Anfänger.

– Das ist typisch Mona. Wenn sie vögelt und Spaß dabei hat, klaut sie dem Macker die Brieftasche, um sicher zu sein, daß er wieder von sich hören läßt. Eine Methode wie jede andere.

Stan fügte hinzu, daß bei genauerer Überlegung Mona die erträglichere Nervensäge sei. Er fand sie sogar verführerisch. Eine folgenlose Äußerung: Er stand nicht auf Frauen.

– Sie nimmt dir deine Papiere ab und läßt dir eine Knarre da. Meiner Meinung nach hast du ihr gefallen.

Ich hatte es eilig, wegzukommen. Weniger aus Verärgerung als aus Langeweile.

Als wir das Haus verließen, fragte mich Stan, wo mein Wagen stand. Er hatte eine Verabredung in der Nähe des Rundfunkgebäudes, am anderen Ende von Paris. Ich könne ihn doch sicher dort absetzen. Ich habe kein Auto. Ich setze mich nicht ans Steuer, werde es nie tun. Eine Neurose wie jede andere. Stan nickte und sagte, das sei schade. Wir nahmen den Autobus der Linie 20. Die Pistole scheuerte an meiner Hüfte. Auf der hinteren Plattform war es kalt. Ich zog ein paarmal kräftig an meiner Gauloise und katapultierte mich so ins wahre Leben zurück. Ich hatte Lust, ins Museum zu gehen und dort herumzustreifen. Zu bummeln und vor den Gehstöcken eine Pause zu machen. Meine Lieblingsgewohnheiten. Aber vorher mußte ich in meiner Wohnung vorbeischauen.

Idiotisch, für eine so kurze Distanz den Bus zu nehmen. Der Quai de Jemmapes war ganz nahe.

Stan blickte mich von der Seite an. Gleichzeitig betrachtete er, bedenklich weit über das Geländer der Plattform hinausgelehnt, intensiv die Straße. Ein

Nichts, und er konnte abstürzen. Dennoch lag nichts Gewolltes in seinem Balanceakt. Der Bluterguß an seiner Augenbraue nahm eine interessante Färbung an. Bläulich-violett. Wo hatte er sich diesen Schlag eigentlich geholt?

– Eine Schlägerei mit einem Typ, zu Beginn des Abends.

– Worum ging es da?

– Um Robespierre.

– Um Robespierre, wieso das?

– Der Kerl hat angefangen, Unsinn über die Revolution zu reden. Wir haben uns wegen Robespierre geprügelt, das ist alles. Eine Frage des Prinzips. Davon abgesehen halte ich es eher mit der Bande von Jacques Roux, den Enragés und all diesen Verrückten.

Dann zog Stan ein mürrisches Gesicht, und sein Blick verlor sich im Strom der Autos. Der Himmel war blau, es herrschte eine trockene, wohltuende Kälte. Ich erinnerte mich plötzlich an einige Artikel von Stan, die regelmäßig in verschiedenen Zeitungen erschienen. Darunter in *Le Soir*. Ungenierte Artikel, sehr modisch. Zu modisch. Wir erreichten die Place de la République. Stan zeigte mit dem Finger auf ein paar Häuser am Ende des Boulevard du Temple, gleich hinter dem zurückversetzten Teil, der immer noch vom alten Verlauf des Boulevard du Crime zeugt. Ich stellte die Verbindung her. Vorbehaltlich einer Bestandsaufnahme stammten zwei oder drei Gebäude noch aus jener Epoche.

– Sehr gelehrt, sagte Stan ironisch.

Er selbst zeigte sich nicht völlig uninformiert, das ließ einen stutzig werden. Der Bus fuhr eine scharfe Kurve. Mein Bein gab wieder einmal nach. Ich verlor das Gleichgewicht und hielt mich am Türgriff fest, um nicht hinzufallen. Stan hatte sich zu weit vorgebeugt und bekam das Übergewicht. Er war lächerlich und in Gefahr, Arsch über Kopf. Ich stürzte mich auf ihn und packte ihn am Kragen oder vielmehr an der Epaulette. Die Epaulette zerriß. Ich versuchte es recht und schlecht mit einem anderen Griff.

Stan hatte eine Art Aufschwung zuwege gebracht. Er hielt sich krampfhaft an der Sicherheitsstange der Plattform fest, seine Füße baumelten im Leeren und streiften ab und zu das Pflaster. Hinter ihm scherte ein Wagen aus, dann ein zweiter. Stan konnte jeden Moment loslassen, abstürzen, angefahren werden. Er lachte. Er konnte sterben, das hing vielleicht einzig von mir ab. Endlich bremste der Bus und kam vor dem Kaufhaus Printemps zum Stehen. Ein Autofahrer nannte uns Idioten. Stan landete mit beiden Beinen auf der Straße. Er prustete fröhlich los. Die Sohle einer seiner Stiefeletten war vollständig abgerissen. Sein Jackett sah nach nichts mehr aus, nicht einmal mehr nach einem weltmännischen Gag. Der Motor des Busses schnurrte.

– Hast du Zigaretten? fragte Stan.

Ich reichte ihm meine Schachtel. Er steckte sie ein, grüßte mich mit weit ausholenden, unkontrollierten Gesten. Der Bus fuhr mit quietschenden Reifen wieder an. Stan stand entzückt und wie angewurzelt zwischen den Wagen, die ihn streiften, und winkte mir wieder und wieder zu. Man konnte sicher jede Menge gegen sein Clownsgebaren einwenden. Aber eins stand fest: Er wußte sich zu verabschieden.

Ich stieg an der nächsten Station aus und erreichte den Kanal über die Rue Léon-Jouhaux.

Schon im Erdgeschoß hörte ich Radek in seinen heisersten Tönen miauen. Proteste rein der Form halber. Meine Verspätung lag innerhalb der zwischen uns vereinbarten Frist. Ich servierte ihm gefüllten Karpfen und etwas falschen Kaviar. Er stopfte sich voll, während ich seine Streu saubermachte. Der Kater führte sich auf, als ob jeder Dienst der letzte sein könnte. Ein Verhalten, das er sich seit dem Tod seiner beiden Partnerinnen, Kamenjew und Sinowjew, zugelegt hatte. Beide waren vor einem Jahr gestorben, Altersschwäche und Krebs. Da gab es keinen Trost. Weder der schwarze Kater noch ich hatten gelernt, uns an diesen Verlust zu gewöhnen.

Ich gab Radek eine kurze Zusammenfassung der nächtlichen Ereignisse, während ich mir im Radio die Nachrichten anhörte. Es war von fehlgeschlagenen Attentaten in Paris und von bedrohlichen Kommuniqués die Rede. Ich nahm noch eine angenehm lauwarme Dusche und rasierte mich.

Etwas später ging ich hinauf, um mir die letzten Abzüge der Fotos aus dem Museum anzusehen. Starvisagen, direkt aus der Gußform. So ohne jede Schminke waren sie schlecht identifizierbar. Gabin, McQueen. Ich hatte nicht die geringste Idee, was ich auf die Dauer mit dieser Arbeit anfangen konnte. Ich fühlte mich wohl dabei, und ich hatte vor, sie zu Ende zu führen. Ganz plötzlich überfiel mich Müdigkeit. Ich streckte mich aus. Ich hatte eine Nacht verloren. Radek machte es sich auf meinem Bauch gemütlich und schnurrte.

Im Museum herrschte keinerlei besondere Aufregung. Das Fräulein mit dem Strumpfhalter stand immer noch an seinem Platz. Serge wies mich zufrieden darauf hin, daß die Zeitungen den verschwundenen Kopf der Prinzessin von Lamballe nicht erwähnten. Im Saal der Französischen Revolution war ein Tuch mit einem kleinen Schild vor die Szene gespannt worden: «Wegen laufender Arbeiten» etc.

– Wird ein neuer Kopf angefertigt?

– Warum nicht, antwortete Serge. Das ist keine sehr aufwendige Arbeit, knapp acht Tage.

In den Archiven lagen alle notwendigen historischen Dokumente und Fotos. Das machte die Arbeit sehr viel leichter, als wenn es darum ging, das Abbild irgendeiner lebenden Berühmtheit herzustellen. In der Zwischenzeit würde man sich wahrscheinlich mit einem anonymen Kopf aus den Beständen im Dachgeschoß behelfen. Es gab jede Menge davon!

– Die Ähnlichkeit kratzt uns nicht besonders, erläuterte Serge. Schließlich sieht man die arme Kleine ja kaum.

Das stimmte. Sie war dazu geschaffen, flüchtig aus der Ferne betrachtet zu werden, hinter den dicken Fensterstäben des Temple mit der unten zu erratenden Straße und der blutrünstigen Menge. September.

Früher als Kind hatte ich es ein einziges Mal gewagt, näher heranzutreten. Ich war über das Parkett marschiert, vorbei an der kraftlosen Marie-Antoinette, einem Ludwig XVI., der wie gewohnt nicht recht wußte, was er tun sollte, und weiter bis zum Fenster. Die trügerische Kulisse hatte mich nicht überrascht: die Stäbe aus Holz, das grob gemalte Gemälde, das die ferne Straße heraufbeschwören sollte. Es gab hier nur Puppen. Sie konnten mich beunruhigen, aber ich hatte mich nie täuschen lassen. Die Lamballe war lediglich eine Maske, auf eine Pike gespießt und ausgestellt. Daß diese Pike in einer Ecke auf dem staubigen Fußboden (fast eine Rumpelkammer) stand, interessierte mich wenig. Die falsche Pike war ein Ausstellungsstück. Der Kopf hatte mich beeindruckt. Die Gesichtszüge waren zu rein. Ich hatte mir eine Einzelheit eingeprägt. Ein dünnes Blutrinnsal, mit Speichel durchsetzt, lief aus dem geschlossenen Mund. Vom Standort des Publikums aus konnte es nicht zu sehen sein. Dieses Moment eines völlig unglaublichen Realismus' war zweckfrei, umsonst, weil außerhalb des Blickfeldes der Besucher.

Und dann die gepuderte, üppige Haarpracht. Nicht das Haar einer Märtyrerin sondern das einer Verliebten am Morgen.

30

– Wird hier oft etwas gestohlen?

– Es geht, antwortete Serge.

Das Messer bei Marat, ja, natürlich. Das war mehrmals verschwunden. Oder, zwangsläufig, von Zeit zu Zeit irgendeine Nachbildung, die etwas mit Politik zu tun hatte. Der Idiot Marchais, geklaut und im Bärengraben des Zoos in Vincennes wiedergefunden. Andere Nachbildungen, die man lieber übersah, Giscard, Mitterrand. Wachsfiguren, die ausgeliehen, zu politischen Zwecken entführt wurden? Das hatte schon fast Tradition. Ich erinnerte mich genau an die Geschichte der Büsten Neckers und des Prinzen von Orléans, die am 12. Juli 1789 aus dem Wachsfigurenkabinett von Curtius entwendet worden waren. Embleme für die Spitze der Demos.

Serge räumte ein, daß ihm diese Anekdote nicht bekannt war. Er war auf das Musée Grévin spezialisiert, nicht auf dessen berühmte Vorfahren.

– Hat es weitere Diebstähle gegeben?

Er zögerte. Im Museum liebte man Legenden, aber keinen Klatsch.

– Du müßtest dich erkundigen. Ich glaube, daß vor gar nicht langer Zeit Sachen aus den Beständen verschwunden sind.

– Was für Sachen?

– Arme, Beine. Vielleicht ein oder zwei Köpfe. Ein Ort wie dieser (er lachte) zieht Sonderlinge an. Du brauchst nur Jérôme zu fragen. Das ist sein Reich da oben.

Serge betrachtete mich amüsiert. Daß der Kopf der Prinzessin von Lamballe gestohlen worden war, störte ihn nur mäßig. Meine Erregung interessierte ihn sehr viel mehr.

– Und du? Hast du nie daran gedacht, hier etwas zu stehlen?

Manchmal hatte ich erwogen, das Fräulein mit dem Strumpfhalter zu entführen. Das lag im Be-

31

reich des Machbaren. Man mußte nur die Flucht genau planen. Eine etwas heikle Strecke von wenigen Metern, dann an der Treppe des Hôtel Chopin ein Schloß aufbrechen, mehr war nicht nötig. Ich verstand mich gut auf das Aufbrechen von Schlössern. Man konnte sich auch ein Doppel der Schlüssel besorgen. Ich bat Serge, mich zu entschuldigen. Ich wurde erwartet. Ich durchquerte den «Gegenwartssaal» mit großen Schritten, ging hinauf zum Palais des Mirages und nahm die Geheimtreppe links neben dem Eingang zum Théâtre-Joli.

Ich hatte mich verspätet. Die Modellsitzung hatte bereits begonnen. Julie stand auf einem kleinen viereckigen Podest. Sie trug einen einfachen, ziemlich engen Badeanzug. Jérôme bearbeitete seinen Ton. Er war gerade bei der groben Ausformung der Umrisse. In diesem Stadium war das Modell noch nicht zu absoluter Reglosigkeit verdammt. Julie drehte sich um und schüttelte mir die Hand. Ein kräftiger Händedruck.

Es wäre völlig unangebracht gewesen, über die kleine Fete am Boulevard des Filles-du-Calvaire zu reden.

Am Vortag hatte ich nicht besonders auf ihr Gesicht geachtet. Ein schönes Licht durchflutete das Atelier. Julie hatte ungeheure Ähnlichkeit mit ihrer Zwillingsschwester Mona. Eine Ähnlichkeit, die sich auf die Gesichtszüge beschränkte. Im Ausdruck hatten die beiden nichts gemein, was täuschen konnte. Julie wirkte strahlend und glatt, Mona verbraucht. Die eine gab sich intakt, die andere stellte all ihre Narben zur Schau.

– Ich habe vorhin mit meiner Schwester telefoniert, sagte Julie. Sie findet Sie eigenartig, aber nett.

– Sind Sie nicht mehr miteinander zerstritten?

– Doch, andauernd. Na und?

Der Ton war spöttisch, mehr nicht. Julie nahm ihre Pose wieder ein. Ich holte meine Fotoapparate heraus. Sie wies mich darauf hin, daß ich sie fotografieren könne, wie immer ich wolle, daß aber auf gar keinen Fall ihr Gesicht zu sehen sein dürfe.

– Wegen Ihrer bevorstehenden großen Filmkarriere?

– Genau.

– Eine ernsthafte Sache?

– So ernsthaft, daß Sie allesamt staunen werden!

– Jetzt wäre wirklich Zeit für einen Kaffee, verfügte Jérôme mürrisch.

Diese häusliche Angelegenheit übernahm wieder einmal ich. Eine Beruhigungsmaßnahme. Julie stieg von ihrem Sockel herab. Meine Anwesenheit ärgerte Jérôme ein bißchen. Als einfachste Hypothese bot sich an, daß er in sein Modell verliebt war und ich ihn störte, was er naiverweise nicht vorhergesehen hatte. Die Vermutung traf ins Schwarze. Das verriet zumindest Julies amüsierter Blick, der nebenbei auch ahnen ließ, daß sich Jérôme nur wenig Hoffnung zu machen brauchte. Ich servierte den Kaffee in goldverzierten Tassen, die aus dem «Bébert», dem Couscous-Restaurant neben dem Museum, gestohlen waren. Eine unserer Kantinen.

– War's okay mit Mona? fragte Julie. Ich habe mich immer gefragt, wie sie es hinkriegt, mit so vielen Typen zu vögeln.

Die Arbeit machte Fortschritte. Fred Astaire und auch Jack Nicholson nahmen allmählich Gestalt an. Ein detailgetreues Modell auf einem Arbeitstisch vermittelte eine genaue Vorstellung von der Szene der *Gladiatoren*, für die Julie der Bardot ihren Körper leihen würde. Ein ausgeklügeltes Spiegelarrangement würde den jeweiligen Blickwinkel manipulieren und die Szenerie verdoppeln. Julie setzte ihre Sticheleien fort.

– Es geht nicht nur um diese blöde Ziege Mona. Ich bin gestern abgehauen, weil mir die kleine Party auf einmal absolut lächerlich vorkam.

Die alten Freunde, die keine wirklichen Freunde sind, die neuen Gesichter, die den alten gleichen, die voraussehbaren Rückzüge ins Schlafzimmer und aufs Klo, die Zecherei, die Anbaggerei, dieser ganze kleingeistige Kram – Julie hatte es plötzlich sattgehabt. Sie hatte es vorgezogen, einen guten Liebhaber zu treffen. Ich erinnerte mich, daß Jérôme mit ihr zusammen aufgebrochen war. Er wurde bleich. Sie wollte noch einen Kaffee.

– Kennen Sie den großen Unterschied zwischen Mona und mir? Wenn ich mit jemandem schlafe, muß es mir Vorteile bringen.

In dieser Kategorie war Jérôme aus dem Spiel. Als Liebhaber ohne Trumpf würde er es schrecklich schwerhaben, das akzeptierte er von vornherein. Und Julie wußte es. Sie wollte nur, daß ich es auch wußte. Ihre Arroganz hatte etwas Erbärmliches. Das war erst der Anfang.

– Stan war da, fuhr sie fort. Mochten Sie ihn?

Sie ließ mir keine Zeit zu antworten.

– Er ist gefährlich. Mona ist in ihn verliebt. Geil auf einen Schwulen zu sein, das ist typisch für sie. Sie glaubt, er stirbt bald. Sie will ihn retten.

– Wie wär's, wenn wir wieder an die Arbeit gingen, sagte Jérôme aufs äußerste gereizt.

Julie kletterte wieder auf ihren Sockel. Ich machte noch einige Fotos von Marais, Stallone und Lancaster. Sie würden ebenfalls in der Szenerie vertreten sein. Dann widmete ich mich Jérômes Bewegungen. Er bearbeitete den rohen Ton kraftvoll mit einem Messer. Er war ein guter Bildhauer, stark und genau. Auch er auf seine Weise ein Verrückter. Ihrem Zynismus zum Trotz war Julie beeindruckt von dem Abbild ihrer selbst, das dort entstand. Ich achtete darauf, sie nur als weiche Silhouette, beinahe abstrakt aufzunehmen. Jérômes Schöpfung begeisterte mich unvergleichlich stärker! In ein paar Tagen würde Jérôme Julie unweigerlich bitten müssen, nackt zu posieren. Eine Etappe. Nichts eilte.

Im Augenblick modellierte er gerade die Schultern. Der Aufbau der Szenerie sah vor, daß sich ein Arm nach vorn krümmte. Der andere, der rechte, sollte ungefähr in Kopfhöhe eine Säule umfassen. Ich fragte:

– Sind Diebstähle hier im Museum an der Tagesordnung?

– Diebstähle? Welcher Art? Taschendiebstähle?

– Objekte aus den Aufbauten, Figuren.

– In den Ausstellungssälen nicht. Soweit ich weiß, schon seit langem nicht.

– Und anderswo? An anderen Orten des Museums?

– Anderswo? Es gibt immer Dinge, die man im Lager hier einfach nicht wiederfindet.

– Was zum Beispiel?

– Accessoires, Teile von ausgemusterten Figuren. Sogar Köpfe. Es gibt keine wirkliche Gewißheit, weil kein gescheites Verzeichnis existiert. Es ist mehr ein Eindruck. Eine bestimmte Sache war da oder da, und dann findet man sie plötzlich nicht wieder … Was genau es war, hat man nicht immer im Kopf.

– Wenn eine Figur ausgemustert wird, wie du es nennst, was passiert dann?

– Falls es sich um eine Berühmtheit handelt, bewahren wir grundsätzlich den Kopf auf. Das sind mehr oder weniger die Archive. Man muß drei oder vier De Gaulles verschiedener Altersklassen, zwei oder drei Sadats, ein paar Fernandels auf Lager haben. Die weniger Bekannten werden eingeschmolzen. Was die Gliedmaßen angeht, die Arme und Beine, da prüfen wir von Fall zu Fall, ob sie noch gebraucht werden können.

35

– Und wenn nicht?

– Ab in den Schmelztopf.

Jérôme fügte hinzu, daß es ihm manchmal wie ein Mord oder genauer, wie ein Sakrileg vorkam, wenn Figuren im Kessel landeten.

– Wir vermeiden es immer häufiger. Das Problem ist der Platzmangel. Man kann nicht alles aufheben.

Im übrigen verstehe er meine Fragen nicht. Ich wüßte doch seit langem darüber Bescheid.

Ich hatte mir das mehrmals angesehen. Winzige Zimmer unter dem Dach, die Wände mit Regalen vollgestellt. Darauf die abgetrennten, mit durchsichtiger Folie umhüllten Köpfe, Stars aus Politik, Film und Sport. Eine verblüffende Galerie einstmals berühmter Häupter, in ungewisser Ewigkeit erstarrt. Wie alle anderen auch hatte ich viele Fotos gemacht in dem sicheren Gefühl, etwas Verbotenes zu stehlen. Ein lächerlicher Eindruck. Diese «Hölle» war nur wenige Meter entfernt, hinter der Werkstattür. Alle Visagen des Jahrhunderts!

– Diebstähle hier? Ja, die kommen wohl von Zeit zu Zeit vor.

– Was war das jüngste Beispiel? Ein Kopf, ein Körperteil, das du gesucht und nicht gefunden hast? Erinnerst du dich?

Jérôme zögerte. Der Ton zeigte jetzt die vollendet schöne Form von Julies Schulteransatz und eine erste Andeutung der Brust.

– Es fällt mir jetzt nicht ein. Ich werde darüber nachdenken.

Es ging auf Mittag zu. Ich war mit Marc zum Essen verabredet und verabschiedete mich. Jérôme war erleichtert. Er versprach mir beiläufig, sich wegen der Diebstähle zu erkundigen, sobald er einen Augenblick Zeit hätte. Nach der Arbeit mit Julie.

Rechts das Théâtre des Variétés, links der Eingang zur Passage des Panoramas. Gegenüber auf der anderen Seite des Boulevard Montmartre das Hôtel Ronceray, die Passage Jouffroy, das Museum. Die Terrasse des italienischen Restaurants war menschenleer. Marc hatte Verspätung, wie es sich gehörte. Zum ersten Mal an diesem Tag sagte ich mir, daß ich mich wohlfühlte, beinahe glücklich. Ein stets etwas ungehöriger Eindruck. Der Kellner brachte mir einen Krug Weißwein. Ich schlug die Zeitung auf. *Le Soir* befaßte sich im Aufmacher erneut mit dem «Leidensweg der französischen Geiseln im Libanon». Auf einer Innenseite ein Foto von Fidel und Ghadafi, die sich umarmten. Aus dem Fernsehteil erfuhr ich, daß *Der Stadtneurotiker* auf FR3 vorgesehen war. Ich hielt mich ziemlich lange beim Untertitel auf: «Fast eine Liebesgeschichte».

Da endlich kam Marc, der Form halber etwas außer Atem. In wenigen Sekunden hatte er die politische Situation, die Schlamperei der meisten seiner Mitarbeiter, das erstaunlich milde Wetter des Spätherbstes abgehakt und schenkte sich einen Weißwein ein.

– Wie geht es deinen Katzen?

– Ich habe nur noch eine, und das ist ein Kater, wie ich dir bereits gesagt habe.

– Scheiße, tut mir leid, sagte er mit seiner leicht näselnden Stimme.

Wie schwer wog der Tod zweier Katzen im hektischen Leben des großen Zeitungsmachers? Der Tod Sinowjews und – ein paar Monate später – Kamenjews war AFP keine Depesche wert gewesen.

– Und wie geht es dir?

– So lala.

Marc setzte sich bequemer zurecht, knöpfte das Jackett seines Zweireihers auf und lächelte breit, als ob er wirklich erfreut wäre, mich zu sehen.

– Ist das deine neue Kneipe?

– Eine meiner Kantinen in der Gegend.

Ich schätzte meine Begegnungen mit Marc. Er war mein moralisches Schutzgeländer, meine Lieblingskontrastfigur. Eine Rolle, die er gegenüber vielen Leuten unseres Alters übernommen hatte. Er bestellte sich irgendeine Pizza, ich entschied mich für ein Carpaccio.

Marc kam sofort zur Sache.

– Ich habe lange nachgedacht. Ich habe dir einen Vorschlag zu machen.

Er hatte stets Ideen und Pläne für Gott und alle Welt parat. Die Morgenzeitung *Le Soir* zeichnete sich durch eine Besonderheit aus. Man fand dort immer zumindest einen Artikel, der ohne Rücksicht auf Empfindlichkeiten eine anregende Provokation enthielt.

– Was hältst du von einer Festanstellung bei unserem Blatt? Als Reporter. Gutes Gehalt, sehr gut sogar. Ich denke schon seit langem daran, ein paar andere Freunde auch. Wir mögen deine Fotos, deine Art, die Dinge zu sehen. Ich verfolge deine Arbeit schon seit zwanzig Jahren, ich glaube an dich. Du hättest freie Hand, jedenfalls fast.

Es war die Zeit des Büroschlusses, der eilig hinuntergeschlungenen Sandwiches und des flüchtigen Schaufensterbummels. Die Stunde der Boulevards.

– Und wie sähe der Job aus?

– Die Welt. Nicht durch die Brille eines Agenturreporters betrachtet, sondern irgend etwas Persönliches, bei dem du dir Zeit lassen könntest.

Er geriet in Fahrt. Äußerlich glich Marc immer mehr dem Bild, das er von sich selbst geben wollte. Er war massig, kräftig und hatte etwas von einem neureichen Flegel. Hornbrille, Nadelstreifenanzug, zweifarbige Treter und Pomade im Haar. Für ihn war das eine Art Aufrichtigkeit: Man brauchte ihn nur anzusehen und wußte, daß er kein Mann war, der alle Regeln respektierte, aber bereit war, sich sämtlichen Konventionen zu unterwerfen, wenn dabei ein Vorteil für ihn heraussprang. Die Freundschaft zwischen ihm und mir hatte jeglichen Sinn verloren. Wir funktionierten auf der Ebene wechselseitiger Dienstleistungen. Er verachtete meine chronische gesellschaftliche Ineffizienz. Ich konnte seine Krawattenauswahl und den Ton der meisten seiner Leitartikel nur schwer ertragen. Wir trafen uns regelmäßig. Er hatte einmal auf den Punkt gebracht, was ihn daran interessierte: Ich sei, hatte er gesagt, einer seiner Pilotfische. Er hatte eine Menge davon, in den verschiedensten Kreisen. Er nutzte ein Essen, ein Bier am Tresen, um den Zeitgeist zu schnuppern, Gerüchte zu sammeln, ein paar Phrasen zu testen. Sein journalistisches Gespür erhielt durch ungeniertes Plündern Nahrung. Ein guter Profi. Aber wozu war er mir nütze?

Marc ließ sich eine Weile darüber aus, welche Freiheit ich seiner Meinung nach genießen würde und daß er auf einen unverbrauchten Blick angewiesen sei.

– Und übrigens ist *Le Soir* auch deine Zeitung.

Ich hatte in der Tat zahlreiche Fotos darin veröffentlicht.

– Ich hasse es, Paris zu verlassen.

– Du könntest auch Paris fotografieren, natürlich nicht ausschließlich. Aber Fotos von Paris soviel du willst. Eine Reise aus gegebenem Anlaß ist nicht das schlechteste. Sie erneuert die Sehweise, eröffnet neue Ressourcen.

– Kein Interesse.

Er verstand es nicht. Ich brauchte einfach keine Ablenkung. Ein paar Quadratmeter Straßenpflaster genügten mir, um alle Abenteuer der Welt zu erfinden. Exotik kotzte mich an.

– Ich rede nicht von Exotik sondern von großen Reportagen!

Der «große Reporter»? Da lag Marc bei mir schief. Für mich spiegelte sich die gegenwärtige Hanswursterei nirgendwo deutlicher wider als in dieser Figur.

– Die einzige große Reportage, die mich interessiert, befaßt sich mit der Frage, wie dieser oder jener Winkel von Paris, wie überhaupt die ganze Stadt funktioniert. Und dafür muß man sie sich gut ansehen.

Einschließlich des trügerischen Scheins. Marc zuckte die Achseln.

– Das ist zimperlich und faul.

– Einverstanden. Wenn du willst, wenn du zahlst und wenn die Geschichte mich lockt, kann ich mich zehn oder fünfzehn Jahre in Beirut oder anderswo niederlassen. Ich wette, ich bringe dir schließlich ein paar gute Fotos und sicher sogar einige gute Texte mit. Sehr persönliche, die sich ausgezeichnet zur Veröffentlichung eignen.

– Nichts Mittelfristiges?

– Jeder Idiot ist in der Lage, ein sehr anschauliches Foto von einem Gebäude zu liefern, das von einem Raketengeschoß ausgeweidet wurde. Ein Foto von einem Leichnam, von einem Kind, das an Hunger krepiert, oder von einem triumphierenden Soldaten.

– Aber oft unter Einsatz seines eigenen Lebens.

– Was hat das mit Fotografie zu tun?

Was hatte das mit einem Gebiet zu tun, das meines war oder zumindest dafür gehalten wurde?

Dank Judith hatte ich Paris erforscht wie ein Landvermesser, der ein neues Territorium absteckt. Judith hatte als Emigrantin ganz Europa durchquert. Paris war ihre Chance gewesen. Ein Aufenthalt in einer Bilderwelt. Zerbrechlich und nahezu unerschöpflich. An dieser Erbschaft hielt ich fest.

– Wechseln wir das Thema, sagte Marc. Es heißt, da drüben im Museum spielen sich merkwürdige Sachen ab.

Unter dem Siegel der Verschwiegenheit erstattete ich ihm einen vorläufigen Bericht. So verkommen Marc auch war, was man ihm sozusagen im Off anvertraute, behielt er im allgemeinen für sich. Eine wohlüberlegte Veröffentlichungssperre für bestimmte Informationen verhängen, das konnte er am besten. In der Hoffnung auf einen noch größeren Sensationsartikel. Meine vertraulichen Eröffnungen enttäuschten ihn.

– Im Musée Grévin ist der Kopf einer Figur verschwunden? Das ist ehrlich gesagt nicht gerade der Fall des Jahrhunderts.

– Der Diebstahl hat sich am Jahrestag der Hinrichtung der betreffenden Person ereignet. Merkwürdig, nicht wahr?

– Ungewöhnlich, mehr nicht. Der Streich eines Scherzboldes. Soweit ich weiß, gibt es kein Komitee zur Reinhaltung des Gedenkens an die Prinzessin von Lamballe. Oder?

Nein, davon war mir auch nichts bekannt.

– Eine komische Sache ist es schon, räumte er aus reiner Höflichkeit ein. Wenn du willst, machen wir eine Kurzmeldung und bringen eins deiner Fotos dazu. Das trägt dir ein bißchen Werbung ein.

Dann lieber gleich zu anderen Themen übergehen! Ich wollte mehr über Stan erfahren. Kaum hatte ich den Namen ausgesprochen, rümpfte Marc die Nase.

– Du kennst diesen Idioten?

– Ich habe einen Teil der Nacht mit ihm verbracht.

– Ich habe dich für wählerischer gehalten, was deinen Umgang angeht.

– Er schreibt immerhin für dich!

Marc erklärte mir, daß Stan zur allerersten Zeitungsmannschaft gehört hatte. Zu Zeiten, als das Blatt noch *Le Grand Soir* hieß.

– Neo-Maoisten, wie jeder damals. Die Sorte Lumpenintelligenzler. Ich glaube, er stammt aus gutem Hause, wie übrigens auch fast jeder zu der Zeit.

– Deinesgleichen vielleicht.

Marc überhörte diese absolut überflüssige Bemerkung zu Recht.

– Also hat er sich eingenistet, ohne jemals Teil der Redaktion zu sein. Er hat wirklich niemals irgend etwas verlangt.

Von Zeit zu Zeit kommt er mit einem Artikel an. Er hat immer zwei oder drei Freunde, die behaupten, man müsse ihn unbedingt bringen, weil er genial sei. Das ist nicht notwendigerweise falsch. Zwei Wochen später sind dieselben Freunde stinksauer auf ihn, weil er ihnen Geld geklaut hat, weil der Stoff, den er ihnen versprochen hat, nie geliefert worden ist. Dann läßt er sich ein bißchen die Fresse polieren. Das liebt er. Er kommt wieder, hat einen neuen Artikel bei sich, ein bißchen Rauschgift, irgendeinen tollen Coup.

– Eines Morgens, sagte Marc, habe ich ihn schlafend an meinem Schreibtisch gefunden. Zusammengerollt wie ein dickes, widerliches Baby.

– Schließt du nicht ab?

– Er hatte einen Hauptschlüssel!

– Letzten Endes magst du ihn.

– Er ist Bestandteil der Einrichtung, der Geschichte der Zeitung. Es muß sogar Leser geben, die sein Geschreibsel schätzen. Was hast du mit diesem Relikt zu tun?

Auf dem Bürgersteig gegenüber sah ich Julie. Sie kam mit schnellen Schritten aus der Vorhalle des Museums und steuerte die Rue Montmartre an. Jérôme war nicht bei ihr. In der Menge der Schaulustigen, der Bank- und Versicherungsangestellten, die zur Mittagszeit stets den Boulevard bevölkern, verlor ich sie aus den Augen.

Marc bestellte sich einen starken Kaffee, ich nahm noch ein letztes Glas Weißwein.

– Sei nicht beleidigt wegen dieser Geschichte mit dem verschwundenen Kopf. Wir können versuchen, etwas daraus zu machen.

Marc hatte große Mühe zu begreifen, daß es jemanden gab, der *Le Soir* nicht als das Blatt seiner Träume betrachtete. Ich jedenfalls brauchte seine Zeitung überhaupt nicht, wenn ich mich amüsieren wollte.

In der Passage Jouffroy stieß ich vor dem Laden für Gehstöcke und «Kuriositäten» auf Stan. Er zeigte auf das Schaufenster.

– Wie findest du den da?

Es war ein Stock, dessen versilberter Metallknauf eine Art Katzenkopf darstellte. Er gefiel mir nicht. Wegen der Katze. Außerdem sah er so aus, als ob er schlecht in der Hand liegen würde. Ich wünschte mir für mich einen schönen Stock, nicht zu alltäglich, aber absolut nützlich. Ein einzigartiges Objekt, nicht irgendeine Sammlerabsurdität. Warum interessierte sich Stan für Stöcke? Warum war er hier und wartete auf mich?

– Erstens, weil du letzte Nacht von Stöcken geredet hast. Erinnerst du dich nicht? Aber ja doch! Außerdem, weil ich mal Schwierigkeiten mit dem Bein hatte. Ein Unfall ... beginnender Wundbrand, sehr schick. Seitdem bin ich etwas wackelig.

– Hast du mir aufgelauert?

– Mehr oder weniger. Und dein Bein?

Ebenfalls ein Unfall. Sicherlich weniger spektakulär als der von Stan. Ein Motorradzusammenstoß, Kniescheibenbruch, Meniskusabriß.

– Ich dachte, du fährst kein Fahrzeug?

– Ich war Beifahrer. Das war in meiner Zeit als Journalist.

Danach hatte ich mich im Studio niedergelassen. Porträts, Werbung, Ausstellungen von Zeit zu Zeit, hier und da veröffentlichte Fotos, keine Hektik.

Mein kaputtes Knie hinderte mich daran, wie ein Blöder zu rennen. Wenn man von gelegentlichen Ausfallserscheinungen absah, ließ es zu, daß ich mich wie gewohnt bewegte. Stan stand vor dem Schaufenster und war entzückt wie ein Kind.

Er nahm mich beim Arm. Es war unangenehm und gleichzeitig sympathisch, auch wenn ich keinerlei Sympathie für Stan hegte. Sein Äußeres wirkte unverändert schmuddelig. Dieselben Fetzen auf dem Leib und nicht geduscht. Sagen wir schlicht: Er stank. «Gehen wir hinein?»

Ich folgte ihm in das Geschäft. Ich war verlegen. Noch nie hatte ich Abels Geschäft einfach aus einer Laune heraus betreten. Immer war es um eine genaue Auskunft gegangen, um einen bestimmten Stock, den ich ausprobieren wollte, um ein kluges Wort über diesen oder jenen besonders ausgeklügelten Stock. Ich hielt mich im Hintergrund.

Den Verkäufer, der uns empfing, kannte ich nicht. Ein junger Mann mit rötlichen Haaren. Höflich ließ er Stan mit einigen Stöcken hantieren. Dieser betastete sie, wog sie mit tadellos geheucheltem Respekt in der Hand ab oder bewunderte sie wirklich. Er stellte Fragen über die Art des Holzes, über die Legierung des Knaufs, das mechanische Prinzip. Schließlich blieb er staunend vor einem Stockdegen stehen, der nach nichts aussah. Ein richtiger gewöhnlicher Opastock. Ein schlichter versilberter Metallring markierte das Stichblatt.

Stan zog die Klinge heraus, einmal, zweimal. Die Bewegung gefiel ihm. Der Verkäufer sah ihm amüsiert zu.

– Der hat Klasse! sagte Stan und klopfte mit dem Stock auf den Fliesenboden. Ich kaufe ihn.

– Ein bemerkenswertes Stück, Herstellungsjahr 1832. Massivsilberner Knauf …

– Was kostet er?

Er klemmte sich den Stock unter den Arm, wühlte lange in verschiedenen Taschen seiner Jacke und förderte schließlich ein Scheckheft in beklagenswertem Zustand zutage. Er kritzelte die vereinbarte Summe auf einen Scheck. Ein stattlicher Betrag.

– Wollen Sie meinen Ausweis sehen?

– Nicht nötig, Monsieur, sagte der freundliche Verkäufer.

Und er fügte betont diskret hinzu, daß sich «Monsieur Stanislas» ordinären Kontrollen nicht zu unterziehen brauche.

– Sind Sie Gast im *Mirabeau*? fragte Stan.

– Stammgast, antwortete der Verkäufer.

– Ihr nächster Besuch geht auf meine Rechnung!

Ich hatte ziemlich wenig begriffen. Der Scheck war auf den Namen Stanislas Fried ausgestellt, Rue de la Chaussée-d'Antin (die Nummer konnte ich nicht lesen). Fried!

– Eine Sache noch, sagte der Rothaarige, während wir uns dem Ausgang zuwandten.

– Ja?

– Es ist ein schönes Stück, ein Liebhaberobjekt, könnte man sagen. Aber ...

– Nur zu, mein Freund.

– ... es ist, wie wenn man einen Revolver besitzt. Irgendwann kommt man in Versuchung, ihn zu benutzen. Und das ist manchmal eine Dummheit.

– Ein guter Rat als Kundendienst?

– Wenn Sie so wollen.

Zu dieser Stunde war die Passage Jouffroy außerordentlich belebt, was mir durchaus gefiel. Ich hatte die Wahl, im Viertel herumzustreifen oder zu Hause am Quai de Jemmapes die Filme zu entwickeln. Ebensogut konnte ich mit Stan ein Glas trinken. Er marschierte neben mir, stolz auf seinen Erwerb und jeden seiner Schritte mit einem klangvollen Stoß auf den Boden unterstreichend.

– Du heißt Fried, wie Anna?

– Sie ist meine Mutter.

– Die Schauspielerin?

– Der Star!

Ich zögerte. Was sollte ich ihn fragen? Lebte sie noch? Ich hatte keine Ahnung. Was war geschehen seit ... welcher Film war das noch?

– *Die Prinzessin*, sagte Stan. Ein Film aus dem Jahre 1957, gedreht von Alexandre Goras. Die letzten Tage der Prinzessin von Lamballe. Überstürzt zu Ende gedreht. Ein dickes Budget für die damalige Zeit und der Erfolg weit unter den Erwartungen. Mama hat ziemlich viel Mist gebaut damals.

Ich hatte diesen Film gesehen, glaube ich. Vielleicht zusammen mit Judith. Sie liebte das Kino. Es war für sie ein Leckerbissen, den sie sich ganz selbstverständlich aneignete, wie eine Diebin. Es war nur logisch, daß ich meinen Teil davon abbekommen hatte.

Stan fuhr fort.

– Ihr letzter Film. Wegen eines Kerls. Wegen des Champagners. Wegen eines anderen Kerls, Anna hat viele gehabt. Wegen all der Teufel, die in ihr sind, pah! Karriere im Eimer. Eine große Schauspielerin, aber nicht zuverlässig: Launen, Verspätungen, Ärzte, Selbstmordversuche. Eine Nervensäge. Kein einziger Produzent wollte sie mehr. Was sonst noch? Sie ist nicht tot. Sie wohnt hier ganz in der Nähe. Wenn ich sage, sie wohnt, könnte ich genausogut sagen: sie residiert. Ich werde sie dir vorstellen.

Die Fried? Ein Porträt auf einer Postkarte, vorteilhaft dekolletiert. Zielscheibe für Demonstrationen am Morgen nach dem Rausch, Marke Mona. Wir trödelten eine Weile vor den Bücherkisten der Buchhandlung Vuilin. Stan kaufte ein paar gebrauchte Krimis. Ich fand – natürlich – einen biographischen Roman über die Prinzessin von Lamballe. Ein reich bebilderter, verblaßter Umschlag (niederträchtige Sansculotten mißhandeln die Dame), graue, nicht aufgeschnittene Seiten.

– Dieser gestohlene Kopf? fragte Stan. Sind die Leute im Museum sehr durcheinander?

– Wie es denen geht, weiß ich nicht. Ich jedenfalls mag es nicht, wenn man mein Spielzeug beschädigt.

– Man wird den armen Kopf schon wiederfinden. Dafür lege ich meine Hand ins Feuer.

Er kratzte sich ausgiebig am Kopf. Ungesunder Schweiß – der gestrige Rausch, irgendwelche Entziehungserscheinungen – stand auf seiner Stirn. Stan pflegte sein Image des kränklichen Hanswurst.

– Woher kennt dich der Stockverkäufer?

– Später, später, wich er aus.

Wir waren jetzt auf der Rue de la Grange-Batelière und gingen in Richtung Rue du Faubourg-Montmartre. Stans Schritte wirkten unkontrolliert. Als wir an der Terrasse eines Cafés, des *Commerce*, vorbeikamen, ließ er sich erschöpft auf einen Stuhl fallen. Ich fotografierte ihn in dieser zusammengesunkenen Haltung, überzeugt, daß die Nummer ihm vertraut war. Nach ein paar Sekunden tauchte er aus seinem geistesabwesenden Zustand wieder auf und bestellte einen Wodka-Orange. Als er sich aufrichtete, rutschte der Stock weg, den er an seinen Schenkel gelehnt hatte, und rollte über den Bürgersteig in den Rinnstein. Ich verspürte keine besondere Verpflichtung, ihn aufheben zu gehen.

– Nein?

– Nein.

Stan erhob sich stöhnend, humpelte los und ging mit allen sichtbaren Schmerzen der Welt in die Hokke. Der Stock lag in einem dünnen Wasserrinnsal. Stan machte sich ein Vergnügen daraus, lange auf allen Vieren am Bordsteinrand zu verharren. Dann kam er zurück und setzte sich.

– Eigentlich ist das die beste Taufe.

Stan wischte den Stock sorgfältig und ausdauernd an seiner Hose ab. Überprüfte sogar, ob auch kein Wasser eingedrungen und an die Klinge gekommen war. Dann leerte er seinen Wodka in einem Zug, schüttelte sich und bestellte sich einen neuen. Diesmal trank er in kleineren Schlucken.

– Da ist etwas, was wir gleich erledigen könnten, sagte er. Damit wir das hinter uns haben.

Welche Filme mit Anna Fried hatte ich gesehen? Welche Erinnerungen hatte ich? Sie war einer dieser Stars an sich, deren Filmographie im Grunde wenig zählt. Posen, Skandale. In letzter Zeit wurde ich etwas zu häufig von meinen Kindheitserinnerungen überwältigt. Stan fuhr in seiner zweifelhaften Ausdrucksweise fort.

– Ich werde dir zwangsläufig auf den Keks gehen. Am besten schlägst du mir so schnell wie möglich die Fresse ein, aber innerhalb der Spielregeln, und hinterher werden wir gute Kumpels. Das hält mich zwar nicht davon ab, dich weiterhin zu nerven, aber du hättest dann zumindest getan, was zu tun war.

– Ich habe nicht die geringste Lust, mich mit dir zu prügeln.

– Ich habe dir keine Prügelei vorgeschlagen, sondern nur, daß du mir die Fresse polierst. Ein *gentleman's agreement*.

Stan mußte pinkeln. Unter ostentativer Zuhilfenahme seines neuen Spielzeuges stand er auf und ging zu den Toiletten. Ich war nicht sonderlich verwundert, als er nicht zurückkam. Ich beglich die Rechnung. In gewisser Weise hatte Stan mir etwas geliefert für mein Geld.

Ich kehrte wieder ins Museum zurück. Es wurde gerade geschlossen. Die letzten Besucher kamen aus der Tür an der Passage Jouffroy. Serge fing an, seinen kleinen Souvenirständer wegzuräumen. Ich ging direkt zu den Werkstätten hinauf.

Jérôme saß neben dem Waschbecken und schlürfte einen Kaffee. Er war mit düsterem Gesicht in den Anblick seines Tageswerks vertieft. Er hatte gut gearbeitet. Bardot-Julies Körper war erst ein grober Entwurf, aber schon von klar erkennbarer Sinnlichkeit.

– Zufrieden mit dir?

Er zuckte die Achseln. Hatte keine Lust, über Julie zu reden. Ich übrigens auch nicht.

– In diesem Museum spielen sich eigenartige Dinge ab.

– Erzähl.

– Die Lamballe und der gestohlene Kopf. So konnte man das Bild doch nicht lassen. Vielleicht finden wir den Kopf nie wieder. Also muß man einen neuen machen, und das dauert. Für die Zwischenzeit hat der Chef, Monsieur Thomas, die richtige Idee gehabt.

– Ihn durch irgendeinen Kopf aus dem Lager zu ersetzen?

Jetzt kam wieder Leben in Jérôme. Das Geschick des Museums lag ihm wirklich am Herzen.

– Noch besser, sagte er. Durch den Kopf einer Schauspielerin, die in den 50er Jahren im Kino die Rolle der Prinzessin gespielt hat. So eine Schnalle, die ihre große Zeit gehabt hat und deren Wachsfigur hier einziehen durfte, bis sie schließlich ausgemustert worden ist.

Ausgemustert? Welche Schauspielerin?

– Eine gute Idee. Und dann?

– Wir haben sofort im Lager nach dem Kopf gesucht. Er ist unauffindbar!

– Er wird irgendwo vergessen worden sein.

– Nein, nein. Wir haben wirklich gesucht. Fast den ganzen Nachmittag. Der Kopf ist unauffindbar.

– Dann ist er eben eingeschmolzen worden.

– Unmöglich. Der Kopf einer Berühmtheit, selbst einer verstorbenen oder ein wenig in Vergessenheit geratenen, wird nicht einfach so zerstört. Das ist eine Entscheidung der Direktion, mit Dienstanweisung und allem drum und dran. Niemand hat je den Auftrag erteilt, Anna Frieds Kopf einzuschmelzen.

– Es handelt sich tatsächlich um Anna Fried?

– An wen hast du denn gedacht? Ja, ihr Kopf ist verschwunden. Gestohlen!

Wie gut das alles zusammenpaßte!

Ich verließ Jérôme und ging ins Erdgeschoß hinunter. Ein großer Teil des Personals war dort versammelt und kommentierte die jüngsten Ereignisse. Régis Gabriel-Thomas, seines Zeichens Generaldirektor, wirkte ratlos.

– An kleine Diebereien in den Ausstellungssälen sind wir ja gewöhnt. Das hat fast schon Tradition, auch wenn es eine unerfreuliche ist. Ein Diebstahl aus den Beständen ist etwas anderes, da kommt man so leicht nicht hinein.

– Ein Angehöriger des Personals?

– Auf den Gedanken verfällt man zwangsläufig, gab Régis Thomas zu. Das ist sehr unangenehm.

– Warum gerade Anna Fried? Haben Sie eine Idee?

– Überhaupt keine. Sie war eine große Schauspielerin, eine sehr große. Mehrere Jahre lang hat sie verschiedenen Filmen zum Triumph verholfen. Es war nur logisch, daß sie hier ihren Platz hatte. Eine Figur, die sehr gut angekommen ist.

Régis Thomas deutete auf den Gegenwartssaal mit der Szenerie, in der die Fried lange Zeit gethront hatte. Ein paar wehmütige Gedanken drängten sich auf.

– Zu Beginn war sie ganz in der Nähe des Publikums ausgestellt. Eine Ungeschicklichkeit. Ihre Bewunderer wollten ihre Hände, ihr Gesicht und auch ihre … ihre Brust berühren, wie man hinzufügen muß. Die Wärter konnten nichts dagegen ausrichten. Wir mußten sie ein Stück in den Hintergrund rücken, um sie zu schützen. Es war einer unserer schönsten Erfolge. Die Ähnlichkeit war vollkommen. Unser damaliger Bildhauer Stevenson hatte seine ganze Kunst darauf verwandt.

– Wann wurde sie aus dem Verkehr gezogen?

– Ich habe das Datum nicht mehr im Kopf, sagte Régis Thomas. Wie es manchmal bei den Leuten vom Film passiert, ist ihr Stern gesunken. Wir haben lange gewartet, bis wir sie ausgemustert haben. Das Publikum hatte sie wirklich ins Herz geschlossen.

– Und sie ist nicht eingeschmolzen worden? Sind Sie da ganz sicher?

– Ganz sicher! Viele Leute hier hatten eine gefühlsmäßige Bindung an Anna Fried. Wir hätten sie sogar beinahe in «Das Abenteuer im Film» auftreten lassen. Auch ich selbst war von der Idee einer solchen Hommage eingenommen.

– Warum haben Sie es nicht getan?

Régis Thomas zögerte.

– Sie ist doch ziemlich in Vergessenheit geraten. Sie, Martine Carol, all diese Frauen … Unseren jungen Besuchern sagt das nicht mehr viel. Glauben Sie, es war ein Fehler?

Für Vorschläge und Kritik hatte Régis Thomas stets ein offenes Ohr.

Ich hatte keine besondere Meinung. Bis zu diesem Morgen hatte ich ungezählte Jahre meines Lebens verbracht, ohne daß Anna Fried dazugehört hatte. Was stellte sie dar? Welches Image hatte sie? Leichte Komödien, in den 50er Jahren gedreht. Ein paar historische Ausstattungsfilme. Fette Schlagzeilen in *Paris-Presse*, Titelfotos für *Cinémonde*. Ich erinnerte mich an diese Fotos, schwellende, frustrierende Dekolletés, auf den Millimeter genau eingestellt. Ich erinnerte mich an ein paar Selbstbefriedigungen, an

Filme, die erst ab 16 freigegeben waren und die ich mit Judiths geheimem Einverständnis ein bißchen vor der Altersgrenze gesehen hatte. Sie hatte zahlreiche Freundinnen, die als Platzanweiserinnen oder Kassiererinnen in den Kinos im Viertel arbeiteten.

Ich erinnerte mich an Anna Fried und an die alten Citroëns, an den Fall Dominici, an Dien Bien Phu, an Nachmittage mit Freunden im Schwimmbad Lutétia. Ich erinnerte mich an Catherine Langeais im Fernsehen, an Taschenbücher, an meinen ersten Fotoapparat, an Spirou und Fantasio, an Vilar im Théâtre National Populaire, an das blutverschmierte Gesicht der kleinen Delphine Renard, an die OAS usw.

Régis Thomas entfernte sich, aufgewühlt und darauf bedacht, die Unruhe unter seinen Mitarbeitern zu dämpfen. Ich wußte eigentlich nicht, was ich zwischen den anderen Museumsangestellten, die sich in der Affengrotte versammelt hatten, noch zu suchen hatte. Die Zerrspiegel warfen uns unsympathische Bilder zurück. Serge saß neben dem Abbild des Philippe Bouvard im Gegenwartssaal. Er wirkte nachdenklich. Ich nahm mir die Freiheit, mich zu ihm zu gesellen. Was war seine eigene Meinung? Er richtete sich auf und lächelte schwach.

– Ich glaube, daß dieser Coup auf dein Konto geht, sagte er ruhig. Das liegt genau auf deiner Linie.

– Die Prinzessin oder der Star?

– Der Star. Du hattest alle Möglichkeiten dazu, weil du hier wie zu Hause bist. Das ist kein spektakulärer Raub sondern eine sentimentale Dieberei. Du hättest auf Straffreiheit rechnen können, wenn die Prinzessin nicht gestohlen worden wäre. Kein Mensch wäre auf die Idee gekommen, nach dieser armen Anna Fried zu forschen. Du hast Pech gehabt.

– Glaubst du, was du da sagst?

– Du mußt zugeben, daß es eine vertretbare Hypothese ist. Bei dir zu Hause wimmelt es von solchen Objekten: Schaufensterpuppen, Krimskrams, den du zusammengetragen hast, bizarre Sammlerstücke ... Ich habe es doch gesehen.

Nur wenige kommen gelegentlich auf ein Glas zum Quai de Jemmapes. Es sind immer noch viel zu viele.

– Beschuldigst du mich?

– Ich necke dich nur. Ich glaube nicht, daß du hier irgend etwas mitgehen lassen könntest, gerade weil es ein bißchen dein Zuhause ist.

Serge sah niedergeschlagen aus. Was da vor sich ging, war ihm unangenehm. An das Museum durfte man nicht rühren, das war seine ganz persönliche Sache. Er zögerte und packte dann aus.

– Vor einiger Zeit, vielleicht vor zehn Tagen, ist etwas Seltsames passiert. Ich meine nicht die Diebstähle. Ich hatte hier im Gegenwartssaal Dienst. Es war voll. Normalerweise gehen die Leute vorbei, absolvieren ihren Besuch ohne große Eile, aber auch ohne sich länger aufzuhalten. Ein paar Bummler sind immer darunter, das ist klar. An diesem Tag war eine Frau da. Nicht mehr ganz jung, sehr elegant, Pelzmantel und getönte Brille. Sie war allein. Ich dachte, ich hätte sie schon einmal irgendwo gesehen, aber ich kam nicht auf ihren Namen. Du kennst das ja, wenn man ein Wort auf der Zungenspitze hat, ein blödes Gefühl. Je genauer ich sie betrachtete, desto stärker hatte ich den Eindruck, sie zu kennen. Sie ist lange herumspaziert, hat sich hier, wo wir sind, niedergelassen und ist schließlich gegangen, ohne ihre Besichtigung fortzusetzen.

– Und du weißt immer noch nicht, um wen es sich gehandelt hat?

– Ich glaube, inzwischen ist es mir eingefallen.

– Laß mich raten, sagte ich. Anna Fried?

– Gewonnen.

Ich betrat ein Geschäft in der Passage Jouffroy. Spezialität: Kino. Bücher, Fotos, Schnickschnack, Plakate. Der Verkäufer stimmte mit mir überein, daß es schade und eigentlich sogar unerklärlich sei: Es existierte kein Buch über Anna Fried. Kein Mensch war auf die Idee gekommen, wenigstens ein Fotoalbum mit irgendwelchen Bildunterschriften zusammenzustellen.

– Und dabei war sie eine wunderbare Schauspielerin! Sie wäre es wert, eines Tages wiederentdeckt zu werden.

– Haben Sie wirklich gar nichts über sie?

– Warten Sie.

Er war sehr gewissenhaft, wühlte in Kartons und Schubladen. Seine Ausbeute war mager, aber aufregend für mich. Zunächst ein Porträt des Stars auf einer Postkarte. Das gleiche, das Mona als Zielscheibe genommen hatte. Anna Fried mit schmachtendem Blick, dicker Wimperntusche, halb geöffneten Lippen und nackter Schulter. Dann ein Foto aus dem Film *Die Ganovenlady*. In Schwarzweiß. Eins dieser Filmbilder, die man in den Kinofoyers aushängt, um Besucher anzulocken.

– Kein Bild aus dem Film *Die Prinzessin*?

Der Verkäufer war völlig verdutzt.

– Donnerwetter! Sie sind tatsächlich der erste Kunde, der diesen Film mir gegenüber erwähnt. Ich selbst hatte ihn auch vergessen. Dabei war er Klasse für die damalige Zeit. Sehr modern gefilmt. Ziemlich gewagt.

– Das heißt?

– Nun ja ... ich glaube, es war dieser Film, in dem sich zum erstenmal ein Star nackt gezeigt hat. Wenn man von Hedy Lamarr in *Ekstase* absieht, natürlich. Und von Arletty. Sehen Sie ...

Er wollte den Gedanken nicht ausschließen, daß jugendliche Ergriffenheit die Erinnerung überhöhte.

Die Illusion, etwas gesehen zu haben. Man kam leicht in angeregte Stimmung, wenn es um so ferne Zeiten ging.

– Sie müßten doch Zeitschriften oder Illustrierte haben, in denen von ihr die Rede ist.

– Natürlich, danach kann ich suchen. Kommen Sie in ein paar Tagen wieder vorbei.

– Stellen Sie alles für mich zusammen, was Sie finden können. Ich kaufe es.

Ich machte für alle Fälle eine Anzahlung. Die Sache nahm eine merkwürdige Wendung, entwickelte sich zu einer Spurensuche. Jeder erinnerte sich an Anna. Aber greifbar war fast nichts mehr von ihrem vergangenen Ruhm. Was auch immer dahintersteckte, der Diebstahl aus den Beständen des Museums bekam etwas von einer Auslöschung.

– Wissen Sie, ob es Filmkassetten von Anna Fried gibt?

– Ich glaube nicht, antwortete der Verkäufer. Jedenfalls nicht für die Öffentlichkeit. Ziemlich ungerecht, finden Sie nicht?

Er versprach mir, eine Bestandsaufnahme zu machen und alles, was Anna betreffen konnte, für mich zur Seite zu legen. Das sei ihm ein Vergnügen. Ich verließ den Laden. In der Passage herrschte reger Betrieb. Ich ging ohne Aufenthalt an dem Geschäft für Gehstöcke und «Kuriositäten» vorbei.

Radek brauchte Ruhe und feste Gewohnheiten. Den Abgang seiner Freundinnen Kamenjew und Sinowjew hatte er ohne viel zu begreifen hingenommen. Er war schon lange bei mir. Man hatte ihn mir geschenkt, als er noch ein kleiner Kater mit dunklem Fell war, ein gewitzter Schlingel. Seit ein paar Wochen waren wir zu zweit. Sinowjews Tod hatte er nicht miterlebt. In der Gewißheit, daß es das letzte Mal war, hatte ich sie in der Praxis eines Tierarztes untersuchen lassen. Sie aß fast nichts mehr und rührte sich kaum. Das Röntgenbild erwies sich als verheerend.

Eine sehr dumme Sache. Wir gehen weg – die Katze in einem Korb, eins ihrer Lieblingsverstecke, weil sie praktisch nie das Haus verläßt –, und lassen uns im Wartezimmer des Tierarztes nieder. Ich rede mit ihr, ich streichle und beruhige sie, weil all die Gerüche sie nervös machen. Sie ist schön. Was bedeutet schon das etwas glanzlose Fell, die trockene Nase ... Sie schnurrt. Sie will beschmust werden. Das ist seit zwölf, dreizehn Jahren zwischen uns beiden üblich. Eine absolute Intimität. Das Tier hat etwas Würdevolles. Eine Katze, die nicht weiß, daß es vorbei ist. Die nicht weiß, genauer gesagt, daß die Entscheidung über ihren Kopf hinweg getroffen werden kann. Die einzig mögliche Entscheidung.

Bei der Rückkehr ist der Korb leer.

Ein paar Monate vorher war Kamenjew gestorben. Das Alter, die vereiterten Brustdrüsen, Krebs. Ich hatte es mit allen lindernden Salben probiert, sie allen möglichen Behandlungen unterzogen. Ich wünschte so sehr, daß sie nicht starb. Die Frau vom tierärztlichen Notdienst kam in aller Eile, weil Kamenjew plötzlich litt. Oder schon seit langem, und ich hatte es nicht sehen wollen. Ich habe sie gestreichelt, als man ihr die Spritze gab. Sie ist zusammengezuckt, und dann war sie tot. Ein Zucken, wie wenn eine Katze träumt. Ich habe sie in eine Decke eingewickelt. Die Tierärztin hat sich um den Rest gekümmert. Ich glaube, Radek hat alles gesehen.

Jetzt suchte er in der Wohnung nicht mehr nach seinen Gespielinnen. Er hatte etwas von seiner Schalkhaftigkeit verloren.

Es war nach Mitternacht, als das Telefon klingelte. Ich hatte vergessen, auf den Anrufbeantworter umzustellen. Ich nahm ab. Die Stimme einer Frau. Ich erkannte sie nicht, bis sie sich vorstellte. Es war Mona. Ich bat sie, einen Augenblick zu warten. Ich brauchte ein Glas Bourbon, eine Zigarette und vor allem Zeit für die Überlegung, ob ich überhaupt gestört werden wollte.

– Wir haben eine Fete. Du mußt unbedingt kommen.

– Um meine Brieftasche abzuholen?

– Einfach zum Spaß.

Ich konnte mich schlecht an ihr Gesicht und gar nicht mehr an ihre Stimme erinnern. Sie klang nicht unangenehm, war sich ihrer Wirkung aber allzu sicher. Eine Stimme für den Nachtfunk. Unverschämt und einschmeichelnd. Es war spät. Im Hintergrund hörte ich Lärm, Lachen, undeutliche Musik. Nicht zum Zuhören gedacht, eine akustische Untermalung.

– Kommst du?

– Ich bin müde und gar nicht sicher, ob ich noch Lust habe, auszugehen.

– Und deine Papiere?

– Damit hat's keine Eile.

Es folgte ein reibendes Geräusch. Eine Handfläche, die gegen den Telefonhörer gedrückt wurde. Gerade so lange, bis ein neuer Gesprächspartner übernahm.

– Tu es mir zuliebe, sagte Stan. Komm.

– Warum?

– Ein kleiner netter Empfang unter Freunden. Ich habe dir einen Wagen geschickt. Komm schon rüber, auf ein Glas oder zehn.

Meine Flasche alter Jack Daniel's war noch fast voll. Zu meinen Füßen lagen Bücher, die ich wirklich gern lesen wollte, und Notizen auf einem Stadtplan von Paris, die allmählich Gestalt annahmen und mir sehr viel Vergnügen bereiteten. Radek verzog sich gemächlich in Richtung Schlafzimmer. Ich legte den Hörer auf und schaltete gleich darauf den Anrufbeantworter ein. Durch das Fenster sah ich einen Wagen. Kein Taxi, mehr eine dicke Limousine, die unten vor dem Haus am Gitter des Square Frédérick-Lemaître parkte. Das Kontrollicht des Anrufbeantworters leuchtete wieder auf, dazu ertönte das klickende Startgeräusch des Tonbandes. Ich stellte den Ton ein. Noch einmal Stan. «Wir warten auf dich. Ich möchte dir jemanden vorstellen.» Sobald der Chauffeur mich sah, stieg er aus und hielt mir die hintere Tür auf.

– Rue de la Chaussée-d'Antin, Monsieur?

– Wie geplant, sagte ich. Aber ich habe meine eigene Marschroute.

Ich forderte ihn auf, über die Place de la Bastille zu fahren und zwei Runden um die Julisäule zu drehen. Der Genius wurde nicht mehr beleuchtet, doch der Anblick war trotzdem schön, ganz wie es sich gehörte. Dann bat ich ihn, in die Rue Saint-Antoine einzubiegen und an der Ecke der Rue Malher, einstmals Rue des Ballets, kurz zu halten. Lauter moderne Gebäude inzwischen. Aber hier hatte das Gefängnis La Force gestanden, in dem die Lamballe inhaftiert war und nach einem kurzen Verfahren hingerichtet wurde. Ich nahm mir fest vor, hierher zurückzukehren. Zu dumm, daß ich bei meiner Rekonstruktion der historischen Strecke noch so unsicher war. Wir fuhren geradeaus weiter. Rue de Rivoli. Der Louvre, die Tuilerien. Kurz vor der Rue de Castiglione beschied ich den Chauffeur, das Tempo wieder etwas zu drosseln.

Hier, an der Strecke, die wir jetzt befuhren, hatte einst der Sitzungssaal der Nationalversammlung, der *Manège*, gelegen. Die Terrasse des Feuillants. Nichts mehr, nicht die kleinste Spur. Nur ein unbeachtetes Schild am Gitter des Parks. Der Chauffeur übte sich in Geduld, das war sein Job. Ich erzählte ihm auch von dem wunderlichen Rhinozeros aus Bronze rechts neben den Eingangsstufen, vom fünften Gesang des Maldoror, dessen entscheidende Passage von dem traurigen Monstrum handelt und dort angesiedelt ist. Zur Zeit Lautréamonts, des Urhebers dieses Deliriums, gab es die Statue noch nicht, sie bleibt seltsam und unerklärlich. Der Fahrer zwinkerte im Rückspiegel mit den Augen. Ich eröffnete ihm, daß Paris voll von solchen Anhaltspunkten und kleinen unbedeutenden Wundern ist. Er antwortete nur mit ja, Monsieur, natürlich, Monsieur. Nach ein paar Minuten erreichten wir unser Ziel, die Rue de la Chaussée-d'Antin.

Ein uninteressanter Straßenabschnitt fast gegenüber den Galeries Lafayette, kurz bevor die Nuttengegend beginnt. Ein diskretes Schild mit sehr kleinen bläulichen Neonbuchstaben in Augenhöhe verriet, daß der Puff *Le Mirabeau* hieß. Nicht weiter erstaunlich.

Als ich eintreten wollte, tauchte ein Pärchen auf. Ich ließ ihm den Vortritt. Der Mann legte den Finger an den Hut und lächelte mir zu. Sie wandte sich mit ausweichendem Blick ab. Die schwere Glastür wurde hinter uns geschlossen. Wir befanden uns in einer schmalen, luxuriösen Halle, die wirkte, als ob hier sämtliche Geräusche gedämpft würden. Mehr eine Luftschleuse als eine Halle. Es fiel schwer, die Frau hinter der Rezeption nicht für eine Matrone zu halten. Sagen wir, reifes Mittelalter. Garantiert fünfzig Jahre alt und im freizügigen Dekolleté Brüste, die ihre Glanzzeit hinter sich hatten. Ihre Klamotten stammten nicht aus dem Kaufhaus gegenüber, sondern eher von der Place des Victoires. Auch das kleine Pärchen war nicht mit dem Ramsch vom Carreau du Temple bekleidet. In meinen abgewetzten Jeans und der alten Lederjacke hätte ich mich fehl am Platze fühlen können, aber ich hatte im Gegenteil den Eindruck, hier vollkommen richtig zu sein. Der

Mann schob ein paar zweimal gefaltete große Scheine über den Tresen. Die Matrone strich die Summe mit zuvorkommender Miene ein.

– Der erste Besuch, was? Da geht's lang, meine Lieben.

Sie kam um ihren Schalter herum und geleitete das Pärchen ein paar Meter weiter nach hinten zur Aufzugstür. Sie betätigte eigenhändig den Liftknopf und führte die beiden in die Kabine. «Vierte Etage, und gute Nacht», hörte ich sie sagen. Dann kam sie zu mir.

– Monsieur Victor, nicht wahr? Monsieur Stan erwartet Sie.

Sie musterte mich (anziehende, dunkle Augen) und sagte, wenn ich Geld oder irgendwelche wertvollen Kleinigkeiten bei mir hätte, solle ich sie lieber ihr in Verwahrung geben, weil eine auserlesene Kundschaft, und Gott weiß, wie auserlesen sie sei im *Mirabeau*, nicht immer eine Garantie gegen böse Überraschungen biete, das habe man ja leider alles schon erlebt. Natürlich könne ich es damit halten, wie ich wolle. Hier halte es sowieso jeder, wie er wolle. Sie liebe Monsieur Stans Freunde. Sie brächten sie auf andere Ideen. Mit Madames Freunden sei es ein bißchen anders, jedem seine Zeit. Sie fügte hinzu, sie heiße Léonce, was ein bißchen lächerlich sei, ihr aber gut gefalle. Auch mir gefiel es gut. Madame Léonce brachte mich zum Aufzug und vertraute mir an, daß sie früher Maskenbildnerin «beim Film» gewesen sei. Keine Ahnung, warum sie diese Offenbarung für notwendig hielt. Sie drückte auf den Aufzugsknopf. Die Kontrollampe zeigte an, daß die Kabine im vierten Stock hing.

– Was befindet sich zwischen der vierten Etage und dem Erdgeschoß?

– Monsieur Victor, antwortete Léonce mit vorwurfsvollem Gesicht, Sie sind ein Freund des Hauses. Keine lächerlichen Fragen, bitte.

Ich trat ein. An zwei Wänden der Kabine hingen kleine schlüpfrige Stiche nach Art des 18. Jahrhunderts. Ländliche Liebe und Schaukelszenen, nackte Busen und dicke Hintern. Im vierten Stock befand sich eine Bar, ein kleiner Saal mit Bänken, Wandbehängen und Spiegeln überall, also auch an der Decke. Weitere Stiche. Das kleine Pärchen nippte an einem Schweppes. Der Mann redete leise, gab sich Mühe, überzeugend zu klingen. Sie wehrte sich nicht, war nur eingeschüchtert in ihrem schwarzen Kostümchen, das – schon jetzt – über der Brust ein bißchen zu weit geöffnet war.

– Stan?

– Eine Etage höher, sagte der Barkeeper. Trinken Sie etwas?

Ich sagte nein. In einem sehr gut einsehbaren Zwischensaal ganz in der Nähe tanzte ein Pärchen. Die Frau war nackt, hatte ein ausladendes Gesäß, das kräftig wackelte, und nicht besonders fein geschwungene Hüften. Er hatte seinen weißen, sehr saloppen Frotteebademantel angelassen. Ich war schon seit vielen Jahren nicht mehr in einem Schuppen für Partnertausch gewesen. Und noch nie im *Mirabeau*. Die Tonbandmusik, die über gut versteckte Lautsprecher ausgestrahlt wurde, lieferte die Animals-Version von *The House of the Rising Sun*. Das Mädchen ging vor ihrem Macker auf die Knie und begann, ihn zu beglücken. Bei genauerem Hinsehen hatte ihr Hinterteil etwas Vornehmes.

Eine labyrinthische Wohnung. Stan hielt sich nicht in den ersten Zimmern auf, in denen sich verschiedene Paare abkämpften. Ich machte mich an die Besichtigung. Breite Betten, nicht zum Schlafen gedacht, dicker Teppichboden, gefällige Spiegel, Bäder an jeder Flurbiegung. Weißes Fleisch in Aktion, nicht immer schön, selten fest, sehr bereitwillig. Das Ganze nicht hedonistisch sondern eher gewollt, mit schwülem Gestöhn und gedämpftem Lachen. Man mußte es genießen, verflixt, oder jedenfalls so aussehen! Zwei oder drei Körper, die ich flüchtig sah, gefielen mir gut. Diese Freuden kamen mir alt vor.

– Victor?

Ich drehte mich um. Das Mädchen bat mich um Feuer, wie man irgendwen auf der Straße darum bittet. Wir waren nicht auf der Straße. Sie war nackt. Ihr eckiges Gesicht war aufmerksam, ihr Oberkörper von Sommersprossen übersät. Ihre Brüste hatte ich nie gesehen, aber die Frau kannte ich. Vor mehreren Jahren hatten wir eine Zeitlang an Gemeinschaftsreportagen gearbeitet und mit dem illusorischen Gedanken gespielt, zusammen mit ein paar weiteren Freunden, an die ich mich nicht mehr erinnere, eine Fotoagentur zu gründen. Unsere zahlreichen Projekte aus den 70er Jahren hatte ich nur noch verschwommen im Gedächtnis. Wie hieß sie nur? Ihre Fotos waren gut gewesen. Es war seltsam, sie hier wiederzufinden. Wir tauschten die üblichen Küßchen aus, und bei der Gelegenheit betastete ich sie ein bißchen.

– Damals hättest du das nicht gewagt.

– Damals warst du eine radikale Feministin.

– Das bin ich immer noch.

Ich fühlte mich in Stimmung. Sie sagte, es freue sie, mich wiederzusehen. Ihr Vorname fiel mir wieder ein. Charlotte. Ich hatte sie immer verführerisch gefunden, nur daß ihr jede Lust auf Abenteuer abging. Ich erinnerte mich außerdem, daß mir eines Tages irgendwer erzählt hatte, sie habe einen Selbstmordversuch unternommen. Ich war nicht sicher.

– Stammgast?

– Ich würde sagen, ja. Es ist ein beruhigender Ort. Unkompliziert.

– Tatsächlich? Sind solche Clubs nicht ein bißchen gefährlich geworden?

Charlotte zog die Nase kraus und lachte schrill.

– Die Krankheit? Läßt du dich von dieser ganzen Stimmungsmache beeinflussen? Die sexuelle Pest! Ist doch lächerlich! Hast du heute abend schon gebumst?

– Ich suche einen gewissen Stan.

– Den Sohn des Hauses? Ist er dein Freund? Nicht weiter verwunderlich. Er muß sich irgendwo dahinten rumtreiben.

Sie zeigte mit einer unbestimmten Geste auf einen Salon. Charlotte war eine angenehme Überraschung. Ich berührte mit den Fingern ihre Schamhaare, ihr außerordentlich fuchsrotes Vlies. Sie lächelte, sagte, sie lege keinen Wert darauf, jedenfalls nicht jetzt und nicht mit mir. Das traf sich gut.

Endlich fand ich Stan. Er hielt die Bar ganz hinten in der Wohnung besetzt. Um zu ihm zu gelangen, mußte man sich durch eine ganze Serie von schwulen Knaben drängen. Für jeden Geschmack war etwas dabei. Schwere Jungs in Lederklamotten oder niedliche Knaben, Epheben oder Muskelprotze. Sie paßten auf, beteiligten sich gelegentlich an den Liebesspielen, auf Anfrage oder nach Gefühl. Mein Wrack besaß Macht. Zumindest hier im *Mirabeau*, dem vornehmsten Sexclub am rechten Seine-Ufer. Stan thronte in einer Art Boudoir. Er trug einen glänzenden Knittersmoking, das Jackett direkt auf der fahlen Haut. Unter Zuhilfenahme seines Stocks quälte er sich von seinem Sofa und packte mich beim Ärmel, was meiner Laune sofort einen Dämpfer versetzte. Einen Dämpfer, sonst nichts.

– Willkommen, Bürger.

– Wer hat gesagt, daß ich heute abend ins Bordell gehen wollte?

– Erstens ist es nach deinem Geschmack. Und zweitens hatte ich Lust, Champagner mit dir zu trinken.

– Wer hat gesagt, daß ich Champagner mag?

63

– Dann eben Chablis! Oder Bourbon! Wonach steht dir der Sinn? Wir essen, wir trinken, ganz wie es dir beliebt. Welche Sorte Mädchen willst du? Oder lieber einen Kerl? Du brauchst es mir nur zu sagen. Vielen Dank, daß du gekommen bist. Der Rest geht auf meine Rechnung.

– Auf die deiner Mutter.

– Das kommt auf das gleiche heraus.

– Stan und ich, das läuft tatsächlich auf das gleiche heraus, sagte eine Stimme von hinten.

Eine ausgeglichene, klangvolle Stimme. Ich verbeugte mich und küßte Anna Fried die Hand.

Sie glich keinem ihrer Fotos mehr und gewiß auch nicht der Wachsbüste, die im Museum gestohlen worden war. Sie blieb dem treu, was sie in ihren großen Filmen, die ich nicht alle gesehen hatte, gewesen war. Eine Stimme, eine Aura. Eine Verführerin. Ihr Kleid war ein altertümliches Negligé nach Art der Madame Tallien, duftig blau und von gewagtem Geschmack. Wie alt mochte sie sein?

– Sie sind ein Freund von Stan, fühlen Sie sich wie zu Hause.

Sie verschwand. Stan war nicht mein Freund. Er reichte mir ein Glas. Ohne daß ich es erklären konnte, fühlte ich mich in eine Falle gelockt.

– Ertränken wir einen Chorknaben.

Wir setzten uns auf ein Sofa. Jetzt lief Stimmungsmusik wie in einem Supermarkt. Jean-Michel Jarre, zum Kotzen. Anna Fried ging von einer Gruppe zur anderen!

– Ist sie wirklich die Chefin?

– Wenn du so fragst, sie ist keine Puffmutter. Der Laden gehört ihr.

– Eine Umschulung wie jede andere. Ist das bekannt?

– Wenn man von den Bullen und nostalgischen Cineasten absieht, interessiert sich kaum jemand dafür.

64

– Weshalb dieser Name, *Le Mirabeau*?

– Er hat in der Rue de la Chaussée-d'Antin Nummer 42 gelebt und ist dort auch gestorben. Nicht weit von hier. Das Haus ist leider abgerissen worden.

Ich hatte Lust auf eine Schlägerei.

– Wann ist es abgerissen worden?

Stan lächelte breit. Ein unerquicklicher Anblick.

– 1826.

– Wie hieß die Eigentümerin, die Frau, die an Mirabeau vermietet hatte?

– Weiß ich nicht, sagte er nur. Weißt du's?

– Julie Carreau. Eine Tänzerin an der Pariser Oper. Ein gerissenes Ding, das sich aushalten ließ. Sie hat den Schauspieler Talma geheiratet, und zwar genau in dem Monat, in dem Mirabeau gestorben ist. Kirchliche Trauung. Richtig?

– Vollkommen richtig, gab Stan ein wenig überrascht zu. Die kleine Julie, jetzt erinnere ich mich. Es war in der Kirche Notre-Dame-de-Lorette, am 19. April 1791. Mirabeau ist am 9. gestorben. Ausgelaugt von übermäßigen Freß- und Bettorgien, wie du weißt. Er hatte eins seiner zahlreichen Liebchen hier untergebracht, ganz in der Nähe seiner Wohnung. Hier! Kannst du dir das vorstellen? Weißt du übrigens, daß die Straße eine Zeitlang Rue Mirabeau-le-Patriote hieß?

– Bis 1792.

– Stimmt! In jenem Jahr wurde der Stahlschrank der Tuilerien geöffnet, der von oben bis unten mit Geheimdokumenten vollgestopft war. Und dabei hat man festgestellt, daß der verstorbene Tribun häufig faule Geschäfte mit der Familie Capet gemacht hat.

Stan bewegte sich auf komisch-herausfordernde Weise hin und her. In unserer Umgebung verstand kein Mensch ein Wort von dem, was wir uns da erzählten. Er kicherte.

– Habe ich die mündliche Prüfung bestanden?

Sein Oberkörper wurde von Zeit zu Zeit von kurzen Stößen erschüttert. Er nahm sie hin, zuckte anschließend die Achseln und fegte die Symptome mit einer knappen Handbewegung weg. Auch Stan wußte eine ganze Menge. Tatsachen, Daten. Wie kam das? Er ereiferte sich:

– Schließlich habe ich die Agregation für Geschichte, Bürger! Ich habe die entsprechenden Bücher gelesen! In meinem zerlöcherten Gedächtnis sind ein paar Fetzen hängengeblieben. Und du? Wie kommst du an dein gesammeltes Wissen?

Ich? Ich antwortete nicht sondern fragte, wo Mona sei. Nicht weil ich mich für sie interessierte. Ich wollte lediglich ein etwas törichtes Gesprächsthema wechseln. Stan legte sich nicht fest, sagte, sie werde wohl in irgendeinem Zimmer vögeln, dazu war man schließlich hier, oder? Ich stand auf. Jenseits der Tür entfaltete sich immer mehr die klassische Atmosphäre eines Edelpuffs. Mit mehr und mehr Leuten. Man drängte sich, befummelte sich. Es gab Kunden und Gäste. Leute im Smoking und Nackte. Manche hielten es für nötig, eine schwarze Halbmaske zu tragen, andere verlegten sich auf erotisches Röhren. Sie waren sympathisch. Mona nahm meine Hand.

– Was soll ich anfangen? Mit dir, mit den anderen?

– Was willst du selbst?

Sie war wahrscheinlich nackt unter ihrem Frotteebademantel.

– Mir ist alles egal. Ich hätte nur gern, daß Stan dabei ist, wenn ich bumse. Das gibt ihm garantiert irgendwas.

– Glaubst du das?

– In Wirklichkeit pfeife ich drauf. Das ist meine Freizeitbeschäftigung. Und ich habe viel Freizeit.

Ein scharfes, energisches Profil. Die Ähnlichkeit mit ihrer Schwester Julie war heute abend tatsächlich gegeben, auch wenn es nicht passen wollte. Der

66

Stumpf des abgeschnittenen Fingerknöchels war von einem fast leuchtenden Rosa.

– Du findest es häßlich? Es ekelt dich? Mir gefällt es. Soll ich dir erzählen, wie es dazu kam?

Ein Job bei Freunden, die Drucker waren. Anarchos, die eine kleine Kooperative auf die Beine gestellt hatten, um mitten im Elend ein bißchen Kohle zu machen. Man hatte ihr nicht besonders gut erklärt, wie die Papierschneidemaschine funktionierte. Eine Unachtsamkeit. Die Schneide war wie ein Fallbeil auf den Papierstapel niedergesaust. Mona hatte gesehen, wie ihr Finger abgetrennt wurde.

– Das Blut ist nur so herausgespritzt. Ich habe nicht einmal geschrien. Es war eine Broschüre über den Hungerstreik von Bobby Sand in Irland. Das erste, was mir in den Kopf gekommen ist, war der Gedanke, daß ich zu nichts tauge. Ein unfähiger Mensch. Willst du mit mir schlafen?

– Du hast mich doch nicht gebeten herzukommen, nur um mich das zu fragen?

– Damit du es weißt, Victor. Ich bin am 1. Januar geboren. In weniger als vier Monaten werde ich dreißig. An meinem letzten Geburtstag habe ich mir geschworen, widerspruchslos mit jedem zu schlafen, der mich begehrt. Ja, ich habe sogar den Entschluß gefaßt, alles zu akzeptieren, was man von mir verlangt. Ob ich jemandem einen blasen oder ihn heiraten oder beides zusammen oder sonst was soll. Bis jetzt hat man noch nicht viel von mir verlangt.

– Das Jahr ist noch nicht zu Ende.

Was sich auf dem Bett und in einigen Ecken auf dem Teppichboden abspielte, nahm ziemlich ungeordnete, klassische Ausmaße an. Im Grunde genommen kein so unsympathischer Ort. Das Tonband spielte *We are the world*. Eine sehr konformistische Angelegenheit, die niemanden störte. Mona klammerte sich an mich.

– Du hättest nicht zulassen sollen, daß sich Stan diesen Stock kauft. Das ist gefährlich.

– Weniger gefährlich als eine 357er.

– Jetzt nicht mehr, weil du die Knarre hast. Ein Gangster hat sie mir geschenkt. Ein echter Irrer und sehr verliebt. Damit ich mich verteidigen kann. Daß ich nicht lache! Der Idiot hat sich vor zwei Monaten bei einem Überfall von den Bullen abknallen lassen.

– Hast du diesen Idioten geliebt?

– Nicht mehr und nicht weniger als dich.

Ganz in unserer Nähe hielt ein ziemlich athletischer Typ dem Ansturm von zwei Damen stand. Eine von ihnen war die eingeschüchterte kleine Tussi, die mir in der Halle begegnet war. Ihr schwarzes Kostüm saß immer noch nicht viel lässiger als vorhin. Die andere war meine ehemalige feministische Freundin Charlotte (war das tatsächlich ihr Vorname?). Sie zwinkerte mir zu, und ich erwiderte mit einer freundschaftlichen Geste. Hinten im Flur entdeckte ich Anna Fried.

Stan hatte Wert auf meinen Besuch gelegt, damit ich sie kennenlernte. Eine schöne Idee, die nichts kostete. Anna Fried unterhielt sich mit jemandem, einem Mann. Ich war ziemlich erstaunt, als ich Adrien Leck erkannte. Er selbst hatte auch nicht erwartet, mich hier zu finden. Jedenfalls nicht diese Nacht.

– Obwohl es durchaus zu dir paßt, wenn ich es mir richtig überlege.

– Ich lasse Sie allein, sagte Anna Fried, ganz Hausherrin.

– Kommt nicht in Frage! sagte Leck. Victor ist ein alter Bekannter. Wir sehen uns ungefähr alle fünf Jahre.

– Alle drei Jahre träfe die Sache ja wohl eher, stellte ich richtig. Meist freut es uns. Aber Sie waren mitten im Gespräch, ich störe …

– Monsieur Victor, fiel Anna Fried mir ins Wort. Machen Sie mir die Freude und nehmen Sie zur

Kenntnis, daß das *Mirabeau* ein Ort ist, der sich für jede Art von Geschäften eignet.

Adrien arbeitete beim Film. Er war Regisseur. Mit vier oder fünf glänzenden Filmen war er groß, sehr groß herausgekommen. Danach der Absturz, ein weicher Absturz. Einschlägige Reißer für ein Massenpublikum, die Kamera direkt auf die Zählungen von Cinéchiffre gerichtet. Hohe Besucherzahlen um jeden Preis. Er hatte gelernt, damit umzugehen, von gelegentlichen Ausbrüchen abgesehen. Das waren dann kleine ergreifende Filme, die in drei Sälen liefen. Die sein Bedürfnis ausdrückten, den Kontakt zu dem Kreis der Leute, die er vor zwanzig Jahren so sehr begeistert hatte, nicht abreißen zu lassen. Ich gehörte auch dazu. Man schätzte ihn trotzdem. Ich auf jeden Fall.

Adrien war seit unserer letzten Begegnung ziemlich gealtert. Seine Haut war pockennarbiger geworden, sein Gesicht von den Augen bis zur Mundpartie von zwei tiefen Falten gezeichnet. Er war abgemagert. Eine lange graue Strähne fiel ihm in die Stirn. Das Image des manisch-depressiven Weltmannes stand ihm gar nicht so schlecht.

Anna Fried führte uns zu einer Art Boudoir, einem Zimmer, das etwas außerhalb des Bereichs der munteren Spiele lag. Es war mir nicht möglich, die Topographie dieser verwinkelten Wohnung zu begreifen. So gut wie überall war die Vögelei in vollem Gange; aber kaum hatte man eine Türschwelle überschritten, konnte man an einem ruhigen Plätzchen landen und sich unterhalten. Ich hatte Mühe, Anna Fried nicht anzustarren. Mir kam die Idee, sie zu fragen, ob ich sie fotografieren dürfe. Ein andermal natürlich. Aber wie? Sie wirkte auf mich wie jemand, der sich entzieht, die perfekte Gastgeberin spielt, die zugleich auf ihre Gäste zugeht und ihnen ausweicht. Sie hatte Prinzessinnen und Huren verkörpert, gefährliche Frauen. Man durfte sich von ihrem häßlichen Kleid nicht täuschen lassen.

– Ein Glas Champagner?

Eine Flasche stand einsam in ihrem Kübel. Die Fried ließ mit einem Daumenschnipp den Korken knallen und teilte mir bei der Gelegenheit mit, ich solle sie nach diesem Champagner, den wir drei gleich trinken würden, Anna nennen. Es werde ihr eine Ehre sein. Wir hoben unsere Gläser. Mona tauchte in der halb geöffneten Tür auf. Sie hatte ihren unerläßlichen Bademantel gegen einen etwas weiten, beigefarbenen Gabardinemantel getauscht und ihr Make-up erneuert. Sie verstand, daß sie störte, na und?

– Ich komme, um dir zu sagen, daß ich mich jetzt verziehe, sagte sie. Stan ist besetzt. Und da du heute abend keine Lust hast, habe ich mir einen Macker aufgerissen. Soll ich dir deine Geldbörse wiedergeben?

– Geldbörse, bemerkte Anna, wer sagt das denn heute noch?

– Sie benutzen das Wort in mehreren Ihrer Filme, Madame.

Mona konnte meine Brieftasche für den Augenblick behalten. So ein Depot war nicht das schlechteste. Adrien starrte sie auf eine Weise an, daß sie erstaunt fragte: «Kennen wir uns?»

– Ich glaube nicht, antwortete Adrien. Nicht direkt. Und dennoch …

Monas Gesicht erhellte sich. Ich stellte fest, daß sie auf bemerkenswerte Weise lächeln und lachen konnte.

– Ich hab's, sagte sie. Sie sind Adrien Leck, der Filmemacher.

– Und Sie sind Julies Schwester.

– Ihre Zwillingsschwester.

– Sie wird in meinem nächsten Film mitspielen.

– Ist ja komisch!

– Es ist eher seltsam, verbesserte er.

– Mein Typ wartet auf mich, schloß sie. Ich will mir meine Nacht nicht komplett versauen. Ich muß gehen. Vielleicht sehen wir uns nochmal.

Mona verschwand. Es war mir unangenehm, sie so weggehen zu sehen. Aber sie hatte recht. Heute abend hatte ich keine Lust.

Dann war also Adrien der Wunderregisseur? Eigentlich nur logisch.

– Julie hat tatsächlich eine Rolle in deinem nächsten Film?

– Du kennst sie? Das ist ein Ding! Wie klein die Welt ist!

Seine Begeisterung klang nicht sehr echt.

Anna hatte sich unmerklich etwas zurückgezogen, war ganz Beobachterin und interessierte Gastgeberin. Sie bat Adrien, Champagner nachzuschenken, was er mit der konventionellen Bereitwilligkeit dessen tat, der ein freudiges Ereignis feiert. Wie der Film aussehen würde? Er machte sich ans Erläutern.

Ich kannte Adrien aus guten wie aus schlechten Zeiten, stinkreich und quasi bettelarm. Aber immer hatte er Filme gemacht. Werbung, Clips, Pornostreifen, Erfolge, die einem die Schamröte ins Gesicht treiben konnten.

– Ich habe diese Julie in einer kleinen Truppe von Vorortmimen entdeckt. Sie ist wunderbar. Sie hat das Zeug zu einer sehr großen Schauspielerin. Sie wird die Prinzessin spielen.

– Welche Prinzessin? fragte Anna Fried.

Was ich geahnt hatte, wurde im Bruchteil einer Sekunde zur Gewißheit. Ich hatte vorhin ein Gespräch unterbrochen. Oder ein Geständnis. Jedenfalls im falschen Moment. Adrien war verunsichert. Eine seiner Spezialitäten. Er wandte sich an Anna.

– Das wollte ich Ihnen ja sagen. Wir wollen, ich will … eine Art Remake der *Prinzessin* drehen.

Zuerst bekam er den Champagner ins Gesicht, dann folgte eine Ohrfeige, und anschließend ging klirrend ein Glas zu Bruch. Die Sektflöte in Anna Frieds Hand. Eine drohende Scherbe unter der Nase des Filmemachers.

Anna Fried legte los:

– Ein ... Remake von meinem Film? Mit diesem Mädchen?

– Nein, mit ihrer Schwester, stammelte Adrien. Mit Julie. Sie ist eine sehr gute Schauspielerin.

– Wer wird die Prinzessin von Lamballe spielen?

– Ich wollte der erste sein, der Sie informiert. Deswegen bin ich heute abend hergekommen.

Leck gab eine jämmerliche Figur ab. Vor ein paar Sekunden hatte Anna das Glas mit den scharfen Spitzen fallen lassen. Sie beschränkte sich darauf, Adriens ausweichenden Blick zu suchen und auf ihn zuzugehen, während er Schritt für Schritt zurückwich. Eine filmreife Szene. Anna wußte es, nutzte es aus. Ihre Wut war echt, und sie zog ihre Nummer ab. Weil ich da war, ich und ein paar andere.

– Es wird nie ein Remake der *Prinzessin* geben, zischte sie, niemals! Das ist unmöglich. Gehen Sie!

Gehen Sie! Eine rauhe, leise Stimme, die jederzeit in Gebrüll umschlagen konnte. Anna bewegte sich wie ein Raubtier, faszinierte ihr Opfer, das wie versteinert war. Ein sehr schönes Arrangement. Fehlte nur eine Kamera.

Die Sexknaben waren der Sache gewachsen. Zwei von ihnen schnappten sich Adrien. Er war sprachlos und leistete keinen Widerstand. Sie schleppten ihn zum Aufzug, stießen unterwegs nackte Leiber und Leute in Abendkleidung zur Seite. Kleine Schreie wurden laut. Der Rauswurf dauerte nur ein paar Sekunden. Die seltenen Zwischenfälle im *Mirabeau* hatten offenbar gefälligst in kürzester Frist geregelt zu sein. Ein Mann im Straßenanzug näherte sich

Anna Fried. Der diensthabende Bulle. Eine sehr stattliche Erscheinung, durch und durch respektvoll. Sie beruhigte ihn mit einer Handbewegung. Damit war der Zwischenfall formal vom Tisch.

– Ist dieser Adrien Leck Ihr Freund? fragte Anna, sobald die Ruhe wiederhergestellt war.

– Ich mag ihn sehr.

– Auch wenn ich ihn hasse?

– Ich werde mich verabschieden.

– Nehmen Sie noch Champagner.

Ihre Stimme klang jetzt wieder völlig ausgeglichen und melodisch. Sie schlug vor, wir sollten miteinander anstoßen, was wir auch taten. Nicht alles bei Anna war Schauspielerei.

– Da Leck Ihr Freund ist, sagen Sie ihm, daß dieser Film nicht zustande kommen wird. Niemals. Ich werde es verhindern. Ich habe die Möglichkeiten dazu. Alle Möglichkeiten, die man braucht!

Sie war eine außergewöhnliche Schauspielerin und zugleich eine Frau, die sich außerordentlich schnell wieder in den Griff bekam. Anna nahm mich beim Arm. Sie sprach jetzt leiser.

– Was halten Sie von Stan? Sie kennen ihn natürlich erst seit ein paar Stunden. Er schätzt Sie sehr. Man darf ihn nicht verletzen und nicht zu streng mit ihm umgehen. Dieses Kind ist so ungewöhnlich. Haben Sie ein Kind?

Sie lachte. Stan war abscheulich, klar! Schrullig, wankelmütig. Aber trotzdem ein guter Sohn. Da könne ich ganz sicher sein. Der Druck der Finger wurde stärker. Anna erklärte, sie sei glücklich, daß ich tatsächlich gekommen war und sie so Gelegenheit gehabt hatte, mich kennenzulernen. Sie müsse mir allerdings einen Vorwurf machen.

– Sie hätten nicht zulassen dürfen, daß er sich diesen Stockdegen kauft.

– Seine Mutter sind immer noch Sie.

– Manchmal frage ich mich, ob das meine beste Rolle ist.

– Glauben Sie es, oder ist das ein Stichwort?

– Was macht das schon aus!

Mit zunehmender Nacht löste sich ihre Schminke auf, wodurch die Falten, die ihren Mund zu beiden Seiten wie Kerben begrenzten, noch deutlicher sichtbar wurden. Eine Vielzahl kleiner Riffelungen markierte die Oberlippe. Dieses Gesicht gefiel mir. Der Champagner war gut. Adriens Projekt war das eines Flegels. Ohne groß zu überlegen, nahm ich Anna Frieds Hand.

– Im Musée Grévin ist etwas gestohlen worden.

– Was ist es?

– Sie!

– Mich gibt es schon seit langer Zeit nicht mehr in diesem Museum!

– Doch, in den Beständen.

– Wollen Sie mich demütigen?

– Auf gar keinen Fall. Ich habe das Bildnis von Ihnen sehr geliebt.

– Wieso geliebt?

– Nehmen Sie es, wie Sie wollen. Der Diebstahl beschäftigt mich. Ich hätte ihn nämlich begehen können.

– Haben Sie es getan?

– Nein.

– Tut es Ihnen leid?

– Ein bißchen.

Eine etwas alberne Schmeichelei, und nicht nur das. Aber was machte das schon aus. Anna sah mich schräg von der Seite an. Wie in dem Film *Ravage*, in dem sie die Rolle einer großbürgerlichen Frau spielt, die einen jungen, völlig abgebrannten Maler, ihren Liebhaber, zur Verzweiflung bringt. Aber es gelingt ihr nicht, er wehrt sich. Da bringt sie sich um. Wir befanden uns im *Mirabeau*. Hinter den Vorhängen und Fensterläden brach bestimmt schon der Tag an.

Ich glaubte, meine Runde für heute erledigt zu haben.

Es war noch Champagner da. Ich ließ mich auf ein letztes Glas ein und registrierte aufmerksam das Angebot, wiederzukommen, wenn ich wollte. Annas Augen waren von einem intensiven Blau. Ihren Lidern hatte das Alter merkwürdigerweise wenig anhaben können. Ihre Stirn war glatt. Sie beobachtete mich, wollte herausfinden, wie ich sie sah. Einen Augenblick war ich versucht, es ihr zu sagen oder zumindest etwas zu erfinden.

– Sagen Sie nichts.

Ein spärlich bekleidetes Mädchen drang unter prustendem Gelächter in den Salon ein. Sie wurde angeblich von einem Besessenen verfolgt. Ein Spiel. Mäßig entwickelte Brust, sehr dunkle Schamhaare. Beginnende Zellulitis an den Schenkeln, wie ich nebenbei bemerkte. Ich schob sie so freundlich wie möglich beiseite, verließ den Raum und steuerte auf den Ausgang zu.

Unterwegs sah ich Stan. Er hatte sich auf einem Sofa ausgestreckt, einen Kerl im Arm. Seinen Smoking hatte er anbehalten. Die Sohle seiner Stiefelette war fast völlig abgelöst. Man konnte seine schmutzigen Zehen sehen, ein rötlicher Hoden hing aus seinem Hosenschlitz. Ich verdrückte mich, ohne daß irgend jemand groß darauf achtete, und fragte mich, ob die Limousine, die mich zurückbringen sollte, noch an Ort und Stelle sein würde.

Sie war da, mit demselben Chauffeur. Im *Mirabeau* besaß man Lebensart. Zumindest des Nachts. Ich gab als Ziel die Place de la République an.

Der Chauffeur machte ein ablehnendes Gesicht.

– Nicht direkt zu Ihrer Wohnung am Quai de Jemmapes?

Ich habe viele Manien. Wenn ich mein Fahrrad, ein Raleigh, nicht bei mir habe, gehe ich gern zu

Fuß nach Hause, langsam und in Vorfreude auf mein Stadtviertel und den Kanal. Obwohl wir September schrieben, blieben die Nächte beharrlich mild, wie lauter zusätzliche Chancen. An der Place de la République bat ich den Chauffeur, über den Boulevard du Temple/des Filles-du-Calvaire weiterzufahren. Ein Stück über den Cirque d'Hiver hinaus.

– Welche Nummer?

– Hier.

Er hielt an.

Boulevard Beaumarchais 113, Ecke Rue du Pont-aux-Choux. Ein Café mit Tabakladen, das *Petite Chaise*. Eine Toreinfahrt. Ich ließ mich absetzen und ging ein paar Schritte.

Auf den Knopf zu drücken, die sehr schwere Tür aufzuschieben und einzutreten, das war leicht. Zu leicht. Ein Gewölbe. Ein düsterer Raum, dann ein Hof mit Werkstätten im Hintergrund. Ich zündete mir eine Zigarette an. Es mußte sich alles sehr verändert haben. Im Schein des Feuerzeugs entdeckte ich einen Eimer oder einen Kessel. Darin Tücher, zu einer Kugel zusammengerollt. Eine Katze flüchtete, allerdings nicht sehr weit. Sie war neugierig. Es war ein ruhiger, absolut uninteressanter Ort. Renoviert, aber vielleicht gar nicht so fern dem Anblick, den er vor zwei Jahrhunderten geboten hatte. Genau das, worauf ich gefaßt sein konnte. Ich ging hinaus.

Auf der anderen Seite des Boulevards, bei Mona und Julie, brannte Licht. Einen Moment lang erwog ich, da oben noch ein letztes Glas zu trinken. Aber es mußte nicht sein.

Ich sagte dem Chauffeur, es sei in Ordnung, ein kleiner Fußmarsch würde mir jetzt gut tun, ich käme schon allein nach Hause und brauche ihn nicht mehr. Der Wagen entfernte sich in Richtung Place de la Bastille. Es war sechs Uhr morgens. Ich kehrte um und öffnete erneut die Tür der Nummer 113. Natürlich gab es keine Pferdetränke mehr im Hof. Nur diesen Eimer, der in einer düsteren Ecke auf einem ehemaligen Brunnen stand. Man konnte sich alles genau vorstellen. Ich beugte mich vor. Unter den Tüchern ertastete ich eine härtere Masse. Ich wußte, was es war. Oder wer. Eine Kontrolle erübrigte sich. Blieb die Neugier oder der etwas unsichere Wille, dem Irrationalen zu trotzen.

In den Tüchern war eine Plastiktüte verborgen und darin der Kopf der Prinzessin von Lamballe, zerzaustes Haar, abgeschlagener Hals. Ich hatte ihn wiedergefunden. Ich zwang mich, den Kopf mit beiden Händen zu fassen. Er war schwer. Die Wachswangen fühlten sich weich an. Es war sehr dunkel in dem Hof. Trotzdem konnte ich die halb geschlossenen Lider erkennen, mir die Reinheit der Gesichtszüge vorstellen. Etwas anderes als nur ein verwirrendes Abbild. Hier war man, war ich direkt an Ort und Stelle. Am Tatort, wenn man so will. Eine Handlung, schrecklich und archaisch, drängte sich mir unausweichlich auf. Ich sah hier nicht gut. Ich fuhr zärtlich mit dem Finger über das Gesicht der Marie-Thérèse. Und danach? Ich glaube, ich habe in den Haarschopf gepackt und den Kopf geschwenkt, so wie sie es damals wieder und wieder taten. Ja, ich glaube, das habe ich getan und mir dabei selbst zugesehen wie einem Idioten. Der Rausch des Henkers Sanson.

Nach ein paar Minuten habe ich den Wachskopf wieder in die Tüte gelegt und die Tücher darüber drapiert, so daß alles seine Ordnung hatte. Ordnung?

Auf dem Boulevard ließ der Rausch nach.

Bei Mona und Julie brannte kein Licht mehr. Ich überquerte die Straße und betrat die Vorhalle des Gebäudes. Den Namen der beiden fand ich ohne Schwierigkeiten auf einem Briefkasten. Die Souvenirpostkarte aus dem Museum, *Die Ermordung Marats*, schien mir angemessen. Ich habe immer Karten bei mir. Ohne zu unterschreiben, aber mit Angabe der genauen Uhrzeit, 6.32 Uhr, kritzelte ich ein «Guten Tag» auf die Rückseite. Ich zündete mir eine Gauloise an und schob die Botschaft in den Briefkasten.

Wenn ich schnell ging, konnte ich in einer Viertelstunde zu Hause sein. Ich war fest entschlossen, mir eine Begegnung auszudenken, auf dem Weg. Außerdem hatte ich einen Anruf zu erledigen. Die Bullen mußten verständigt werden.

Passage du Commerce

Jérôme konnte den Blick einfach nicht von dem Wachskopf abwenden, der auf dem Arbeitstisch der Bildhauerwerkstatt lag. Der üppige Haarschopf, die verstörten Gesichtszüge, das kaum merkliche Lächeln auf den schmalen Lippen. Wir teilten seine abwartende Haltung.

– Sie ist es ... und sie ist es nicht!

Ein paar Minuten nach halb sieben an diesem Morgen war die Polizei durch einen anonymen Anruf davon verständigt worden, daß der Wachskopf der Prinzessin von Lamballe im Hof der Nummer 113 am Boulevard Beaumarchais zu finden war. Der Konservator des Museums, Régis Thomas, war unverzüglich benachrichtigt worden. Aus gutem Grunde konnte mich diese Entdeckung nicht überraschen.

Der Kopf war von der Polizei des dritten Arrondissements geborgen worden. Seiner sofortigen Wiedereingliederung ins Museum stand nichts im Wege. Das Ganze war ziemlich schnell gegangen, mit der tiefen Genugtuung darüber, daß ein absurder Zwischenfall ein glückliches Ende fand. Nun hockten wir hier zusammen verblüfft vor den Tatsachen. Jérôme hatte als erster reagiert.

– Dies ist nicht der Kopf, der uns gestohlen wurde. Am Boulevard Beaumarchais hat niemand besonders darauf geachtet. Weil die Gewohnheit, genauer hinzusehen, verlorengegangen ist und weil der Kopf ein bißchen beschmutzt war. Aber ich bin sicher: er stammt nicht aus dem Museum.

– Aber es ist doch der Kopf der Prinzessin von Lamballe?

– Ohne jeden Zweifel!

Hinter der Fensterscheibe zeichnete sich ein paar Meter weiter unten das langgestreckte, verglaste Dach der Passage Jouffroy ab. Ein Dieb konnte von dorther bestimmt leicht und ohne allzu sichtbare Spuren einbrechen. Aber es war nicht dieses kleine Geheimnis, das uns Kopfzerbrechen bereitete. Jérôme hatte einige Archivunterlagen über die Prinzessin auf dem Arbeitstisch ausgebreitet. Darunter die Reproduktion ihres bekanntesten, von Callet gemalten Porträts (malvenfarbenes Kleid, hochgetürmte, gepuderte und blumengeschmückte Haare, ein etwas einfältiges Lächeln). Er tätschelte den Wachskopf.

– Dieser Kopf ist zehnmal originalgetreuer als der, den man uns gestohlen hat.

– Es ist schwer, ihn wiederzuerkennen, wandte Régis Thomas ein.

– Weil wir uns an den anderen gewöhnt haben! (Weit ausholende, verächtliche Geste in Richtung der Ikonographie) Der Bildhauer, der unseren Kopf im Jahre 1885 gestaltet hat, war von den Porträts inspiriert, die ihr da seht! Auf diesen Bildern ist sie zurechtgemacht und lebendig. Aber seht euch den Abguß an: Das ist die Prinzessin nach der Hinrichtung. Danach, wohlgemerkt!

Jérôme wies auf die Spur einer Verletzung an der Stirn und einer weiteren am Backenknochen. Er machte auf die Risse am Halsstumpf aufmerksam («von einem Rohling mit einem Messer ausgeführt, vergessen wir das nicht», erläuterte er). Es war schwer zu ertragen. Wir alle hier waren dem Realismus der Museumsfiguren in mehrfacher Hinsicht in einer Art Spiel verbunden. Jeder hatte seine eigenen Regeln, die er mehr oder weniger eingestand. Die Entdeckung dieses Wachskopfes brachte alles durcheinander. Es war etwas anderes als nur ein verwirrendes Abbild. Es war das Gesicht des Todes.

Als ob er mich auffordern wollte, das zu überprüfen, reichte Jérôme mir den Kopf. Ich hatte so manches übersehen in der vergangenen Nacht. Zunächst die außergewöhnliche Feinheit der Form. Die winzigen Falten in diesem Gesicht einer 43jährigen Frau. Sodann die Wundmale. Ich erinnerte mich an Berichte, die ich über die Hinrichtung gelesen hatte. Der erste Schlag nach der Verurteilung war mit einem Holzscheit ausgeführt worden und hatte den Nacken getroffen. Ich hob die Haare an. Die Schädelbasis des Wachskopfes war von einem ausgedehnten Bluterguß angeschwollen.

Und danach? Der abgeschnittene Kopf der Prinzessin war nicht nur aufgespießt worden, sondern hatte noch zahlreiche andere Mißhandlungen erfahren. Ich erinnerte mich an ein absonderliches Experiment von Sherlock Holmes in *Studie in Scharlachrot*. Er prügelt mit dem Stock auf eine Leiche ein, weil er herausfinden will, ob sich noch blaue Flecken entwickeln können. Das Gesicht der Marie-Thérèse war kaum von Schlägen verunstaltet. Es wies offene, frische Narben auf und war dennoch schön.

Régis Thomas unterbrach den Anschauungsunterricht.

– Kurz und gut, Sie wollen sagen, es handelt sich um eine Totenmaske und nicht um eine Skulptur auf der Grundlage von Dokumenten?

– Wahrscheinlich, ja.

– Aber warum? Woher stammt das Ding?

– Keine Ahnung, räumte Jérôme ein. Wenn ich recht habe, ist dieser Kopf genauso wertvoll wie die Masken von Robespierre und Marat, die das Museum besitzt.

– Man raubt uns ein erfundenes Gesicht und schenkt uns einen authentischen Abguß ... einen ganz besonders erschütternden. Das verstehe ich nicht. Woher kann dieser Kopf stammen? Warum der Austausch? Und dann dieser anonyme Anruf bei der Polizei?

Jetzt hielt Régis Thomas den Kopf mit ausgestreckten Armen von sich und studierte den erloschenen Blick.

– Es fühlt sich an, als sei er zerbrechlich, sagte er.

– Ist er auch, bestätigte Jérôme. Wachs wird mit zunehmendem Alter immer härter und schließlich brüchig wie Glas. Dieser Kopf ist fast zweihundert Jahre alt.

In Nachdenken versunken, legte Régis Thomas den Kopf mechanisch wieder auf den Arbeitstisch, so daß die Schläfe auf dem Holz zu liegen kam. Es war nicht einfach eine schlichte Skulptur. Der Anblick war unerträglich. Er stellte die Büste senkrecht auf den Halsstumpf.

– Was wollen wir damit anfangen?

– Ausstellen natürlich, sagte einer.

– Wenn die Herren von der Polizei damit einverstanden sind, ergänzte Régis Thomas.

Sie waren einverstanden. Ein Anruf genügte, auch wenn sie die Darlegungen des Museumsdirektors nicht recht begriffen. Die vermißte Prinzessin war wieder da. Wo lag das Problem? Auf jeden von uns wartete Arbeit. Wir gingen auseinander. In weniger als einer Stunde würden die Besucher wieder das vollständige Bild *Die königliche Familie im Temple, 3. September 1792, 13 Uhr* bewundern können. Nichts als ein Kopf anstelle eines anderen. Kein Mensch dachte mehr an das Verschwinden der Anna Fried. Bis auf mich.

Vor der Verabredung bummelte ich lange in der Passage Jouffroy und in der Passage Verdeau herum. Ich verstand nichts von dem, was sich da anbahnte, und scherte mich wenig darum. Die Dinge kamen

82

auf mich zu, nisteten sich ein mit einer Logik, deren Konfusion mir gefiel. Die Anschaffung eines Stocks konnte noch eine Weile warten.

Ich betrat die Nummer 400 der Rue Saint-Honoré. Eine abgewinkelte, düstere Vorhalle. Das Restaurant *Le Robespierre* lag am Ende eines schmalen Hofs. Adrien hatte es hübsch gefunden, hier zu Mittag zu speisen.

Drei mittelgroße Säle, weinrote Wandbehänge, überall «Souvenirs» der Revolution: Porträts von Maximilien, Eléonore und Danton, Stiche, die ein paar große Tage feierten, ein Plakat *Die Schreckensherrschaft und die Tugend*, Version Castelot-Decaux-Hossein. Ein ruhiger, gastlicher Ort. Adrien hatte bereits Platz genommen. Neben ihm saß ein Mann, den er mir vorstellte: René Jacques, Schauspieler.

– Er wird die Rolle des Hébert spielen.

Ungefähr 35 Jahre alt, sehr bleich, Stirnglatze. René Jacques war zugleich unsicher und begeistert. Sie tranken Whisky. Ich schloß mich ihnen an, ohne ihr Gespräch zu unterbrechen. In Wirklichkeit redete nur Adrien. Eine Art Anweisung in Form einer Methodenerörterung. Das Skript vor Drehbeginn lesen, ausführlich über den Film reden und möglichst die übrigen Schauspieler treffen? Nichts da, kam nicht in Frage. Außerdem sei die Rollenverteilung noch nicht abgeschlossen. Ob er *Die Prinzessin*, den Film von Alexandre Goras, noch einmal sehen könne? Darauf brauche er nicht zu rechnen. Man finde ihn in keinem Filmarchiv, ein Spleen von Anna Fried. Sie hatte, wie es schien, sämtliche Kopien aufgekauft. René Jacques könne sich aber immerhin *Die Marseillaise* von Renoir («ein absolutes Meisterwerk»), Eisensteins *Oktober* («überwältigend») und ein paar Filme von Adrien ansehen («nicht alle, aber manche sind nicht so schlecht»). Vor allem solle er die *Geschichte der Französischen Revolution* von Michelet wiederlesen, das sei die beste Vorbereitung.

– Das ist im Grunde *der* Film über die Revolution. Da findet sich alles, Ensembleaufnahmen, großzügige Kamerafahrten, intime Großaufnahmen, alles. Das Problem ist natürlich, daß Michelet Hébert haßt.

René Jacques versprach, «wiederzulesen». Ich hatte ihn bereits in einigen achtbaren Filmen gesehen, deren Titel mir entfallen waren. Einer dieser ewigen Zweiten, bei denen man sich immer fragt, warum sie sich nicht als Hauptdarsteller durchsetzen. Er hatte sich offensichtlich noch nicht davon erholt, daß Adrien Leck ihn auserwählt hatte. Und es war ebenso eindeutig, daß er sich geehrt gefühlt hätte, in einer Massenszene eine Hellebarde zu tragen – und zwar unentgeltlich –, wenn dieser Filmemacher ihn darum gebeten hätte. Da war nichts zu machen, weder die Reinfälle noch die schlechten Filme, die er lediglich zum Geldverdienen gedreht hatte, konnten etwas daran ändern, daß Adrien bei einer ganzen Zunft von Getreuen, die er mit zwei oder drei Filmen erschüttert hatte, ein ungeheures Ansehen genoß. Ich hätte sicherlich ebenso dazu gehört, wenn ich den gewitzten Burschen nicht ein bißchen zu gut gekannt hätte.

Der Schauspieler erhob sich und schüttelte mir herzlich die Hand.

– Vielleicht sehen wir uns bei den Dreharbeiten?

– Wer weiß?

Er zog sich zurück, leicht unterwürfig und so, als könnte er jederzeit über den erstbesten Teppich stolpern.

– Er sieht nach nichts aus, aber er ist gut. Und eins ist komisch dabei.

– Und das wäre?

– Er heißt René Jacques. Hébert hatte den Vornamen Jacques-René!

Adrien sah glücklich aus. Das hieß allerdings nicht unbedingt, daß es ihm gut ging. Er hat schon immer eine außerordentliche Fähigkeit zur Selbstvergiftung an den Tag gelegt. Wir tranken noch zwei Scotch und gaben uns den Umständen entsprechend heiter.

– Freut mich, dich wiederzusehen, Victor.

– Ganz meinerseits, Adrien.

– Weißt du, wo wir hier sind? sagte er, um einen Einstieg zu bekommen.

Ich wußte es.

– Im Speisesaal von Maurice Duplay und seiner Familie. Die Gastgeber Robespierres ab dem 17. Juli 1791 bis zu seinem Tod.

– Manchmal habe ich den Eindruck, daß du den Stoff wiederholst, bevor du zu einer Verabredung gehst.

Das passierte mir gelegentlich, weil ich gern wußte, in wessen Spuren ich trat. In diesem speziellen Fall hatte es mir genügt, das Schild neben der Haustür in der Rue Saint-Honoré zu lesen.

– Es dürfte sich aber doch allerhand verändert haben inzwischen.

– Weniger als man glauben könnte, versicherte Adrien. Die Besitzerin, Madame Dellepoix, könnte es dir erklären. Als sie diesen Betrieb vor mehr als fünfundzwanzig Jahren gekauft hat, hatte sie keine Ahnung, daß es sich um das Haus von Duplay-Robespierre handelte. Irgendein Gast, Decaux oder Castelot, hat es ihr gesagt. Deshalb hat sie das Etablissement in *Le Robespierre* umbenannt und die gesamte Dekoration erneuert. Ein richtiges kleines Museum.

An der Wand hinter mir stand eine Vitrine, in der Stiche ausgestellt waren: der Hof zu Zeiten der Revolution, eine Erinnerung an den Mordversuch der Anne-Cécile Renault (am 4. Prairial des Jahres III), Teller, eine Gipsmaske des Unbestechlichen usw.

– Wie wär's, wenn du mir von deinem Film erzähltest?

– Laß uns erst bestellen.

Die Speisekarte des Restaurants konnte nicht enttäuschen. Sie präsentierte einen «Lachs Robespierre», ein «Steak Charlotte Corday», einen «Salat Eléonore» usw. Ein Hummer «Thermidor» gehörte nicht zur Speisefolge. Ich versuchte es mit dem Lachs.

Adrien machte zunächst auf kokett («Wo soll ich anfangen?»), dann auf überlastet («Ich habe keine Zeit mehr, an irgend etwas zu denken»). Er war eindeutig älter geworden, und es stand ihm ganz gut. Er hat es stets verstanden, seine Katastrophen in einen neuen Look zu verwandeln.

– Vor vier, fünf Monaten ist es mir furchtbar schlecht gegangen. Du meinst, das ist nichts Neues? Kann schon sein.

Bei sämtlichen Produktionsfirmen auf der schwarzen Liste, ein paar schlechtgelaunte Banken, eine Steuerforderung am Hals. Ganz zu schweigen von seinem behandelnden Arzt, der den letzten Checkup hoffnungslos fand. Dann hatte ein Typ Adrien zu sprechen gewünscht. Er war auf der Suche nach Ideen für einen Film. Nicht für irgendeinen, sondern über die Französische Revolution.

– Ein Ding zur Zweihundertjahrfeier?

– Genau. Schmerzliche Feststellung: Ich war so weit auf den Hund gekommen, daß man versuchen konnte, mich allen Ernstes auf ein solches Thema anzusetzen. Ein Auftrag für den großen Mann, dessen Stern im Sinken ist.

Dieser Typ mit seinem Scheckheft in der Tasche stand stellvertretend für weitere. Keine Leute, die mit dem Kino vertraut waren, sondern Männer mit Zaster und Beziehungen. Komischerweise liebten diese großen Tiere Adriens Filme. Die guten.

– Wir hatten uns im *Lipp* verabredet. Ich war total blank und sicher, daß mein Gesprächspartner es wußte. Im Wesentlichen sagte er mir: Ich gehöre zu

ein paar Leuten, die meinen, daß Sie nie die Möglichkeit hatten, einen Film zu drehen, der ganz und gar
persönlich ist und dennoch über die Mittel verfügt,
das große Publikum zu erreichen. Wir können Ihnen
diese Mittel geben, falls Sie eine Idee haben, die sich
in diese idiotische Gedächtnisfeier einfügen läßt.

Adrien lachte immer noch darüber, während er erzählte, wie die Dinge in Gang gekommen waren. Die
Kommanditisten wollten, wie sie es ausdrückten, weder einen Film aus Sicht der radikalen Montagnards
noch einen aus Sicht der royalistischen Chouans,
sondern einen «republikanischen». Auf dieses Wort
schienen sie Wert zu legen.

– Ich war abgebrannt, sie hatten es eilig. Ich habe
sie gebeten, mir eine Nacht zum Nachdenken zu geben.

Und natürlich brauchte er, Adrien, selbst den zer-
brechlichsten Strohhalm für den Versuch, wieder einmal von vorn anzufangen. Klar auch, daß ihm dieser
Vorstoß, so plump er auch war, gelegen kam.

– Am nächsten Tag bin ich mit der Métro zu der
Verabredung gefahren. Mein Kopf war leer. Es ist
mir ganz plötzlich eingefallen, als der Bursche beim
Nachtisch auf das Ergebnis meiner Überlegungen
wartete. Ein Remake der *Prinzessin*, das habe ich
ihm vorgeschlagen und das Thema ordentlich ausge-
schmückt.

Der Aufstand vom 10. August, das Fieber in Paris,
die Kommune, die sich einrichtet, die Republik, weil
ihnen das doch so am Herzen lag. Die ach so beklagenswerte Lamballe. Wenn man Adrien hörte, hatte
er seinen Mann von Satz zu Satz erobert, hatte große Massenbewegungen heraufbeschworen, die Tra-
gödie im Temple, die widersprüchlichen Aufregungen bei Kommune und Nationalversammlung, das
große Unglück einer kleinen Prinzessin. Die Septembermorde.

– Ich habe eins nach dem andern erfunden. Er war begeistert. Ein paar Wochen später kam die Sache zum Abschluß. Untypisch, völlig anders als die normalen Abläufe im Filmgeschäft. Unerwartet.

Das Restaurant gefiel mir. Man trug unser Essen auf.

– Ich habe nicht groß an die Fried gedacht, sagte Adrien. Die Idee mit diesem Remake ist mir ganz nebenbei gekommen. Ein reiner Vorwand. Inzwischen ist die Sache sehr weit gediehen, wir drehen nächsten Monat. Ich wollte höflich sein und sie informieren. Du hast ja gesehen, wie sie es aufgefaßt hat. Eine verrückte Alte.

– Wirklich so verrückt?

– Nein, nein, berichtigte er sich der Form halber. Sie ist eine große Dame, die nichts mehr vom Kino versteht.

Eine Nervensäge. Der Wein, ein «Robespierre», ließ sich sehr gut trinken. Ein Gag, der durchaus nicht lächerlich war. Da wir nun schon einmal hier waren, versuchte ich, im Geist das Haus Duplay zu rekonstruieren. Ohne großen Erfolg.

Meiner Meinung nach saßen wir nicht in den Räumlichkeiten des ehemaligen Speisesaals, sondern eher im Anbau. An der Grenze zum Garten des Nonnenklosters Conception.

– In dem die Duplay-Töchter ihre Erziehung erhielten.

– In dem Françoise Goupil, Schwester mit christlicher Berufung, Nonne war, ehe sie ihr Gelübde brach und Héberts Frau wurde.

Wollte Adrien mir beweisen, daß in Paris alles miteinander verknüpft ist? Wie sah er diesen Film?

– Wie schon? Das Budget ist beachtlich und ich habe alle Freiheiten.

– Ich rede von Ideen.

Adrien konnte mich nicht wie irgendeinen Kapitalgeber oder einen charmanten Schauspieler behandeln. Er erinnerte an den 10. August.

– Ich bin kein Historiker, und die Lamballe ist mir egal. Aber der 10. August, das ist der Aufstand in Paris und die Eroberung der Tuilerien. Der König hat ausgedient.

Mit weit ausholenden Gesten und Schönredner-stimme entwickelte Adrien ein unzusammenhängendes Szenario: der Bürgerkrieg, die Kommune, die Doppelherrschaft, der Temple, das Revolutionstribunal, die Haussuchungen, der Feind vor den Toren, die Angst und die Morde. Das große Spiel. Wie oft ist über die schrecklichen Septembermorde, die Periode der *première terreur*, geredet worden. Nur wenige Tage später dann die Republik. Am 21. ausgerufen, genau zur Tagundnachtgleiche. Bis zu dieser ersten Sitzung des Konvents würde Adrien in seinem Film nicht gehen. Er wollte nur fünfundzwanzig Tage abhandeln. Von den Ereignissen in den Tuilerien bis zu den Massakern. Wie? Das wußte er nicht so genau.

– Es ist wegen der Lamballe, daß ich am 3. September aufhören muß. Eine blöde Falle, die ich mir selbst gestellt habe. Aber aufregend.

Adrien wiederholte großmäulig, der 10. August sei das große, verdrängte Datum der Revolution. Dagegen sei der Sturm auf die Bastille ein kleiner Spaziergang gewesen. Er hielt sich an diesem Aufstand, diesem Umbruch fest, grunzte vergnügt:

– Alles, was man vorher feiern kann, ist die parlamentarische Monarchie. Das brave, friedliebende Volk und sein freundlich-schurkischer Souverän. Das ist der Beschiß bei dem großen Geburtstag. Zweihundert Jahre danach haben sie immer noch genauso viel Angst vor den Sansculotten.

Man konnte sich die «große Wut» vorstellen, die Hébert, der Père Duchesne, heute für diese demonstrative Feier übrighaben würde. Die zweite Flasche wurde gebracht. Der Lachs war nicht schlecht. Adrien erging sich in Beschreibungen seines zukünftigen Spektakels.

Er sah drei Personen. Die Lamballe, leider Gottes. Aber sie stand nun einmal am Anfang des Projektes. Eine farblose Figur, der in romantischer Hinsicht nicht viel abzugewinnen war.

– Wenn sie dem Massaker entkommen wäre, würde sich kein Mensch mehr an sie erinnern. Sie war kindisch und geldgierig, launisch und ihrer Königin treu, nicht wirklich sympathisch. Eine unbedeutende Person.

Adrien hatte sich für sie eine Art Gegenstück, eine Doppelgängerin, ausgedacht. Ein Mädchen aus dem Volk, zweifellos eine Nutte («Sagen wir, eine Kurtisane anderen Kalibers» – er lachte). Sie würde unter den Arkaden des Palais-Royal ihres Amtes walten.

– Sie vögelt mit den Aristokraten, die mit den neuen Ideen sympathisieren. Freigeister, die kein Bett, aber adelige Vorfahren haben – was reicht, um die Mädchen aufs Kreuz zu legen –, Rousseau lesen und Beaumarchais applaudieren. Sie schätzen die Gesellschaft von Choderlos de Laclos, der ein Komplott zugunsten des Herzogs von Orléans, genannt Philippe Egalité, schmiedet. Die Frau nimmt an allem teil, ihr Herz schlägt für den Aufstand. Sie wird aufgrund eines Mißverständnisses verhaftet. Oder wegen eines kompromittierenden Liebhabers.

Er konnte sich ebensogut vorstellen, daß sie bei den Haussuchungen Ende August festgenommen und gemeinsam mit vielen anderen Anfang September in der Salpêtrière ermordet wurde. Und weiter?

– Héberts Rolle.

Logischer Adrien! Hébert, das würde der Repräsentant der neuen kommunalen Macht, der Mann des Aufstandes, das Sprachrohr der Vororte. Seit meiner Gymnasiumszeit hatte ich über den guten Mann nichts mehr gehört.

Ich hatte keine große Lust, weiter zu diskutieren, und noch weniger Lust, zuzuhören. Unter anderem weil ich wußte, daß Adrien diejenigen verachtete, die sich allzu schnell von seinem glitzernden Sprachflitter beeindrucken ließen. Sein kleines raffiniertes Unternehmen brauchte meine Zustimmung nicht. Er schien einem weiteren guten Film entgegenzusteuern. Aus diesem Grunde erkundigte er sich mit einer gewissen herzlichen Vulgarität, woran ich denn gerade arbeitete, wagte sogar die Frage, ob es mir gut ginge. Ich erzählte ihm zerstreut vom Musée Grévin, den Wachsfiguren, meinem vernunftmäßig nicht erklärbaren großen Interesse an der Prinzessin von Lamballe und an einigen anderen möglichen Ausgangspunkten. Er spitzte die Ohren, stets bereit, eine verwertbare Idee aufzugreifen. Wir tranken zwei Cognac und brachen dann auf. Im Hof zeigte mir Adrien auf der rechten Seite die Etage, in der Robespierre gewohnt hatte, und den Standort der Treppe (von Duplay konstruiert), über die er in sein Schlafzimmer gelangt war. Es war nicht viel aus jener Zeit übriggeblieben, aber schließlich waren wir hier auf historischem Boden.

– Ich hätte es gern, wenn du dich ein wenig für diesen Film interessierst, sagte er.

– Warum?

– Ich brauche wahrscheinlich einen Sparringspartner.

In der Rue Saint-Honoré war nichts mehr zu sehen von dem Rinderblut, das ein Junge geworfen hatte, als Maximilien am 10. Thermidor vorbeigekarrt worden war. Es hatte die Wand des Hauses Duplay bespritzt. Ebenso schwer konnte man sich in dieser eleganten Straße mit den zahlreichen Autos – sie fuhren in umgekehrter Richtung den Weg, der einst zur Guillotine führte –, die Stimme Georges Dantons vorstellen, eine heisere, vom Prozeß gebrochene Stimme, die an dieser Stelle mit einem Rest von Sonorität versucht hatte, Maximilien zuzurufen: «Du bist der nächste.»

Wir gingen weiter.

Danton langweilt mich.

Unterwegs plauderten wir. Von der Rue Saint-Honoré bis zur Rue Malher hatten wir in mehreren Kneipen Zwischenstation gemacht. Adrien war erregt und redselig. Der Film würde zustandekommen, egal was Anna Fried unternahm. Der Fall beunruhigte ihn mehr, als er zugeben wollte. Er gestand mir, daß er einen Anwalt um Rat gefragt hatte. Auf legalem Wege hatte der ehemalige Star keine Möglichkeit, die Dreharbeiten zu verhindern.

– Wir sprechen nur aus Bequemlichkeit von einem Remake. Diese fünfundzwanzig Tage der Geschichte gehören allen.

– Wer hat das Drehbuch geschrieben, du?

– Ich arbeite mit Joachim Solo. Du kennst ihn. Er ist verrückt, aber gut.

– Joachim ist in Paris?

– Seit ein paar Tagen. Das Skript ist noch lange nicht fertig und wird es wahrscheinlich nie. Ich habe etwas eigenartige Methoden. Besuch ihn mal, er mag dich.

Wir mochten uns alle. Das war beinahe verdächtig. Oder es war Bequemlichkeit. Jedenfalls entsprach es der Wahrheit. In großen Abständen und über viele Jahre hin immer wieder Adrien, Joachim und in gewisser Hinsicht auch Marc; wir glichen allmählich einer Bande. Etwas grotesk sicherlich, weil sie zufällig anläßlich einer Vietnamdemo in Berlin im Februar 1968 entstanden war. Der deutsche

SDS, die Jeunesse Communiste Révolutionnaire, all die anderen Freunde und dann die Fortsetzung. «Rom-Berlin-Warschau: Paris!», diese Maiparole – gerufen, wie eine Welle rollt, eine rote Brandungswelle –, blieb meine Tagesparole. Mein Landeplatz, Adrien, Joachim, Marc: seit fast zwanzig Jahren waren wir uns in diesen Städten begegnet. Und auch in Prag, in Athen, in Lissabon. Niemals als Touristen und – im Laufe der verlorenen Revolutionen – immer weniger aus irgendwelchen Gründen. Aber doch auf der Lauer. Nach so vielen Reisen war Paris meine letzte Utopie.

Joachim schrieb schon lange keine Bücher mehr. Dafür trug so manches Drehbuch zu einem sehr guten Film seine Unterschrift. Ich notierte mir seine Adresse, Rue de la Corderie.

Adrien wollte nur über die Realisierung seines neuen Filmprojekts reden. Die gesamte Mannschaft stand, die Sache war finanziell abgesichert. Sogar die Stadt hatte die Genehmigung für die Dreharbeiten erteilt. Und vor allem hatte Adrien seine Schauspielerin gefunden. Ein Traum! Die Frau, die jeder Filmemacher, der sein Thema liebt, schließlich zwangsläufig findet, die wie durch ein Wunder zur rechten Zeit da ist.

– Oder durch Zufall. Der Zufall leistet manchmal gute Arbeit. Julie war Lucile Desmoulins in Büchners *Danton*. Hast du das Stück gesehen? Nein? Das war ein Fehler. Kein besonders guter Büchner, der Autor wird ziemlich überschätzt. Auch keine besonders gute Inszenierung. Ein Vorortspektakel, fast eine Amateurvorstellung. Julie war die Überraschung. Am Ende, als sie unten vor dem Schafott steht. Danton, Camille, alle sind tot. Und was ruft sie?

– Es lebe der König!

– Genau. Ist doch unglaublich, oder? Ein großer Augenblick! Sie war glänzend.

Adrien begeisterte sich und gestikulierte wild. Ich war froh, ihn wieder in diesem Zustand zu sehen. Die Rue Malher, ihr Schnittpunkt mit der Rue du Roi-de-Sicile, der ehemaligen Rue des Droits-de-l'Homme (1793), hatte kaum Interessantes zu bieten. Ein Süßwarengeschäft und Gebäude, die lange nach der Revolution entstanden waren, ärgerte sich Adrien, während wir über den Bürgersteig gingen. Die Frage der Kulissen, der tatsächlichen Örtlichkeiten brachte ihn aus der Fassung. Er hatte sie noch nicht gelöst.

– Hier ist die Lamballe gestorben!

Keinerlei Markierung, keine Blutspur mehr. Aber diese Ecke von Paris, eine Gegend ohne Eigenschaften, blieb ein Verbrechensschauplatz, jedenfalls für mich. Für das Kino? Davon verstand ich nichts. Man brauchte sich kein bißchen anzustrengen, wenn man sich die Sache vorstellen wollte. Abgerissen oder nicht, das Zuchthaus La Force, hatte auf der anderen Straßenseite gestanden. Es ging nicht um eine geistige Rekonstruktion. Das Gedächtnis der Straßen spottet über Erinnerungen. In dieser Ecke von Paris waren Septembermorde möglich, egal wann.

– Warum eigentlich nicht hier? sagte Adrien. Ich will so wenig Kulissen wie möglich.

Wir gingen weiter zur Place Saint-Paul. Bis zum Treffen mit Julie war immer noch reichlich Zeit. Ich hatte Adrien begleitet, weil es bequem war, weil ich es liebte, spazierenzugehen und ihn von seinen Unschlüssigkeiten reden zu hören. Es fiel mir schwer, eine Verbindung zwischen der potentiellen Hauptdarstellerin und der kleinen Angeberin im Museum herzustellen. Adrien gefiel sich darin, niemals zu erwähnen, wie viele Stars (jawohl, Stars!) er entdeckt und großgemacht hatte.

– Einverstanden, sagte er. Hier wird es Leichen geben.

Ich habe die Rue Saint-Antoine immer geliebt.

In seinen schlimmsten und kaputtesten Momenten war Adrien stets geradezu besessen auf Pünktlichkeit bedacht gewesen. Auch diesmal lag er offensichtlich richtig mit seinem Zeitplan.

– Zu gut sogar, was? Ich bin sicher, daß du das denkst. Du glaubst, ich drehe durch und betäube mich, um zu vergessen, daß ich einen weiteren Scheißfilm drehen werde. Du irrst dich, mein Freund. Zum erstenmal seit langer Zeit mache ich genau den Film, der mir notwendig erscheint. Ich habe nichts getan, um diesen Auftrag zu bekommen. Er ist ein Geschenk des Himmels.

Er sah so aus, als glaubte er daran. Wir waren jetzt beim *Tartine* angelangt, einem Weinrestaurant in der Rue de Rivoli und Adriens Stammkneipe zu der Zeit, als er noch mit Sarah in diesem Viertel lebte. Noch lange nach ihrer Trennung hielt er daran fest, dieses Lokal aufzusuchen, wenn er arbeiten oder über Geschäfte sprechen wollte. Dabei spielte wohl auch der Gedanke mit, daß sie sich eines Tages zwangsläufig wieder begegnen mußten. Das war meines Wissens ein oder zwei Mal geschehen. Ruhmlose Begegnungen.

– Was Sarah macht? Sie spielt in guten Filmen. Eine schöne, ruhige Karriere.

Sie waren ein berühmtes Paar gewesen, das zusammen zwei oder drei entscheidende Filme gemacht und sich darüber verbraucht hatte. Weil Adrien mein Freund war, wußte ich, daß er sich davon nie erholt hatte und auch nicht versuchte, sich davon zu erholen, schon gar nicht durch das Kino. Ich hatte Sarah seit mehreren Jahren nicht gesehen. Wir bestellten Chablis.

– Zwei kleine Gläser?

– Eine Flasche.

Wir hatten uns entschieden, auf der Terrasse zu sitzen. Es war vielleicht eine der letzten Gelegenheiten in dieser Jahreszeit, an einem noch nicht sehr kühlen Abend draußen zu trinken. Womöglich auch schlicht das letzte Mal. Ich hasse es, wenn der Sommer zu Ende geht. Adriens Erregung hatte sich gelegt. Der Chablis war gut. Wieder einmal stellte ich mit einer Art Gänsehaut fest, daß ich in dieser Stadt zu Hause war.

– Kennst du Julie gut?

– Sie posiert im Museum.

– Fotografierst du sie? Bist du in sie verliebt?

– Und du?

– Ich habe Lust, diesen Film mit ihr zu drehen. Das ist schon viel. Das ist sogar eine ganze Menge.

Julie war absolut pünktlich. Wir sahen sie von weitem näherkommen. Sie unterschied sich von der Menge auf dem Bürgersteig. Nicht durch ihren Wuchs, sondern durch ihre Haltung, ihren Schritt. Sie ging schnell. Wie man ein Gelände vermißt oder erobert. Ein Eroberertyp, das war's. Und das war es auch, was mich daran gehindert hatte, sie in ihrer passiven Haltung im Museum von Kopf bis Fuß zu fotografieren. Sie ließ sich nieder.

– Ihr beiden kennt euch? Ein guter Witz! Freunde seit Ewigkeiten, wette ich. Ich fühle mich umzingelt.

Julie scherte sich nicht weiter darum, trank einen ordentlichen Schluck Wein, zündete sich eine Gitane ohne Filter an und wühlte in ihrer Tasche. Sie zog ihren Vertrag hervor. Die Blätter waren reichlich mit Anmerkungen versehen, roter Filzstift, nervöse, winzige Schrift. Ausrufezeichen, hier und da ein wütendes «Nein» an den Rand gekritzelt, unterstrichene Passagen.

– Darüber werden wir wohl noch reden müssen.

– Später, sagte Adrien amüsiert.

– Einverstanden. Aber bilde dir nicht ein, daß ich ein solches Machwerk einfach unterschreibe!

Er beugte sich vor und nahm ihre Hand. Die durchtriebene Geste eines Liebhabers. Eines guten

Liebhabers? Sie entspannte sich. Er konnte durchaus mit ihr schlafen, hereinlegen konnte er sie nicht.

– Was gibt es Neues?

– Ich habe Anna Fried gesehen. Unser Plan macht sie fuchsteufelswild.

Adrien erzählte ihr mit knappen Worten von der Auseinandersetzung im *Mirabeau*. Julie konnte ein höhnisches Lachen nicht unterdrücken, als sie erfuhr, daß der Star Inhaberin eines Partnertauschladens geworden war.

– Kann sie den Film verhindern?

– Natürlich nicht.

– Warum hast du sie dann aufgesucht? Wozu brauchen wir ihre Meinung?

– Pure Höflichkeit.

– Du meinst, pure Heuchelei! Aber das ist deine Sache.

Julie gab mir mit einem kurzen Blick zu verstehen, daß sie immer noch nicht begriff, was ich hier zu suchen hatte. Ich stellte mir zwar dieselbe Frage, schenkte mir aber trotzdem noch ein Glas ein.

– *Die Prinzessin* war für unsere Freundin gleichbedeutend mit dem Ende ihrer Karriere, erklärte Adrien geduldig. Ich habe mich nach dem Ablauf der Dreharbeiten erkundigt. Die Fried war unerträglich. Ständig Launen, unfähig, ihren Text abzuliefern usw. Sie war damals auf dem Höhepunkt einer Liebeskrise. Es wird sogar behauptet, daß sie einen ihrer Liebhaber umbringen wollte. Die Bullen haben sie zwischen den Aufnahmen im Studio verhört. Ein Alptraum. Alexandre Goras war nämlich ein sehr anständiger Regisseur.

– Es war trotzdem ihre beste Rolle, beharrte ich.

– Viel Arbeit bei der Montage, um den Schaden wettzumachen, korrigierte Adrien. Danach hat keiner mehr etwas von ihr wissen wollen.

– Scheiße, unterbrach Julie. Es ist doch nicht unsere Schuld, daß die Fried erledigt ist.

– Haben Sie *Die Prinzessin* schon einmal gesehen?

– Nein. Ich bin Schauspielerin, keine Filmkenne-
rin.

«Erledigt»? Adrien war mehrmals «erledigt» gewesen. Hausverbot bei sämtlichen Produktionsfirmen, die erlebt hatten, wie er stockbetrunken in einem Studio ankam, unfähig, eine Aufnahme zu
machen; wie er jede vorgesehene Drehzeit dank zahl-
reicher Alkoholvergiftungen und Roßkuren überzog.
Einmal hatte ich ihn bei einer schwierigen Szene beobachtet. Dutzende von Statisten, sehr kostspielige
Ausstattung. Ein schwankender Adrien, zwei Assistenten, eigens dafür bezahlt, daß er nicht zusam-
menbrach. Wie durch ein Wunder hatte er die Sache
meisterhaft hinter sich gebracht – bis auf eine Kleinigkeit. Fasziniert von seinen Schauspielern, von der
Fügsamkeit, mit der die Mannschaft seine Anweisungen befolgte, hatte er die Szene weiterlaufen lassen,
obwohl keine Handlung und kein Text mehr vorgesehen waren. Überrascht und in dem Glauben, der
Chef wünsche eine Improvisation, hatte jeder weiter-
gespielt, mehrere ewig lange Minuten. Adrien hatte
geistesabwesend zugesehen und das Wort «Cut» einfach nicht über die Lippen gebracht. Er war gefeuert
worden, wegen Schlamperei. Jedesmal war er wieder
auf die Beine gekommen, hatte mit Zufalls-Come-
backs von vorn angefangen, die gelegentlich durch
einen César oder ein paar achtbare Hunderttausende
von Besuchern Bestätigung erfuhren. Mühsames Erwachen nach einer Bauchlandung im Rinnstein.
Diese Momente hatte Adrien nicht vergessen. Jetzt
stand das Barometer wieder auf schön. Er teilte die
Karten aus. Eine Riesenproduktion, Zaster, Spesen-
abrechnungen, Treter für fast 1000 Mäuse. Er wußte,
daß er irgendwann wieder auf die Nase fallen und
sehr weit unten landen konnte. Ich kannte ihn gut
genug, um zu erraten, daß er auf diesen Augenblick

geradezu genießerisch wartete. Julie wurde ungeduldig. Sie schob Adrien den Vertrag zu. Nach allem, was ich gelesen hatte, war die Lamballe eine sanfte, sensible Frau. Julies Sensibilität stand nicht in Frage. Sanftheit zu spielen würde ihr sicherlich schwerer fallen. Ich ließ die beiden allein und brach auf, unterm Arm zwar nicht das Drehbuch der *Prinzessin*, aber einige Arbeitsnotizen, die ich mir auf Adriens Wunsch einmal ansehen sollte. Es war lästig.

Ich wußte nicht, warum ich es tat, aber ein oder zwei Mal im Monat besuchte ich Villon. Die Polizei hatte ihn gefeuert und damit um seine wesentliche Einnahmequelle gebracht. Er hatte umziehen müssen. Seine Wohnung in der fünften Etage in der Rue de Saintonge war winzig klein und einfach möbliert. Ein Dienstbotenzimmer. Ich konnte meine Besuche nicht ankündigen, weil er kein Telefon besaß.
– Mich kann so schnell keiner stören. Von Ihnen und dem Boxer aus Kamerun im vierten Stock abgesehen, sehe ich fast niemanden.
Keinen Freund und ganz gewiß keine ehemaligen Kollegen. Ich stellte einen Pack dunkles Pelfort auf den Tisch, neben einen Stapel getippter Blätter. Villon hatte schließlich einen kleinen Job als gelegentlicher Übersetzer gefunden. Davon konnte er leben, nicht gut, aber immerhin. Wir stießen mit den Bierdosen an. Villon bot mir seinen einzigen Stuhl an und nahm selber auf dem Bett Platz.
– Wie geht es Ihnen?
– Bescheiden, sagte er. Kein Grund zum Klagen.
Er klagte nie. Das hätte gerade noch gefehlt. Meine einzige Furcht bestand darin, ihn zu überraschen, wie ich ihn schon einmal angetroffen hatte: seit mehreren Tagen ungewaschen und unrasiert, schmutzige Kleidung, zum Penner in der eigenen Wohnung verkommen. Das war mehrere Monate

nach seiner Entlassung aus dem psychiatrischen Krankenhaus (er sagte: nach seiner «Befreiung»), ein Rückfall. Das zweite Problem: Ich hatte keine Ahnung, wie er meine Besuche einschätzte.

– Wie weit sind Sie gekommen?

– Raum 93. Seit zwei Tagen. Man kommt einfach nicht raus.

Das Unpassende in dieser elendig kleinen Bude war der Computer. Villon hatte ihn in einer plötzlichen Sinnesanwandlung gekauft, von dem Geld, das der Verkauf seiner alten Möbel, seiner kompletten Sammlung gebundener *Série noire*-Krimis, der normalen Dinge seines früheren Lebens, erbracht hatte. Er benutzte ihn als Schreibmaschine für seine Übersetzungen. Außerdem spielte er viel. «City» war sein Lieblingsspiel. Es ging dabei um diverse Geheimnisse. Die Suche nach irgendeinem Tresor in einer Alptraumstadt. Auf zehn Ebenen mit einem Labyrinth von Straßen, Häusern, verminten Gängen, beunruhigenden Personen, unbestimmten Monstern waren Gegenstände zu finden und andere absolut zu meiden. An die 200 Räume konnten erforscht werden. Er war gerade beim 93.! Seit sechs Monaten bearbeitete er die Tastatur, beseitigte seine Widersacher, verlor nach und nach die zehn «Leben», die ihm zu Beginn der Partie bewilligt wurden. Aber Villon spielte hartnäckig weiter, manchmal ganze Nächte hindurch.

Was konnte mich an diesem kaputten Ex-Bullen interessieren?

An seiner Wand hing ein großes Blatt, auf dem er ziemlich ungeschickt das Schema des Spiels festgehalten hatte, die «city». Ein Führer mit einem Verzeichnis der Tücken und der geschicktesten Wege, stets auf den neuesten Stand gebracht. Jeder Vorstoß war ein großer Sieg. Ganze Blöcke und Unmengen von Häusern waren noch absolut geheimnisvolle Zonen voller Gefahren und Nervenkitzel. Ich muß zugeben, daß auch ich unter den spöttischen Blicken Villons eine Menge Zeit mit dem Versuch verbracht hatte, den kleinen Mann namens «Max» durch diese verrückte Welt zu steuern. Mein Ergebnis war unter dem Plan notiert: «Victor B., 69 Räume». Ein jämmerliches Ergebnis. Der Boxer aus dem vierten Stock war mir dicht auf den Fersen. Das Pelfort schmeckte gar nicht so übel. Villons Macke beruhigte mich.

– Sind Sie gekommen, um ein bißchen zu spielen, oder wollen Sie prüfen, ob ich noch genug Geld habe, um mir Rasierklingen zu leisten?

– 93. Nicht schlecht.

– Machen Sie sich nicht über mich lustig, mein Freund. Dieses Spiel ist ausgeklügelter als Sie glauben. Aber antworten Sie. Welchem Umstand verdanke ich Ihren Besuch?

Wenigstens einmal hatte ich einen einigermaßen präzisen Anlaß.

– Was sagt Ihnen das *Mirabeau*?

– Treiben Sie sich inzwischen auf mondänen Sexparties herum?

Das wunderte ihn nicht. Ich öffnete ein weiteres Bier. Was wußte er über Anna Fried? Über die Gäste in dem Schuppen? Er fuhr mit der Hand durch seine langen flachsblonden Haare, die immer schütterer wurden. Sein Hemd war nicht mehr ganz sauber, aber auch nicht wirklich schmutzig. Die Heizung war ausgefallen. Manche behaupteten, Villon sei ein großer Bulle gewesen zu seiner Zeit. Ein Schönheitsfehler zuviel hatte seine Karriere beendet. Ich konnte es bezeugen. Meine Aussage war erdrückend gewesen. Nicht einmal seine Kollegen hatten ihn noch decken können.

– Läden wie das *Mirabeau* gibt es haufenweise. Das wissen nicht nur Sie. Der in der Rue de la Chaussée-d'Antin ist ein bißchen schicker und teurer als andere. Die Tage sind gezählt für diese Häfen der bezahlten Ausschweifung. Man vermischt sich nicht mehr so leicht. Das Fest ist gelaufen. Durch die Freiheit, nicht nur die sexuelle, fängt man sich böse Krankheiten, manchmal tödliche.

– Worin besteht für einen Bullen der Deal mit dem *Mirabeau*? Kompromittierende Fotos?

– Dort könnte er bestimmt welche machen, seufzte Villon. Aber zu meiner Zeit haben sich die Behörden nicht dafür interessiert. Tut mir leid für Sie: Jeder hat Fotos gegen jeden. Ein Abgeordneter, der mit einem Nymphchen oder mit der Frau eines gewählten Vertreters aus dem anderen Lager schläft, das ist in Frankreich eher gut fürs persönliche Image.

– Was ist es dann?

– Nichts Neues. Vertraulichkeiten, Tratsch. Die Vögelei ist zweitrangig. Das *Mirabeau* ist in erster Linie ein Salon, in dem geplaudert wird. Es gibt einen Haufen wichtige Leute, die freier reden, sobald sie die Hosen runtergelassen haben. Dabei ist immer etwas, was sich für die Bullen lohnt. Gibt's was Neues?

– Was wissen Sie von Anna Fried?

– Eine komische Alte, was? Sie müßte Ihnen eigentlich gefallen. Gefällt sie Ihnen?

– Fahren Sie fort.

Es war wirklich eine elende Bruchbude. Vielleicht hätte ich mich schämen oder mir zumindest Gedanken machen sollen über meine Neigung, mit menschlichen Wracks zu verkehren. Aber das ist nicht meine Art.

– Ich erinnere mich nicht mehr an das genaue Datum, fuhr Villon fort. Aber die Fried hatte da irgendeine finstere Geschichte, Ende der 50er oder Anfang der 60er Jahre. Ein Mordversuch an einem Liebhaber. Die Sache ist damals vertuscht worden, Einstellung des Strafverfahrens aus Gefälligkeit oder so. Die Fried ist eine Nutte geworden. Nicht schlechter als die Weiber, die im allgemeinen von Puffmüttern unter die Fittiche genommen werden.

– Weitere Auskünfte?

– Nichts. Bis auf das, was jeder weiß: Die Fried hat mehr Männer verrückt gemacht, als sie ruiniert hat. Das will etwas heißen. Ansonsten, Victor, sollten Sie sich daran erinnern, daß ich dem Großen Haus nicht mehr angehöre.

Er erzählte mir ein paar Minuten lang von seinen Schwierigkeiten. Er füllte viele Unterlagen aus, um seine Wiedereinsetzung zu erreichen. Ehrensache für ihn, ein bißchen töricht oder eine symbolische letzte Rettung. Er wiederholte sich bis zum Überdruß.

Sein Opfer war sicher ein Lump, ein Mörder gewesen. Aber seine etwaigen Geständnisse konnten nicht aufgezeichnet werden, weil Villon ihn verprügelt, zu Tode geprügelt hatte.

– Sie hätten es an meiner Stelle genauso gemacht, hatte er mir einmal gesagt. Es gibt immer einen Moment in der Geschichte, da muß man diese Art Gesindel einfach beseitigen. Bevor es sein eigenes Gesetz diktiert oder bei der nächsten Amnestie freikommt.

Die linken Bullen warfen ihm vor, gefoltert zu haben. Die rechten Bullen konnten ihm nicht verzeihen, daß er einen Kollegen getötet hatte. Man hatte verfügt, er sei zum Zeitpunkt der Tat nervenkrank gewesen. Auf diese Weise hatte er nur wenige Wochen im Gefängnis, dafür aber erheblich mehr Zeit in der Salpêtrière verbracht. Seit seiner Entlassung hatte Victor keine einzige seiner wöchentlichen vier Psychotherapiesitzungen verpaßt. Übrigens hatte er in weniger als einer Viertelstunde einen Termin. Mit seinem Analytiker.

Die Klingel funktionierte nicht. Ich klopfte. Nach mehreren Sekunden hörte ich Schritte. Joachim Solo öffnete mir murrend.

– Ich war sicher, daß Sie früher oder später auftauchen würden.

Joachim wohnte in einem Appartement, das ihm ein Typ aus der Produktion zur Verfügung gestellt hatte. Es lag in der Rue de la Corderie (als Adrien mir die Adresse gab, hatte ich spontan in mein Notizbuch geschrieben: Rue des Cordeliers, ein Lapsus), ganz in der Nähe des Carreau du Temple und des ehemaligen Turms. Er ging vor mir her. Um zu dem Zimmer zu gelangen, das er als Büro eingerichtet hatte, mußte man ein anderes durchqueren, in dem ein sperriges Bett stand. Darin schlief eine Frau, die leise schnarchte. Joachim hatte eine Vorliebe für Negerinnen. Diese hier war – nach dem zu urteilen, was die zurückgeworfene Bettdecke erkennen ließ – von makelloser Schönheit.

– Lydia, sagte er. Glaube ich jedenfalls. Kommen Sie.

Ein langer Tisch, verstreute Blätter, Tonbänder, Kugelschreiber und auch hier ein Computer. Auf dem Parkett stand ein tragbarer Fernseher, an den ein Videorecorder angeschlossen war. Auf dem Bildschirm flimmerte Schnee. Von irgendwoher ertönte Gainsbourgs *Laetitia*. Joachim hatte nichts gegen klischeehafte Umgebungen. Er holte eine Flasche Tequila hinter einem Bücherstapel hervor, der an einem Bein seines Schreibtisches lehnte.

– Außerdem war ich sicher, daß Adrien Sie schließlich ebenfalls anhauen würde, sagte er, während er die Gläser füllte. Dieses Arschloch legt Wert darauf, daß wir allesamt bei seinem Scheißfilm mitmachen.

– So schlecht sieht es aus?

– Die Lamballe ist eine Spinnerin, ein halber Schwachkopf. Das einzige, was sie konnte, war Kohle über die Zivilliste einzusacken. Und das war nicht mal 'ne krumme Sache, sondern damals gang und gäbe! Übrigens war sie Oberhofmeisterin im königlichen Saftladen.

104

– Liebhaber?

– Ach was! Sie war prüde. Nicht das kleinste Abenteuer. Ihre einzige Leidenschaft war diese absurde Treue zur Königin! Man hat die beiden beschuldigt, lesbisch zu sein, aber weder die eine noch die andere war dafür kühn genug. Machen Sie daraus mal ein Drehbuch!

– Und der Film von Goras?

– Reden wir lieber nicht davon! stöhnte Joachim. Wann haben Sie ihn zuletzt gesehen? Sie waren noch ein Kind, möchte ich wetten. Er ist nirgendwo mehr gezeigt worden. Es ist mir nicht mal gelungen, ihn noch einmal vorgeführt zu bekommen. Ich habe ein paar Erinnerungen im Kopf. Anna Frieds Gesicht, wundervoll. Ihre Stimme, ihre Figur. Oder die Szene, in der ein zaghafter Verehrer sie während ihrer Toilette überrascht. Für den Bruchteil einer Sekunde ahnt man, daß sie nackt ist; ihre Haare fallen wie eine Kaskade über ihren Körper und schützen sie. Wußten Sie, daß die Prinzessin eine prachtvolle Mähne hatte, die ihr bis zur Taille reichte? Manche behaupten sogar, bis zu den Knöcheln.

Ich wußte es. Wo hatte ich es nur gelesen? Marie-Thérèse war eine Frau ohne Geschichte, mit kleinen Koketterien und höfischen Begehrlichkeiten, banale Dinge. Blieb ihr Tod. Und von jetzt an das Zwischenspiel im Museum.

– Goras' Film ist ein Kultfilm geworden, weil es der letzte Film mit der Fried war, weil kein Mensch ihn wiedergesehen hat. Und ich schlage mich damit herum ...

– Warum?

– Warum? (Joachim sah mich aufrichtig bestürzt an.) Zwei Unterhaltszahlungen. Eine Menge kleiner black Beauties, die ich nicht alle nur durch meinen Charme überzeugen kann. Also?

105

Also? Joachim hatte abgenommen, sein Haar war weißer geworden und begann sich oben auf dem Schädel zu lichten. Ein grauhaariger Dandy, zungenfertig, wie aus dem Ei gepellt. Tüchtig in seinem Bereich. Ein ausgezeichneter Drehbuchschreiber, der fähig war, die schlechtesten angeblich guten Ideen zu retten. Ein vielversprechender Autor, der seit fast zehn Jahren nichts mehr veröffentlicht hatte. Wegen der Frauen. Und wegen einer leisen Selbstverachtung. Er sprach abgehackt und trank gern. Ich wußte genauso wenig wie er, was man aus der lächerlichen und tragischen Biographie der Prinzessin von Lamballe, Marie-Thérèse de Savoie-Carignan, machen sollte.

– Adrien schien sehr zufrieden zu sein mit Ihrem Skript.

– Welches meint er? rief Joachim. Ich habe ihm schon vier oder fünf geliefert. Alle vollkommen unterschiedlich.

In dem einen ging es nur um die fünfundzwanzig Tage von der Eroberung der Tuilerien bis zu den Septembermorden: eine Chronik der immer schneller werdenden Abläufe der geschichtlichen Ereignisse, gesehen aus dem Blickwinkel eines sicher nicht unschuldigen Zeugen. In einem anderen zeigte Joachim, wie die Prinzessin in den Augen des Volkes zur niederträchtigen Ratgeberin der Königin und, um das Maß vollzumachen, zu deren Geliebten geworden war: die Chronik eines Gerüchts.

Joachim wühlte in den zerstreuten Blättern herum, als ob er sie verramschen wollte.

– Und noch eine mögliche Logik: die Ermordung der Prinzessin durch die Handlanger des Philippe Egalité. Er stand in ihrer Schuld und verabscheute sie. Der Mistkerl Philippe hat stark zum Verbrechen ermuntert in jenen trüben Tagen. Aber in diesem speziellen Fall ist seine Unschuld offensichtlich. Wollen

Sie weitere Spielarten? Pétion, der damals Bürgermeister war, und ein paar andere wollten sie retten,
das ist bekannt. Um diesen Kern herum habe ich
mir eine Geschichte ausgedacht. Etwas lahm, wie
ich zugeben muß. Komischer wäre die Vorstellung,
der alte Schreihals Père Duchesne, Hébert, hätte versucht, ihr zu helfen.

– Hat er es getan?

– Manche behaupten es. Weil er angeblich Frei-
maurer war, wie Marie-Thérèse auch. Großmeisterin
der weiblichen Adoptionslogen, nicht weniger. Was
das Drehbuch angeht, ein Spaziergang. Die Hintergründe, die Geschichte Frankreichs, von den Ge-
heimbünden ans Licht gebracht, das läuft immer.
Aber Adrien war nicht überzeugt. Schade. Père Duchesne als heimlicher Liebhaber der Lamballe, verdammt, das wäre die halbe Miete gewesen.

– Und weiter?

– Ich habe Liebhaber und Perversionen für sie erfunden, ich habe sie mir vorgestellt als eine, die bösartige Verschwörungen ausheckt. Und im übrigen,
wer beweist uns, daß tatsächlich sie es war, die am 3.
September 1792 gestorben ist? In der Force herrschte
ja ein einziges Durcheinander damals.

Mit einer drolligen Geste wies Joachim auf einen
Stapel zusammengebundener Manuskripte, die unter
dem Fenster des Büros nebeneinanderlagen. Die verschiedenen Versionen. Adrien hatte von ihm verlangt, daß er jede seiner Ideen zu Ende durchdachte
und alle möglichen Entwicklungen durchspielte. Die
Dreharbeiten sollten in zwei Wochen beginnen.

– Ich glaube ganz einfach, daß sie von geradezu
einfältiger Treue war, sagte Joachim angewidert.

– Und Adrien?

– Er macht seit zwanzig Jahren Filme, indem er
nachts schreibt, was er am nächsten Tag drehen will.
Eine Methode wie jede andere (er zeigte auf den

Drehbuchstapel und dann auf den Computer). Alle Hintergründe, alle dort gespeicherten Hypothesen sind Sondierungen. Jeden Morgen kommt seine Assistentin und holt ab, was ich am Vortag ausgeheckt habe. Ihn sehe ich so gut wie nie, er weigert sich, über das Drehbuch zu reden. Nicht der kleinste Kommentar. Er entscheidet sich erst im letzten Moment, wenn es ganz akut ist, und pfeift auf meine kleinen Konstruktionen. Es ist nicht sehr angenehm, aber er ist der Chef.

Übrigens wurde Joachim gut bezahlt. Er war ein guter Arbeiter, er beklagte sich nicht. Ich hatte die Notizen, die Adrien mir zu dem Film gegeben hatte, unter dem Arm. Ich hatte noch keine Zeit gehabt, auch nur einen Blick darauf zu werfen. Joachim wußte wahrscheinlich gar nicht, daß sie existierten.

– Warum die Entscheidung für Hébert?

Er machte ein bedrücktes Gesicht.

– Eine Idee unseres genialen Filmemachers! Hébert war der Wortführer der Sansculotten. Es heißt, er habe bei den Morden eine der zweifelhaftesten Rollen gespielt. Kurzum, er ist das ungeliebte Kind der Revolution. Für all die anderen findet man Entschuldigungen, Robespierre, Saint-Just, Danton ... Hébert, das ist der Abschaum, das böse schwarze Schaf. Kein Mensch weiß, warum! Er war nicht weniger hitzig und nicht niederträchtiger als andere.

– Vielleicht lag es daran, daß er viel schrieb. Und gar nicht schlecht.

Joachims Augen blitzten auf.

– Sie meinen seine Zeitung, *Le Père Duchesne*? Warum nicht? Aber wo ist der Zusammenhang mit dem Film? Was hat Adrien Ihnen genau erzählt?

Im Nebenzimmer ertönte ein Geräusch, ein Rascheln, gefolgt vom Klicken eines Feuerzeugs. Die Frau, Lydia, tauchte in der Tür auf, sagte guten Tag und fragte nach Kaffee. Sie hatte sehr spitze Brüste und kräftige Oberschenkel. Da sie erwartete, daß wir sie bewunderten, ließ sie sich ganz zwanglos so lange sehen, bis sie erfuhr, wo die Kaffeekanne sich versteckte. Ich fühlte mich wie in einem Film der 70er Jahre. Nieder mit den alten Tabus, nackte Mädchen in der Küche, geselliger Sex und all dieser Kram. Die Frau verschwand. Joachim seufzte. Mir kam plötzlich eine Erkenntnis. Ich haßte Remakes. Sie verschütteten mein Leben.

Joachim wühlte in seiner Brieftasche und holte im Hinblick auf die Rückkehr der black Beauty ein paar Geldscheine heraus. Er erfüllte seinen Vertrag, niemand konnte ihn des Gegenteils beschuldigen. Seine Rolle bestand darin, Ideen, sprechbare Texte zu liefern. Das akzeptierte er. Adrien würde genau den Film machen, den er wollte.

– Wissen Sie, was das Komischste ist? Adrien ist wirklich in Hochform. Er wird Erfolg haben und uns alle ausstechen, davon bin ich überzeugt. Irgend etwas trägt ihn, ich weiß nicht, was. Bis jetzt habe ich ihn nur Blödsinn reden hören. Und trotzdem …

– Trotzdem?

– Vielleicht liegt es an der kleinen Tussi, dieser Julie. Oder an all dem Mist, den er gedreht hat. Oder er gehört zu der Sorte von Idioten, die nur alle zwanzig Jahre ihre eigene Wahrheit finden.

Joachim ließ sich eine Weile über diese Theorie aus. Die Gnade der jungen Jahre und dann der Gefälligkeitsbrei. Er sprach von heilsamen Ausbrüchen, von der Mitte des Lebens. Wenn man in die Vierziger kam. Nur ein paar Worte, aber schon zuviel, langweilig und banal. Als es ihm bewußt wurde, machte er eine vage Geste der Entschuldigung.

– Was zählt, wenn man zwanzig ist, ist doch letztlich das Herz. In unserem Alter dagegen ist es das Kreuz. Die notwendigen Fähigkeiten lassen sich nicht so leicht erforschen.

Lydia tauchte angezogen wieder auf. Ein ganz schlichtes Kleid, orangerot, ein Nuttenkleid. Sie nahm das Geld mit einstudierter Lässigkeit vom Schreibtisch.

– Du hast mir dein Buch versprochen, sagte sie zu Joachim.

– Ach ja.

Er wurde unsicher und verlegen. Wühlte in dem Papierkram und all den Büchern herum, die ihm als Dauerdokumentation dienten. Sein Buch? Das von ihm selbst geschriebene Buch. Er erinnerte sich nicht mehr. Wo konnte er es nur hingelegt haben? Und warum mußte ich ihn ausgerechnet in dieser idiotischen Situation erleben? Einer Nutte sein letztes Buch versprochen zu haben! Geschrieben und vor ewigen Zeiten veröffentlicht. Vor den Auftragsarbeiten.

– Falle ich dir auf den Wecker?

– Nein, nein.

Joachim wurde schließlich doch noch fündig. Das Buch mit dem Titel *Der Hintergrund* hätte beinahe einen Ausländer-Médici erhalten. Es hatte ihn nur knapp verfehlt, eine typische Pariser Kungelei. Ein Bestseller war es trotzdem gewesen. Er hatte nur noch eine ziemlich abgewetzte deutsche Taschenbuchausgabe zu vergeben. Lydia bedankte sich. Sie konnte Deutsch lesen. Sie buchstabierte den Titel. Ich hatte das Buch gelesen, bevor ich Joachim kannte. Ich erinnerte mich nur verschwommen, worum es ging.

Na gut, wir waren in der Lebensmitte. Was aus uns geworden war und wie wir uns fühlten, konnte sich nicht an den glücklichen Zeiten orientieren, als wir zwanzig gewesen waren. Engelsgeschichten langweilten mich. Dagegen interessierten mich die Zusammenbrüche, von denen sich jeder zu erholen versuchte. Adrien, Villon, Marc, Joachim. Wie hatten sie, zu irgendeinem Zeitpunkt ausgeblutet, sich entscheiden können, nicht zu sterben? Ohne alles darüber zu wissen, kannte ich mich ein wenig in ihren Fehlschlägen aus. Ich stand mit den meinen nicht nach. Joachim hatte vielleicht die Lösung gefunden. Konnte man so spät noch einmal davonkommen? Eine Sache des Kreuzes? Lydia gab uns Küßchen auf die Wangen. Die Nummer der kleinen sympathischen Nutte. Joachim sah ihr nach, als sie ging. Seit mehreren Jahren hielt er krampfhaft an dieser Wahl fest: Liebesaffären nur mit Prostituierten. «Dabei verliere ich weniger Zeit, Geld und Worte.» Er fügte bereitwillig hinzu: «Und im Verlieren bin ich Spezialist.» Draußen war es fast Nacht. Joachim begleitete mich zur Tür.

– Adrien heckt einen echten Film aus. Soll ich Ihnen etwas sagen? Es kotzt mich an. Haben Sie nicht Lust, heute abend ein bißchen auszugehen?

Ich hatte ein Manuskript zu lesen. Außerdem hatte ich Radek versprochen, früh nach Hause zu kommen.

Radek wartete im Flur. Er miaute demonstrativ-fordernd. Ich kam nur eine Stunde später als sonst zum Ritual der Abendmahlzeit. Unbestreitbar im Unrecht ihm gegenüber. Im Kühlschrank fand sich noch ein Rest Stroganoff, garantiert hausgemacht, und geräucherter Lachs, seine Lieblingsleckerei. Ich füllte seinen Napf und sah ihm zu. Sein Appetit tat mir gut. Unsinnigerweise dachte ich an Julie, die umstandslos ein ganzes Glas Chablis leerte und gleich danach das nächste. Ich dachte an Frauen, an deren Namen ich mich nicht mehr gut erinnerte (mit etwas Anstrengung konnte ich natürlich darauf kommen), die kein verführerisches Tatar, keine Austern, keine harten Schnäpse und keine harten Krimis mochten. Manche von ihnen hatten Sekundärtugenden, die nicht zu verachten waren. Aber ihnen fehlte der Appetit, das Vergnügen an Rohem.

Ich hörte den Anrufbeantworter ab. Marc hatte von dem Austausch im Museum Wind bekommen. Eine kurze Nachricht. Letztlich interessierte es ihn doch. Er wollte einen Artikel über den gestohlenen und den wiedergefundenen Kopf. Ich schickte ihn im Geist zum Teufel. Jérôme hatte mir etwas zu sagen, mir, nicht diesem verdammten Apparat. «Pech für dich, es hätte dich gereizt. Es hat mit der Lamballe zu tun.» Ein Fachbuchhändler teilte mir mit, daß es ihm gelungen sei, ein Exemplar von Sacha Guitrys *Si Paris m'était conté* in die Hand zu bekommen. Bebildert, numeriert, eine Rarität. Ich rief sofort an und machte die Sache dingfest. Für mehr als tausend Franc, ich war in einer gewissen Hochstimmung. Außerdem ein paar anonyme Anrufe, und andere, die Termine für eine Porträtsitzung haben wollten. Irgendwer gab mir als Botschaft einen nervösen kleinen Tango von Piazzola zu hören. Ich wußte ihn zu schätzen. Weitere anonyme Anrufe. Dann Stan. «Du hast dich verdrückt wie ein Dieb, du bist ein Schweinehund ... ich bin nicht nachtragend.» Belegte Stimme. «Du bist ein Schweinehund, aber keine Sorge, ich laß dich nicht einfach so davonkommen.» Ich hörte zu und bestückte dabei meine Kameras. Auf dem Tisch lagen vier zu entwickelnde Filme. Es klingelte.

Es klingelte selten an meiner Tür. Nur bei festen Verabredungen, was meistens mit meiner Arbeit zu tun hatte. Bei mir tauchte man nicht unerwartet auf, das gehörte sich nicht.

Es war Mona. Mit Jeansjacke, eine kleine Halbstarke. Sie trat von einem Fuß auf den anderen, den Kopf herausfordernd zur Seite gelegt. In letzter Sekunde verhinderte ich, daß Radek einen Ausreißversuch in die fünfte Etage machte. Das war eins

seiner Spielchen. Mona hielt eine Plastiktüte auf
dem Rücken.

– Darf ich?

Ich fragte mich ernsthaft, ob sie durfte. Sie stand
heute abend nicht auf dem Programm. Weder heute
abend noch überhaupt. Ich nahm mir Zeit, das Für
und Wider abzuwägen. Eine junge Frau, hübsch, mit
einem Hauch von Unverschämtheit. Kleine Mädchen
interessieren mich nicht, nicht einmal, wenn sie mir
um sechs Uhr morgens eine 357er Magnum schenken. Ich konnte ohne diesen neuen Briefbeschwerer
auskommen.

– Ja oder nein?

– Nicht lange, ich habe zu tun.

– Immer mit der Ruhe, sagte sie spöttisch. Keine
falschen Hoffnungen. Ich bin nicht in dich verliebt.
Das ist kein Thema. Ich bin nur gekommen, um dir
deine Geldbörse wiederzugeben, weil sie mir lästig
ist. Bei der Gelegenheit könntest du mir ein Glas anbieten. Beruhigt?

Das gelbliche Treppenhauslicht erhellte ihr Gesicht. Ich machte ein paar Aufnahmen. Dann trat sie
ein.

– Übrigens hing dieses Ding an deinem Türknopf.
Ich habe den Eindruck, man will dich überraschen.

Sie reichte mir die Prisunic-Tüte. Sie war schwer.
Ein Gewicht, das mir allmählich vertraut wurde.
Vorsichtig holte ich den Wachskopf heraus. Wieder
die Lamballe, der Kopf, der am 3. September aus
dem Museum gestohlen worden war. Ich war nicht
ganz so überrascht, wie Mona erwartet hatte.

– Ist er das wirklich?

– Ohne jeden Zweifel.

– Hast du ihn geklaut?

– Keineswegs. Und er befindet sich noch keine
halbe Stunde auf meinem Treppenabsatz.

– Wirst du ihn zurückgeben?

113

– Weiß ich noch nicht.

– Bei dir wird er jedenfalls keinen Mangel an Gesellschaft haben! Deine Bude ist ja der reinste Floh-
markt.

Mona hatte sich an Joan gestoßen, der Schaufen-
sterpuppe, die meine Diele schmückt. Sie hatte in nahezu all meinen Räumen kleine Schwestern. Neben
Bücherregalen, verschiedenen Kassetten, Stichen, alten Ladenschildern, Teilen städtischer Einrichtungs-
gegenstände, die ich in Paris hatte auftreiben können, Dingen, die ich bei meinen Spaziergängen
aufgelesen hatte, usw. Mona sah sich das ganze wohl-
geordnete Chaos an.

– Ein halber Bunker, deine Wohnung, was? Sind
das da deine Frauen?

An der Wand hingen sorgfältig abgezogene groß-
formatige Porträts. Marie, Rose, Ruth, Jessica und
ein paar andere. Gute Porträts.

– Ich wette, nein. Es sind Modelle. Klick klack!
Du hast mich oft fotografiert neulich Nacht. Wo
sind die Bilder? Noch nicht an der Wand?

– Keine Zeit dazu gehabt.

– Ich lieb' dich nicht, du liebst mich nicht. Wir
werden uns verstehen.

Mona zog meine Brieftasche aus ihrer Jackenta-
sche und warf sie auf den Bistro-Tisch.

– Ich habe sie mir kurz angesehen. Nichts sonderlich Interessantes. Ich habe nicht mal deine Kreditkar-
ten benutzt. Nur eine Frage. Die Frau auf dem Foto,
die an ihrem Strumpfgürtel fummelt, wer ist das?

Das einzige Foto einer Frau in meiner Brieftasche!

– Eine Puppe aus dem Musée Grévin.

– Woher? ... Du machst dich über mich lustig.
Das da ist kein Foto für eine Reportage. Es ist das
Foto eines Liebhabers.

– Was verstehst du denn von den beiden Kategorien?

– Schon gut, schon gut, sagte sie lachend. Ich habe deine vierzig Jahre vergessen. Du, der alte Hase, ich, das kleine Dummchen. Bietest du mir was zu trinken an?

Ich kümmerte mich um die Getränke, während sie weiter herumschnüffelte. Im Wohnzimmer. Ein Blick ins Schlafzimmer. Das Büro daneben. Radek beobachtete sie ganz genau. Mona blieb vor dem Plakat der *Kinder des Olymp* stehen. Sie fragte:

– Ist der Frédérick Lemaître, der unten in der Grünanlage vor deinem Haus eine Statue hat, der gleiche wie im Film?

Von seinen Bewunderern und Freunden errichtet, genau. Mona legte Ergriffenheit an den Tag. Das kam unerwartet. Wie alle Welt sagte sie, daß sie diesen verdammten Film mindestens zehnmal gesehen habe. Bei ihr klang es wahr.

– Mein Traum wäre, mich in einen Kerl wie Lacenaire zu verlieben.

Als nächstes interessierte sie sich für ein Foto: Jessica, das Gesicht halb mit der Hand verdeckt. Die langen Finger gespreizt, vorspringende Venen. Mona ahmte die Geste nach und drehte sich zu mir um.

– Mit einem abgeschnittenen Finger wäre es origineller, sagte sie. Findest du nicht? Warum nimmst du nicht deinen Fotoapparat?

Ein Apparat war auf dem Tisch liegengeblieben. Mona gefiel sich darin, ihren Fingerstummel zur Schau zu stellen. Dann war sie ihr provozierendes Gehabe plötzlich leid. Sie zeigte auf die Treppe.

– Und da oben, eine Etage höher?

– Das Labor. Das Aufnahmestudio.

– Sehr schick! Bringt dein Job was ein?

– Genug für meine bescheidenen Bedürfnisse.

Als wir wieder im Wohnzimmer waren, setzte sich Mona in den thailändischen Sessel. Oder war es ein chinesischer? Ich habe es nie herausgefunden. Das

115

einzige Stück in meiner Wohnung, das vom Floh-
markt stammt.

Ich hatte den Kopf der Lamballe auf den Tisch ge-
legt, zwischen einen Cinzano-Aschenbecher und die
Flasche alten Jack Daniel's. Der Kopf hatte keinen
Schaden genommen. Es würde genügen, die Frisur
ein wenig zu richten und das Make-up aufzufri-
schen. Der Dieb hatte sorgfältig gearbeitet. Bis zum
Beweis des Gegenteils wollte er mir nichts Böses.
Mona nahm den Abguß in die Hände.

– Guillotiniert, oder? Wer war sie, eine Adlige?
Ich fasse sie nur an, weil wir friedlich hier bei dir zu
Hause sind. Sonst hätte ich Angst. Dieser Kopf ist
schrecklich! Als kleines Mädchen habe ich einen
Film gesehen. Ein Typ wettet, daß er die ganze
Nacht allein in einem Wachsfigurenkabinett ver-
bringt. Es passiert nichts Besonderes, aber am nächsten Morgen wird er tot aufgefunden. Herzschlag.
Tödliche Paranoia. Du gehst auch nachts im Museum spazieren, da bin ich sicher. Nimmst du mich
einmal mit? Hast du das Blutrinnsal gesehen, das
aus ihrem Mund läuft? Ein bißchen albern, aber es
macht angst. Ich liebe es, Angst zu haben. Deine
Schaufensterpuppen, all diese Gegenstände, der
Kopf. Meinst du nicht, du bist ein bißchen komisch?

– Ich bin einfach ein alter Junggeselle.

– Na gut, wollen wir doch mal sehen! Warst du
etwa nicht derjenige, der die Bullen heute morgen
benachrichtigt hat, daß sich ein anderer Kopf derselben Prinzessin am Boulevard Beaumarchais 113 gefunden hat?

Mona reichte mir *Le Monde*. Der Fund war in einer Kurznachricht erwähnt. Dann holte sie die Postkarte, die ich in ihren Briefkasten geworfen hatte, aus
der Tasche.

– Eigenartiger Zufall. Du hättest heraufkommen
können.

Das tue ich nie. Oder so gut wie nie. Vom Anruf-beantworter kam ein Schaltgeräusch, an der linken Seite des Gerätes leuchtete das rote Kontrolllicht auf.

– Eine Nachricht, sagte Mona. Gehst du nicht dran? Störe ich dich? Du mußt es nur sagen.

Ich stellte den Tonregler ein und hörte das Ende meiner Bandansage, «Hier spricht Victor Blainville» usw. Danach erkannte ich Anna Frieds Stimme. Ganz nah am Mikrophon.

«Vielleicht hören Sie mich, aber nehmen Sie nicht ab (eine Pause). Nein, nehmen Sie nicht ab (neue Pause). Der Film Ihres Freundes wird nie zustande-kommen. Ich habe meine Vorkehrungen getroffen. Das können Sie ihm sagen ... Ich habe gehört, daß der Kopf der Prinzessin von Lamballe wiedergefun-den worden ist. Sie lieben dieses Museum, ich hasse es. Ich möchte Ihnen eine Frage stellen. Stimmt es, daß der Museumsdirektor vorhatte, den Wachsab-guß meines Kopfes an die Stelle des anderen zu set-zen? Sie werden es mir sagen. Guten Abend, mein Freund. Ich mag Sie gut leiden (wieder eine Pause). Vergessen Sie nicht, auf Stanislas aufzupassen.»

Die Nachricht brach ab. Mona wiegte sich in den Hüften.

– Die Alte steht auf dich, das ist klar. Du solltest die Gelegenheit nicht versäumen. Die jungen Dinger sind ja nicht dein Fall. Jetzt sag mir: Warum hast du diesen Kopf mitgehen lassen?

– Ich habe dir doch schon gesagt, daß ich über-haupt nichts gestohlen habe.

– Warum bist du dann zur Stelle, sobald die Lamballe wiederauftaucht?

– Das wüßte ich selbst gern. Aber es hat keine Eile.

Der Kopf war sehr schön und sehr anrührend. Ich fuhr zärtlich mit dem Finger über die Stirn, den Na-senrücken, den Rand des winzigen, ein wenig zusammengekniffenen Mundes, das energische Kinn. Das Wachs war nicht so weich und seidig wie bei dem anderen Abguß, der Totenmaske. Diesen Kopf, genau diesen hatte ich von nahem gesehen, als ich allein im Museum war. Maximilien, Danton, Marat waren nicht so eindrucksvoll. Ihre Arme, ihre Beine, ihre Posen waren erstarrt, aber sie waren lebendig. Die Lamballe mit ihren halb geschlossenen Augen dagegen war tot. Ich glättete die weißen Haare und erinnerte mich an alles, was ich über sie gelesen hatte. Auf dem Weg zwischen den Gefängnissen La Force und Temple hatte man ihr Haar mit einem Brennstab gelockt, damit sie sich bei ihrer Herrin, der Königin, sehen lassen konnte!

– Du bist wirklich bescheuert, sagte Mona. Ein echter Irrer, wiederholte sie nachdenklich und störrisch.

Sie schwankte zwischen Neugier und Spott. Eine kümmerliche Alternative.

– Ein Wachskopf. Man nimmt die Augen heraus, man entfernt die Haare, man schmilzt ihn ein, und weg ist er. Du kriegst dabei einen Ständer. Was aufblasbare Puppen angeht, kann ich dir Besseres empfehlen.

Plötzlich fand ich Mona ermüdend.

– Hast du keinen Durst mehr? Wo willst du heute nacht schlafen?

Sie reckte sich ausgiebig, nach hinten gebeugt und mit erhobenen Armen. Prompt spannte ihr T-Shirt über den Brüsten, nicht gerade originell. Mona war so verführerisch und durchschaubar wie ein TV-Clip.

– Ich kann es mir aussuchen. Was schlägst du mir vor? Ich habe ein paar hübsche Spielwiesen in Paris. Bei dir ist es etwas erdrückend, aber nicht schlecht.

– Wenn du es dir schon aussuchen kannst …

– Schmeißt du mich raus?

– Ich würde es begrüßen, wenn du gehst.

Sie erhob sich augenblicklich.

– Du ziehst deine Puppen vor, deine Weibsbilder auf Glanzpapier? Ich habe kein Format?

– Verzieh dich, wenn ich bitten darf.

– Kein Problem, zischte sie. Nur noch eins, bevor ich abhaue. Ich teile die Meinung der alten Schachtel. Dieser Scheißfilm darf nicht zustandekommen, und er wird nicht zustandekommen. Es wäre zu widerlich, zu ungerecht.

Mona ging hinaus und knallte die Tür hinter sich zu.

Radek tauchte wieder auf, trippelte heran und sprang auf den Métrosessel (Modell Sprague). Dort machte er sich an eine gründliche Abendtoilette. Artigkeit pur. Ich ließ mir Badewasser einlaufen und breitete dann den Plan von Paris auf dem Boden aus. Darauf verzeichnete ich die Routen des vergangenen Tages und kreuzte ein paar Fixpunkte an: Boulevard Beaumarchais, im Quartier Marais, aber auch, als Hypothese, im Quartier Latin. Das war zu berücksichtigen – zumindest aus Neugier, zumindest aus Vergnügen –, weil schließlich alles vom Musée Grévin und seinem Revolutionssaal ausging.

Ich knöpfte mein Hemd auf und bewunderte dabei noch einmal den Wachskopf. Ich würde ihn zurückgeben müssen, aber nicht sofort. Kein Grund zur Eile. Noch eine Weile mit ihm leben. Und ihn fotografieren natürlich. Es klingelte. Die schlechten Gewohnheiten griffen schnell um sich. Es war Stan. Er machte eine beschwichtigende Handbewegung.

– Ich störe dich nur für eine Sekunde, sagte er. Ich will dir lediglich ein Paket geben. Es ist von meiner Mutter.

Weil sein Walkman ihm in die Ohren brüllte (Tina Turner, *We don't need another hero*), sprach er sehr laut. Er trug denselben Smoking wie in der vorausgegangenen Nacht, nur daß er noch ein bißchen zerknitterter war, und grün-weiße, befremdlich neue Turnschuhe. Er reichte mir ein Paket in Buchformat, sorgfältig in wattiertes Papier eingewickelt.

– Warte einen Augenblick auf mich.

Ich ging ins Büro, kam zurück und bat ihn, stillzustehen. Ich machte ein paar Aufnahmen von ihm. Er ließ es sich gefallen. Die nackte Glühbirne in meinem Treppenflur sorgte wirklich für interessantes Licht. Ich nahm das Paket.

– Ich gehe ins *Palace*. Es ist ja wohl sinnlos, dich zu fragen, ob du Lust hast, mich zu begleiten.

Sinnlos, in der Tat. Stan lächelte und zuckte die Achseln. Dann warf er unvermittelt seinen Stock ein Stück weit von sich, fing ihn wieder auf und ließ ihn zwischen den Fingern kreisen. Eine improvisierte Majorettennummer. Das Ganze dauerte mehrere Sekunden, sein Gewirbel war eines Virtuosen würdig.

– Übst du das schon lange?

– Seit heute morgen. Eine anstrengende Sache. Ich wußte, daß es dich beeindrucken würde.

Im nächsten Augenblick humpelte er die Treppe hinunter. Ich schloß die Tür und ging durch die Wohnung, während ich das Paket aufmachte. Durch das Fenster sah ich Stan hüpfend Richtung Rue du Faubourg-du-Temple entschwinden. Unterwegs sandte er der Büste von Frédérick Lemaître einen respektvollen Gruß. Mit welchem Recht? Radek rieb sich an meinen Waden. Das Paket enthielt eine Videokassette. *Die Prinzessin*, ein Film von Alexandre Goras mit Anna Fried. Sonst nichts.

Ich wollte eigentlich noch ein wenig in Adriens Notizen lesen. Aber Radek verfügte, daß jetzt Schmusestunde war. Er schnurrte, rieb sich angespannt an meiner Nase oder schob das Manuskript zur Seite, so daß jeder Lektüreversuch unmöglich war. Ich schlief ein.

Am nächsten Tag explodierte eine Bombe in Paris, ein Anschlag auf die Post beim Rathaus. Ein Toter und an die zwanzig Verletzte. Ich hatte den ganzen Tag im Labor gearbeitet und die vielen Fotos entwickelt, mit denen ich im Rückstand war. Als ich am Spätnachmittag im *Capitale* am Tresen stand und *Le Monde* las, erfuhr ich aus einer kurzen Meldung, daß der Filmemacher Alexandre Goras «nach langer und schmerzhafter Krankheit» gestorben war. Der Nachruf führte aus, daß Goras zu den wichtigsten Regisseuren der Nachkriegszeit gehört und seit dem Aufkommen der Nouvelle Vague praktisch keinen Film mehr gedreht hatte.

Erst spät am Abend hörte ich Monas Nachricht ab. Den Zeitpunkt ihres Anrufs erwähnte sie nicht, sie telefoniere aus dem Krankenhaus. «Natürlich war ich beim Rathaus, als es geknallt hat. Ein paar Narben mehr. Ich glaube, sie werden sich sehr hübsch machen.»

Keine weiteren Einzelheiten. Ich tätigte ohne Überzeugung ein paar Anrufe, um mehr darüber zu erfahren. In den letzten Spätnachrichten sah ich Marc als Gast einer improvisierten Debatte mit weiteren Journalisten. Er trug dort vor, was sicherlich Tenor seines nächsten Leitartikels sein würde: «Die Tage lösen einander ab, die Bomben auch. Man hat kaum Zeit, Luft zu holen, dann ist eben diese Luft schon wieder mit einem neuen Attentat belastet. Auf diese Weise stellen wir uns allmählich darauf ein, daß der Terrorismus zum Alltag gehört.»

Ich las Adriens Drehbuch aufmerksam durch.

Jérôme war ganz aufgeregt. Auf dem Arbeitstisch vor uns lag ein großes Löschblatt und darauf Fetzen vergilbten Papiers in verschiedenen Größen. Auf dem einen sah man eine Zeichnung. Einen Holzstich. Ein Mann mit Dreispitz und Kokarde hatte den Arm er-

121

hoben und schwang eine kleine Axt. Er rauchte Pfeife. Das Bild war sehr verwaschen. Auf anderen schwer lesbaren Stücken konnte man einige Worte entziffern oder rekonstruieren: «Wut», «Verschwörung», «Wölfin», «außer» usw. Der Typographie merkte man das 18. Jahrhundert an. Jérôme hatte mir die Sache erklärt. Bevor er den Kopf der Lamballe wieder anbrachte, hatte er ihn frischmachen und eingehend untersuchen wollen.

– Dieses Wachs wurde nämlich nicht nach unseren Verfahren bearbeitet, stell dir vor. Das ist Handwerk nach alter Art, sehr sorgfältig. Du brauchst dir nur anzusehen, wie durchsichtig und samtweich das Wachs ist. Das ist nicht nur eine Frage des technischen Geheimnisses: Man nimmt sich nicht mehr die Zeit, so gut zu arbeiten. Nicht einmal hier.

Was die technische Seite anging, so hatte sich ein Aspekt nicht verändert. Der Abguß des Kopfes war hohl. Die Glasaugen waren von innen eingesetzt worden. Wenn es notwendig gewesen wäre, hätte man genausogut Zähne in ein strahlendes Lächeln hineinpflanzen können. Auf diese Weise hatte ich einen John Wayne mit Raubtiergebiß oder einen J.R. Ewing entstehen sehen ... Jérôme war so neugierig gewesen, seine Hand in die Höhlung zu schieben. Er hatte kleine Unebenheiten gefühlt.

– Vor dem Wachsguß Papierstreifen zum Auspolstern zu benutzen, ist ein Rezept unter vielen. Man nimmt, was man gerade zur Hand hat. Meistens alte Zeitungen. Alte Zeitungen sind sehr praktisch.

Jérôme hatte ein bißchen gekratzt und das kleine Stück Papier zerrissen, das nicht vollständig im heißen Wachs verschwunden war. Man konnte darauf das Wort «chesne» erkennen. Das hatte ihn neugierig gemacht. Mit einem Frisierstab hatte er das Innere des Kopfes erhitzt, um das Wachs weicher zu machen, ohne den Abguß zu beschädigen. Auf diese

Weise war er an die paar Fetzen herangekommen und hatte sie durch Überbügeln gesäubert. Das Wachs war vom Löschblatt, das er als Auflage benutzt hatte, aufgesogen worden. Offen gesagt fand ich die Methode, wie er diese Zeitungsreliquien ausgegraben hatte, eher nebensächlich. Was mich faszinierte, war das Bild des Mannes mit der Pfeife.

– Wer ist das? fragte Jérôme.

– Erkennst du ihn nicht?

– Wenn ich es wüßte, hätte ich dich nicht gerufen. Ich mache dich darauf aufmerksam, daß ich dich als ersten in die Entdeckung einweihe.

– Der Mann auf der Zeichnung ist Père Duchesne.

– Wer?

– Père Duchesne, das journalistische Sprachrohr des Bürgers und Sansculotten Hébert, Jacques-René Hébert! Kennst du ihn?

– Hébert? Eine vage Erinnerung aus der Geschichtsstunde. Ein Typ aus der Revolution, oder?

Ein Fragment aus seiner Zeitung! Ich nahm das Bildchen vorsichtig mit den Fingern hoch. Der Kerl war tatsächlich der Ofenhändler! Mit Pistolen im Gürtel, wenn man genau hinsah.

– Ist es wertvoll?

– Es ist überraschend.

– War der Typ in Ordnung?

– Darüber wird noch gestritten.

– Von wann stammt das?

Adriens Pläne hatten mich angestiftet, mein Gedächtnis aufzufrischen. Im September 1790 bringt Hébert seinen *Père Duchesne* heraus. Im März 1794 stirbt er unter der Guillotine. Die Zeitung war in zwei unterschiedlichen Reihen mit verschiedenen Titelvignetten erschienen. Die Fetzen genau zu datieren konnte nicht sehr schwierig sein. Es genügte, die Fragmente zu fotokopieren und in der Bibliothek ein paar Nachforschungen anzustellen. Jérôme war nicht gerade versessen auf übergroße geschichtliche Genauigkeit.

– Behalte die Zettel, wenn du willst! Mich interessiert nur, was sie mir beweisen, nämlich daß dieser Kopf tatsächlich während der Revolution gegossen worden ist!

– Hast du daran gezweifelt?

– Nein, nicht wirklich, aber doch ein bißchen. Was ich neulich morgens erzählt habe, war eine Eingebung. Es ist dermaßen unglaublich!

Jérôme zitterte beinahe vor Aufregung, und das war gar nicht seine Art. Ich hatte falsch gelegen, in ihm einen Künstler zu sehen, der sich in seiner Haut nicht wohlfühlte, weil er seinen Lebensunterhalt in der Anonymität der Museumswerkstätten verdiente. Wachs war für ihn weder eine Notlösung noch ein Abstellgleis. Es war etwas Asketisches, Magisches, dessen Geheimnisse er herausfinden wollte. Was war unglaublich? Er gab sich Mühe, seine Erregung zu dämpfen.

– Wenn der Kopf aus der Zeit der Revolution stammt, ist die Qualität des Abgusses so gut, daß er nur aus einer einzigen Werkstatt kommen kann. Für dieses Werk kommt tatsächlich nur eine einzige Person in Frage.

– Und das wäre?

– Marie Grosholtz. Aus dem Wachsfigurenkabinett von Curtius. Die spätere Madame Tussaud. Sagt dir das etwas?

Curtius! Jérôme hielt mich für einen Esel. Das war nicht weiter schlimm. Das wichtigste war, daß mir plötzlich durch Gedankenassoziation die Umstände wieder einfielen, unter denen ich zum erstenmal etwas von seinem berühmten Kabinett gehört hatte.

Nämlich genau hier in dieser Werkstatt.

Ich erinnerte mich weder an den Namen des Mannes noch an sein Gesicht. Es war der Museumsangestellte, den Judith besucht hatte. Ihr Freund, ihr Liebhaber (ihr Liebhaber vielleicht, das war die wahrscheinlichste Hypothese, aber was wußte ich schon darüber?). Ihm verdankte ich, daß ich überall freien Zugang hatte. Wenn ich die Augen schloß und in meinem Gedächtnis grub, konnte ich sicher eine vage Vorstellung von den Gesichtszügen dieses Mannes bekommen ... Was hatte er zu mir gesagt? Was war es noch? «Curtius und seine Nichte Marie haben die Gesichter der Guillotinierten gegossen.» Curtius? Ein Name, der nach den römischen Helden klang, von deren gewaltigen Taten ich in *Les Belles Histoires de l'Oncle Paul* (Spirou) gelesen hatte. Wie hatte ich nur so schwerfällig, so taub gegenüber diesen Erinnerungen sein können? Auch Judith hatte von Curtius geredet. Sie war mit mir unter den Arkaden des Palais-Royal spazierengegangen (und hatte mir dabei oft von Nerval erzählt, der einen Hummer an der Leine ausführte). Anschließend waren wir wegen der Kindermatineen im Cirque d'hiver zum Boulevard du Temple geschlendert, den sie stets nur Boulevard du Crime nannte, als wäre es das natürlichste auf der Welt. Ich erinnerte mich. Judith hatte ihre Angewohnheiten, die keinerlei Diskussion duldeten. Diese Reisen durch Paris waren Bildungsspaziergänge. Wir brachen früh an ihrer Wohnung auf und kehrten spät am Abend zurück. Sämtliche Museen, Galerien und Straßen, ob sie geschichtsträchtig waren oder nicht. Judith war in Odessa geboren. Paris hatte sie kennengelernt, als sie in den Dreißigern war. Nach einem stürmischen Liebesabenteuer in der Tschechoslowakei und einer Liebe im Elsaß dann die Heirat. Mit dem Mann, meinem Großvater, der im Lager gestorben war. Judith sprach wenig über ihr eigenes Leben, schleppte mich in Teesalons und Kneipen. Sie war niemals reich gewesen. Aber sie hatte meine Erziehung in die Hand genommen. Ein kleiner Mann muß morgens seinen Wodka in Reichweite haben, seine Blinis und Heringe. Was den echten Kaviar angeht, da findet sich immer ein Dreh, sich zu einem vernünftigen Preis welchen zu verschaffen ... So weit ich zurückdenken kann, habe ich zum Frühstück stets süßsaure Gurken nach Malossol-Art geknabbert. Kein Zusammenhang mit der aktuellen Geschichte, aber was konnte ich dafür, wenn mir alles durcheinandergeriet? Jérôme sah mich befremdet an.

– Was ist los mit dir? Geht es dir nicht gut?

– Ein kleiner Schwindelanfall. Ist schon vorüber.

Ich sah Judith wieder vor mir, genau in diesem Zimmer. Eine hübsche kleine Dame, mager und dunkelhaarig. Von wenigen Dingen abgesehen, hatte sie alles, was sie über die Geschichte Frankreichs wußte, hier gelernt. Einen kleinen Teil auch im Kino. Mit ihr hatte ich Gance und Guitry gesehen. Jérôme wurde ungeduldig. Er hatte eine ziemlich beunruhigende Idee. Wenn die Hypothese stimmte, war der Kopf der Lamballe von Marie Grosholtz-Tussaud für das Kabinett Curtius gegossen worden. Andere von ihr geschaffene Abgüsse waren noch erhalten, und zwar hier am Boulevard Montmartre, ausgestellt im Revolutionssaal. Und natürlich in dem berühmten Londoner Museum.

– Ich habe vorhin bei Tussaud angerufen, sagte Jérôme. Die Kollegen haben nicht recht begriffen, was ich von ihnen wollte. Der Kopf der Lamballe hat nie zu ihrer Sammlung gehört.

– Und das heißt?

– Nichts Bestimmtes. Ich bin Bildhauer, und Wachstechniken begeistern mich. Du bist Fotograf. Wenn du ein Foto entdecken würdest, das von Daguerre aufgenommen und signiert, aber nie verzeichnet worden ist, wärst du furchtbar aufgeregt, oder? Entsprechendes passiert mir gerade.

Jérôme war kein Redner. Er war wirklich aufgewühlt, die Worte fielen ihm schwer. Diese wiederge-
fundene Figur rief auch bei ihm ungewöhnliche Erinnerungen hervor.

– Weißt du, woher die Kunst des Wachsformens
kommt? Von der Nachbildung der Leichen, die Ärzte und Anatomen für ihre Zwecke brauchten. Und
das war im 16. Jahrhundert! Die Wahrheit unserer
Abgüsse ist vor allem die Wahrheit des Todes.

Inzwischen versuche man, die Personen so lebensecht wie möglich zu gestalten, wie von einer Moment-
aufnahme überrascht. Das sei das große Mißverständnis. Um das böse Schicksal zu vereiteln, lege man
übrigens in Paris wie in London Wert darauf, eine
«schöne Schlafende» auszustellen, die Brust pochend
vor Leben. Hier Ludmilla, drüben die Du Barry. Was
ausreiche, die Wachsmuseen zu definieren: als Dorn-
röschenschlösser. Und alle Schrecken zu begründen.
Denn in der Nacht erwachen die Gespenster.

– Regelmäßig tauchen Spinner auf, die überzeugt
sind, das Museum würde den Wagemutigen, die sich
trauen, eine Nacht allein mit den Puppen zu verbrin-
gen, eine dicke Summe zahlen.

Die beliebtesten und beunruhigendsten Figuren
waren natürlich jene, bei denen man annahm, sie sei-
en direkt vom Modell abgenommen worden und
eher Masken als Porträts.

Nach Jérômes Worten merkte man das einigen
vom Museum ausgewählten Persönlichkeiten auch
an. Eine vage Beklemmung. Die zerbrechliche Un-
sterblichkeit des Wachses nahm auf grausame Weise
das Sterben vorweg. Diese Sakralisierung, der Eintritt
in das Pantheon einer relativen Berühmtheit, konnte
der Eitelkeit dummer Leute schmeicheln. Sie war
aber auch das entsetzlich greifbare Zeichen des
schicksalhaften Countdowns. Die öffentliche Ausstellung eines Doppelgängers aus Wachs markierte,

127

wo nicht den Höhepunkt eines Lebens, so doch zumindest den Gipfel einer Karriere. Aus Wachs, das in den Kessel wandern würde, nicht aus Marmor für die Ewigkeit. Der wahrscheinliche, quasi unvermeidliche Bekanntheitsverfall war dieser punktuellen, launischen Glorifizierung von Anfang an eingeschrieben. Den einst gefeierten Modellen war eine Gewißheit beschieden: sich eines Tages aus der Welt verschwinden zu sehen. Durch Antizipation zu sterben. Verbannt in ein Fegefeuer ohne Paradies, auf dem Dachboden.

– Denkst du an Anna Fried?

– An sie und an viele andere, sagte Jérôme. An all diejenigen, die erlebt haben, wie sie buchstäblich in der Versenkung verschwanden. Curtius und Marie kamen ohne Umschweife zur Sache, ja, zum Wesen dieser Wachsbearbeitung: Sie bildeten Leichen ab! Nur wenige Minuten nach dem Tod, bevor die Gesichtszüge verfallen.

Ein paar Schritt von uns entfernt stand das Abbild von Julies Körper. Es war fast zu sinnlich. Passend für irgendeine Bardot und um so passender, als der faszinierende Körper des Stars schon seit langem nur noch als nostalgisch verklärtes Bild in der Erinnerung lebte. Also war es Julie. Julie, in die Jérôme verliebt war. Der Ton bildete den Hüftschwung, die elegante, schwebende Geste des Unterarms vollendet nach. Obwohl noch im Entwurfsstadium, war es bereits die Zurschaustellung eines morbiden Geheimnisses. Julie würde jeden Moment zu ihrer Sitzung eintreffen. Einer Sitzung als Modell, wie andere eine Sitzung beim Psychoanalytiker hatten. Jérôme legte keinen Wert darauf, daß ich noch länger bei ihm blieb. Er übergab mir die Fragmente von Héberts Zeitung. Ich könne damit machen, was ich wolle. Er nahm mich beim Arm, bestand darauf, mich durch das kleine Labyrinth aus vollgestellten Gängen und Treppen zum Aufzug zurückzubegleiten.

– Noch etwas …

– Schieß los.

– Ich habe heute morgen noch einmal systematisch unseren Bestand aufgelistet.

– Und?

– Es ist nicht nur Anna Frieds Kopf gestohlen worden. Ihr ganzer Körper ist verschwunden. Alle Teile, wenn dir das lieber ist.

– Waren sie denn tatsächlich identifizierbar?

Die Berühmtheiten, die vom Museum angesprochen wurden, hatten meistens nicht viel Zeit für den Bildhauer. Eine Sitzung, manchmal zwei. Für alles Weitere war die Arbeit auf der Basis von Fotos die Regel. Die Hände, oft sehr sichtbar bei den Arrangements, galten als Beweis für die Echtheit. Sie erfuhren eine ganz besondere Aufmerksamkeit. Man versuchte, sie nach der Natur zu formen. Im allgemeinen ließ man es dabei bewenden. Ich hatte zahlreiche Fotos von diesem wahren Frankenstein-Kabinett auf der anderen Seite der Tür gemacht, an der Dutzende von Händen und Beinen hingen, und auch von den Schachteln, die Glasaugen in allen Farben enthielten.

– Bei Anna Fried haben sich die Dinge ein bißchen anders abgespielt. Ihr gesamter Körper ist mit großer Liebe zum Detail nach der Natur gearbeitet worden. Ich habe den Bildhauer gekannt, der mit ihr gearbeitet hat. Stevenson, ein großer Künstler. Er ist inzwischen im Ruhestand. Du solltest dich mit ihm treffen.

Jérôme hatte seine Adresse und gab sie mir. Rue de Bretagne.

In der Halle begegnete ich Julie. Sie hatte keine Ahnung, wie es Mona inzwischen ging. Soweit sie wußte, war ihre Schwester mit ein paar Nähten davongekommen. «Sie steht auf sowas.» Weit mehr interessierten sie die neuesten Nachrichten von Adrien. Ich war mit meinen Gedanken anderswo.

– Und die alte Schachtel?

– Wer?

– Stell dich nicht blöd.

Julie war nun wirklich die letzte, mit der ich Lust hatte, über Anna Fried zu reden.

Ich ging häufig durch die Chaussée-d'Antin, ohne daß ich je das Bedürfnis hatte, das *Mirabeau* noch einmal aufzusuchen. Nichts drängte mich, formell auf dieses Feld zurückzukehren, ich war noch nicht weit genug vorangekommen in dem Spiel. Ich mußte stärker nach Zufallsmethoden vorgehen. Ich setzte meine Arbeit im Museum fort, spazierte viel durch die Straßen, las Geschichtsbücher und Memoiren. Ich erinnere mich nicht mehr, wann genau ich Anna Fried zum erstenmal angerufen habe. Es war eines Nachts, ziemlich spät.

Ich hatte gerade oben im Labor eine Serie von Fotos abgezogen und folgte einem Impuls. Wahrscheinlich hatten wir über *Die Prinzessin* gesprochen, aber ich bin mir nicht sicher. Ich hatte ausgestreckt im Sessel gelegen, Radek auf den Knien. Eine Unterhaltung bis zum frühen Morgen, wie ich sie seit Jahren nicht mehr telefonisch mit einer Frau geführt hatte. Sprießender Bart, überquellender Aschenbecher, die Flasche geleert, wortgesättigt, mehr konnte ich nicht verlangen. Zum Schluß waren wir beide ein bißchen betrunken, jeder an seinem Ende der Leitung. Worüber hatten wir uns bloß stundenlang unterhalten können? Es wurde hell. Anna Fried erkundigte sich besorgt, womit wir anstoßen sollten, um diesen wunderbaren Augenblick zu feiern. Ich hatte Chablis in der Küche. Sie bat mich, zu warten, bis sie sich ebenfalls eine Flasche heraufbringen lassen hatte. Wir tranken wieder. Dieses Ritual behielten wir auch bei den nächsten Malen bei. Am Tag nach dieser ersten Unterhaltung schickte Anna mir ein Telegramm:

«Verlieren Sie mich nicht aus den Augen.» Die nächtlichen Gespräche fanden bald regelmäßig statt, fast jede Nacht. Meistens war ich derjenige, der anrief. Eine stillschweigende Vereinbarung. Ein einziges Mal fragte sie mich, ob Adrien immer noch vorhabe, sein lächerliches Filmprojekt zu realisieren. Da dies der Fall war, nahm sie mir das Versprechen ab, sie über das Datum des ersten Drehtages zu informieren, sobald ich es erführe. Kein Zorn mehr. Der Ton blieb gelassen, beinahe amüsiert.

Der Film? Adrien schleppte mich zu zukünftigen Drehorten. Behauptete er jedenfalls. Ich hatte manchmal den Eindruck, er testete mögliche Bilder, indem er sie mir unterbreitete. In puncto Drehbuch blieb er rätselhaft, entzog sich jeder präzisen Antwort auf die wenigen Fragen, die ich ihm stellte. Nach seinen Worten hatte das Papier, das er mir anvertraut hatte, keinerlei Bedeutung mehr. Er begeisterte sich, wetterte gegen allerletzte Verzögerungen, jonglierte mit Unwahrheiten und Schätzungen, als ob sie ein Aufputschmittel wären. Er stellte mir Schauspieler und Techniker vor. Die meisten schienen von seinem Charme beeindruckt und aufgeregt über das Abenteuer, das vor ihnen lag. Vielleicht verkaufte Adrien ihnen im Gespräch unter vier Augen etwas anderes als heiße Luft. Oder ich unterschätzte das Prestige, das er in seinem Beruf immer noch genoß. Ich hatte keine Ahnung von diesem Beruf. Ich hatte es nicht für zweckmäßig gehalten, Adrien mitzuteilen, daß bei mir zu Hause eine Kopie der *Prinzessin* lag. Weder ihm noch Joachim. Ich sah mir den Film jeden Tag an, zumindest einige Sequenzen. Jedesmal hatte ich den Eindruck, Zugang zu einem Geheimnis zu bekommen. Das Leben nahm einen eigenartigen Verlauf. Stan sprach Tag für Tag Botschaften auf meinen Anrufbeantworter, schwerfällige, oft unverständliche Selbstgespräche. Er rief aus einer Kabine, einer Kneipe an. Einmal aus einem Krankenhaus, dann wieder aus einem Kommissariat. Lästig, aber im Rahmen des Vernünftigen, da ich beschlossen hatte, daß es mir gut ging und ich die Dinge laufen lassen wollte. Auch Villon ließ von sich hören. Er war jetzt auf seinem Computer – ein rasanter Fortschritt – bei Raum 109 angelangt. Eine üble Falle, wie er sagte, mit einer Decke, die sich herabsenkte und den kleinen Max, der noch keinen Ausgang gefunden hatte, schließlich erdrückte. Villon hatte sich schon bei Dutzenden von Versuchen plattquetschen lassen, ohne etwas dagegen tun zu können. Aber er gab nicht auf, war in guter Verfassung und verdiente übrigens sogar ein bißchen Kohle. Die nächsten Monate waren gesichert, man hatte ihm ein weiteres Buch zum Übersetzen anvertraut. Die Memoiren eines Superbullen vom BKA. Das fand er komisch.

In Marcs Büro fanden sich die versammelten «Copyrights» von Futuropolis, *Tim und Struppi*, stapelweise Presseausschnitte, deren brochierter, unbeschädigter Rücken bewies, daß sie niemals gelesen worden waren, mehrere Ausgaben von *Who's who*, Einzelbände der *Encyclopaedia universalis*, mit Filzstift beschriftete Kassetten von Bashung, Prucnal, Stockhausen, Caven, FGTH, Sheila, Mahler und anderen, sämtliche Stilrichtungen. Zwischen überholten Dienstanweisungen an den Wänden das Plakat zum Film *Canicule*, Jayne Mansfield als Playmate am Rand eines Schwimmbeckens; Fotos von Marc mit Eco, July, Polac, Lang, Stasi, Foucault, Dutronc und, etwas im Hintergrund, mit Clint Eastwood, Godard, Leck usw. Denn Marc war ein Mann, der viele Hände schüttelte und jedermann zuprostete. Im Augenblick saß er, massig und zufrieden, bequem in seinem Sessel. Er holte die traditionelle Flasche Bourbon aus seinem Schreibtisch und stellte sie neben einen Stapel

Pressemeldungen. Marc wollte gewinnend wirken. Er schenkte ein.

– Ich habe diese Diebstahlsgeschichte im Museum völlig falsch eingeschätzt. Ein ulkiges Thema.

Hinter seinem Sessel hatte er eine sehr alte, als Poster vergrößerte Titelseite von *Le Soir* befestigt. Die Schlagzeile in Fettdruck: «Die Stunde der blutigen Kämpfe!» Was den Einzug der Sandinisten in Managua betraf, hatte Marc so seine eigenen Vorstellungen.

– Ich hätte eher reagieren sollen. Diese Sorte von Kurzmeldungen kommt gut an.

– Jetzt ist es ein bißchen spät dafür.

– Nein, nein, überhaupt nicht. Ich habe da einen ausgezeichneten Artikel. Von Stan, stell dir vor. Wir bringen ihn morgen.

– Von Stan?

Wie sympathisch! Marc reichte mir ein paar Blätter. Ich ließ ihn mit seinem ausgestreckten Arm stehen.

– Bist du sauer? Ist das Museum dein geschütztes Jagdrevier?

– Der Artikel ist bestimmt großartig.

– Ist er. Und dazu sehr komisch. Stan ist ausgezeichnet, wenn er will. Er hat die besondere Fähigkeit, eine lächerliche Einzelheit, die kaum vier Personen in Frankreich interessiert, aufzugreifen und so hochzuspielen, daß sie ein Knüller wird. Das neue Festiger-Gel von Stéphanie. Der Name von Goldmans Beleuchtungstechniker. Die Farbe des Teppichbodens aus dem Hause Verny. Eine Verwicklung im Musée Grévin. Das ist ebenso blöd wie die Leserzuschriften, nebensächlich und ein bißchen dumm, eine Art Nabelschau; eine Menge Abonnenten berauschen sich an solchem Blödsinn und halten sich für Dandys. Du hättest diesen Artikel schreiben sollen.

– Eine Art Nabelschau und ein bißchen dumm?

– Sei nicht eingeschnappt.

– Du hast mich nicht drum gebeten.

– Scheiße! Du bist hier stets willkommen. Warum schlägst du nichts vor? Stan ist ein mondäner Penner. Aber er bringt zumindest die Energie auf, sich an eine Schreibmaschine zu setzen und seinen Artikel auf den Weg zu bringen

– Ich bastele eben lieber an Fotos.

Marc versicherte mir, daß ich ihm auf den Sack gehe, daß er die Schnauze voll habe von meiner Lahmarschigkeit und meiner Verachtung. Verachtete ich ihn? Ja, unbestreitbar. Aber nicht so, wie er glaubte. Seine Verleugnungen, seine unmöglichen Zweireiher interessierten mich wenig. Meine Verachtung war ohne jede Bedeutung, beinahe liebevoll und vollkommen uneigennützig.

– Was steht in dem Artikel?

– Lies ihn doch selbst.

Warum eigentlich nicht? Die drei getippten Blätter wiesen viele durchgestrichene Stellen und Korrekturen auf. Eine zittrige Schrift, ganz offenkundig auf Gainsbourg getrimmt. Es war die Rede von Marie-Thérèse de Lamballe (Prinzessin), von Régis Gabriel-Thomas (Generaldirektor) und einer unerklärlichen Vertauschung von Wachsköpfen. Man erfuhr, daß noch weitere seltsame Ereignisse den gewohnten Frieden des Museums störten. Darunter die Tatsache, daß die Wachsbüste von Anna Fried (Star) aus den Beständen verschwunden war. Stan hatte die vertraulichen Aussagen von Jérôme K. (Bildhauer), Julie S. (Schauspielerin) und Victor B. (Fotograf) zusammengetragen. Jeder erging sich in Vermutungen, bewahrte dabei aber einen kühlen Kopf. Stan selbst blieb sehr unbeteiligt. Er beendete seinen Artikel mit der genauen Beschreibung des Menus, das er anschließend bei Chartier (Rue du Faubourg-Montmartre Nr. 7, sein Lieblingsrestaurant) in Gesellschaft der Julie S. eingenommen hatte. Diese hatte ihm von ihren Plänen mit Adrien L. (Filmemacher) und von ihrer Vorliebe für blutige Steaks erzählt. Ein nervtötender, sehr gut gemachter Artikel. Aber das war für Marc nicht das Wesentliche.

– Dreht Leck tatsächlich einen neuen Film? Zu welchem Thema?

Ich erklärte es ihm in groben Zügen. Doch so unüberzeugt ich mich auch gab, Marc geriet in Wallung. Die Lamballe, die Fried, die Machenschaften im Zusammenhang mit ihren Wachsbüsten, das sei schon eine ganze Menge und auf jeden Fall mehr als ein statistisch wahrscheinliches, zufälliges Zusammentreffen.

– Welche Verbindungen gibt es zwischen dem Film und diesen Täuschungsmanövern? Ich bin sicher, daß du da ein paar Ideen hast. Vielleicht hast du den Coup ja auch ausgeheckt? Nein? Einverstanden, ich glaube dir. Damit steht fest, daß du den Fall für die Zeitung verfolgst.

– Stan wäre sehr viel besser.

– Na, so was! jubilierte Marc. Du benimmst dich wie eine beleidigte Leberwurst!

Er schob mir einen randvollen Pappbecher mit Four Roses zu, zündete sich eine Gauloise an, die leichte Sorte, und bot mir ebenfalls eine an. Ich lehnte ab. Ich lege großen Wert auf die Zusammensetzung meiner eigenen Zigaretten: 1,44 mg Nikotin und 22,8 mg Kondensate. Marc erwartete keine große Sache von mir. Ein paar Fotos von den Dreharbeiten, von Zeit zu Zeit einen kleinen Artikel. Ein ruhiger Deal. Waren wir beide, er (der Zeitungsboß) und ich (der Spaziergänger), nicht wie geschaffen, uns zu verstehen? Ich schickte mich an zu gehen.

– Eine Frage, da ich gerade daran denke.

Marc hatte die Nase schon wieder in seine Pressemeldungen gesteckt.

– Ja?

135

– Was kannst du mit Jacques-René Hébert anfangen?

Er sah mich an, unsicher, ob er richtig verstanden hatte.

– Du meinst den Père Duchesne?

– Genau den.

– Tja … die Frage kommt etwas überraschend, aber …

– Ich höre.

– Ich halte ihn für den ersten großen, modernen Journalisten.

Wie stichhaltig seine Gedanken auch waren, Marc konnte sie stets nur in Floskeln ausdrücken.

Nachdem ich meine Einkäufe in der Buchhandlung Le Minotaure hinter mir hatte, brachte ich die neu erworbenen Bücher sorgfältig in der Packtasche meines Fahrrads unter. Dann fuhr ich Richtung Odéon, ohne mich groß um Einbahnstraßenregelungen zu kümmern.

Von der Rue de l'Ancienne Comédie an spürte ich, daß die Stadt nicht mehr dieselbe war. Es war 17.30 Uhr. Eine kaum wahrnehmbare plötzliche Spannung. Der Verkehr floß weiter über den Boulevard, keinerlei besondere Unruhe. Blicke kreuzten sich, ohne zu wagen, genauer hinzuschauen. Irgend etwas ging vor, aber was? Ich fühlte mich wie ein Tier vor dem Gewitter. In Sichtweite erschien alles normal. Das übliche Gedränge im Quartier Latin, ein Mittwoch. Aber es war etwas in Gang gekommen. Instinktiv schlug ich die Richtung Place Saint-Sulpice ein. In der Rue du Vieux-Colombier mehrten sich die Anzeichen schnell. Ein Brand? Feuerwehrwagen kamen aus der Kaserne gerast, alle Sirenen aufgedreht. Sofort entstand ein Stau. Ich schlängelte mich mit dem Fahrrad hindurch. In der Rue de Rennes waren die Autos zum Stillstand gekommen. Nur die Fahrzeuge mit dem Blaulicht fuhren weiter. Da oben in der Gegend Montparnasse war es passiert. Aber was? Ich bat einen Mann, sein Autoradio lauter zu stellen. Schon lief die Neuigkeit von Mund zu Mund, und die Gesichter erstarrten. Ein neues Attentat, noch schändlicher als die anderen. Gegenüber dem Kaufhaus Tati war eine Bombe explodiert. Es hatte Tote gegeben, vier, fünf, vielleicht auch mehr, und Dutzende von Verletzten. Der Journalist sprach von zerfetzten Körpern. Morde mitten in Paris. Im September.

Die Prinzessin von Goras war kein großer Film im klassischen Sinn des Wortes. Schwarzweiß, hervorragend fotografiert. Leicht zu begreifen, warum die kühne Montage nur andeutete, warum manche Übergänge nicht stimmten: Gewisse Aufnahmen mußten sich zur Katastrophe entwickelt haben. Anna bewegte sich immer an der Grenze zum Absturz. Sie war eine mehr als unwahrscheinliche Lamballe, ohne großen Bezug zur historischen Marie-Thérèse-Louise. Erschüttert und gebrochen. Ein taumelnder Star in seiner tiefsten Krise: Auf der Leinwand vermittelte es Emotion in Reinkultur. Sie stammelt und stottert. Cut! Ich habe nachgerechnet und mit der Stoppuhr gemessen. Auch wenn Anna alle Aufmerksamkeit auf sich zog, sah man sie insgesamt weniger als zwanzig Minuten auf der Leinwand. Goras hatte einen Kultfilm gedreht, indem er zu retten versuchte, was zu retten war!

Am Sonntag, dem 21. September, erhielt ich eine Nachricht von Stan. Seine Stimme klang ziemlich fröhlich. «Heute 194. Jahrestag der Ausrufung der Republik. Champagner!»
Er hatte eine Vorliebe für Kalenderdaten, genau wie ich. Und die Erinnerung an die ruhmreiche Eröff-

nungssitzung des Nationalkonvents hatte tatsächlich mehr Gewicht als das Gedenken an den 120. Geburtstag (der gleiche Tag) von H.G. Wells, dessen Zeitmaschine mir eine sehr wichtige Kindheitserinnerung ist.

Eines Nachts sagte sie:
– Dieser Film ist eine Torheit. Die Frau, die Lamballe, war dumm, ein Waschlappen. Ich dagegen war maßlos und verliebt. Eine leidenschaftliche Liebe. Was sollte ich tun? Die Dreharbeiten waren sehr schwierig. Der Regisseur war ein guter Techniker, aber keiner, der Schauspieler führen konnte. Er hatte Angst vor mir, machte mich schlecht, sobald ich ihm den Rücken drehte. Es war die Hölle. Sind Sie schon einmal verliebt gewesen, Victor?

Ich hörte ihre Stimme im dunklen Wohnzimmer, den Telefonhörer am Ohr. Während unserer stundenlangen Unterhaltung hatten sich meine Augen an das Dunkel gewöhnt. Das Fenster stand weit offen. Trotz der Kälte ließ ich meinen Oberkörper unbedeckt. Radek hatte sich mit diesen langen Telefonsitzungen abgefunden. Er hatte seine Gewohnheiten darauf eingestellt und schlief auf einem alten Pullover. Ich trug ihn schon seit langer Zeit nicht mehr. Aber Radek liebte es, sich darin einzunisten. Also ließ ich den Pulli auf dem Sofa liegen. Verliebt? Die Frauenfotos, die mich umgaben, waren nur Fotos. An alles übrige erinnerte ich mich nicht mehr sehr gut. Weder an die Geschichte noch daran, wer gelogen hatte.

– Verliebt, fuhr Anna fort, verliebt war ich nur einmal. Ein einziges Mal. Es ist während der Dreharbeiten passiert. David. Ein Schriftsteller. Ein ungewöhnlicher Mann. Ich habe ihn vom ersten Augenblick an geliebt. Er hat mich auch geliebt, aber weniger, auf seine Weise eben. Mir haben alle Typen zu Füßen gelegen, doch ich wollte ihn, mit Haut und Haaren. Ich habe getan, was Frauen oft und Männer nie im Leben tun. Ich habe mich ihm bedingungslos zur Verfügung gestellt, um nicht die kleinste Minute mit ihm zu versäumen. Wir waren mitten in den Dreharbeiten. Er schrieb an einem schwierigen Buch. Ich denke mir, für einen Schriftsteller sind alle Bücher schwierig. Ich gab mir Mühe, sein Bedürfnis nach Alleinsein zu verstehen, die rückgängig gemachten Rendezvous, das stumme Telefon. Und dann tauchte er wieder auf, und alles war wahnsinnig schön. Wir schliefen miteinander, wir brüllten uns an, feierten. In Wirklichkeit brachten wir uns um … ich habe ihn tatsächlich beinahe umgebracht. Weil er seinerseits mich auch zerstörte. Anfangs dachte ich, es sei ihm nicht bewußt. Aber er wußte alles, alles Schlimme, das er mir antat, und alles Gute – wenn er da war. Er schrieb, um mir aus dem Weg zu gehen. Eines Tages habe ich sein gesamtes Manuskript genommen und ihm gedroht, es aus dem Fenster zu werfen. Ich sehe ihn noch vor mir, er war bleich. Aber natürlich machte er nicht die geringsten Anstalten, mich zurückzuhalten. Ich konnte ihn nie zu etwas bewegen, was er nicht machen wollte. Er beobachtete mich ganz ruhig, ohne jede Herausforderung. Es war ein Wintertag mit schönem goldenen Licht. Die Blätter wirbelten lange durch die Luft, bevor sie auf der Straße in alle Richtungen geweht wurden, futsch. Er hat sich nicht gerührt. Ebensogut hätte ich über das Balkongeländer klettern und mich in die Tiefe stürzen können. Was für einen Unterschied hätte das schon gemacht? David fragte mich, ob mir klar sei, was ich da getan hatte. Ich habe gesagt: natürlich, vollkommen klar. Ich weiß immer, was ich tue. Er hat den Kopf geschüttelt. Sollte er mich töten oder nicht? Diese Frage hat er sich wahrscheinlich gestellt. Er hat mich in ein Restaurant eingeladen, war redegewandt und reizend. Der Sex danach war ausgezeichnet. Es lag an der großen Gewalttätigkeit, die in uns steckte. Das war wie-

der so ein Morgen, an dem ich zu spät im Studio erschienen bin.

– Und was hat David gemacht?

– Er ist für siebenundzwanzig Tage verschwunden. Keine Nachricht, nicht der kleinste Anruf.
Kein Brief, kein Telegramm.

– Und als er zurückgekommen ist, wollten Sie ihn
töten?

– Kurz danach. Ein Messerstich. Die Umstände
sind nicht wichtig. Alles, was in der Ordnung der
Dinge liegt, hat anekdotischen Charakter.

– Was ist aus ihm geworden?

– Er war verletzt, und man hat sich um ihn gekümmert. Er hat mich wieder verlassen, um ein neues Buch zu schreiben. Das hat er mir geschickt, mit
Widmung. Ich habe es durchgeblättert. Es war eine
Variation unserer Geschichte, völlig uninteressant.
Vor zwei oder drei Jahren ist er bei einem Autoun-
fall ums Leben gekommen.

– Sie erinnern sich daran, daß er einmal für siebenundzwanzig Tage verschwunden war, aber Sie erinnern sich nicht mehr, seit wieviel Jahren er tot ist.
Habe ich das richtig verstanden?

– Da Sie mich darauf aufmerksam machen, ja, so
ist es.

Wir unterhielten uns fast jede Nacht, immer über
Vertraulichkeiten oder intime Dinge. Und warum in
jener Nacht über David?

– Warum?

– Ich habe manchmal ein seltsames Gesicht in der
Prinzessin. Ich wollte, daß Sie wissen, es lag nicht am
Alkohol. In diesem Film sieht man, wie ich wirklich
bin.

– Warum wird er nicht mehr gezeigt?

– Ich habe alle Kopien aufgekauft. Sämtliche
Rechte gehören mir.

– Warum haben Sie ihn mir geschickt?

– Reden wir in einer der nächsten Nächte darüber.
Anna legte auf. Draußen wurde es wieder einmal
Tag. Radek reckte sich. Ich ging in die Küche. Chablis. Der Kater erkundigte sich, was es Neues gab,
und miaute. Für die erste Mahlzeit war es viel zu
früh. Er verstand es, sich durchzusetzen. Ich füllte sei-
nen Napf. Im Radio sangen Ringer und Chichin
Andy. Das ließ sich hören. Anschließend kamen die
Nachrichten. Die Attentate, die libanesische Spur.
Ich ging pinkeln. Sieben Uhr. Ich zog Hemd und Lederjacke an und holperte meine drei Etagen hinunter.
Der Kiosk im *Capitale* unten vor meinem Haus öffnete früh. Ich kaufte *Le Soir, Libération, Lui* und die
Cahiers, trank am Tresen einen Kaffee und danach
einen trockenen Weißen undefinierbarer Herkunft.
Ein auf Punk getrimmter Bursche richtete an dem alten «Gottlieb» – Flipper irgendein Unheil an. Er war
Lieferant bei Nicolas, ein Freund. Ich war erschöpft,
aber nicht müde. Ich kehrte in meine Wohnung zurück und legte mir nach der Devise «genug ist nie genug» die Kassette von *Boulevard der Dämmerung* in
den Recorder. Ich hatte eine Entschuldigung. Dieser
Wilder war ebenfalls ein imponierender Film.

Später riß mich das Klingeln des Telefons vollends aus
einem unerquicklichen Halbschlaf. Ich hatte wieder
einmal vergessen, den Anrufbeantworter einzustel-
len. Es war Adrien. Ich sah davon ab, ihn anzubrül-
len. Kurz vor Mittag bei einem Freund anzurufen,
mußte erlaubt sein.
– Es ist alles geregelt. Wir können starten.
– Was?
Er mußte den Eindruck haben, ich wäre vom Pla-
neten Mars gefallen. Die wirkliche Welt konnte nur
an eins denken.
– Mit dem Film natürlich. Beginn der Dreharbeiten nächsten Montag. Du bist dazu eingeladen. Ehe

es soweit ist, könntest du mir noch einen Gefallen tun, am besten sogar gleich.

– Immer heraus damit.

– Liste mir die Gründe auf, die dir Jacques-René Hébert besonders unsympathisch machen.

– Ist er es?

– Für die meisten Historiker ja. Ich höre.

– Ich würde dich lieber zurückrufen.

– Jetzt wäre es aber spontaner. Eine Angelegenheit von zwei Minuten. Eine Schnellbefragung.

– Mal sehen …

Es entsprach den Tatsachen, daß man ihn im allgemeinen als den üblen Schurken der Revolution einschätzte. Weshalb? Die Gründe ergaben sich von selbst. Da gab es eine nicht ganz eindeutige Episode in seiner Jugend in Alençon, bei der er sich den Unmut eines Notablen der Gegend zugezogen hatte. Später in Paris, als er ein kümmerliches Leben führte, hatte er sich gegenüber einigen Arbeitgebern zweifellos nicht gerade fein benommen: Einem Buchhändler am Faubourg-du-Temple hatte er Hemden und eine Matratze entwendet. Im Théâtre des Variétés, wo er die Karten kontrollierte, wurde er beschuldigt, etwas Geld unterschlagen zu haben.

– Kleinigkeiten, Jugendsünden, unterbrach mich Adrien. Nichts Bewiesenes.

Als er Publizist geworden war, hatte er sich mit Erfolg und ohne jeden Skrupel für seine Flugschriften den Titel *Le Père Duchesne* einverleibt, den andere bereits benutzten. Und sonst? In physischer Hinsicht besaß Jacques-René keinerlei Mut. Ein Feigling, genaugenommen. An keinem einzigen der großen Kampftage sah man ihn im Vordergrund. Dagegen gab sich sein Blatt nicht mit Halbheiten ab. Es galt als unflätig, obszön und reißerisch.

– Das ist alles?

Er hat die zweifelhafte Ehre, ein Königsmörder zu

sein. Hébert rief zur Auslöschung der Familie Capet auf, eine verabscheuungswürdige Tat. Daß er Marie-Antoinette während ihres Prozesses des Inzests beschuldigte, bleibt ein Problem. War es Schändlichkeit oder ein geschicktes Manöver? Und was hat er mit seinem Komplizen Chaumette im Temple rund um den gefangenen Thronfolger ausgeheckt?

– Mach weiter.

Mit Sicherheit zu beanstanden war die Art, wie er zusammen mit anderen den *enragé* Jacques Roux, seinen Konkurrenten bei den Sansculotten, ausgeschaltet hat. Camille beschuldigte ihn der Veruntreuung öffentlicher Gelder. Tatsächlich wurden die 600 000 Exemplare des *Père Duchesne* großzügig von den Freunden subventioniert, die Jacques-René im Kriegsministerium hatte.

– Also?

Er war wankelmütig in seinem Aufruf zur Erhebung gegen die «Nachsichtigen» und die «Einschläferer» des Wohlfahrtsausschusses – so die damaligen Bezeichnungen. Nachdem er politisch besiegt und in einem Scheinprozeß verurteilt worden war, starb er eines ziemlich unwürdigen Todes, zitternd und zähneklappernd, heißt es.

– Ganz schön vollständig, deine Liste, spottete Adrien. Wie denkst du darüber?

– All die Vorwürfe gegen ihn machen mir den Bürger Hébert außerordentlich sympathisch. Du mußt entscheiden, worauf du deine Kamera richten willst. Warum diese Befragung?

Adrien antwortete nicht sofort. Warf schließlich hin:

– Weil Hébert mich nervt.

Er legte auf, was meiner guten Laune förderlich war.

Jérôme hatte darauf bestanden, daß wir uns außerhalb des Museums trafen. Nicht aus Furcht vor Indiskretionen, sondern damit wir ungestörter waren. Ich hatte ihm vorgeschlagen, im *Chartier* einen Happen essen zu gehen. Das war ein schick-verlottertes Restaurant, das Stan (was machte der wohl inzwischen?) bevorzugte.

Was Jérome Kopfzerbrechen bereitete, war *Die Prinzessin*, also Julie. Ich bestätigte ihm, daß die Dreharbeiten in einigen Tagen beginnen sollten.

– Dieser Film wird sich als krasser Fehler erweisen, sagte er.

– Für wen?

– Für Julie, natürlich.

Es war gerade Stoßzeit. Die Kellner liefen geschäftig zwischen den Bänken hin und her, arrogant und eifrig, wie es sich für jede anständige Gaststätte gehört. Jérôme war nur mäßig begeistert von seinem Teller Frites mit Frankfurter Würstchen. Die Pommes frites bei *Chartier* zählten zu den fettesten in Paris. Die Drehtür, die düsteren Holzverkleidungen machten aus diesem Lokal eines der anziehendsten auf dem Boulevard.

– Sie macht sich falsche Hoffnungen. Dieser Leck manipuliert sie vollkommen.

– Eifersüchtig?

– Warum auch nicht! Sie sieht sich bereits als großen Star. Die Titelseite der Zeitschriften, Interviews.

– Glaubst du nicht, sie könnte es schaffen? Hast du kein Vertrauen zu ihr?

– Nicht auf diese Weise, nicht so schnell. Sie ist so zerbrechlich.

Mir wäre im Traum nicht eingefallen, Julie zerbrechlich zu nennen. In diesem Zusammenhang hatte ich Jérôme vielleicht bis jetzt zu wenig Beachtung geschenkt. Ich hatte den Künstler in ihm beobachtet. Als zaghafter, aber beharrlicher Verehrer war er mir herzlich gleichgültig. Mein Entrecôte war unmöglich. Was beabsichtigte er zu tun?

144

Er gestand, das sei schwer zu erklären, er fühle sich wie ein Idiot. Für Julie war er nichts im Vergleich zu Leck und seiner Macht. Aber sie redete mit ihm während der Sitzungen, so daß er wenigstens ihr Vertrauter war. Er hatte sehr wohl gespürt, daß sie bei aller Überheblichkeit und allem Ehrgeiz Angst hatte. Ob ich das verstehen könne?

Ich konnte Jérôme nicht gut erläutern, daß ich Julie weder überheblich noch wundervoll, sondern bis jetzt ein bißchen blöd fand.

– Dieser Film wird sie zerbrechen, sagte er. Sie ist sich nicht klar darüber. Man muß sie daran hindern.

– Wen muß man hindern?

– Sie, Leck, alle Welt.

Jérôme packte mich brutal am Handgelenk. Er wußte nicht, was er sagen oder tun sollte. Ich verstünde ihn nicht, es tue ihm leid, mich zu belästigen, verdammt. Es sei etwas, was er in seinem tiefsten Innern spüre: Dieser Film konnte nur eine Katastrophe werden. Wie es zu vermeiden war? Schweißtropfen liefen ihm über die Schläfen. Er jedenfalls wollte tun, was er konnte, um Julie zu retten. Bei diesem Stand der Dinge war es das beste, die Rechnung zu verlangen.

Rückkehr zu den Quellen. Auch diesen Film, *Boulevard der Dämmerung*, hatte ich mir mit Judith wieder und wieder angesehen. Ich versuchte, mich zur Schlußszene auf dem Videoband vorzutasten.

Da war sie. Bleistift und Fotoapparat hatte ich schon bereitgelegt.

Swanson ist Norma Desmond. Sie hat ihren Gigolo-Liebhaber getötet und wird von Polizisten befragt. Sie sagt: «Stars sind ewig wie Sterne.»

Die Journalisten warten im Hof der Villa. Von Stroheim nennt sie (in der Untertitelung) «Wochenschau-Reporter». Er ist Max, der Diener. Ex-Regisseur, vergessener Ehemann, Beschützer Normas.

Ein Bulle: Sagen Sie ihnen, sie sollen verschwinden. Hier ist jetzt keine Zeit für Kameras.

Norma (sie erwacht aus ihrer Starre, dreht sich zu von Stroheim um): Kameras? Ist das wahr?

Es ist wahr. Normas Gesicht erstrahlt. Die Polizisten sind hilflos. Der Film gewinnt an Tempo. Von Stroheim erteilt Anweisungen.

– Ist alles bereit?

– Ja, ja.

– Auch die Scheinwerfer?

– Alles da.

In der Umgebung der Kameramänner viele Zuschauer, man drängt sich, will etwas sehen. Sie taucht oben auf der Treppe auf. «Das ist sie, Norma Desmond!» Die Fotografen drängen heran mit ihren dicken Apparaten und den gewaltigen Blitzlichtern. Von Stroheim, souverän:

– Licht! Bereit zu drehen, Norma?

Sie ist völlig verwirrt, sie weiß nicht, was sie antworten soll.

– Welche Szene? (Sie taumelt, kleines Mädchen und große Dame.) Ich habe sie vergessen.

Von Stroheim: Sie steigen die Treppe des Palasts herab.

Norma (entschuldigend): Ach ja! ... Die Treppe. Und unten wird die Prinzessin von der Menge erwartet ... Ich bin bereit.

Von Stroheim (großartig): Achtung ... Kamera ab ... Bewegung!»

Norma schreitet Stufe für Stufe herab.

Folgt eine Stimme aus dem Off:

«Und so sind die Kameras trotzdem gelaufen. Das Leben, das manchmal seltsam ist, hatte Mitleid mit Norma Desmond. Der Traum, der sie so hartnäckig verfolgte, wurde am Ende Wirklichkeit.»

Norma kommt näher. Sie ziert sich. Sie sagt:

– Ich kann nicht spielen, ich bin zu erschüttert.

(Sie zögert, wendet sich an den Mann, den sie sich hinter den Kameras vorstellt, gibt eine Erklärung ab): Monsieur DeMille, gestatten Sie mir ein paar Worte? Vielen Dank. (Norma spricht zu Leuten, die ganz sicher nicht DeMille sind.)

Ich hatte alles notiert, was sie sagte. Foto direkt vom Bildschirm.

– Ich möchte Ihnen sagen, wie sehr ich mich freue, hier unter Ihnen in diesem Studio zu sein und erneut zu filmen. Sie können nicht wissen, wie sehr Sie mir gefehlt haben. Und ich verspreche Ihnen, in Zukunft nicht mehr zu desertieren. Denn nach diesem werden wir einen weiteren Film, viele weitere Filme drehen. Kino ist mein Leben, mein Daseinsgrund. Etwas anderes gibt es nicht, nur uns und die Kameras. Und dieses wunderbare Publikum, das aus dem Dunkel zuschaut.

Noch ein paar Sekunden, und Norma nimmt mit verlorenem Blick die Haltung einer Tragödin ein. Sagt:

– Bitte sehr, Monsieur DeMille. Ich bin bereit für die Großaufnahme.

Musik. Ausblende. Cut. Ende.

Ich rief bei Anna an. Sie wollte nicht abnehmen.

Am Freitag, dem 10. Oktober, wurde im Musée Grévin gegen 18 Uhr eine neue Figur eingeweiht, «Jane». Es hatte nichts mit der geplanten Ausstellung «Das Abenteuer im Film» zu tun. Die Wachspuppe war im Zwischengeschoß über dem Säulensaal aufgestellt worden, gleich neben dem Eingang zum Palais des Mirages. Für ein paar Freunde des Hauses, ungefähr dreißig Leute, war eine kleine Feier organisiert. Auch Jane, das Modell, war anwesend. Eine junge Amerikanerin. Einige Fotografen, darunter ich, ließen sie in klassischer Manier gegenüber ihrem Wachsdouble posieren. Mit der freudigen Erregung, die jeder neu in den Tempel Aufgenommene verspürt, ließ sie sich bereitwillig auf das Spiel ein. Mehrere Jahre zuvor hatte ich anläßlich einer Reportage Bernard Pivot neben sich selbst und Marguerite Yourcenar (am gleichen Tag eingeweiht) schwadronieren sehen. Für ihn als Provinzler, hatte er erklärt, sei das Museum eine seiner schönsten Jugenderinnerungen. Der ebenfalls an diesem Tag anwesende Robert Hossein hatte gemurrt. Er fand sein alter ego nicht sehr ähnlich.

Régis Thomas war sehr stolz auf «Jane», eine Figur, die als «superrealistisch», weil am Modell selbst geformt, bezeichnet wurde. Eine wenig geläufige Methode, wenn letzteres lebendig ist. Ich war nicht überrascht, als ich Jérôme in Stans Begleitung ankommen sah. Sein Artikel in *Le Soir* hatte durchaus Anklang gefunden und dem Museum sogar sicherlich ein paar zusätzliche Besucher beschert. In einer Zeit, in der die Furcht vor Bombenanschlägen allen öffentlichen Räumen Verluste eintrug, war das gar nicht so unwichtig.

– Hast du Julie nicht mitgebracht?

– Für den Fall, daß du es noch nicht begriffen hast, antwortete Jérôme, sie fühlt sich hier nicht besonders wohl.

– Wie weit ist ihre Figur?

– Sie ist gestern aus der Form genommen worden. Ein schöner Körper ohne Kopf.

– Kann ich sie sehen?

Jérôme zuckte die Achseln.

– Nach der Fete, wenn du willst.

Die Türen des Palais des Mirages wurden geöffnet. Ein achteckiger Raum; in jedem Winkel exotische Statuen auf Drehzylindern. Die Wände waren mit Spiegeln verkleidet, die alles, was in ihr Blickfeld geriet, unendlich vervielfältigten. Man brauchte nur die Säulen zu drehen, einige Dekorationsteile aus dem Schnürboden herabzulassen, raffiniert mit der Beleuchtung zu spielen, und schon war man in einem balinesischen Tempel, in einem Zauberwald oder in den Gärten der Alhambra. Jetzt war es eine Cocktailparty, ein kleines privates Fest für die Freunde des Museums. Champagner, Fruchtsaft, Scotch, jede Menge erlesene Appetithäppchen. Stan hatte der ganzen kleinen Versammlung schon mehrere Gläser voraus. Jérôme tat sein bestes, ihn zu stützen. Beide interessierten mich herzlich wenig.

Régis Thomas betrat das runde Podium in der Mitte des Saals. Den Platz, den die Kinder während der Sitzungen erkletterten, um sich nichts von dem Schauspiel entgehen zu lassen. Der Zeitpunkt für eine kleine Ansprache war gekommen. Ich ließ mir nachschenken. Seit mehreren Wochen arbeitete ich fast jeden Tag in dem Museum. Merkwürdigerweise hatte ich kein einziges Mal Lust gehabt, an einer Vorstellung im Palais des Mirages teilzunehmen. Warum bloß? Monsieur Thomas begrüßte Miss Jane. Als Kavalier würdigte er mit ein paar liebenswürdigen Bemerkungen ihre Schönheit und ihre Jugend.

– Seien Sie willkommen in unserem Hause. Vielleicht erleben Sie eines Tages den Ruhm. Seien Sie versichert: Die meisten Chancen zu überdauern hat hier nicht, wer besonders bekannt ist. Die Größen sind schnell vergessen. Es sind die Namenlosen, die bleiben. Der Mann, der über seiner Zeitung eingeschlafen ist, der Schutzmann, der alte Museumsführer, das Fräulein mit dem Strumpfhalter. Und nun Sie. Wenn es Ihnen gelingt, kein Star zu werden, liebe Jane, können Sie sicher sein, länger als hundert Jahre hier zu stehen.

Den Platz, den jetzt Jane besetzte, hatte zu meiner Kinderzeit Fernandel innegehabt. Ein junger Fernandel, der sämtliche Zähne präsentierte. Sein Kopf lag in den Beständen.

– Gut dreißig Jahre bin ich nicht mehr hier gewesen, sagte eine Stimme hinter mir. Der reinste Kitsch!

Es war Marc. Ich war wahrscheinlich der einzige, der seine Ankunft nicht bemerkt hatte.

– Ihr habt recht, Stan und du. Das ist ein kompletter Zauberladen hier.

Er ließ sich einen Whisky servieren. Régis Thomas setzte seine kleine Ansprache fort, indem er der errötenden Jane versicherte, daß sie das Museum wahrscheinlich mehr Geld gekostet hatte, als ihr die meisten Männer je bieten könnten. Auf ein kurzes Handzeichen von ihm wurde ein allem Anschein nach schwerer Gegenstand herangeschleppt, der mit einem weißen Laken verhüllt war.

– Was ist das? fragte Marc leise.

– Ein Geschenk. Eine Überraschung für sie.

Ich hatte sie am Vortag gesehen. Régis Thomas zog das Tuch zurück und enthüllte eine Gipsbüste. Das exakte Gegenstück zu dem Wachsguß. Die pupillenlosen Augen verliehen dem Gesicht eine beinahe peinliche Reinheit. Die echte Jane küßte Régis Thomas und bedankte sich dann bei allen. In ihrer kurzen, mehr oder weniger improvisierten Danksagung brachte sie ihre große Ergriffenheit zum Ausdruck, sich hier unter so feierlichen Umständen ausgestellt zu sehen. Außerdem sagte sie, daß sie heute abend Angst vor dem Altern hatte. Jane wirkte blühend und auf liebenswürdige Weise schön. Der sichtlich betrunkene Stan gab das Signal für den Applaus, und danach erhoben wir alle die Gläser zu Ehren des neuen Dauergastes. In diesem Moment betrat Adrien das Palais. Er wußte anfangs nicht, wie er sich verhalten sollte. Küßte auf gut Glück die Hand der Hauptdarstellerin des Abends, die er auf Anhieb erkannt hatte. Das war sein Beruf. Der Zeitpunkt der gesellschaftlichen Pflichtübungen war vorbei. Man konnte noch ein paar Gläser trinken, wenn nicht unter

Freunden, so doch zumindest freundschaftlich. Marc unterhielt sich mit Régis Thomas.

– Führst du ihn mir vor? fragte Adrien. Ich meine, diesen berühmten Kopf der Lamballe. Wo ist er?

– Unten. Wir gehen später hin. Vorher will ich dir noch etwas zeigen.

Er war zum erstenmal im Musée Grévin. Das sah man ihm an. Er taxierte den Raum, bewunderte genießerisch die Lichtspiele, die perspektivisch gemalten Kulissen, die Ausstattung. Er lächelte, wie ich es selten an ihm gesehen hatte. Die raffinierten Inszenierungen regten ihn an.

– Nicht schlecht. Wirklich nicht schlecht ... Was willst du mir zeigen?

Den Schnürboden da oben. Die gesamte Maschinerie über der falschen Decke.

– Na und?

– Dieses Loch.

– Was ist damit?

– Die meisten Besucher des Palais des Mirages bemerken es nicht. Es ist wie im Theater. Von dort aus überwacht der Regisseur alles, was sich im Saal tut.

Und dort hatte Judiths Freund gearbeitet, dort hatte er seines Amtes gewaltet. Er war der Mann hinter dem Loch. Er ließ mich seinen Platz einnehmen, während er seine Knöpfe und Hebel handhabte und die Wachsstatuen zum Kreisen brachte, bunte Schmetterlinge herabschweben ließ und für *black light* sorgte (eine inzwischen veraltete Attraktion, die mich stark beeindruckt hatte). Ich war nie wieder da oben gewesen.

– Wie funktioniert das?

– Damals war es ein sehr sperriger, konsolenähnlicher Tisch mit ganzen Bündeln elektrischer Leitungen in allen Farben, die in alle Richtungen liefen. Judiths Freund war sehr stolz auf diese Anlage. Bei jeder Etappe des Schauspiels hörte man von unten das Gemurmel der Leute. Erstaunen, Entzücken. Heutzutage dürften sie blasierter sein.

Hier hatte ich das Schauspiel und gleichzeitig seine Kulissen entdeckt. Die Faszination angesichts der Bilder und den Zugang zu ihrem Geheimnis. Nach eigenem Belieben die Grenze zwischen beidem zu überschreiten war von Anfang an mein Recht gewesen, das Recht, ins Spiel einzusteigen.

– Komm mit, ich stelle dir die Prinzessin vor.

Als wir das Palais verließen, verständigte ich Jérôme, daß wir ihn in seiner Werkstatt aufsuchen wollten. Ich dachte, es würde Adrien amüsieren, den Wachskörper von Julie, seiner zukünftigen Hauptdarstellerin und – soweit ich wußte – Gelegenheitsmätresse zu sehen. Wir gingen an dem hübschen kleinen Theater vorbei. Die Tür zum Saal stand offen. Man sah den von Chéret bemalten Vorhang. Adrien hielt mich am Ärmel zurück.

– Wie schön!

– Das Phantastische Kabinett. Hier werden täglich Zaubervorstellungen gegeben. Seit einigen Monaten wird auch wieder Theater gespielt.

Weil es ihm möglicherweise Freude machen konnte, erzählte ich Adrien auch, daß Georges Méliès auf dieser Bühne seine Karriere als Zauberer begonnen hatte, bevor er sich ganz in der Nähe am Boulevard des Italiens sein eigenes Theater kaufte, wo die erste öffentliche Filmvorführung stattgefunden hatte.

– Falsch! sagte Adrien entschieden. Die Brüder Lumière haben die erste Filmvorführung im Indischen Salon des Grand Café am Boulevard des Capucines gegeben. Das weiß doch jeder!

Pah! Formal hatte er recht. Aber es war eine Ungerechtigkeit der Geschichte. Vor dem Kinematographen der Lumières hatte es das Optische Theater Emile Reynauds gegeben. Und es war schon Kino, als er am 28. Oktober 1892 drei Filme vorstellte: *Un bon bock, Clown et ses chiens, Pauvre Pierrot.* Die Vorführung im Café de la Paix hatte dagegen erst im Dezember 1895 stattgefunden. Reynaud war so bekümmert über diese Nichtanerkennung, daß er seine Filme zerstörte und all seine Apparate in die Seine warf.

– Könnte es sein, daß du ein bißchen chauvinistisch wirst, wenn es um dieses Museum geht?

– Warum nicht?

Adrien hielt sich nicht über Gebühr vor den Ebenbildern von Hossein und Lady Di auf, sondern beschränkte sich darauf, Hitchcock zu begrüßen (sitzend, in eine Zeitung vertieft, einen Vogel auf der Schulter). Wir stiegen eine enge Treppe hinunter und stießen so auf das Fräulein mit dem Strumpfhalter.

– Wirklich reizend, gab Adrien zu.

– Freut mich, daß wir uns einig sind.

Der Revolutionssaal war nur sehr schwach beleuchtet. Adrien hielt mich erneut zurück. Ich war im Garten meiner Kindheit. Er dagegen entdeckte die gesamte Inszenierung zum erstenmal.

– Sehr ergreifend!

So sehr, daß er angefangen hatte zu flüstern! Adrien schritt an den Bildern entlang, ohne sich groß aufzuhalten. Er wollte unbedingt die Prinzessin sehen. Ich führte ihn in den Saal des Temple. Der Kopf der Lamballe war an seinem Platz, hinter dem Gitter aufgespießt, schwaches Licht. Ich glaube nicht, daß Adrien volle Beleuchtung wünschte. Er hockte sich hin, betrachtete aufmerksam und lange das ruhige Schmerzensgesicht.

– Und ihr seid allesamt überzeugt, daß es ihre Totenmaske ist?

– Mit ziemlicher Sicherheit 1792 von Marie Grosholtz-Tussaud gefertigt. Eine Spezialistin.

– Unglaublich.

Adrien streichelte vorsichtig das Wachs. Er war fasziniert. Ich kannte ihn mit der Zeit ein wenig. Die fast weiß gewordene Mähne, die hohlen Gesichtszüge, die zuweilen zögernden Gesten des schweren Alkoholikers. In diesem Augenblick dachte er nur an seinen Film. Ich war sicher, er wußte immer noch nicht, aus welchem Stoff er sein würde. Vielleicht war es ein Fehler gewesen, ihn hierherzuführen, in diese Konfrontation. Schon weil der Wachskopf meine Geschichte war.

– Julie hat nicht das richtige Alter für die Rolle, murmelte er. Ich wußte es schon. Die Fried hatte es auch nicht. Das ist nicht schlimm. Wir werden ihre arrogante kleine Schönheit nach allen Regeln der Kunst mit Patina überziehen, damit sie genauso schön und ergreifend wird wie diese Dame. Sie wird es schaffen. Sie hat keine Wahl.

Adrien richtete sich nachdenklich auf. Er hatte gesehen, was er wollte oder fürchtete. Am Fuß der Treppe wandte er sich um, warf einen letzten Rundblick über den Saal.

– Eine merkwürdige Vision der Geschichte, findest du nicht? Was ist das? Ein schöner, lehrreicher Bilderbogen?

– Hier habe ich angefangen, sagte ich.

– Das wundert mich nicht. Die Bühne, die Kulissen, die Maschinerie, die Logen, der Künstlerausgang und der Notausgang, die oft identisch sind, die Straße ... nicht der schlechteste Ort, wenn man sich selbst aufklären will.

Jane saß lässig auf dem Geländer des Zwischengeschosses. Im Palais des Mirages brannte noch Licht. Die kleine Feier nahm ihren Fortgang.

– Wohin geht's?

– Zu den Ateliers.

Statt Alfred, Robert und Diana zu umgehen, traten wir in ihre Bilder ein: eine Barkulisse in einem internationalen Flughafen (früher hatte diese Ecke einmal den etwas bukolischeren Titel «Bei Robinson» getragen). Ganz hinten gelangte man durch eine dem Personal vorbehaltene Tür zu einem Aufzug, der ins Dachgeschoß führte. Die Bestände, die verschiedenen Bühnenbilder. Adrien riß die Augen weit auf.

– Man hat den Eindruck, hier ist alles Schwindelei. Sogar die Wege, wenn man vom einen zum anderen Ort will.

Das traf es ziemlich genau. Der normale Besucher achtete kaum auf die versteckten Türen, die unauffälligen Treppen. Es war möglich, ungesehen einen ganzen Rundgang zu machen. Ein Museum mit vielen doppelten Böden. Ich war nicht sicher, sie alle zu kennen. Über ein paar Flure erreichten wir schließlich das Atelier. Es waren sehr viel mehr Leute da als erwartet. Nicht nur Jérôme, Stan und Marc, auch Régis Thomas mit einigen Mitarbeitern oder Vertrauten. Und eine schluchzende Julie!

Irgendwer hatte es für richtig gehalten, sie schleunigst holen zu lassen. Wer?

Alle bildeten einen Kreis um einen Frauenkörper aus Wachs, der auf einem Holzsockel stand. Er war grauenhaft verstümmelt.

Man erriet mühelos, daß der Körper schön und harmonisch gewesen sein mußte. Jetzt war er von tiefen Rissen gezeichnet. Die Brüste, der Bauch, die Schenkel waren gründlich mit einem spitzen Messer oder einem Eispickel bearbeitet worden. Schreckliche Wunden im Wachs. Julie sank auf die Knie, von Krämpfen geschüttelt.

Jérôme hatte die Dummheit begangen, sie zu rufen, sobald er die Katastrophe entdeckt hatte.

Julie ließ sich von ihrer Nervenkrise überwältigen. Stan hatte sein Glas noch in der Hand. Sein benommener Blick wanderte von einem zum anderen.

– Was für ein Vandalismus … sagte Régis Thomas ungläubig. Was für ein Vandalismus! Warum nur?

Jemand fragte, ob man die Polizei rufen solle. Jérômes Hände zitterten. Adrien verstand nicht alles, er orientierte sich, weidete sich an all diesen live-Emotionen. Marc schätzte interessiert die Reaktionen jedes einzelnen ab. Das Licht einer nackten Glühbirne beleuchtete das Abbild des verwundeten Körpers.

Es gibt einen abgenutzten Ausdruck: die wächserne Haut der Toten. Ich weiß, wie zutreffend er ist, ich habe einige Leichen gesehen. Das war es auch hier. Ein wächserner Körper, weißlich, mit gräßlichen, fein gesäuberten Wunden, ausgeblutet. Ein enthaupteter, entweihter Körper, wie es der Körper der Prinzessin gewesen war, die Julie bald darstellen würde. In der geschändeten Wachsnachbildung trafen sich viele vergangene und zukünftige Geschichten. Ich machte ein paar Fotos. Es erregte nahezu allgemeine Mißbilligung, aber niemand kam auf den Gedanken, mich daran zu hindern.

Julie richtete sich plötzlich mit dumpfem Knurren auf. Das lasse sie sich nicht gefallen, man könne sie nicht einschüchtern. Die verrückte Alte könne machen, was sie wolle. Anna Fried sei gestorben, nicht sie! Nicht sie, das sollte sich bloß keiner einbilden! Julie ging zu der Statue und stieß mit der Hand dagegen. Die Puppe fiel herunter, ein Arm brach ab. Julie salutierte. Tränen in den Augen, verzerrte Gesichtszüge und ein wütender Gruß. Wie im Theater. Bevor sie türenknallend verschwand, pflanzte sie sich vor Adrien auf.

– Die Dreharbeiten beginnen am Montag, stieß sie hervor. Ich werde da sein.

Adrien hatte vorgeschlagen, ein letztes Glas bei ihm zu trinken. Marc und ich hatten angenommen und es aus einer identischen Laune heraus geschafft, Stan (Typ:

verkommener Dandy) abzuhängen. Keine leichte Aufgabe.

Adrien war nicht unzufrieden mit seiner neuen Dienstwohnung. Er war über dem Eingang der Passage du Commerce-Saint-André untergebracht. Zwei Zimmer mit hohen Decken und Blick auf die Place de l'Odéon. Der Boulevard Saint-Germain ist eine laute Straße, selbst spät in der Nacht. Adrien liebte Straßenlärm. Das war eine unserer Gemeinsamkeiten. Es war lange her, daß wir uns alle drei bei einer Flasche getroffen hatten. Wir mochten es nicht, wenn Vierzigjährige anfingen, kleine Cliquen à la Sautet-Lelouch zu bilden, und vereint gerieten wir geradezu zwangsläufig in diese Ecke.

– Die kleine Julie war Klasse vorhin, sagte Adrien.

– Du konntest dich ja nicht sattsehen an ihr, sagte Marc.

– Hast du gesehen, was für eine Giftnudel sie ist? Trotzdem, es muß ein schwerer Schlag für sie gewesen sein.

– Es sah aus, als wüßte sie, wer das getan hat.

– Anna Fried? Schon möglich. Etwas romanhaft.

Sie fragten mich, was ich davon hielt, so als ob ich besondere Erkenntnisse hätte. Warum eigentlich? Anna Fried? Es war die einzige aufregende Hypothese, also mußte sie herhalten. Wie für manche der Gedanke aufregend zu sein schien, ich hätte den Kopf der Prinzessin von Lamballe gestohlen. Anna war die ideale Täterin. Ich konnte mir sehr gut vorstellen, wie sie über die Nachbildung ihrer Rivalin herfiel. Adrien bat uns, ihn zu entschuldigen. Er wollte telefonieren, hören, wie es Julie ging.

Es war die Wohnung eines abgehalfterten oder ausgehaltenen Junggesellen, der sich für einige Monate in einem Luxuswohnwagen einnistet. Ein paar Habitat-Regale waren mit Werken über die Französische Revolution, mit Akten und Veranstaltungsverzeichnis-

sen vollgestellt. Auf dem Teppichboden (dunkel-
braun, die Standardfarbe für frisch renovierte Räume)
lagen Filmzeitschriften herum. Die Halogenlampe,
das Ledersofa, die Sessel, der Tisch und die Bistro-
stühle in der Eßecke, das ganze funktionelle Zeug war
in wenigen Minuten bestellt und gekauft worden, über
«Minitel» oder durch einen Regieassistenten als Mit-
telsmann. Auch hier rauschte leise ein Macintosh. Ein
paar der Aufstellungen, die ein Drucker ausgespuckt
hatte, waren hier und da angepinnt. Drehpläne, Dia-
loge, eine komplizierte Buchführung, Grafiken, Namen, Telefonnummern und sogar Fotos von der Besetzung. Einen Augenblick fragte ich mich, welchen
Raum Villon und sein kleiner Mann jetzt erreicht haben mochten. Adrien legte auf. Julie war nicht zu
Hause. Eigentlich nicht überraschend. Oder sie hatte
den Stecker herausgezogen. Ich stellte sie mir vor,
nach dem Schock in ihrer Wohnung am Boulevard
des Filles-du-Calvaire. Vielleicht vor dem zerschosse-
nen Foto von Anna?

– Machst du dir Sorgen ihretwegen?

– Überhaupt nicht, sagte Adrien. Reine Höflichkeit. Ich will nicht, daß sie mir etwas vermasselt. Ich
brauche sie in zwei Tagen.

Genau wie ich war Marc schweigend dazu übergegangen, eine Bestandsaufnahme der Räumlichkeiten
zu machen. Es war nicht so, daß er Privaträume
wirklich haßte, aber sie bereiteten ihm immer ein ge-
wisses Unbehagen, schon weil die meisten von ihnen
den Fehler hatten, kein Telex zu umfassen und auf
Elektrizitäts- und Gaswerke statt auf AFP, ACP,
Reuter, Tass usw. abonniert zu sein.

– Ein Glücksfall, daß ich diese Wohnung gefunden
habe, sagte Adrien. Und zugleich ein merkwürdiger
Zufall.

Ich wußte, welcher. Ich hatte in den letzten Nächten lange genug in Büchern und Stadtplänen über

Paris gestöbert. Was Zufälle angeht, bin ich so zurückhaltend wie der Vatikan gegenüber Wundern. Ich ließ Adrien schwadronieren.

– Georges Danton hat hier gewohnt. Genauer: an diesem Ort. Das ursprüngliche Haus ist abgerissen worden. Es reichte bis zur Mitte unseres jetzigen Platzes da unten.

Von unserem Standort aus sah man die Bronzestatue des Tribuns. In hochmütiger Haltung. Kühnheit als Tagesordnung. Ich hegte nicht die geringste Sympathie für Georges. Weder im Leben noch bei Büchner, noch bei Wajda. Nach meinen Vergleichen war die Statue an der Stelle errichtet worden, wo sich früher der Salon der abgerissenen Wohnung befunden hatte (zweite Etage über dem Zwischengeschoß). Eine große Wohnung. Sieben Zimmer. Senkrecht unter dem Fenster zum Boulevard dürfte das Eßzimmer gewesen sein.

– Ich glaube, fuhr Adrien fort, daß wir hier in der Umgebung des Schlafzimmers sind. Es ist ein eigenartiges Gefühl, das zu wissen. Andererseits ist es mir egal. Aber man darf nicht vergessen: Danton war Justizminister, als die Septembermorde stattfanden und die Lamballe ermordet wurde. Er war für die Sicherheit der Gefangenen verantwortlich! Das wird der Film zeigen. Kommt mit!

Seine Begeisterung gefiel mir.

Ein anderes Fenster gab den Blick auf das Innere der Passage du Commerce frei, die die Place de l'Odéon und Rue Saint-André-des-Arts verbindet. Eine sehr pittoreske Gasse mit Kopfsteinpflaster. Adrien wurde lebhaft.

– Seht ihr das alte Gebäude da unten rechts? Es ist eine ehemalige Druckerei. Sehr alt. Der Idiot Wajda hat sie als Kulisse benutzt, um daraus die Druckerei von Desmoulins' Zeitung *Le Vieux Cordelier* zu machen. Völlig unpassend!

In Wirklichkeit war es die Druckerei des *Ami du Peuple*, der keine zweihundert Meter weiter wohnte (den genauen Ort wiederzufinden, dürfte nicht so schwierig sein). Ich vermutete, was Adrien wahrscheinlich wußte, nämlich daß Camille und Lucile hier ganz in der Nähe gewohnt hatten, weiter oben in der Rue de l'Odéon als Nachbarn von Georges. Ein neues Viertel, das in Turgots Plan noch nicht verzeichnet war. Der stürmische *Club des Cordeliers* hatte nur einen Pflastersteinwurf entfernt an der Stelle der jetzigen Medizinischen Hochschule gelegen.

Im Grunde wohnten nicht viele am rechten Seineufer, nur Robespierre. Und Jacques-René Hébert in seiner großen Zeit. Und ich. Adrien zuckte zusammen.

Das Fragment von *Le Père Duchesne* steckte in meiner Tasche in einer der Plastikhüllen des Taschenkalenders. Zusammen mit dem Foto von Marie-Thérèse in der Curtius-Version und zufällig auch mit Mona. Ich ging zu selten in die Historische Bibliothek der Stadt Paris in der Rue Pavée.

– In dieser Gasse wird in meinem Film der Ausgang der Force liegen. Hier werden wir filmen, wie die Prinzessin den Tod gefunden hat. Den Aufruhr, das Blut. Damit fangen wir an. Viel Gewalt, gleich mit den ersten Bildern. Was hältst du davon?

– Es wird sicher sehr gut, antwortete ich zerstreut.

– Du glaubst nicht daran?

– Jedem sein Metier. Ich kann mir die Dinge jedenfalls nur da vorstellen, wo sie sich tatsächlich abgespielt haben.

– Aber oft besteht überhaupt keine Ähnlichkeit mehr. Alles hat sich verändert.

– Ein Grund mehr, daran zu arbeiten.

– Scheiße! Ich werde darüber nachdenken.

Es war schon spät, der Abend war anstrengend gewesen.

– Wenn du diesen Film zu drehen hättest, wie würdest du ihn anfangen lassen? fragte mich Adrien. Wie? Mit einer Guillotine-Szene natürlich! Das Fallbeil würde niedersausen und einen Kopf abschneiden. Keinen Menschenkopf. Einen Hammelkopf.

Wir waren müde.

– Warum ein Hammelkopf?

– Weil die Todesmaschine an lebendigen Hammeln ausprobiert worden ist, sagte ich. Das wurde sehr sorgfältig, sehr wissenschaftlich angegangen. Die Versuche haben hier stattgefunden, da unten.

– Da unten?

Unter den Fenstern am Eingang der Passage lag links eine Gaststätte, Stil Bistro 1900, lächerlich verkitscht. Vorher war es der Schuppen eines Schreiners, eines gewissen Schmidt. Ein begeisterter Musikfreund im übrigen. Er hat die Tötungsmaschinen der Republik konstruiert, unter Kontrolle der Doktoren Guillotin und Louis, die damals medizinische Kapazitäten waren. Sein Kostenvoranschlag schlug die gesamte Konkurrenz aus dem Feld.

– Daher auch der Spitzname, den man der Maschine gegeben hat: Louison oder Louisette. Guillotine hat sich später eingebürgert.

– Ist das alles?

Ich hätte ihnen sagen können, daß Guillotin auf der anderen Seite der Passage, in der Rue de l'Ancienne-Comédie nicht weit vom Café Procope gewohnt hat. Aber es hatte keine besondere Bedeutung für sie. Für mich waren diese Fußnoten Anhaltspunkte, Wegweiser zum Verständnis.

– Verständnis wofür?

– Für das, was sich im Museum tut oder im Umkreis deines Films oder in Paris im allgemeinen.

– Und das wäre, bitte schön?

Pah! Ich sagte ihnen, daß ich müde sei. Das stimmte nicht ganz. Ich wollte einfach nach Hause, ein paar Bücher durchblättern, Anna Fried anrufen. Trotzdem tranken wir noch ein paar letzte Gläser. Die Geschichte mit den geköpften Hammeln war interessant, aber sie war bald ausgereizt. Eine neue Eröffnungsszene mußte her. In Bicêtre, zum Beispiel.

Das ist ein Hospiz, ein Gefängnis, eine Deponie für die Opfer der «großen Einsperrung», schon seit einem Jahrhundert. Stellen wir uns die Maschine, die Louison, mitten in einem Seziersaal vor. Noch ist niemand von ihrer Wirksamkeit überzeugt. Was jetzt gebraucht wird, sind menschliche Hälse, um die Effizienz der Schneide zu prüfen («nur ein kühler Hauch im Nacken», hat der menschenfreundliche Abgeordnete erklärt!). Es gibt genau drei einigermaßen frische Leichen (soll heißen: nicht zu starr), die sich für das Experiment anbieten.

Es erweist sich als überzeugend.

– Wann ist das passiert?

– Am 17. April 1792. Drei Versuchskaninchen. Zwei Strafgefangene und eine Verrückte.

– Und es hat funktioniert?

– So gut, daß die Louison bereits eine Woche später den ersten zum Tode Verurteilten einen Kopf kürzer macht, auf der damaligen Place de Grêve am Seine-Ufer.

– Wer war das?

Ein gewisser Jacques Pelletier, ein ehr- und treuloser Räuber.

Adrien und Marc sahen mich leicht zweifelnd an. Es war fünf Uhr morgens. Und zu dieser Stunde schien es mir elementar, eine Verbindung zwischen den Leichen der in Bicêtre guillotinierten Parias und ihren Leidensgenossen herzustellen, die keine sechs Monate später durch die Septembermörder abgeschlachtet werden sollten. Eine schlimmere und noch weniger zu rechtfertigende Episode als die Morde in den Gefängnissen Abbaye, La Force und anderswo.

162

Marc bestellte ein Taxi und schlug vor, daß wir beide zusammen fuhren. Ich bestand auf einem Umweg über einen Kiosk am Boulevard Montmartre, wo ich mir die erste Ausgabe der Morgenzeitungen kaufte. Zwanzig Minuten nach unserem Aufbruch ließ ich mich an der Place de la République absetzen.

Anna Fried meldete sich fast augenblicklich. Ich berichtete ihr in wenigen Worten von den letzten Zwischenfällen im Museum und fragte:

– Geht dieser Vandalismus auf Ihr Konto?

Ihre erste Reaktion bestand in einem ziemlich ausgedehnten Schweigen. Es reichte fast für eine ganze Zigarette. Das war an sich nichts Außergewöhnliches. Es gehörte zu unseren Unterhaltungen, daß wir häufiger minutenlang schwiegen, auf die Atemzüge, die Umweltgeräusche lauschten, über die neuste Vertraulichkeit, das jüngste provozierende Geständnis nachdachten. Sie sagte:

– Auf mein Konto, ja, notwendigerweise.

Am nächsten Tag begleitete mich Adrien ins Krankenhaus Cochin. Mir war nicht recht klar, warum er es tat. Mona teilte ihr Zimmer mit drei weiteren Kranken, die ebenfalls Opfer des Attentats waren. Sie hatte zweifellos am wenigsten abbekommen.

– Es gibt Frauen, die sich schminken, sagte sie. Ich verletze mich statt dessen.

Die Schnitte waren oberflächlich, die Fäden würden bald gezogen werden. Sicherlich würden Narben bleiben. Mona hatte recht, es würde ihr sehr gut stehen. Ich dachte flüchtig an die versehrte Statue Julies. Eine Frau, die im Nachbarbett schlief, hatte ein Auge verloren.

– Eine solche Schweinerei mitten in Paris ist doch Wahnsinn, oder? Und das schlimmste ist: Ich bin gezwungen zuzugeben, daß ich Glück gehabt habe.

Ich holte meine Pakete aus der Tasche. Ich hatte ein bißchen nach Gefühl eingekauft, worum sie mich am Telefon gebeten hatte. Ein paar längere T-Shirts (mit Mickey, Snoopy und Kinkerlitzchen dieser Art als Aufdruck), einen richtigen Pyjama. Das würde auf jeden Fall besser aussehen als das Standardkrankenhausnachthemd, in dem sie steckte. Ich reichte Mona meine Schnapsflasche. Da ich schon oft in Krankenhäusern gewesen bin, wußte ich nicht recht, was ich sagen sollte. Sie trank einen großen Schluck.

– Wann lassen sie dich gehen?

– In zwei oder drei Tagen. Es sind weniger die Verletzungen, die ihnen Sorgen machen. Eher der Schock. Es war nicht sehr schön, weißt du.

Ich nahm ungeschickt ihre Hand. Mona unterdrückte ein Stöhnen, auch ihre Hand war zerschnitten.

– Neben mir saß eine Frau an der Wand, sagte sie. Ihr Bein war zur Hälfte abgerissen. Das habe ich mit angesehen.

– Es ist wichtig, das Schreckliche zu sehen, sagte Adrien.

Ich verstand die idiotische Äußerung nicht.

– Es war Wahnsinn.

Eine Krankenschwester trat ein und ging an den einzelnen Betten vorbei. Mit verkniffener Miene leerte sie Monas Aschenbecher und sagte barsch, die Besuchszeit sei zu Ende.

– Fehlt dir etwas?

– Im Augenblick? antwortete Mona kichernd. Ein Macker.

Aber sie versicherte uns, daß eine Hand heil geblieben war, mit der sie's sich selbst machen konnte. Ich haßte den Geruch dieser beschissenen Krankenhauszimmer, das gesprenkelte Grau der Wände, die spärliche, funktionelle Einrichtung mit viel Resopal und Chrom. Mein Knie schmerzte. Wir verabschiedeten uns. Als ich Mona umarmte, legte ich ihr die Hand auf die Brust. Sie nannte mich liebevoll einen Schweinehund.

Ein paar Minuten später im Treppenhaus war Adrien sehr aufgeregt. Er versicherte mir, endlich seine kleine Hure für das Palais-Royal gefunden zu haben. Die abgerissene Doppelgängerin der Lamballe. Mona drängte sich auf für die Rolle. Die ideale Schauspielerin. Eine Gewißheit, die ins Auge sprang! Eine total verrückte, eine echte Idee. Das konnte ich nur bestätigen. Blieb lediglich die Aufgabe, den Zwillingsschwestern die gute Nachricht schmackhaft zu machen.

Ich kurvte lange mit dem Fahrrad durch die Gegend. Rue de l'Odéon, Rue de l'Ancienne-Comédie, das Gelände am Palais-Royal, Rue de Rivoli. Ich machte Notizen und Fotos. Dann fuhr ich zum Museum.

Zurück am Quai de Jemmapes, grübelte ich lange vor dem Wachskopf der Lamballe. Die Dringlichkeit bestand nicht darin, herauszufinden, wer mir dieses Geschenk gemacht hatte. An Hypothesen, allesamt sympathisch, mangelte es wahrlich nicht. Sie würden sich letztlich schon abklären lassen. In Wirklichkeit fand ich es absolut logisch, daß dieser Gegenstand bei mir lagerte. Zumindest eine Zeitlang.

Ich sah mir immer seltener Ausschnitte des Films an. Adriens Drehbuch interessierte mich sehr viel mehr. Ich las es mehrmals etwas zerstreut durch, ohne recht zu begreifen, wie es möglich war, auf der Grundlage dermaßen verworrener Notizen einen Film zu drehen.

Joachim ließ sich Zeit mit der Antwort, und er brauchte eine Ewigkeit, bis er endlich begriff, was ich von ihm wollte.

– Lassen Sie mich die Sache in Ruhe verarbeiten, brummte er. Ich will Ihnen schließlich keine Dummheiten erzählen. Ist es tatsächlich fünf Uhr morgens?

Ich hatte nicht besonders darauf geachtet, aber wo er schon davon sprach, ja, so war es. Sogar ein bißchen später, dem Straßenlärm nach zu urteilen.

Gesetzte Stimme.

– Es ist also fünf Uhr und Sie rufen mich an, weil Sie wissen wollen, ob ich ganz sicher bin, daß Hébert in der Nacht vom 2. auf den 3. September 1792 beim Tribunal in der Force den Vorsitz führte.

– Genau.

– Ich nehme an, das ist wirklich wichtig für Sie? Also gut.

Die Redeweise war abgehackt, gereizt. Joachim war jetzt hellwach. Er hatte ein gutes Dutzend Fassungen über das Erscheinen der Lamballe vor dem Pseudotribunal geschrieben; keine davon hatte das Glück gehabt, Adrien wirklich zu gefallen. Jedenfalls enthielt er sich bei der Vorlage großer Kommentare. Ich informierte Joachim über den Tenor der Version, die schließlich in Betracht gezogen worden war: Hébert als Vorsitzender des Tribunals.

– Mir ist völlig klar, daß nicht alle Historiker damit einverstanden sind! seufzte Joachim. Die Typen bestürmen mich und gehen mir den lieben langen Tag auf den Wecker. Im allgemeinen ist ihnen das Schicksal, das ich für Hébert bereithalte, vollkommen schnuppe. Sie wirken sogar eher zufrieden, daß ich einen Mistkerl aus ihm mache.

– Warum machen Sie aus ihm den Mörder der Lamballe?

– Weil Adrien mir diesen Bürger aufgehalst hat! wetterte Joachim. Ich muß also sehen, was ich damit anfange. Wenn einige behaupten, er habe bei den Schlägertypen in der Force den Vorsitz geführt, dann, weil er es tatsächlich gekonnt hätte, weil er die Macht und sicherlich auch die Neigung dazu hatte.

Und vor allem war es praktisch für das Drehbuch. Auf der einen Seite die verzweifelte Prinzessin, auf der anderen der Kommissar der Kommune, schön gepudert und zynisch, umgeben von einem Tribunal von Rohlingen, die sich an Wein, Blut und all den Dingen berauschten, die ein braves Volk in einen grauenerregenden Pöbel verwandeln.

Joachim hielt ein Plädoyer.

– Victor, mein Freund, ich will Ihre Bedenken nicht in Frage stellen, aber in wenigen Stunden muß ich erneut mein Honorar rechtfertigen. Das Mädchen, das ich im Augenblick bei mir habe, hat einen Arsch, von dem Sie nur träumen können. Ich habe ihn teuer bezahlt. Dieses Mädchen ist bereit zu all den kleinen Spezialitäten und Liebkosungen, die den Stolz von echten Professionellen ausmachen. Bei dem Gesicht, das sie gerade zieht, kann ich Ihnen versichern, daß gelehrte Diskussionen über die Rolle Jacques-René Héberts während der Septembermorde um diese Uhrzeit zu den Perversionen gehören, die eine rechtschaffene Nutte nicht akzeptiert. Verstehen Sie mich? Ja? Na dann, guten Tag.

Joachim legte auf. Kein Grund, besonders verärgert zu sein. Die Straße belebte sich. Fast sechs Uhr. Um diese Zeit hatte der Pförtner François den Damen Lamballe und Tourzel gerade angekündigt, daß angesichts der Aufruhrstimmung in der Stadt der Spaziergang an diesem 3. September 1792 aus Sicherheitsgründen womöglich ausfallen müsse.

Ich hatte Lust, mir das Ganze noch einmal von nahem anzusehen, zwischen Rue Malher und Rue François-Miron. Bei mir zu Hause.

Der Temple (1)

Ich lehnte das Raleigh an die Gitter des Jardin des Tuileries und musterte die langgestreckte Konstruktion. Adrien war es nicht gelungen, die Genehmigung zum Wiederaufbau des Sitzungssaals der Nationalversammlung, des Manège, an seinem ursprünglichen Platz zu erhalten. Die Stadtverwaltung war zwar zu jedem Entgegenkommen bereit, um die Dreharbeiten zu unterstützen und im Vorspann genannt zu werden. Aber sie konnte für ein paar Tage Filmerei nicht die Rue de Rivoli «ausleihen». Die Kulisse war auf der Terrasse des Feuillants aufgebaut. Nur eine leichte topographische Ungenauigkeit. Es war der einzig mögliche Ort, wenn Adrien, ausgehend von der aktuellen Beschaffenheit des Geländes, die Tuilerien des August 1792 in Erinnerung rufen wollte. Allerdings würde es auf sorgfältige Kameraeinstellungen ankommen.

Es war sehr früh. Ich ging die dreizehn Stufen hinunter, die von der Terrasse in den menschenleeren Park führten. Ein Team von Technikern machte sich eifrig zu schaffen. Hier eine riesige Kokarde, da eine gewaltige Jakobinermütze aus Zink oben auf einem Mast. Ein scharlachroter Teppich für die Volksvertreter. Adrien hatte nicht gewollt, daß man dem Saal seine Bestimmung von außen ansah. Er hatte ihn so rekonstruieren lassen, wie ihn zeitgenössische Pläne, die Aufzeichnungen Georges Lenotres und verschiedene Stiche zeigten. Er gesellte sich zu mir.

– Mit diesem Saal kann ich arbeiten, innen wie außen. Du hast mich überzeugt. Es wird teuer, aber wir drehen dort, wo die Dinge tatsächlich stattgefunden haben.

Heute morgen ging es nicht ums Filmen. Einfache Versuche, Tests, um warmzuwerden mit dem Gedanken, daß der erste Drehtag unmittelbar bevorstand. Adriens Selbstsicherheit entsprach seinem Lampenfieber, vielleicht auch seiner Panik. Er konnte nicht mehr zurück. Ich ging die Stufen wieder hinauf, nahm einen engen Korridor und landete in einer weitläufigen länglichen, etwas düsteren Arena. Ringsum ansteigende Sitzreihen, die Tribüne des Sitzungspräsidenten und das Rednerpult, Tische für die Schreiber, lange Balkons. Alles peinlich genau rekonstruiert. Sogar die beiden dicken Kachelöfen an jedem Ende des Saals. Merkwürdige beheizbare Modelle der Bastille. Beheizbar.

– Das Original steht im Musée Carnavalet.

– Ich weiß.

– Was hältst du davon? fragte mich Adrien, während er mit einer weiträumigen Geste den Saal umfaßte.

Nach dem Marsch auf Versailles im Oktober 1789 und dem damit erzwungenen Umzug der königlichen Familie ins Schloß der Tuilerien waren die Mitglieder der Nationalversammlung bald gefolgt. Es hatte nur wenige Tage gedauert, den Ableger des Manège in einen angemessenen Sitzungssaal zu verwandeln. Adriens Regieassistenten, Tischlerteams und Bühnenbildner bemühten sich, aus dem Nichts die gleiche Großtat zu vollbringen. Es roch nach frisch geschnittenem Pinienholz und Leim. Julie hielt Einzug.

Sie war geschminkt und aufgeputzt. Das Haar zu einem eindrucksvollen Turm drapiert, mandelgrünes Kleid. Bereit zum Auftritt. Aber der erste Kameramann und sein Assistent konnten das Gelände sondieren und mit der Beleuchtung spielen, wie sie wollten – für heute war kein einziger Take vorgesehen.

– Ich möchte nur sehen, wie du dich in diesem Durcheinander bewegst, sagte Adrien.

Julie war gewiß nicht mehr die nachgemachte Bardot aus dem Museum. Sie warf einen hoheitsvollen Blick auf die diversen Bühnentechniker und sonstigen Arbeiter, die bei ihrem Eintritt innegehalten hatten und wie die Deputierten von einst auf den Rängen saßen.

Am Morgen des 10. August 1792 bricht der Aufstand los. Die Lamballe gehört zum Gefolge der königlichen Familie. Mit ihr, mit ihrer Königin verläßt sie das Schloß, durchquert den Park, flüchtet sich in die Nationalversammlung. Brissot übernimmt den Empfang. Nach der Verfassung hat der König nicht das Recht, an den Beratungen der Versammlung teilzunehmen. Man läßt ihn einen Befehl unterzeichnen: daß seine Schweizergarden und seine Wache auf jeden Kampf verzichten – er fügt sich. Dann wird er mit seiner Gefolgschaft in ein winziges Zimmer verbannt. Es liegt außerhalb des Versammlungsraums, bietet aber die Möglichkeit, alles genau zu verfolgen: das Zimmer des Stenographen (12 Fuß im Quadrat, 6 Fuß hoch). Der Ort, an dem jede Minute der Debatten festgehalten wird. Eine Zelle, die der Publizist Hébert gut kennt.

Julie setzte sich ein bißchen in Szene. Es war das erstemal, daß sie sich kostümiert zeigte.

– Du bist sehr gut, sagte ich.

– Glaubst du?

– Nichts da! verkündete Adrien und nahm Julie heftig beim Arm. Kein Mensch hat dich gebeten, auf Starlet zu mimen.

Ein Wort ergab das andere. Sie sei zu schön, zu selbstsicher. Die Lamballe sei vom Abschaum der Gesellschaft an diesen Ort verfrachtet worden und dürfte sich vor Angst in die Hosen geschissen, jawohl, geschissen haben. Das müsse man sehen können, keinen Bluff. Abgesehen von Louis, der kapiert hat, daß alles im Arsch ist, und seinem Sohn, der noch ein kleiner Junge ist, haben alle Angst, sind krank vor Angst, und sie haben recht.

– Ich glaube, daß sich manche in diesem Moment tatsächlich vor Angst in die Hosen gemacht haben, sagte Adrien zu mir. Meinst du, das läßt sich zeigen?

– Ist das bewiesen oder nicht?

– Nein. Joachim schert sich nicht sehr um historische Einzelheiten.

– Na dann vergiß es.

– Schade. Scheiße an den Knöcheln der Prinzessin, das hätte mir gefallen.

Julie wurde ungeduldig.

– Was erwartest du von mir?

– Daß du ein bißchen Leid zeigst.

Ein paar Meter weiter nahmen die Arbeiten ihren Fortgang, man hörte den Lärm von Hämmern und Sägen. Eile war geboten, wenn man Platz schaffen wollte für die vielen Leute, die Abgeordneten auf den Rängen, das brave Volk auf den Balkons, die strickenden Frauen. Einige Statisten waren einbestellt worden, um die Räumlichkeiten in Besitz zu nehmen.

Julie stand eine Sekunde verwirrt da, stellte fest, daß seit ein paar Minuten sämtliche Spots auf sie gerichtet waren. Sie fing sich sehr schnell, obwohl es ihr nicht ganz gelang, sich eine Haltung zuzulegen. Die Statisten liefen hin und her. Von irgendwoher tauchte Mona auf. Stan begleitete sie.

Die Zeitungen hatten sich oft darüber ausgelassen, daß Adrien nichts so sehr liebte wie konfliktreiche Dreharbeiten, Streitigkeiten und hysterische Wortgefechte. Julie warf ihrer Schwester vernichtende Blicke zu. Mona war nicht kostümiert. Sie trug Jeans und einen weiten Pullover. Sie hatte nicht versucht, die Narben von dem Anschlag unter Make-up zu verbergen. Ein paar Nähte waren ihr geblieben.

– Was hast du hier zu suchen? fauchte Julie.

– Ich kann dir noch nicht das Stichwort geben, kleine Schwester. Aber das wird sich finden.

Sie haßten sich wirklich.

Adrien ging auf Mona zu, erkundigte sich mit lauter Stimme nach ihrem Befinden. Niemand auf der Szene konnte übersehen, daß dem Chef in diesem Augenblick am Gesundheitszustand der Neuangekommenen außerordentlich gelegen war. Julie hatte Mühe zu sprechen.

– Ich wüßte gern, was das heißen soll.

– Deine Schwester wird deine Doppelgängerin, die Frau, die ich seit Monaten suche. Das Blumenmädchen vom Palais-Royal, die liebenswerte patriotische Nutte, von der Geschichte gevögelt.

– Unmöglich!

– So, und warum?

Adrien nahm jetzt kein Blatt mehr vor den Mund. Julie habe keinerlei Anspruch anzumelden und sich außerhalb der Aufnahmen jedes Wortes zu enthalten. Sie sei nicht da, um Posen einzunehmen oder Seelenzustände zu demonstrieren, sondern nur, um dem Film zu dienen. Er verlange nichts als Folgsamkeit und Talent. Über Leute, die Schauspieler umschmeichelten, könne er nur lachen. Julie kniff die Lippen zusammen.

– Verstanden. Wie lauten die Befehle?

– Wir drehen nicht, wir sind beim Einstudieren, sagte er. Du gehst in deine Garderobe und ruhst dich zwei Minuten aus. Anschließend läßt du dich neu schminken.

– Und wie, bitte sehr?

– Schön triefend vor Angst und vor Schweiß. Häßlich.

Mona konnte einen Lachanfall nicht unterdrükken. Die Erregung ließ ihre Narben bläulichrot schimmern. Adrien fügte hinzu, daß für alle jetzt eine halbe Stunde Pause sei, zum Nachdenken. Stan

172

entfernte sich in Richtung Rednerpult und ließ seinen Stock dabei kreisen. Julie verharrte einen Augenblick reglos, bleich, mit zusammengekniffenen Lippen, dann drehte sie sich auf dem Absatz um, bemüht, Mona zu übersehen. Schwer zu entscheiden, was stärker war, ihre Demütigung oder die Wut. Unterwegs packte sie mich beim Arm.

– Du hast sie ins Spiel gebracht, stimmt's? Eine hinterhältige Schweinerei, typisch für dich.

Die folgenden Ereignisse griffen auf merkwürdige Weise ineinander.

– Besorg uns was zu trinken, warf Adrien einem vierten Assistenten zu. Diese dumme Kuh hat mich durstig gemacht. Man wird überhaupt nichts mit ihr anfangen können, solange sie nicht begriffen hat, daß die Lamballe eine kleine, erniedrigte Person ist.

Erniedrigt durch ihren Ehemann, der sie maßlos betrogen hat. Durch die Königin, deren Freundin und Spielzeug sie gewesen ist. Erniedrigt durch den Aufstand. Julie sollte diese Lektion lernen.

– Und wenn nicht?

Adrien zuckte die Achseln.

Ich sah sie in einem Flur neben der Tribüne des Sitzungspräsidenten verschwinden. Dort unter den Rängen waren die Schauspielergarderoben untergebracht. Julie hatte ein Zimmer für sich allein. Sehr komfortabel, versicherte mir Adrien. Er brüllte nur Leute an, die er ansonsten gut behandelte. Man hörte, wie die Garderobentür zuschlug.

Adrien schenkte ein. Goldgelber Wein. Die Explosion ließ uns alle zusammenfahren. Gläser gingen zu Bruch. Einige sahen eine lange bläuliche Flammenzunge hinter der Tribüne hochschießen. Man hörte einen Schrei.

Wie vom Luftdruck geschleudert, rollte Julie mit brennendem Kleid über den Boden. Mit den Händen schützte sie ihr Gesicht. Alles rannte hin. Tat-

sächlich war Stan als erster bei ihr. Sie schlug mit unkontrollierten Bewegungen um sich und schrie.
Schließlich brach sie neben einem der Öfen in Form
der Bastille zusammen. Stan ging methodisch vor.
Zuerst zog er sein Jackett aus und versuchte, damit
das Feuer auf Julies Körper zu ersticken. Als das
nicht ausreichte – vielleicht war er zu ungeschickt –,
warf er sich auf sie, umklammerte sie und bekämpfte
die Funken mit seinen Handflächen, seinem Oberkörper. Endlich bekam ich einen Feuerlöscher zu fassen. In wenigen Sekunden waren die beiden mit
Kohlensäureschnee bedeckt. Irgendwer entriß mir
das Gerät und lief zu den Garderoben.

Man bemühte sich um Julie, während Adrien und
andere sich von den Schaumspritzern befreiten, mit
denen ich sie in meiner Hektik kostenlos bedacht
hatte. Dicker Rauch stieg unter den Rängen auf.

– Guter Gott! Das ganze Ding ist aus Holz!

– Feuersicher, sagte Adrien. Der Brand kommt
nicht sehr weit.

Ich trat zu Julie. Sie saß schluchzend auf dem Boden und betrachtete ihre Hände. Nur sie hatten Brandwunden abbekommen. Nichts Gravierendes auf den
ersten Blick. Ein Sanitäter kümmerte sich um sie.

Ihre Garderobe war verwüstet. Es war nicht besonders schwer, den Explosionsherd zu finden. Mitten in den Trümmern lag eine Campinggasflasche.
Blauschwarzes Metall, in Stücke gerissen. Eine Art
Bombe. Ein Attentat?

– Die gibt es zur Zeit überall in Paris, sagte Mona.
Warum nicht auch hier?

– Das ist doch Blödsinn, Julie muß bei der Hand-
habung einen Fehler gemacht haben.

– Solche Flaschen explodieren niemals von allein.
Irgendwer hat daran gefummelt.

– Ein vorsätzlicher Anschlag ist eine verführeri-
sche Hypothese, sagte Stan.

Auf dem Zementboden lag der Paravent, der Julie vor dem stärksten Feuer geschützt hatte. Neben der geborstenen Tür erloschen die Strähnen einer gepuderten Perücke.

Mehrmals in der Nacht rief ich bei Anna an. Niemand meldete sich. Weder der Anrufbeantworter noch ein Bediensteter, nichts. Sie selbst wiederum hatte mir keine Nachricht zukommen lassen. Einen Augenblick lang spielte ich mit dem Gedanken, auf einen Sprung im *Mirabeau* vorbeizuschauen. Aber ich hatte das Gefühl, daß es sinnlos, schlimmer noch: falsch wäre. Und außerdem regnete es. Es gelang mir, Adrien zu erreichen.

Die Dreharbeiten würden sich nicht verzögern, Julies Gesundheitszustand gab keinerlei Anlaß zur Beunruhigung. Nichts als oberflächliche Verbrennungen.

– Wie nimmt sie es auf?

– Sehr schlecht natürlich. Die Vorstellung, ein bißchen ramponiert zu sein, macht sie krank. Vielleicht hilft ihr das, sich in die Rolle einzufühlen.

– Was willst du damit sagen?

– Obwohl von ungeheuer aristokratischer Abkunft, hatte unsere Prinzessin etwas rundliche und sehr rote Hände. Sie hatte starke Komplexe deswegen. Ein regelrechtes Leiden.

Ich legte auf. Radek hatte sich unter dem Kinn der Lamballe mitten in einem Berg unsortierter Fotos zusammengerollt und schlief. Schlechtgelaunt sinnierte ich über dem Turgot-Plan von Paris. Der Manège war darauf natürlich genau zu sehen, die Terrasse, das Kloster der Feuillants, der Schloßgarten. Das Telefon läutete. Es war drei Uhr morgens.

Ich erkannte Villons aufgeregte Stimme.

– Große Neuigkeit, mein Freund! Der Rekord ist gebrochen. Ich bin in Raum 115 angekommen, stellen Sie sich vor …

– Haben Sie inzwischen Telefon?

– Ich rufe Sie vom Apparat meines afrikanischen Bruders an, Sam der Sportliche. Gut, daß ich Sie erreiche. 115, ist Ihnen das klar? Wir sind gerade dabei, das zu feiern. Trinken Sie doch ein Glas mit uns.

– Jetzt gleich?

– Sind Sie kein Nachtwandler mehr? Also kommen Sie vorbei. Wir spielen eine kleine Partie.

Es war so unpassend, daß ich zusagte. Villon wohnte mindestens eine Viertelstunde Fußmarsch entfernt. Es regnete in Strömen. Ein schöner Anblick übrigens, der Kanal, die Schleuse im Regen. Ich bestellte ein Taxi, versicherte Radek, daß ich bald zurück sein würde. Er signalisierte sein Einverständnis, indem er gerade mal ein Auge öffnete. Wie immer meine nächtlichen Streifzüge auch aussahen, sie interessierten ihn nicht. Ich ging hinaus, eine kaum angebrochene Flasche Jack Daniel's in der Hand.

Im zweiten Stock stieß ich mit Mona zusammen, brachte sie beinahe zu Fall. Sie war durchweicht und außer Atem. Ihr T-Shirt und der winzige Leinenblouson klebten an ihrer Haut. Verschiedene Buttons hingen verrutscht an ihrem Revers. Ich hatte keinen Grund, zu übersehen, daß ihre Brustwarzen sich abzeichneten. Es lag an der Kälte. Sie war ein Bild des Jammers und schlotterte. Zum erstenmal, seit ich Mona kannte, hörte ich sie sagen: «Entschuldige».

– Ich weiß wirklich nicht, wohin heute nacht. Ich bitte dich nur um ein Eckchen zum Schlafen.

– Zuerst schaue ich bei einem Freund vorbei. Komm mit.

– Okay, sagte sie widerspruchslos.

Villon als Freund zu bezeichnen, war eine ziemlich pauschale Redensart. Das Taxi wartete vor der Tür. Unter dem prasselnden Regen warfen wir uns hinein. Der Chauffeur knurrte, als ich ihm die Adresse

nannte. Da könnte ich auch gleich sagen, bis zur Straßenecke! Ich hatte nicht übel Lust, mir eine Gauloise
anzuzünden – dem Aufkleber, der mir Abstinenz
empfahl, zum Trotz. Mona fing jetzt erst richtig an
zu zittern. Wohnte sie denn nicht mehr bei ihrer
Schwester?

– Zuerst dieser Film, dann der Unfall, sie fühlt sich
einfach beschissen. Sie hat mich rausgeschmissen.

Für alle Fälle hatte sie sogar die Türschlösser aus-
wechseln lassen.

– Daraus darf man wohl schließen, daß es ihren
Händen besser geht?

Mona spreizte die Hände auf den Knien, so daß
der verstümmelte kleine Finger nicht zu übersehen
war.

– Besser als meinen.

Ich merkte, daß sie kurz vor dem Hochgehen war.
Ihr Problem war nicht mein Problem. Dieses verreg-
nete Paris gefiel mir. Die Nacht mit einer nicht anwesenden Anna, der glänzende Asphalt, der Widerschein
der gelblichen Straßenlaternen. Wäre der Taxifahrer
weniger blöd gewesen, ich hätte ihn gebeten, länger
herumzukurven, weiter weg, in andere Viertel, die
der eiskalte Regen aufregend machen konnte.

Ich läutete bei Villon. Sein schwarzer Freund Sam
öffnete mir hocherfreut. Er hielt ein Glas in der
Hand. Ich mochte ihn gern. Um ihm das zu zeigen,
war mir nur eingefallen, ihn eines Tages in einer Box-
halle in der Rue de Crimée, wo er regelmäßig trai-
nierte, zu fotografieren. Jede Menge Fotos in gestellten Posen, die er ausgesucht hatte. Ein paar davon
schmückten sein Zimmer. Andere hatte er an seine
Familie geschickt, wieder andere benutzte er, um bei
Tanzveranstaltungen Mädchen anzumachen. Ich
hatte eines in meinem Labor aufgehängt, das einzige
Sportfoto. Ich hasse Boxen. Villon hackte vor dem
Bildschirm auf seiner Tastatur herum.

– Ich lasse euch allein, sagte Sam höflich-verlegen. Ich muß an Robespierre denken.

– Robespierre? fragte Mona.

Sam war Kameruner, Mittelgewichtler und sehr stolz auf seine Frisur à la Grace Jones. Er mußte in zwei Stunden bei der Post gegenüber in der Rue de Saintonge 64 seinen Dienst antreten. Ich hatte ihm einmal erzählt, daß das sehr häßliche Postgebäude, in dem er seinen Lebensunterhalt verdiente, an der Stelle eines Hauses errichtet worden war, in dem Maximilien bei seiner Ankunft in Paris gewohnt hatte. Das hatte ihm gefallen. Seitdem ging er nicht mehr «bei der Post» arbeiten, er ging «zu Robespierre». Ein Privatscherz, der, wie es schien, manchen reinblütigen französischen Kollegen in Wut brachte.

Villon war ganz in sein Spiel vertieft und gab uns vage zu verstehen, daß irgendwo dahinten eine Flasche und Gläser zu finden seien. Ich setzte meinen Jack Daniel's erst einmal an einer Ecke des Tisches ab, dicht neben einem ganzen Stapel von Medikamenten. Nach dem Schema, das an der Wand befestigt war, und meinen dürftigen Erinnerungen hatte Villon bereits gut hundert Zimmer durchquert, aber es blieben ihm nicht mehr besonders viele Reserveleben. Der kleine Bildschirmmann Max befand sich in einer gefährlichen Lage. Auf seinem vorgeschriebenen Weg standen ihm mehrere doppelte Schiebetüren als Hindernisse entgegen. Regelrechte Fallbeile. Ich hatte diese Stelle schon mehrmals überwunden. Die Schwierigkeit bestand darin, sich nicht beeindrucken zu lassen, so dicht wie möglich an den beweglichen und mörderischen Wänden entlang vorzurücken und im richtigen Moment draufloszurasen. Knifflig, aber unumgänglich. Machbar. Villon drückte auf die Stoptaste, die die Partie einfrieren ließ. Er erhob sich aufgekratzt.

– 115! Was sagen Sie dazu?

Ich hatte Mona vorher erklärt, daß dieser Typ ein ehemaliger Bulle war. Jetzt hatte sie das erbärmliche Zimmer, das Spiel und besagten Typ vor Augen. Sie trank kommentarlos den ekelhaften Whisky, den Sam ihr serviert hatte. Er wärmte sie nicht wirklich auf. Sie fror immer noch. Ich bot ihr meinen Pullover an. Villon fand in einem Schrank etwas Besseres. Eine dicke, alte Reisedecke. Mona wickelte sich darin ein.

– Ich habe sie früher benutzt, wenn ich nachts in meiner Karre auf der Lauer lag.

– Haben Sie damals auch schon so ausgesehen? fragte Mona. Es fällt mir schwer, Sie mir als Bulle vorzustellen.

Er sah sich die durchgefrorene Mona einen Augenblick lang an, ihre gebleichten, triefenden Haarsträhnen, die ihr in die geröteten Augen fielen, das verwüstete Make-up.

– Sie dagegen gleichen dem, was Sie sind, möchte ich wetten.

– Bin ich unerwünscht hier? Nicht apart genug? Dann verziehe ich mich.

– Scheiße, sagte Villon und reichte ihr ein Frotteetuch. Ich wollte niemanden verletzen.

Er war aufrichtig, soweit war er inzwischen. Wann war zuletzt ein Mädchen in diese Bude gekommen? War überhaupt jemals eine Frau hier gewesen? Villon spendierte eine allgemeine Runde und schlug vor, miteinander anzustoßen. Unmittelbar danach begann er, Mona die Hauptregeln der «Zitadelle» zu erklären. Max, die mit Fallen und Tücken versehenen Räume. Entgegen aller vernünftigen Erwartungen hörte Mona aufmerksam zu. Sie wollte sogar spielen. Villon ließ sie vor dem Bildschirm Platz nehmen, führte ihr die verschiedenen Befehlstasten vor. Die Partie war sehr weit fortgeschritten und in einer eher schwierigen Phase. Die Fallbeiltüren ließen Mona keine Chance. In weniger als einer Minute ver-

179

lor sie all ihre Leben. Sie wollte ein Spiel bei Null anfangen. Die ersten Räume waren relativ leicht zu durchqueren, ohne wirklich bedrohliche Fallen. Mona rückte vorsichtig vor, war darauf bedacht, die Logik der Gefahren zu verstehen. Da sie annahm, daß dieses Spiel auch ein Test war, legte sie außerordentliche Anpassungsfähigkeit an den Tag. Wir ließen sie machen. Villon schielte nach der Flasche Jack Daniel's. Man wird es schnell leid, die schönsten Ergebnisse mit billigem Fusel zu feiern.

Wir sprachen über alles mögliche. Über das Museum, den Film und die Bedrohungen, die über Julie zu hängen schienen. Ich vermied es, Anna Fried allzu oft zu erwähnen. Mona zeigte nicht die kleinste Reaktion.

Villon war begeistert.

– Wenn diese Julie Feinde hat, muß sie sie kennen. Die Nachforschung scheint mir nicht sehr kompliziert.

– Im Augenblick stellt aber niemand Nachforschungen an.

– Nicht einmal Sie?

– Ich schon gar nicht.

Der Regen klatschte gegen die Scheiben. Immer noch in ihre Reisedecke eingemummt, arbeitete sich Mona hartnäckig und methodisch vor dem Bildschirm ab. Die kleinen Geschichten, die ich Villon erzählte, konnten ihn nur an die Zeit erinnern, als er noch Zugriff zu den Dingen hatte. Er wies stumm auf das Mädchen. Was war zwischen ihr und mir? Ich tat so, als überhörte ich die Frage. Er bestand nicht weiter darauf, erhob sich, um die Fortschritte des kleinen grünen Mannes zu verfolgen. Mona hatte den sechzigsten Raum erreicht. Für einen ersten Versuch war das mehr als ein gutes Ergebnis.

– Jetzt fangen die richtigen Schwierigkeiten an, sagte Villon.

– Halten Sie den Mund!

Villon zuckte die Achseln. Er war nicht ärgerlich. Er hatte für sein supertückisches Spiel einen neuen Anhänger gewonnen. Fünf Minuten später verlor der kleine Max sein allerletztes Leben auf einem schmalen Saumpfad: Er geriet ins Rutschen und stürzte in einen Abgrund. Ein Fehltritt. Der Sturz war eindrucksvoll. Auf dem Monitor lösten sich Bilder ab, die die gesamte Dauer zeigten. Max landete vor einer mächtigen Steinmauer. Die Außenmauer der Stadt. In unregelmäßigen Abständen konnte man noch erkennen, daß sich Fenster auf Säle öffneten, die noch nicht oder jedenfalls von mir nicht erforscht waren. Der kleine Mann zerplatzte schließlich in einem spitzenbewehrten Burggraben. Punktzahl: 76. *Game over*. Monas Schultern zeigten an, daß sie es bedauerte. Der Computer gab eine kleine, piepsige Musik von sich, einen Jingle, der verkündete, daß das Spiel von vorn beginnen konnte. Im Startkorridor tauchte Max wieder auf. Mona zögerte. Sie war ganz einfach erschöpft.

– Das Ding da ist ja eine Welt für sich!

– Sie haben alles verstanden, sagte Villon munter. Noch eine Partie?

– Nicht sofort. Ich muß mich erst erholen.

Mona war mit einem weiteren Glas einverstanden, weigerte sich aber, den von Villon aufgestellten Plan der Stadt zu studieren. Sie wollte die Lösungen ohne jede Hilfe finden. Ob das klar sei?

– Wie Sie wollen. Das Gebiet, in dem Sie gescheitert sind, fing an, interessant zu werden.

– Ihre kläglichen 115 Punkte beeindrucken mich nicht sonderlich, Bulle.

Sie hätte es wahrscheinlich nicht zugegeben, wenn ich sie darauf aufmerksam gemacht hätte: Mona betrachtete Villon jetzt auf andere Weise. Mit ihrem erschöpften Aussehen und den aus der Form geratenen

181

Klamotten spürte sie sehr wohl, daß sie kein besonders gutes Bild abgab, zumindest nicht in dieser Nacht. Ich trank ein paar Schlucke. Die kleine Halbstarke und der Ex-Bulle, das konnte etwas geben, nicht unbedingt eine Geschichte, aber vielleicht eine Romanze. Es regnete nicht mehr. Ich war müde und stand auf.

– Warte auf mich, sagte Mona, eher widerstrebend.

Sie schlüpfte in den noch feuchten Blouson. Auch Villon war der Gedanke gekommen, daß das Mädchen bleiben könnte. Ohne daß er sich große Hoffnungen machte, natürlich. Außerhalb des Spiels war ihm jede Kühnheit abhanden gekommen.

– Ein letztes Glas? schlug er vor.

– Behalten Sie die Flasche.

Villon war ergreifend. Er sagte, bis bald. Die Tür wurde hinter uns geschlossen. Sobald wir im Treppenhaus waren, fragte mich Mona leise, was der Typ bloß getan haben konnte, um in diesen Zustand zu gelangen. Sollte sie ihn doch selbst fragen. Sobald wir den Treppenabsatz erreicht hatten, hörten wir den Jingle des Computers. Eine neue Partie fing an.

Ich war gerade dabei, in der Küche Kaffee zu kochen, als Mona die Fotos fand. Sie stieß kurze Lacher aus, gluckste vor sich hin.

– Du hättest mir sagen können, daß du sie entwickelt hast.

– Ich habe dich seitdem nicht mehr gesehen.

Ich servierte Radek sein Frühstück. Eine Standarddose. Das mochte er nicht gern. Noch weniger gefiel ihm, daß irgendwelche Leute am frühen Morgen durch die Wohnung liefen. Ich trug das Tablett ins Wohnzimmer. Mona hatte sämtliche Fotos auf dem Tisch ausgebreitet. Ich schob sie zur Seite, um Platz zu schaffen.

– Machst du das immer mit den Mädchen, die du vögelst?

– Was?

– Pornofotos.

Pornofotos? Wir steuerten geradewegs auf eine langweilige Diskussion zu. Auf dem Tisch gab es dampfenden Kaffee, Heringe, Crème-fraîche, Eier, ein paar Käsesorten, gut gekühlten Chablis. Das schien mir gastfreundlich. Falls Mona lieber einen Beaujolais wollte oder Hunger auf ein Steak hatte, konnte man darüber verhandeln. Worüber man nicht verhandeln konnte, das war mein Bedürfnis nach Frieden im eigenen Haus um sieben Uhr morgens. Mona blieb hartnäckig.

– Machst du von all deinen Mätressen schweinische Fotos?

«Mätressen». Ein bescheuertes Wort. Was war Mona? Eine Geliebte ganz sicher auch nicht. Nicht mal eine Freundin. Keinerlei Gefühl. Völlig unangebrachte Bemerkungen. An diesen Fotos war nur eines interessant: Ich erinnerte mich absolut nicht, sie gemacht zu haben.

– Wirklich nicht? Ich jedenfalls erinnere mich. Wir waren sehr betrunken. Soll ich es dir erzählen?

– So ein Geschwätz am frühen Morgen ödet mich an, gestand ich.

Sie ging darüber hinweg.

Zuerst hatte ich angefangen, sie zu befummeln. Das hatte ihr gefallen, und sie hatte mich in eine etwas ruhigere Ecke der Wohnung geschleppt. Es waren nur noch ein paar verspätete Gäste da, die sich nicht entscheiden konnten zu gehen, darunter Stan. Wir hatten gevögelt, nicht sehr gut, aber sie hatte schon Schlechteres erlebt. Von ihr stammte die Idee, daß ich sie fotografieren sollte. Eine Idee, die sich dem Alkohol verdankte, das gab sie zu. Andernfalls hätte sie sich zu solchen Stellungen übrigens auch

nie hergegeben. Stan war in das Zimmer eingedrungen, angeblich irrtümlich. Wir hatten ihn nicht hin-
ausgeworfen. Er hatte seine Freunde gerufen, und
sie hatten bestimmte Posen empfohlen. Wer nicht
blau war, war bekifft. Nichts war von irgendeiner
Bedeutung. Nachdem der Film verknipst war, hatten
wir noch einmal gevögelt. Sehr viel besser, nach ihren
Worten.

– Es hat mich erregt, mich so ungehemmt zu zeigen. Und du, betrunken oder nicht, du hast es verstanden, umstandslos mitzuspielen. Ein starker Moment. Davon gibt es nicht viele.

– Als ich erwachte, hast du auf mich geschossen.

– Nein. Ich habe dir das Wertvollste geschenkt,
das ich gerade zur Hand hatte.

– Ein Werkzeug zum Töten.

– Nein, berichtigte sie. Um sich selbst zu töten.

Zwischen zwei großen Schlucken starken Kaffees
biß Mona mit einem gewissen Heißhunger in ihren
Käse. Es interessierte sie nicht, ob ich von dem, was
sie sagte, etwas verstand oder nicht. Weil sie keine
große Rednerin war, hatte sie das Gefühl, jede Menge zu sagen.

– Warum hast du auf das Foto von Anna Fried gefeuert?

– Habe ich das? sagte Mona ernsthaft erstaunt. Ich
habe es vergessen. Julie wird es nie zugeben, sie ver-
ehrt die Alte geradezu kultisch. Das war wahrscheinlich der Grund. Oder ich wollte Stan ärgern.

Eine unwichtige Einzelheit. Etwas anderes beunruhigte sie. Man hatte bereits Nacktaufnahmen von
ihr gemacht. Sie hatte sogar in Pornofilmen mitgespielt. Aber nicht auf diese Weise. Sie breitete erneut
die Bilder aus.

– Die Aufnahmen waren nie so boshaft.

Sie zeigte es mir. Da, die Striemen. Da, der Hänge-
busen. Da, diese unschöne Falte an der Hüfte. Da …

Schließlich kam das Foto, auf dem sie das Gesicht hinter der Hand verbarg. Der abgeschnittene Finger. Sie erzählte mir, sie habe mir genau dabei zugesehen, wie ich alle Einstellungen überprüfte und den Blitz ausrichtete.

– Dir ist nichts entgangen. Das ist es, was mich interessiert. Was wirst du mit den Fotos anfangen?

– Sie sind für dich.

– Nein. Diese nicht. Nimm dir soviel Zeit, wie du willst, aber mach mir schöne Abzüge davon, wie für eine Ausstellung. Wie für deine Katalogtussis. Großformat! In der Zwischenzeit ...

Mona wählte ein Oberkörperporträt aus, auf dem sie ihre Brüste, von den Händen gestützt, dem Objektiv präsentierte. Die Ringe unter den Augen, die Schrunden auf den Warzenhöfen, die Verzerrungen des 35 mm-Objektivs: ein eher hartes Foto. Sie erhob sich und pinnte es an die Wand, zwischen Ruth und Jessica. Es störte mich, und Mona wußte es.

– ... will ich dich noch etwas fragen, fuhr sie fort. Wer hatte die Idee, mich für den Film anzuheuern? Du oder Leck?

– Adrien. Als wir aus dem Krankenhaus kamen.

– Obwohl ich da noch übler ramponiert war?

Man konnte die Dinge so sehen. Ich riet Mona zu einem heißen Bad und einem weiteren Kaffee, wenn sie wollte. Das wichtigste war, daß ich höflich blieb und daß sie so schnell wie möglich verschwand.

– Gib dir keine Mühe, ich gehe gleich. Alles in allem warst du heute nacht ganz sympathisch. Und außerdem ...

Sie fragte, ob sie sich trotzdem noch ein wenig frisch machen könne. Das war kein Problem, außer daß Mona nicht besonders gut ausgerüstet schien. Ich schlug ihr vor, nach oben zu gehen. Im Studio standen immer haufenweise Kosmetika herum. Da würde sie schon das richtige finden.

Sobald sie gegangen war, hörte ich den Anrufbe-antworter ab. Es gab nur eine Nachricht. Anna Fried teilte mir mit, daß sie in der Rue de la Chaussée-d'Antin nicht mehr zu erreichen war. In Zukunft wür-de sie sich mit mir in Verbindung setzen. Sie hatte von dem bedauernswerten Zwischenfall im Manège ge-hört.

Der Bildhauer Stevenson war ein dürrer, hagerer Mann von weitaus überdurchschnittlicher Größe. Seit vier Jahren im Ruhestand, bewohnte er als Jung-geselle eine behagliche, schrecklich vollgestellte Wohnung in der Rue de Bretagne, auf halbem Wege zwischen Marché des Enfants-Rouges und Square du Temple. Ohne einleuchtenden Grund wollte ich den Mann kennenlernen, der die Wachsfigur der Anna Fried geschaffen hatte. Jérôme hatte mir seine Telefonnummer gegeben. Etwas überrascht, aber höflich hatte sich Stevenson mit meinem Besuch ein-verstanden erklärt.

– Wer kann diesen Diebstahl begangen haben? seufzte er, während seine Haushälterin den Tee ser-vierte. Ein Fan? Ein Besessener? Allerdings ist die Art, wie die alten Wachsfiguren im Museum konser-viert werden, tatsächlich ein bißchen anarchisch ... all diese Meisterwerke unter den Dächern zusam-mengedrängt! Was für eine Schande!

Er war der Schöpfer einer ganzen Anzahl von ihnen.

Stevenson verknotete seine langen, knochigen Fin-ger. Ein leicht koketter Tick an ihm. Auch er beherrschte seine Unterbringungsprobleme nur müh-sam. Oder seine häusliche Inszenierung. Seine Woh-nung war zugestellt mit massiven, dunklen Möbeln, auf denen wunderliche Nippfiguren, verglaste Bü-cherschränke, ausgestopfte Tiere, Wachsfiguren und wuchernde Fettpflanzen standen. In einem weniger vollgestopften Nebenzimmer war eine Art kleine

Werkstatt eingerichtet. Der Bildhauer arbeitete immer noch. Er verlor das Interesse am Tee und stopfte sich eine Pfeife. Ich sah ihn mir genauer an. Ausgeprägte Gesichtszüge, ein Raubvogelprofil: Stevenson war das lebendige Porträt von Sherlock Holmes, wie man ihn sich seit den Illustrationen von Sidney Paget vorstellt. Daran war nichts Zufälliges, im Gegenteil. Wie er da, bekleidet mit einem mausgrauen Hausrock, in seinem Sessel saß, kultivierte Stevenson die Ähnlichkeit mit Genuß. Sein Tabak stank entsetzlich.

– Neben der Bildhauerei ist Holmes meine Leidenschaft. Stört Sie etwas?

– Wenn es gestattet ist, sagte ich vorsichtig, Ihr Hausrock …

– Ja bitte?

– Er entspricht den Angaben Watsons. Außer daß er manchmal als karmesinrot beschrieben wird …

– Gut erkannt, junger Mann! Der brave Watson verblüfft uns gelegentlich mit überraschenden Widersprüchen. Holmes besaß nur einen einzigen alten Hausrock, aber von welcher Farbe? Ich muß gestehen, daß ich mir wegen dieses Zweifels zwei Stück besorgt habe. Ich trage sie abwechselnd. Da wären Sie also ein Holmesianer?

– Ein absoluter Liebhaber.

Stevensons Augen leuchteten kurz auf. Er hatte mir ein Treffen aus reiner Höflichkeit gewährt. Von jetzt an reizte ich seine Neugier.

– Das Verschwinden dieser zerschlagenen Statue könnte für unseren Freund fast einen Nachforschungsgegenstand abgeben, sagte er. Was kann ich für Sie tun?

– Sie haben die Wachsfigur der Anna Fried geschaffen …

– Die Statue, lieber Freund! Ich lege Wert auf diese Unterscheidung. Unsere Wachsfiguren sind Kunstwerke!

– Wie ist das vor sich gegangen?

Stevenson tat so, als ob er sich konzentrieren und seine Erinnerungen zusammentragen müßte.

– Wie? Anna Fried war damals ein berühmter Star. Filme, Titelseite der Zeitschriften (er deutete ein Lächeln an) ... auch ein paar Skandale, muß man hinzufügen. Es war normal, daß das Museum sie im Gegenwartssaal präsentieren wollte. Sie war einverstanden, hat aber eine Bedingung gestellt, nur eine.

– Und die wäre?

Anna Fried hatte darauf bestanden, den Bildhauer, der für ihre Nachbildung verantwortlich war, vorher zu treffen. Sie hatte Stevenson in einem Salon in der Rue de la Chaussée-d'Antin empfangen. Einem sehr angenehmen Ort.

– Mit hinreißendem Geschmack möbliert, wie ich sagen muß. Ich habe schnell begriffen, daß diese Angelegenheit für sie von großer Bedeutung war. Sie hat zu mir gesagt: Schön, ich werde in Kürze dreißig Jahre alt. Ich will gern in Ihrem Museum präsent sein, aber ich will dort ich selbst sein, so, wie ich jetzt bin. Bevor der Verfall einsetzt.

– Was sollte das heißen?

Stevenson lächelte wieder.

– Madame Fried war bereit, sich allen Sitzungen zu unterziehen, die nötig waren. Aber sie wollte nackt posieren, damit ihre Statue ein endgültiges Zeugnis würde. Anschließend könnte man die Figur bekleiden, wie man wollte, das war ihr egal. Es würde diese Reproduktion von ihr geben, in ihrer ganzen Schönheit.

– War sie wirklich schön?

– Schön? Weit mehr als das. Eine strahlende Erscheinung!

Vielleicht die größte Erinnerung in seiner ganzen Bildhauerkarriere. Die Fried kam jeden Tag am frühen Nachmittag. Immer extrem pünktlich. Sie ging in das Atelier, wo Stevenson sie erwartete. Niemand durfte die beiden während der Arbeit stören.

– Von der ersten Sitzung an stellte sich ein Ritual ein. Madame Fried war außerordentlich nervös. Sie hatte darum gebeten, daß stets Champagner für sie bereitstand. Wir tranken ein Glas, tauschten kurz ein paar Worte, reine Höflichkeit. Dann korrigierte sie lange ihr Make-up und zog sich hinter dem Paravent aus. Die Pose, für die wir uns entschieden hatten, war nicht ganz einfach durchzuhalten. Der Kopf leicht nach hinten geneigt, der Arm angewinkelt, die Hand im Nacken. Dadurch wurde die Brust sehr vorteilhaft betont. Jede Viertelstunde legten wir eine Pause ein. Sie schlürfte ihren Champagner. Sie hat meine Arbeit nie in Zweifel gezogen. Bis auf einmal.

– Aus welchem Grund?

– Anfangs hatte ich ihren Wunsch nach größtmöglicher Genauigkeit nicht richtig verstanden. Ein Körper kann der bewundernswerteste der Welt sein, es gibt immer eine kleine Falte, eine Unebenheit der Haut, irgendeinen Schönheitsfehler. Künstler neigen dazu, diese Dinge zu glätten. Die Kunst idealisiert zwangsläufig. Madame Fried wollte das nicht. Sie bestand darauf, daß auch die kleinsten Einzelheiten getreu wiedergegeben wurden. Auch diejenigen, die unvorteilhaft für sie waren.

– Und Sie glauben, Sie haben das erreicht?

– Auf Ehre und Gewissen, ja, sagte Stevenson nach einer Denkpause. Ich habe das Werk geschaffen, das sie von mir verlangte. Der winzigste Striemen, das geringste Anzeichen von Zellulitis, die kleinste Schwiele. Ich habe sogar eigenhändig … (er hüstelte, eine reine Formsache) die Einpflanzung der Schamhaare vorgenommen. Ich habe es getan, weil sie es so wollte. Nie war eine Wachsfigur naturgetreuer.

Diese Anekdoten gingen mir auf die Nerven. Ich dachte flüchtig an die Porträtsitzungen, die ich mit

Anna Fried hätte veranstalten können. Eifersucht über fünfundzwanzig Jahre hinweg, absurd!

Natürlich hatten nur sehr wenige die vollendete Statue jemals ganz gesehen. Sie war sehr sittsam neben Martine Carol, Ludmilla Tchérina, Jean Gabin und Bourvil plaziert worden. Das Publikum liebte sie. Stevenson hatte es nicht gebilligt, daß Anna Fried aus dem Verkehr gezogen wurde, auch wenn sie eine der Persönlichkeiten war, die sich am längsten im Gegenwartssaal «gehalten» hatten.

– Ein außerordentlich grausamer Ort. Wie der Zufall es wollte, bin ich kurze Zeit später in den Ruhestand getreten.

Stevenson hatte es vorgezogen, nicht mehr ins Museum zurückzukehren. Zu viele Erinnerungen. Aber er hielt Kontakt mit einigen Kollegen. Eines Tages hatte Jérôme ihm berichtet, daß Anna Fried zerlegt worden war. Platzmangel, wie immer. Sein spitzes Gesicht war angespannt vor Bitterkeit.

– Wer kann sie Ihrer Meinung nach gestohlen haben? Ich hätte es vielleicht tun sollen. Schließlich ist es mein Meisterwerk.

Ich fand es taktvoller, das Thema zu wechseln. Ich konnte mir schlecht vorstellen, wie sich der alte Monsieur Stevenson des Nachts in die Bestände einschlich und über die Dächer entfloh.

– Arbeiten Sie immer noch als Bildhauer? sagte ich und zeigte auf das kleine Atelier neben dem Salon.

– Ich versuche, nicht aus der Übung zu kommen, trotz der zunehmenden Arthritis. Wollen Sie sehen, woran ich arbeite?

Es war ein helles, ruhiges Zimmer, das sich von dem überladenen, aufdringlich zugestellten restlichen Teil der Wohnung wohltuend abhob. Die in Arbeit befindlichen Skulpturen standen auf ihren Sockeln, eingehüllt in feuchte Gaze. Beruhigende Leichentü-

cher. Stevenson hob eins davon hoch. Wie vorauszusehen, kam Sherlock Holmes zum Vorschein. Oder
ein Selbstporträt des Künstlers mit Doppelschirm-
mütze und geschwungener Pfeife.

– Ich gebe zu, daß es sich nur um einen kleinen
privaten Scherz handelt. Aber ich bin recht zufrieden damit. Und da Sie ein Getreuer unseres verehr-
ten Detektivs sind, wüßte ich gern Ihre Ansicht zu
einem Problem, das mich seit langem verfolgt. Woran erinnert Sie diese Statue?

– An die Holmes-Büste aus Wachs, die er im Salon
in der Baker Street 221b aufbewahrte.

– Und weiter?

– Diese Büste wurde benutzt, um Oberst Moran
in der Erzählung *Das leere Haus* zu täuschen, in der
Sherlock Holmes wiederaufersteht.

– Ganz und gar einverstanden, das versteht sich
von selbst. Ist von dieser Büste noch bei anderen Gelegenheiten die Rede?

– In anderen Büchern?

Das unverhoffte Verhör machte mir rundum Spaß.
Ebenso wie der Macfarlane, der auf einem Bügel
hing, der reichlich bestückte Pfeifenständer, der alte
Londoner Stadtplan an der Wand, die lässig auf einen Sessel plazierte Geige. Wenn meine Erinnerung
mich nicht täuschte, war in *Kardinal Mazarins Diamant* von einer Wachsbüste die Rede. Ich hatte den
Holmes'schen «Kanon» seit mehreren Monaten
nicht mehr durchgeblättert. Man kann nicht alle Manien pflegen, jedenfalls nicht alle zur gleichen Zeit.
Stevenson rieb sich die Hände.

– Bravo! Aber hat sie dabei nichts stutzig gemacht? Es ist immerhin erstaunlich. In *Das leere
Haus* taucht Holmes wieder auf. Jeder hält ihn für
tot, mit Professor Moriarty zusammen in den Rei-
chenbacher Wasserfällen ertrunken. Er täuscht seine
Gegenspieler mit einem Bildnis seiner selbst, das, so

sagt er, von Oscar Meunier, einem Bildhauer aus Grenoble, geschaffen wurde. Meinetwegen. Nun ist es aber so (Stevenson marschierte im Zimmer auf und ab), daß die Wachsbüste, die in *Kardinal Mazarins Diamant* erwähnt wird, von einem «französischen Modellbauer» namens Tavernier stammen soll. Keine näheren Angaben, es sei denn, dieser Kommentar: «Selbst Madame Tussaud hat so etwas nicht vorzuweisen.» Also mußte die Büste außerordentlich sorgfältig gearbeitet worden sein. Geben Sie zu, daß das beunruhigend ist! Ich bin neugierig, was Sie davon halten.

Nichts. Ich wußte nichts darüber. Ich hatte mich damit abgefunden, daß ich nicht genau wußte, wo Watson während des Krieges in Afghanistan verwundet worden war (am Schenkel, am Knie?). Ebensowenig kannte ich Anzahl und Namen der Ehefrauen des guten Doktors. Trotz vieler Anstrengungen war ich zudem unsicher, was Größe und Aufteilung der Wohnung in der Nummer 221b anging. Ganz zu schweigen von der Farbe des Hausrocks des genialen Detektivs. Der Wachskopf? Das von Stevenson aufgeworfene Problem war mir entgangen. Er war entzückt darüber.

– Ich habe zu dieser Frage gerade eine Monographie verfaßt und gleich an den Club der Irregulären der Baker Street geschickt. Sie kennen die Vereinigung, nicht wahr? Ich glaube, ich habe da einen entscheidenden Beitrag geschrieben.

– Selbstverständlich.

Meine Begabung, Besessenen und verrückten Sammlern über den Weg zu laufen, hat mich stets verblüfft. Wahrscheinlich liegt es daran, daß ich ebenfalls zu dieser Familie gehöre. Da wir einander allmählich näherkamen, bat ich Stevenson, mir ein wenig mehr über die anderen Wachsfiguren in seiner Wohnung zu erzählen. Sie stammten nicht aus

192

dem Museum und waren nicht alle von ihm geschaffen.

– Sehen Sie sich diese an.

Er nahm mich mit in den Salon. Ein großer verglaster Bücherschrank besetzte den Platz zwischen den beiden Fenstern zur Straße. Stevenson öffnete eine der Türen. Zwischen vielen Reihen gebundener Bücher stand ein Kopf in Originalgröße. Ziemlich grober Realismus. Ein Mann, die Augen sehr plump geschlossen, der Mund von einem häßlichen Krampf verzerrt. Am Hals abgeschnitten.

– Der Abguß eines Opfers der Schreckensherrschaft, erläuterte Stevenson. Leider ein Namenloser. Ich bin absolut sicher, daß er authentisch ist, ein paar Minuten nach der Exekution hergestellt. Wissen Sie, von wem?

– Irgendeiner aus dem Kabinett Curtius, denke ich. Marie Grosholtz?

– Junger Mann, die Bekanntschaft mit Ihnen begeistert mich immer mehr, sagte Stevenson aufhorchend. Stimmt genau. Dann ahnen Sie also, wer mir diesen Kopf geschenkt hat?

– Anna Fried? tastete ich mich vor.

– Höchstpersönlich! Sie war so zufrieden mit ihrer Statue, daß sie mir ein Geschenk machen wollte. Eine Rarität, die sie Gott weiß wo aufgestöbert hat. Ein bemerkenswertes Stück! ·

– Sind Sie sich über den Ursprung sicher?

– Monsieur, sagte Stevenson, ich verweise Sie auf meine Monographie über die Wachsbildnerei. Ich glaube, sie kann als Standardwerk gelten.

Ich beschloß, mich zu verabschieden, und Stevenson begleitete mich höflich zur Tür. Er verstand immer noch nicht, warum ich auf ein Treffen mit ihm Wert gelegt hatte. Ich verstand es genausowenig. Ich hatte gerade eine Menge Informationen gesammelt. Wozu mochten sie nützlich sein?

– Haben Sie Anna Fried jemals wiedergesehen?

– Nach dieser Episode? Nie. Ich glaube, gehört zu haben, daß sie ein paar schlimme Prüfungen durchgemacht hat.

An der Tür sagte er zu mir:

– Wissen Sie, in welcher Straße sich Marie Grosholtz-Tussaud niedergelassen hat, als sie 1802 mit all den Abgüssen ihres Wachsfigurenkabinetts nach London kam?

– In der Baker Street.

– Bravo.

– Aber Sherlock Holmes lebte damals noch nicht in der Gegend.

– Trotzdem, begeisterte sich Stevenson, was für ein schöner Zufall! Es stimmt nicht, daß sich die Dinge nur im Raum treffen. Sie tun es auch in der Zeit. Sagen Sie mir, mein Freund, welche Art Forschung betreiben Sie eigentlich?

Ich hatte nicht die Absicht, irgend etwas zu erforschen. Es reichte mir vollauf, Indizien zu sammeln. Der Teufel mochte wissen, ob bei meiner Methode etwas heraussprang!

Ich war schon auf dem Treppenabsatz. Ein penetranter Kohlgeruch hing im Treppenhaus. Stevenson bat mich, einen Augenblick zu warten. Er habe etwas für mich, weil er mir alles in allem sympathisch sei. Es handelte sich um seine Monographie. Eine kleine Schrift, vom Autor selbst verlegt. *Wachsfiguren und ihr Geschick*. Oscar Meunier und den Irregulären der Baker Street gewidmet.

Stan saß auf einer Bank zwischen Musikpavillon und Brunnenbecken und verteilte Brocken seines Mac-Donald an uninteressierte Enten. Ich hatte ihn schon vom Eingang des Square du Temple aus entdeckt, was ihn nicht daran hinderte, wild gestikulierend auf sich aufmerksam zu machen. An seinen Fingern klebte Ketchup.

– Was tust du hier, außer Federvieh zu füttern?

– Hier stand einst der düstere Turm, in dem man der Königin den blutigen Kopf ihrer Gespielin zeigte. Ich bin hier, um mich in die Stimmung zu versetzen.

Ein ruhiger Park mit schmutzigen Kindern, aufopferungsvollen Müttern und Studenten der benachbarten Kunstgewerbeschule, die auf einen Flirt aus waren. Der Herbst konnte sich einfach nicht durchsetzen. Der Turm hatte ein Stück weiter weg in der Rue Eugène-Spuller gestanden, vor dem Bürgermeisteramt des dritten Arrondissements. Nicht die kleinste Spur war von ihm übriggeblieben. Welche Stimmung gab es da wiederzufinden? Ich sagte Stan, daß es mich überhaupt nicht wunderte, ihn nach meinem Besuch bei Stevenson zu treffen. Kannte er ihn? Ja, seine Mutter hatte von ihm erzählt. Ein großer Künstler. Stan wußte, daß er hier im Viertel wohnte. Warum es mich nicht überrascht hätte, ihn zu sehen? Ich nahm seinen Stock und legte die Klinge frei. Wenn man im Sand zeichnen wollte, war das einfach bequemer.

– O la la! sagte Stan vorbeugend. Ich merke schon, das wird kompliziert. Vielleicht erst mal ein Bier?

– Einverstanden.

Er holte eine Flasche aus seiner Tasche. Das Bier war lauwarm. Genauso, wie er es liebte. Die Zeichnung, die ich in den Sand malte, war einfach. Die Anlage des Revolutionssaals im Museum. Neun Bilder, von denen mehrere an den Temple erinnerten. Und damit zusammenhängend ein paar Geheimnisse.

– Verstehe ich nicht.

Dabei war es logisch. Alles ging vom Museum aus, von diesem Saal als der Keimzelle. Zuerst das Verschwinden des Kopfes. Völlig unerklärlich, ein wenig poetisch. Er geisterte durch Paris, das war sein Schicksal. Wie ging es logisch weiter?

– Muß denn unbedingt eine Logik dahinterstekken? erkundigte sich Stan.

– Ich stelle es mir jedenfalls vor.

– Dagegen ist nichts zu sagen. Ich kann dir folgen.

Die Abfolge der verschiedenen Bilder sorgte für eine gewisse Ordnung. Zu Beginn Mirabeau. Wie durch Zufall führte Anna Fried eine Einrichtung gleichen Namens in der Rue de la Chaussée-d'Antin, wo sich der berühmte Mann häufig aufgehalten hatte. Danach kamen Danton, Camille und Maximilien. Adrien Leck wohnte bei Danton. Oder fast. Meiner Meinung nach war dieses Spielfeld noch nicht erschöpfend bearbeitet, es bot zu viele Möglichkeiten. Als nächstes auf dem Plan im Sand der Temple: Joachim Solo und Stevenson wohnten in der Gegend, und Stan trieb sich dort herum.

– Ist das überzeugend?

– Es könnte überzeugend sein, sagte ich.

– Ich ziehe mit, sagte Stan bereitwillig. Wenn ich recht verstehe, folgt danach die Conciergerie, wieder der Temple, das Rathaus, der Justizpalast, die Wohnung von Marat? Richtig? Ich liebe diese Hypothese. Wie sehen die anderen Fährten aus? Im Hinblick auf Mama, zum Beispiel?

Die Statuenteile? Da kamen mehrere Täter in Betracht. Ein namenloser Liebhaber. Anna selbst. Oder Stevenson. Oder Stan.

– Oder du, wandte er ein.

– Mich würde eher die Lamballe interessieren, sagte ich. In Ermangelung des Fräuleins mit dem Strumpfhalter. Aber ich gebe zu, daß mich diese Statue inzwischen verdammt reizt.

– Zugestanden, im Zweifelsfall zu deinen Gunsten. Die Fortsetzung? Wer ist so verbissen hinter Julie her?

– Anna Fried steht in der ersten Reihe der Verdächtigen. Oder wiederum du.

– Natürlich, bestätigte Stan. Mama erträgt es nicht, daß ein junges Ding ihren Platz einnimmt. Sie will ihr den Hals umdrehen. Da ich Mama anbete, kann ich ihr diese Aufgabe abnehmen. Siehst du mich in der Rolle?

Aller Wahrscheinlichkeit nach war Stan tatsächlich verrückt genug dafür. Ich fragte, ob er noch einen Schluck Bier übrig hatte. Die Antwort war *njet*, er saß auf dem Trockenen. Mein Bourbon-Flachmann bot noch etwas Reserve. Wir teilten sie uns. Der Schnaps war ebenfalls lauwarm.

– Wo ist deine Mutter im Augenblick?

– Verschwunden. Kein Mensch weiß, wohin. Sie ist bekannt für Fluchten dieser Art. In der Zwischenzeit kümmere ich mich um das *Mirabeau*. Was willst du mit all diesen Hypothesen anfangen?

– Abwarten und die Augen offen halten.

– Das wirst du sehr gut hinkriegen, sagte er und lehnte sich auf seiner Bank nach hinten.

Das Wetter war sehr mild.

Ich gab Stan seinen Degen zurück, er brachte ihn sorgfältig in seinem Stock unter. Meine Hypothesen gefielen ihm. Es machte ihm Spaß, zusammen mit Mama der Verdächtige Nummer eins zu sein. Dennoch war er unzufrieden.

– Eine vorübergehende Beunruhigung, weiter nichts. Wegen der Sachen, die aus dem Museum verschwinden. Die Prinzessin, meine Mutter. Sind die Diebstähle gleichzeitig passiert? Und falls nicht, welcher war der erste? Was meinst du?

Ich antwortete nicht. Anna Frieds Verschwinden war an zweiter Stelle entdeckt worden. Aber sie konnte genausogut schon mehrere Tage verschwunden gewesen sein, ohne daß man es bemerkt hatte. Warum die Frage?

– Um dir das Stichwort zu liefern, Bürger. Deine Sichtweise ist verlockend. Ich werde darüber nachdenken. Und außerdem …

Stan gestand, vorher nicht daran gedacht zu haben; aber nachdem die Dinge nun diese Wendung nahmen, habe er ein Geschenk für mich, das ursprünglich für Adrien Leck bestimmt gewesen sei. Er holte aus der Innentasche seines glänzenden Jacketts einen wattierten Umschlag, reichte ihn mir und entfernte sich dann, wobei er auf spektakuläre Weise seinen Stock herumwirbeln ließ. Ich öffnete den Umschlag. Er enthielt ein sehr vergilbtes Heft. Ich las: «Große Aufstellung über die Hinrichtung aller Verschwörer und Schurken aus den Gefängnissen Abbaye Saint-Germain, Conciergerie, Châtelet, Hôtel de la Force, Bicêtre und anderen Örtlichkeiten. Tod des ehemaligen Ministers Montmorin, der ehemaligen Prinzessin von Lamballe, des Blumenmädchens vom Palais-Royal; dazu die Urteile und die Folterungen, die sie zu ertragen hatten» etc. Im Anschluß wurde über die Septembermorde berichtet. Kein Faksimile, das authentische Papier, vergilbt, brüchig. Unten auf der letzten Seite die Unterschrift beziehungsweise der Name des Verfassers: Hébert.

Stan hatte zweifellos einen Sinn für ungewöhnliche kleine Geschenke, die Freude machen.

In den folgenden Tagen suchte ich unermüdlich die Bibliotheken heim.

Es war nach Mitternacht. Laut Kalender schrieben wir den 16. Oktober. Mein persönlicher Almanach zeigte an, daß man heute den 193. Jahrestag der Hinrichtung Marie-Antoinettes, der Witwe Ludwigs XVI., bürgerlich genannt Capet, feiern konnte. Ein Zufall. In einigen Stunden würde Adrien in den Tuilerien mit den Dreharbeiten zur *Prinzessin* beginnen. Für ihn und für das gesamte Team würde es der Morgen des 10. August sein. Die Nacht war immer noch mild. Ich beschloß, mir die ganze Sache ein bißchen näher anzusehen.

Zuerst das Viertel Bonne-Nouvelle. Ich fuhr langsam durch die Rue Saint-Denis. Eine verspätete Nutte bot mir ohne Überzeugung ihre Dienste an. Ich lehnte das Angebot ab, aber wir gingen ein Stück zusammen und qualmten eine Zigarette dazu. Die Frau war hübsch.

– Was suchst du genau?

Ich erzählte ihr ein bißchen von Hébert und dem Aufstand. An der Ecke Rue de Tracy zeigte ich ihr das Geburtshaus von Michelet. Sie sah mich komisch an. Dort war sie monatelang anschaffen gegangen, ohne auch nur einen Blick auf das Porträt des Historikers zu werfen, das am Giebel angebracht war.

– Die Macker stehen allerdings im allgemeinen auch nicht auf Stadtführungen.

Die Galerien der Passage du Caire besetzten den Standort des ehemaligen Klosters für mehr oder weniger reuige Prostituierte, des Couvent des Filles-Dieu. Dort versammelte sich Jacques-Renés Sektion. Ihre Sitzung fand in der Nacht vom 9. auf den 10. August 1792 statt. Die kleine Nutte gab auf, versetzte mir ein Küßchen und verschwand in Richtung Rue Réaumur.

Die Versammlung von Bonne-Nouvelle übernimmt, wie viele andere zur gleichen Zeit in ganz Paris, die aus den Vorstädten kommende Parole «bewaffnete Erhebung». Jede der achtundvierzig Sektionen entsendet zwei oder drei Beauftragte in das Haus der Kommune. Der Magistrat soll erneuert und «alles angeordnet werden, was zum Wohle des Vaterlands für nützlich befunden wird». Das ist das hehre Ziel. Hébert sowie ein Mann namens Boulay, ein Fabrikant von Bändern, werden zu Kommissaren ernannt. Sie begeben sich zur Place de Grève. Wie? Zu Fuß natürlich. Adrien wollte das alles später filmen. Der Aufnahmeplan konnte sich nicht an die chronologische Reihenfolge halten.

Die Route? Zwangsläufig über die Rue Saint-Denis. Das Viertel um die Tour Saint-Jacques hat sich völlig verändert, ist zum Phantom geworden. Er wird damals nach links auf die Rue de la Heaumerie eingebogen sein, einen Umweg über die Rue des Ecrivains gemacht haben und dem Verlauf der Straßen Jean-Pain-Mollet, Jean-de-l'Epine bis zur Place de Grève gefolgt sein.

Der Platz war leer. Nur einige Kastenwagen der Polizei waren wegen der jüngsten Attentate aufgefahren. Egal: Hébert und die anderen, Billaud-Varenne, Simon etc., schließen sich vor der Arcade Saint-Jean zusammen. Lange Zeit sind sie weniger als hundert, darunter so gut wie keine bekannten Tribunen. Ich stieg wieder auf mein Fahrrad und fuhr zum Faubourg Saint-Antoine, wo die Marschsäulen der Sansculotten unter Führung des Brauers Santerre aufbrechen würden. In ein paar Stunden würde er Kommandeur der Nationalgarde sein und den Marquis de Mandat vertreten, der noch ganz mit der Verteidigung des Schlosses, in den Tuilerien, beschäftigt war. Es war nicht schwer, überall die Sturmglocke und das Rollen der Trommeln zu hören, die zum Generalmarsch schlugen.

«Den schlafenden Danton zeigen» lautete die Anweisung im Drehbuch. Danton in seiner Wohnung in der Passage du Commerce-Saint-André. Außerdem wollte Adrien Camille auftreten lassen, wie er unter den entsetzten Blicken Luciles angeberisch mit einem Gewehr herumfuchtelt, sich aber wohlweislich hütet, zu den brandheißen Vierteln vorzudringen.

Das Quartier Bastille war ruhig und würde es noch eine Weile bleiben. Santerre gelingt es nicht, seine Truppen zu mobilisieren, es ist zu früh. Aber die Dinge entwickeln sich schnell und kommen in Gang. In den Tuilerien hat Mandat sein Aufgebot organisiert. Er handelt ausschließlich auf Befehl des Bürgermeisters Pétion. Zwölfhundert Schweizergarden, einige hundert dem König ergebene Anhänger, bunt zusammengewürfelte Sondertruppen der Pariser Garde. Der Generalrat der Kommune bestellt ihn im Morgengrauen zur Berichterstattung ein. Mandat zögert, wittert die Falle und begibt sich letztlich doch ins Haus der Kommune, wo der neue, von den Aufständischen gebildete Magistrat tagt. Mandat wird angeklagt, man beschuldigt ihn des Verrats. Ab in die Abbaye! Kaum hat er die Schwelle des Rathauses überschritten, wird er exekutiert. Es ist noch keine fünf Uhr.

Was die Place de la Bastille betraf, hatte ich meine langjährigen Gewohnheiten. Zu dieser Stunde waren Kneipen und Kioske noch geschlossen. Ich stellte das Raleigh ab und ließ mich vor der Juli-Säule nieder. Ich hatte ein paar Fotokopien in der Tasche. Sie konnten die Lektüre der Morgenzeitungen ersetzen.

«Ja, wenn Ihr Euren Schwüren treu sein wollt, dann erklärt den eidbrüchigen König für abgesetzt. Rettet das Vaterland, weil Ihr gesagt habt, es sei in Gefahr. Falls nicht, werden wir es retten, verdammt noch mal.»

So lautete das Fazit der letzten Nummer des *Père Duchesne* vor dem 10. August. Die nächste Ausgabe, Nummer 163, trug die Schlagzeile «Große Freude über die Belagerung der königlichen Menagerie und die Eroberung des Schlosses durch die tapferen Sansculotten und Föderierten». So war der Stand der Dinge, es würde in Kürze losgehen.

Wie wollte Adrien das alles zeigen? Auch für ihn war die Zeit der letzten Vorbereitungen abgelaufen. Keine Rede mehr davon, wer ihm folgen konnte oder nicht. Er mußte ins kalte Wasser springen. Sagen: «Action, bitte!» wie andere sagen «Auf zum Kampf!» Der Verkehr auf der Straße wurde allmählich dichter. Ich las mir das Drehbuch noch einmal durch.

Die Nachricht vom Tode Mandats beunruhigt die königliche Familie und ihre Umgebung. Von einem Fenster aus beobachtet die Lamballe die Gegend um die Place du Carrousel und die Truppenbewegungen. Ludwig schläft. Man weckt ihn.

Ein historisches Detail, das Adrien sich nicht entgehen lassen wollte, besagt, daß die Perücke des Monarchen verrutscht und auf einer Seite völlig ungepudert war. Der Kerl ist verängstigt, er taumelt. Man drängt ihn, vor allem die Königin, seinen Truppen die Parade abzunehmen und ihre Moral zu stärken. Er fügt sich.

Das geschah jetzt, gegen sechs Uhr. Endlich hat sich die Vorstadt in Marsch gesetzt.

Capet begibt sich in den Schloßhof. Die ersten Bataillone, die Schweizergarden, die «Ritter des Dolchs» getarnt in roten Uniformen, und einige Gardisten rufen: «Es lebe der König!» Der Tag bricht an. Dann der Ruf: «Es lebe die Nation!» Sehr laut, sehr kräftig. Einige Truppen lösen sich auf.

– Auch ich liebe die Nation, sagt Capet.

– Nieder mit dem Veto-König! Nieder mit dem Verräter!

Der König schreitet die gesamte Strecke ab, folgt dem Verlauf des Kontrollgangs: die Terrasse du Bord de l'Eau, die Drehbrücke mit Blick auf die Place Louis XV, damals noch nicht Place de la Révolution und noch weniger Place de la Concorde. Er geht sogar über die Terrasse des Feuillants, den «Boden der Freiheit», wie es manchmal schon heißt. Man beschimpft ihn. Ein Zeuge notiert: «Er ist so bleich, als lebte er nicht mehr.» Der König kehrt ins Schloß zurück.

Die Fortsetzung? Die wichtigsten Etappen hat Hébert in einem «Großen Tatsachen-Protokoll» festgehalten. Ich hatte Adrien und Joachim sogar vorgeschlagen, dieses Originalszenario zu übernehmen. «Allgemeiner Volksaufstand – Belagerung des Schlosses –

Schändlicher Verrat der Schweizergarden – Rache des Volkes – Flucht Ludwigs XVI. und seiner Familie in den Schoß der Nationalversammlung – Eroberung des Schlosses – Ermordung der Schweizergarden – Respekt des Volkes vor der Nationalversammlung – Zerstörung und Zerschlagung alles dessen, was diesem blutrünstigen König gehörte – Brandstiftung in den Tuilerien – Unerschrockener Mut der Marseiller Föderierten». Es würde ein harter Tag werden, und man würde mehr als eine Woche Dreharbeiten brauchen, um dieses Programm zu bewältigen.

Der Aufstand? Es ist nicht üblich, einen Aufruhr mitten in der Nacht zu beginnen. In den Vorstädten «läutet ununterbrochen die Sturmglocke». Die Mobilisierung geht langsam vonstatten. Aber auf der Place du Carrousel vor dem Schloß haben sich bereits die Marseiller Föderierten versammelt. Eine sehr isolierte, aber kompakte Vorhut.

Sieben Uhr dreißig. Im Schloß, unter diesem nur noch bedrückten Hofstaat, herrschen Unentschlossenheit und Angst. Der Schloßverwalter Roederer ist zur Stelle. Politisch ist er an den Pariser Bürgermeister Pétion gebunden, der seine Befugnisse verloren hat. Er ist mit allen Wassern gewaschen und laviert, wie er nur kann.

Innenaufnahme, Tag. Das Gemach des Königs.

Das Gefolge gackert, die Hofdamen der Königin, die Minister, die Ritter.

Roederer:

– Ihre Majestät der König hat keine fünf Minuten zu verlieren. Sicherheit findet er nur in der Nationalversammlung.

Marie-Antoinette:

– Aber, Monsieur, wir haben Streitkräfte.

Roederer:

– Madame, ganz Paris marschiert.

Capet (müde, resigniert):

203

– Marschieren wir auch.

Ich stand auf. Bestimmt war es Zeit, sich an Ort und Stelle zu begeben. Ich fuhr wieder an der Force vorbei.

Als die Sonne aufging, erreichte ich die Tuilerien. Etwa ein Dutzend Regie-LKWs waren in der Rue de Rivoli geparkt. Außerdem ein Mannschaftswagen der Polizei. Das gesamte Team war bereits versammelt, an die fünfzig Personen in unmittelbarer Umgebung des Pavillon de Marsan. Ein kleiner Aktivistenblock in einer Gegend von Paris. Etwas abseits die Statisten: Aufrührer und Schweizergarden, Nationalgarden und Schaulustige. Ein ganzer buntscheckiger Haufen, der auf Anweisungen wartete. Adrien hatte Glück: Wie am Morgen des 10. August war der Himmel rot. Beinahe jedenfalls.

Ich ging Adrien begrüßen. Er sprach gerade mit dem Skriptgirl. Trotz aller Bemühungen gelang es der jungen Frau schlecht, eine gewisse Panik zu verbergen. So sehr sie auch zu allem nickte, was ihr Chef sagte, schien sie doch felsenfest davon überzeugt, daß man geradewegs auf eine Katastrophe zusteuerte. Eine Gruppe Bühnenarbeiter legte Schienen für eine lange Fahraufnahme, Beleuchter stellten eine komplizierte Scheinwerferanlage ein. Eine regelrechte Baustelle. Adrien reichte mir den Dienstplan.

Zwei große, bis in die Einzelheiten beschriebene Szenen. Vom Schloß bis zum Sitzungssaal, die Durchquerung des Parks. Dann der Einzug der königlichen Familie in die Nationalversammlung.

– Was hast du für ein Gefühl?

– Es ist die Stunde, in die Geschichte einzutreten, das ist alles.

Er gesellte sich zu seinem Ersten Kameramann. Ich machte mechanisch ein paar Erinnerungsfotos. Dann entdeckte ich Julie. Sie kam vom Schminken, sehr bleich, mit Ringen unter den Augen nach einer unruhigen, schlaflosen Nacht. Ihr elegantes Hofkleid war leicht zerknittert. Sie bat mich um eine Zigarette. Eine dicke Schicht Make-up bedeckte die noch nicht gut vernarbten Wunden auf ihren Händen.

– Nicht zuviel Lampenfieber?

– Diese Art von Schönheit liegt mir überhaupt nicht, erwiderte sie. Hast du vor, die Dreharbeiten zu begleiten?

– Nur eine kleine Stippvisite von Zeit zu Zeit, sonst nichts.

– Gibt es Neues von der Fried?

– Nichts, was dich interessieren könnte.

– Warum machst du meinen Gegenspieler? Du steckst mit der Alten unter einer Decke, du setzt Mona durch ... Was willst du?

Ich sagte, sie solle sich lieber auf ihre Rolle konzentrieren. Tradition verpflichtet: Ihr Name stand auf der Rückenlehne eines Leinenstuhls. Ich wollte nichts, überhaupt nichts. Ich ließ die Dinge auf mich zukommen, und seit ein paar Wochen fuhr ich auch ganz gut damit.

Der Park war für die Öffentlichkeit geschlossen. Ich ging ein paar Schritte in Richtung Terrasse du Bord de l'Eau. Es herrschte klares Wetter. Wenn Adrien sein Licht ein bißchen manipulierte, konnte er mühelos die Illusion eines warmen Sommermorgens vermitteln. Ein paar Filter würden reichen. Etwas kniffliger war dagegen die Frage, wie man störende Anachronismen vermied. Da würde Adrien bei einigen Einstellungen ernsthaft tricksen müssen. Einen solchen Anachronismus, nicht besonders aufregend oder dramatisch, hatte ich ein paar Meter weiter vor mir: eine Art Halbkreis aus Steinen, der ohne recht erkennbaren Verwendungszweck am Rasenrand lag. Der letzte und einzige offenkundige Überrest der Umgestaltung des Parks für die feierliche Zeremonie zu Ehren des Höchsten Wesens.

Anweisungen wurden lautstark erteilt. Jeder wurde gebeten, sich an seinen Platz zu begeben.

Im Drehbuch wurde er im allgemeinen Capet genannt, aber er war noch König, grundlegende Voraussetzung der so mühsam erarbeiteten Verfassung. König Ludwig setzte sich in Bewegung. Adrien sah ihn prüfend an.

Groß und fett, plump, halb Hüne, halb weicher Fleischberg. Die Nase war unbestreitbar bourbonisch. Der dafür ausgewählte Schauspieler hatte sich bisher durch nichts ausgezeichnet. Ein Unbekannter in purpurnem Gewand. Die Trauerfarbe der Könige. Adrien legte ihm die Hand auf die Schulter.

– Wir sind sehr zufrieden. Deine Ähnlichkeit mit dem Veto-König ist mir zur Zeit egal. Du wirst gefilmt vom Standpunkt deines Gefolges, von hinten. Du bist eine niedergedrückte Gestalt, eine Masse, die unter dem Einfluß anderer steht.

– Und später?

– Im Sitzungssaal? Vielleicht ein paar Großaufnahmen. Mach dir keine Sorgen. Geh nur.

Die Ablaufplanung gestaltete sich schwierig. Zunächst erklärte Adrien, was er wollte. Eine lange Einstellung vom Auszug aus dem Schloß bis zum Einzug in die Nationalversammlung, eine Kamerafahrt von fast dreihundert Metern, ein einziger Take. Keine geschnittenen Aufnahmen. Der Gang in Realzeit. Ein paar Klafter für den Zusammenbruch einer Welt.

Die Regieassistenten gaben die Anweisungen weiter, versorgten die Schauspieler mit letzten Tips, wiesen die Statisten an ihre Plätze. Die Anordnung jeder Gruppe und die Bewegungen waren auf den Zentimeter genau einstudiert. Ohne prinzipiell dagegen zu sein, wollte Adrien es doch möglichst vermeiden, daß allzu moderne, unpassende Dinge Eingang in das Bild fanden. Die Verkehrsstockungen auf der Rue de Rivoli zum Beispiel.

Man fügte sich bereitwillig. Einige erstarrten sogar wie für ein Familienfoto.

Hinter dem langen, schwarzgekleideten Roederer der König. Dann Marie-Antoinette, in ihrer Nähe der Thronfolger Charles. Anschließend Elisabeth und Madame Royale, danach die Lamballe, Madame de Tourzel, die Gouvernante der königlichen Kinder (ihre eigene Tochter ist im Schloß geblieben!), die Minister, ein paar Getreue. In ihrer Umgebung nicht weniger als zweihundert Schweizergarden in roter Uniform und dreihundert Grenadiere der Nationalgarde. Ein quadratisches Spalier.

Adrien stand jetzt neben der Kamera, betrachtete den Himmel und danach lange seine Mannschaft. Er hatte ein Glas in der Hand und hob es, als ob er einen Toast ausbringen wollte.

– Kamera ab!

Von meinem Standort aus verstand ich nicht, was der Klappenmann verkündete. Außer ihm, der zurücktrat, stand jeder unbeweglich und mit angehaltenem Atem. «Action!»

Sie verließen das Schloß, die Augen geblendet von der hellen Sonne, die Gesichter mitgenommen. Ludwig bewegte sich wie ein Schlafwandler. Elisabeth sah aus, als betete sie. Roederer war beunruhigt. Mit einer Handbewegung forderte er die Garde auf, schneller zu gehen. Ganz in der Nähe rechts auf der Terrasse des Feuillants die dichtgedrängte Menge, hier und da mit Piken bewaffnet. Gestikulationen, Schreie, Beschimpfungen. Ludwig hob ungläubig den Kopf. Seine Perücke saß immer noch schief. Darüber trug er den Hut eines Gardisten. Er wirkte nicht lächerlich. Er war einfach kein richtiger König mehr. Der Thronfolger hüpfte herum. «Wir werden nicht mehr in das Schloß zurückkehren», sagte die Lamballe zu einem Ritter in ihrer Nähe. Es war La Rochefoucauld, und er stimmte zu, die Hand am Schwert.

Hinter ihnen, auf der Place du Carrousel, begann der Kampf der Aufständischen.

Ich verfolgte die Szene, meinen *Père Duchesne* genau im Kopf.

«Während des Kampfes besinnt sich Gilles Capet auf seine Beine und flüchtet wie ein Hase mit seiner gesamten Familie in die Nationalversammlung. Was hast du unter den Vertretern der Nation zu suchen, falscher, blutrünstiger Mann? Du reichst ihnen deine blutigen Hände und bittest sie um Asyl und um dein Leben.»

Ich kannte alles schon auswendig, sogar die fehlerhafte Rechtschreibung. Aber soweit war es noch nicht. Der Knirps Charles, seines Zeichens Thronfolger, schlängelte sich durch die Gardisten und lief vor. Die Blätter machten ihm Spaß. Die Ansammlungen welken Laubs unter den Bäumen. Ziemlich ungewöhnlich für Mitte August. Er spielte damit, wühlte darin herum, kickte hinein. Was kümmerte ihn die Arbeit der Gärtner?

Capet gab seinen historischen Satz zum besten:

– Ein Haufen Blätter. Sie fallen früh in diesem Jahr.

Sie setzten ihren Weg fort.

Auf der Terrasse entdeckte ich Mona. Mit ihrem Kleid in lebhaftem Rosa und der kokardegeschmückten Kappe wirkte sie sehr lebendig in einer Gruppe ordinärer Weiber. Sie reckte die Faust, brüllte Parolen gegen die dicken Bonzen. Sie war auch eine Karnevalsfigur, die Figur all der Nächte im Palais-Royal (noch ein paar Tage, und es würde «Maison-Egalité» heißen), geschminkt und gepudert, weiß und rot, eine Nutte unter anderen, eine aufrichtige und hitzige Bürgerin.

Es war ein unruhiger Marsch. Die Königin weinte. Marie-Thérèse, die Lamballe, versuchte ihre Würde zu wahren. Doch diese Würde war gegenstandslos. Niemand schenkte ihr Beachtung. Die Menge wurde jetzt immer dichter. Unter Spötteleien und Beschimpfungen (war sie nicht die Hure der Königin?) schritt die Prinzessin voran. Einen Augenblick betrachtete sie ihre Hände. Die Schatten auf dem Boden waren lang. Bis zum Sitzungssaal war es nicht mehr weit. Plötzlich ein Engpaß.

Die dreizehn Stufen.

Es sind tatsächlich dreizehn, wer kann dafür?

Von der Terrasse her waren Leute aufgetaucht, die bedrohlich ihre Piken senkten. Schmuckstücke wurden abgerissen, Püffe ausgeteilt. Die Garde schloß sich zu einem Block zusammen, allgemeines Entsetzen. Es war nicht so sehr eine Frage der Anzahl. Falls man sich zum Kampf entschloß, war die feindliche Menge dem Gegner nicht gewachsen. Fünfhundert bewaffnete Männer gegen arme Schlucker, die mit Piken und kümmerlichen Messern ausgestattet waren. Lag Haß in ihren Blicken? Eher beklemmende Verachtung.

Man könnte auch sagen: Souveränität.

Aus Verachtung ließ das Volk Ludwig in den Saal der Nationalversammlung eintreten. Für einen ewig langen Augenblick ließ er seine Familie und sein Gefolge allein. Ein Demonstrant nahm den Thronfolger unter seinen Schutz. Er setzte ihn auf seine Schultern. Später im Temple würde der Schuhmacher Simon nicht weniger rauhbeinige Menschlichkeit an den Tag legen.

Auf den Stufen herrschte jetzt Tumult. Man stieß sich gegenseitig zur Seite. Die Königin rollte entsetzt die Augen. Marie-Thérèse drohte wie üblich in Ohnmacht zu fallen. Die Kamera schwenkte von ihr weg auf Ludwig. Er wandte sich an eine schwer erkennbare Gestalt. Aus der brüllenden Menge stiegen Fragen auf: «Was sagt er?»

– Daß er gekommen ist, ein großes Verbrechen zu verhindern! trompetete Mona. Der Dicke will uns nur Gutes!

Nieder mit dem Veto-König! Es lebe die Nation! Was sagt er noch?

– Daß es nur noch in der Nationalversammlung Sicherheit für ihn gibt!

Gelächter übertönte die Beleidigungen. Der Thronfolger saß immer noch auf den Schultern des Patrioten und begann zu applaudieren. Die Königin mit ihren Hofdamen und die Lamballe stiegen ihrerseits die Treppen hinauf. Im Schloß mähte im gleichen Augenblick eine erste Salve die Marseiller nieder.

– Cut! rief Adrien.

Ich zuckte zusammen. Ich hatte ehrlich gesagt seit dem Aufbruch im Schloß nicht mehr auf Adrien geachtet. Er holte tief Luft. Man konnte meinen, er hätte während des ganzen Marsches den Atem angehalten. Vielleicht hatte er das tatsächlich getan. Die Truppe löste sich auf.

– Nun?

– Nicht schlecht, sagte der Erste Kameramann.

– In zehn Minuten machen wir eine zweite, sagte Adrien.

Dann eilte er von einer Gruppe zur anderen. Eine Bewegung war zu korrigieren, ein Gang nicht ganz korrekt. Überflüssige Mätzchen störten. Es war durchaus noch vieles zu verbessern. Sie kehrten zum Schloß zurück. Ein Requisiteur häufte den kleinen Laubberg wieder auf.

Die jämmerliche Flucht wurde viermal wiederholt. Mehr erlaubte die Sonne nicht. Adrien mokierte sich über die historischen Ungenauigkeiten der Szenerie. Er wollte nicht, daß die Schatten der Leute zu kurz waren. Schließlich hatte der König am 10. August zu sehr früher Morgenstunde verloren.

– Wie findest du es?

– Monoton.

Mona prustete los.

– Schon wahr, ein bißchen öde, die Angelegenheit, räumte sie ein. Aber daß ich gefilmt werde, während ich mein Schwesterherz, die Lamballe, als Gelegenheitsnutte beschimpfe, ist das reinste Vergnügen. In den vier Takes konnte ich die Sache immerhin vollständig auskosten.

– Das schwerste kommt noch.

– Aber für heute habe ich Pause.

– Kann ich dich zum Mittagessen einladen?

– Tut mir leid, sagte sie fröhlich. Ich lasse mich lieber von meinem neuen Macker aufs Kreuz legen.

Eine richtige Entscheidung, wer auch immer der Begünstigte war. Mona entfernte sich aufgekratzt. Nach der Mittagspause waren die Dreharbeiten im Sitzungssaal vorgesehen. Die Ausstattung wurde gerade aufgebaut. Hinter den Gittern des Parks an der Rue de Rivoli drängten sich Neugierige und versuchten, bekannte Schauspieler zu entdecken. Für den Augenblick eines Kameraschwenks hatten einige von ihnen vielleicht als unfreiwillige Statisten gedient. Roederer hatte offensichtlich gelogen, als er behauptete, ganz Paris sei auf den Beinen. Der 10. August? Ein Aufstand, sicherlich, aber von allerhöchstens einigen tausend Akteuren in einer Stadt, die nicht gerade klein war. Stets die gleichen Verrückten. Ein paar Schritte vom Schloß entfernt konnte man den Kampf durchaus ignorieren. Oder man konnte ihn als Zuschauer betrachten, die Punkte zählen, frische Luft schnappen.

Anna Fried musterte jedes Gesicht, jede Bewegung auf der Szenerie.

Wie lange war sie schon da?

Sie lächelt mir zu. Es war illusorisch anzunehmen, ich könnte zu ihr gelangen. Das Gitter zwang zu einem sehr langen Umweg. Ich war sicher, sie würde sich davonstehlen, bevor ich sie erreichte. Das Megaphon eines Regieassistenten lag herrenlos herum. So ein Ding hatte ich gut zwanzig Jahre lang nicht

mehr benutzt. Ich lieh es mir aus. Es trug nicht sehr
weit, aber für meine Zwecke weit genug.
– Meine tiefste Verehrung für Anna Fried an diesem ersten Drehtag!
Man war immer noch dabei, mich verblüfft anzusehen, als Anna schon längst verschwunden war.

Nach einem langen Spaziergang durch die Rue Saint-
Honoré ging ich zurück in den Park, das heißt, in
den Sitzungssaal. Kein Club des Feuillants und
keine Jakobiner mehr, aber eine schöne Straße.
In der Nationalversammlung ging es mehr als
hoch her. Unter dem Druck der Ereignisse – Kano-
nendonner und krachende Kartätsche – hatten sich
die Deputierten schließlich entschieden, von der Tagesordnung abzuweichen, die eine Debatte über «die
stufenweise Abschaffung des Sklavenhandels» vor-
sah. Abgesandte der aufständischen Kommune und
Bittsteller der Sektionen lösten einander am Rednerpult ab, um die Absetzung des Königs zu fordern. Ist
Hébert unter ihnen? Keinesfalls. Wo steckt er? Im
Haus der Kommune? Oder hockt Père Duchesne bereits am heimischen Herd und schreibt an einer
«Großen Freude» oder einem «Großen Ratschlag»?
Wahrscheinlicher ist, daß er sich auf den Straßen her-
umtreibt, Gerüchte sammelt, das neuste Bonmot.
«Laßt es nicht zu, daß Ludwig der Falsche wieder
auf den Thron steigt, um welchen Preis auch immer.
Verjagt einen Kerl von edler Abstammung, der euch
mehr Leid zugefügt hat als Hungersnot, Krieg und
Pest zusammengenommen.»
Ludwig saß mit seiner gesamten «königlichen Me-
nagerie» in dem winzigen Stenographenraum. Ein
Gitter zwischen dem König, den Seinen und der Ab-
ordnung. Sie hören zu, man sieht sie. Alles gerät ins
Wanken. Ein paar Meter weiter in Paris herrscht
Bürgerkrieg.

Das Skript erwähnte die Debatten, die wütenden Interventionen, die Schwüre, die Reden eines ausgerasteten Vergniaud mit keinem Wort. Von einem Standort hinter dem Gitter nahm Adriens Kamera nur diese zusammengepferchten Menschen auf, die von der Hitze erdrückt wurden, denn es war sehr heiß am 10. August. Ludwig, Marie-Antoinette, die Lamballe, die Tourzel, Elisabeth, Charles, Madame Royale, ihre verzerrten, schweißüberströmten Gesichter. Ein gewollter Effekt? Sie wirkten wie Wachsfiguren, die im Schmelzen begriffen waren.

Ich entschied mich, im *Robespierre* essen zu gehen und dort aufmerksam die Monographie von Stevenson zu lesen.

Sie brachte mir nicht viel Neues, hatte aber das Verdienst, die Tatsachen aufzulisten. Die ersten Wachsfiguren stammten aus dem 15. Jahrhundert. Andrea del Verrocchio interessierte sich leidenschaftlich für die Wahrheit des menschlichen Körpers, tot oder lebendig. Diese Wahrheit wollte er festhalten. Die Kunst der Wachsbildnerei hatte sich in enger Verbindung mit der Kunst der Chirurgie und des Sezierens entwickelt. Medizin als Alibi, Wissenschaft als Vorwand. Anatomie als Theater. Und der am 30. Januar 1737 im badischen Stockach geborene Curtius war tatsächlich Anatom, von Beruf Barbier. Vielleicht hieß er ursprünglich Creutz. Er lebte in Bern. Zu Beginn der 1760er Jahre wurde er vom Fürst von Conti nach Paris eingeladen. Er wohnte im Hôtel d'Aligre in der Rue Saint-Honoré. Sein Atelier wurde zum Treffpunkt für Schriftsteller und Künstler, und er war bald so wohlhabend, daß er 1767 seine «Gouvernante» Anna Maria Walder aus der Schweiz und ihre Enkelin Marie Grosholtz zu sich holen konnte.

Marie ist am 7. Dezember 1761 in Straßburg geboren. Als ihr Vater ist ein gewisser Johannes Grosholtz gemeldet, ein Soldat. Entstellt und schwer verstümmelt, stirbt er, bevor das kleine Mädchen zur Welt kommt. Stevenson war nicht abgeneigt zu glauben, daß der Mann, den Marie Grosholtz lebenslang ihren «Onkel» nennen wird, Curtius, in Wirklichkeit ihr wahrer Erzeuger war.

Curtius eröffnet bald sein erstes Ausstellungskabinett im Palais-Royal (Galerie Montpensier, Nr. 17, nicht weit vom Café Corraza), dann im Jahre 1780 ein zweites, ein volkstümliches Nebengebäude am Boulevard du Temple. Bei Curtius findet man alle Tagesberühmtheiten: die königliche Familie vereint um die «Große Tafel», den Kaiser von China, die Lieblingsfrau des Sultans, Voltaire, die schöne Zulina, auf ihrem Ruhebett ausgestreckt. In dem beliebteren Nebengebäude am Boulevard kann der Schaulustige gegen zwei Sous «Die Höhle der großen Schurken» besichtigen. Auch Desrues, 1777 auf der Place de Grève gerädert und verbrannt, ist hier vertreten. Ein beachtlicher Erfolg.

Marie besitzt Talent zum Modellieren. Sie ist kaum siebzehn Jahre alt, als sie die Züge des alten, kranken Voltaire in Wachs festhält. Es ist das älteste ihrer bekannten Werke und im Londoner Museum ausgestellt.

1780 wird Madame Elisabeth, die junge Schwester des Königs, in Versailles von Langeweile geplagt. Nach einem Besuch im Kabinett des Palais-Royal erreicht sie, daß Marie zu ihr kommt, um ihr die Grundzüge der Wachsbildnerei beizubringen. Während der neun Jahre dieses Aufenthalts erschafft die junge Frau Porträts sämtlicher Persönlichkeiten des Hofes und bestückt auf diese Weise die Ausstellungen ihres «Onkels». 1789 läßt Curtius, inzwischen ein Anhänger der neuen Ideen (er ist mit Philipp von Orléans und Mirabeau befreundet) seinen Schützling nach Paris zurückkommen.

Ihre Figuren dienen den Demonstranten am 12. Juli als Wahrzeichen. Zwei Tage später nimmt Curtius an der Eroberung der Bastille teil, auch wenn er nicht in den ersten Reihen zu finden ist. Jedenfalls reicht es aus, daß er die sehr begehrte «Siegerurkunde» erhält. Alle Wechselfälle der stürmischen Revolution finden ihr Echo in seinen Salons. Die «Große Tafel» wird durch eine Versammlung des Wohlfahrtsausschusses ersetzt (später wird daraus, mit wechselnden Masken auf Körpern in stets derselben Haltung, das Direktorium, die Konsuln, Napoleon und die Seinen, die verbündeten Herrscher, Ludwig XVIII., Karl X. und schließlich Louis-Philippe). Die Köpfe der Tribunen wechseln mit dem Tagesgeschehen. Curtius und Marie scheuen sich nicht, die Köpfe derer, die sie lange Zeit an ihrem Tisch empfangen haben, gleich im Anschluß an die Hinrichtung nachzubilden.

Curtius unterhält eine weitere Sammlung für ausgewählte Liebhaber. Er handelt mit Abbildungen, die anstößige Figuren zeigen. Der Gedanke, daß er daraus einen guten Teil seiner beträchtlichen Einnahmen bezog, ist durchaus nicht abwegig. Allerdings hat der Opportunismus seine Grenzen. In den revolutionären Wirren wird Marie Grosholtz eingesperrt. Wie es heißt, teilt sie ihre Gefangenschaft im Kloster der Karmeliterinnen mit Joséphine de Beauharnais. Gleichwohl wird sie rechtzeitig befreit, um am 11. Thermidor Robespierres Totenmaske abzunehmen.

Curtius stirbt am 26. September 1794. Er vermacht seine gesamte Habe Marie. 1795 heiratet sie einen gewissen Tussaud (in der Heiratsurkunde «Tusseau» geschrieben) aus Mâcon, wohnhaft Rue Philipeau, Sektion Gravilliers. Ein unfähiger Mensch, mit dem sie sich nicht versteht, der ihr aber zwei Kinder anhängt, Joseph und Francis. Sie leitet das Kabinett, stellt die «Opfer der Revolution» aus. 1802 verläßt sie Paris («diese Dämonenstadt») und geht nach England. Ihr

Material, ihre Formen und ein paar Figuren nimmt sie mit. Ihren Mann, den sie verachtet, wird sie nie wiedersehen. In London findet ihr Kabinett lebhaften Anklang und ist fünfundzwanzig Jahre lang als Wanderausstellung zu sehen. 1835 läßt sie sich endlich fest in der Baker Street 58 nieder (Museum Tussaud & Son). 1850 stirbt Marie im Alter von fast neunzig Jahren.

In Paris gibt es bis zum Ende der Herrschaft von Louis-Philippe verschiedene Wachsfigurenkabinette, hauptsächlich auf dem Boulevard du Temple. Dort sieht man die abgeschnittenen Köpfe von Lacenaire und Fieschi. Manche Arrangements, wie im Mechanischen Museum von Gaglardi am Boulevard Saint-Martin, sind beweglich. Danach kommt der Niedergang. Um das zunehmende Desinteresse des Publikums einzudämmen, versuchen die Wachsfigurenkabinette ihren Ausstellungen einen wissenschaftlichen Charakter zu verleihen. Das Wachs erneuert seine enge Verbindung mit dem Tod. 1856 richtet Spitzner an der Place du Château-d'Eau (heute Place de la République) im Pavillon de la Ruche sein Grand Musée Anatomique et Ethnologique ein. Er knüpft wieder an die Ursprünge an: Von Krankheit entstellte oder abstoßende Körper, Operierte, Sezierte oder Exekutierte werden zur morbiden Erbauung eines faszinierten Publikums ausgestellt.

1880 setzt sich Arthur Meyer, Herausgeber des ultrakonservativen *Le Gaulois* und kluger Geschäftsmann, für ein neues Wachsfigurenkabinett ein und gründet zu diesem Zweck eine Aktiengesellschaft mit einem Kapital von einer Million Francs. Zwei Jahre später wird das Musée Grévin eingeweiht. 1885 wird die erste große historische Ausstellung, «Bilder der Französischen Revolution», vorgestellt.

Natürlich war Stevensons Text gespickt mit peinlich genauen Anmerkungen, gelehrten Verweisen, Katalogauszügen und technischen Betrachtungen.

Da der alte Herr nie einen Verleger fand, hatte er sein Werk ein paar Jahre zuvor auf eigene Kosten drucken lassen.

Die Lektüre fesselte mich so, daß ich total mein Essen vernachlässigte. Die Wirtin des Restaurants machte sich deswegen Gedanken. Ich beruhigte sie. Die Speisen seien vollkommen in Ordnung, nur meine Geistesabwesenheit sei Schuld. Und dann stellte ich ihr eine Frage.

– Woher stammt die Gipsmaske von Robespierre in der Souvenirvitrine?

Seit ich ihr Lokal häufiger besuchte, fiel mir auf, daß die Dame mit großem Vergnügen über ihre «Sammlung» sprach. Sie war zu einer echten Spezialistin der revolutionären Epoche geworden.

– Maximilien? Ein Gast hat ihn mir geschenkt. Es ist natürlich nur eine Kopie. Die Originalmaske befindet sich im Musée Grévin.

Ob es indiskret sei, nach dem Namen des Gastes zu fragen. Aber keineswegs.

– Madame Fried macht gern Geschenke.

Das war nun nicht eben eine Überraschung.

Die Dreharbeiten wurden fortgesetzt. Ich ließ mich praktisch nie dort sehen. Das wenige, was ich mitbekam, bestätigte einen alten, eher allgemeinen Eindruck: Bevor Adrien Leck Filmemacher wurde, war er ein phantastischer Seiltänzer, ein genialer Improvisator. Dem Spektakel seiner Verrenkungen zog ich das Stöbern in alten Werken, in den Sammlungen der Historischen Bibliothek der Stadt Paris vor. Ich war ein eifriger Besucher des Hôtel Lamoignon geworden, in dem ich ganze Tage damit verbrachte, immer wieder meine mit Notizen, durchgepausten Plänen und Fotokopien vollgestopfte Mappe durchzusehen.

Ein oder zweimal rief ich Joachim an und beschimpfte ihn wegen der Ungenauigkeiten in seinem

Skript. Er antwortete mir mit angemessenem Gebrüll. Schließlich sei ich genausowenig Historiker wie er, aber ich brauchte ja bloß in der Rue de la Corderie vorbeizukommen, damit wir uns bei einer Flasche Tequila aussprechen könnten. Als er sich eines Tages über die Ungereimtheiten dieses Unternehmens und die selbstmörderische Verrücktheit Adriens beschwerte, stellte er mir eine knifflige Frage.

– Wachsfiguren sind Ihre Leidenschaft, jedem sein Laster. Sie wissen, daß das Drehbuch einige Szenen bei Curtius vorsieht.

– Im Palais-Royal und am Boulevard. Na und?

– Was das Palais angeht, kein Problem, die Arkaden existieren immer noch. Komplizierter wird es mit dem Boulevard du Temple. Haussmann hat alles abreißen lassen. Wie kann dieses verdammte Kabinett bloß ausgesehen haben? Was für eine Art Laden war das?

– Es gibt einen Haufen zeitgenössischer Stiche, vom Film *Kinder des Olymp* ganz zu schweigen.

– Guter Gott, Victor! stöhnte er. Sie haben unserem Maestro diese idiotische Idee eingegeben. Er will möglichst wenig nachgestellte Kulissen. Und er will jede so nah wie möglich an den wirklichen Schauplätzen. Finden Sie mir eine Gegend am Boulevard, die dafür taugen könnte. Das erspart dem Ausstatter und mir ein paar zusätzliche graue Haare.

Ich war da weniger verbissen. Ich unternahm keinerlei systematische Nachforschungen, befaßte mich einmal mit diesem, einmal mit jenem Werk, bewegte mich zwischen Curtius und Hébert, Palais-Royal und Club des Cordeliers, zwischen dem 10. August und dem Monat September. Fast jeden Tag berauschte ich mich an den Reliquien im Musée Carnavalet. Ich sinnierte stundenlang über den alten Plänen von Verniquet und Vasserot, die man als Vorläufer des Katasteramts bezeichnen konnte. Bei meinen

Reisen durch die Stadt, zu Fuß oder mit dem Fahrrad, fand ich im Geist ein anderes, vollkommen erschlossenes Paris wieder. Und außerdem las ich *Le Père Duchesne*.

Jaques-René. Wo hatte er genau gewohnt?

«Wenn Sie auf Ihrem Irrtum beharren, werden Sie sterben.»

Die Stimme am Telefon sagte hartnäckig stets dasselbe. Eine Männerstimme, die Angst einflößen wollte. Julie hatte Angst. Sie gestand es in dem Moment, als Joachim das Lammcurry servierte.

Ein Mittagessen, organisiert in der Rue de la Corderie. Der Drehbuchautor hatte reichlich aufgetischt.

Adrien knurrte vor sich hin. Julie hätte ihn über diese Drohungen früher informieren können. Hätte es etwas geändert? Der erste Anruf war am ersten Drehtag gekommen. Sie hatte nie an einen Scherz geglaubt, wollte aber auch nicht allen auf den Wecker gehen. Inzwischen kamen die Anrufe täglich, erreichten sie sogar mehrmals am Tag.

– Selbst während der Aufnahmen.

Adrien gab zu, daß ihn die regelmäßigen Anrufe für Julie nach fast jedem Take geärgert hatten.

– Wie klingt die Stimme?

– Ich bin sicher, es ist eine Aufzeichnung, sagte Julie. Wenn ich den Hörer abnehme, folgt stets eine kleine Pause und dann kommen diese schrecklichen Worte, immer im gleichen Tonfall.

– Alle Schauspielerinnen werden mit Telefonanrufen bombardiert. Das sind Kranke, die ihren Schwanz zeigen wollen, sagte Joachim.

Julie verlor nicht die Nerven. Das war nicht ihre Art. Sie informierte uns lediglich. Die Verbrennungen an ihren Händen vernarbten gut unter der Schminke, aber sie blieben ihr verhaßt. Da hatte sich Joachim einmal an den Herd gestellt, und dann diese

Tagesordnung! Eine andere wäre ihm lieber gewesen. Er war ein guter Koch. Sein Curry war eins dieser Gerichte, die man mit Hochachtung genießt, obwohl das Chutney eine Spur pikanter hätte sein können.

– Die Fried kann machen, was sie will, sagte Julie mit vollem Mund. Sie beeindruckt mich nicht.

– Sie hat vielleicht gar nichts damit zu tun, sagte Adrien der Form halber. Hat jemand von ihr gehört? Stan sagt, sie ist von der Bildfläche verschwunden.

– Ist sie tatsächlich, sagte ich schlicht.

Er runzelte die Stirn.

– Stehst du mit ihr in Verbindung?

– Sie hat mir ein oder zwei Nachrichten hinterlassen.

Anna rief fast jede Nacht an.

Manchmal nur für ein paar kurze Worte. Dann wieder für lange Monologe. Jedesmal bat sie mich, nicht abzunehmen, falls ich per Zufall in der Nähe des Hörers sein sollte. Niemand fiel auf den Zufall herein. Wovon sie sprach? Von ihrer vergangenen Karriere, ihren Erinnerungen, ihren Pleiten. Ohne erkennbare Bitterkeit. Das war das überraschende daran. In ihrer letzten Nachricht, am Vortag, hatte sie die Sitzungen bei Stevenson erwähnt. Sie hielt ihn für einen großen Künstler und sagte, sie sei glücklich, daß ich ihn kennengelernt hatte. Julie wollte wissen, ob für mich Anna Fried als Urheberin der Drohungen in Frage kam.

Möglich war es.

– So einleuchtend, daß es fast zu schön ist.

– Sag ihr trotzdem bei Gelegenheit, sie soll es nicht übertreiben. Das Campinggas ist nicht zufällig explodiert. Man kann Anzeige gegen Unbekannt erstatten.

Unbekannt? Anna?

Wir nahmen fast alle einen Nachschlag. Die Unterhaltung wandte sich jetzt den Dreharbeiten zu. Joachim verstand immer weniger, warum Adrien ihn monatelang auf ein Skript angesetzt hatte, dem er offensichtlich nicht im geringsten Rechnung trug. Noch heute morgen hatte er eine Aufnahme erlebt, bei der er nichts, was er jemals geschrieben hatte, wiedererkannte. Joachim war weniger verbittert als beunruhigt. Julie entspannte sich. Sie gewöhnte sich allmählich an Adriens Arbeitsstil, seine Anschnauzereien, seine inspirierten Basteleien. Auch wenn sie nach dem Take manchmal mit den Zähnen knirschte und sich auf einen Trip begab.

– Du fragst dich, wo ich hin will? sagte Adrien. Du hast recht. Ich habe keine Ahnung. Ich weiß nur ungefähr, in welcher Einstellung wir drehen werden, an welchen Tagen und mit welchen Schauspielern. Ein heilsamer materieller Zwang. Du hast mir einen Haufen möglicher Drehbücher geliefert. Sie sind alle sehr gut. Ich kenne sie auswendig. Außerdem habe ich alle Filme der Welt gesehen. Darunter auch meine. Ich beherrsche die Routine und sämtliche Tricks des Metiers. Bei diesem Film habe ich mich entschieden, einfach drauflos zu gehen und ohne Wegweiser zu sehen, wohin es führt.

Als wolle er das unterstreichen, fragte Adrien unwillkürlich, ob nicht irgendwo noch eine letzte Flasche Beaujolais herumstand. Für ihn war diese Diskussion ausschließlich von diplomatischem Interesse. Die Empfindlichkeiten nicht zu sehr verletzen, wenn es vermeidbar war. Mit den Leuten des Teams speisen, wie man mit der in Aussicht genommenen Schauspielerin ins Bett geht. Um Vertrauen zu gewinnen, ein bißchen menschlich zu erscheinen.

Menschlich? Adrien machte Filme.

Das Telefon läutete. Die banalste Sache der Welt. Wir sahen uns an. Ganz ihrer Rolle entsprechend, erbleichte Julie ein wenig. Joachim nahm ab. Es war für sie. Er reichte ihr den Apparat. Sie machte mir ein Zeichen, den Hörer zu nehmen. Warum ich?

– Hallo?

Alles verlief ordnungsgemäß.

– (Eine Pause) Wenn Sie auf Ihrem Irrtum beharren, werden Sie sterben.

– Wer sind Sie?

Die Verbindung war schon abgebrochen. Die Stimme hatte keine Drohung ausgestoßen. Sie brachte eine Feststellung zum Ausdruck. Beinahe ein Urteil.

– Wer weiß, daß wir hier zu Mittag essen? fragte Joachim.

– Das gesamte Team und sonstwer, was soll's, sagte Julie sehr ruhig. Es ist komisch: Ich hatte Angst, und jetzt ist es vorbei. Ich weiß nicht, wie es passiert ist. Diese Stimme beunruhigt mich überhaupt nicht mehr.

Es war Zeit, wieder an die Aufnahmen zu gehen, zu den anderen zurückzukehren. Auf dem Programm standen noch ein paar Ausschnitte des 10. August.

Adrien kümmerte sich um das Geschirr. Auch so ein Trick von ihm.

Als wir Joachim verließen und die Treppe hinuntergingen, merkte ich, daß mein Knie nachgab. Julie hielt sich mit der einen Hand am Geländer fest und packte mich mit der anderen beim Ärmel, damit ich nicht stürzte. Diese Gelenkschwäche, die bei jedem Schritt drohte, entwickelte sich allmählich zur Plage.

– Wir haben alle ein bißchen getrunken, sagte Julie beruhigend. Vielleicht solltest du mal einen Arzt aufsuchen?

Sie hatte keine Ahnung von Junggesellenlogik.

In der Rue de la Corderie wurden wir von einem scheußlichen Nieselregen überrascht. Julie hielt mich immer noch fest beim Arm. Sie sagte noch einmal, daß ich mich behandeln lassen solle, es sei sicher nichts Ernstes. Eine seltsame Fürsorge. Außerdem versicherte sie mir, daß Anna Fried ihr völlig umsonst nach dem Leben trachtete, weil sie, Julie, Anna vorher vernichten und der Lächerlichkeit preisgeben würde.

– Ich spiele die Lamballe. Das begeistert mich, weil sie ein Opfer war und ich alles bin, nur das nicht. Pah!

Ich hielt mich bis spät in der Nacht im Labor in der oberen Etage auf. Wie sehr ich mich auch anstrengte, die unerledigten Arbeiten häuften sich. Aber es waren sehr gute Fotos. Von John Wayne und Stallone, von Newman, Denise Grey und Sapritch in allen Phasen ihrer Fertigstellung. Die Arbeit Jérômes und seiner Kollegen. Die Besetzung für die Ausstellung «Das Abenteuer im Film» nahm Gestalt an. Niemand hatte die Zwischenfälle von September und Oktober vergessen. Man hatte beschlossen, nicht mehr oder nicht mehr so oft davon zu reden, weil all die mehr oder weniger makaberen Legenden, die sich um Wachsfigurenkabinette ranken, einfach zu unerfreulich sind, ob im Grévin oder anderswo.

Ich hängte die Fotos zum Trocknen auf und ging hinunter in die Wohnung. Auch Mona schien von der Bildfläche verschwunden zu sein. Wahrscheinlich von der totalen Sinnlosigkeit unserer kleinen Gelegenheitsvögeleien überzeugt. Eine Erleichterung. Nachdem ich Radek einen Rest Karpfen serviert und ein bißchen aufgeräumt hatte, mußte ich mich der Tatsache stellen, daß ich schon seit Tagen bummelte.

Ich legte die Kassette der *Prinzessin* in den Rekorder und ließ das Band bis zu der Gerichtsszene vorlaufen.

Goras hatte es für gut gehalten, einen Saal zu rekonstruieren, der dem Tagungsort des Revolutionstribunals in der Conciergerie möglichst ähnlich sah. Den Saal, der bei der Feuersbrunst in der Blutigen Woche zerstört wurde und im Museum teilweise nachgebildet ist. Eine idiotische Entscheidung. Das improvisierte Tribunal in der Force hatte in einem der kleinen Räume der Wachmannschaft getagt. Kein Vergleich.

Die Szene noch einmal.

Marie-Thérèses Erscheinen vor dem Tribunal hat etwas überaus Feierliches. Ein Präsident, Beisitzer, ein öffentlicher Ankläger, nicht allzu zerlumpte Geschworene. Trotz ihrer widerlichen Visagen spielen sie das Spiel eines regulären Prozesses. Das sehr lebhafte Publikum wird hinter Schranken zurückgehalten.

Der Gerichtspräsident, schmächtig, mit strengem Gehrock, gepuderten Haaren und eisiger Miene, ist offensichtlich Hébert. Sein Name wird nie genannt. Man kann es allenfalls erraten.

Von zwei Gendarmen begleitet, tritt Anna Fried ein. Zuerst schwankt sie ein wenig, angesichts dieses feindseligen Gerichts wie von Schwindel ergriffen. Sie faßt sich sehr schnell und richtet sich auf. Mit herausfordernd gerecktem Kinn nennt sie ihren Namen: Marie-Thérèse-Louise de Savoie Carignan, Prinzessin von Lamballe. Danach fordert der Präsident sie auf, ihre Liebe zu Freiheit und Gleichheit sowie ihren Haß auf König, Königin und Königtum zu beschwören. An dieser Stelle erweist sich die Fried als große Schauspielerin. Sie läßt mehrere Sekunden verstreichen. Diesen Eid von ihr zu verlangen, ist so plump und töricht, daß man darüber lächeln kann. Also deutet sie ein Lächeln an, und gleich darauf verhärtet sich ihr Gesicht in erdrückender Verachtung.

– Den ersten Eid zu leisten, fällt mir leicht, antwortet sie. Den zweiten kann ich nicht leisten, weil er nicht von Herzen kommen würde.

Hébert richtet sich halb auf, sieht die Gefangene lange an. Ein neutraler Blick, ohne Zorn und ohne Mitleid.

– Wenn Sie auf Ihrem Irrtum beharren, werden Sie sterben.

Die Lamballe erleidet wieder einen ihrer Schwächeanfälle.

Es war natürlich diese Stimme, die Julie jeden Tag am Telefon hörte. Die aus dem angeblich unauffindbaren Film geraubte Aufzeichnung glich einer Unterschrift. Anna Fried amüsierte sich prächtig. Ich rief im *Mirabeau* an. Anna war immer noch nicht da. Dafür war Stan außerordentlich gesprächsbereit.

– Nächtliche Grüße, Bürger!

Was hatte ich ihm zu sagen?

– Ist deine Mutter immer noch auf der Flucht? Bist du sicher? Sie ist vielleicht gerade dabei, große Dummheiten zu machen.

– Sie hat ihr Leben lang nichts anderes gemacht! Komm doch auf ein Glas vorbei und erzähle mir, was los ist. Nein? Schade. Warum interessierst du dich so für meine Mama? Bist du in sie verliebt? Dann heirate sie. Ich hätte dich wahnsinnig gern als Stiefvater.

Ich legte auf. Annas kleine telefonische Scherze konnten niemanden auf Dauer erschüttern. Wenn sie es dabei bewenden ließ, war es das Eingeständnis einer lächerlichen Ohnmacht. Julie hatte sehr gut erkannt, daß sich ihre Verfolgerin dieser Gefahr aussetzte. Wie weit würde Anna gehen?

Ich spielte mit den Bedienungstasten und spazierte im Zeitraffer durch den Film. Vor und zurück, zwischendurch das Bild anhaltend. Großaufnahmen. Ich hatte schon zahlreiche Einzelbilder auf der Grundlage dieses Filmstreifens gemacht. Die ersten am Abend nach dem Treffen mit Stevenson und in einer gewissen Erregung. Ich hatte den Film fotografiert,

225

wie man von einer beweglichen Sache Momentaufnahmen macht, und dabei Bilder geschossen, die sicher noch nie jemand gesehen hatte. Selbst Anna
nicht – wer weiß? Eine Methode, dem widerwärtigen
Privileg, das der Bildhauer gehabt hatte, Paroli zu bieten. Diese Fotos waren neben dem Kopf der Prinzessin gestapelt. Eine komplette Sammlung, mit der ich
noch nichts anzufangen wußte: das Video, der Wachskopf, die Fotos von Anna. Ein heikler Wust an Material, heimlich und unrechtmäßig zusammengetragen.
Die quälende, entfernt moralisch bedingte Notwen-
digkeit, die Lamballe zurückzugeben, drängte sich
auf. Wie sollte ich das anstellen? Die Angelegenheit
wurde mit jedem Tag schwieriger, wobei für mich
feststand, daß eine anonyme Zusendung der Situation
nicht angemessen, weil unter meinem Niveau war.
Was ich für mich nur flüchtig formulierte, war der
verlockende Gedanke, den Kopf der Lamballe erst
zurückzugeben, wenn ich die Statue von Anna Fried
wiedergefunden hatte. Für mich selbst. Damit sie
hier war. In meiner Wohnung.

Am Square Frédérick-Lemaître waren Renovierungsarbeiten im Gange. Die alten Bänke waren herausgeris-
sen und sollten offensichtlich ersetzt werden. Sie waren
schwer. Eines Nachts, als niemand unterwegs war,
schaffte ich es, mir eine davon zu besorgen. Eine Art
Rettungsaktion. Keuchend unter der Last, aber zufrieden, gelang es mir, das Strandgut Schritt für Schritt in
meinen dritten Stock hinaufzuschleppen. Neben einem ebenfalls geretteten Briefkasten und einer alten
Notrufsäule fiel die Bank durchaus nicht aus dem Rahmen. Es wurde nur allmählich etwas eng bei mir.

Ich weiß nicht, wie lange ich auf Annas Anruf gewartet habe, ehe er endlich kam. Sie war verwirrt,
weil sie nicht an den Anrufbeantworter geriet. War

das nicht eine Regelverletzung? Aber mit Blick auf welche Vereinbarungen?

– Nein, sagte sie, schon gut. Ich freue mich, Sie zu hören.

– Sie haben mich immer gebeten, nicht abzunehmen.

– Ich hatte Lust, Ihnen etwas zu erzählen. Aber es ist vorgekommen, daß ich Angst hatte, Sie zu hören.

– Angst?

Sie fiel mir entschlossen ins Wort, als ob sie mir ein Gelände ersparen wollte, auf das ich im Augenblick nicht vorbereitet war. Angst war für sie ein kompliziertes und interessantes Gefühl, wert, darüber nachzudenken. Wie Eifersucht, wie Rivalität. Wir hatten jede Menge Zeit. Sie fragte mich, was ich unmittelbar vor ihrem Anruf getan hatte.

Ich sagte es ihr, wobei ich noch ein Stück weiter zurückgriff: die telefonischen Drohungen, die Stimme des Gerichtspräsidenten …

– Es gibt da eine Passage, die Sie sich jetzt ansehen sollten. Jetzt gleich. Nach dem Tribunal. Verstehen Sie?

Was für eine Frage!

Ich hatte es gefunden. Ich hatte diese wenigen Bilder mehrmals in Zeitlupe durchlaufen lassen und fotografiert. Die Prinzessin weigert sich, der Königin abzuschwören. Eine sehr moderne, stark kontrastierende Montage an dieser Stelle. Das Bild springt, mischt sich unter die tobenden Zuhörer des Tribunals. Wächter packen die Prinzessin, ziehen sie zum Ausgang des Saals. Es herrscht Tumult. Sie wird von der Menge erfaßt, verschwindet, man bedrängt sie, zerrt sie in einen Flur. Totales Durcheinander auf dem Bildschirm. Der Kamera gelingt es, die Lamballe an der Gefängnistür wieder einzufangen. Man entdeckt die Straße zur gleichen Zeit wie sie. Bedrohlich wirkende Gruppen stehen wartend da. Aber die Aufmerksamkeit verweilt nicht bei den Knüppeln, den Piken, den furchterregenden Visagen. Der wahre Schrecken ist weiter weg, jenseits der Reihen der Hitzköpfe: ein weißliche Anhäufung aus undeutlichen, obszönen Formen. Man kann nur ahnen, daß es sich um nackte Leichen handelt. Weil es unerträglich ist, macht dieses Bild im Film nur den Bruchteil einer Sekunde aus. Man könnte sogar meinen, man habe sich getäuscht. «Pfui, wie abscheulich!» sagt die Stimme der Prinzessin aus dem Off. Sie hat den Leichenberg, den wir nicht mehr sehen, noch vor Augen. Sie taumelt, eine Silhouette im Gegenlicht, von der Kamera umrissen. Die Prinzessin steht jetzt im vollen Sonnenlicht oben auf den Stufen einer kleinen Freitreppe. Rohlinge umkreisen sie. Sie legt die Hände vor ihr Gesicht, vor die Augen, um nichts mehr zu sehen, um dem Alptraum zu entfliehen. Ein Rippenstoß bringt sie zum Taumeln. Oder ein Schlag. Sie kann sich gerade noch fangen. Hände greifen nach ihr, reißen ihr das Kleid herunter. Sie ist nackt. Man zeigt sie der Menge. Die Kamera wird hin- und hergerissen. Ihr Objektiv erfaßt die verzerrten Gesichter, das Blut auf dem Pflaster, Messer, die vor dem Blau des Himmels geschwungen werden. Erneut die Prinzessin. Ein regloser Körper auf den Knien in der Nähe eines Steinpfostens. Eine Hand greift in die Haare, zieht den Kopf hoch. Der Blick ist starr. Man spreizt die Arme auseinander, die die Sterbende über die Brust gelegt hat. Ein breites Messer wird auf ihren Nacken gesetzt. Dann Stille.

Die Stille, das Schweigen mit Anna waren mir kostbar. Zeiten der Vertrautheit. Im allgemeinen war sie es, die diese Momente beendete.

– So wie Sie diese Sequenz gesehen haben, ist sie nie gezeigt worden.

– Auf Ihren Wunsch?

– Auf Wunsch der Produzenten. Die Gewalttätigkeit hat sie beunruhigt. Sie haben den Leichenberg akzeptiert. Aber sie wollten nicht, daß man mich nackt sieht. Nicht einmal für einen Augenblick. Die Zuschauer in den Kinos hatten nur Anrecht auf Großaufnahmen meines entsetzten und später im Tode erstarrten Gesichts. Haben Sie genau hingesehen?

– Bei dieser Sequenz? Natürlich.

– Natürlich! Sie sind hingerissen von der Montage, ihrer Kühnheit, dem Chaos, das sie plötzlich in eine prüde Inszenierung bringt (Sie seufzte) ... ersparen Sie mir diesen Schmus. Ich stelle Ihnen eine einzige Frage. Haben Sie das Bild angehalten an der Stelle, wo ich nackt bin?

Der Stapel Einzelbilder lag da. Mehrere Dutzend Aufnahmen für ein paar Mikrosekunden Film. Der vollständige Ablauf in stehenden Bildern. Häufig hatte mir das Fotografieren den ganzen Ärger mit dem Sex erspart.

– Sie haben es getan! Nur das? Sie sind vor Ihrem Bildschirm. Man reißt mir die Kleidung vom Leib. Gefalle ich Ihnen? Sie antworten nicht. Sehen Sie hin. Benutzen Sie die Zeitlupe. Hören Sie mir zu und legen Sie Ihren Gürtel ab. Holen Sie Ihren Schwanz heraus, berühren Sie sich, liebkosen Sie sich. Sie haben nicht auf mich gewartet, um es zu tun. Ich will, daß Sie es mit mir tun, während ich zu Ihnen spreche. Sie hören mir zu, nicht wahr? Ich war schön. Erinnern Sie sich an mich, damals auf der Titelseite von *Cinémonde*? Habe ich Sie erregt, als Sie ein Junge waren? Sehen Sie jetzt hin. Haben Sie es? Sehen Sie auf den Bildschirm! Ich zeige meine Brüste. Wie sie wackeln ... Es wurde herausgeschnitten, weil es obszön war, wie sie sagten. Natürlich ist es obszön! Ich will, daß Sie geil werden. Sie nehmen meine Arme auseinander, damit die Menge, damit jeder mich besser sehen kann. Sehen Sie mich? Ich wußte, daß es mein letzter Film war, ich habe es gespürt. Ich habe an die Typen gedacht, die ich nie kennenlernen würde und die sich später bei dieser Sequenz, bei dieser Erinnerung an mich einen runterholen würden. Jetzt Sie. Machen Sie mir die Freude. Sagen Sie mir, daß ich Sie errege. Ich bitte Sie darum.

Madame Geneviève ging von Figur zu Figur und polierte die Berühmtheiten auf. Die tägliche Toilette. Mit Puderquaste oder Pinsel neutralisierte sie als Schminkexpertin eine allzu blanke Stirn oder eine zu glänzende Nase. Hier einmal mit dem Kamm durchs Haar, dort eine Krawatte neu geknüpft. Als ich sie an diesem Morgen begrüßte, nahm sie Montand gerade den Kopf ab.

– Sein Haar ist zu stumpf, finden Sie nicht? Eine kleine Kopfwäsche wird ihm gut tun.

Auch Monsieur Gainsbourg – Schmuddellook hin oder her – wurde als etwas zu unordentlich eingestuft. Sein Kopf landete umstandslos neben dem seines Kollegen auf einer Bank. Bevor Madame Geneviève sie zur Wäsche in die Werkstatt brachte, setzte sie ihre Truppeninspektion fort. Sie blieb vor dem Fräulein mit dem Strumpfhalter stehen und runzelte die Brauen. Das weiße Kleid mit dem Sternenmuster war nicht ganz sauber, am unteren Saum sogar regelrecht schmutzig.

– Ohne Sie beleidigen zu wollen, Monsieur Victor, daß man ihre Röcke anhebt, verstehe ich. Aber man könnte zumindest darauf achten, daß man saubere Hände dabei hat!

Sie bat mich, ihr beim Ausziehen des zu reinigenden Kleidungsstücks zu helfen. Das kam unerwartet. Ach je! Der Intimbereich der Puppen ist fast immer enttäuschend. Zierliche Arme, vollendete Beine. Aber der Oberkörper war nur ein grober Entwurf aus Kunstharz, dem auch die lebhafteste Phantasie keinen Reiz abgewinnen konnte.

Madame Geneviève brach in schallendes Gelächter aus.

– Ziehen Sie nicht das Gesicht eines Liebhabers, der entdeckt, daß seine Schöne falsche Brüste hat! Sie kennen die Geheimnisse unserer kleinen Welt schließlich genausogut wie wir.

– Darunter sind einige, die ich leicht vergesse.

– Ah! Sie hätten die Statue von Madame Fried sehen sollen! Deren Geheimnisse waren etwas ganz anderes, sage ich Ihnen. An ihr hätten Sie Ihre Freude gehabt. Der Typ, der sie gestohlen hat, war ein Kenner!

Madame Geneviève entfernte sich, die Köpfe der Sänger in den Armen, das Sternenkleid in der Tasche. Ich fotografierte das Fräulein in seiner trostlosen Nacktheit und setzte meinen Weg fort. Ich wollte dem Bürger Hébert einen Besuch abstatten.

Er saß mit steifem Rücken rechts neben Fouquier in der ersten Reihe des Arrangements mit dem Titel *Der Prozeß gegen Madame Roland*. Von seinem Platz aus beobachtet er aufmerksam und spöttisch die Wortführerin der Girondisten. Er ist Père Duchesne, das Sprachrohr der turbulenten Sektionen, der Mann, der nur die härtesten und, wie es seiner Art entsprach, gemeinsten Worte fand, um den Tod für Madame Roland, die er die «halbseidene Königin» nennt, und ihre Girondistenfreunde zu fordern. Er weiß, daß sie schon verurteilt ist. Héberts Statue stand hier seit einem Jahrhundert und einem Jahr. Ich besuchte diesen Saal seit fast vierzig Jahren, nahezu gleichgültig gegenüber dem Mann, obwohl er im Vordergrund sitzt, wie auf der Zeichnung von Bouillon, die als Vorlage für die Rekonstruktion gedient hat. Erst seit ein paar Wochen ging mir Hébert nicht mehr aus dem Sinn.

Bouillons Zeichnung zeigt in Wirklichkeit den Prozeß gegen Marie-Antoinette. Das Museum hat sie angepaßt.

Ich betrat das Arrangement und betrachtete Jacques-René Hébert. Ein schönes Gesicht mit feinen Zügen, ein ganz leicht angedeutetes Lächeln auf den Lippen. Rotbrauner Gehrock, weiße Kniehose, sorgfältig gewichste Stiefel. Das gerade Gegenteil der ungehobelten Person, als die er sich in seiner Zeitung gibt. Die gepflegte Hand liegt auf einem Bündel von Notizen. Morgen wird man seinen Artikel lesen. Titel: «Großer Zorn» oder «Große Freude», durchzogen von «verdammt nochmal», von Huldigungen an die «heilige Guillotine», von hetzerischen «guten Ratschlägen» für die braven Burschen in den Vororten. Ich verstehe nichts von dieser Revolution. Die Leute, die mich umgaben, waren meine alten Gefährten. Was Puppenhäuser anging, hatte Judith mich verwöhnt. Ich fotografierte Père Duchesne. Mindestens zum hundertstenmal.

Der Raum zwischen Wohnzimmer und Schlafzimmer bei mir zu Hause war ein Büro ohne rechte Funktion. Es fiel mir nicht schwer, es auszuräumen. Ich behielt nur einen breiten Tisch und das Plakat von *Kinder des Olymp*.

Sobald das Gelände frei war, brachte ich die Lamballe dort unter, verteilte an den Wänden ein paar Vergrößerungen der Stadtviertel auf der Grundlage des Plans von Turgot und einiger sorgfältig durchgepauster Stadtansichten. Ich ordnete die Bücher, die alle das gleiche Thema betrafen, zu Stapeln, ebenso die Notizen, die ich mir in der Bibliothek gemacht hatte. Dann stellte ich Fotos von den verschiedenen Akteuren an den richtigen Platz. Es war nichts Unangenehmes daran, wieder einmal verrückt zu werden. Radek schnurrte.

Ich war überzeugt, daß Jacques-René Hébert am Morgen des 3. September beim Tribunal in der Force nicht den Vorsitz geführt hatte.

Die Conciergerie

Ein Niemand, *exit* der alte Zauberer, ausgebrannt. Kein Kaninchen mehr im Hut und kein fünftes As im Ärmel. Vorbei die Illusion. Schweiß klebte auf Adriens Stirn. Es war besser, darüber zu lachen. Also lachte er. Ein dröhnendes, schallendes Lachen, das man wahrscheinlich auch jenseits der Sperrholzwände der Garderobe, der aufgebauten Szenerie und selbst der dikken Mauern der Festung hören konnte. Bis zum vorgesehenen Aufnahmeort, wo man ihn erwartete, drang Adriens Gewürge. Seine Stimme versagte. Der Hustenanfall warf ihn um. Er hustete seit Jahren viel. Außerdem zitterten seine Hände. Vor allem morgens vor den ersten Gläsern, der ersten Schachtel Player's.

Nicht der geringste Einfall. Ein Loch. Das war es. Sie waren alle da und warteten auf ihn, die Schauspieler, die Statisterie, das Heer der Assistenten und Bühnenarbeiter, die gesamte Technik. Das Team. An die hundert bezahlte Leute, kompetent und einige darunter auch begabt. Zur vereinbarten Zeit anwesend in den Gewölben der Conciergerie, wie Adrien es angeordnet hatte. Am siebzehnten Tag der Dreharbeiten. Er wußte ihnen nichts zu sagen. Er saß auf dem trockenen. Die Geschichte, die er erzählen wollte, zerrann ihm zwischen den Fingern, versandete in seinem Kopf. Sämtliche Zwischenergebnisse, die er sich ansah, waren wie ein unmögliches Puzzle oder schlimmer: unbrauchbar. Er schenkte sich nach. Warum sollte man ihn daran hindern? Die Garderobe hätte ein Kommandostand sein können. Pläne, Fotos, der Macintosh-Computer, hingekritzelte Rahmenhandlungen. Rückversicherungsmaterial auf dem Schreibtisch verstreut, mit Klebstreifen an den Wänden befestigt. Sogar an eine Reproduktion des Porträts der Prinzessin hatte er gedacht – wie wenn sie als Schutzengel fungieren könnte. Daneben hing eines meiner Fotos von der Wachsfigur im Museum. Die ganze Höhle stank nach hochwertigem Alkohol und Selbstekel. Ich dachte, er müsse sich übergeben. Adrien richtete sich wieder auf.

– Ein Remake, was? Es läuft, und ich versenke mich selbst. Alles für den Erfolg, und ich verpatze den Job. Das habe ich mein Leben lang gemacht. Sie werden mich feuern.

– Kein Mensch denkt an so etwas.

– Du lebst nicht auf dieser Welt, Victor. Ich kenne die Typen. Sie kalkulieren. Sie verstehen sich aufs Risiko, setzen sehr hoch, aber es sind keine wirklichen Spieler. Sie hören rechtzeitig auf. Ich dagegen mache weiter und setze alles aufs Spiel.

– Du wirst am Aufnahmeort erwartet.

– Was soll ich da? Wer soll spielen, wie lautet der verdammte Text? Wo stelle ich die Kamera hin? Kannst du es mir sagen? Du verstehst mich nicht: Ich stehe vor einem schwarzen Loch. Ich bin unfähig, diesen Film durchzuziehen.

Adrien sank auf die Knie, das Glas in der Hand. Ich packte ihn beim Kragen. Er war wirklich blau, wie so oft. Blutunterlaufene Augen, Speichel auf der Unterlippe. Er trug ein hübsches malvenfarbenes Hemd, ein raffiniert unregelmäßig strukturiertes Jackett mit großen Schweißrändern unter den Achseln. Auch ich hatte Durst und trank einen Schluck. Dann nahm ich den Apparat und fotografierte. Der grelle Blitz war ziemlich grausam. Wo er die Kamera hinstellen sollte? Ich hätte es ihm sagen können. Es war nicht schwer.

Leck beschimpfte mich.

– Ein Porträt des Künstlers als kaputter Alki? Ist es das?

– Würdest du den Kopf bitte etwas mehr neigen? Noch ein Glas?

– Mistkerl!

– Der böse Blick, ja. Sehr gut!

– Hör auf mit dem Scheiß, Victor, flehte er ... Es geht mir wirklich nicht gut.

– Das interessiert mich ja gerade. Da bin ich genau wie du.

Ich machte noch eine Aufnahme von Adrien, wie er da hockte, den Arsch auf den Fersen, den Rücken gekrümmt, die Hände zum Schutz vor das Gesicht gelegt, ein anrüchiger Geschäftsmann, den man zum Polizeiwagen führt.

– Cut! brüllte er wie eine kokette Alte. Du hast gewonnen, ich gehe hin.

Ich half ihm beim Aufstehen. Er war entzückt.

– Cut!

Es war kalt. Die Arbeit lief gut. Sogar perfekt, wenn man dem Ersten Kameramann glaubte. Die lange Kamerafahrt über die «pailleux», die Armen, die in der Conciergerie auf die Hinrichtung warteten, die Abgesandten der Nationalversammlung, die erschüttert versuchten, ein paar von ihnen zu retten, die zurückhaltende Feindseligkeit der Wärter. Unter den gotischen Gewölben hatte sich genau die kollektive Angst eingestellt, die Adrien suchte. Das war im Kasten. Julie war noch an ihrem Platz. Ihr Gesicht hatte einen verschlossenen Ausdruck. Sie schüttelte sich und kam zu mir. Schweiß lief über ihre Schläfen und ruinierte ihr Make-up ...

– Er war betrunken, nicht wahr?

– In bestmöglicher Form.

– Fünf Minuten, und wir wiederholen den Take, verkündete Adrien.

– Er kann sich kaum aufrecht halten.

– Das ist seine Arbeitsmethode.

Julie und ich befanden uns in dem kurzen Flur zwischen der großen Halle, der «Rue de Paris», und der Ecke, in der die letzte Zelle, die «Toilette», für die zum Tode Verurteilten untergebracht war. In der einen waren die Gefangenen der Schreckensherrschaft zusammengepfercht. In der anderen wurden die letzten Formalitäten abgewickelt, bevor es auf Karren von der Cour de Mai zur Guillotine ging. Die Maskenbildnerinnen hatten sich arglos in diesem winzigen Raum eingerichtet, in dem sich, wie es heißt, die Todeskandidaten den Nacken rasieren und den Hemdkragen ausschneiden ließen. Julie nahm mich beim Arm, besann sich aber augenblicklich.

Adrien hatte sich wieder einmal gut aus der Affäre gezogen. Eine Stunde Verspätung bei einem Routine-Take, das war nichts. Man war bereit, ihm weitere Launen oder Notwendigkeiten zuzugestehen. Dafür hätte man gern gewußt, welchen Film Adrien der Erleuchtete eigentlich wollte oder improvisierte. Diese Fragen bedrängten das Team, bereiteten den Produzenten schlaflose Nächte. Ich hätte ihn mir gern angesehen, wie er zusammengesunken abseits auf seiner Bank saß. Ohne Hoffnung auf eine Reaktion. Adrien verstand es fast immer, seine Panik in Arroganz zu verwandeln. Plötzlich erstarrten ein paar Leute mitten in der Bewegung.

Von den zur Seine hin gelegenen Türen drang ein Geräusch herüber, wie die Ankündigung eines Vorspanns. Die Kameras standen noch an ihrem Platz, die Scheinwerfer waren sorgfältig eingestellt und warteten nur darauf, angeschaltet zu werden. Anna Fried tauchte auf.

Anna kam durch den Eingang des ehemaligen Wachlokals. Ein souveräner Auftritt. Sie ließ ihren Pelzmantel auf einen Klappstuhl gleiten, wahrscheinlich den mit Adriens Namen. Der Stuhl kippte um unter dem Gewicht. Man beeilte sich, ihn aufzurichten. In weißer Seidenbluse und langem schwarzen Rock schritt sie an dem Gitter entlang, das das große Wachlokal beherrschte. Eine phantastische Kulisse, eine magische Erscheinung.

Als Anna Julie entdeckte, küßte sie sie im Vorübergehen, eine leichte Berührung. Es konnte als eine natürliche Geste durchgehen, eine zerstreutmondäne Gefühlsäußerung. Julie wußte nicht, was sie tun sollte. Anna ließ sie stehen, setzte ihren Weg fort. Adrien trat völlig verwirrt vor, um sie zu begrüßen. Anna übersah ihn, wandte sich dem Szenenaufbau und all den Leuten zu, die sie fasziniert betrachteten. Ein Requisiteur nahm mechanisch seine Mütze ab.

Anna hatte lange keinen Film mehr gedreht, aber sie verstand sich immer noch auf einen gelungenen Auftritt. Es gab nur einen einzigen Star in der Szenerie.

– Guten Tag alle miteinander, sagte sie. Ich bin nur zu Besuch, als Freundin. Als … Patentante.

Ihre tiefe Stimme hallte unter dem Gewölbe wider.

– Was will sie? knurrte Julie, bereit zuzubeißen.

– Beruhige dich, sagte ich.

– Wenn sie schon hinter mir her ist, hier bin ich.

Ein Nervenbündel. Wozu sie zurückhalten? Mit wenigen Schritten war sie bei Anna, pflanzte sich direkt vor ihr auf. Ein kleines Mädchen.

– Was wollen Sie eigentlich? Sehen, wie es heutzutage bei Dreharbeiten zugeht? Wer welche Rolle spielt? Ich stehe Ihnen gern als Ratgeber zur Verfügung.

Ungeschickter ging es nicht! Anna Fried lächelte liebenswürdig. Es konnte ihr nicht entgangen sein, daß inzwischen ein schwacher Scheinwerferstrahl auf sie gerichtet war.

– Unter anderem, liebes Fräulein, wollte ich sehen, was für ein Bild Sie abgeben. Eine durchaus berechtigte Neugier, oder?

– Und weiter?

Annas Lächeln vertiefte sich.

– Soll ich es Ihnen sagen? Sie sind exakt, wie ich es mir vorgestellt habe. Sehr niedlich. Genau im Rahmen. Im gegenwärtigen Kino dürfte die Konkurrenz unter den vielen Schönheiten Ihrer Art hart sein.

– Ihre Beleidigungen interessieren mich überhaupt nicht, sagte Julie nach einer Pause.

Sie hatte gezögert, die Ohrfeige gerade noch zurückgehalten. Julie entschied sich dafür, Anna ihre Hände mit den Brandnarben unter die Augen zu halten. Das war schon bösartiger.

– Und das hier? Ein Unfall? Ein Anschlag meiner Meinung nach.

– Auf Sie? Gütiger Himmel!

– Außerdem werde ich telefonisch bedroht.

Anna amüsierte sich prächtig. Zu offensichtlich.

– Ist das wahr? Was man inzwischen nicht alles tut, um den Dreharbeiten zu einem Film Publizität zu sichern!

– Jeder weiß, daß Sie diesen Film nicht wollten. Daß Sie mich hassen.

– Meine Liebe, Sie wären eventuell hassenswert, wenn Sie etwas mehr Eigenart und Talent besäßen. Im Augenblick …

Adrien stürzte hinzu. Er konnte Julies absolut lächerliche Reaktion nicht mehr verhindern: Sie versuchte, Anna ins Gesicht zu spucken und traf daneben. Letztere zuckte nicht mit der Wimper, sondern wartete, bis man Julie gebändigt hatte. Sie wehrte sich nicht lange.

– Im Augenblick sind Sie nur eine linkische dumme Gans.

238

– Genug! wagte Adrien einzuwerfen. Das ist kindisch!

Er hatte nichts unter Kontrolle. Das war erheblich auffälliger als sein mißlungener Zusammenbruch während des Takes. Julie machte sich los.

– Sie sind etwas weniger schön als in Ihren Filmen, Madame, sagte sie plötzlich ganz ruhig.

– Sehr alte Erinnerungen, die Sie da heraufbeschwören, kleines Fräulein!

Julie machte sich aus dem Staub. Bestimmt hatte sie eingesehen, daß sie ungeschickt war, daß ihre Gesten nur halbherzig waren. Aber Ohrfeigen oder Spucken gehörte nicht in ihr Register. Töten, das ja. Nichts weniger, und dazu war es ein bißchen zu früh. Adrien wußte nicht, wie er sich verhalten sollte. Er verabscheute solche hysterischen Geschichten, wenn er nicht der Anstifter war. Da war ich durchaus einer Meinung mit ihm.

– Das hat nichts zu bedeuten, sagte Anna beruhigend. Die üblichen Spannungen bei Dreharbeiten ... Trotzdem sollten Sie dieser jungen Person raten, sich einen guten Liebhaber zuzulegen. Das hilft gegen Launen.

Sie selbst sei schließlich mit ganz normalen, friedlichen Absichten gekommen, nicht wahr. Und außerdem habe sie ein kleines Geschenk mitgebracht. Anna machte ein Zeichen. Ein Mann trat vor. Ich erkannte ihn. Es war der Chauffeur, der mich mit der dicken Limousine zum *Mirabeau* gebracht hatte. Er trug einen ziemlich schweren Kasten aus weißem Holz, mit Flaschen bestückt.

– Eine Champagnerpause zwischen zwei Aufnahmen hat einem Film noch nie geschadet. Sie sind doch einverstanden, Monsieur Leck?

Der Aufnahmeleiter machte sich eifrig zu schaffen. Ein braver, wendiger, eher schweigsamer Typ, dessen Namen ich mir nie merken konnte. Er besorgte Gläser, ließ einen Sektkorken knallen und öffnete noch eine zweite Flasche. In diesem Moment traf Stan ein. Dreitagebart und zerlöcherte Jeans. Alles prostete sich zu. Adrien erging sich in Platitüden über Annas Besuch, der für uns alle eine Ehre sei.

– Ich bin glücklich, daß Sie Ihre Meinung über den Film geändert haben, sagte er dann in vertraulichem Ton. Ihre feindselige Haltung hat mir wirklich Kummer bereitet.

– Wer sagt Ihnen, daß ich meine Meinung geändert habe? sagte Anna mit einschmeichelnder Stimme. Feindseligkeit schließt Höflichkeit nicht aus. Und Neugier ebensowenig.

– Und Ihre Drohungen?

– Ich weiß nicht, wovon Sie reden, aber dieser Film wird nicht zustande kommen.

Das Licht des Schweinwerfers fiel voll auf Annas Gesicht. In gewissem Maße hatte sie sich darauf vorbereitet. Ihr Make-up hielt gut. Das Licht schmeichelte ihr. Sie war schön. Dann geschah etwas Seltsames; ich glaube, Anna merkte es zur gleichen Zeit wie ich. Eine Kamera lief. Wo und seit wann? Adrien wollte Champagner nachschenken. Als Anna an der Reihe war, nahm sie ihm die Flasche aus den Händen, setzte sie zum Trinken an den Mund, wischte sich die Lippen ab und stieß ein lautes Lachen aus, das noch an den entferntesten Mauern des Gefängnisses widerhallte. Dann bat sie um ihren Mantel.

– Begleiten Sie mich zum Wagen, flüsterte sie mir zu.

Bis dahin hatte ich den Eindruck gehabt, daß sie mich nicht einmal wahrnahm. Das Skriptgirl, eine nette, eher schüchterne kleine Lady, kam näher. Sie reichte Anna ihr Textbuch für ein Autogramm. Die Fried konnte ein neues Lächeln nicht unterdrücken. Sie setzte ihre Unterschrift auf den Einband, genau unter das breite Etikett, das Titel und Regisseur des

Films nannte. «Euch allen ein Auf Wiedersehen», schrieb sie.

Nichts deutete darauf hin, daß sie überrascht war, als bei ihrem Abgang anhaltend applaudiert wurde. Draußen auf dem Kai regnete es. Ein ekelhafter, durchdringender Regen. Die Limousine wartete zwischen den beiden finsteren Türmen der Conciergerie. Das gelbe Wasser der Seine floß träge dahin.

– Bleiben Sie einen Augenblick bei mir, ich bitte Sie darum.

Eine unerwartete, flehende Bitte. Der Chauffeur öffnete die Tür. Anna hatte kaum Platz genommen, da sank sie in sich zusammen und brach in Schluchzen aus, das Gesicht in den Handflächen verborgen, am ganzen Körper bebend. Kein Vergleich mit den sehr ästhetischen Glycerintränen der Lamballe im Temple. Eine dieser Krisen, bei denen ich nie recht wußte, was zu tun war. Durch eine Zwischenscheibe von uns getrennt, saß der Chauffeur unbewegt an seinem Steuer.

– Warum tut man mir das an? schluchzte Anna. Warum?

Sie zitterte, das ganze zog sich hin. Draußen ging ein diensthabender Polizeibeamter auf dem Bürgersteig auf und ab. Sicherlich hatte man ihn davon in Kenntnis gesetzt, daß in dem Gebäude ein paar eigenartige Leute aus der Gauklerzunft am Werk waren. Ich nahm Annas Hand. Sie klammerte sich so fest daran, daß ihre Fingernägel mir fast weh taten. Die Fensterscheiben des Wagens beschlugen allmählich. Welche Übereinstimmung gab es zwischen der arroganten Diva, der Frau, die fast jede Nacht mit mir sprach, und schließlich dieser völlig aufgelösten Anna? Zwischen der Prinzessin und …

Nach endlosen Minuten richtete sie sich wieder auf, das Gesicht von Tränen ramponiert, das Make-up zerlaufen.

– Ich habe seit beinahe zwanzig Jahren nicht mehr vor einem Mann geweint.

Das war ihr Problem.

Sie holte tief Luft und tat ein paar einfache Dinge: sich abwischen, sich schneuzen, die Minibar öffnen, Gläser und Schnaps herausholen. Ob ich Zigaretten hätte? Das würde ihr gut tun. Eine Gauloise? Das sei im Grunde ihre Lieblingssorte.

Wir stießen miteinander an.

– Ich habe nicht damit gerechnet, Sie zu treffen, sagte Anna. Aber das Risiko mußte ich eingehen. Ich wollte diese Frau sehen. Schlafen Sie mit ihr?

– Nein.

– Tatsächlich nicht? Sie ist dermaßen mittelmäßig. Ich verstehe Adrien Lecks Entscheidung nicht. Was halten Sie wirklich von ihm?

– Einer der besten. Selbst wenn er schlecht ist.

– Kurz gesagt, die Sorte ausgewachsenes Ekel, sagte sie mit gezwungenem Lachen.

Das sehr reine Profil Annas zeichnete sich im Gegenlicht der fast undurchsichtig gewordenen Fensterscheibe ab. Wie ein Bild aus dem Film von Goras: Hinter einem Fenster des Tuilerienschlosses beobachtet die Lamballe die Entwicklung des Aufruhrs.

– Neulich Nacht, sagte ich, haben Sie mir nicht geantwortet. Die Drohungen gegen Julie?

– Ja und?

– Stecken Sie dahinter?

– Was ist so wichtig an diesem Mädchen?

Wieder spürte ich ihre Hand auf meiner. Ihren schlängelnden Körper. Sie sagte:

– Tun Sie, was Sie wollen, aber verraten Sie mich nicht.

Ich streichelte sie, notgedrungen.

Stan lag im Wohnzimmersessel. Herabhängende Unterlippe, ein Backenknochen bläulich verfärbt. Zwischen Daumen und Zeigefinger hielt er stumpfsinnig einen noch leicht blutigen Eckzahn. Er hatte sich nicht wirklich fertigmachen lassen, aber doch ordentlich einstecken müssen. Unter welchen Umständen? Nicht die geringste Erinnerung mehr. Es war passiert, als er aus dem *Gibus* kam. Da, nimm das, du schwule Sau, und fertig. Außerdem hatte man ihm seine Papiere und seine Kohle abgenommen. Er war sehr stolz, daß er anschließend seinen ausgeschlagenen Zahn auf dem Boden wiedergefunden hatte.

– Schon blöd, wenn man mit diesem Ding nicht umgehen kann, sagte er, eine Spur angeberisch und ohne wirklich überzeugen zu wollen.

Der Stockdegen lag auf dem runden Tischchen. Radek schnupperte daran. Stan erholte sich friedlich. Nichts Ernsthaftes. Nächtliche Prügeleien war er gewohnt. An solchen Abenden kam immer irgendwann der Zeitpunkt, an dem bestimmte Typen Lust hatten, auf ihn einzuschlagen, hatte er mir gesagt. Das sei nur zu verständlich. Er regte sich darüber nicht auf. Ich spielte ein bißchen mit dem Stock, während er seine aufgeplatzte, geschwollene Lippe mit einem Kleenex-Tuch abtupfte.

– Ich erinnere mich an nichts, außer an das eine: nicht die Klinge ziehen, keine Toten.

Die Typen hatten Glück gehabt. Mit dem Degen in der Hand konnte Stan vermutlich gefährlich werden. Er hatte sich ohne Gegenwehr verdreschen lassen. Als er anschließend allmählich wieder zu sich kam, hatte er gemerkt, daß zwischen dem *Gibus* in der Rue du Faubourg-du-Temple und dem Quai de Jemmapes, wo ich wohne, keine allzu große Entfernung liegt. Mein Pech. Ich reichte ihm noch ein Taschentuch und legte die Rita Mitsouko auf. *C'est comme ça.* Eine Musikrichtung, die ihm vielleicht gefiel. Ich selbst hatte auch nicht wenig getrunken, weil ich hoffte, nachdenken zu können.

Seine Schultern sackten herab, bei Betrunkenen ein typisches Anzeichen, daß sie zu einer großen Erklärung ansetzen wollen.

– Du hast Anna Fried gesehen, sagte er. Sie hängt an dir. Warum? Weißt du es nicht? Man darf sie nicht kaputtmachen. Die Männer haben sie alle kaputtgemacht.

Stan unterstrich noch einmal, daß mein Treffen mit seiner Mutter eine schwerwiegende Begegnung gewesen sei. Seine Lippe schwoll weiter an. Ich öffnete das Fenster zum Kanal und ging dann die Katze füttern. Bei der Gelegenheit entkorkte ich schnell noch eine letzte Flasche. Als ich ins Wohnzimmer zurückkehrte, führte Stan Selbstgespräche.

– Diesen Leck muß man überwachen. Er säuft zuviel, sein Film ist eine Katastrophe. Eine Katastrophe für alle.

Er verschluckte die Worte, murmelte völlig niedergeschlagen mit halb geschlossenen Augen vor sich hin. Die Abreibung war unwichtig. Stan war nur gekommen, um mir dies zu sagen: Adrien sollte aufhören, bevor er das Schlimmste anrichtete. Um jeden Preis aufhören. Er tat so, als schliefe er ein, als sei er nicht einmal in der Lage, ein paar unerläßliche Sätze zu formulieren. Totaler Bluff.

– Das wird sein bester Film, sagte ich.

– Quatsch, sagte Stan nach einer Weile. Ich kenne mich aus mit Pleiten.

Ich erhob mich, ging in mein Büro und kam mit dem Wachskopf zurück.

– Den hast du mir geschenkt. Warum?

– Gefällt er dir? Ich bin ganz sicher, daß er dir gefällt. Das ist das wichtigste. Ein so schöner Kopf.

Er nahm ihn mir aus den Händen, küßte ihn auf die Stirn und gab ihn mir wieder.

– Paß gut auf ihn auf.

– Und der andere, der jetzt im Museum ist, wo hattest du den her?

Er wackelte übertrieben mit dem Kopf.

– Deine Hypothese bezüglich der Spur: Chaussée d'Antin, Passage du Commerce ... was kam noch danach? Ich weiß es nicht mehr. Ich habe darüber nachgedacht. Es ist eine gute Idee. Ich habe sie mir voll und ganz zu eigen gemacht. Das ist es.

– Den Kopf von Curtius, wiederholte ich. Wo hast du den gefunden?

– Keine Beschuldigungen ohne Beweise! empörte er sich. Ich habe nichts zu gestehen. Ich schließe mich deinen Hypothesen an, sonst nichts.

Ich packte ihn. Ein Waschlappen. Er wartete einfältig auf eine Ohrfeige oder etwas in der Art. Dann verlangte er eine Zigarette. Vorzugsweise heller Virginiatabak. Radek liebte Zwirnstoffe. Er machte es sich auf Stans Knien gemütlich, der ihn aufmerksam und keineswegs mechanisch streichelte. Ich fand eine Schachtel Camel. Es läutete. Um diese Zeit?

Villon stand vor der Tür. Das war mehr als unerwartet. Er fragte, ob er eintreten dürfe. Er hatte das hundertfünfzigste Zimmer hinter sich gebracht und legte Wert darauf, mir das mitzuteilen. Außerdem war ihm plötzlich die Eingebung gekommen, ich könnte Hilfe gebrauchen. Seine Hilfe. Stan rülpste laut. Villon betrachtete ihn mehrere Sekunden lang, ungläubig und verblüfft über die Stapel, die sich ringsherum türmten. Er war seit mehreren Jahren nicht mehr bei mir gewesen. Er schenkte sich etwas ein und zuckte die Achseln.

– Vorher war es die Bude eines großen Jungen. Inzwischen könnte man meinen, es artet ins Krankhafte aus.

– Um mir das zu sagen, bist du ...

Villon betrachtete immer noch den zusammengesunkenen Stan.

– Ich habe das hundertfünfzigste Zimmer geschafft, und das Gerät fängt allmählich an, mich anzuöden. Ich werde vielleicht demnächst wieder Dienst tun, die Rolle des heruntergekommenen Bullen. Mein Antrag auf Wiedereinsetzung bei der Polizei ist im großen und ganzen positiv beschieden worden.

Es wäre gewiß ungerecht gewesen, mich um drei Uhr morgens nicht von dieser niederschmetternden Neuigkeit zu unterrichten.

Stans Kopf war herabgesunken, sein Kinn lag auf der Brust. Er schnarchte. Der Anrufbeantworter machte sich bemerkbar. Ich stellte den Ton ein. Es war Mona. Eine kurze Nachricht, mit keuchender Stimme abgespult.

– Das geht überhaupt nicht an. Die Alte hat recht. Der Film darf nicht zustande kommen. Wir haben alle zu viele Dummheiten gemacht.

Ich wollte ans Telefon gehen. Zu spät. Mona hatte schon aufgelegt. Welche Dummheiten? Und was wollten die Leute hier bei mir?

– Ich hatte Sie ein wenig aus den Augen verloren, sagte Villon unerschütterlich. Das tut mir leid. Wir mögen uns zwar nicht sehr, aber wir sind Freunde. Sie scheinen verflucht in der Scheiße zu sitzen. Erzählen Sie es mir?

Er sah unbestreitbar aus, als ob es ihm besser ginge.

Die Vorstellung, Villon könnte wieder bei der Polizei eingesetzt werden, war genau genommen erschreckend. Nicht weil er ein Versager gewesen wäre, das war nicht das Problem. Er zog unweigerlich das Pech an und machte jeden Fehler, den man machen konnte. Eine solche Zwangsläufigkeit läßt sich nicht auf der Couch eines Psychoanalytikers beheben. Dieser Typ war der geborene *loser*.

Aber helfen konnte er mir. Es gab diesen Klotz, der da herumhing, Stan. Ob Villon mich freundlicherweise von ihm befreien könne? Die erstbeste Bank würde es tun. Es standen noch genug im Square Frédérick-Lemaître. Ich war zu müde.

246

Am 2. November – das hat mit der ganzen Geschichte nichts zu tun – trank ich auf das Wohl von Max Linder, der sich das Leben genommen hat.

Ich spürte noch ihre Haut unter meinen Fingern. Anna ließ nichts mehr von sich hören. Nachdem ich sämtliche Spezialbuchhandlungen in Paris abgeklappert hatte, türmte sich bei mir eine einschlägige Sammlung von Zeitschriften, Plakaten und Postkarten zum Thema Anna Fried. Ich konnte mich sogar überzeugen, daß Judith sie als eine bedeutende, eine sehr bedeutende Schauspielerin angesehen hatte.

Nacht, Außenaufnahmen. Rue François-Miron. Kälte, Ungeduld beim gesamten Team, das seit langem an Ort und Stelle war. Alles war bereit. Wir warteten. Fehlte nur der wichtigste Beteiligte, Hébert. Zwei Stunden Verspätung am Drehort. Das gehörte eigentlich nicht zu den Gewohnheiten des René Jacques, der ein liebenswürdiger, gewissenhafter Schauspieler war. Adrien war verärgert, das Skriptgirl eher beunruhigt. Die Techniker standen in Gruppen um den Wohnwagen, der als Kantine diente. Man konnte ihren dampfenden Atem sehen. Adrien hatte mich gebeten, ein paar Szenenfotos zu machen. Ich hatte meine Apparate umgehängt. Aber welche Bilder sollte ich an diesem Abend schießen? Ich erwog, mich aus dem Staub zu machen.
Alle waren zu Eis gefroren und auf hundert.
– Er hätte uns Bescheid geben können, verdammt!
Kurz darauf gab René Jacques schließlich Bescheid. Oder genauer: er ließ Bescheid geben. Das Skriptgirl nahm das Gespräch im Dienstwagen entgegen. Erschütterung oder Kälte: Als sie die Neuigkeit überbrachte, zitterte sie. Der Schauspieler lag in der Notaufnahme des Krankenhauses Pitié. Beide Beine gebrochen. Ein Unfall.

– Bei Rot durchgefahren, erklärte sie. Er fürchtete, zu spät zu kommen. Ein Wagen hat sein Motorrad voll erwischt. Er läßt ausrichten, daß die Schuld nur bei ihm lag und daß es ihm leid tut. Er umarmt uns alle und vor allem dich, Adrien.

Sie ergänzte noch, daß die Sache ganz in der Nähe, am Boulevard Beaumarchais, passiert war und daß er jetzt wohl schon unterm Messer lag. Eine nicht ganz einfache Operation, wie ihr der Krankenpfleger am Telefon gesagt hatte. Adrien zeigte Wirkung. Jeder mochte René Jacques. Jeder wußte Bescheid. Seine Freude darüber, diese Rolle bekommen zu haben. Seine Bewunderung für Adrien. Die bereits eingespielten Aufnahmen mit ihm waren phantastisch. Viele Aufnahmen. Von nun an unbrauchbar.

– So ein Idiot!

Adrien entzog sich dem Blickfeld. Auf der Straße gab es genügend dunkle Ecken, wo er für sich allein versuchen konnte nachzudenken. Einige Techniker kehrten an die dampfenden Kaffeekannen in der Nähe des Hôtel de Beauvais zurück. Dieser von der übrigen Stadt abgetrennte Straßenabschnitt lieferte auf bestürzende Weise das Bild eines Schiffbruchs. Niemand wagte, die unvermeidliche Demontage des Materials in Angriff zu nehmen. Ein Polizist, der Wache stand, erkundigte sich freundlich, was es Neues gab. Ein Problem? Irgend etwas Ungewöhnliches? Man bot ihm einen Grog an. Ringsum wurde leise daran erinnert, welches Pech die Dreharbeiten von Anfang an begleitet hatte. Lecks Ende wurde beschworen, diesmal habe er sich übernommen. Ich hörte sogar das Wort «Strafe».

Jeder kannte das schlimme Gerücht, das seit einigen Tagen kursierte. Mehr und mehr aufgeschreckt durch die akrobatischen Bedingungen der Dreharbeiten, so wurde gemunkelt, suchten einige Financiers der Produktion nach einem Regisseur, der

Adrien auf der Stelle ersetzte und rettete, was zu retten war.

Adrien kam zurück. Eine lange Silhouette im gelben Lichtschein der Straßenlaterne. Was sollte in dieser Nacht gefilmt werden? Hébert auf seinem Heimweg am 2. September, vorbei an der Force, die ganz nahe lag. Ein einsamer Marsch mit Stimme aus dem Off, ein paar Meter von den Morden entfernt.

Die Stimme gehört Françoise, der zärtlichen Gattin, der ehemaligen Nonne: «Seine Hände sind so rein geblieben wie seine Seele ...»

– Wir machen es, sagte Adrien zu mir. Du wirst Hébert spielen, Punktum.

– Wie bitte?

– Widersprich nicht, ich bitte dich. Für heute nacht ist das die einzig mögliche Lösung. Und außerdem ist sie angemessen. Du kannst nicht ablehnen.

Er ließ mir keine Zeit für einen Gegenschlag. Überraschend ruhig und überzeugend ging Adrien von einem zum anderen. Beauftragte das Skriptgirl und den Regieassistenten, dafür zu sorgen, daß René Jacques Blumen geschickt würden. Er wollte ihn selbstverständlich im Krankenhaus besuchen, sobald es möglich war. Er unterhielt sich leise mit den Bühnenarbeitern, die für die Fahraufnahmen verantwortlich waren, und anschließend mit seinem Ersten Kameramann. Alle hörten ihm aufmerksam zu und bedachten mich zwischendurch mit einem Seitenblick. Zurückhaltend oder wohlwollend, ich wußte es nicht. Schließlich kam Adrien wieder zu mir und schlug mir einen kleinen Spaziergang vor.

– Ich weiß nicht, wie wir uns morgen aus der Affäre ziehen, aber jetzt wird gedreht. Du wirst uns aus der Patsche helfen, das ist alles, worum ich dich bitte.

– Ich habe keine Ähnlichkeit mit René Jacques!

– Der seinerseits Hébert nicht ähnlicher sieht als du, unterbrach mich Adrien. Die Haltung könnte hinkommen. Du wirst den Rücken etwas strecken müssen. Wir werden dich im Halbprofil von hinten aufnehmen und mit dem Licht spielen.

– Und morgen?

– Dieser Film entsteht von einem Tag auf den anderen. irgendwann wird man das schon verstehen. Mach dich fertig.

Das bedeutete praktisch keine Schwierigkeit. Eine gepuderte Perücke war anzulegen, ein Gehrock. Meine Jeans störten niemanden. Ebensowenig wie die elektrische Straßenlaterne und vereinzelte Firmenschilder.

– Keine Rekonstruktion diesmal. Wir nehmen das Viertel so, wie es geworden ist.

Hébert kehrt von einer Sitzung der Kommune nach Hause zurück. Er weiß, daß seit dem frühen Nachmittag die Massaker im Gange sind, die *L'Ami du peuple* und *Le Père Duchesne* herbeigesehnt haben. Weniger als andere Publizisten. Fréron zum Beispiel. Weniger als Louvet in *La Sentinelle*, weniger als Carra in seinen *Annales patriotiques et littéraires*, weniger als Gorsas in seinem *Courrier des quatre-vingt-trois départements*. Aber es gibt kein Zurück, das Morden hat begonnen.

– Du lieber Gott, sagte Adrien. Ich bitte dich lediglich, nachts durch Paris zu gehen. Das wirst du doch schaffen.

Ich wurde geschminkt wie für eine Großaufnahme. Geschwärzte Augenlider, wohl um das Tragische der Persönlichkeit zu unterstreichen. Hébert war nicht reich. Der Gehrock war abgenutzt, weil er seit langem getragen wurde. Aber sehr sorgfältig gepflegt. Grau mit weißen Streifen. Er stand mir.

Man hatte mich in die Falle gelockt.

– Kamera ab!

Mit verblüffender Logik in die Falle gelockt. Das ließ mich frösteln.

– Action!

Ich setzte mich in Bewegung, ging an den Häusern entlang. Ein gut Teil der geraden Hausnummern in der Rue François-Miron grenzte an die Rue Antoine aus Héberts Zeiten. Das alte Viertel Saint-Paul. Links das Hospiz Petit Saint-Antoine. Abgerissen für den Durchbruch der Rue de Rivoli. Jenseits davon nach links hinüber: das Gefängnis.

Gehen, ganz einfach gehen. Das Blutbad nebenan. Niemand hat es angeordnet. Seit dem 10. August ist es unvermeidlich. Aber heute morgen ist Verdun gefallen. Das Gerücht, von Danton in die Welt gesetzt, kursiert und will sagen, der Feind steht vor der Tür. An jeder Straßenecke melden sich Freiwillige für die Armee. Am Pont-Neuf, am Carrefour de Buci, wo vor kurzem die Morde begonnen haben. Das Vaterland ist in Gefahr, Kühnheit gefragt!

Das Morden muß sein. Ohne Weisung, ohne Verordnung. Die Föderierten und die angemusterten Soldaten wollen den inneren Feind nicht in der Stadt lassen: die Ritter des Dolchs, die Schweizergarden, die eidverweigernden Priester, die Verschwörer, die Vertreter aller verbündeten umstürzlerischen Gruppen. Ein paar hundert Bürger können sich um diese Aufgabe kümmern. Nicht der Abschaum des Volkes, sondern das Volk. Einige Geschäftsleute, Handwerker, Nationalgardisten, Föderierte, Kommunarden. Alles Männer, die bereit sind, die Pike gegen das Gesindel zu schwingen. Denn es geht in erster Linie um Gesindel, um Konterrevolution.

Keine Live-Tonaufnahme. Adrien erteilte seine Anweisungen.

– Geh nicht so schnell, etwas gebeugter vielleicht.

Hébert hielt sich gerade.

– In der Nacht vom 2. auf den 3. September, soufflierte Adrien, ist er vielleicht ganz dicht an den Mauern entlanggeschlichen.

Das war nicht vorgesehen. Der Schuft Adrien wies die Kamera an, mich zu überholen und fast von vorn aufzunehmen. Gut, es war dunkel, aber immerhin: Ich war auf frischer Tat ertappt.

– Mach weiter!

Es ist ganz in der Nähe, Jacques-René kann den Lärm, die erstickten Schreie einfach nicht überhören. Er nimmt zwangsläufig die Erregung wahr, das Kommen und Gehen der Abgesandten der einzelnen Sektionen, die vorbeieilenden kleinen Gruppen, die gesamte Hochspannung in diesem Viertel. Er geht an seinem Haus vorbei bis zur Rue des Ballets. Nicht weil er der Stellvertreter des Staatsanwalts ist. Nicht um beim Tribunal den Vorsitz auszuüben, sondern weil er Père Duchesne ist und weil er neugierig ist.

– Cut!

Was! Schon?

Ich war gerade erst vor dem Hôtel Hénault de Cantorbe, in Sichtweite der Rue de Rivoli.

– Wir machen das Ganze noch mal, sagte Adrien. Du warst sehr gut, aber …

– Warte, sagte ich. Einverstanden mit einer neuen Aufnahme. Aber irgend etwas stimmt nicht.

– Was denn nun wieder?

Im Drehbuch stieß Jacques-René nicht bis zum Gefängnis vor. Meinetwegen. Es war unwahrscheinlich, aber man konnte es gelten lassen. Er kehrte nach Hause zurück, gleichgültig gegenüber den Ereignissen in der Umgebung. Ein Scheiß-Skript.

– Wo war sein Zuhause? fragte ich. Welches Gebäude? Alle Häuser hier, wo wir uns befinden, standen schon im Jahre 1792. Natürlich sind sie renoviert, aufpoliert und innen erneuert worden. Aber auf jeden Fall ist eines darunter, in dem unser Freund gewohnt hat. Welches ist es?

– Weißt du es, du Schlaumeier?

– Das ist etwas, worüber ich Nachforschungen anstellen werde.

Für dieses Mal hatte ich es wirklich vor.

Ich nahm meinen Platz wieder ein. Es war nicht die erste Nacht, in der ich die Rue François-Miron und viele andere Straßen auf und ab ging, empfänglich für Schwingungen aus der Vergangenheit. Mochte Adrien «Cut!» brüllen, soviel er wollte, ich war noch nicht fertig damit.

Gegen Ende derselben Nacht erhielt Julie eine weitere telefonische Drohung. Die Operation bei René Jacques dauerte länger als vorgesehen. Die Brüche waren offenbar ziemlich kompliziert. Der arme Kerl würde erst in sechs oder sieben Monaten wieder laufen können. Ich nahm mir fest vor, ihn als echter Kumpel so oft wie möglich im Krankenhaus zu besuchen. Dabei wußte ich, daß mir das bestimmt nicht gelingen würde. Ich ging am Quai de Jemmapes vorbei, um Radek Futter zu geben und ein bißchen mit ihm zu plaudern. Er schnupperte argwöhnisch an den Spuren der Schminke auf meinem Gesicht. Kurz zuvor hatte ich am Tresen des *Capitale* meinen Kaffee nebst trockenem Weißen getrunken und von seiten der Stammgäste eigenartige Blicke geerntet. Ich ging Toilette machen. Der Kater leistete mir Gesellschaft.

Ich konnte die Rolle des Hébert ganz sicher nicht spielen. Ich mußte mich vor allem um meine Aufgabe im Musée Grévin kümmern – und einsehen, daß sie eine unerwartete Wendung nahm.

Die Arbeit in der Werkstatt war beendet, die Wachsfigur aus der Form genommen und zusammengesetzt. Ein neues Abbild von Julie, ohne den Kopf. Weder sinnlich noch überzeugend. Das würde sich erst nach dem Abschleifen einstellen. Um mir eine Freude zu machen, setzte Jérôme den Bardot-Kopf darauf.

– Der Körper eines zukünftigen Stars mit dem Gesicht eines ehemaligen, sagte er in ernüchtertem Ton. Komische Ideen haben wir hier manchmal.

Die Collage hatte durchaus eine gewisse Haltung, wirkte nicht einmal sehr ungehörig. Das Gesicht war bereits geschminkt. Dicke Wimperntusche und provozierender Schmollmund, aus den Zeiten von *Le Repos du Guerrier* oder *La Parisienne*. Es war verrückt, die Bardot in einem Historienschinken auftreten zu lassen. Nach meiner Kenntnis hat sie nur in einem einzigen mitgespielt. Eine kleine Rolle in *Helena von Troja* von Robert Wise, im Jahre 1954. Eine aufgeweckte Sklavin, Andraste. Jérôme war zufrieden mit seiner Arbeit und enttäuscht, wenn er an ihren Endzweck dachte. Julie hatte etwas besseres verdient, als ihren Körper fremden Köpfen zu leihen. Er war beunruhigt.

– Es heißt, die Dreharbeiten laufen schlecht.

– Ein paar Probleme, wie überall.

– Hat es Anna Fried tatsächlich dermaßen auf Julie abgesehen?

– Nichts Ernsthaftes. Eifersüchteleien unter Schauspielerinnen. Liebst du sie so sehr?

– Ich könnte sterben für sie.

Neben anderen unschuldigen Dingen konnte Jérôme auch so etwas sagen: «Ich könnte sterben für sie.» Er wirkte nicht lächerlich.

Aber er war für Julie von keinerlei Nutzen. Weder Produzent noch Regisseur, nicht einmal Journalist. Schlimmer noch, er war der Urheber, der aktive Zeuge ihrer Erniedrigung gewesen.

– Einmal hat sie gesagt, sie prostituiere sich hier.

Ich machte ein paar Fotos vom konkretesten Ergebnis dieser unglückseligen Episode. Und auch von der völlig entstellten Wachsfigur, die in einer Ecke der Werkstatt lag.

Als ich auf dem Weg zum Ausgang des Museums durch die Affengrotte ging, stieß ich auf Adrien. Er war sicher gewesen, mich hier zu finden. Er war grau im Gesicht und unrasiert. Seit den Dreharbeiten in der Nacht hatte er sich keine Ruhe gegönnt, sondern war offenbar ziemlich geschäftig gewesen.

– Mein Entschluß steht fest, sagte er fast keuchend. Ich habe den Drehplan überarbeitet. Man muß sich arrangieren können. Du spielst morgen. Die Szene im Sitzungssaal. Du bist Hébert.

Der Zerrspiegel hinter ihm zeigte ihn grotesk aufgeblasen und dann zusammengeschrumpft wie ein altes Kaugummi.

– Kommt nicht in Frage.

Adrien packte mich brutal am Kragen.

– Es ist das einzige, was in Frage kommt, weil dieser Film fertig werden muß. René Jacques ist für Monate ans Krankenbett gefesselt.

– In Paris wimmelt es von exzellenten Schauspielern.

– Idiot! Ich habe heute nacht begriffen, daß du genau der Hébert bist, den ich haben will!

Adrien schüttelte mich immer noch. Er ließ mich erst los, als ich soweit war, ihm mein Knie in die Eier zu rammen. Wir gingen hinaus.

– Wir werden uns nicht anschreien, sagte er. Wir doch nicht.

Zunächst einmal sei es ein Freundschaftsdienst, um den er mich bitte und den ich ihm nicht abschlagen könne. Das war sein stärkstes und zugleich sein einziges Argument. Anschließend kam er mir mit Vorahnungen, mit Dingen, die er begriffen habe, als ich in der Nacht eingesprungen war. Die Straßen, Paris, alles, was sich da ganz in der Nähe der vertrautesten Stellen zusammenbraue.

– Du verstehst das instinktiv, das ist deine ureigenste Angelegenheit. Wie Hébert, wie Père Duchesne. Du merkst es nicht einmal: Du steckst schon seit Wochen in der Rolle, schnüffelst wie ein Spürhund deinem Vorläufer hinterher. Das kann uns nur nutzen.

– Ich bin kein Schauspieler.

– Das verlange ich ja auch nicht von dir!

Er redete beschwörend von Père Duchesne, dem intimen Kenner seiner Stadt, dessen Riecher für den herrschenden Wind um so weniger trog, als er von starkem Knaster geräuchert war.

Wir waren in der Passage Jouffroy. Im Schaufenster des Kino-Spezialgeschäfts stand jetzt inmitten anderer Reliquien ein Foto von Anna Fried. Adrien gestikulierte wild, wedelte sogar mit einem Vertragsangebot vor meiner Nase herum.

– Ich kann ja einfach zum Spaß annehmen, sagte ich. Aber du machst eine Dummheit.

Er blieb abrupt stehen.

– Ich habe nachgedacht, stell dir vor. Es gibt noch einen Grund, der mich überzeugt hat, daß du Hébert spielen mußt. Soll ich dir sagen, welchen? Dein Kater heißt Radek. Das ist der letzte Beweis dafür, daß du einen Sinn für verkommene Revolutionäre hast!

Adriens demagogische Fähigkeiten waren wirklich bewundernswert.

Julie hielt sich an die Regeln. Sie kündigte sich telefonisch an und fragte, ob sie heraufkommen dürfe. Ich sagte ziemlich feige: Ja, in einer Stunde. Zeit genug, ein bißchen Ordnung zu machen, ein paar Türen zu schließen. Immer häufiger stiegen Leute unerwartet bei mir ab. Immer seltener besuchten mich normale Menschen. Meine Arbeit als Studiofotograf wurde immer unregelmäßiger. Die privaten Abschweifungen verdarben den beruflichen Bereich, meine Klientel ging zurück. Den Schauspieler zu mimen hatte mir gerade noch gefehlt.

Ich ließ Julie eintreten.

Sie entdeckte sofort – ich hatte nichts getan, es zu verhindern – den Kopf der Prinzessin von Lamballe.

– Ich war überzeugt, daß du es warst.

– Ich bin nicht derjenige, der ihn gestohlen hat.

– Das habe ich nicht gemeint. Ich war sicher, daß er bei dir ist, das ist alles.

Julie ließ sich ohne weiteres nieder. Sie entschied sich für den Eisenstuhl, den ich vor ein paar Jahren im Jardin du Luxembourg «aufgelesen» hatte. Sie sagte:

– All dieser Plunder! Eine gräßliche Wohnung, erdrückend. Ich könnte niemals hier leben.

Wer verlangte es von ihr? Sie sagte weiter:

– Es tut mir aufrichtig leid, dich zu stören. Ich störe dich doch, nicht wahr? Ich habe genug von diesen Telefonanrufen bei mir zu Hause, von dem Gefühl, ständig verfolgt und belauert zu werden. Ich hatte Lust, mich ein bißchen zu unterhalten.

– Mit mir?

– Wir können uns beide nicht gerade gut leiden. Das ist vielleicht meine Schuld. Du wirst von allen ins Vertrauen gezogen: Leck, die Fried, Stan, Joachim. Wie kommt das? Und warum passiert mir das nicht? Ganz zu schweigen davon, daß wir künftig im selben Boot sitzen. Wir könnten uns vielleicht aussprechen. Wenigstens ein bißchen. Ein Versuch.

– Ich fürchte, ich bin kein idealer Gesprächspartner.

– Schon möglich, aber ich habe keine große Auswahl. Ich kann ebensogut sofort wieder gehen.

Julie trug einen weiten malvenfarbenen Wollpulli, eine Samthose und mexikanische Stiefel. Sie war kaum geschminkt. Ganz das Gegenteil ihrer üblichen Eleganz. Sie lieferte keine Vorstellung ab. Ich war überzeugt, daß sie die Wahrheit sagte, daß sie tatsächlich nicht mehr konnte. Durch die Dreharbeiten mit den Nerven am Ende, von diffusen Drohungen gequält, war sie allein. Ohne Freunde, ohne Unterstützung. Charakterstärke und ein unbeugsamer Karrierewille, das war es, was sie zusammenhielt. Ich bot ihr etwas zu trinken an.

– So sehr beunruhigt dich das alles?

Sie dachte nach.

– Wahrscheinlich riskiere ich nichts. Nur solche Unfälle wie diesen (sie zeigte mir ihre Hände). Man hat ins Schwarze getroffen. Ich kann es nicht ertragen, verunstaltet zu sein.

– Wie Mona?

– Du hast alles verstanden, sagte sie mit hämischem Lachen. Wir sind mit dem gleichen Aussehen geboren, aber jede ist der böse Spiegel der anderen geworden. Wenn Gleichartiges verschieden wird, nistet sich Haß ein, das ist bekannt. Ich bin nach wie vor überzeugt, daß du gemauschelt hast, um ihr diese Rolle zuzuschanzen.

– Warum sollte ich?

– Ich weiß es nicht. Du sagst nicht viel, du tust wenig. Trotzdem spielt sich alles ab, als ob du der große, unentbehrliche Partner wärst.

– Ich kenne Adrien und Joachim seit mehr als zwanzig Jahren, das ist alles.

– Nicht die Fried, nicht Stan. Spiel mir nicht den Naiven vor. Oder ich verfalle auch wieder in eine Pose, und wir verlieren nur unsere Zeit.

Es war merkwürdigerweise eine angenehme Unterhaltung. Gewiß, ich hatte keine schnellen Antworten auf Julies Fragen parat. Aber ich konnte ihr anbieten, eine kleine Mahlzeit zu improvisieren. Es war die passende Zeit dafür, und ich hatte auf dem Fensterbrett einen Korb Austern stehen, der nur darauf wartete, entsprechend gewürdigt zu werden. Julie war einverstanden.

Ich wußte keine Antworten, weil ich genauso überfordert war wie sie, wenn auch erheblich weniger ängstlich. Die alten freundschaftlichen Bande konnten die mehr oder weniger verwickelten Ereignisse, die seit dem 3. September die Lage kennzeichneten, nicht erklären. Ich habe ziemlich wenig Sinn für Verwicklungen.

– Ich neige, ehrlich gesagt, eher dazu, die Dinge normal zu finden, die sich um uns herum abspielen.

– Selbst wenn es um den Kopf der Prinzessin von Lamballe geht, angeliefert in einer Prisunic-Tüte?

– Pah! Bei mir hat sie es doch gut! Früher oder später wird sie ihren richtigen Rahmen wiederfinden. Offensichtlich stecken kleine Geheimnisse hinter all dem, aber sie erfordern keinen großen Forschungsaufwand.

– Und wenn man meine Nachbildung im Museum zerstört?

– Zunächst einmal bist du selbst springlebendig. Und die alte Kiste mit dem Verbrechen im Wachsfigurenkabinett interessiert doch niemanden mehr.

Julie saß an dem Bistro-Tisch unter dem Schild des *Tour d'argent* an der Bastille. Das im Juni 1985 abgerissen wurde, wegen der neuen Oper. Sie machte sich mit großem Appetit über ihre Austern her und amüsierte sich über die Naschhaftigkeit Radeks, der ihren Teller umschlich. Der schwarze Kater mochte am liebsten warme Marennes-Austern, aber er verstand es, sich nicht allzu fanatisch zu geben. Roh sagten sie ihm ebenfalls zu, vorausgesetzt, das Fleisch schwamm nicht in Zitrone oder, schlimmer noch, in Schalottenessig. Doch an solche Geschmacksentgleisungen dachte hier niemand.

– Und Hébert?

– Was ist mit Hébert?

– Ich meine verstanden zu haben, daß deinetwegen die große gemeinsame Szene in der Force entfällt. In der ursprünglichen Fassung warst du beim Tribunal. Das Drehbuch ist geändert worden. Der arme Joachim war ganz verstört deswegen.

Chablis! Ich wußte vielleicht einen Weg, Julies Fragen zu beantworten. Verstehe einer, warum. Ich machte mich ans Erläutern.

– Deine Ermordung ist zum Sinnbild für den blutigen Monat September geworden. Es wäre logisch, daß ich darin verstrickt bin. Père Duchesne war schließlich der große Demagoge, der Mann, der zu den Morden aufgerufen hat, nicht wahr?

– Stimmt das nicht?

– Vom 10. August bis zum 2. September findet sich nicht die Spur eines Mordaufrufs in meiner Zeitung. Du kannst dich gern überzeugen.

– Das beweist gar nichts, sagte sie mechanisch.

– Meinetwegen. Man muß die Akten und Zeugenaussagen noch einmal durchgehen. Keiner der Beteiligten berichtet von meiner Anwesenheit in der Force. Dagegen bin ich zum Zeitpunkt deines Prozesses – ein Scheinprozeß, das gebe ich zu – von der Kommune für die Nationalversammlung delegiert.

– Bist du hingegangen?

– Der Dienstauftrag wurde in einem Register verzeichnet.

– Das ist nicht beglaubigt. Von Michelet bis Castelot, entschuldige, daß ich sie in einem Atemzug nenne, hält man deine Anwesenheit für wahrscheinlich.

Sieh an, sie war nicht ungebildet.

– Es gibt Zeugenaussagen. Zu allererst die von Françoise. Ich zitiere, ich kann es auswendig: «Seine Hände sind rein geblieben wie seine Seele und haben sich nicht mit dem Blut befleckt, das in den Gefängnissen geflossen ist. Ich selbst war so entsetzt darüber, daß ich beinahe gestorben wäre.»

– Das ist die Goupil, deine kleine Frau, die da redet. Sie verteidigt dich, erteilt dir die Absolution.

– Keineswegs. Sie schreibt ihrer Schwägerin einen privaten, absolut spontanen Brief. Darin schildert sie ihr persönliches Empfinden im Hinblick auf die

Morde: «Die Namen der Urheber werden bereits verabscheut.»

Ich räumte ein, daß diese Äußerungen keine Beweiskraft sondern lediglich Indizienwert besaßen. Was stand sonst noch in den Akten der Verteidigung?

– Es gibt die Zeugenaussagen von zwei Männern, Mathon de la Varenne und Weber, letzterer ein Milchbruder von Marie-Antoinette. Beide sind vor dem Tribunal erschienen. Der eine vor dir, der andere nach dir. Beide sind mit dem Leben davongekommen. Beide haben ihre Memoiren aufgezeichnet. Aber keiner erwähnt meine Anwesenheit. Als den Septembermördern im Jahre IV der Prozeß gemacht wird, kommt keiner auf die Idee, mich anzuschuldigen. Zu dem Zeitpunkt weile ich allerdings nicht mehr unter den Lebenden, so daß ich mich nicht verteidigen kann, was immerhin praktisch gewesen wäre.

– Ich bin eine wichtige Gefangene. Du hättest einen Abstecher in die Force machen können, einzig um meiner Verurteilung willen.

– Kein Zeuge berichtet darüber und die Presse ebensowenig. Und dabei haben mich wirklich nicht viele Journalisten in ihr Herz geschlossen. Wenn ich später in meinem Blatt betone, welche Rolle Pétion oder Manuel in diesem Durcheinander gespielt haben, denkt niemand daran, mir meine eigene Verantwortung vorzuhalten. Willst du die Dokumente einsehen?

– Meine Güte, sagte Julie. Eine regelrechte Anwaltsarbeit! Aber woher kommt die Anklage? Denn eins steht fest: Man verdächtigt dich.

Also legte ich die Akten und die Fotokopien auf den Tisch. Es war nicht besonders gut geordnet, aber alles beisammen. Ich hatte lange genug im Hôtel Lamoignon herumgestöbert.

– Alles geht von einem Mann namens Peltier aus. Ein Royalist, der sich seit dem 10. August als Flüchtling in London aufhält und von den Morden nichts gesehen hat. 1794 veröffentlicht er eine *Letzte Pariser Impression*, in der er mich verdächtigt. Ein Emigrantenbericht, auf gar keinen Fall eine Zeugenaussage. Er klagt mich an. All meine Verleumder berufen sich auf ihn, wenn es darum geht, mich zu belasten.

– Nur Rauch ohne Feuer?

– Beinahe. Denn natürlich hätte ich in der Force sein können. Aber ich wiederhole, an dem bewußten Morgen war ich auf einer Sitzung im Haus der Kommune. Dort erhielt ich den Auftrag, zusammen mit meinen Kollegen Darnaudy und Jolly die Nationalversammlung aufzusuchen und eine Liste mit den Namen derjenigen Kommissare zu überreichen, die in den einzelnen Departements beschleunigt für die Aufstellung neuer Bataillone von Nationalgardisten sorgen sollten.

– Erspare mir die Einzelheiten.

– In Ordnung. Eine letzte Sache noch. Wenn ich in der Force gewesen wäre, warum hätte ich dann ein paar Tage später bei meinem Ausführlichen Tatsachenbericht über den Zusammenhang der Ereignisse so gewaltige Irrtümer begehen sollen?

Julie hielt sich gut vor ihren Marennes-Austern. Die Schalen bildeten ein hübsches Häufchen auf ihrem Teller. Ich reichte ihr die Ausgabe der Zeitung. Sie wischte sich die Finger ab.

– Ich erwähne die Hinrichtung der Gouvernante der Kinder, Madame Tourzel. Wäre ich tatsächlich ständig in der Force gewesen, hätte ich genau gewußt, daß sie und ihre Tochter verschont geblieben sind.

– Dann warst du also überhaupt nicht da?

Die richtige Frage! Und die verfänglichste! Das mußte ich gestehen.

– Doch, natürlich, ich muß dort gewesen sein, zu diesem oder jenem Zeitpunkt. Nicht als Staatsanwalt der Kommune. Nicht mit meiner Schärpe in den Farben der Trikolore. Nein, als Gaffer, als Nachbar, als erschrockener Pariser. Die halbseidene Königin Roland hat für das Befremden über die Morde die angemessenen Worte gefunden: «Eine Nacht, das kann ich verstehen. Aber vier Tage!» In der Force hat es am längsten gedauert. Es wäre absurd, zu behaupten, ich hätte keinen Abstecher dorthin gemacht. Ich bin ein Flaneur. Blutrünstig bin ich nicht.

Meine Position war ein paar Monate später in zwei Sätzen im *Père Duchesne* zusammengefaßt. Ich las sie Julie vor. Der Inhalt war teilweise widersprüchlich: «Man wirft uns Mord und Totschlag vor, klagt uns pausenlos der Bluttaten vom 2. und 3. September an. Dabei haben in diesen Tagen der Rache und der Gerechtigkeit nur Schufte den Tod gefunden, die Frankreich an den Rand des Abgrundes gebracht hatten. Die Massaker sind von Schurken ausgeführt und unschuldigen Männern angehängt worden, die in ihrem ganzen Leben keinen Tropfen Blut vergossen haben.» Bitte sehr!

Julie konnte ein Lächeln nicht unterdrücken.

– Was für ein Ungestüm! Adrien hat keine schlechte Wahl getroffen. Du kennst deine Rolle auswendig. Warum diese Leidenschaft?

Auch auf diese Frage hatte ich eine Antwort. Eine Karteikarte. Jacques-René war das ungeliebte Kind der Revolution. Ich hatte die mit Klischees gespickten Kommentare zu seinem Leben zusammengestellt. Eine «beklagenswerte Vorgeschichte», ein «unflätiger und allzu oft beleidigender Stil». Man hielt ihm seine «grimmigen Ermunterungen der Schreckensherrschaft», seine «schändliche Feigheit» vor. Er sei ein «skeptischer Abenteurer», ein «Demagoge», ein «Pornograph» and so on.

– Kurz gesagt: er gefällt dir.

– Ziemlich.

– Eine Frage: Machst du Frauen immer auf diese Weise an?

Radek stibitzte eine Auster und flüchtete hochzufrieden mit seiner Trophäe.

Julie brach zusammen, wurde ganz klein in ihrem weiten Pullover.

– Du bist komplett bescheuert. Es ist ungerecht und auch widerwärtig! Ich will mit einem Regisseur, den ich bewundere, einen Film machen, meine Rolle ist interessant, eine echte Chance, und ich stoße auf eine Mafia mit ihren eigenen Geheimnissen und Gepflogenheiten. Und du, du gibst einem den Rest heute abend! Du legst dich ins Zeug, um gastfreundlich zu sein. Und dann erzählst du mir vom 3. September, als ob das dein täglicher Spaziergang wäre. In der Zwischenzeit werde ich von einer verrückten Alten verfolgt, man fügt mir Brandwunden zu, behandelt mich geringschätzig und erfindet zu der Rolle der Blöden, die ich spielen soll, sogar noch jemanden dazu. Die Dreharbeiten laufen aus dem Ruder wie ein trunkenes Schiff. Mal angenommen, du bist kein Feind, Victor, was geht hier vor?

Das Telefon läutete. Ein stummer Anrufer. Ich wartete.

Die Nacht war längst über den Kanal hereingebrochen, blau schimmernd und todessüchtig. Am anderen Ende der Leitung Annas Atem. Ich war froh über diesen Anruf. Den Hörer am Ohr, ging ich ein wenig auf und ab. Hier war nichts von Hébert zu erzählen, keine Schauspielernummer abzuziehen. Julie hatte sicher gerade zwei oder drei Kleinigkeiten dazugelernt. Anna wußte alles Wesentliche. Ich hatte keinen Anlaß, eine der beiden zu steinigen. Endlich redete Anna. Sie sagte:

– Die Conciergerie, mit dem Wagen durch Paris, das war schön. Jetzt ... sollten Sie versuchen, sich nicht zu täuschen.

– Worin?
– Im Drehbuch, in Frauen …
Klick und cut.

Julie saß nicht mehr am Tisch. Sie schlief zusammengerollt auf dem Sofa. Zwar hatte ich lange Annas Schweigen gelauscht, und es war spät. Aber Julie war sehr viel erschöpfter, als sie sich anmerken lassen wollte. Ein Streich à la Mona. Nichts wirklich Störendes. Sie konnte bleiben. In wenigen Stunden würden wir drehen.

Wir leerten unsere Gläser. Ich hatte gerade meinen Auftritt im Haus der Kommune hinter mir, eine kleine giftige Rede mit dem Aufruf, die königliche Menagerie im Temple zu liquidieren. Den dicken Schmarotzer, die Wölfin und Konsorten. Adrien war zufrieden. Ich ließ mich in dem Stuhl aus grobem Leinen nieder, der meinen Namen trug. Der stand mir jetzt zu.

Adrien bastelte am Drehplan. Der Ausfall von René Jacques hatte die ohnehin schon miserable Planung völlig durcheinandergebracht. Ich blätterte in dem Logbuch der nächsten Tage. Bis zum Ende der Woche war ich in keiner Szene vorgesehen. Die Entscheidung drängte sich von selbst auf. Wenn ich den Wahnsinn Hébert weiterverfolgen wollte, mußte ich eine kleine Reise machen. Das lief zwar all meinen Prinzipien zuwider (Paris niemals zu verlassen, zum Beispiel), aber eine Ausnahme war in diesem Fall vertretbar.

In der Rue de la Corderie fand ich einen wütenden und völlig verwirrten Joachim vor. Die kleine Schwarze, die er seit ein paar Tagen liebte und die dauernd um ihn herum war, hatte nichts damit zu tun. Ein wunderbares, fröhliches Mädchen, ganz nach seinem Geschmack. Das Problem waren die Besucher oder besser, die Ratgeber.

– Der reinste Aufmarsch, stöhnte er. Das hört einfach nicht auf.

Wer? Historiker, Journalisten, über jeden Zweifel erhabene Spezialisten in Sachen Sommer 1792. Joachim war sogar von einem Mitglied der Académie française beehrt worden, einem ehemaligen Justizminister, der zwangsläufig seine eigene Vorstellung über die Rolle seines Amtsvorgängers Danton hatte. Jeder kam mit seiner These, seiner vermeintlichen Gelehrsamkeit an, alle ganz freundlich und selbstverständlich bemüht, niemandem ins Gehege zu kommen. Es lebe die Freiheit der Kunst. Aber welcher Film wurde nun eigentlich gedreht?

– Eine Bande von Schurken!

Joachim zog eine Flasche Meskal hinter ein paar Büchern hervor und tat sich daran gütlich.

– In Wirklichkeit sieht es so aus, daß die Produzenten allmählich in Panik geraten. Sie wollen Leck noch nicht frontal angreifen, aber doch gern wissen, wofür er die Kohle verschleudert. Deshalb schicken sie Pilotfische aus. All diese reaktionären Knöpfe!

Sie sollten sich vergewissern, ob auch alles richtig herauskam: die Grausamkeit des Massakers an den Schweizergarden in den Tuilerien, das unwürdige Schicksal, das der königlichen Familie im Temple vorbehalten war, der Schrecken der Gefängnisse usw. «Unnötig, an die Konterrevolution in der Vendée und die Schreckensherrschaft zu erinnern», hatte ein sehr von sich eingenommener junger Mann zu Joachim gesagt. «In dieser ersten Septemberwoche manifestiert sich bereits die gesamte Revolution.»

Joachim zuckte die Achseln.

– Um so besser, wenn ich Adrien als Abschirmung dienen kann. Was ich fürchte, ist die Großoffensive.

– Adrien riskiert nicht viel. Es ist schon zuviel Geld ausgegeben worden.

– Diese Leute rechnen anders, sagte Joachim. Sie denken viel ans Geld, aber nicht nur. Sie entdecken gerade erneut, daß die Revolution ein heißes Eisen ist. Ich bin nicht sicher, ob sie den Film wollen, den unser Freund da ausbrütet.

Kurz und gut, es war sehr wohl möglich, den Vertrag mit Adrien zu lösen, ihn durch einen anderen Regisseur zu ersetzen. Die alte Tradition der großen Studios. Auf das Konto unseres Freundes gingen genügend Verzögerungen, Launen und Ungewißheiten, die jede Art Rausschmiß rechtfertigten. Das machte es so leicht bei Adrien: Er war praktisch nicht zu verteidigen.

Beispielsweise die Idee, mir die Rolle des Hébert anzuhängen. Darüber mußte Joachim laut lachen.

– Das kam so unerwartet, daß ich sofort dafür gestimmt habe, gestand er. Fragen Sie mich nicht, warum. In solchen verrückten Lösungen zeigt sich Lecks Genie. Unsere eigenen kümmerlichen Ideen macht er zu Brei.

Hunderte von Blättern waren auf dem Fliesenboden verstreut. Joachim kümmerte sich schon lange nicht mehr um den Teil, den Adrien daraus genommen hatte oder nicht. Er wollte weder an den Dreharbeiten teilnehmen noch die Zwischenergebnisse besichtigen. Das Ideenreservoir ständig neu zu speisen, damit es nicht versiegte, nur das war sein Job. Er spendierte noch eine Runde Meskal, dieses heimtückische Zeug, das Stan ihm besser nicht hätte schenken sollen.

Joachim zwinkerte mir zu.

– Sie selbst haben ebenfalls wunderliche Einfälle, sagte er. Das Ding mit der Zwillingsschwester der Marie-Thérèse hätte ich nicht vorzuschlagen gewagt.

Das Fenster des Büros stand offen. Es war finstere Nacht, aber da unten, ein paar Dutzend Meter entfernt, lag der Carreau du Temple. Und nicht weit jenseits davon konnte man sich unschwer den einstigen Temple mit seinem Turm vorstellen.

– Denken Sie daran, sagte Joachim, wir wollen immer noch wissen, wo das Kabinett Curtius zu lokalisieren ist.

Das schlichte Vergnügen, durch menschenleere Straßen zu fahren.

Ich drehte mehrere Runden um den Square du Temple, dann vergrößerte ich den Radius und versuchte, die Umrisse der einstigen Ummauerung des Temple abzufahren. Rue Charlot, Rue Béranger, Rue de Turbigo, Rue du Temple. In der Rue de Bretagne fuhr ich auf dem Bürgersteig an den Gittern vorbei und hielt Ausschau, ob noch irgendein Licht bei Stevenson zu sehen war. Da hörte ich plötzlich ein Miauen, ein kurzes Maunzen. Ich hielt abrupt an. Ein Schatten huschte über den Rasen und flüchtete sich unter ein spärliches Gebüsch neben einer Weide. Ein ganz junges Kätzchen, ein Baby. Jetzt wurde das Gemaunze lauter. Eine ganze Familie hatte sich da verschanzt! Ich wollte die Tiere auf keinen Fall stören. Ich beobachtete sie eine Weile, ohne viel zu sehen, weil ich nicht näher herantreten wollte. Ich hatte nichts für sie. Ein schlechtes Zeichen. Bei meinen nächtlichen Spazierfahrten hatte ich normalerweise immer Futter für obdachlose Katzen in meinen Fahrradtaschen. Heute abend hatte ich gegen diese Regel verstoßen.

Aus Treue machte ich mich davon: Radek wartete auf mich.

So konnte es nicht mehr lange weitergehen. Wieder eine Nacht, die Julie bei mir verbrachte. Nicht sehr aufdringlich, sogar eher diskret. Zu diskret. Ich hatte sie schlafend auf dem Sofa gefunden. Sie grunzte leise, als ich die Decke über ihren Schultern zurechtzog. Ich war ihr dankbar, daß sie so tat, als würde sie nicht wach.

Der Anrufbeantworter hatte Gespräche aufgezeichnet. Da Julie nur ein paar Meter weiter lag, konnte ich das Band nicht gut abhören, ohne sie zu stören. Ich hatte allerdings auch keine große Lust dazu. Und außerdem reichte es mir allmählich mit den Botschaften und Fährtenangaben. Um vier Uhr morgens war es durchaus erwägenswert, die Dinge zu lassen, wie sie waren, und sich einfach eine Weile im Büro aufzuhalten.

Heute nacht ging es nicht darum, die Porträts, die Pläne und Routen an der Wand zum hundertstenmal intensiv zu studieren. Ich qualmte ein paar Zigaretten im Dämmerlicht und betrachtete sie einfach. Ich erhoffte mir keinerlei Lehre daraus. Aber vielleicht entdeckte ich eine Spur leichter Verrücktheit. Die mich amüsierte.

Heute morgen waren Aufnahmen mit ihr vorgesehen. Ein paar einfache Takes von ihrer Überstellung ins Haus der Kommune (nach dem Aufenthalt im Temple usw.). Julie servierte Kaffee, Eier, Schinken und Weißwein.

Sie sagte:

– Du warst zu Besuch im Temple, als der Erlaß der Kommune eintraf, der meine Verlegung und die der Hofdamen der Königin verfügte. Du warst überrascht und wirst das später in deiner Zeitung erwähnen. Aber ich habe dich gesehen. Du warst deiner selbst nicht so sicher, Bürger Hébert. Kommst du zu den Dreharbeiten?

Eben das hatte ich nicht vor.

Ich wollte in der Bibliothek nachlesen, was Jacques-René an jenem Tag genau geschrieben hatte. Nicht den ungefähren, von Adrien ausgebrüteten Dialog. Den Originaltext. Eine «Große Freude über die Razzia, die der Magistrat unter allen Schurkinnen in Madame Vetos Umgebung gemacht hat. Jetzt

kann sie nur noch mit den Fledermäusen konspirie-
ren.»

– Dieser Film interessiert dich nicht, unterbrach
sie mich. Du hängst zu sehr an deinem eigenen
Kino. Ich nehme an, das ist der Grund, weshalb
Adrien soviel Wert auf deine Mitarbeit legt.

Vielleicht, vielleicht. Ich wollte nichts von Julie.
Es war an ihr, sich zu fragen, warum sie bei mir war.
So früh am Morgen. So affektiert, so frenetisch darauf bedacht, gezähmt zu werden. Ich hatte nichts
verlangt.

– Nichts.

– Ich weiß. Du willst, daß man dich in Ruhe läßt
mit deinen Bildern, deinen ganz privaten Spritztou-
ren, deinem Sammeltick. Du brauchst niemanden.
Unnötig, mir deine Nummer vorzuspielen.

Es gab nur eins, was sie mich zu verstehen bat (zu
verstehen, nicht, zu akzeptieren): Sie brauchte mich
für ein paar Tage, auch wenn sie weiß Gott nicht
wußte, weshalb.

Sie erhob sich und ging ins Badezimmer. Als sie
nach mehreren langen Minuten wiederkam, war sie
zurechtgemacht. Radek schleckte ein bißchen an den
Kaffeetassen herum. Das Ganze war weder unangenehm noch besonders passend. Ich hatte trotz des
eindeutig miesen Wetters Lust, zur Rue Pavée zu
spazieren. Der Gedanke, mich anschließend in einen
Lesesaal zurückzuziehen, erschien mir höchst verlok-
kend. Dieser Film war auf schamlos sympathische
Weise absurd.

Julie war fertig. Ich bestellte ein Taxi.

– Begleitest du mich?

– Bis vor die Haustür, einverstanden.

Die Treppe.

Ich erklärte Julie, daß die Treppe für mich immer
wieder ein Glück sei. Sagte ihr wahre Dummheiten
über die stets neue Entdeckung der Straße, das tag-

tägliche Flanieren, selbst an einem trüben Tag wie
heute.

– Das Vergnügen, die Nase aus deinem Bunker zu
stecken?

– Wenn du so willst.

Die Einhangshalle.

– Kann ich heute abend wiederkommen? Noch
für eine Nacht? Es wird nicht ewig so weitergehen.

Die Haustür. Die Straße.

Zum Schluß hielten wir uns mehr oder weniger
eng umschlungen. Julie roch gut. Das Taxi wartete.
Ein paar schnelle Gesten. Streicheln, Küsse, kleine
übliche Dinge. Eine Minute lang wünschte ich mir
sogar, daß Julie nachher wiederkam. Die Wagentür
wurde zugeschlagen. Julie verschwand.

Erst in diesem Moment sah ich Anna Fried, die
auf der anderen Straßenseite Posten bezogen hatte.
Ihr Wagen startete unverzüglich.

Der Temple (2)

Die Haare der Frau sind hochgeschlagen und auf dem Kopf mit einem Band zusammengefaßt, der Nacken ist frei. Der vor ihr kniende Mann hält ein paar Strähnen in den Fingern. Er ist sehr zuvorkommend. Die Frau, sie ist noch jung, liegt auf dem Bauch. Ihre Hände sind auf dem Rücken zusammengebunden, Lederriemen fesseln ihre Schenkel und Knöchel an die Holzplanke, die soeben umgeklappt ist. Da sie sich nicht mehr rühren kann, verzieht sie das Gesicht oder lacht höhnisch. Der Kopf steckt bereits in der «Halskrause». Sanson steht mit dunklem Gehrock und Kokarde am Hut (ein Zylinder) daneben und zieht an dem Strick, der die Klinge hochhebt. Hände und Manschetten seines Gehilfen sind befleckt. Weiter hinten eine Art unterirdisches Verlies, eine Mauer aus dicken, rauhen, schwarzen Steinen. Vier Piken stehen aufgereiht. Auf jeder ein guillotinierter Kopf. Von links nach rechts: Fouquier, Hébert, Robespierre, Carrier (ein kleines Schild nennt Namen, Geburts- und Todesjahr). Die Aufreihung ist unwirklich, schlecht beleuchtet und ergreifend. Die Köpfe sind von Blutspritzern besudelt. Die Lider sind mehr oder weniger geschlossen, die Augäpfel verdreht, der Blick tot (nur Robespierre hat die Augen geschlossen – wirkt eher inspiriert als verstorben).

Die Guillotine ist echt. Das Musée Grévin hat sie zur Verfügung gestellt, nachdem es seine Ausstellung «Geschichte eines Verbrechens» abgebaut hatte (in welchem Jahr?).

Links von dieser Szene in einer Ecke zwei weitere

Köpfe, ebenfalls aufgespießt. Capet und Marie-Antoinette. Dahinter in der Mitte des Saals in einer Sitzbadewanne auf einem kleinen Podest der ermordete Marat. Um ihn herum weiße Tücher, das aschgraue Gesicht von einem Spot beleuchtet.

An anderer Stelle in der Schreckenskammer des Wachsfigurenkabinetts Tussaud ist die Hinrichtung von Gary Gilmore zu sehen. Er sitzt; man hört den Wortlaut des Todesurteils. Eine ausgeklügelte optische Vorrichtung bewirkt, daß er vor unseren Augen zusammensackt, die Brust von Kugeln durchlöchert. Und dann Hauptmann (der Entführer des kleinen Lindbergh) auf dem elektrischen Stuhl. Ein durch die spanische Garrotte Erdrosselter (Erinnerung an die vergeblichen Demonstrationen zur Rettung Puig Antigs unter Franco). Eine andere Szene: ein Mann, der gehenkt worden ist. Nach der Abschaffung der Todesstrafe im Jahre 1965 hat das Museum den Galgen des Gefängnisses von Hertford gekauft. Ein Stück weiter stoße ich in einer nebligen, von beunruhigenden Geräuschen und Echos heimgesuchten Londoner Straße aus den Zeiten Victorias auf den halbnackten und gräßlich verstümmelten Leichnam von Catherine Eddowes, einem nächtlichen Opfer Jack the Ripper's. Bei dieser auf großartige Weise Ermordeten bleibe ich eine Weile stehen, dann gehe ich mir wieder Jacques-René ansehen, aus allernächster Nähe. Die Reise nach London habe ich einzig seinetwegen unternommen.

Paris.

Ich hatte keine Schwierigkeiten, Adrien ans Telefon zu bekommen. Er brüllte sofort los. Ich legte auf. Keine Minute später rief er wütend zurück. Eine lächerliche Übung.

– Lieber Himmel, wo bist du gewesen? Seit drei Tagen suchen wir dich überall.

So etwas durfte man sich offenbar bei Dreharbeiten nicht erlauben, das gehörte sich nicht.

– Meine Anwesenheit war auf keinem Dienstplan vorgesehen.

– Du meine Güte! jammerte er. Glaubst du tatsächlich, daß diese Scheißpläne zu irgend etwas nütze sind? Wir filmen am Rand des Abgrunds. Ich muß einfach jeden ständig bei der Hand haben. Dich genauso wie die anderen. Du hast keinen Sonderstatus.

Er fing wieder an zu schreien, es war äußerst unangenehm.

– Bis auf eine Kleinigkeit, stellte ich richtig. Ich bin durch keinen Vertrag an dein Unternehmen gebunden. Bis jetzt ist nichts unterschrieben, ich weiß nicht, ob ich Hébert bis zum Schluß spielen werde. Im Augenblick bin ich ein guter Kumpel, der dir aus der Patsche hilft, der deinen Fahrplan und deine Weisungen befolgt. Aber das heißt nicht, daß ich Tag und Nacht für dich zur Verfügung zu stehen oder deine Launen zu ertragen hätte.

Adrien schraubte den Ton herunter, aber er kochte vor Wut.

– Du willst sagen, du behältst dir die Möglichkeit vor, abzuspringen? Habe ich das richtig verstanden? Eine Erpressung?

– Sei kein Idiot. Ich respektiere deine Arbeit, und du könntest respektieren, was ich tue.

– Warum unterschreibst du den Vertrag nicht?

– Ich bin noch nicht dazu gekommen, ihn zu lesen.

– Hör auf mit dem Quatsch! Wenn du mit der Gage nicht einverstanden bist, okay, darüber können wir reden.

– Das wird sich schon finden.

– Ist dir klar, daß du dich wie ein echtes Arschloch verhältst?

– Gib dir nicht zuviel Mühe, mir das einzureden, du könntest mich am Ende überzeugen.

Ich meinte es komischerweise ganz ehrlich. Ich hatte mir nur ein paar Tage freigenommen, ohne jemanden stören zu wollen. Wenn ich mir das Skript ansah, hatte meine Abwesenheit die Überstellung der Prinzessin ins Haus der Kommune und danach in die Force ebensowenig behindert wie Monas Verhaftung in ihrem Alkoven im Palais-Royal und ihre anschließende Einkerkerung in der Salpêtrière. Alles hatte reibungslos weitergehen können.

– Regen wir uns ab, sagte Adrien versöhnlich. Wo bist du gewesen?

– Ich bin nach London gefahren.

– Du? Nach London?

Haltloses, ungläubiges Lachen am anderen Ende der Leitung. Wie? brachte Adrien mit halb erstickter Stimme hervor. Ausgerechnet ich hätte Paris, meiner ureigensten Gegend, den Rücken gekehrt, meine Winkel und Ecken im Stich gelassen! Ich mit meiner allgemein bekannten Reisephobie! Welcher zwingende Grund, welche unwiderstehliche Verlockung steckte dahinter?

– Ich habe das Kabinett Tussaud besucht. Ich wollte Héberts Totenmaske sehen. Seine wahre Visage.

Adrien hatte recht, es hatte mich viel gekostet, den Koffer zu packen.

Ich hatte Stevensons Monographie noch einmal gründlich studiert. Als Marie Grosholtz Frankreich verließ, hatte sie zwar all ihre Gußformen, aber nur wenige Masken mitgenommen. Darunter die von Jacques-René. Ihr besonderer Wert bestand (wie bei Maximilien, Fouquier, Carrier) sicher darin, daß sie direkt vom Modell abgenommen worden war.

Ein Ticket, eine knappe Stunde Flug, erheblich

mehr Zeit in der Metro zwischen Heathrow Airport und Baker Street. London war keine Stadt, in der ich mich länger aufhalten durfte. Wie in Prag oder Venedig oder Lissabon konnte ich mich dort sehr schnell auf trügerische Weise heimisch fühlen, als im voraus begaunerter Wilderer.

– Nach London nur wegen Hébert? fragte Julie.

Sie betrachtete lange die Bilder, die ich dort aufgenommen und gerade abgezogen hatte.

– Man könnte meinen, es sind Polizeifotos.

Sie wollte sagen: anthropometrische Fotos. Eine zutreffende Intuition. Die von Marie Grosholtz angefertigten Abdrücke fielen in den Bereich des Erkennungsdienstes. Manche waren sehr hart. Bei den Köpfen fiel auf, daß der von Jacques-René nicht nur am stärksten mit Blut besudelt sondern auch ansonsten übel zugerichtet war. Ich stellte mir vor, was alles passieren konnte, wenn der Kopf in den Korb stürzte. Außerdem dachte ich an die speziellen Bedingungen bei dieser Hinrichtung. Am 24. März 1794 hatte Sanson mit seinem Opfer gespielt, indem er das «Vergnügen» unter dem Beifall der Menge in die Länge zog. Es wird berichtet, daß er das Fallbeil mehrfach niedersausen ließ, um das gaffende Fußvolk zu amüsieren.

– Warum? Ein Teil der Bevölkerung war bestimmt verunsichert durch Jacques-Renés schwache Leistung bei seinem Prozeß, der selbstverständlich von Anfang bis Ende ein Scheinprozeß war. Père Duchesne mit seiner Donnerstimme ist dort aufgetreten wie ein Feigling, wie ein panisch verängstigter Zittergreis. Außerdem hatten sich wahrscheinlich nicht wenige Abgesandte des Wohlfahrtsausschusses vor dem Schafott eingefunden.

– Dieses Gesicht ist schrecklich.

– Um so mehr, als man sich bei all den Wunden

und dem Blut nur schwer vorstellen kann, wie er zu seinen Lebzeiten ausgesehen hat.

In der Tat war ich frustriert. Ich hatte Jacques-René gesehen und auch wieder nicht. Der Skandal war offenkundig. Daguerre wurde erst am 18. November 1787 geboren. Also gab es keine Fotos von Zeitgenossen der Jahre 1789–94.

Mitternacht. Es regnete. Julie hatte darauf bestanden, mich zu begleiten. Sie hatte sich zusammen mit mir ein Vergnügen daraus gemacht, aus den verschiedenen Werken in meiner chaotischen Rumpelkammerbibliothek sämtliche Stiche des Boulevard du Crime (so die frühere Bezeichnung des Boulevard du Temple wegen der dort aufgeführten schaurigen Rührstücke) herauszusuchen und aufzulisten, die sich überhaupt nur finden ließen. Es gab Dutzende davon, mehr oder weniger sorgfältig reproduziert. Wie war in diesem Wust der Standort des Kabinett Curtius zu bestimmen?

Marie Grosholtz nannte als Adresse Boulevard du Temple, Nr. 20. Der *Dictionnaire historique des rues de Paris* von Hillairet legte sich auf die Nr. 54 fest. Sich in den unvermeidlichen Änderungen der Numerierung zurechtzufinden, war ein fast aussichtsloses Unterfangen. Ich hatte jede der Reproduktionen unter der Lupe betrachtet und schließlich – immerhin – an einer der Fassaden ein Schild mit winzigen Buchstaben entdeckt: «Figuren-Salon». Ich machte sofort eine Fotokopie.

– Da gehe ich hin.

– Ich komme mit.

Die Chancen standen eins zu tausend. Vom Boulevard du Crime ist so gut wie nichts mehr übrig. Nur ein Theater, das *Déjazet*. Und ein paar zurückversetzte Gebäude, deren Ausrichtung von der Lage der Häuser zeugt, von den Zeiten des *Funambules*, auf dessen Bühne Debureau seinen Pierrot erfand und spielte, des *Folies-Dramatiques,* des *Théâtre olympique.* Von den Zeiten des von Trauner erträumten Paris. Als wir die Place de la République erreichten, waren wir bereits durchnäßt. Ein ekliger, alles durchdringender Regen. Julie hatte sich bei mir eingehakt. Sie war vergnügt.

– Wenn ich morgen eine Mordserkältung habe und nicht drehen kann, ist es wenigstens nicht Anna Frieds Schuld.

Um Abstand zu gewinnen, nahmen wir den Bürgersteig mit den ungeraden Nummern. Das Nebengebäude der Bourse du Travail bot uns mit seinem Portal nur sehr spärlichen Schutz. Die glänzende Straße, das nackte Licht der Straßenlaternen, die Scheinwerfer – ein trügerisches Geflirre, das auf uns eindrang und die Sicht beeinträchtigte. Ich holte meine Fotokopie heraus, um sie mit den Gebäudeumrissen auf der anderen Seite zu vergleichen.

Plötzlich war mir der Regen gleichgültig.

Drei Fenster an der Schaufensterfront, vier Stockwerke und ein etwas zurückgesetztes Dachgeschoß. In der vierten Etage die gleichen oben abgerundeten Fenster! Es war unglaublich! Julie verglich jetzt ihrerseits.

– Das Gebäude links ist identisch mit dem auf dem Stich.

Ich nahm sie bei der Hand. Wir überquerten in aller Eile die Straße und kümmerten uns nicht um das Reifengequietsche, das wir verursachten.

Es gab überhaupt keinen Zweifel. Dort im Erdgeschoß der Nr. 46 am Boulevard du Temple hatten Curtius und Marie gearbeitet und ihre Wachsfiguren ausgestellt. Inzwischen war es ein Elektrofachgeschäft, was soll's! Sämtliche Geister warteten nur darauf, in Erscheinung zu treten. Vor lauter entzückter Erregung überlief mich eine Gänsehaut.

278

– Hier! Stell dir das vor! Haussmann hat alles dem Erdboden gleichgemacht, und das einzige Überbleibsel ist dieses Haus, das seit Monaten meine Phantasie beschäftigt.

Die Vorderfront abgeblättert, keine Spur von Eleganz, ein jämmerlicher Laden, na und? Der Eingang des Figurensalons lag also in der Mitte. Zu beiden Seiten hatten sicherlich die Ausstellungen stattgefunden. Ich betrat den stinknormalen, elendig kalten Flur. Eine nur mit einem Zahlencode zu öffnende Tür verhinderte den weiteren Zugang. Es war mir völlig egal. Ich befand mich auf dem Gelände meiner altvertrauten Personen. Ich spürte sie, streifte sie. Julie sah mich mit merkwürdiger Miene an. Hier sollte der Curtius-Salon gestanden haben! Das hatte selbst Stevenson nicht vermutet.

Als wir wieder draußen waren, machte ich sie darauf aufmerksam, daß die Rue de Saintonge fast gegenüberlag. Robespierre war ein Nachbar gewesen. Marie versichert in ihren (diktierten) Memoiren, daß sie in seiner Begleitung die Bastille besucht hat, einen Tag nach deren Erstürmung. Sogar, daß sie auf einer Stufe ausrutschte und er sie auffing, damit sie sich nicht den Hals brach (dabei hatte ich plötzlich den blutbesudelten Wachsabguß, wie er in London konserviert ist, wieder vor Augen – von der Schminke abgesehen: der gleiche wie im Musée Grévin, wie im Restaurant in der Rue Saint-Honoré!).

– Geht es dir gut? fragte Julie, beunruhigt über meine Halluzinationen.

– Ja, ja. Es kommt nur alles so unerwartet.

Vor dreißig Jahren hatte mich Judith auf diesem kurzen Stück des Boulevards spazierengeführt. Sie hatte die Angewohnheit, in einem kleinen Notizbuch alles zu vermerken, was mit Pariser Wohnsitzen in Zusammenhang stehen konnte. Darunter fand sich kein Hinweis auf den Salon Curtius, aber ich erinnerte mich. Das Zwischengebäude bei der Nr. 44 auf der rechten Seite war jüngeren Datums. Errichtet an der Stelle der Pension, von der aus Fieschi versucht hatte, Louis-Philippe zu ermorden. Ein Stück weiter rechts die Nr. 42, das Haus von Flaubert. Das drängte sich ganz schön.

Was war aus Judiths kleinem Notizbuch geworden?

Julies regenüberströmtes Gesicht, in das klatschnasse Strähnen fielen, war erheblich verführerischer als nach einer Schminksitzung. Sie schlotterte vor Kälte.

Es war ungerecht, aber nicht zu ändern. Ich bedauerte, daß ich dieses Haus nicht in Anna Frieds Gesellschaft entdeckt hatte. Wo steckte sie überhaupt? Welches lächerliche Komplott heckte sie aus?

Das Restaurant *Jenny* neben dem *Théâtre Dejazet* schloß erst spät. Julie hatte Hunger. Ich auch. Bei Tisch fragte sie mich, wer Judith sei. Eine harmlose Frage. Ungewollt indiskret. Ich wußte nicht so recht, was ich antworten sollte.

Ich rechnete damit, daß Joachim entzückt sein würde über die kleine nächtliche Entdeckung: das Haus Curtius. Sobald er die Tür öffnete, begriff ich, daß irgend etwas nicht in Ordnung war. Er wirkte bedrückt.

– Wissen Sie das Neueste noch nicht?

– Nein.

– Sie haben Adrien gefeuert.

Sie hatten die Entscheidung am Spätnachmittag des Vortages gefällt. Eine eilig einberufene Versammlung aller finanziell beteiligten Produzenten. Zuerst hatten sie sich die Zwischenergebnisse angesehen und danach Adriens Bilanz unter die Lupe genommen. Ich konnte mir ihre Vorwürfe gut vorstellen: Überschreitung der vereinbarten Kosten und Fristen, absolut verantwortungsloser Umgang mit dem

Drehplan, unerträgliches persönliches Verhalten etc. Unser Freund hatte Anlässe genug geboten, aus dem Feld geschlagen zu werden.

– Ist das endgültig?

– Er ist gestern abend vorgewarnt worden und hat heute morgen den eingeschriebenen Brief erhalten. Aber das schönste wissen Sie noch nicht. Ihre liebe Anna Fried hat mehr als einen alten Freund, um nicht zu sagen Kunden im Produktionsstab.

Joachim hatte sich erkundigt, die Ermittlung war nicht schwierig. Seit mehreren Wochen bedrängte Anna Bankiers, Finanziers und Mitproduzenten, kurz alle, die in den Film investiert hatten. Sie rief ihnen die schönen Erinnerungen ans *Mirabeau*, die gemeinsam verbrachten, trauten Zeiten ins Gedächtnis. Da war es natürlich schon aus Höflichkeit geboten, einer Frau wie ihr möglichst nicht zu mißfallen.

– Sie haben also nachgegeben! Der Film ist abgeschrieben.

– Nein, berichtigte Joachim, er wird nicht einmal groß unterbrochen. Es ist schon zuviel Kohle investiert und ausgegeben worden, als daß man in Betracht ziehen könnte, ihn fallenzulassen. In diesem Beruf fehlt es nicht an Hyänen. Adrien hat nicht nur Freunde. Man hat einen Ersatz für ihn gefunden. Es heißt sogar, ein neuer Drehbuchschreiber büffelt seit einiger Zeit an einer Umarbeitung des Skripts. Das Abenteuer geht weiter, mit anderen Leuten, die etwas ruhiger und verläßlicher sind. Meskal gefällig?

Meinem Magen war nicht so recht danach. Ich machte mich aus dem Staub.

Ein sperriges, sorgfältig verschnürtes Postpaket. Keinerlei Absenderangabe. Ich öffnete es in meinem Büro. Radek mit seinen gelben Augen sah mir neugierig zu. Nachdem ich mehrere Schichten Pappe und dickes Schutzpapier besiegt hatte, kam ein weiterer Wachskopf zum Vorschein. Ich war nicht wirklich überrascht. Wer war es diesmal?

Nicht blutig geschminkt, aber doch ein sehr mitgenommenes Gesicht. Die Maske von Jacques-René, die ich in der Hand hielt, war erheblich sparsamer ausgestaltet als die bei Tussaud's. Sie entstammte derselben Gußform. Ein Kärtchen fiel aus dem hohlen Kopf. Ein paar Worte, mit der Maschine geschrieben: «Als Entschädigung».

Natürlich!

Ich rief im *Mirabeau* an, niemand nahm ab.

Ich wählte Adriens Nummer. Aus anderen Gründen herrschte auch bei ihm Funkstille. Nur zu verständlich.

«Wir haben schon zuviel Zeit verloren.» Mein Gesprächspartner hatte darauf bestanden, daß wir uns so schnell wie möglich trafen. Um «eventuelle Mißverständnisse zu vermeiden». Und auch, um sich einfach kennenzulernen. Er hatte mir das *Lipp* vorgeschlagen, ich legte mich auf ein Treffen im *Robespierre* fest.

Ein junger Mann, modisch, ein bißchen wie Thierry Mugler gekleidet, nicht unbedingt unsympathisch. Er nannte mir seinen Namen, aber ich habe ihn nicht behalten. Wir tauschten ein paar belanglose Worte, während wir unsere Bestellung aufgaben.

– Der Unbestechliche an diesem Ort? Sehr interessant, räumte er ein, nachdem ich ihm ein bißchen erzählt hatte. Wir bewundern all diese Leute, die die Vergangenheit durchforsten. Und die Epoche der Revolution ist ja ungeheuer spannend!

– Nicht wahr?

Dieser Idiot hatte freie Auswahl. Er entschied sich dafür, in Eile zu sein.

– Natürlich war es ein schmerzhafter Entschluß, aber er wurde nach reiflicher Überlegung getroffen. Wir alle haben den größten Respekt für den großen

Regisseur Adrien Leck. Aber die Vernunft hat uns gezwungen, dem Abenteuer, das wir mit ihm versuchen wollten, ein Ende zu setzen. Man ist es sich schuldig, die Künstler zu verstehen, aber die Künstler müssen verstehen, daß nicht alles möglich ist.

– Und wie definiert man die Natur eines Künstlers?

– Werter Herr, sagte mein Gegenüber mit ärgerlicher Miene, machen Sie unsere Aufgabe nicht noch schwieriger. Unser Freund, der im übrigen sicherlich ein Genie ist, hat uns alle in eine äußerst schwierige, ja sogar unangenehme Lage gebracht. Wir müssen unbedingt das Ruder wieder herumreißen, retten, was zu retten ist. Dieser Film kann immer noch ein großer Film werden. Davon sind wir alle überzeugt.

Dieses «Wir» ging mir allmählich auf die Nerven. Was steckte dahinter?

– Wer ist überzeugt?

Der Schwachkopf lächelte, was ihn trotz seiner Löckchen, seiner Swatch und der lächerlichen Fliege ziemlich alt aussehen ließ.

– Wer? Wir, die Leute, die manchmal die Kunst voranbringen. Die Produzenten. Die erbärmlichen Männer mit der Kohle, die kleine, knauserige Rechnungen aufstellen, die versprochene Projekte mit den abgelieferten Manuskripten vergleichen. Eine sehr undankbare Aufgabe. Sind Sie tatsächlich sehr eng mit Adrien Leck befreundet? Dann geben Sie zu, daß er Mist gebaut hat.

– Wenn Sie mir jetzt sagen würden, was mir die Ehre dieses Essens mit Ihnen verschafft.

Eine kreisende, bedächtige Handbewegung.

– Wir haben uns die Zwischenergebnisse angesehen, sagte er. Sie stellen Hébert (Pause) ... diese so zwiespältige Persönlichkeit ... sehr viel überzeugender dar als der Unglücksrabe, der den Unfall hatte. Wie hieß er doch gleich?

Scheiße! Ich hatte mir noch nicht die Zeit genommen, René Jacques im Krankenhaus zu besuchen. Gegenüber diesem Hanswurst hier ein unverzeihliches Versäumnis. Er fuhr fort:

– Ein harter Schlag, der Unfall. Sie haben die Situation meisterhaft gerettet. Sie fragen sich, worauf wir hinauswollen? Ganz einfach. Wenn wir beschlossen haben, auf die Dienste von Monsieur Leck zu verzichten, dann auch deshalb, weil wir der Meinung sind, daß er sich gegenüber seinem Team ein wenig ungehörig verhalten hat.

– Zum Beispiel?

Der Freund des Kinos und der Revolution, dieses windige Bürschchen, tupfte sich mit seiner Serviette die Lippen ab, gab sich gewitzt ...

– Nehmen wir Sie zum Beispiel, lieber Freund. Sicherlich aus Freundschaft haben Sie eingewilligt, für einen Kollegen einzuspringen, auf der Stelle und unter den schlechtesten Bedingungen. Ihre Leistung ist außergewöhnlich. Aber bis jetzt gibt es keinen ordentlichen Vertrag. Richtig?

– Richtig.

Er bestellte eine neue Flasche, wie man einen bevorstehenden Sieg feiert.

– Kein Vertrag, obwohl Sie eine sehr schwierige und ... entscheidende Rolle großartig wahrnehmen. Welche Ungeniertheit von Seiten des Monsieur Leck! Und gestatten Sie: welche Nachlässigkeit gegenüber Künstlern.

– Ich bin es, der die Papiere bisher noch nicht unterschrieben hat.

– Wir können Ihr Zögern gut verstehen. Durch Monsieur Lecks Schuld ist die ganze Sache überstürzt zusammengeschustert worden. Einschließlich – wir spielen mit offenen Karten – der Berechnung Ihrer Gage. Sie werden zweifellos wünschen, daß wir die Dinge noch einmal neu überdenken. Nachdem wir die Zwischenergebnisse gesehen haben, sind wir bereit, Ihre Talente mit einem angemesseneren Honorar zu würdigen, im Rahmen des Vernünftigen natürlich.

Bevor die üblichen Schnäpse kamen, bot mir der reizende Knabe eine Montecristo an. Ich hielt mich seit dem «salade Eléonore» wie gewohnt an meine Gauloises. Dabei wollte ich auch bleiben. Ich hatte den Vertrag bei mir und blätterte flüchtig darin.

– Ich bin nicht ganz einverstanden damit, das steht fest.

– Für einen Künstler ist der Vertrag das Auffangnetz. Sie waren bereit, ohne Netz zu spielen. Das ist bewunderungswürdig. Unterhalten wir uns darüber, wie wir uns einigen können. Diese Sache muß in Ordnung gebracht werden. Sie müssen für Ihre Leistungen gerecht bezahlt werden. Wieviel?

Wieviel? Ich bat den Schwachkopf, mich zu entschuldigen. Ich mußte pinkeln und vor allem Zeit gewinnen. Im Vorübergehen grüßte ich Maximiliens Maske in ihrem Schaukasten. Das Leben war manchmal komisch. Ich brauchte Geld, wenn auch weniger, als man glauben mochte.

In wie vielen Szenen hatte ich Hébert gespielt? Es waren erheblich mehr, als René Jacques geschafft hatte, und zusammen mit vielen Statisten, der gesamten Maschinerie.

Ich ließ mich wieder am Verhandlungstisch nieder. Der Vertrag lag immer noch zwischen unseren beiden Tellern, in ungleichem Abstand.

– Eine winzige Änderung, und ich unterschreibe sofort.

– Ich höre.

Er hielt sein Scheckheft griffbereit, ich zückte meinen Wegwerfkugelschreiber, Marke Bic.

– Es geht um Buchstaben, nicht um Ziffern, nicht um mehr Geld. Nur zwei Worte. Im Anschluß an den Paragraphen, in dem es heißt: «Verpflichtet sich, den Drehplan des Films *Die Prinzessin* einzuhalten, wie er festgelegt wird vom Regisseur ...»

– Ja, und?

– Nun gut. An diesen Satz füge ich an: «Adrien Leck».

– Sie sind verrückt!

– Unterschreiben wir?

– Unmöglich!

Der auf Mugler getrimmte Wunderknabe wurde bleich und dann rot. Er und seine Komplizen hatten sofort gewußt: Ich hatte ihnen gegenüber keinerlei Verpflichtungen. Die Filmrollen mit den Szenen, die ich gespielt hatte, das Geld, das sie darstellten, das alles war nicht mein Problem. Nichts als eine Angelegenheit zwischen Freunden, für die ich keinen Sou kassiert hatte. Es stand jedem frei, mit einem dritten Hébert weiterzumachen, neue Takes nachzudrehen oder all die Millionen, die das Unternehmen seit dem ersten Tag seiner Planung verschlungen hatte, auf die Gewinn- und Verlustrechnung zu setzen.

– Ihre Bedingungen sind unsinnig, kreischte der Modegeck.

– Ihr Pech.

– Sie geben dem Film den Todesstoß.

– Er interessiert mich nur, wenn Leck ihn dreht.

– Wir werden Sie vor Gericht bringen.

– Dann brauchen Sie einen sehr guten Anwalt. Meiner ist ein Giftzwerg vom Schlag der alten Linksradikalen. Ich kann mir sehr gut vorstellen, daß Sie zur Zahlung der Gerichtskosten verurteilt würden.

– Und ein Kompromiß ist nicht möglich, sind Sie sicher? Wir haben unsere Erkundungen eingeholt. Sie sind nicht reich. Überlegen Sie es sich gut. Wir sind bereit, die ursprüngliche Gage zu verdoppeln.

– Leck oder ich steige aus.

– Ein so guter Freund von Ihnen ist er?

– Unter uns gesagt, er ist auch ein dreckiges Arschloch. Unterschreiben wir?

– Fühlen Sie sich nicht so stark. Niemand ist unersetzlich.

– Sie sind es doch, der mir seit einer Stunde die Stiefel leckt. Ich bin nämlich der echte Père Duchesne, verdammt! Und Sie, Sie sind kein Kerl, der das Format hätte, mich zu überreden oder zu kaufen.

– Lassen Sie uns ein paar Stunden Zeit zum Nachdenken.

Soviel Zeit, wie er und sein ganzer Verein wollten. Was hatte ich damit zu tun. Er stand auf.

– Ein Wort noch, sagte ich.

Er drehte sich um. Ganz wie ein Domestik, der sich anschickt, seinem Herrn eine schlechte Nachricht zu überbringen.

– Ja?

– Sollten Sie Anna Fried sehen, richten Sie ihr doch freundlicherweise meine herzlichsten Grüße aus.

– Verlassen Sie sich auf mich, lachte der junge Mann, kläglich darum bemüht, daß es höhnisch klang. Und seien Sie versichert: Wenn es uns nicht gelingt, eine Vereinbarung zu erzielen, wird sie genau wie wir alles daran setzen, Sie beruflich fertigzumachen.

Er verschwand. Ich bestellte einen Cognac und drückte seine dämliche Zigarre, die in den Resten der Birnen-Charlotte vor sich hinkokelte, endgültig aus. Ich war nicht unzufrieden mit meiner Improvisation. Solche Kindereien machen mir gelegentlich Spaß.

Ich war noch dabei, mir *Die Prinzessin* anzusehen, als es läutete. Wie vorgesehen war es Stevenson, pünktlich zum vereinbarten Treffen. Draußen war es kalt und nebelig. Ich bat ihn herein und befreite ihn von seinem Überzieher, einem bequemen Tweedmantel.

– Auf so etwas Ähnliches war ich gefaßt, sagte er, nachdem er sich einen Augenblick im Wohnzimmer umgesehen hatte. Ein sehr sympathischer Aufenthaltsort.

– Und was verrät er Ihnen?

Stevenson setzte sich in den thailändischen Sessel und fragte, ob er sich eine Pfeife stopfen dürfe. Scotch oder Brandy? Er entschied sich für Brandy. Ein Mann der Tradition.

– Was er mir verrät (er atmete tief ein)? Lieber Freund, man kann Ihnen kaum vorwerfen, mit verdeckten Karten zu spielen. Sicher, weil Sie in diesem Raum wenig Leute empfangen, und auch das nur, wenn es sein muß. Wäre es anders, könnte man Sie unverschämt nennen. Es steht fest, daß Leute, zu denen Sie berufliche Beziehungen pflegen, keinen Zugang zu diesem Heiligtum haben.

Mit seinem knochigen Finger wies er auf die Wachsköpfe und die Fotos, die auf dem Boden ausgebreitet waren, auf die vollgestellten Regale, die Schaufensterpuppen, die Reliquien der Straße.

– Ihre Vorliebe für Schaufensterpuppen kann ich nicht ganz teilen. Davon abgesehen spricht hier alles dafür, daß Sie – nach dem Bronschtein-Porträt dort zu urteilen – fortschrittlich bis trotzkistisch eingestellt und ein bißchen herumgekommen sind, was nicht verhindert, daß Sie Paris nur äußerst ungern verlassen. Sie hüten sich vor Frauen, weil einige – sicherlich nicht viele, aber es reicht – Ihnen ein paar Sorgen bereitet haben. Unter Ihrem ruhigen Äußeren verbirgt sich in Wirklichkeit ein Geschichtenmacher. Und wie wäre es, wenn Sie mir jetzt etwas über diese wunderbaren Köpfe dort erzählen? Sie reizen meine Neugier, wie ich gestehen muß.

Ich war Stevenson dankbar, daß er das kleine Porträt von Lew Dawidowitsch bemerkt hatte, das ich auf einem Regal neben einem in Mexiko aufgenommenen Gruppenfoto mit Breton, Nathalia, Frida K., Diego usw. aufbewahrt habe. Es kam vor, daß ich diese Leute vergaß.

Stevenson merkte, daß ich nachdenklich war. Er ließ nicht locker.

– Was kann ich für Sie tun?

Nichts einfacher als das. Er hatte alles vor Augen. Ich erklärte ihm, unter welchen Umständen ich an die Lamballe und an Hébert gekommen war, der mich erheblich mehr aus der Ruhe brachte.

Stevenson konnte nicht widerstehen. Er nahm den Wachskopf vorsichtig in seine langen Finger, drehte und wendete ihn, untersuchte jede Einzelheit (er holte sogar eine Lupe aus seiner Tasche). «Eine bewundernswerte Arbeit, wirklich erstaunlich.»

Was sonst noch?

– Sie sind Fotograf, sagte er, Sie werden mich verstehen. Ein Wachsabguß ist wie ein Fotoabzug.

Vom selben Negativ kann man sehr verschiedene Bilder abziehen. Oberflächliche oder inspirierte. Es gibt keine Universalmethode, wie man es anstellt. Alles hängt vom Können ab, von Tricks und Geheimnissen, die unter Praktikern weitergegeben werden. Und einige gewagte Intuitionen können schließlich etwas ergeben, was an Kunst herankommt.

– Das gleiche gilt für die Wachsbildnerei. Hier muß die Gipsform, das Negativ, außergewöhnlich gut sein. Aber derjenige, der das Wachs in die Form gießt, ist ebenfalls ein außergewöhnlicher Künstler. Eine aufwendige Arbeit. Mehrere sehr feine Schichten, viel Geduld. Reinheiten und Unebenheiten der Haut müssen wahrnehmbar sein. Das hat nichts zu tun mit der großen Masse der Ausstellungsstücke bei Tussaud oder am Boulevard Montmartre, leider.

– Von wann stammt dieser Abguß Ihrer Meinung nach?

Stevenson beugte sich vor, klopfte mit der Fingerspitze an Héberts Stirn, fuhr ihm mit der sichtbaren Zärtlichkeit eines Experten durchs Haar.

– Wachs verhärtet im Alterungsprozeß, das wird man Ihnen gesagt haben. Dieses hier ist seit fast zwei Jahrhunderten erstarrt. Die eingepflanzten Haare sind echt. Curtius war der berühmte Urheber dieser Verfahrensweise. Marie war eine Spezialistin darin. Wenn wir die Mittel dazu hätten, könnten wir zwar nicht nachweisen, von welchem Schädel das Haar stammt – das weiß Gott allein –, aber wir könnten ihn auf jeden Fall annähernd auf das Jahr 1794 datieren. Aus welcher Sammlung kommt dieses äußerst seltene Stück? Ich nehme an, Sie haben nicht die geringste Ahnung. Oder vielmehr, es interessiert Sie im Grunde kaum.

Um Interesse ging es nicht. Es war viel aufregender, die Sache auf sich zukommen zu lassen.

Stevenson stand auf und schüttelte sich. Er war bei mir durchaus nicht fehl am Platze. Mein Trödelladen war sicherlich weniger harmonisch als der seine, aber er konnte Ansprechendes darin finden. Die Fotos aus dem Atelier im Museum, die ich an die Wände geheftet hatte, zogen ihn an. Vor allem die verstümmelte Wachsfigur von Julie. Er holte seine Lupe wieder heraus. Die Abzüge waren meiner Meinung nach so gut gelungen, daß sie dieser minutiösen Überprüfung standhalten würden.

– Unser Freund Jérôme hat da gute Arbeit geleistet, soweit ich das beurteilen kann. Was für ein befremdlicher Vandalismus! Hat die Polizei daraus irgendwelche Schlüsse gezogen?

– Die Polizei ist gar nicht informiert worden.

Er seufzte.

– Ich verstehe. Kein Skandal, nicht wahr? Das ist nur logisch. Aber ich möchte doch annehmen, man hat bemerkt, daß der Täter etwas größer ist als die

Büste, an der er sich vergriff, daß er Linkshänder ist und daß er sich einer äußerst spitzen Klinge bedient hat. Die Tat muß mit beträchtlicher Gewalt ausgeführt worden sein, sehen Sie nur, wie tief die Stiche sind. In Frage kommt eine sehr starke Person mit einem Messer. Oder irgendwer ... mit einem Degen.

Bei genauer Betrachtung des Bildes hätte jeder die gleichen Schlüsse ziehen können. Niemand hatte daran gedacht, das war alles. Stan würde seinen Lohn schon noch erhalten. Stan oder Anna. Stevenson steckte seine Lupe wieder weg. Mir sollte es recht sein.

– Schönes Spielzeug haben Sie da, sagte er zu mir. Aber warum breiten Sie es vor mir aus? All diese Dinge sind im Grunde sehr persönlich. Ich mag Sie gut leiden, aber ich verstehe nicht, warum Sie es tun.

Er hatte recht. Ich spielte nicht vollständig offen. Es war nicht so einfach. Ich bat Stevenson, mich einen Augenblick zu entschuldigen, und holte einen Umschlag aus meinem Schlafzimmer. Vier Fotos steckten darin.

Nur vier.

Die einzigen, die mir geblieben sind.

Auf dem ersten ist Judith ein junges Mädchen. Sie ist gerade in Paris eingetroffen, 1937 oder 38, ich weiß es nicht. Sie posiert zusammen mit einer Freundin auf der Place de la Concorde. Auf dem zweiten ist sie mit einem Mann, meinem Großvater, abgelichtet, im Juni 1941. Ein Foto von einem glücklichen Tag, bei einem Fest aufgenommen, wahrscheinlich einer Hochzeit (das nehme ich an, weil sie wie für eine Hochzeit gekleidet sind, und es ist nicht die ihre). Judith lebte bis 1944 versteckt in einem Dienstbotenzimmer in der Rue Blomet in Paris. Er ist in Sobibor umgekommen, wann genau, ist nicht bekannt. Ein ziemlich großer Typ, der hinkte. Krummer Rücken, schwach auf den Lungen. Judith hat mir oft gesagt, wir sähen uns ähnlich, dieser Großvater und ich. Der gleiche Schritt, die gleiche Haltung. Auf Judiths Erzählungen war nicht immer Verlaß. Sie liebte mich ein bißchen zu sehr.

Auf dem dritten Bild hat sie mich an der Hand. Sie trägt ein geblümtes Kleid und einen wunderlichen Hut. Ich stecke in kurzen Hosen, dazu Baskenmütze und schneeweißes Hemd. Ich sehe zufrieden aus. Hinter uns erkennt man die Juli-Säule auf der Place de la Bastille und ein Podium. Es ist ein 14. Juli. Leider kann ich mich an nichts erinnern.

Fotos erfinden sehr leicht eine Erinnerung, sie rufen sie nicht immer hervor.

Auf dem letzten Foto schließlich Judith als schmächtige, betagte Dame, ein Glas mit irgend etwas in der Hand, was der Arzt ihr wahrscheinlich zu trinken untersagte. Ein paar Tage später stirbt sie.

Stevenson sah sich die alten Bilder lange an.

– Das ist sie tatsächlich, sagte er. Judith! Eine Frau, die ich sehr sehr geliebt habe. Wie kommt es, daß Sie diese Fotos haben?

Mit brutaler Deutlichkeit trat ihm die Wahrheit vor Augen, die ich selbst zu lange nur vermutet hatte. Der kleine Junge, der seine hübsche, junge Großmutter begleitete. Der Mann, der alle Geheimnisse des Museums kannte, der so anschaulich über die Figuren sprach und enthüllte, was sich hinter den Kulissen abspielte.

Stevenson schwieg lange. Ich war ihm dankbar für sein Schweigen. Welche längst verstummten Saiten mochte ich in ihm zum Schwingen gebracht haben? Ich konnte es mir nur vage vorstellen. Was hätte ich ihm sagen können? Nicht sehr viel. Ungewollt war Stevenson mein anregendster Lehrer gewesen.

Als ich ihn später zur Tür brachte, umarmten wir uns etwas ungeschickt, aber besänftigt. Zumindest für ein paar Stunden.

Irgendwann mußte ich mir schließlich die Nachrichten auf dem Anrufbeantworter anhören. Das übliche Zeug. Verwünschungen von Julie, amüsierte Kommentare von Mona: Daß Adrien in Ungnade gefallen war, rief unweigerlich Reaktionen hervor. Marc wollte unbedingt einen Artikel. Stan lachte sich krumm und schief. Mittendrin Anna.

«Sie haben mich betrogen. Komisch, aber darauf war ich nicht gefaßt. Sie und Julie unten vor Ihrem Haus. Ein sehr ergreifendes Liebespaar. Dieser Betrug bedeutet, daß Sie sich entschieden haben. Wie Ihr Freund mit seinem Film. Es ist alles schrecklich logisch und schrecklich dumm. Nur eins haben Sie nicht verstanden. Der Mensch ist fähig zu töten. Aus Liebe, aus Enttäuschung. Er kann es in Romanen oder im Film tun. Auch das ist eine sehr einfache Sache, die vorkommt, die sich aufdrängt. Ich werde töten. Das ist völlig bedeutungslos, wie bei einem Drehbuch, in dem man darauf bedacht ist, daß alles seine Ordnung hat, am rechten Platz steht, damit man dem Zuschauer keine Mühe macht. Schade. Ich habe sehr an der Vorstellung gehangen, Sie liebten mich.»

Als ich das Band gerade zum drittenmal abgehört hatte, läutete das Telefon. Adrien.

– Joachim hat mich informiert. Ich danke dir für die kleine Feldforschung in Bezug auf Curtius' Zweigniederlassung am Boulevard. Aber morgen drehen wir in dem anderen Salon, im Palais-Royal. Gib dir Mühe, pünktlich zu sein. Der Dienstplan erfordert deine Anwesenheit.

– Wie bitte?

– Du hast richtig gehört. Deine Erpressung war erfolgreich, sie haben gekniffen. Ich habe gerade ein Telegramm erhalten, in dem ich angewiesen werde, meine Funktionen weiterhin wahrzunehmen. Falls du jetzt ein Dankeschön erwartest, kannst du dich zum Teufel scheren.

Warum hätte ich nach dem amüsanten Essen im *Robespierre* noch irgend etwas als Zugabe erwarten sollen?

Es passierte gelegentlich, so auch jetzt wieder. Radek lief von Zimmer zu Zimmer, schnüffelte in der oberen Etage herum, ließ keinen Schlupfwinkel aus. Er suchte seine verschwundenen Freundinnen, Kamenjew und Sinowjew. Es war kein Spiel, eine echte Unruhe. Wenn er merkte, daß er wirklich allein war, sprang er auf meinen Schoß, vor Erregung zitternd. Streicheln konnte ihn nur schwer beruhigen. Der Kater fand sich in der neuen Weltordnung nicht zurecht. Ich hatte ihm auch keine Lösung anzubieten.

Villon war zu früh gekommen. Während er auf mich wartete, spazierte er langsam am Bassin in der Grünanlage entlang, den Kopf in den hochgeschlagenen Kragen seines alten Lodenmantels eingezogen. Jeder Schritt wirkte unsicher, mühsam. Es war kalt, aber nicht kalt genug, diese zerbrechliche Haltung zu erklären. Als er mich bemerkte, lächelte er wie erleichtert. Ich hatte ihn selten lächeln sehen und so gut wie nie in dieser offenen Weise. Es war ebenfalls lange her, daß ich Villon außerhalb seines Rattenlochs in der Rue de Saintonge gesehen hatte. Er schüttelte mir überschwenglich die Hand. Das war es: Er war mir dankbar.

Er hängte sich bei mir ein, eine vollkommen unpassende Geste. Wir gingen schweigend ein paar Schritte, dann erklärte er:

– Von mir zum Analytiker an der Place des Vosges sind es nur ein paar hundert Meter. Ich nehme immer den gleichen Weg, die gleichen Straßen. Das ist mein einziger Ausgang, seit ich im Krankenhaus war. Sogar meine Einkäufe lasse ich von Sam erledigen. Warum? Weil ich Angst habe.

Angst vor den Autos, vor irgendwem, der ihn nach der Uhrzeit fragen könnte. Angst, Zeuge eines Unfalls, einer Prügelei zu werden, angegriffen, zu irgendeiner Handlung gezwungen zu werden.

– Ich habe Angst, außer Kontrolle zu geraten, erneut ins Schleudern zu kommen, fuhr er fort. Panische Angst. Sie können sich nicht vorstellen, was mich der Besuch bei Ihnen neulich nachts gekostet hat. Entschuldigen Sie, daß ich Sie mit solchen Ergüssen belästige.

– Und heute?

– Selbst Ex-Bullen haben Kindheitserinnerungen. Ich habe als Junge in diesem Viertel gewohnt.

Mit einer vagen Handbewegung zeigte er auf die Rue de Bretagne hinter uns, auf die Markthalle, genannt «Marché des Enfants rouges». Sein Territorium seit Urzeiten. Da ich ihn nun einmal sehen wollte, war ihm diese Grünanlage als Treffpunkt gar nicht unsympathisch. Im Freien, aber nicht zu weit weg, auf vertrautem Gelände. Trotzdem war es ihm schwergefallen. Was er für mich tun könne?

Eine beiläufige Idee, die mir am Vortag gekommen war. Ich zog einen kleinen Beutel aus der Tasche. Er enthielt eine Haarsträhne.

– Ich habe mir gedacht, daß Sie bestimmt noch Kontakt zu einigen Kollegen haben. Ich wüßte gern das Alter der Person, der diese Haare gehören. Sie kennen doch sicher Experten, die solche Dinge bestimmen können, oder?

Villons Augen leuchteten auf.

– Die Burschen aus dem Labor, wie es immer heißt? Ihre Analysen sind selten so genau, wie es in Kriminalgeschichten gern behauptet wird. Wem gehören diese Haare?

– Mir ist das Alter wichtig. Kennen Sie jemanden, der mir helfen könnte?

– Der es versuchen könnte? Ganz sicher. Ein paar der ehemaligen Kollegen machen sich noch um meine Gesundheit Gedanken. Manche haben mich sogar wissen lassen, daß sie mir gern einen Gefallen tun würden, wenn sich die Gelegenheit ergibt. Eine merkwürdige Gelegenheit, die Sie mir da bieten. Diese Haare …

Ich beruhigte ihn. Es handele sich auf gar keinen Fall um eine kompromittierende Angelegenheit. Eine reine Sache der Neugier. Villon steckte das Säckchen in die Tasche. Einerseits war sein Selbstwertgefühl gestiegen, weil ich ihn um einen Gefallen gebeten hatte, andererseits war er besorgt, in irgend etwas hineinzugeraten.

– Erzählen Sie es mir eines Tages?

– Was?

– Sie scheinen sich mit einer seltsamen Geschichte herumzuschlagen.

Jetzt klappte auch ich den Kragen meines Anoraks hoch. Der Wind war eiskalt. Keine Menschenseele im Square du Temple. Und so angestrengt ich auch das dürre Gestrüpp auf dem Rasen mit den Augen absuchte, keine Spur von dem Katzenwurf, den ich neulich Nacht aus der Ferne gesehen hatte. Villon irrte sich. Ich schlug mich mit gar nichts herum. Es war erheblich amüsanter, den Dingen ihren Lauf zu lassen.

Ein langer Tisch, ein Schreibtisch. Darauf ausgestreckt Maximilien. Ein regloser Körper, gezwungenermaßen fügsam. Die Augen geschlossen, das Gesicht erstarrt unter dem Salbenverband und dem feuchten Tuch. Nur undeutlich nimmt er die Geräusche in seiner Umgebung wahr, Stimmenlärm und Gelächter. Er ist wehrlos den Blicken ausgesetzt. Da hilft auch seine berühmte Eleganz nicht mehr. Das Hemd über der weißen Brust ist geöffnet. Er errät Bewegungen, Gesten, die ihn betreffen. Er beherrscht nichts mehr, ist nur noch verletzliches Objekt von

Neugier. Scham überkommt ihn. Er entspannt sich. Versucht, die Fortsetzung vorauszusehen. Ahnt den Sarkasmus, den bösen Coup. Er hat das Gefühl, daß ein steinerner Schraubstock seine Schläfen, seinen Kiefer umklammert. Sein Atem geht unregelmäßig, verängstigt. Aber er hat die Prüfung angenommen.

Der Tisch steht in der Mitte eines vollgestellten Zimmers, halb Werkstatt, halb Salon. Marie Grosholtz macht sich eifrig zu schaffen. Eine kleine, wendige Person, genaue Gesten, ungefälliges Gesicht. Curtius (groß, hager, aufmerksam, etwas im Hintergrund) und Couthon (spöttisch in seinem Behindertenstuhl) beobachten sie. Ich warte.

Marie zog das Tuch zurück, prüfte mit dem Finger die Festigkeit der Maske. Trocken. Man konnte zur letzten Phase übergehen.

Sie rückte ihren Kneifer zurecht, nahm vorsichtig und sachte die Form ab.

Eine kleine Weile, und unter dem Gips tauchte das nahezu entstellte Gesicht des Tribuns auf.

Marie schob ihm ein feuchtes Taschentuch in die Hand. Maximilien wischte sich ab, schien aus einem schweren Alptraum zurückzukehren. Er löste die Gazestreifen, die seine Haare geschützt hatten, entfernte den Stoff, der seine Augenbrauen abgedeckt hatte. Verlangte nach einem Spiegel. Sein Gesicht war gerötet, erregt. Maximilien verbarg seine Wut, so gut er konnte – schlecht. Als hätten wir ihn ganz privat bei einem bösen Erwachen überrascht.

– Man kommt auf merkwürdige Ideen, wenn man unter einer solchen Form gefangen ist, räumte er ein.

In wenigen Augenblicken würde ich an der Reihe sein.

Maximilien war einverstanden mit dem Glas Champagner, das Curtius ihm reichte. Schon schickte sich ein Barbier an, sein Gesicht mit Pomade zu bearbeiten, ihm die Perücke aufzusetzen und, schnell, schnell, der so teuren Erscheinung wieder Ausstrahlung zu verleihen.

– Ein seltsames Pantheon, dein Kabinett, Curtius. Ich halte es für erwiesen, daß wir stets Gefahr laufen, perfekte Schufte zu großen Männern zu erheben. Zumindest bei dir berühren sich Verbrechen und Tugend ganz eindeutig. Es bleibt dem Besucher überlassen, wem er seine Gunst schenken will. Eine harte Lektion! Ich habe festgestellt, daß deine Gaunerfiguren den meisten Zulauf haben.

– Sie sind nur dazu da, die braven Leute in Angst und Schrecken zu versetzen, protestierte der Wachsbildner.

– Ihnen den Schauer des Vergnügens zu bereiten, meinst du wohl! Man sieht sich viel lieber das Verbrechen als die Tugend an. Selbst wenn ersteres bestraft wird. Erinnert ihr euch an das enttäuschte Geschrei bei der ersten Hinrichtung durch die Guillotine auf der Place de Grève? Unsere braven Bürger fühlten sich um den langen, schmerzhaften Todeskampf eines Scheusals betrogen. Man hat den Mann nicht einmal schreien hören! Zumindest dein Freund Sanson hat sich deshalb angewöhnt, den Kopf der Berühmtheit des Tages durch die Luft zu schwenken. Hast du gemerkt, daß deine Ausstellung ungefähr den gleichen Zweck erfüllt, Curtius? Jeder Beliebige kann herkommen und unseren leblosen Köpfen frech ins Gesicht lachen.

– Das ist das gute Recht der Leute, sagte ich. Wir reden, halten unsere Versammlungen ab. Es ist ein gesunder Wunsch, wenn das Volk wissen will, wie wir aussehen. Curtius arbeitet für die Demokratie.

Maximilien lachte höhnisch und rückte seine Krawatte zurecht.

– Natürlich! Viele Patrioten haben keine Zeit, uns bei unseren Diskussionen in der Nationalversammlung oder in den verschiedenen Clubs zuzusehen.

Für die meisten sind wir nur gesichtslose Redner. Ich frage mich, Jacques-René, was manche deiner Leser denken würden, wenn sie entdeckten, daß der wortgewaltige Père Duchesne, der Apostel der Vororte, ganz wie ein anständiger, gepflegter Mensch aussieht, einem stutzerhaften Adligen gar nicht unähnlich. Gehen wir ...

Maximilien sah sich unter den Ausstellungsstücken in der Werkstatt um. Danton, Pétion, Camille, Roland, Manon usw. Erste, noch nicht gezeigte Entwürfe. Er versteifte sich.

– Diese geschlossenen Augen, sagte er. Wir sehen alle aus wie Leichen.

– Die Augen werden so ziemlich als letztes eingesetzt, sagte Curtius hastig. Wenn die Arbeit beendet ist, werden all diese Gesichter quicklebendig wirken.

– Natürlich, höhnte der Tribun. Aber für wie lange?

Maximilien machte sich zum Aufbruch bereit (draußen in der Ferne konnte man die Arkaden des Palais-Royal, die herausgeputzte galante Menge erkennen). Er besann sich anders. Marie zeigte ihm die Gipsmaske.

– Das wird eines der ergreifendsten Porträts sein.

– Ja, falls man Vaterlandsliebe auf einem Gesicht lesen kann. Und außerdem habe ich etwas vergessen ...

Maximilien war plötzlich verlegen. Er reichte Marie ein Paket. Ein ordentlich verschnürtes Bündel, dem man anmerkte, daß ein Duplay-Zögling sehr viel Sorgfalt darauf verwandt hatte.

– Sie haben mir gesagt, daß Sie bei Ihren Figuren Wert auf äußerste Genauigkeit legen. In diesem Paket finden Sie ein paar persönliche Sachen. Sie stammen nicht von einem reichen Mann. Ich habe sie noch gestern getragen.

Marie und Curtius bedankten sich herzlich. Couthon bediente gereizt die Hebel seines Behindertenstuhls. Knirschende Geräusche. Bevor Maximilien hinausging, drehte er sich zu mir um.

– Eine harte Prüfung, die dich erwartet, mein Freund. Es würde nicht schaden, wenn wir sie alle durchmachten.

So ein Angeber!

Er hatte recht. Ich war an der Reihe, ich, Hébert. An dieser Stelle wäre eine Unterbrechung, eine Pause zum Luftschnappen möglich gewesen. Aber Adrien gab Anweisung, weiterzumachen, eine Unterbrechung kam nicht in Frage. Aus dem Augenwinkel sah ich, wie sich Couthon außerhalb der Szene aus seinem Stuhl erhob und mit ein paar lächerlichen gymnastischen Übungen versuchte, seine Steifheit zu lockern. Es mußte ziemlich unangenehm sein, einen gelähmten Deputierten zu spielen. Maximilien wischte sich die Stirn ab und zündete sich eine Zigarette an. Im Blickfeld der Kameras lag eine völlig andere Welt. Curtius nahm mich höflich bei der Schulter und führte mich zum Arbeitstisch.

– Der Bürger Robespierre übertreibt gern, so schlimm ist es gar nicht.

Es ging angeblich sogar sehr schnell.

Ich legte mich hin. Marie strich sorgfältig eine Salbe auf meine Haut, bat mich, die Augen fest zu schließen und das Gesicht nicht zu sehr zu verziehen, damit ich weder leidend noch wütend aussähe. Ein ausgeruhtes Gesicht. Einen raffinierteren Ausdruck zu erzielen, das sei dann später ihre Arbeit.

– Etwas unangenehm ist nur das hier.

Sie schob zwei Pappröhren in meine Nasenlöcher, damit ich atmen konnte. Warum nicht zwischen die Lippen? Das würde den Abdruck, die Mundkonturen zu sehr deformieren. Man dürfe möglichst wenig korrigieren.

– Entspannen Sie sich, Bürger.

Marie war eine gründliche und unangenehme Person. Sie glich dem, was ich in London von ihr gesehen hatte, den Selbstporträts aus Wachs. Eine spröde Frau ohne jede Verführungskraft. Die zahlreichen Vorsichtsmaßnahmen, die zu treffen waren, ärgerten sie. Ihre Hände machten sich um meinen Schädel herum zu schaffen. Ich hatte die Augen schon seit längerer Zeit geschlossen. Ich stellte mir vor, wie Marie mit den gleichen effizienten Bewegungen und der gleichen Gefühlskälte an Köpfen von Leichen arbeitete, die von den Friedhöfen Madeleine oder Errancies stammten.

Unter meinen Fingernägeln spürte ich die Schreibtischunterlage. Altes, abgenutztes, brüchiges Leder. Es war einer dieser Tische, auf denen man sich in nächtelangen Ausschußsitzungen ein wenig ausruht oder in Bürgerkriegsnächten die Sterbenden lagert. Es war nicht schwer, sich auszumalen, welche schlimmen Vorahnungen Maximilien vorhin beschäftigt hatten.

– Jetzt ist es soweit.

Zuerst die Kälte. Das Gefühl, daß eine flüssige, glitschige Paste in alle Falten der Haut eindringt. Eine Paste, die unmittelbar darauf erstarrt, lauwarm wird und dann, auf beinahe brutale Weise, heiß. Brennend. Marie und Curtius hatten mich gewarnt vor diesem Eindruck, den Gips vermittelt, wenn er arbeitet. Nur nicht schwachwerden.

Trotzdem hat man das Gefühl zu ersticken. Unter einem gräßlichen Deckel zu liegen. Wer atmet schon nur durch die Nase? Diese Rolle ist eine Falle, eine tödliche Falle zweifellos. Langsam atmen. Nicht schlechter sein als Maximilien. Nicht vor Adriens laufenden Kameras, die das Auf und Ab des Brustkorbs, vielleicht sogar das wilde Herzklopfen verfolgen. Das Hemd ist geöffnet, die Brust nackt. Jacques-René hatte große Angst vor dem Tod. Er hat gespürt, daß er nahte. Es wäre sicher angemessen, Hébert hier in Curtius' Atelier panisch verängstigt zu zeigen. Wie er die blöde Gipsmaske herunterreißt, wie er aufsteht und auf das Spiel verzichtet, solange noch Zeit ist. Die Maske zieht sich schmerzhaft zusammen.

Maximilien hat recht. Père Duchesne ist keine Wachsfigur, sondern eine Vignette auf einem Zeitungstitel. Eine andere, viel originalgetreuere Maske, die niemandem ähnlich sieht. Worte, die auf die Schläfen eintrommeln.

«Große Freude bei Père Duchesne, in Curtius' Pantheon aufgenommen zu werden.»

Nein.

An diesem Abend wird er nur noch ein Nichts sein. Objekt beißenden Hohns in den Straßen der Vororte Marcel und Antoine, Gegenstand des Schmerzes für Françoise. Falls sie nicht bereits tot ist. Man transportiert mich auf dem Karren, den Kopf zwischen den Knien. Zusammen mit all den anderen an diesem 4. Germinal des Jahres II. Kaum sind die Leichen abgeladen, kommt Marie zum Zug, immer noch mit den gleichen Gesten.

Befehl des Nationalkonvents, wird sie danach sagen.

Bewegung ist nicht mehr möglich. Ich bin gefangen.

Ich stellte mein Fahrrad am Eingang der Passage du Caire, Rue du Faubourg-Saint-Denis ab, ein altvertrauter Ort, und folgte der engen überdachten Passage mit den hübschen Läden zu beiden Seiten (Schaufensterpuppen, Druckereien usw.). Weil es ein Samstagmorgen war, stand kein Türke an seinem Platz in der Nähe der Rue d'Aboukir, um seine Arbeitskraft quasi öffentlich zu versteigern.

Wo hatte er gewohnt? Ich hatte mir ein paar Notizen gemacht.

Die Unterkunft in der Rue Saint-Antoine bestand nur aus einem Zimmer. Da Françoise schwanger war, hatte das Ehepaar Hébert seit Sommeranfang 1792 ein Haus zu mieten gesucht. Nach Schwierigkeiten mit seinem Verleger Tremblay («Rue Sainte-Barbe, nahe der Porte Saint-Denis») war er auf der Suche nach Räumlichkeiten, die gleichzeitig als Druckerei dienen konnten. Vorzugsweise im selben Viertel, Bonne-Nouvelle, weil er sich dort wohlfühlte.

Ende August gibt die Nummer 168 des *Père Duchesne* den Umzug bekannt. Die Zeitung wird nunmehr von «der Druckerei in der Rue Bourbon-Villeneuve, Cour des Miracles, vormals ansässig Rue-Ste-Barbe» hergestellt. Bei Erscheinen der Nummer 171 knapp einen Monat später – die Republik ist ausgerufen – ist die vormalige Rue Bourbon-Villeneuve in Rue Neuve-Egalité umgetauft. Und das ist unsere heutige Rue d'Aboukir.

Das Haus war in Wirklichkeit ein zweistöckiges Häuschen im Hinterhof. Zahlreiche Renovierungsarbeiten waren notwendig. Miete: 300 Livres pro Trimester. Das war viel.

Während die Druckpresse im Erdgeschoß ziemlich rasch betriebsbereit war, konnten Hébert und Françoise die erste Etage erst im Winter 1793, kurz nach dem Tod des Königs beziehen.

Der Name «Cour des Miracles», früher das Viertel der Bettler und Diebe, hatte sich nur aus Gewohnheit bis 1792 gehalten. Seit einem guten Jahrhundert war das Viertel gründlich befreit von falschen Bettlern und echten Schurken. Bei der Generalversammlung der Sektion Bonne-Nouvelle am 30. Oktober 1793 schlug der ehrenwerte Bürger Jault vor, den Hof in «Place des Forges», Platz der Schmiede, umzubenennen. Das moralische Anliegen: Es galt zu verhindern, «daß schlechte Bürger, die dort wohnten, der Rückkehr der alten Laster Vorschub leisteten». Warum Platz der Schmiede? «Weil die Schmiede sehr viel größere Mirakel vollbringen werden, indem sie das Eisen

schmieden, das die gekrönten Tyrannen vernichtet.»
Der Vorschlag wurde angenommen.

Der Name ist uns geblieben. Die Rue des Forges
führt zur Place du Caire und findet ihre Fortsetzung
nach einem Knick in der Rue Damiette. Es ist einer
der schmutzigsten Verkehrswege von Paris, halb
Werkstatt, halb Mülldeponie und Autofriedhof. Eine
Straße ohne Passanten, ein schmieriger Strandungs-
platz. Mehrere Autoren haben Héberts Haus mit
der Nummer 9 angegeben. Die existiert nicht mehr.
Ich habe nur feststellen können, daß sich dort statt
dessen der rückwärtige Teil des Gebäudes von *Fran-
ce-Soir* breitmacht, häßlich, alterslos und schmutz-
starrend, unendlich obszön. Die Zeitung dieses
Nichtskönners Hersant dort, wo einst die Druckerei
des Père Duchesne gestanden hatte – eine üble Ironie
der Geschichte. Ich machte kehrt.

Auch diese Nacht fand sich Julie wieder bei mir ein.
Eine merkwürdige Verhaltensweise. Sie drängte sich
nie auf, vielleicht überlegte sie vorher gar nicht. Ich
saß im Büro vor all den Fotos, Plänen und Skizzen.
Sie kam von den Dreharbeiten. Ein anstrengender
Tag. Die Ankunft in der Force am Abend des 20.
August.

Ich zeigte es ihr auf der Aufnahme, die ich aus
dem Nationalarchiv hatte. Der Eingang in der Rue
des Ballets, die als Sackgasse an der Ecke der Rue du
Roi-de-Sicile (bald Rue des Droits-de-l'Homme)
mündet, die Tür zum Wachraum sehr niedrig («Ich
erinnere mich, daß ich den Kopf einziehen mußte»,
sagte sie).

Mit dem Finger folgte ich der Strecke. Die zwei
sehr kleinen Zimmer, dann rechts das Büro der Ge-
richtsschreiberei, das auf den Eingangshof geht. In-
haftierungsformalitäten. Im Register ist ihr Name
vermerkt: «Marie-Thérèse Louise de SAVOIE de

BOURBON-LAMBALLE». Tödliche Großbuchstaben.

– Und weiter?

– Man hat dich zusammen mit deinen Begleiterinnen, Madame de Tourzel und ihrer Tochter, ins Frauenquartier verlegt, in die Petite-Force.

– Wir mußten Höfe und Flure durchqueren.

– Ihr habt den Orientierungssinn verloren. Man hat euch getrennt. Jede in eine Zelle.

– Wo war meine?

Ich zeigte es ihr auf dem Plan. Da. Wenige Meter entfernt vom Hôtel Lamoignon, der künftigen Historischen Bibliothek der Stadt Paris. Eine interessante Nachbarschaft.

– Morgen werden deine Freundinnen durchsetzen, zu dir verlegt zu werden. Die Abgesandten deines Schwiegervaters, des Herzogs von Penthièvre, schmieren die notwendigen Leute, um deine Haftbedingungen zu erleichtern.

Julie sah sich lange die Dokumente an der Wand an. Als ob sie dieses Zimmer zum erstenmal betreten hätte. Irgend etwas irritierte sie.

– Im Grunde ist dir dieser Film völlig egal, sagte sie. Du bewegst dich in einer zusammengebastelten Geschichte, die nur dich angeht. Warum hast du Adrien wieder in den Sattel geholfen?

– Um zu sehen, was passiert.

– Das ist alles?

– Was für ein gewaltigeres Motiv könnte ich haben?

Julie war erschöpft. Sie hatte das Gefühl, die ganze Episode tatsächlich erlebt zu haben. Das lag an Adriens Eigenart, sehr lange Sequenzen zu filmen, in denen man sich verlor. In denen man die Kulisse, die gesamte Maschinerie hinter den Scheinwerfern vergaß. Die Schauspieler, in eine Art Alptraum versetzt, spielten wie in Trance und warteten auf das rettende

«Cut», das stets sehr viel länger als vereinbart auf sich warten ließ. Julie hatte bestimmt nicht die Absicht, mir wie eine brave kleine Lebensgefährtin, die ins traute Heim zurückkehrt, von ihrem Arbeitstag zu erzählen. Es war etwas anderes. Sie fürchtete die vor ihr liegenden Szenen mehr, als sie zugeben wollte. Das Tribunal. Den Tod. Ich schenkte ihr ein Glas ein.

Adrien hatte mir eines Abends in seinem Refugium in der Passage du Commerce erzählt, daß Julie ihn verblüffte. Eine inspirierte Schauspielerin, wie er schon lange keine mehr getroffen hatte. Er war wie üblich betrunken, es klang aufrichtig. An jenem Abend hatte er mich beschimpft. Mit welchem Recht ich gemauschelt hätte, damit er seinen Job als Regisseur dieses Films wiederbekam?

Julie störte mich nicht. Sie nistete sich nie ein. Sie kam zu Besuch. Selbst wenn ich mich genau erforschte, kam ich zu dem Schluß, daß ich nicht in sie verliebt war. Ich war ziemlich sicher, daß das auf Gegenseitigkeit beruhte. Ich fing wieder an, mit Jacques-Renés Kopf herumzuspielen.

– Immer noch süchtig?

– Von Tag zu Tag mehr, und glücklich darüber.

– Du wirst noch mal enden wie Bela Lugosi. Am Ende seines Lebens hielt er sich tatsächlich für Dracula.

– Und Weissmuller hielt sich für Tarzan.

– Weißt du immer noch nicht, wer dich mit Geschenken überhäuft?

– Schlechte Nachrichten kommen immer schnell genug.

Das Ganze spielte sich im Bruchteil einer Sekunde ab, fast geräuschlos. Der Bruch der Fensterscheibe, der heftige Schlag gegen das Wachs, das Zersplittern des Materials. Ich schaltete nicht sofort, Julie ebensowenig. Ich stand ein paar Sekunden einfach da, Jacques-Renés Kopf in den Händen. Seine rechte

Schläfe wies einen winzigen Einschlag auf. Die linke war kraterförmig aufgerissen. Schweres Kaliber.

In einem stereotypen Reflex warfen wir uns zu Boden. Es geschah nichts mehr.

– Von woher kam das?

– Gegenüber auf der anderen Seite des Kanals wird ein Haus gebaut. Man kann auf uns herunterblicken.

– Wollte man uns umbringen?

Nur Hébert. Bei dieser Entfernung schießt einer, der ein Gewehr mit Zielfernrohr zu handhaben versteht, nicht daneben.

– Wer?

Julie und ich hatten uns zum Schutz hinter das Sofa gerollt. Es war auch Mache dabei, wir beherrschten unsere Rolle souverän. Ihr Körper fühlte sich gut an, wie ich schon wußte. Zwischenfälle dieser Art machten ihr keine Angst. Die Lampe war heruntergefallen. Jeder rachsüchtige Killer konnte uns nach seinem Gutdünken umlegen. Aber das stand nicht auf der Tagesordnung. Ich war einigermaßen überrascht, als ich entdeckte, daß Julie noch im Fallen daran gedacht hatte, nach der Magnum zu greifen. Es war vielleicht doch nicht nur Theater. Der Schlagbolzen war gelöst.

– Vielleicht sollten wir wenigstens einmal offen über die wirklich wichtigen Dinge reden, stieß sie hervor. Und nun?

Um uns herum waren überall Glassplitter verstreut. Ich schlug Julie vor zu vögeln. Für einmal hatte das wirklich Sinn.

Villon untersuchte den beschädigten Kopf. Er brauchte mir nichts über das Kaliber oder sonstige ballistische Dinge zu erzählen. Die Kugel, die im Einband eines Buchs von Jaurès steckte, war eindeutig nicht aus einem Jahrmarktsgewehr abgefeuert worden.

– So sehr ist man hinter Ihnen her? Sie hätten dabei draufgehen können.

– Das war nicht beabsichtigt. Da liegt das Problem.

– Eine Warnung?

Der aufgerissene Schädel verlieh Hébert ein klägliches Aussehen. Villon begriff nichts. Er war gekommen, um mir Bericht zu erstatten, mir die Schlußfolgerungen seiner fachmännischen Freunde mitzuteilen. Und nun stand er mit einer Haarsträhne zwischen zwei Fingern am Ort eines Attentats.

– Stammen sie von diesem Kopf?

– Von Hébert, ja. So ist es.

– Was ich an Ihnen schätze, ist Ihre Unkompliziertheit.

Er machte sich ans Erklären.

– Meine Kollegen, die Typen von der Gerichtsmedizin, waren ein wenig verwirrt.

Das konnte man ihnen nicht verdenken. Zuerst die Tatsache, daß es sich um echtes Haar handelte. Nicht um Roßhaar, nicht um synthetisches Perückenmaterial. Dann der Befund, daß sie sehr alt waren. Das war die Schwierigkeit. Villon hatte nicht alle Erwägungen seiner Freunde behalten. Jedenfalls hatten sich die Pathologen des Gerichtsmedizinischen Instituts nicht in der Lage gesehen, mehr herauszufinden, als daß das Opfer schon relativ lange tot sein mußte. Dafür kannten sie Kollegen, die in historischer Forschung einigermaßen bewandert waren. Da jedes Rätsel gelöst werden wollte, hatten sie diese befragt. Aus Liebe zur Kunst. Um der langweiligen Routine zu entkommen.

– Ich erspare Ihnen die Einzelheiten, sagte Villon. Diese Haare stammten vom Kopf eines Mannes, der vor mindestens zwei Jahrhunderten gelebt hat. Ein kerngesunder Typ um die vierzig herum. Das war's. Sind Sie unter die Grabräuber gegangen?

Ich hielt es für angemessen, ihm das Prinzip der Gußformen von Curtius-Tussaud zu erläutern, die Einpflanzung echter Haare, damit es realistischer aussah usw. Villon griff nach Héberts Kopf.

– Unglaublich, seine eigenen Haare!

– Nein. Die irgendeines Zeitgenossen. Das Bemühen um Authentizität ging nicht so weit, daß man auch noch die Haare des Modells benutzte.

Ebensowenig wie andere fühlte sich Villon berechtigt, mich zu fragen, woher ich diese außerordentlichen Wachsköpfe hatte. Er glaubte mir aufs Wort, als ich ihm versicherte, es seien historische Stücke. Was wußte ich von Historie?

– Dieser Vandalismus! …

Der Vandalismus – eine Wortschöpfung des braven Revolutionärs Abbé Grégoire, das nur am Rande – war eine Spur. Man hatte es vorgezogen, auf Jacques-René statt auf Julie oder mich zu schießen. Der Schädel war ziemlich ramponiert. Ich hatte Stevenson angerufen, damit er das Ausmaß des Schadens einschätzte.

– Wer hat geschossen? Sie haben doch sicher eine Vermutung?

– Zählen Sie nicht auf mich, ich kann sie nicht näher erläutern.

– Na dann eben nicht.

Was Villon mir noch sagen wollte: Er hatte das Spiel *City* beendet. Vor zwei oder drei Nächten, in einem Zug bis zum Ende. Es war vollbracht. Erheblich einfacher, als er gedacht hatte. Es genügte, ein wenig zu überlegen, etwas zu riskieren. Der kleine Max hatte den Gral gefunden. Kein Grund, Champagner zu trinken. Nur eine notwendige Erfahrung. Das hatte ihm übrigens sein Psychoanalytiker gesagt.

Champagner gab es trotzdem. Villon hatte eine Flasche mitgebracht.

– Ich beneide Sie, Victor, sagte er und hob sein
Glas. Wie stellen Sie es an, ein so gelassener Zuschauer zu sein?

– Ich mache es wie Sie. Ich habe mir viel Zeit für
meine Behandlung genommen.

Anna hatte eine Dummheit begangen. Man
konnte über Jacques-René denken, was man wollte.
Aber er hatte bereits bezahlt. Er konnte kein sinnvol-
les Ziel abgeben.

Am 22. November, dem 252. Geburtstag von Restif
de la Bretonne, ging ich nachmittags, also außerhalb
der im Puff üblichen Dienstzeit, ins *Mirabeau*. Madame Léonce saß am Empfangsschalter und begrüßte mich sehr liebenswürdig. Außerdem vertraute sie
mir an, daß die Geschäfte nicht mehr besonders gut
liefen.

Vier Stockwerke höher fand ich Stan. Während
Annas Abwesenheit spielte er den Herrn des Hauses. Die Salons und Zimmer waren leer, sauber und
warteten auf die munteren Spiele des Abends.

– Die munteren Spiele werden immer seltener,
stöhnte er. Es steht in allen Zeitungen: Die veneri-
schen Erkrankungen verderben die Geselligkeit. Alles lacht darüber, aber keiner will daran sterben. Das
Fest ist gelaufen.

Bier. Stan hielt es nicht am Platz. In einem dreitei-
lerähnlichen Gebilde, das ihm viel zu groß war, lief er
zwischen Spiegeln, Betten, Sofas und sonstigen lust-
fördernden Kuschelecken hin und her. Eine ganze
Kulisse in Rosa und Blau für angesäuselte Typen.
Aus einer anderen Zeit.

– Ich bin sicher, du bist nicht bloß gekommen, um
Neues von mir zu hören oder zu erfahren, wie der
Sexmarkt läuft. Laß mich raten. Anna mal wieder?
Du bist beunruhigt.

– Sie hat auf mich geschossen.

Er brach in schallendes Gelächter aus.

– Schlimmstenfalls hat sie dir angst machen wollen. Ich sage es ungern, aber Mama kennt sich ziemlich gut mit Waffen aus. Jagd, Schießstände. Sie verfügt über einen Haufen verborgener Talente. Schade, daß du sie nicht entdecken wolltest.

– Wo ist sie?

Stan sagte, er wisse es nicht. Er log. Es gab keinen Grund, ihm das übelzunehmen. Er schien wirklich total erledigt.

– Ich habe es dir schon gesagt, sie ist immer ausgerissen. Sie kann nicht anders. So wie sie Dummheiten macht, wenn sie verliebt ist. Sie liebt dich. Das ist deine Schuld. Du hast sie gewollt, du hast sie gekriegt. Glaub nicht, daß ich dich verteidige.

Ringsum machte sich jetzt eine ganze Belegschaft eifrig zu schaffen. Staubsauger fuhren über dichte Teppichböden, die Frotteetücher in den Bädern wurden ausgetauscht, die Decken auf den zahlreichen Betten und Sofas erneuert, die raffinierten Spiegel und Glasscheiben gewienert und schließlich die Videorecorder neu bestückt.

– Und wenn es sich nicht rentiert, sichert es immerhin einigen Einfluß. Habe ich das richtig verstanden?

– Absolut richtig.

Meinetwegen.

Das Haus hatte vier Stockwerke und gehörte zur Gänze Anna Fried. Bei drei Etagen war die Bestimmung ungewiß. Der Aufzug hielt dort nie. Was war damit? Stan lachte hellauf.

– Ich weiß nicht, auf welcher Fährte du bist, aber in diesem Falle liegst du schief.

Er versuchte, mir Schmus vorzumachen, spielte den Liftboy eines großen Kaufhauses. Im dritten Stock befanden sich die Zimmer solcher Kunden, die ein wenig Ruhe und Alleinsein suchten. Nicht ganz legal? Sicherlich. Aber auch nicht ungesetzlich. Dort liefen ebenfalls regelmäßig Kameras. Jeder kam auf seine Kosten. Was wollte ich wissen?

– Es ist ein Bordell, klar. Mondän, sehr schick. Na und?

Anna Fried residierte in der ersten und zweiten Etage. Privatgemächer. Die besichtigte man nicht. Von dort aus rief sie mich des Nachts an.

– Man sollte nicht zuviel Mühe auf die Frage verwenden, wo sie sich herumtreibt, sagte Stan. Und ich gebe dir mein Wort, daß sie zur Zeit nicht da ist.

Noch einmal meinetwegen.

Er öffnete ein weiteres Bier. Seine Bestußtheit stellte mich plötzlich vor ein neues Problem: Ich fand sie sympathisch. Stan konnte nichts dafür, er hatte nichts besonders Neues von sich gegeben. Es lag an mir. Eine Art Wohlwollen.

– Du hast mit dem Feuer gespielt, sagte er. Mama hat sich in den Kopf gesetzt, daß sie dich liebt. Sie könnte dich umbringen deswegen, für diese schöne Rolle. Hast du das nicht begriffen?

Was war da zu begreifen?

– Manchmal wendet man dem Kino den Rücken, weil die Szenen nie bis zum Ende getrieben werden. Immer gibt es einen Dummkopf, der sagt: «Schnitt!» Das ist frustrierend für echte Temperamente.

Stan begleitete mich zum Aufzug. Ich hatte keine Lust, mit ihm über die Wachsstatuen zu reden. Er hatte nie besonders gut ausgesehen, aber, wenn ich es mir recht überlegte, auch noch nie so mitgenommen. Schlimmer noch, sein erbärmliches Aussehen wirkte nicht wie aufgesetztes Gehabe. Bevor ich den Aufzug rief, hatte er mir noch zwei Dinge zu sagen. Erstens sei es sehr unvorsichtig von mir gewesen, die Produktion zur Wiedereinsetzung von Leck zu zwingen. Die Lösung, die Anna hatte provozieren wollen, nahm Rücksicht auf Empfindlichkeiten, ohne allzuviel

312

Schaden anzurichten. Künftig müsse man sich auf das Schlimmste gefaßt machen, weil die Beleidigung noch gesteigert worden sei.

– Und zweitens?

– Du humpelst immer stärker. Ich weiß, daß du mit Geschenken überhäuft wirst, aber demnächst ist ein Stock für dich fällig. Ich werde daran denken.

Stan hatte nicht gänzlich unrecht. Ich hatte starke Kreuzschmerzen.

Stevenson hatte sich die Katastrophe mit der Gelassenheit eines Technikers angesehen. Selbst der zertrümmerte Schädel amüsierte ihn. Er erinnerte ihn an die Kugel des Oberst Moran, die in *Das leere Haus* die Büste von Sherlock Holmes getroffen hatte.

– Insgesamt wenig Schäden.

– Könnten Sie den Kopf reparieren?

– Selbstverständlich!

Allerdings fragte er sich, ob dieses Stück mit seiner Beschädigung im Grunde genommen nicht interessanter war. Er sagte rundheraus, daß Restaurationsarbeiten ihn langweilten. Werke hätten ihr Schicksal. Die aufgerissene Stirn Héberts sei durchaus eindrucksvoll.

– Denn darin zeigt sich, daß die Geschichte weitergeht, nicht wahr? Dieser vor zwei Jahrhunderten guillotinierte Mann ruft immer noch so starke Leidenschaften hervor, daß man aus einem Gewehr mit Zielfernrohr auf ihn feuert. Das sollte uns zu denken geben. Ist es notwendig, die Spuren zu beseitigen?

Stevenson hatte noch eine ganz andere, eher boshafte Idee. Er verstand meinen Wunsch nach Restauration und schlug als Lösung vor, eine neue Form zu gestalten, eine charakteristische Skulptur in der damaligen Technik, soweit sein Wissen darüber reichte. Eine Fälschung, Marke Meisterwerk. «Letztlich, um mein Können zu testen, verstehen Sie.»

Das wollte ich sehen.

Ich wollte es sogar sehr gern sehen. Das Verhältnis zwischen Stevenson und mir hatte sich verändert, seit ich ihm die Fotos von Judith gezeigt hatte. Als alte Eigenbrötler sahen wir uns nicht gerade häufig. Trotzdem war ein seltsamer Pakt zwischen uns entstanden, der ohne große Worte auskam. Eine Art Verwandschaftsverhältnis.

Er besuchte mich, ich besuchte ihn. Wir lernten ganz zwanglos, uns in unseren Büchern, unseren jeweiligen Sammlungen zurechtzufinden. Wir verbrachten lange Abende damit, uns unsere Spielzeuge vorzuführen, und wir lachten viel zusammen. «Im Grunde sind Sie mein Enkel ...»

Als wir eines Abends an den Gittern des Square du Temple entlangspazierten – ich wollte einen Blick auf die jungen Katzen werfen –, sagte Stevenson zu mir: «Ich hatte keinen Erben.» Die kleinen Fellknäuel hatten sich unter einer dürren Strauchgruppe verkrochen.

Sehr viel später in der Nacht kehrte ich mit einer Decke, einem dicken alten Reiseplaid, noch einmal zurück.

Ich kletterte ungeschickt über das Gitter. Die Tiere waren nicht weit weg unter einem Gestrüpp verborgen. Ich sah den gesamten Wurf, reglos und eine Spur ängstlich. Die Mutter war eine dicke dreifarbige Katze, mißtrauisch und erschöpft. Vier Kleine hockten zwischen ihren Tatzen und wurden gesäugt. Winzige Knäuel. Eins von ihnen sah aus wie ein Abziehbild seiner Mutter. Beige, weiß, braun. Winzig klein, ein Auge etwas entzündet, niedlicher Kopf, spitzes Schnäuzchen. Sollte ich sie alle in meine Jakke stecken? Ich hatte große Lust dazu. Ich blieb lange stehen, erging mich in Höflichkeiten und erzählte ihnen vom Alltagsleben.

Daß wir uns zum Beispiel sehr wenige Klafter (1 Klafter entspricht 1,883 Meter) von dem tragischen Turm entfernt befanden. Ich berichtete ihnen vom großen Unglück der königlichen Familie im Temple. Sie scherten sich nicht drum. Die Frage stellte sich erneut: Mit welchem Recht drang ich in ihr Leben ein?

Es war kalt. Die Katzen hatten sich in den Falten der Decke eingenistet. Sie schnurrten. Den Eindruck hatte ich jedenfalls.

Sie sagte dieses unpassende und naive: «Verreisen wir.»

– Egal wohin. Nur fort aus Paris.

Julie hatte genug von den anonymen Anrufen, von dem Gefühl, ständig verfolgt zu werden, von kleinen Unfällen, die sie jeden Augenblick hartnäckig zu vermeiden bemüht war. Denn wenn man ihr glaubte, ging das alles seit Wiederaufnahme der Dreharbeiten weiter. Anna gab nicht auf.

– Verreisen wir.

Sie schloß die Augen (etwas affektiert). Ihre Stimme klang schrill. Der Nervenzusammenbruch war nicht weit, das Mißverständnis total.

– Ja, ich wollte diese Rolle. Ja, ich will Erfolg haben. Selbst wenn Lecks Film eine einzige Scheiße ist, werde ich Gewinn daraus ziehen. Ich halte schon durch. Gegen euch alle. Aber ...

Paris verlassen?

– Nicht für lange. Um unser Glück zu versuchen, als Freunde, als Liebende, wie du willst. Um aus der Falle herauszukommen!

Unser Glück? Das Ganze spielte sich in meinem Atelier ab. Das Fenster zum Kanal war geöffnet. Julie sagte alles mögliche. Daß ich ja schließlich auch nach London gefahren sei (ohne sie, was sie mir übrigens übelnahm). Daß ihr all diese Geschichten von

Durchgeknallten auf den Wecker gingen, daß sie nichts, aber auch gar nichts mehr verstand. Das entsprach den Tatsachen.

– Ich habe keine Angst, das weißt du genau. Die Fried mit ihren Drohungen langweilt mich. Und dieser Leck mit seinen Launen und Zimperlichkeiten eines großen Schöpfergeistes ist schlicht und ergreifend zum Kotzen.

Sie hatte an Belle-Ile oder Vientiane gedacht. Oder an Florenz oder an Djemila. Julie wußte es noch nicht. Sie wollte plötzlich Flugzeuge, Gepäck, Fotoapparate, Fotos, die ich von ihr in anonymen Zimmern machen würde.

– Das könnte dir gefallen, sagte sie. Wir reisen, und du fotografierst jedesmal die Tür mit der Zimmernummer und dann das Bett. Und dann mich … Nur für ein Wochenende, verdammt nochmal!

Ihre Vorliebe für das Exotische.

– Oder vielleicht die Wüste?

Die Wüste reizte sie. Ein paar Minuten lang hielt sich Julie mit Worten auf. Sie waren nicht unbedingt dumm, aber banal und unangebracht.

– Verreisen wir, beharrte sie. Dieser Film ist schlecht. Kein Mensch findet sich darin zurecht.

Man mußte sie ganz sanft bitten, Platz zu nehmen. Radek gab sich uninteressiert, rollte sich auf dem Teppichboden herum und ließ seinen Bauch sehen.

Wie sollte man Julie die Dinge erklären?

Um Zeit zu gewinnen, ging ich in die Küche. Im Kühlschrank herrschte ziemliche Ebbe. Wie immer war noch etwas Chablis da. Julie setzte ihren Monolog fort, sprach von Wüste, von märchenhaften Städten, die wir gemeinsam entdecken konnten. Oder erfinden.

– Mit anderen hast du es doch auch getan!

Für wen hielt sie sich? Tränen flossen, Schauspielertränen. Anders konnte es nicht sein. Warum?

– Warum willst du es nicht versuchen?

Der Ton schlug um, weil meine Antwort eindeutig war. Julie wurde bösartig.

– Du hast Angst. Die Liebe macht dir angst. Du ziehst deine kleinen Spielereien vor, wahrst überall deine lächerliche Distanz, um dich zu schützen. Hältst dich warm mit deinen Manien, deinen Freunden, die ebenso krank sind wie du.

Ich bot ihr ein Glas Wein an, sie kippte es mir ins Gesicht. Julie war außergewöhnlich schlecht bei wütenden Auftritten. Ihre Hysterie machte es noch schlimmer.

– Von mir aus nicht mal ein Wochenende, ein einziger Tag! Nur raus aus dieser beschissenen Stadt! Das kannst du doch nicht ablehnen. Ein solcher Feigling kannst du nicht sein.

Sie irrte sich. Es gab keine Städte, die ich gemeinsam mit anderen erfunden hatte. Jedenfalls nicht viele. Und das ging nur mich etwas an.

Julie erzählte mir etwas von Liebe und Ausweichen. Es klang nicht sehr überzeugt, und es gab keinerlei Grund, darauf hereinzufallen. Auch sie selbst war davon zweifellos weit entfernt. Wenn sie sich doch beruhigte, den Mund hielt und so schnell wie möglich verschwand. So berechtigt ihre Enttäuschungen auch sein mochten, in meinen Augen waren sie völlig bedeutungslos. Julie konnte ruhig wiederholen, daß ich verrückt sei. Sie hatte vollkommen recht, na und?

– Hier sind noch Sachen von dir, sagte ich. Das beste ist, du sammelst den ganzen Kram ein, und wir trennen uns ohne großen Krach.

– Wie man eine Statistin entläßt?

Sie benahm sich immer schwachsinniger.

– Das war's? fuhr sie fort (äußerst unangenehme Stimme, verstockt). Eine mehr in deiner Galerie. Du willst reinen Tisch machen und dein erbärmliches

Leben weiterleben? Ich will, daß wir uns zusammen etwas anhören.

Julie richtete sich auf und ging zum Anrufbeantworter. Denn sie hatte sich selbstverständlich das Recht genommen, die Nachrichten abzuhören. Es ging um Anna. Ein Anruf vom gleichen Tag. Sie sagte, sie habe vielleicht etwas falsch verstanden, habe sich hinreißen lassen. Julie könne einfach nicht meine Geliebte sein (Anna benutzte tatsächlich das Wort «Geliebte»). Das sei zu blöd, weil Julie zu dumm sei. Es sei doch wirklich noch alles möglich.

– Die alte Schachtel kann uns morgen zusammen von irgendeinem Flughafen abreisen sehen, wenn du den Mumm hast.

Man konnte sagen, daß Julie schön war. Aber was ich ihr über diese Schönheit zu sagen hatte, konnte nicht das Kompliment eines Verliebten sein. In dieser Lage war ich nämlich überhaupt nicht. Sie war glatt, vollkommen. Es war richtig gewesen, ihr ein paar Brandwunden zuzufügen. Ich sagte es ihr. Sie heulte auf, klagte mich an. Julie glaubte keine Sekunde an die Überzeugungskraft dieser lächerlichen Szene. Sie testete Wirkungen. Eine angehende Nervensäge und bei genauerem Hinsehen: ein Waschlappen.

– Ich möchte gern ein bißchen allein sein.

– Und das heißt?

– Daß du jetzt die Platte putzt.

– Und wenn nicht?

Sie warf sich aufs Sofa. Eine Art gewaltfreies Sit-in, eine entschlossene Sitzblockade. Ich überlegte, ohrfeigte sie. Nicht allzuviel physische Kraft und sehr viel Überraschungseffekt. Sie schaffte es, augenblicklich Nasenbluten zu bekommen. Es war verlockend, ihr schlicht in den Arsch zu treten. Sie wehrte sich, schlug ihrerseits zu. Es gelang mir, sie abzuwehren. Die Scheißknarre, die Magnum, lag immer noch in Reichweite. Sie griff danach, fuchtelte damit vor meiner Nase herum, feuerte nach rechts und links.

– Keiner rührt mich an! brüllte sie.

Radek nahm verängstigt Reißaus. Ich ohrfeigte Julie erneut. Sie antwortete mit einem Schuß. Die Kugel traf mich. Ein fast schmerzloser Schlag am linken Arm. Pulvergeruch erfüllte das Zimmer. Wir steigerten uns ins Groteske.

In meiner Erregung rutschte mir noch einmal die Hand aus. Julie war plötzlich mit Blut besprizt. Im Gesicht. Zu Tode erschrocken brach sie zusammen und schluchzte, das habe sie nicht gewollt.

– Nichts als eine gemeinsame Reise, mein Gott nochmal! Das war doch nicht zuviel verlangt. Du hättest sie mir ruhig schenken können.

Eine der Kugeln hatte das Métrowaggonmodell, Marke Sprague, zerstört und für ein beträchtliches Loch in der Wand gesorgt. Eine andere steckte in einem Stapel Comics von Blake und Mortimer. Alte Ausgaben. Ganz plötzlich stellte sich ein brennender Schmerz ein. Ich war überzeugt, daß der Knochen nicht getroffen war. Er konnte es nicht sein, Schwachsinn hat seine Grenzen. Ich untersuchte die Wunde.

Eine saubere Sache mitten im Unterarm, schön rot. Es tat höllisch weh, war aber bestimmt nur oberflächlich. Eine unangenehme Taubheit dehnte sich bis zur Schulter aus. Als Nachwirkung des Schocks erfaßte mich ein Schwindelgefühl, ich wurde beinahe ohnmächtig.

In weniger als sechs Stunden hatten Julie und ich eine Szene zu drehen.

Ich marschierte über den Quai de Jemmapes in Richtung der Schleuse an der Rue de la Grange-aux-Belles. Eine unerläßliche Entspannung nach dem kleinen Aufruhr mit Julie und der sorgfältigen Behandlung durch einen befreundeten Arzt. Ich konnte mich nicht entschließen, zu Bett zu gehen. Nachts tut mir der Kanal stets gut.

Als wir uns gerade erst kannten, hatte Stan sehr gelacht:

– Du wohnst auf der richtigen Seite. Der Quai de Valmy gegenüber steht für einen eher schändlichen Sieg, den Danton wahrscheinlich dem Herzog von Braunschweig abgekauft hat.

– Womit?

– Mit den Diamanten der französischen Krone, die dem königlichen Schatzmeister im September 92 gestohlen wurden. Ein berühmter, geheimnisvoller Kriminalfall! Sehr viel später hat man die wichtigsten der gestohlenen Juwelen in der Privatsammlung des Herzogs wiedergefunden. Sollte er als Gegenleistung für einen geordneten Rückzug aus Valmy einige der unschätzbaren Steine angenommen haben? Das ist zwar nicht bewiesen, aber zumindest sehr wahrscheinlich. Sicher ist, daß der Sieg kampflos zustandekam und dieser Kuhhandel ganz und gar Dantons Handschrift trägt.

Stan stand nicht allein mit seiner Ansicht, daß der tugendhafte Roland ebenfalls in den Coup verwickelt gewesen war.

– Quai de Jemmapes, das hat schon mehr Würde. Auch wenn der Kampf kein strategisches Meisterstück gewesen ist. Und dann die Rolle von General Dumouriez …

Der Winter kündigte sich an. Wegen der feuchten Kälte ging man nicht mehr einfach so in der Stadt spazieren. Der Regen machte die Marschrouten komplizierter. Ohne groß zu überlegen, nahm ich den Weg zur Place de la République, in Villons Gegend. Am Boulevard du Temple war es ein wenig schwierig, sich die Fassade des Curtius-Kabinetts vorzustellen, obwohl die Dunkelheit die Phantasie begünstigte. Ich wäre natürlich am liebsten bis zum *Petite Chaise* weitergegangen. Aber es wehte ein schneidend kalter Wind. Ich bog in die Rue de Saintonge ein. Villon schlief nicht.

Sein Zimmer hatte sich verändert. Kleinigkeiten. Fast keine Zeichnungen mehr, die die Suche des kleinen Max betrafen, dafür sehr viel mehr Verwaltungsformulare auf dem Arbeitstisch, viele Briefbögen mit dem Kopf der Polizeipräfektur. Aufgestapelte Zeitungen bewiesen, daß sich Villon wieder mit dem Tagesgeschehen befaßte. Und außerdem hatte Mona ihren Pullover auf dem Bett liegen lassen. Villon lächelte, mein Besuch überraschte ihn nicht.

– Wie lange kennen wir uns nun schon?

– Ungefähr fünf Jahre, antwortete ich. Mit Unterbrechungen.

– Es ist eigenartig, aber manchmal habe ich das Gefühl, eine der wenigen Personen zu sein, die es mit Ihnen aushalten können. Auch wenn die Feststellung Ihnen stinkt.

Eine Hypothese wie jede andere. Der angeschlagene Bulle war von Kronenbourg auf Gueuze umgestiegen. Zum Wohl! Es ging ihm wirklich besser. Nur noch drei statt vier wöchentliche Sitzungen bei seinem Psychoanalytiker. Zudem machte er sich große Hoffnungen, vor Ende des Jahres wieder in den Polizeidienst aufgenommen zu werden. Das wurde mir zu vorgerückter Stunde klar, als ich entdeckte, daß er einen Presseausschnitt über seinem Tisch befestigt hatte. Einen Artikel aus *Le Soir*: «Die Prinzessin in Gefahr.»

Ein Bericht von Stan, eine ausführliche Chronik über sämtliche Schwierigkeiten bei den Dreharbeiten einschließlich der Abservierung und späteren Wiedereinsetzung von Leck. Der Artikel hatte Adrien einen anregenden Tobsuchtsanfall beschert.

Ich war nicht sehr begeistert über Villons Interesse an dieser Geschichte. Was konnte ich dafür, wenn er seit Ewigkeiten ein Fan von Anna Fried war? Schließlich hatte er wie jedermann das Recht, das Kino zu lieben.

– Ich habe für Sie gearbeitet, sagte er vergnügt zu mir. Damit ich wieder Übung bekomme.

Villon hatte sich an meine Fragen bezüglich des *Mirabeau* erinnert. Er hatte sehr wohl verstanden, daß im Zusammenhang mit dem Film *Die Prinzessin* irgendwelche krummen Dinger liefen. Und er hatte den Krater in Héberts Schädel gesehen.

– Ich habe ein paar Erkundigungen eingezogen. Im Laufe ihrer zahlreichen Ehen hat Anna Fried beträchtliche Immobilien geerbt. Nicht nur das Haus in der Rue de la Chaussée-d'Antin. Sie besitzt außerdem Eigentum im Palais-Royal. Zumindest besaß sie es bis zur Volljährigkeit ihres Sohns Stanislas.

Villon hatte nicht groß forschen müssen. Die Ermittlungen, die die Polizei in Sachen Anna geführt hatte, als sie Gegenstand einer bedauerlichen Lokalnachricht war, hatten ihm die Grundlagen für eine schlüssige Akte über ihren Vermögensstand geliefert. Ihre Aktivitäten als Seele eines etwas eigenartigen Clubs hatten bewirkt, daß man sie immer im Auge behielt. Reine Routine, lautete die Formel.

– Welche Art von Eigentum?

– Appartements und sogar einen Anteil an einem Geschäft unter den Arkaden. Wollen Sie die Adresse?

Nummer 17, Galerie Montpensier. Die Adresse des Kabinetts Curtius.

Villon sagte, er sei nicht dort gewesen, weil er immer noch Angst hatte, das Haus zu verlassen. Und außerdem gehe ihn diese Geschichte im Grunde genommen nichts an. Nur ein kleiner Tip, den er mir gebe, ein Tip auf gut Glück.

– Ich kenne Ihre Vorliebe für Zufälle.

– Sehr liebenswürdig. Dennoch möchte ich diesen Fall lieber allein in der Hand behalten.

– Warum sind Sie dann heute nacht zu mir gekommen? Und weshalb die Expertise über die Haare?

– Das waren Augenblicke der Unaufmerksamkeit, sagte ich und stand auf. Übergehen wir das.

Er nahm mich amüsiert beim Arm. Ich brüllte auf.

– Was ist denn mit Ihnen los?

– Denken Sie mal! In letzter Zeit wird so häufig auf mich geschossen, daß man mich schließlich trifft. Das tut dann weh.

Ich sprach mit einem ausgewiesenen Kenner. Villon war ein Bulle mit Schönheitsfehlern, aber er hatte mehr als genug eingesteckt, und zwar durchaus keine verirrten Kugeln.

– Darf man mehr darüber erfahren?

– Seien Sie so gut, und mischen Sie sich in nichts ein. Weder Sie noch ich sind der Meinung, daß der Einsatz von Waffen etwas Besonderes oder Interessantes wäre.

Er lächelt.

– Regen Sie sich nicht auf. Wenn ich eine Ungeschicklichkeit begangen habe, tut es mir leid. Darf ich Ihnen trotzdem eine Frage stellen? Ich bin nicht mehr so recht auf dem laufenden. Der Gehrock, den Sie tragen, ist das eine neue Mode? Oder sind Sie inzwischen vollständig von der Rolle?

Als ich meine Wohnung verließ, hatte ich ohne darauf zu achten das erstbeste Kleidungsstück übergestreift. Héberts Gehrock. Eins stand fest: Ich hatte ein steifes Bein, einen verletzten Arm und war überdies lächerlich. Ich verabschiedete mich von Villon.

Im Treppenhaus begegnete mir Mona. Das war nicht vorgesehen, aber logisch. Laut Drehplan kam sie in der Nacht des 30. August aus der Salpêtrière, wo man sie eingesperrt hatte. Eine kleine Kurtisane des Palais-Royal, schuldig, zu ihrer Zeit mit einem Ritter des Hofes geschlafen zu haben. Bei einer Razzia unter dreitausend anderen aufgelesen in dieser großen, düsteren Nacht der Haussuchungen, in der auch zweitausend Gewehre beschlagnahmt wurden. Die meisten der Festgenommenen würden am nächsten Tag entlassen werden. Nicht Mona und Hunderte andere auch nicht. Sie war aschfahl. Make-up-Reste oder das allzu nackte Licht der Glühbirne? Ich wollte sie zur Begrüßung küssen, aber sie versteifte sich. Das Haus war alt, unsere Kostüme legten uns nicht fest. Man hätte unsere Begegnung filmen können, sie hatte ihren Platz im Drehbuch. Es war nicht Haß, was in Monas Blick, nicht Unverständnis, was in den Augen der kleinen Nutte lag. Sie kam aus der Salpêtrière, von der «großen Einsperrung». Sie hatte gesehen und miterlebt. Nicht nur die buntgemischten Scharen derer, die man zur gleichen Zeit wie sie selbst verhaftet hatte, sondern auch all die anderen. Die Verrückten, die hysterischen Mädchen, die Deklassierten, diesen ganzen Abschaum, der zwischen kalten Wänden zusammengepfercht war. Mona kam aus dem Terror, ihre Augen hatten die Hölle gesehen. Ich ging weiter.

In meiner Wohnung am Quai de Jemmapes stellte ich mit Vergnügen fest, daß Julie den Platz geräumt hatte.

Radek schlummerte friedlich auf der Parkbank.

Es war vier Uhr morgens. Ohne es zu wollen, hatte Julie richtig gezielt.

Eine düstere, enge Treppe, sehr steil, problematisch für mein kaputtes Bein. Kein Geländer, das den Sturz verhindern könnte. Ich mußte mich mehrmals an die Wand lehnen, um mich auszuruhen. Mein Herz pochte wie wild. Die Wand! Entgegen dem Augenschein handelte es sich nicht um feuchtes Gestein, sondern um eine Nachbildung aus bemaltem Kunstharz, die unter dem Druck des Körpers leicht nachgab. Die Treppe war nur eine Bühnendekoration, aber deswegen nicht weniger unheimlich. Ich stieg noch ein paar Stufen hinab und zuckte zusammen. Über meinem Kopf schlug eine riesige Glocke. Es klang wie ein grauenerregendes Totengeläute, von Lachen begleitet. Unsichtbare Zeugen mokierten sich über meine Verwunderung. Dabei wußte ich doch: Alles hier war nur Trugbild und Trick. Noch ein paar Stufen, und ich stand endlich auf der Schwelle der Schreckenskammer. Ich hielt Ausschau nach denen, die zu treffen ich hergekommen war. Die vier Köpfe waren an ihrem Platz, neben der Guillotine, auf Piken aufgespießt. Fouquier, Hébert, Robespierre und Carrier. Die anderen Darstellungen interessierten mich nicht, ich hatte sie oft genug besucht, zu anderen Zeiten. Ich näherte mich Héberts Kopf und nahm ihn ab. Das Blut verwischte seine Gesichtszüge, machte sie unkenntlich. Es klebte an meinen Händen. Ich zögerte, ob ich den Kopf abwischen sollte. Das zu entdeckende Gesicht konnte nur meines sein. Hatte ich nicht neulich in Curtius' Atelier Modell gestanden? Der heiße Gips brannte noch immer auf meiner Haut.

Natürlich wußte ich, daß ich träumte. Ich weiß es immer. Eine kleine alte Dame lauerte gebeugt im Schatten, Kneifer auf der Nase, die Schultern in ein Tuch gehüllt. Marie oder Judith? Die Guillotine kam ins Blickfeld. Man mußte hinaufsteigen. Die Holzplanke war frei. Ringsum erinnerte nichts mehr an den Saal der Tussaud. Meine Hände wurden auf dem Rücken festgebunden. Ich würde gleich sterben, Punktum. Ich fürchtete mich davor, eine kompakte, äußerliche Angst, die nicht zu meinem Traum gehörte. Das Fallbeil der Hinrichtungsmaschine war nicht aus Stahl sondern aus Glas. Ich entdeckte Stevensons Gestalt. Er kümmerte sich kaum um das Figurenarrangement, in dem ich steckte. Ich wachte sehr gelassen auf. Ein wenig enttäuscht, daß ich nicht bis ans Ende gelangt war, aber doch zufrieden, so nahe daran gewesen zu sein.

Ärmliche Betten und Bettgestelle. Die Frauen in ihrem elenden Schlafsaal in der Salpêtrière hatten den Lärm durchaus gehört. Sie klammerten sich an die Gitterstäbe vor ihren Fenstern und versuchten sich daran hochzuziehen, um zu sehen, was draußen vorging. Die verrücktesten Gerüchte liefen um. Es hieß, in den Gefängnissen würde gemordet und abgeschlachtet. Wer? Die Aristokraten, die Schweizergarden in ihrem Sold, die eidverweigernden Priester, alle Mörder des 10. August. Manche Gefangene hatten Angst. Die meisten waren fröhlich. Wenn die wahre Gerechtigkeit der Revolution in die Salpêtrière Einzug hielt, konnte das nur Befreiung bedeuten. Befreiung der Opfer. Einige Frauen riefen: «Es lebe Marat!»

Mona war glücklich, der Alptraum ging seinem Ende entgegen. Es tat ihr leid, daß sie gezweifelt hatte. Sie hegte nicht einmal mehr Groll gegen die Sektionsbevollmächtigten und die Gendarmen, die sie festgenommen hatten. Woher hätten sie wissen sollen, daß sie am 10. August ein Stück weit an der Seite der Angreifer des Palasts marschiert war? Wer konnte es ihr verübeln, daß sie Angst bekommen hatte und beim ersten Schußwechsel davongelaufen war? Und außerdem war ihr Kunde ein Aristokrat gewesen. Ein Kunde, kein Freund. Er hatte mehrere Tage bei ihr gewohnt. Nicht schrecklich lange, und er hatte bezahlt. Sie hatte ihn vor die Tür gesetzt, als er sich positiv über den dicken Veto-König äußerte. Mona erinnerte sich genau daran, es war am 13. August, dem Tag, an dem die königliche «Menagerie» dem Temple überstellt worden war (der Ausdruck stammte vom Père Duchesne, den sie regelmäßig las). Sobald der Mann verhaftet war, hatte er sie denunziert. Verlangt eine Nutte etwa den Lebenslauf ihrer Kunden? Mona wurde im *Almanach du Palais-Royal* erwähnt: «Freundlich, bescheiden, verschwiegen, üppige Brust, unvoreingenommen, fünf Sous.» Sollte man sie ruhig verhören. Sie war bereit, ihre revolutionäre Überzeugung, ihre Liebe zum Vaterland zu beschwören.

Adrien hatte sich zusätzlich noch folgendes ausgedacht:

Die Mädchen freuen sich, sie warten auf ihre Befreier. Sie machen sich so schön wie möglich, sie schminken sich, bemalen sich, schicken sich an, ein Fest zu geben. Sie tauschen aus, was an Schminkutensilien noch vorhanden ist, flicken ihre Kleider zurecht, frisieren sich. Die «Gebrandmarkten» machen sich Sorgen. Sie bilden eine eigene Gruppe. Wer sind sie? Diebinnen und Verbrecherinnen oder Frauen, denen man das nachsagt. Auf der Schulter tragen sie als Brandzeichen ein «V» oder eine Lilie. Manche von ihnen haben dieses Zeichen auf der Brust, weil sie sich gewehrt haben. Das gehört zum Spiel der Scharfrichter. Lisa beruhigt sie. Die Revolution will ihnen nichts Böses. Was bedeuten ihre Verfehlungen schon, wenn die Nation gerade die schlimmsten Verbrecher, den Trunkenbold Capet, die Österreicherin und ihre lesbischen Weiber, aus ihrem Schlupfwinkel gejagt hat! Sind die Gebrandmarkten nicht jenen Unglücklichen in der Bastille vergleichbar, die der 14. Juli befreit hat? Nur Vertrauen.

Sie singen: «Ah, ça ira!» Sie bereiten sich vor. Sie spotten über die panische Angst der Wärter. Sie lachen. Toinon zeigt ihre Brüste. Sie will sie gern dem ersten Patrioten präsentieren, der den Schlüssel herumdreht. Louise schwört nur auf Robespierre. Jeanne hält es eher mit Théroigne de Méricourt, den sie einmal auf der Tribüne des Ausschusses der Rue Saint-Antoine gehört hat. Pierrette möchte am lieb-

327

sten in ihr Dorf zurückkehren, nach Vaugirard. Eine, die von Paris nur ihr Quartier des Gravilliers kennt, vergöttert Jacques Roux. Eine andere versichert, daß Danton mit ihr geschlafen hat. Mona kümmert sich als braves Mädchen um Miette, die ein einfaches Gemüt hat, nichts begreift, sich fürchtet und unablässig nervös mit einem Stoffband spielt, vom Lärm der Trommel in panischen Schrecken versetzt.

– Hab keine Angst. Sie werden dich befreien.

– Was ist das, Freiheit?

– Wenn du tun kannst, was du willst.

– Ich will nicht, es ist zu schrecklich.

Miette versinkt wieder in ihrer Nacht.

Mona liebt die Nacht. Jetzt erklingt die *Carmagnole*. Auch Mona singt mit. «Dansons la Carmagnole ...»

Sie tanzen. Die Trommel kommt immer näher.

Mona rückt ihr Korsett zurecht.

Sie wußte nichts über den Edelmann, der ihr Kunde gewesen war. Er hatte weiche Haut.

Sie will die Patrioten ehren. Sie treten ein. Es überwältigt sie unwillkürlich, sie zittert.

– Cut!

Cut! Das war ganz nach Adriens Geschmack, dieses Durcheinander aufgeregter junger Frauen in der Kulisse eines Gefangenenlagers. Nicht in der Kulisse. In einem stilechten oder fast stilechten Pavillon, von denen es noch ein paar in der Umgebung der Salpêtrière gibt. Dicke, schwitzende Wände, weiß gekachelt. In irgendeinem Fach, das ich vor vielen Jahren einmal studierte, hatte ich an einigen unheimlichen Sitzungen, den sogenannten «Falldemonstrationen», teilgenommen, fast wie zu den Zeiten von Professor Charcot. Von den Dreharbeiten einmal abgesehen, wozu dienten diese Säle seitdem?

Die Schauspielerinnen schlotterten vor Kälte. Adrien kümmerte es wenig. Im September 1792, das bestätigten die Chroniken, war es noch ungewöhnlich warm gewesen.

– Man könnte meinen, an Ort und Stelle zu sein, findest du nicht?

Das lässige Team mit den geschulterten Kameras ließ eher an eine Reportage als an einen Spielfilm denken. Dieser Eindruck verstärkte sich von Aufnahme zu Aufnahme, vielleicht, weil Adrien immer weniger Anordnungen erließ. Er sah die Schauspieler vorher, manchmal für längere Zeit, oder überhäufte sie mit leise erteilten Anweisungen. Wenn die Kameras liefen, konnte man die gesamte Technik ringsum leicht vergessen. Eine ziemlich beunruhigende Tatsache.

Die Mädchen nahmen ihre Position wieder ein. Für den Anschluß an die Szene brauchte man die Erwartung, die fieberhaften Vorbereitungen für das ergreifende kleine Fest. Dann würden die Mörder hereinstürmen.

– Action!

Mona hatte ihre Augenlider mit Kohle geschwärzt, auf Wangen und Lippen Rouge aufgelegt. Sie wiegte sich in den Hüften und feuerte ihre Freundinnen an. Ich hatte Mühe, sie zu erkennen. Sie glich einer lebensechten Person. Im Zimmer herrschte ängstliche Ungeduld. «Sie kommen.»

Die Tür wurde gewaltsam geöffnet. Die ersten Männer, ein paar Gardisten und Freiwillige, waren offensichtlich betrunken. Sie wirkten nicht bedrohlich. Sie musterten die Räumlichkeiten, taxierten die Mädchen.

– Bürgerinnen …

Dicht hinter ihnen ihre Kameraden. Sie sahen aus wie Schuljungen, die Jungfrauen im Bad entdecken.

– Diejenigen unter euch, die brave Patriotinnen sind, haben nichts zu befürchten.

Die Frauen wichen instinktiv zurück, drängten sich eng aneinander. Bei den Männern kam hier und da Lachen auf. Der Kerl, der ihr Anführer zu sein schien, trug einen Hut und einen schwarzen, blankgewetzten, aber sehr sauberen Mantel.

– Es geht darum, euch Gerechtigkeit widerfahren zu lassen. Wir werden der Reihe nach vorgehen.

Eine einfache Sache. Sie sollten einzeln herauskommen und ihre Schultern zeigen. Die Gebrandmarkten hatten sich gesondert zusammenzuschließen, die erste Selektion. Vor der Tür bildete sich eine Doppelreihe.

– Vorwärts!

Sie zögerten, sahen sich bestürzt an. Wer hatte von Fest gesprochen? Von Befreiung? Das Licht wurde spürbar intensiver, bekam etwas Klinisches. Die beiden Gruppen, die Männer und die Frauen, zeichneten sich jetzt vor dem Hintergrund einer weißen Wand ab. Die Frauen wie Karnevalspuppen, die für zwei Sous zu haben waren, die Männer wie unberechenbare Rohlinge. Mona setzte sich in Bewegung. Sie entblößte ihren Rücken, so weit, wie es ihr die Vorstellung, die sie sich vom Schamgefühl eines Patrioten im Dienst machte, erlaubte. Man beobachtete sie und versäumte nicht, sie zu betatschen.

– Nach rechts, sagte der dunkelgekleidete Mann.

Das nächste Mädchen folgte und danach weitere. Die erste Lilie auf weißer Haut.

– Nach links.

Die Patrioten gaben sich wachsam und argwöhnisch. Das Eisen war manchmal sehr tief im Rücken aufgesetzt worden. Oder auch auf der Brust. Das wollten sie prüfen. Keine Kriminelle durfte ihrer Untersuchung entgehen. Sie zerrten an feinen Hemdblusen, an häßlichen Jacken aus grobem Stoff. Dazu lachten sie oder gaben Gemeinheiten von sich. Nach rechts, nach links. Weinflaschen machten die Runde. Die Mädchen begriffen, daß es besser war, sich mit nackten Brüsten zu zeigen.

Gebeugte Rücken, tränenzerfurchtes Make-up.

Eine Frau in der Reihe fiel mir auf. Sie war nicht mehr jung, ihre Haare waren im Nacken zu einem formlosen Knoten zusammengefaßt. Auch sie hatte sich grotesk geschminkt. Das Gesicht einer Nutte, die für weniger als ein Glas Wein zu haben war. Und dennoch, auch wenn sie bestimmt nichts dafür konnte, hatte sie ihre Würde bewahrt. Mehr noch: ihren Stolz. Die schwarz gekleisterten, struppig gemalten Augenbrauen, das Gipspulver, mit dem sie Stirn und Hals weiß getüncht hatte, konnten nichts daran ändern, sie war eine Aristokratin. Als sie vortrat und ihre Bluse öffnete, war es immer noch eine Aristokratin, die ich sah und die mich ansah. Ein Star.

– Nach links.

Sie lächelte kaum wahrnehmbar und verschwand aus dem Blickfeld der laufenden Kamera. Die Szene ging weiter. Adrien hatte nichts bemerkt. Niemand hatte Anna Fried in der Menge der Statistinnen erkannt!

Als wir uns am nächsten Tag die Zwischenergebnisse ansahen, war ich mir vollkommen sicher. Aber Adrien blieb skeptisch. Er ließ die Sequenz mehrmals durchlaufen. Bei der letzten Vorführung machte ich eine Serie von Fotos.

– Eine vage Ähnlichkeit ist sicherlich vorhanden, räumte er ein. Man sieht sie nur ein paar Sekunden. Warum hätte sie das tun sollen?

– Es ist als Herausforderung gedacht. Sie spukt weiter durch deinen Film.

Sich bei den Dreharbeiten herumzutreiben, die Hauptdarsteller zu bedrohen, sich sogar in die Bilder einzuschleichen – Adrien zuckte die Achseln. Lächerlich.

– Außer dir hat sie niemand gesehen. Keiner wird die Fried erkennen.

– Du könntest die Szene auch herausschneiden.

– Das wäre schade, sie ist hervorragend. Warum hast du nicht versucht, sie festzuhalten?

Weil zwischen Anna und mir Schauspieler gestanden hatten und der Film weitergelaufen war. Nach diesem Take war ich hinausgegangen. Ein großer Teil des Teams hielt sich zwischen den Pavillons auf und wartete auf die Anweisungen des Chefs. Die Statistinnen wärmten sich auf. Es war ein ganzer Schwarm, der für ein paar Stunden Dreharbeit einbestellt worden war. Niemand hatte groß auf Anna geachtet.

– Ich habe den Mädchen ein Foto von ihr gezeigt. Keine hat sie erkannt. Auf dem Bild war sie allerdings auch zwanzig Jahre jünger.

Adrien sah mich neugierig an.

– Heißt das, du hast ein Foto von Anna Fried bei dir? Läufst du immer damit herum?

Ich glaube, ich sagte eine Weile gar nichts. Dann reichte ich ihm meine Brieftasche. Adrien klappte sie auf. Natürlich war ein Foto von Anna darin, ein sehr altes, das ich aus *Cinémonde* ausgeschnitten hatte. Außerdem ein Porträt von Hébert, eine Aufnahme von dem Wachskopf. Ein Bild von Radek und viele weitere Fotos. Ein paar Straßen und ein paar Frauen.

– Dein persönliches Pantheon?

Ich hätte Adrien von Marcel Duchamp erzählen können, der einmal die Idee für einen Koffer hatte, in dem all seine Werke Platz fänden. Mir genügte eine Brieftasche für ein paar anregende Fotos, die ich bei einem Spaziergang, in einem Café oder vor irgendeiner Sitzung betrachten konnte. Die mich auf neue Fotos brachten. Plötzlich fragte ich mich, was ich in diesem Film zu suchen hatte.

Allmählich wurde ich der Sache überdrüssig. Ich gestand es mir ein, als die Szenen in der Salpêtrière gedreht wurden. Der gesamte Rummel um die Aufnahmen, das große Können bei den einen, die Ängste der anderen, die Selbstverliebtheit, das Gehabe, die Scheinkapazitäten: Die Filmmaschinerie war nicht meine Welt, ihre Funktionsweise ödete mich an. Die Hintergründe des Kinos interessierten mich nur im Kino. Ich war für *Die Verachtung* und gegen *Die Amerikanische Nacht*.

Anna hinterließ Nachrichten, die stets das gleiche besagten. Wir hätten noch eine Chance, sie sei bereit zu warten, sie vertraue mir, wir würden uns wiedersehen.

Im übrigen erledigte ich die Dinge, wie es sich gehörte. Ich mimte Hébert in seiner Druckerei (aufgebaute Szenerie), wo der *Père Duchesne* entstand, oder durchmaß die Gänge des Hauses der Kommune. Völlig unwichtig. Ich achtete darauf, höflich und liebenswürdig zu sein. Ein Schauspieler, der nicht unbedingt sehr gut war, aber seine Stichworte kannte, sofern man nur die Freundlichkeit besaß, sie ihm eine Stunde vor Aufnahmebeginn mitzuteilen. Die meiste Zeit verbrachte ich in der Bibliothek auf Jacques-Renés Spuren. Oder mit Spaziergängen. Ich kam selten mit leeren Händen zurück. Das Durcheinander, in dem meine Wohnung beinahe ertrank, war eine reine Freude. Stevenson warf mir liebevoll vor, daß ich meine Nachforschungen mit sträflicher Lässigkeit führte.

Das Telefon klingelte. Es war Stan, er sei direkt vor dem Haus. Ich sagte ihm, nach Lage der Dinge solle er lieber heraufkommen.

Er hatte ein Geschenk für mich, schon wieder eins. Durch mich sei sein Interesse an Stöcken geweckt worden, er sei mir dankbar dafür und wolle mir einen schenken. Einen schönen Stock mit Silberknauf. Ein Sammlerstück.

– Du humpelst zu stark, Bürger! Es ist ein therapeutisches Geschenk, und ästhetisch ist es auch.

– Ich kann mir meinen Stock selbst kaufen.

– Dein Gemurre hat mich noch nie sonderlich beeindruckt.

In der Tat bemerkenswert, was er mir da in die Hände legte. Wenn man am Knauf zog, kam ein ausgezeichnetes Präzisionsfernrohr zum Vorschein. Sehr geeignet zum Beispiel, die Zimmer des Rohbaus auf der anderen Seite des Kanals zu studieren, von wo aus Anna auf Jacques-René geschossen haben konnte.

Stan streichelte den Kopf des Unglücklichen.

Er konnte es sich erlauben, weil er sich mir nichts dir nichts in dieses Zimmer eingeschlichen hatte, in dem ich inzwischen alles lagerte. Ich ließ ihn ungestört herumschnüffeln. Von einem gewissen Standpunkt aus hatte er das Recht dazu.

– Der Stock gehört dir. Benutze ihn oder laß es bleiben. Ich mache dir für mein Leben gern Geschenke.

Nachdem er den Wachskopf wieder zurückgestellt hatte, sah er sich die Fotos aus London an, die Buchauszüge, die ich vergrößert hatte, die Lamballe und die Abgüsse von Stevenson, die Porträts – mein gesamtes ungeordnetes Museum. Natürlich bemerkte er die Fotos, die ich von der Nummer 17 in der Galerie de Montpensier im Palais-Royal gemacht hatte. Ein Laden mit heruntergelassenem Eisengitter.

– Du bist ein ausgezeichneter Partner, sagte er ironisch.

Zum Schluß entdeckte er die Einzelbilder von Anna, die ich aus der Salpêtrière-Szene abfotografiert hatte. Blieb lange davor stehen.

– Ich werde ihr sagen, daß du sie erkannt hast. Das wird sie freuen.

– Hat sie daran gezweifelt?

– Nicht wirklich. Du gestattest?

Stan konnte allerhand Dinge aus seinen Taschen hervorzaubern. Diesmal war es eine Polaroid-Kamera. Ich ließ ihn ein paar Aufnahmen von den Dokumenten machen, die hier und da befestigt waren. Anna liebte also Beweise, berührbare Huldigungen. Auf dem Tisch lagen zahlreiche Einzelbilder herum. Stan suchte sich einige aus und steckte sie in die Tasche. «Keine Einwände?»

– Wenn Anna anruft, sagte ich, spricht sie immer von einem Wiedersehen, ohne nähere Angaben.

– Erwarte nicht, daß ich dir ein Licht aufstecke. Du müßtest doch alle Elemente direkt vor der Nase haben, oder?

Er sah mich zweifelnd von unten an. Vielleicht ein Versuch, mir zu signalisieren, daß er für eine Weile nicht mehr den Clown spielen wollte. «Wie soll ich es dir sagen?»

Er nahm mich beim Arm und erzählte mir alles in einem Zug. Es gebe sicher keinen Grund, eine große Geschichte daraus zu machen, aber er möge mich nun einmal. Nicht wie Anna, die verrückt sei, und nicht wie Julie, die Karriere machen wolle. Er möge mich, wie man Leute mochte, mit denen man lachen, sich einen Flirt teilen, etwas erleben konnte. Ohne Illusionen, einfach so. Eine ruhige, fast friedliche Sache. Ich hatte von Anfang an falsch gelegen. Man spuckt nicht Gin aus, um grüne Flammen zu erzeugen, und man springt nicht hinter einen Bus, wenn man sich nicht wirklich für die Leute interessiert. Die Leute machen sich Illusionen, die Armen, sie denken sich kleine mögliche Abenteuer aus. Er, Stan, er hatte den Irrtum schnell begriffen. Nicht weiter schlimm. Im Grunde war er es gewohnt, den Hanswurst zu spielen. Widerlich und schön dreckig: Das war seine Art, keusch, ja vorsichtig zu sein. Für sein Schwulsein zahlte er. Auf der ganzen Linie. An dem Drehtag der Szene in der Salpêtrière zum Beispiel war er ganz in der Nähe gewesen. Er hatte Anna nach ihrem Auftritt getroffen. Das war praktisch, er kam aus der Sprechstunde. Sein Arzt hatte ihm nichts Neues gesagt. Eine schlichte Bestätigung unter vier Augen, eine Bestätigung dessen, was Stan seit langem wußte oder jedenfalls fühlte. Die endgültige Krankheit.

«Keine Abwehrkräfte mehr!»

Er lachte.

– Und das mir, der ich immer davon geträumt habe, in einer Lokalnachricht zu enden. Das ist verpatzt. Jetzt bin ich wieder konform.

Stan lachte noch stärker.

– So konform, daß du denken mußt, ich bluffe. Eine Frage des Aussehens. Schwul und bekifft, ich muß schließlich sein wie meine Freunde. Es ist auch eine sehr schicke Krankheit. Keine Sorge, Victor. Ich habe nichts, überhaupt nichts. Ich habe schon immer alle Antworten der Welt schön geordnet parat gehabt. Es liegt in deinem Interesse, das zu denken. Ich an deiner Stelle täte es.

Und dann:

– Wie sehr man auch Bescheid weiß, es ist einfach zum Kotzen.

Stan schluchzte lange. Ich nahm ihn in die Arme, wußte nicht, was ich tun, welche Geste ich machen sollte. Ein unglaublich magerer Körper, den es schüttelte. Er sagte Dummheiten, beschimpfte mich, flehte mich an, ihn vor die Tür zu setzen, ihn nicht fallenzulassen. Vor allem was Anna betraf, hätte ich Mist gebaut. Sie sei die wichtigste, die einzige, die zählte. Ich verstand nicht alles, was er sagte. Ich drückte ihn an mich, ohne zu wissen, was ich mit diesem großen Mitgefühl anfangen sollte. Er ging mir auf den Wekker mit all seinem Elend. Er war mein Freund. Zumindest in diesem Augenblick.

– Ich habe dich belogen, sagte er.

Als ob ich das nicht gewußt hätte!

Er hatte die Diagnose nicht an dem Tag erfahren, als das Blutbad in der Salpêtrière stattfand. Das war nur eine romantische Kurzfassung, in der Anna als Eingeweihte dargestellt wurde. Eine Version, die mich anregen konnte. Die Sache war idiotischer. Stan kam gerade aus der Sprechstunde. Heute und jetzt.

– Anna ist zur Zeit nicht zu erreichen. Da bin ich zu dir gekommen. Ich hatte niemanden sonst in der Nähe. Ich werde sterben. Das ist ein Schock, verdammt, kein Drama.

Er verbrauchte mehrere Taschentücher, bis er nicht mehr wie ein Idiot schniefte. In dieser Situation war eine Lösung so gut wie jede andere. Ich entschied mich für die nach meinen Maßstäben banalste und sicherste: Ich holte eine Flasche Champagner aus dem Kühlschrank. Während ich sie öffnete, stellte ich mir die folgende Frage: Wenn nach all den Schachteln Gauloises pro Tag, nach all den methodisch trockengelegten Gläsern die Stunde des Urteils schlug (vielleicht hatte sie schon geschlagen, und ich wußte es nur nicht), die Stunde, die alle verbleibende Zeit dem Krebs überläßt, mit wem würde ich dann mein Glas erheben?

Wir tranken maßlos, das heißt auf das Leben. Das waren schon die Worte von Betrunkenen. Ich hatte meine Vorkehrungen getroffen.

Das Rathaus

Wenn man den Saal des Temple im Museum verläßt, um sich die übrige Ausstellung anzusehen, begegnet man Bailly und La Fayette. Astronom und Bürgermeister der Stadt Paris der eine, temperamentvoller General der andere. Sie plaudern friedlich neben einem Sekretär. Von diesem Bild hatte ich keinerlei Foto. Es hatte mich nie wirklich interessiert.

Jetzt kam es mir vor wie ein wichtiges Kästchen auf dem Spielfeld. Welches war es? Das heißt, wo in Paris lag es? Die körperliche Nähe der beiden Männer erinnerte an ein heimliches Einverständnis, ja sogar an eine Verschwörung. Der Schußwaffeneinsatz am 17. Juli 1791 war eine Sache, die sie zusammen beschlossen hatten.

Ein drückendes Klima herrschte an jenem Tag in der Stadt. Für die Unterschrift unter eine Petition, die die Abdankung des Königs forderte, war eine Demonstration auf dem Marsfeld organisiert. Sie nahm eine schlimme Wendung. Es waren Tote zu beklagen. Ein Versuch, der Aufruhrstimmung in den Clubs ein Ende zu bereiten. Einige Stunden später hatte der vorsichtige Maximilien den Zufluchtsort angenommen, den Duplay ihm in der Rue Saint-Honoré bot. Danton war wie immer unauffindbar. Jacques-René hatte Flagge gezeigt und die Petition unterschrieben, obwohl er sicherlich Angst hatte. Zu dem Zeitpunkt war er nur ein kleiner Publizist mit zahlreichen Rivalen, ein Patriot unter vielen anderen, ohne besonderen körperlichen Mut.

Als Kind bin ich auf dem Marsfeld Rollschuh gelaufen. Es hatte auch ein paar Karussels dort gegeben. Judith war eine außergewöhnlich geduldige Frau. Ich fragte sie aus. Warum dieser Name, Marsfeld? Das beunruhigte mich. In meiner Kindheit war im Radio und in der Zeitung *Radar*, die man bei uns las, viel von fliegenden Untertassen, also von Marsmenschen die Rede. Judith wußte, daß Mars der Kriegsgott war und daß in der Nähe des Parks die Militärschule lag. Ich habe nie richtig verstanden, was Götter sind. Nicht einmal in der Antike.

Am Ende des Marsfeldes der Eiffelturm. Ein privates Bauwerk. Eines Tages habe ich erfahren, daß der Hauptverwalter der mit der Geschäftsführung beauftragten Gesellschaft die Familie Gabriel-Thomas war, wodurch sich eine logische Verbindung zum Musée Grévin ergab.

Ich drang mehrmals in diese Pariser Gegend vor, die ich gewohnheitsmäßig eher selten besuchte. Ich zwang mich dazu. Stellte das Raleigh ab und machte mich zu Fuß auf die Suche nach dem Gefühl. Ich fand es nicht. Zwar mißfiel mir das weitläufige Gelände nicht, aber es inspirierte mich auch nicht. Ich machte ein paar simple Fotos, die ich problemlos an mittelmäßige Zeitschriften verkaufte. Bereitwillige Kinder (wirklich noch sehr jung) vor Winterbäumen. Und hier sollten die Feste der Revolution stattgefunden haben, die *Fête de la Fédération* und die *Fête de l'Etre suprême*? «Das Marsfeld ist das einzige Monument, das von der Revolution übriggeblieben ist – eine große Leere», notierte Michelet. Eher unerfreulich, das Ganze.

All meine lächerlichen persönlichen Erinnerungen hätten eigentlich ausreichen müssen, mir zumindest ansatzweise etwas vom heißen Atem der Geschichte zu vermitteln. Hier funktionierte es einfach nicht. Die Alleen des Marsfeldes waren trostlos, und je länger ich spazierenging, desto geringer wurde mein Interesse, die Schaulustigen anzusprechen. Es war ungerecht, und ich sagte mir, daß ich Paris und seine Menschen im Grunde genommen nicht genug liebte. Der Herbst ging zur Neige. Die Übergangszeit, in der man sich zum Überleben einrichten muß. Ich kehrte jedesmal erleichtert ins Quartier Marais zurück, obwohl dort auch nicht mehr als anderswo passierte. Ich war einfach meinem Fuchsbau näher, das war alles.

Bailly und La Fayette verwiesen ebenfalls auf das Rathaus, warum also nicht hingehen?

Das Gebäude gefiel mir gut, auch wenn es nicht mehr ganz das «Haus der Kommune» war. Die wenigen Szenen, die wir dort gedreht hatten, waren mir in guter Erinnerung geblieben. Schon immer haben mich die Statuen der großen Persönlichkeiten in den zahlreichen Fassadennischen amüsiert, sehr selektive Huldigungen an die Chronik der Stadt. Beaumarchais, aber nicht Choderlos, Pétion, aber nicht Chaumette, Manon Roland, aber nicht ihr «tugendhafter» Gatte, Pache, aber natürlich nicht Hébert usw. Robespierre, Saint-Just, Santerre und viele andere übergangen, was sonst! Ich listete automatisch die Namen derer auf, die bei diesem Fälschergedächtnis durch das Sieb gefallen waren. Ich liebte es, mich mit solchen kleinen Empörungen selbst herauszufordern. Wobei ich mir die Möglichkeit vorbehielt, eines Tages als alter Mann auf eigene Kosten eine Broschüre herauszugeben. «Der große Zorn des Père Victor auf die Taugenichtse, die das Gedächtnis der Orte verfälschen.»

Adrien war mit seinen Dreharbeiten knapp zehn Tage in Verzug. Um das Notwendigste zu retten und ihre Nerven zu schonen, nahmen die Produzenten die Überschreitung ohne größere Auftritte in Kauf. Schließlich bewies die Vorführung der Zwischenergebnisse, daß die Aufnahme in den Tuilerien

gelungen war. Der König war im Temple sicher ver-
wahrt, die Lamballe würde die Leute bestimmt zum
Heulen bringen. Was man von den Morden in der
Salpêtrière sah, war wirklich entsetzlich und würde
so manchen freiwilligen Ratgeber und *Figaro*-Leser
beruhigen. Blieb der dickste Brocken: die Force und
die dem aufgespießten Kopf der Lamballe folgende
obzöne und lärmende Prozession.

Wir schrieben Ende November. Dreharbeiten und
Museum würden mir kaum Zeit für Spaziergänge lassen. Eine aufregende und zugleich abscheuliche Situation.

Eines Morgens war ich unterwegs, um Zeitungen
zu holen. Ich hatte einen Teil der Nacht damit verbracht, die alten Nachrichten von Anna noch einmal
abzuhören (seit mehreren Nächten kein Anruf mehr)
und in all meinem Durcheinander vor mich hin zu
träumen. Der Schock war real. In *Le Soir* nur ein Artikel auf Seite 40. Immerhin eine ganze Seite mit dik-
ker Schlagzeile: «Ein Film, in dem es spukt». Darin
wurden äußerst genau die verschiedenen Vorfälle
und Beinahekatastrophen beschrieben, die Adrien
Leck seit Drehbeginn der *Prinzessin* heimsuchten.
Ein langer Absatz befaßte sich mit der merkwürdigen Tatsache, daß Anna Fried in der Vorbereitungs-
szene zu den Morden in der Salpêtrière aufgetaucht
war. Eine durchtriebene Argumentationsweise: Leck
müsse entweder eine Schauspielerin engagiert haben,
die dem großen Star der fünfziger Jahre aufs Haar
glich, oder, wahrscheinlicher, letztere habe sich in
die Dreharbeiten («sehr chaotisch») dieses («zweifellos überflüssigen») Remakes eingeschlichen («aber
warum?»). Man würde ja sehen, ob Leck bei der
Montage an dieser Sequenz festhielt. Bis es soweit
war, veröffentlichte *Le Soir* oben auf der Seite erst
einmal ein Bild der bewußten Szene, und zwar eines
von denen, auf dem Anna am besten zu erkennen

war. Der Artikel war von Stan. Das Foto von mir. Das gab Ärger.

Kaum war ich wieder am Quai de Jemmapes, hatte ich einen brüllenden Adrien am Telefon. Auch er hatte gerade die Zeitung gelesen. Der Artikel sei ein Schlag in den Rücken, keineswegs eine indirekte Werbung. Bei genauerem Lesen (was ich tat, weil er so wetterte) entdeckte man dort Schwarz auf Weiß, daß dieses Remake eine schmähliche Gelegenheitsarbeit sei («Leck im Sumpf der Zweihundertjahrfeiern»), das Ende eines zu gerissenen Filmemachers und schlimmer noch, eine «totale Frechheit».

– Hast du alles gelesen?

– Was?

– Diesen Satz hier! «Falls der unverschämte Film eines Tages das Licht der Welt erblickt, wird er nur durch den versteckten Auftritt der Anna Fried bestechen.»

Adrien erstickte fast vor Wut. Mich beschuldigte er logischerweise, bei Stans Mauscheleien mitgespielt zu haben. Das Foto.

– Ich habe zu keinem Zeitpunkt meine Zustimmung zur Veröffentlichung des Fotos gegeben.

– Dieser Verrat liegt genau auf deiner Linie, Victor. Was du getan hast, ist zum Kotzen.

Ich legte auf.

Ich ging noch einmal zum Palais-Royal, dem ehemaligen *Maison-Egalité*. Die Nummer 17 der Galerie Montpensier war ein Laden ohne Schild mit herabgelassenem Eisengitter. Im Zwischengeschoß und den Stockwerken darüber geschlossene Fensterläden. Curtius an diesem Ort? Ich sah es genau vor mir. Der Pseudo-Nationalgardist am Eingang, blau und weiß. Später der Sansculotte und danach der Haudegen der Napoleonischen Garde, stets um Kunden anzulocken. Marie unter den Arkaden, das Getuschel der Kurtisanen, Mona, die Intrigen, die Galanterien. Etwas Geheimnisvolles verband diesen Ort mit den Wachsfiguren.

Geschlossenes Haus oder nicht, Stan war mir Rechenschaft schuldig. Auf ganzer Linie.

Ich ging durch den Park. Mein Ziel stand schon seit langem fest. Ein Verlagsbuchhändler, der seinen Laden unter den Arkaden hatte. Neben anderen revolutionären Spottschriften bot er eine faksimilierte Neuauflage des *Père Duchesne* an. Sehr teuer, aber sicher immer noch ein Verlustgeschäft. Die Sammlung war vollständiger als die Originale, die man in der Nationalbibliothek oder im Hôtel Lamoignon einsehen konnte. Zehn in Leder gebundene Bände. Mit wissenschaftlich fundiertem Vorwort und Anhangsteil (Urschriften des Prozesses usw.). Ich hatte beschlossen, schwach zu werden.

– In einer Auflage von zweihundert vor zwanzig Jahren herausgegeben, sagte der Buchhändler mürrisch. Es sind nur noch drei übrig. Zur Zweihundertjahrfeier kommen wir in Lieferschwierigkeiten.

Ich stellte den Scheck aus.

Als ich mit meinem gut verpackten *Père Duchesne* unter dem Arm hinausging, begriff ich, daß es mit der letzten Zeile des Skripts und der letzten Klappe keineswegs sein Bewenden haben würde. Mit Hébert war ich aufgebrochen, um bis ans Ende zu gehen.

Die Gegenwart? Ich hatte die Artikel in *Le Soir* etwas hastig gelesen. Fast zwanzig Jahre hatte es gedauert, jetzt strömte die Jugend aus Schule oder Uni endlich wieder auf die Straße. In der Rue de Rivoli begegnete ich einigen von ihnen. Sie kamen vom Lycée Charlemagne und gingen zu einer Demo. Ein selbstgebasteltes Plakat: «68 ist vorbei – 86 besserer Mai».

Hoffentlich hatten sie recht.

Bei den Aufnahmen zeigte man mir die kalte Schulter. Stans Artikel hatte allen die Sprache verschlagen. Ich hatte mich mitschuldig gemacht. Eine ausgesprochen unangenehme Atmosphäre. Adrien tat nichts, sie zu entspannen.

– Auch wenn du glaubst, daß der Film eine Katastrophe wird, im Vorspann wirst du erwähnt wie alle anderen auch.

Er erklärte mir in ein paar dürren Worten, was ich bereits mehrfach im Drehbuch gelesen hatte.

3. September, eine Straße in der Nähe der Force. Die Lamballe war seit mehreren Stunden tot, das Morden ging weiter. Ich mischte mich unter die kleine Menge, die sich in der Umgebung des Gefängnisses drängte. Ich sah ernste, verschlossene Gesichter, die sich plötzlich bei einer gelungenen Hinrichtung aufhellten, und andere, auf denen eine beständige Heiterkeit lag. Keine Killervisagen, brave Leute bei einem Schauspiel, die riefen: «Es lebe die Nation!» Ich vermied es, die aufgehäuften Körper der zu Tode Gemarterten anzusehen. Dann zeichneten sich vor sehr blauem Himmel unvermittelt, *flash forward*, die Umrisse der Guillotine ab, das Fallbeil.

Leck beschrieb mir die Kamerabewegung, ein ziemlich kompliziertes Unternehmen, in subjektiver Sicht.

– Wir filmen ohne Schnitt. Von den Morden quasi bruchlos zu den Vorbereitungen deiner Hinrichtung. Dir bleiben nur ein paar Sekunden außerhalb des Blickfeldes, um auf das Schafott zu steigen und dich an die Planke zu drücken.

Er machte mir klar, daß an die hundert Statisten, zahlbar nach Gewerkschaftstarif, mobilisiert worden waren, daß das Licht nicht ewig ideal bleiben würde und daß er mir dankbar wäre, wenn ich ihm allzu viele Takes ersparte. Angesichts seiner sinnlosen Wut dachte ich an etwas anderes.

Ich sah sie mir genau an. Diese Ansammlung von Schaulustigen hatte tatsächlich etwas Erschreckendes. Der Schuhmacher aus der Rue Pavée, der Metzger aus dem Viertel, der öffentliche Schreiber aus der Rue des Juifs, der Weinhändler aus der Rue Antoine und all die anderen, anständige Typen aus der Nachbarschaft und eifrige Leser des *Père Duchesne*. Da standen sie und lachten, applaudierten dem Blut. «Kamera läuft!»

Es war vier Uhr, ein Septembertag. Plötzlich schrieben wir den 4. Germinal des Jahres II. Meine Hände waren auf dem Rücken gefesselt, mein Oberkörper wurde gegen die feuchte, kalte Planke gepreßt. Ringsherum immer noch Schreie, ganz nahe, auch meine eigenen. Ein Lied, ein frecher Gassenhauer, wurde gesungen:

> *«Jetzt ist der Père Duchesne stinkwütend,*
> *weil man ihm all seine Öfen zerschlagen hat!»*

Ich versuchte, mich zu befreien, aber Sansons Gehilfe legte mir rücksichtslos Fesseln an. Das Gelächter ging jetzt erst richtig los:

> *«Ein schreckliches Bild in meiner Zeitung*
> *hat mich mit Roßhaarperücke gezeigt;*
> *doch in Wahrheit war ich ein adliger Stutzer,*
> *Sansculotte nur im Bild, nicht in Wirklichkeit.»*

Sanson ließ sich Zeit, damit mir nur ja das Gespött nicht entging. Damit man vor allem sah, daß ich wie ein Feigling starb, starr vor Entsetzen über das «nationale Rasiermesser», dem ich so viele Kunden geliefert hatte.

– Jetzt soll er ins Sägemehl niesen!

Die Planke kippte ganz plötzlich um, ein heftiger Schlag. Sogleich umschloß mich der hölzerne Halsring. Meine weit aufgerissenen Augen sahen den Korb, die durchnäßten Späne, noch rot vom Blut des vorangegangenen Opfers. Ich schrie, aber ich hörte nur die Schreie all der anderen unten, des Schuhmachers, des Weinhändlers, des Metzgers, der gesamten vertrauten Menge. Die besten Plätze waren schon am frühen Morgen vergeben worden.

– Und deine Jacqueline kommt auch noch dran!

Eine Hand packte mich bei den Haaren, zwang mich, den Kopf herumzudrehen.

– Sieh hin!

Das Fallbeil. Der blaue Himmel.

– Jetzt, sagte Sanson.

Ich wehrte mich. Ein pfeifendes Geräusch. Die Schneide kam ein paar Zentimeter von meinem Hals entfernt zum Stillstand. Die Meisterleistung wurde beklatscht. Das hatte man noch nie gesehen. Ich erstickte beinahe bei meinen Versuchen, mich aus dem hölzernen Schraubstock zu befreien. Die Menge jubelte, entzückt, daß der Scharfrichter ihr Vergnügen verlängerte. Von allen Seiten stiegen ihre Beleidigungen und Beschimpfungen auf. Das Fallbeil wurde wieder hochgezogen.

Ein Lied nach der Melodie des *Cadet Roussel*, wie ich trotz meiner absoluten Panik erschreckend deutlich heraushören konnte.

> «*Père Duchesne hat groß getönt,*
> *er wär' ein Republikaner.*
> *Doch er wollt' uns nur fester beißen*
> *und am Ende alle bescheißen.*
> *Er starb, was ham wir gelacht,*
> *um einen Kopf kürzer gemacht.*»

Ein Fest!

Noch einmal das Fallbeil … Ich schloß die Augen.

– Schnitt! sagte Adrien.

Das Gelächter verstärkte sich bei diesem unschlagbaren Bonmot.

Der Schauspieler, der Sanson spielte, war mir unbekannt. Er befreite meinen Kopf, half mir, mich aus den Fesseln zu lösen.

– Geht es?

– Es wird schon gehen, wie man so sagt.

Ich zündete mir eine Zigarette an, konnte mich aber nicht entschließen, meinen Platz auf dem Schafott zu verlassen. Die Statisten zerstreuten sich.

– Sie haben mir beinahe angst gemacht, sagte Sanson. Einen Moment habe ich gedacht, Sie kippen aus den Latschen. Sie haben wirklich Talent.

Was besagte, wie er sich nicht verkneifen konnte hinzuzufügen, daß jemand im Film großartig und im Leben eher erbärmlich sein konnte.

– Warum sagen Sie mir das?

– Der Artikel in *Le Soir* war eine Gemeinheit. Noch dazu, wo Leck Ihr Freund ist! Sie hätten es nicht tun sollen. Wir alle fragen uns, ob wir für ein Meisterwerk oder einen absoluten Flop engagiert sind. Aber wir vertrauen ihm.

– Das ist immer so bei Adrien.

– Ein Grund mehr, ihn nicht mittendrin abzuschießen. Man muß bis zum Ende durchhalten.

– Was glauben Sie, was ich hier mache?

Ich lag auf dem Rücken, den Kopf im Ausschnitt der Planke, und keuchte ein wenig. Mein Hemd war durchnäßt. Nicht von dem Wasser, mit dem man die Bretter der Justitia gereinigt hatte, bevor ich an der Reihe war. Vom Schweiß. Vom üblen Schweiß der Angst. Mein Nacken tat weh, meine Kinnlade war zerschrammt. Ich hatte mich zu heftig gewehrt, ohne jede Zurückhaltung. Aber es war durchaus etwas wert, sich jetzt hier auf den Brettern auszuruhen, das harmlose Fallbeil aus lackiertem Balsaholz noch dicht vor Augen. Was auch kommen mochte, ich würde mich mit ein paar Alpträumen weniger herumzuschlagen haben.

Adrien kletterte auf das Schafott.

– Kommst du allmählich auf den Geschmack?

– Man kann nie wissen. Du könntest schließlich einen zweiten Take verlangen.

– Auch wenn du ein Miststück bist, das kann ich dir nicht antun. Und außerdem wärst du nicht mehr so gut.

– Ich habe mit dem Artikel in *Le Soir* nichts zu tun.

– Wahrscheinlich nicht, seufzte Adrien. Aber er hätte nie erscheinen können und schon gar nicht mit einem deiner Fotos, wenn du diesen Film lieben würdest. Was man zu Recht Verrat nennt, ist meistens einfach Fahrlässigkeit.

Jetzt mußte ich den Platz räumen. Es war noch eine Szene zu drehen. Der Schauspieler Sanson, wie er den Wachskopf schwenkte, der bei Curtius von mir angefertigt worden war. Trotz des Blutes, das die Maskenbildnerin darauf gemalt hatte, war die Ähnlichkeit verblüffend. Ein seltenes Privileg, seinen eigenen abgeschnittenen Kopf zu fotografieren.

Marc hatte sich mein Geschrei genußvoll angehört. Er schenkte Jack Daniel's ein und streckte seine Beine auf dem überfüllten Schreibtisch aus.

– Ihr seid wirklich tolle Leute, sagte er. Überall in Paris gehen Bomben hoch, und ihr macht euch nur Sorgen um ein paar Museumsfiguren, denen man übel mitspielt. Jugendliche sind im Begriff, die Straße zu besetzen, wie wir es seit fast zwanzig Jahren nicht mehr hatten, und du kommst mir mit albernem Gerede über einen Artikel, den nur Pressereferenten und ein paar Groupies von Adrien Leck gelesen haben. Was kann ich für dich tun?

– Wie ging es Stan in den letzten Tagen?

Marc brach in schallendes Gelächter aus.

– Stan? Wie immer, nach dem wenigen zu urteilen, was ich von ihm gesehen habe. Ein Schickimicki-Clochard. Unerträglich.

Ich verstand nicht besonders viel von seiner Journalistenlogik. Marc klärte mich auf. Stan und ich, wenn ich denn mitmachen wollte, wir waren sein Luxus. Wir brachten ihm kein einziges zusätzlich verkauftes Exemplar des *Soir*. Wir verbesserten das Image der Zeitung. Ohne jedes Risiko. Hofnarren im Kreis der Großen. Weshalb ich zu ihm gekommen sei?

– Ein Leserbrief.

Ich reichte ihm ein Blatt und die dazugehörigen Fotos.

– Zu welchem Thema?

Im Gegenwartssaal des Museums sind den realen Persönlichkeiten stets berühmte Journalisten zur Seite gestellt. Im Augenblick zum Beispiel Ockrent, Pivot, Sinclair und selbst Elkabbach. Man hatte auch an Marc gedacht und nach Fotos (meinen Fotos im wesentlichen) sogar schon eine Skulptur von ihm angefertigt. Ein gutes Porträt, das ihm sehr ähnlich war. Und dann hatte man ihn bei dem abendlichen Cocktailempfang gesehen. Man hatte ihn genau beobachtet. Er war nicht besonders angekommen. Vielleicht, weil er sich aufführte wie auf erobertem Gelände. Vielleicht seine Herablassung gegenüber dem Kitsch und dem barocken Trödel. Letztlich war man zu dem Schluß gekommen, daß nichts drängte. Andere Kollegen hatten die Ehre ebensogut verdient. Marcs Kopf hatte das Fegefeuer kennengelernt, ohne je eine Ausstellung erlebt zu haben. Eine absolut einmalige Sache im Hause Grévin. Er ruhte also in einem Dachkammerwinkel zwischen dem kurzlebigen Papst Johannes Paul I. und irgendeinem berühmten Sportler, um dessen Namen ich mich nicht geküm-

mert hatte. Aber immerhin war es ein Foto mit Bild-
unterschrift auf der Leserbriefseite des *Soir* wert. Ich
hatte es gemacht. Ob Marc mit der Veröffentlichung
einverstanden sei?

Mein Eindruck, verfolgt zu werden, bestätigte sich
einmal mehr, als ich mich vom Rathaus in Richtung
Rue François-Miron entfernte. Mein Grundgedanke
war immer derselbe, vorzugsweise nachts: Jacques-
Renés Strecke wiederzufinden. Um jeden Preis. Da
ich weder Schauspieler noch Historiker war, schien
mir dies die einzig wahre, intime und unmittelbare
Verbindung, die ich zu ihm bekommen konnte.

So war es möglich, die Arkade Saint-Jean des Rathauses in Betracht zu ziehen. Oder was an deren Stelle
stand, nachdem der Bau von den Kommunarden nie-
dergebrannt und später rekonstruiert worden war. Zu
Zeiten Héberts war es der bequemste Durchgang zur
Rue Saint-Antoine, kurz Rue Antoine genannt, als
man genug hatte von all den Orten, deren Namen
nach Devotionalien und Royalistenpack rochen. Man
ging durch die sehr enge, düstere Rue du Martroi und
befand sich vor der Kirche Saint-Gervais.

Hier hatte Hébert am 7. Februar 1792 Françoise
Goupil geheiratet. Sie wohnte ein paar Dutzend Meter davon entfernt (in der Heiratsurkunde nachsehen).

Man mußte nur die Place Baudoyer überqueren
und der Rue du Pourtour folgen. Die hohen, dunklen Häuser auf der rechten Seite sind erhalten geblieben, die alten Straßennamen sind immer noch im Ge-
mäuer zu lesen. An dieser Stelle ließ der Schatten von
mir ab.

Wer war es? Anna? Die Beschattung war mir im
Augenblick gleichgültig. Was mich wirklich fesselte,
waren die Spuren von Jacques-René.

«Ich wohne in der Nähe, in der Rue Saint-Antoine, gegenüber der Passage gleichen Namens, die

in die Rue du Roi-de-Sicile einmündet. Meine kleine Unterkunft liegt im dritten Stock auf der Vorderseite ...» sagt Hébert zu Desgenettes, einem Freund, den er lange Zeit aus den Augen verloren hat und eines Tages zufällig genau unter der Arkade Saint-Jean wiedertrifft. Diesem Satz verdanken wir die präziseste Angabe seiner Adresse vom Datum seiner Hochzeit bis zu seiner Niederlassung an der Cour des Miracles im Jahr darauf.

Man kann über die geringste Kleinigkeit stolpern. Ein Satz in einem Gedächtnis.

Natürlich gibt es die Passage Saint-Antoine nicht mehr. Dagegen habe ich auf den Stadtplänen der damaligen Zeit mühelos eine Kirche Petit-Saint-Antoine ausfindig gemacht. Der *Dictionnaire historique des rues de Paris* von Jacques Hillairet nennt als «Standort» von Héberts Haus die Nummer 64, was vermuten läßt, daß das ursprüngliche Gebäude zerstört wurde. Dahin begab ich mich.

Es gibt tatsächlich eine Nummer 64. Ein kleines dreistöckiges Gebäude, rechts neben dem Hôtel de Beauvais, eingezwängt zwischen einer «Grill-Bar» (in Wirklichkeit eine normale Kneipe) und einem Feinkostgeschäft. Sehr würdevolle Läden. Allen Fassaden sieht man an, daß sie im 18. Jahrhundert verputzt worden sind. Hébert hier? Das hätte nicht gepaßt ...

Warum hieß es «Standort»? Hébert war nicht reich, zumindest zu dem Zeitpunkt nicht. Das Haus ist bescheiden, alt. Ich spielte mit dem Gedanken, daß sich die Straßennumerierungen geändert haben konnten. 1792 war nichts wirklich endgültig festgelegt. Wo also mündete die Passage du Petit-Saint-Antoine?

Ich hatte mir eingebildet, in meiner Wohnung ein regelrechtes Pariser Gedächtnis zusammengestellt zu haben. Bücher, Pläne, Hunderte von Fotos, Notizen und Artikel. Persönliche Unterlagen, gesammelte Zeugenaussagen. Paris, das war einer der wenigen einigermaßen gut geordneten Bereiche meines Lebens. Aber über die Beschaffenheit des Quartier Saint-Paul im Jahre 1792 besaß ich so gut wie nichts. Eine tausendmal aufregendere Nachforschung als alle anderen, die ich zu erledigen hatte.

Weil ich meine Jahrestage einzuhalten wußte, ging ich am 24. November bei Chartier in der Rue du Faubourg-Montmartre 7 zu Abend essen und feierte dort allein Isidore Ducasse, der in ebendiesem Gebäude vor 116 Jahren gestorben war (diskretes Schild im Hof, eine Privatinitiative Christian Didiers, Juli 1986). Anschließend ging ich über die Rue Vivienne zum Palais-Royal.

Es war ein Fehler gewesen, den Stock von Stan nicht zu benutzen. Die feuchte Kälte, die Müdigkeit: Ich humpelte wie verrückt, ohne daß es mir mißfiel. Es war Nacht, der Park war menschenleer. Ich spazierte ein bißchen an den Säulen von Buren entlang und beobachtete die Galerie Montpensier.

Vielleicht war es nur Einbildung, aber ich glaubte zu erkennen, daß ein fahler Lichtschein aus dem Halbdunkel drang. Ich war nicht mehr ganz der Richtige, die mannshohen Gitter mit den eher aggressiven vergoldeten Spitzen zu überwinden. Aber ich schaffte es verhältnismäßig schnell.

Nichts mehr.

Nicht das kleinste Licht in der Nummer 17. Es störte mich nicht weiter. Ich tat ein paar Schritte. Die Phantome kehrten zurück. Ich setzte mich auf den Boden der Galerie und rauchte eine Zigarette. Hier ist es gewesen.

«Hier ist es gewesen», dieses Gefühl drängte sich mir häufig auf, seit die wirre Geschichte ihren Anfang genommen hatte. Ein vollkommen sicheres Gefühl, obwohl ich auf Spuren wandelte, die größtenteils hypothetisch waren. Hier hatte Curtius gewohnt. Nichts erinnerte mehr an ihn. Eine leere Kulisse, der sogar Originaltreue abging. Ich wanderte durch eine Stadt, in die ich alte Dinge projizierte, die nicht einmal Erinnerungen waren. Das stellte mich zufrieden. Besser noch oder schlechter: Das leitete mich. Und wenn gewisse Leute versuchten, die Spuren zu verwischen, indem sie ihre persönlichen kleinen weißen Kieselsteine ausstreuten, gefiel es mir umso mehr. Stan gehörte unbestreitbar dazu.

Bei genauerem Hinsehen entdeckte ich, daß das Eisengitter der Nummer 17 nicht ganz herabgelassen war. Es konnte von weitem täuschen, aber zwischen Stange und Bodenfliesen waren tatsächlich ein paar Zentimeter frei. Ich schob die Finger hindurch. Das Gitter bewegte sich nach oben, zu meiner großen Überraschung ohne jedes Geräusch. Geölt. Noch ein Stück, und ich konnte mich ganz darunter hindurchschlängeln. Dunkelheit. Eine absurde Situation. Ich befand mich in einem winzigen Raum zwischen zwei Vitrinen, und vor mir, das fühlte ich, war eine Ladentür. Sie stand offen.

Ich war kein Dieb, ich konnte mir Zeit lassen, ich wollte die Sache genießen. Im Licht der Feuerzeugflamme sah ich ein verstaubtes Zimmer mit leeren Vitrinen, einigen Sitzgelegenheiten und einer nicht mehr benutzten Theke. Das war eine Gauloise wert.

Was wurde hier verkauft? Seit langem nichts mehr. Ich setzte mich in einen wenig einladenden Sessel, felsenfest überzeugt, daß das schützende Eisengitter vor diesen Örtlichkeiten ein paar Tage zuvor korrekt geschlossen gewesen war. Nach meiner Logik konnte ich heute abend nur erwartet werden.

Eine Treppe führte in den ersten Stock. Es herrschte vollkommene Stille. Ich rauchte meine

Zigarette zu Ende, trank einen Schluck Bourbon aus dem Flachmann, was ich eigentlich sehr selten tat, und rief:

– Bist du hier, Stan?

Meine Stimme klang nicht besonders laut, aber ich war auf keinerlei Effekt aus. Ich erwartete nur eine Antwort. Von weit her lud Stan mich ein, zu ihm hinaufzukommen. Die unvermeidliche Beschleunigung der Dinge tat mir fast leid. Mir ist die Entdeckung weniger wichtig als der Weg zu ihr. Ich ging hinauf.

Die Treppe war etwas wackelig. Das Zwischengeschoß, das ich zuerst erreichte (Feuerzeug an), war eine Art Salon, weiße Schonbezüge auf den Möbeln. Wenn ich mich ganz gerade aufrichtete, stieß ich fast an die Decke. Es war noch eine Treppe zu nehmen. Ich nahm sie.

Oben fand ich einen Raum mit völlig anderen Ausmaßen vor. Einen Saal. Vollgestellt mit Statuen, unter Tüchern verhüllt, Gespenster aus einem Comic. Rasch kam Stan in Sicht. Er öffnete die Klappläden, und ein milchiges Licht fiel ein (es klingt vielleicht etwas schmählich, aber das Licht in dieser Nacht war tatsächlich «milchig»).

– Ich warte nun schon mehrere Nächte auf dich.

– Ich finde immer mehr Geschmack am Flanieren.

– Du weißt, was du hier findest?

– Ich habe eine ziemlich starke Vermutung.

– Willst du es sehen?

Es schien mir, daß ich deswegen da war.

Stan entfernte die Tücher eins nach dem anderen, und es kamen zum Vorschein: Maximilien, Danton, Camille und Fabre, Marat, David, Collot, Billaud-Varenne. Natürlich Mirabeau und Philippe. Manon Roland und ihr Mann, Brissot, Vergniaud. Der König, die Königin, Elisabeth und Charles, Madame Royale. Dann Simon, Chaumette, Ronsin, Momoro, der brave Santerre, Hanriot. Le Bas, der jüngere Bruder von Robespierre und sogar Eléonore. Auch Couthon war dabei und Saint-Just. Alle!

– Nicht einer fehlt, du kannst dich überzeugen. Der gesamte Wohlfahrtsausschuß, die Creme der Nationalversammlung, sämtliche Tribunen. Hier, in voller Größe. Die guillotinierten Köpfe sind oben in den Beständen.

Die Köpfe konnten warten!

Sie trugen Originalkostüme, die Halstücher lässig gebunden, ihre Posen waren affektiert. Im Dämmerlicht fiel es mir schwer, ihre Züge zu unterscheiden.

– Hébert?

Stan lüftete mit theatralischer Geste ein letztes Tuch.

– Da ist er!

Jacques-René reichte mir kaum bis zur Schulter. Eine sehr hohe Stirn, lebhafte Augen (ja: lebhaft!). Eine gerade, etwas lange Nase, ein leicht fliehendes Kinn. Die braunen Haare waren stellenweise ungepudert. Sein grüner Gehrock war elegant und abgetragen, seine Krawatte ein wenig stockfleckig. Vom Aussehen her ein Dandy, ehe es diesen Begriff überhaupt gab.

– Die Hand scheint etwas gehalten zu haben. Was war das?

– Ein Exemplar der *Großen Aufstellung über die Exekution aller Verschwörer und Straßenräuber*, das ich dir mit Freuden geschenkt habe. Beeindruckt?

– Bewegt.

Außerordentlich bewegt sogar und tief betrübt, daß ich keinen Fotoapparat bei mir hatte. Außerdem hatte ich das sehr starke, dabei unklare Gefühl, eine Übertretung begangen zu haben. Ich wanderte von einer Figur zur anderen, wagte kaum, sie zu berühren, ließ mich gelegentlich zu Dummheiten und lächerlichen Untersuchungen hinreißen: die pockennarbige Haut von Camille, die prachtvolle Häßlichkeit Dantons. Es gab keinerlei Zweifel, sie waren es. Ganz natürlich und ohne suggestive Inszenierung versammelt. Jede dieser Wachsfiguren hatte einen Teil der Wahrheit ihres lebendigen Modells konserviert. Es war etwas anderes als unbedingte Ähnlichkeit, eine Sache, die ganz offensichtlich zu Tage trat: Die Wachsfiguren von Curtius oder wahrscheinlicher von Marie Grosholtz waren wie Fotos von Diane Arbus. Nicht das geringste Mitleid, aber eine ergreifende Menschlichkeit. Sie waren authentisch.

Wie war diese unglaubliche Sammlung zustandegekommen?

– Erklärst du es mir?

– Eine Familiengeschichte, sagte Stan. Väterlicherseits.

Der Urur-usw.-Großvater war überzeugter Thermidorianer und Stammgast im Kabinett am Boulevard du Temple gewesen. Er hieß Georges wie Danton, den er haßte, und hatte mit Zwiebackherstellung zu tun. Der Krieg hatte ihn reich gemacht. Er liebte Wachsfiguren, Pantomime und Theater. Als Freund von Curtius nahm er im Oktober 1794 an dessen Beerdigung teil und besuchte weiterhin die Ausstellung, die in vollem Umfang in Maries Besitz übergegangen war («die Schülerin meiner Kunst»).

– Eine schöne Erbschaft: achtundzwanzig ganzfigürliche Statuen, jede in ihrem Kostüm, zehn bis zur Taille gearbeitete Figuren, vierundsiebzig Büsten, eine Vielzahl von Formen usw. Marie macht sich das alles zunutze, bereichert die Sammlung. Im Oktober 1795 heiratet sie François Tussaud, einen Ingenieur, der in der Privatwirtschaft tätig ist. Der Vorfahr Georges war bei der Hochzeit anwesend.

Stans Vorfahr war nicht im mindesten überrascht, als Marie beschloß, ihr Glück in England zu versuchen.

1802 reist sie mit ihrem Sohn Joseph, einigen Wachsfiguren und all ihren Gußformen in Begleitung eines Kollegen vom Boulevard du Temple ab. Der Mann hieß Philipstal. Er war nicht ihr Liebhaber, sondern ein Schurke, der sie begaunerte. In London lernte sie den Erfolg kennen.

– Großvater Georges besuchte Monsieur Tussaud regelmäßig, fuhr Stan fort. Der arme Mann hatte wirklich keinen Sinn für Geschäfte. Der Salon ging allmählich zugrunde. 1803 gab Marie bekannt, daß sie Paris nie wieder betreten würde, weil ihr die Stadt verhaßt war.

Tussaud war verschuldet und entschloß sich, das von Curtius geerbte Geschäft zu verkaufen. Er trat es einer gewissen Salomé Reiss ab, von der nicht viel bekannt ist. Jedenfalls steht fest, daß kein Künstler die Nachfolge angetreten hat. Zumindest am Boulevard du Temple, dem damaligen Boulevard du Crime, hielt sich das Kabinett mühsam über Wasser.

– Großvater besuchte es nur noch gelegentlich. Die meisten der Figuren, die er geliebt hatte, waren im Schrank untergestellt worden. Man hat sie durch ziemlich plumpe Abbildungen der jeweiligen Tagesberühmtheiten ersetzt. Im Jahre 1847, er war 72 Jahre alt, erfuhr er von Frau Reiss, daß die Schließung bevorstand.

Von Feldzug zu Feldzug hatte Georges ein ansehnliches Vermögen zusammengebracht. Bevor das Geschäft Curtius aufgelöst wurde, kam er also auf die Idee, sich zu erkundigen, ob er nicht ein paar Stücke erwerben konnte.

– Für wenig Geld kaufte er ungefähr die gesamte Partie auf, die du hier siehst. Er betrachtete es weder als Geschäft noch als Investition. Ein alter Herr leistete sich das Spielzeug, das ihn ins Schwärmen gebracht hatte, als er fast noch ein Kind gewesen war. Er starb wenig später.

Sein Sohn wußte mit diesem Teil der Erbschaft nicht viel anzufangen, pflegte ihn aber gut. Er hieß

Adam (Stan räumte ein, daß sei nicht von großer Bedeutung). Seine Domäne waren Immobilien. Das Vermögen der Familie verzehnfachte sich unter Haussmann.

– Dieser Adam hat die Räume des Palais-Royal gekauft, in denen wir uns jetzt befinden. Er lagerte die Wachsfiguren im Keller, wo sie lange Zeit vergessen wurden. Adam steckte viel Geld in Häuser, aber nicht in den richtigen Vierteln. Während der Brandstiftungen in der Blutigen Woche verlor er alles bis auf diese Wände, was nach meiner Meinung nur gerecht ist. Er nahm sich das Leben. Er hatte einen Sohn …

Von Großvater zu Großvater landeten wir schließlich bei Frédéric, den einer der diversen Konkurse nach der Aufklärung des Stavisky-Skandals in den Ruin trieb. Wieder konnten einzig die Räumlichkeiten im Palais-Royal erhalten werden. Leer und verfallen.

– Damit kommen wir zu meinem Vater. Ich erspare dir die Einzelheiten. Er hatte sich in den Kopf gesetzt, Filmproduzent zu werden, und kam in diesem Bereich auch ganz gut voran. Er saß sogar an einigermaßen beneidenswerter Stelle, als er sich in Anna verliebte. Eine kurze, aber heftige Leidenschaft, verheerend, wie es angemessen ist, und auch kostspielig. Um Mamas Gelüste zufriedenzustellen, hat sich Papa wohl ein paar kleine Unterschlagungen geleistet. Seine Lösung bestand darin, daß er sich ein paar Tage vor meiner Geburt von einem tödlichen Krebs hat erwischen lassen. Das hat man mir jedenfalls erzählt. Ich habe diese Bude hier geerbt.

Eines Tages hatte Stan im Keller die Wachsfiguren gefunden. Es hatte ihn amüsiert, aber er hatte dem keine große Bedeutung zugemessen. Nicht mehr als alle seine Vorgänger.

– Die Komplikationen haben erst angefangen, als die Leute vom Musée Grévin Anna in die Dachkammer verbannten.

Und dann ich.

Ich?

– Ja, du.

Denn es sei letztlich meine Schuld gewesen.

Ich war gern bereit, das zuzugeben. Die Option Schuld kam mir immer gelegen. Ich öffnete die Fenster, die Läden. Das nächtliche Palais-Royal gefiel mir. Oder besser: Die Darstellungen der revolutionären Epoche, so wie sie in meinem Gedächtnis gespeichert waren, überlagerten nicht zu sehr das, was ich vor Augen hatte. Und doch ... Auf der einen Seite der kalte Park, frei verfügbar. Auf der anderen die Kohorte der Agitatoren, im Dämmerlicht gruppiert. Manche sahen zu mir hinüber, andere nach draußen.

Stan trieb schließlich eine Flasche auf. Einen gräßlichen Gin. Meine Verwirrung wollte einfach nicht weichen.

– Sehr merkwürdig, sagte ich. Wie konnte ich bloß meinen Fotoapparat vergessen.

– Du kannst wiederkommen. Nicht zu jeder Zeit, aber gelegentlich.

Einverstanden. Aber was zählt, ist trotzdem oft die erste Regung, das Staunen. Das war hier vielleicht nicht das wichtigste. Diese Statuen warteten seit zwei Jahrhunderten. Was ich Stan sagen konnte, war verworren. Woran lag das? An den Bildern möglicherweise. Am Gelände. Ich hatte mich mit unseren Freunden von 1789–94 allmählich vertraut gemacht. Aber wie sahen ihre Visagen aus, ihre Auftritte? Ich liebte die Fernsehnachrichten. Die Revolution war ein großer, weißer Fleck, durchgeistert von körperlosen Reden. Ein ungewisses Paris, Gesichter, die so vertraut waren, daß das Fehlen von Fotografien unerträglich war. Die Revolution hatte zu früh stattgefunden: Daguerre war erst gekommen, als die Bürger sich gern so schön und glanzvoll zeigen wollten, wie das Bromid sie verewigen konnte. Die Wachsfiguren von Curtius-Tussaud schlossen eine Lücke, waren fester Bestandteil der sentimentalen Vertrautheit, die uns alle mit der Revolution verband. Uns alle?

Ich hatte Stan mit meinem Selbstgespräch unterbrochen. Es machte ihm nicht viel aus.

– Was ist übrigens meine Schuld? fragte ich.

Wir stellten die Sessel vor das geöffnete Fenster. Blick auf den Park. Auch Stan verstand sich aufs Monologisieren.

– Anna hat sich nie vorgestellt, daß ihre Statue aus dem Museum verschwinden könnte. Sie glaubte, sie stünde dort für alle Ewigkeit. Das prachtvollste Abbild ihrer einstigen Schönheit. Es war Zufall, daß sie ihre ... Kaltstellung entdeckt hat. Ein idiotischer Schock, furchtbar.

Ihre letzte Rolle lag Jahre zurück. Kein Mensch hatte sie mehr wegen Fehlverhaltens aus dem Studio gefeuert. In ihrem Kopf hatte sich die Geschichte umgedreht. Anna Fried hatte sich freiwillig für das Exil entschieden, wie ein großer Star. Die Garbo zum Beispiel. Ein Wink, und sie konnte ins Scheinwerferlicht zurückkehren. Man wartete auf sie. Um zu dieser Überzeugung zu gelangen, genügte es ihr, die Stammgäste des *Mirabeau* zu hören, zu bewerten, wie Retrospektiven ihrer Filme aufgenommen wurden (nicht immer besonders gut, aber ihre Präsenz rettete auf magische Weise alles). Sie beantwortete die Post ihrer Verehrer, die ihr aus allen Ecken der Welt schrieben. Nein, sie machte sich nichts vor. Sie wußte genau, daß die Zeiten von *Cinémonde* vorbei waren. Aber sie blieb einzigartig, hatte keine Nachfolgerin. Man brauchte nur ihre Statue im Museum anzusehen.

Stan erzählte, malte sich die Sache aus. Seine Stimme klang stockend, er war kein Redner, hatte vielleicht auch nicht alles richtig verstanden.

Ich glaube, daß sie über Jahre hinweg am Boulevard Montmartre kontrolliert hat, ob ihre Statue immer noch dort stand. Lange nach ihrem Abtritt von der Bühne.

Ich sehe es vor mir. Anna kommt inkognito, umkreist die Arrangements, stellt fest, daß ihre Nachbildung zu einer der Lieblingsfiguren des Museums geworden ist, daß die Menge der Bewunderer, die sich vor ihr drängen, nie kleiner wird. Sie ist schön wie einst.

Man geht nicht der jeweiligen Tagesberühmtheiten wegen ins Musée Grévin. Man besucht es aus unschuldiger Neugier oder Nostalgie. Man besucht es, um sich von einer gewissen konservierten Ordnung der Bilder der Welt überzeugen zu können. Eines Tages entdeckte Anna, daß sie aus der Besetzungsliste verschwunden war. Ausgemustert. Reif für die Bestände oder die Schmelze. Wie sollte sie damit leben?

Stan:

– Ich habe sie noch nie so niedergeschlagen erlebt. Sie hatte die schrecklichsten Wutanfälle. Schließlich hat sie es mir gesagt. Zum Schluß sagt sie mir immer alles. Und seitdem ist sie verrückt. Du hast begriffen, daß Anna verrückt ist, nicht wahr? Sie hat ihren Entschluß ganz allein gefaßt.

Der Gedanke, daß ihr Double verschwinden und möglicherweise zerstört werden konnte, war ihr unerträglich. Anna fand keinen Schlaf mehr deswegen. Und wenn sie versucht hätte, dem Museum die Statue abzukaufen? Dieser Schritt war so demütigend, daß sie sich nicht dazu durchringen konnte.

– Eines Morgens, fuhr Stan fort, habe ich sie lächelnd und besänftigt angetroffen. Alles war geregelt. Sie hatte getan, was sie tun mußte. In der Nacht zuvor hatte sie sich ihre Statue beschafft.

Auf welche Weise? Wie es schien, war Anna mit Einzelheiten stets sehr zurückhaltend. Seit den langen Modellsitzungen kannte sie die Lage der Ateliers und Abstellräume sehr genau. Jedenfalls konnte kein Hindernis sie aufhalten, wenn ihr Ziel einmal feststand.

– Sie erreicht immer, was sie will, dafür scheut sie kein Mittel. Leck und du, ihr seid euch nicht klar, was ihr getan habt mit eurer Herausforderung. Ihr habt keine Vorstellung, was für einen Krieg ihr da ausgelöst habt. Ich werde die Schäden nicht für alle Zeiten beheben können.

– Du und Schäden beheben? fragte ich verblüfft.

Stan setzte sein pfiffiges Gesicht auf.

– Dieser Diebstahl zum Beispiel. Ich konnte ihn verstehen, aber es war nicht sehr freundlich dem Museum gegenüber. Also dachte ich, eine Entschädigung sei angebracht. Man vergißt stets, daß ich ein sehr feinfühliger Bursche bin.

– Eine Entschädigung in welcher Form?

– Die Lamballe!

So gesehen, war es ganz einfach. Ein einzigartiges historisches Stück als Ersatz für eine ausrangierte Figur. Da brauchte man sich über die Austauschbedingungen in der Tat nicht zu beklagen. Im übrigen hatte Annas Heldentat Stan angeregt. Auch er hatte Lust gehabt, nachts durch das Museum zu streifen. Durch Jérôme kannte er all die kleinen Geheimnisse. Eigentlich konnte das Unternehmen nicht sonderlich schwierig gewesen sein.

– Warum die Lamballe und nicht eine andere Figur?

Ungezwungene Geste in Richtung der Skulpturen.

– Der Zufall des Kalenders. Ich habe es am 2. September getan, das war der Jahrestag, knurrte er. An einem 29. Juli, zum Thermidor, hätte ich ihnen Robespierre oder Saint-Just geschenkt. Was macht mir das schon aus? Ich brauche ja nur in die Sammlung zu greifen. Ich bin ganz sicher, daß sie die Eleganz, den Scharfsinn oder sagen wir sogar: den Humor nicht zu würdigen wußten. Selbst bei dir war es

362

nötig, alles rot zu unterstreichen ... Was man nicht alles tun muß, um dich ein bißchen anzustacheln. Pah!

Stans Kopf wackelte hin und her, seine Worte wurden undeutlich. Was bedeutete das im Grunde schon? Diese Erbschaft hinter uns belastete ihn. Er hatte natürlich nie daran gedacht, daraus irgendeinen Nutzen zu ziehen («siehst du mich als Konservator?»).

– Das Porträt von Hébert, nach seiner Hinrichtung abgenommen?

– Stammt aus der gleichen Quelle. Willst du die Sammlung bewundern? Sie befindet sich im Nebenzimmer. Leider gibt es kein Licht. Der Strom ist schon seit Jahren abgeschaltet. Sieh zu, wie du zurechtkommst.

Im Schein der Feuerzeugflamme konnte man sich eine Vorstellung machen. Das Zimmer war sehr viel kleiner und bot einen beinahe entsetzenerregenden Anblick. Ungefähr fünfzehn abgeschnittene Köpfe waren mit Haken verkehrt herum an Stangen aufgehängt. Manche waren mit einem Etikett versehen (Foulon, Robespierre, Fouquier, Le Bas, Chaumette, Cloots usw.), andere nicht. Jacques-René und die Prinzessin fehlten natürlich. Und auch der anonyme Kopf, den Anna dem Wachsbildner Stevenson in Würdigung seiner großen Kunst geschenkt hatte.

Ich trat mit dem Feuerzeug zu Robespierre, nahm den Kopf vom Haken.

Eine Anekdote kam mir wieder in den Sinn.

Wir sind im Ersten Kaiserreich. Ein ehemaliger «Terrorist», der Maler David, hat sich zur Ordnung des neuen Chefs bekehrt. Es ist also Napoleon, den er ins Kabinett Curtius begleitet. Er kennt es gut. Für sein Meisterwerk *Die Ermordung Marats* hat er sich direkt an der von Marie geformten Totenmaske des «Volksfreundes» orientiert. Die beiden Männer wollen die «Abdrücke» (diesen Ausdruck benutzen sie) sehen. Man zeigt sie ihnen. Sie befinden sich in einer schrankähnlichen Truhe und sind bereits an Stangen befestigt. Es handelt sich um Maximilien, Jacques-René und ein paar weitere. Der Maler bemerkt den Kieferbruch bei Maximilien, seine Verletzung. Damit es echter aussieht, ist sogar ein Verband angelegt worden. Eben jene Binde, die der Scharfrichter ein paar Sekunden vor der Hinrichtung abgerissen hatte. Ein Zeuge berichtet, daß David ziemlich bleich wird. «Eine gute Imitation», sagt er. «Sehr gut gemacht.»

Der gleiche «Abdruck» jetzt, unter dem Tuch. Er ist ungeschminkt, identisch mit dem in London ausgestellten Kopf. Identisch auch mit der Gipsbüste im Restaurant in der Rue Saint-Honoré. Unbestreitbar eine gute Imitation.

Wie gründlich ich diese unmögliche Sammlung auch durchforstete, den Kopf der als «Jacqueline» verspotteten Françoise, ehemals Goupil, konnte ich nicht finden.

Ich kehrte zu Stan zurück. Er döste in seinem Sessel.

– Wo ist die Statue von Anna? Garantiert hier!

– Versteckt! brummte Stan. Du wirst sie eines Tages schon finden. Es drängt ja nichts. Und außerdem hast du es nicht so eilig. Ich werde dir sagen …

Nichts. Stan sank langsam in sich zusammen, lächelte. Der Morgen graute. Ich fröstelte. Nicht zu vergleichen mit jener Gänsehaut, die mich überlief, als ich noch endlose Nächte mit Anna telefonierte. Stan war eifersüchtig auf diese Nächte. Ganz einfach eifersüchtig, wie er gern zugeben wollte. Er erinnerte sich auch an unsere albernen Späße beim ersten Treffen am Boulevard des Filles-du-Calvaire.

– Findest du nicht, daß Leck ein Idiot ist? Was ist sein jämmerliches Neureichen-Remake schon gegen meine Figurensammlung?

Der abscheuliche Gin, die Statuen, Hébert im Hintergrund …

Gekommen, um wie die anderen porträtiert zu werden. Curtius war der Harcourt der damaligen Zeit. Sollte man darüber lachen?

– Verstehst du, was in diesem Augenblick vor sich geht? sagte Stan in seiner Benommenheit. Es ist ein Abschied.

Die Geschichte zwischen uns beiden? Auf ganzer Linie verpatzt. Weder Liebhaber, so war es nun einmal, noch Freunde. Wir hätten es vielleicht besser anstellen können. Obschon ... Stan zweifelte selbst daran. Aber keine Scheingefechte, es war alles nicht weiter schlimm. Stan unterließ es, daran zu erinnern, daß er sterben würde. Ein neuer Tag fing gerade an, an einem wunderbaren Ort, einem der erinnerungsträchtigsten von Paris. War das etwa nichts? Und die Fortsetzung?

– Die Fortsetzung? Die Gangart wird härter. Die Dummheiten werden überhandnehmen. Anna wird einen Tanz aufführen. Sie ist verrückt. Sie wird töten, wenn ihr der Sinn danach steht. Den Filmemacher, die junge Hauptdarstellerin oder den untreuen Liebhaber.

Es mußte so kommen, Stan legte Wert darauf, daß ich es begriff. Er gewährte mir einen Aufschub, eine Frist, die er Anna abgewonnen hatte. Mit Tagesanbruch würde sich alles immer rasanter in Richtung schmutziges Eifersuchtsdrama entwickeln. Das war seine Meinung ...

– Solltest du auf die Idee kommen, dich bei mir zu bedanken, tu es nicht. Es ist deine Sache, den Kurs gegenüber Anna zu halten.

Ich stand auf, ging zurück zu den Wachsfiguren. Ich wollte sie noch einmal berühren, sie umarmen, den Duft ihrer verstaubten Kostüme riechen. Stan hatte mit dieser Intimität nichts zu tun. Die Figuren und mich verband eine Geschichte, die ich mir nur selbst erzählen konnte, so wie es mir passierte, wenn ich durch die Rue Saint-Antoine ging, unter dem Auge der Kameras oder meistens allein.

– Ich bin froh über deinen Besuch, sagte Stan. Aber beim vierten Ton des Zeitzeichens heißt es, jeder für sich.

– Und du?

– Ich krepiere langsam. Kein Grund zur Sorge. Übrigens, wenn dich hier irgend etwas reizt, bedien dich.

Stan schlief ein oder tat jedenfalls so. Bald rann ein dünner Speichelfaden aus seinem halb geöffneten Mund. Er schnarchte.

Über das Geländer gebeugt, versuchte ich mir ohne jede Überzeugung den Platz vorzustellen, von dem aus Camille seinen Aufruf zum Sturm auf die Bastille zustandegebracht hatte. Camille war ein Stotterer, alles andere als ein Redner. Ich hatte Lust, die Place de la Bastille zu sehen, so wie sie heute ist, umgekrempelt von den Erbauern der Oper.

Natürlich würde sich jetzt eine härtere Gangart einstellen. Nicht zwangsläufig Annas wegen. Wir waren in einer leeren Wohnung mit Statisten, die die Hauptrolle spielten. Ich trank noch etwas Gin. Ich konnte mich einfach nicht von dem Gedanken befreien, daß trotz allem alles gut war. Draußen öffnete ein Wärter die Tore des Parks.

Ich erhob mich. Zum wiederholten Mal ließ ich die verschiedenen großen Männer Revue passieren. Weder Judith noch Stevenson waren anwesend, um mir etwas zu erklären, wie damals, als ich klein war. Ich mußte mir alles allein ausdenken. Ein merkwürdiges Gefühl, jetzt, da das Tageslicht das Zimmer eroberte. Die Gruppe der Revolutionäre wirkte größer. Eine Auswahl, die jedes Museum ausgezeichnet und berühmt gemacht hätte. So wie Stan sie hastig zusammengestellt hatte, schienen sie ängstlich, das letzte Aufgebot ohne Angreifer ringsum. Eine Inszenierung, die ihnen perfekt angemessen war. Wer den Himmel erstürmen will, bricht stets in der Haltung des Belagerten auf.

Man hörte ein dumpfes, leicht gedämpftes Geräusch.

Stan war aus seinem Sessel gerutscht. Er schlief jetzt auf dem Fußboden, ein schmächtiger Fötus mit dem Anflug eines zufriedenen Lächelns auf den Lippen. Nachdem ich mich gründlich umgesehen hatte, fand ich in einem Nachbarzimmer eine Reisedecke. Ich deckte ihn sorgfältig zu.

Er bewegte sich ein bißchen, als ich das Fenster schloß. Ich sollte es nicht tun. Er liebte die morgendliche Frische.

– Laß es offen, verdammt! Nur weil man bald stirbt, wird man nicht kälteempfindlich.

Außerdem sagte Stan, daß ein zweites Paar Schlüssel auf dem Kamin liege und daß ich mir vor allem nicht einbilden solle, wir seien Freunde geworden. Dann steckte er den Kopf unter die Decke und schnarchte wieder.

Als ich durch die Rue Saint-Honoré in Richtung Hallen spazierte, fiel mir auf, daß einige Passanten mich neugierig musterten. Meinetwegen. Sie hatten ihre Gründe, die verständlich sein mochten. Jeder Schritt war ein Glück, fast eine Eroberung, begleitet von einer beklemmenden Sinnlichkeit. Ein feiner Sprühregen verschmutzte alles. Von Zeit zu Zeit winkte ich nach einem Taxi, ohne Überzeugung und ohne Erfolg. Was ebenfalls in der Ordnung der Dinge lag. Ein berauschender Morgen in Grau.

Ich hätte zwar auf direktem Weg zum Quai de Jemmapes gehen können, aber die Umstände legten eine andere Strecke nahe. Mich interessierte weniger die Rue de Rivoli als das Haus der Kommune. Der Vorplatz (jeder Gedanke an die einstige Place de Grève verbot sich) war um diese Uhrzeit fast menschenleer. Polizisten bewachten das Gelände mit ostentativer Höflichkeit. Ich ging weiter. Einer von ihnen kam mir entgegen. Er wollte meine Papiere sehen. Ich reichte sie ihm. Sie waren seit langem völlig in Ordnung. Der richtige Name, die richtige Adresse, der richtige Beruf.

– Und er?

Er? Wer ist er?

– Jacques-René Hébert, Stellvertreter des Staatsanwalts der Kommune.

Ich hatte ihn unter dem Arm und stellte ihn jetzt auf die Füße. Wir waren fast genau vor der Arkade Saint-Jean. Hier dürfte er in der Nacht des 10. August ein wenig Angst gehabt haben.

– Sie machen sich über mich lustig, Monsieur.

Ein braver Polizeibeamter. Ich hatte nicht die geringste Absicht, seine Würde als Ordnungshüter zu verletzen. Er tastete die Statue gründlich ab, entschuldigte sich: Die Zeiten waren schwierig, es konnten wahrhaftig überall Bomben versteckt sein.

– Wer ist das, sagten Sie?

– Hébert.

– Eine schöne Wachsfigur, räumte er ein. Darf ich Sie fragen, woher sie stammt?

– Nicht aus dem Musée Grévin.

Er lachte.

– Das weiß ich. Ich habe es vor einem Monat besucht. Ich habe nichts gesehen, was mit diesem Mann vergleichbar wäre. Hébert? Immerhin kein gewöhnlicher Sterblicher, Ihr Bürger.

Ich ging weiter. Selbst wenn es nur als Gag getaugt hätte, war es doch schmerzlich, keine Fotos machen zu können, um Jacques-René an diesem Ort zu verewigen. Man zeigte mit dem Finger auf mich. Dennoch konnte ich das Quartier Saint-Paul unmöglich auslassen. Die Statue war schwer und sperrig. Es war komisch.

Manchmal stieß ich unabsichtlich einen Passanten an. Man drehte sich nach mir um. Vor Erschöpfung mußte ich immer häufiger stehenbleiben, meinen Kerl in der Ecke einer Toreinfahrt abstellen, um ihn vor einem leichten Regen zu schützen. Ich weiß nicht, ob mein Hébert originalgetreu war, aber es war sein Viertel, sein Weg. So manches Haus, das noch erhalten war, hatte ihn von einer Nachtsitzung, einer einsamen Klausur in der Druckerei an der Cour des Miracles zurückkehren sehen. Doch Häuser sind blind, man kann ihnen dankbar dafür sein.

Jacques-René in der Nummer 64? Darüber wußte ich nichts. Im Erdgeschoß der Nummer 62 der Straße gab es ein Feinkostgeschäft. Die «Lachstheke». Aus Nostalgie machte ich ein paar Einkäufe, Lachs, Wodka, Cornichons. Kein Mensch hatte irgendwelche Fragen bezüglich meines Gefährten. Wer erinnerte sich an ihn?

Ich kannte mich in diesem Viertel nicht besonders gut aus. Ich war müde. Mit Jacques-René unter dem Arm hätte man sämtliche Kneipen und Höfe abklappern, ihm die Dinge vor Augen führen, ihn in irgendeine Ecke stellen und als das betrachten müssen, was er einst war. Ich zögerte. Ich hatte es eilig, nach Hause zu kommen. Es war schließlich nur eine Wachsfigur. Genau gegenüber der Rue Malher hielt gnädig ein Taxi an. Im Autoradio lief *Aux armes, etc.* Es wurde darum gebeten, nicht zu rauchen. Ich bestand darauf, an der Place de la Bastille vorbeizufahren. Hébert rutschte auf den Sitz, eine groteske Haltung.

– Man erlebt alles in unserem Beruf, sagte der Chauffeur. Aber es ist das erstemal, daß ich einen Sansculotten an Bord nehme.

An der Nummer 113 des Boulevards drehte ich Héberts Kopf um. Es regnete immer stärker. Letztlich fand ich es nicht besonders dringend, eine Zwischenbilanz zu ziehen. Anna war vielleicht gar nicht so verrückt.

Der Anrufbeantworter stand auf Rot, ich kümmerte mich nicht darum. Ein Laufbursche hatte mir einen dicken Umschlag gebracht, der neueste Stand des Drehbuchs für die nächsten Aufnahmen. Ein Haufen Briefe verstopfte meinen Briefkasten, darunter nicht wenig Klageandrohungen (letzte Mahnungen). Radek beschnupperte Hébert, ohne besondere Feindseligkeit an den Tag zu legen. Ich nahm mir die Zeit, ihn zu füttern, und den Neuankömmling vorzustellen.

Jacques-René hatte den Nieselregen gut überstanden. Ich befreite ihn von ein paar Kleidungsstücken und legte sie auf einen Stuhl vor der Heizung. So nackt war es eine schöne Holzpuppe mit beweglichen Gliedern. Eine bemerkenswerte Arbeit. Zu Curtius' Zeiten mußte ein Kopf, den politischen Schwankungen gemäß, leicht durch einen anderen zu ersetzen sein. Ich fönte die feuchten Haarsträhnen trocken. Ich mußte mich nach dem passenden Puder erkundigen, um ihn noch ein bißchen zurechtzumachen.

Aus dem Stapel der Morgenpost erregte ein Umschlag meine Aufmerksamkeit. Er trug die Adresse der Gemeinde, in der Père Duchesne geheiratet hatte. Ich hatte mich per Telefon an das Archiv gewandt, weil die Akten an Ort und Stelle nicht eingesehen werden konnten. Auf diese Weise hatte ich nähere Angaben über die Anschrift der Françoise Goupil und also die ihres Mannes erhalten wollen. Ich hatte einen Brief mit den wichtigsten Daten geschickt. Die Antwort war liebenswürdig und enttäuschend. «Unser schriftliches Gemeinderegister beginnt im Jahre 1802, in dem das napoleonische Konkordat (Konsulatsperiode) die Kirchen offiziell wieder zuließ.»

Eine Fährte weniger. Ich hatte nie groß daran geglaubt. Der genaue Standort von Héberts Haus blieb ein Rätsel.

Von dem Platz aus, den Jacques-René jetzt innehatte, verlor sich sein Blick oberhalb des Kanals. Ich fotografierte ihn mehrmals. Spurensicherung, was immer auch passieren mochte. Die Anwesenheit dieser neuesten Wachsfigur war nicht das erschütterndste Ereignis. Sie prägte lediglich einen Raum, eine Haltung. Es läutete. Ich machte eine letzte Polaroidaufnahme.

Adrien trat ein, rannte mich beinahe um. Dann blieb er abrupt im Flur stehen. Er war überrascht. Die Wohnung hatte sich seit seinem letzten Besuch lange vor Beginn der Dreharbeiten verändert. Er sah sich ausgiebig um, bevor er sich für ein Zimmer entschied. Büro oder Wohnzimmer? Was er sah, schien ihm nicht zu gefallen. Er ging nicht darauf ein.

– Darf ich?

Warum nicht das Büro? Adrien war bereits darin verschwunden.

Er hatte mich in der Nacht mehrmals angerufen. Ich sei natürlich mal wieder nicht da gewesen. Ich baute ja ständig Mist. Erstens könne man so keinen Film drehen und zweitens gingen schlimme Dinge vor. Ein Feuer. Sämtliche Bauten der Force seien am Vorabend verbrannt. Ein Monat Arbeit, Millionen in Rauch aufgegangen.

– Nach den ersten Feststellungen fällt es schwer, an einen Unfall zu glauben.

Er wurde genauer. Die Bullen hatten alles gefunden. Überreste von Benzinkanistern, alle so plaziert, daß sich ein einmal entzündetes Feuer schnell und wirksam ausbreiten konnte.

– Ist das sicher?

Ich hatte mehr als einmal Töpfe mit feuergefährlichem Material in der Szenerie entdeckt. Adrien machte eine verärgerte Geste.

– Die Untersuchung ist im Gange, was soll's! Es handelt sich offensichtlich um ein Attentat.

Ein Attentat. Ob ich Anna in jüngster Zeit gesehen hätte? Ich weiß nicht, ob Adrien mir glaubte, als ich es verneinte. Während er sprach, sah er sich die Stadtpläne, die Fotos, die Einzelbilder, die Wachsköpfe und Jacques-René an. Ziemlich lange.

Schließlich sagte er:

– Du bist wirklich ein Mistkerl.

Es stand ihm frei, so zu denken. Über die Herkunft all dieser Objekte wollte er nichts wissen. Aber er stellte mit Verbitterung fest – nur eine Kleinigkeit –, daß ich die unauffindbare Kopie der *Prinzessin* besaß, die er sich seit Monaten so dringend ansehen wollte (er log). Und die Wachsköpfe! Adrien erkannte sie eindeutig wieder. Sie waren der Beweis für meine Schurkerei. Und ausgerechnet mir hatte er vorgeschlagen, den Schauspieler zu mimen!

– Schauspieler, so ein Witz! Du bastelst seit Beginn an deinem eigenen Drehbuch und begehst ganz offen Diebstähle.

Der Erfolg des Kollektivunternehmens, das sein Film darstellte, sei mir herzlich egal. Er sei es ja gewohnt, sich mit den Schauspielern, den Technikern, der Produktionsleitung herumzuschlagen. Aber zum erstenmal richte sich jemand wie ein Hausbesetzer in einer Geschichte ein, die er, Adrien, sich ausgedacht hatte. Man brauchte ihn nur anzusehen, Adrien war eine Nervensäge. Schlimmer noch, er benahm sich saudumm.

Er kam in Fahrt:

– Du hättest mich wenigstens mit einigen deiner guten Ratschläge beehren können. Ich sehe da ausgezeichnete Ideen für Einstellungen, Schminkmöglichkeiten oder Zitate, die uns hätten anregen können, interessante Bühnenbilder. Eine prachtvolle Schmarotzerarbeit.

– Wir arbeiten nicht im gleichen Gewerbe, sagte ich. Du bist derjenige, der etwas von mir wollte.

Adrien war anstrengend. Aber ich konnte leider nichts für ihn tun, selbst wenn ich mir den Kopf zerbrach.

– Du glaubst, daß ich mich aufspiele, nicht wahr? Wie dein Freund beim *Soir*. Jeder glaubt das. Und die Kulissen gehen in Flammen auf!

– Wenn die Kamera läuft, bist du der Chef. Ansonsten …

– Gehe ich dir auf den Wecker?

– Mehr oder weniger. Nichts Ernsthaftes.

Aus Gewohnheit ging ich irgendeine Flasche besorgen. Adrien lehnte ab – «ich versuche, weniger zu saufen» – und stimmte dann zu. Er war genauso willensschwach wie ich. Die Statue Héberts weckte seine Neugier. Ich hatte ihm dazu nichts Großes zu sagen. Wir tranken uns zu.

Die Sache mit den Kulissen war nicht so dramatisch. Es war alles versichert, ob böse Absicht oder Naturkatastrophe. Technisch gesehen, konnte alles rekonstruiert werden, und zwar ziemlich schnell. Die Frage stellte sich anders. Der Film brachte Pech. Adrien fand ein tröstliches Vergnügen daran, sich bei diesem längst abgeleierten Thema aufzuhalten.

– Wenn die Fried hinter der Sache steckt, muß man sie dazu bringen, daß sie uns in Ruhe läßt. Es geht um Kino. Kino ist ihr ganzes Leben. Sie kann einen Film nicht verhindern, sie nicht!

Ich nahm ihn beim Arm, führte ihn vor den Videorekorder und schob die Kassette der *Prinzessin* ein. Was immer über diesen Film erzählt wurde, wenn man ihn gelassen betrachtete, machte er nicht viel her. Eine teure, reaktionäre Superproduktion mit schwellenden Dekolletés, eine absonderliche Geschichte und ein blutrünstiger Hébert als großer Ankläger. Nichts, was einem Komplexe verursachen konnte.

Ich sorgte dafür, daß Adrien bequem saß. Mangels Chablis servierte ich ihm einen ehrlichen, gut gekühlten Sauvignon, tischte geräucherten Fisch auf, tat, was ich konnte, um den glänzenden Gastgeber zu spielen. Es war ein weiterer Verrat an Anna, ihr Pech. Adrien hatte ein Anrecht darauf, diesen Film zu sehen, um so mehr, als er immer noch Opfer bringen mußte. Und nach der *Prinzessin* konnte er sich *Die Marseillaise* noch einmal ansehen, solange er wollte, und begreifen, daß wir keinen gemeinsamen Nenner hatten, wenn es ums Geschichtenerzählen ging. Ich hatte Lust, ein Bad zu nehmen. Vorher gab ich Jacques-René seine Kleidung zurück.

Der Brand war nicht ungelegen gekommen.

Nichts hatte gestimmt bei der Rekonstruktion der Force. Adrien und Joachim hatten sich ein Zuchthaus ausgedacht, das etwas von Piranesis Gefängnisentwürfen hatte. Alles war zerstört worden, und das war gut so. Diesen Kindereien hatte ich ein paar exakte, sorgfältig im Nationalarchiv abgepauste Pläne entgegenzusetzen. Ich bastelte ein Modell aus Kartonteilen und Sperrholz. Ein weiterer sperriger Gegenstand. Just for fun.

Villon bat mich beinahe schüchtern um Hilfe, weil er sich allein einfach nicht auf die Straße traute. Ein Freundschaftsdienst. Er kam noch immer nicht dagegen an, er hatte Angst, panische Angst, sobald er sich von einem wohlvertrauten Gelände entfernte. Er konnte nichts dafür, sein Analytiker auch nicht.

– Es wird Sie nicht stören. Ich möchte Sie nur von Zeit zu Zeit bei Ihren Spaziergängen begleiten.

Das Zimmer in der Rue de Saintonge war inzwischen untadelig aufgeräumt und sauber. Der kleine Max schien vergessen zu sein. Villon hoffte, das Neujahrsfest mit seiner Polizeimarke in der Tasche feiern zu können. Blieb nur die blöde Phobie, die ihn bis in den Traum verfolgte.

– Wohin gehen Sie heute zum Beispiel?

– Heute?

Wie zum Teufel konnte ich das einem Kerl wie ihm erklären? Ich war eher grundlos bei Villon vorbeigegangen, aus Gewohnheit. Ich hatte vor, das Rathaus aufzusuchen, wahrscheinlich mit einem Umweg über die Rue François-Miron. Warum das Rathaus? Ich hatte keine präzise Antwort.

– Würde es Sie denn wirklich so stören, wenn ich mitgehe?

Natürlich übertrieb er ein bißchen, aber Tatsache war, daß er mich beinahe anflehte. Wenn ich es mir genau überlegte, hatte noch nie jemand die Unverfrorenheit besessen, sich mir für einen Spaziergang aufzudrängen.

– Einverstanden.

Zuerst nahmen wir die Rue Elzévir. Da man sich ja ein bißchen unterhalten mußte, erklärte ich Villon, daß Leck hier in einem verlassenen Haus in aller Eile die Kulissen für den Prozeß – wenn man es Prozeß nennen konnte! – gegen die Lamballe aufbauen ließ. Eine merkwürdige Idee, die eigentlich eher auf mein Konto ging. Das Hôtel de Donon war seit Jahren verwahrlost und wartete auf seine Renovierung. Es erinnerte überhaupt nicht an die Force, das war auch nicht das Wesentliche. Die Rue Elzévir lag in der Nähe des Ortes, an dem das Gefängnis einst gestanden hatte. Die Räume waren unbewohnt und total verfallen. Die einzig gute Idee für den Film *Die Prinzessin* bestand darin, alles in Paris zu drehen, in der Nähe der historischen Schauplätze, ohne sich von den Veränderungen, die seit den Ereignissen eingetreten waren, desorientieren oder einschüchtern zu lassen.

Schon auf der Straße hörte man den Lärm von Hämmern und Sägen. Die Tür zum Hof war verschlossen. Mit ein paar Abwandlungen wurde aus einem Salon eine Zelle, aus einem Schlafzimmer eine Pförtnerloge.

– Treten Sie in dieser Szene auf?

– Hébert wirkte nicht als Richter beim Tribunal in der Force.

– Wissen Sie, entschuldigte sich Villon befangen, die Septembermorde sind mir nur noch sehr verschwommen in Erinnerung.

Er wollte wieder lernen, wie man sich vernünftig bewegt? Wir gingen wie geplant in Richtung Place de Grève. Ob ehemaliger oder zukünftiger Bulle, Villon log nicht. Ein Nichts, das kleinste Geräusch, ließ ihn erbeben oder zusammenzucken. Er fürchtete den Kontakt, den Zusammenstoß mit irgendwem, die alltäglichste leichte Berührung. Wie eindeutig auch immer das Ampelsignal war, eine Straße zu überqueren verlangte ihm eine Willensanstrengung ab. Wenn Reifen quietschten, stieß er einen erstickten Schrei aus.

– Gehen wir weiter?

– Ich tue, was ich kann. Wohin wollen wir?

– Zum Quai des Orfèvres.

Villon glaubte, ich wollte mich über ihn lustig machen. Das war keineswegs der Fall. Genau dort hatte alles seinen Ausgang genommen. Sonntag, den 2. September. Ein schöner Spätsommertag.

– Erzählen Sie mir das, sagte er und machte rührende Versuche, sich zu entspannen.

Im Jahre 1792 war der Platz mit dem spitzen Turm und den Räumlichkeiten der Kriminalpolizei, die Villon so gut kannte, der Sitz des Bürgermeisters Pétion und ein Nebengebäude des Hauses der Kommune. Hier tagte auch der Überwachungsausschuß. Am Morgen des 2. September wurden dort vierundzwanzig Häftlinge gefangengehalten, mehrheitlich eidverweigernde Priester. Gegen zwei Uhr wird beschlossen, sie in das Gefängnis Abbaye zu überstellen.

Sechs Droschken, eine einfache Strecke: Pont-Neuf, Rue Dauphine. Die Begleitmannschaft besteht aus Föderierten, «Marseillern», und ein paar Nationalgardisten.

Ich zog Villon weiter.

– Sie fuhren so langsam, daß jeder die Gefangenen in aller Ruhe identifizieren konnte. Man hatte gerade vom Fall Verduns erfahren, der Herzog von Braunschweig stand quasi vor den Toren. Die Menge verhöhnte die Häftlinge.

– Wo war das?

– Wahrscheinlich hier.

Carrefour de Buci. Seit einigen Stunden ist ein Podest aufgebaut, an dem sich freiwillige Patrioten für die Armee anwerben lassen. Die Stimmung steht auf Sturm. Das Gesindel wird mit Beleidigungen bedacht.

– Sie sagen Gesindel? unterbrach Villon.

– Was sind Soldaten und Pfaffen sonst?

Eine mögliche Version. In der dichten Menge versuchen Hände, die Gefangenen zu ergreifen. Man bringt die Wagen zum Schwanken. Es herrscht ein Klima von Verwirrung, Haß und Angst. Drohungen werden ausgestoßen, Piken in die Luft gereckt. Einer der Gefangenen wehrt sich mit einem Stockschlag.

– Einem Stockschlag?

So will es die Chronik. Sofort bricht der Angriff los. Erstes Blutvergießen.

– Wo befinden wir uns?

Der Ort ist heute ein friedlicher Treffpunkt mit einem Hauch Vornehmheit. Mindestens drei werden verwundet, einer davon schwer. Der Zug kommt wieder in Gang. Rue Sainte-Marguerite, Rue Childebert.

– Wie bitte?

– Man findet sich nicht mehr zurecht, weil die ganze Gegend abgerissen worden ist.

Wir waren auf dem Boulevard Saint-Germain.

– Wo stand die Abbaye?

– Fast gegenüber der Place de la Rhumerie, wenn man in Richtung Kirche sieht. Die Eskorte hat zuerst das «Haus der Gastgeber» besetzt, den Versammlungsort der Sektion Quatre-Nations. Etwa zwanzig Gefangene wurden in weniger als einer Stunde verhört und hingerichtet.

– Wie viele Überlebende gab es?

– Fünf. Darunter Abbé Sicard, ein Lehrer, der taubstumme Kinder unterrichtete.

– Und danach?

Das Karmeliterkloster, nicht viel weiter weg, an der Stelle des heutigen Katholischen Instituts. Dort beginnen die Morde gegen vier Uhr. Dann wieder in der Abbaye und spät nachts in der Force.

– Es fällt schwer, sich das alles vorzustellen, sagte der Bulle.

Das fand ich nicht. Von unserem Standort aus konnte ich ohne Schwierigkeiten den Eingang der Abbaye lokalisieren. Im übrigen hatte ich ein Foto in meiner Brieftasche. Das kopierte Negativ einer Aufnahme von Marville, datiert auf den 9. April 1854.

– Sehen Sie.

– Haben Sie immer solche Bilder bei sich, oder wollen Sie sich bloß aufspielen vor mir?

Ich hatte meine Fehler, ganz gewiß. Aber sich vor einem Bullen aufzuspielen wäre mir nie in den Sinn gekommen. Marville war ein paar Tage vor jeder der großen Abrißaktionen Haussmanns damit beauftragt gewesen, die Straßen zu fotografieren. Hier auf seinem Zeugenfoto würde man sich zurechtfinden. Auf der Place de la Rhumerie oder ganz in der Nähe gab es ein Café, *Aux Deux Amis* (heute existiert in der Rue de Lappe eine Kneipe gleichen Namens, aber wir wollen die Dinge nicht völlig durcheinanderbringen). Laut Firmenschild konnte man dort Bier, Limonade, Säfte und

Liköre trinken. Daneben lag ein «Hôtel Reims». Ich ersparte Villon die Einzelheiten. Ich hatte das Foto von Marville mit mehreren Stichen der revolutionären Epoche verglichen. Von ein paar Mauertürmen abgesehen, war es eine Reise in die Vergangenheit. Man sah dem Foto seine historische Verspätung kaum an.

Aber was bedeutete das schon für Villon? Wenn man seine Angst außer acht ließ, die sich sicher irgendwann legen würde, reagierten wir beide ganz unterschiedlich, wenn wir auf der Straße waren. Der Beweis drängte sich von selbst auf. Man merkte es wie immer an Kleinigkeiten: ein Nachlassen der Verkehrsstauungen, eine plötzliche Spannung, die von der Menge auf den Bürgersteigen ausging. Ein paar Straßen weiter tat sich etwas. Sicher eine Demonstration. Sie häuften sich in letzter Zeit. Eine Universitätsreform ist stets geeignet, Proteste hervorzurufen. Junge Leute besetzten das Pflaster und bescherten Paris einen Frühling im Winter. Wo fand die Sache statt?

– Was tun Sie?

Ich war bereits mitten auf der Fahrbahn. Nur um intensiver die Atmosphäre, die allgemeine Unruhe wahrzunehmen. Villon klammerte sich entsetzt an meinen Ärmel. Autos fuhren haarscharf an uns vorbei. Er war hinter mir hergelaufen, die Angst hatte ihn wieder gepackt. Ich ging weiter, ließ die Abbaye im Stich, wenn man so will. Vom Carrefour de l'Odéon schallten Parolen herüber.

– Eine Studentendemo, schätze ich. Gehen wir hin.

– Kommt nicht in Frage!

Ich war plötzlich sehr fröhlich. Wie sollte man einem Bullen das Vergnügen an einer Demo erklären?

Villon hielt mich geradezu schmerzlich bestürzt zurück. Es lag nicht nur an dem kleinen Aufruhr, dem wir entgegengingen (Mannschaftswagen der Bereitschaftspolizei, bellende Megaphone). Der Bulle lief aufgeregt hin und her, er witterte etwas anderes.

379

– Jetzt bin ich mir ganz sicher, sagte er. Man beschattet uns. Von Anfang an.

Er amüsierte mich.

– Tatsächlich? Ein Mann, eine Frau?

– Eine Frau, glaube ich.

Villon hatte ein Gespür für Beschattungen und Gaunereien, ich dagegen reagierte instinktiv auf das Gären in der Stadt, auf Massen. Wir würden niemals Spaß an gemeinsamen Spaziergängen haben.

– Beunruhigt Sie das nicht? Wer ist es?

Was war an einer Beschattung beunruhigend oder überraschend? Ich erwähnte Anna nicht. Die Menge war riesig, und sie war vergnügt. Junge Leute. Oberhalb der Passage du Commerce zeichnete sich Adriens Silhouette im Licht des Fensters ab. Mit einer Farbdose bewaffnet, sprühte ein Junge auf den Sockel von Dantons Statue: «Freiheit, Gleichheit, Brüderlichkeit: schön wär's!» Weiter hinten ergoß sich die Demonstration über den Boulevard Saint-Michel. Ein dichter, fröhlicher und unter vielen Aspekten unschuldiger Protestzug. Auf einem der Bürgersteige entdeckte ich Joachim. Er lächelte, und er kam mir sehr allein vor.

– Gehen wir, sagte Villon. Das ist nicht auszuhalten.

Eine Kette von Bereitschaftspolizisten riegelte den Boulevard ab. Wenige Meter entfernt lehnte Anna gut sichtbar an den Gittern des Square de Cluny und beobachtete alles. Obwohl sie einen Hut trug und den Kragen hochgeschlagen hatte, war sie leicht zu erkennen. Sie nahm für einen Augenblick ihre getönte Brille ab. Sie hatte uns verfolgt? Na, wunderbar. Warum weggehen?

– Ich begreife nicht, was wir hier zu suchen haben. Sie wissen sehr gut, daß ich es nicht ertragen kann.

Er hatte unrecht. Dies war die Gelegenheit für seine berufliche Wiedereingliederung. Sich in der Stadt zu bewegen erfordert einen gewissen Sinn für den möglichen Tumult. Die eindrucksvolle Demo war natürlich absolut friedlich. Aber sie machte auch klar, daß es ein Recht ist, sich außerhalb der Fußgängerüberwege zu bewegen.

Man vernahm ein dumpfes Knallen, dann setzte Husten ein. Die ersten Tränengasgranaten explodierten. Ich nahm meinen gescheiterten Bullen freundlich beim Arm. Es war ja kein Krieg. erst recht keine Folklore. Es war einfach die Straße. Mit Detonationen, mit Leuten, die in alle Richtungen rannten und irgend etwas riefen, mit verhinderten Vorstößen und Feuer. Mit braven, sanftmütigen Leuten, die zwei Schritt neben einem Gummiknüppeleinsatz *Le Monde* kauften. Die rechtschaffenen Montagnards, die von den Morden lieber nichts wissen wollten.

– Hören Sie auf mit Ihrem demagogischen Gerede, Victor!

Villon liefen die Tränen nur so übers Gesicht. Mir auch. Solange sich alle an die Spielregeln hielten, gab es nichts Ernsthaftes zu befürchten. Warum sollte ich es nicht eingestehen, ich liebte dieses folgenlose Durcheinander. Die Mehrheit der Demonstranten sammelte sich weiter unten beim Brunnen Saint-Michel. Ich legte schamlos meine blauweißrote Pressearmbinde an. Eine Mülltonne und ein paar Balken von einer Baustelle brannten. Ich konnte Villons Reaktion verstehen, er war schließlich Polizist. Die Demonstration war nebensächlich, hatte mit der aktuellen Geschichte nichts zu tun. Eigentlich galt es, Anna zu verfolgen, tiefer in die Geheimnisse des Lagers im Palais-Royal einzudringen, den bösen Geist des Musée Grévin genauer zu identifizieren, und nicht zuletzt, sich Gedanken zu machen über die Schießübungen, die man sich bei mir zu Hause erlaubte. Ich hatte Schwierigkeiten zu erklären, daß der Flirt mit einer Demo von Jugendlichen auch eine Möglichkeit ist, Feldforschung zu betreiben.

– Tun Sie, was Sie wollen, schimpfte Villon. Ich habe Angst.

Das sah man ihm an, na und? Eine Granate landete zischend in unserer Nähe und schlängelte sich durch die Beine unentschlossener Demonstranten. Für die meisten von ihnen war es eine große Premiere. Ich mußte wieder an die Abbaye und die Force denken. An die merkwürdigen Dinge, die bewirken können, daß man um einer Kleinigkeit willen zum Fanatiker wird. Ein Junge hob die zylinderförmige Granate auf – eine etwas riskante, aber schnell zu lernende Bewegung – und schleuderte sie zurück zu den Bereitschaftspolizisten.

– Was wollen Sie? Daß ich mir von den Kollegen einheizen lasse?

Villon konnte ziemlich blöde sein. Die Knüppelhiebe, die er genau wie ich anschließend bei einem fast zerstreut geführten Routineangriff kassierte, waren völlig bedeutungslos. Wichtig war nur (ich packte ihn aus Spaß beim Kragen), daß man einen Sinn für diesen Aufruhr hatte.

Vom Bürgersteig her zwinkerte Anna mir zu. Eine Feindin?

Neuer Angriff, man mußte tatsächlich ein bißchen rennen. Dabei verlor ich Villon. Die größere Wahrscheinlichkeit sprach allerdings dafür, daß er geflüchtet war. Es herrschte der normale Tumult. Provokationen und idiotische Bullenangriffe setzten einer Demo zu, die sich ihrer Legitimität sicher war. Ich erhaschte einen flüchtigen Blick auf Joachim. Prügelnde Bereitschaftspolizisten verfolgten ihn. Sie prügelten ausgiebig. Als sie fertig waren und sich anderen Aufgaben zuwandten, richtete sich Joachim ein bißchen auf. Noch auf dem Boden sitzend, zog er ein kleines Notizbuch aus der Tasche.

– Brauchen Sie irgend etwas?

Er klopfte sich den Staub ab.

– Nein danke. Aber ich bin immer wieder erfreut, Sie zu sehen.

Er hatte eine Platzwunde auf dem Kopf. Das Blut lief bis zu seinem Hemdkragen herunter. Joachim beendete seine Kritzelei.

– Wenn ich in einer Stunde an einer Gehirnerschütterung verrecke, will ich wenigstens, daß die Welt weiß, welchem Republikanischen Bereitschaftspolizisten ich sie verdanke. Ich habe mir seine Nummer notiert.

Ich half ihm beim Aufstehen. Er fand wie ich, daß der ganze Trubel sehr sympathisch war. Wir unterhielten uns, während wir zur Seine spazierten. Die Polizisten säuberten die Place Saint-Michel auf ihre Weise. Sie merkten nicht, daß sie den jungen Demonstranten, die sie jagten und verprügelten, einen Schnellkurs in Politik erteilten. In weniger als einer halben Stunde war aus dem «Bereitschaftspolizei auf unserer Seite» ein «Bullen sind Faschisten» geworden. Beides nicht sonderlich gewitzte Parolen, die eine gleichwohl weniger einfältig als die andere. Joachim war sehr nachdenklich.

– Adrien hat vielleicht letztlich unrecht. Die großen Massenbewegungen sind gar nicht so übel. Er hätte mehr davon drehen sollen.

Seine Verletzung blutete immer noch. Weil er sie von Zeit zu Zeit zerstreut abwischte, war seine gesamte linke Gesichtshälfte mit dunklem Rot verschmiert. Seine Brille saß ganz schief. Außerdem müßte man Adrien darauf aufmerksam machen, daß sich die Dinge manchmal extrem schnell verschlechtern. Joachim stimmte zu.

– Aber man muß sehr vorsichtig mit den kleinen Ratschlägen sein, die man unserem Freund derzeit erteilt. Vor allem, wenn sie von Ihnen kommen. Er ist schrecklich sauer auf Sie, wissen Sie das?

Wir schlenderten an der Seine entlang, überquerten sie über den Petit-Pont und landeten in einer ganz und gar ruhigen Gegend von Paris. Es war mir klar. Adrien beschuldigte mich, ein Schmarotzer zu sein, seinen Film in den Schmutz gezogen, allein herumgebastelt zu haben. Wenn man seiner engstirnigen Logik folgte, hatte er nicht unrecht. Wie sah eigentlich meine eigene Logik aus?

Ich drehte mich um. Ich sah nicht mehr viel von dem, was sich auf der Place Saint-Michel abspielte. Motorradstreifen kamen aus der Polizeipräfektur. Zwei auf jeder der dröhnenden Maschinen, üble Teams. Die Gang der «Kunstreiter» mit ihren langen geschmeidigen Gummiknüppeln. Ich hatte nicht den Eindruck, daß Anna uns gefolgt war.

– Ich will ja nicht indiskret sein, sagte Joachim, aber wo sind Sie da eigentlich reingeraten? All die kleinen Geheimnisse um Sie herum, das ist doch nicht normal. Und diese Morddrohungen!

– Ich glaube nicht so recht daran. Das ist nichts als Kino. Ich weiß nicht, ob ich ein dankbarer Zuschauer bin. Und wenn es kein Kino ist, bin ich schließlich kein Bulle.

– Anna Fried?

– Wie wir alle wissen, sind Stars unberechenbar.

Nachdem wir am Rathaus vorbeigegangen waren, wandten wir uns ohne große Absprache in Richtung Rue Elzévir. An einem der Brunnen des Sir Wallace bat ich Joachim, einen Augenblick stehenzubleiben. Er war immer noch nicht tot, bot aber einen furchterregenden Anblick. Ich säuberte ihn, so gut es ging, mit einem feuchten Kleenex. Zwei Typen, die gerade vorbeikamen, fragten uns, ob etwas passiert sei. Ein Überfall? Ich beruhigte sie. Aber Joachim würde eine hübsche Narbe zurückbehalten. Er stöhnte.

– Wenn man bedenkt, daß ich Ende der sechziger Jahre in Berlin alle harten Demos des SDS mitgemacht habe, ohne einen einzigen Schlag zu kassieren!

Wir gingen weiter.

Ich weiß nicht, wie Adrien und die Produktionsleitung es erreicht hatten, daß die Leute auch nachts
an der Herstellung der Kulissen arbeiteten. Das Innere des Hauses in der Rue Elzévir war schon fast nicht
mehr wiederzuerkennen. Zumindest wenn man sich
für bestimmte Einstellungen entschied. Die Force!

Natürlich wurden wir sehr ungnädig empfangen.
Es lag in der Natur der Sache, daß wir die Arbeiter
bei ihrem Treiben störten. Ich schlängelte mich
durch bis zu dem Raum, der wohl das kleine Büro
des Pförtners werden würde. Hier sollte das improvisierte Tribunal stattfinden. Der lange Tisch, hinter
dem der Ankläger, die Geschworenen und der Richter Platz nehmen würden, war bereits aufgestellt.
Welcher Richter? Es war ein unheimliches, düsteres
Zimmer mit niedriger Decke. Die Tür zur Rechten
hatte sich im historischen Gefängnis auf eine winzige Diele und sodann auf die Rue du Roi-de-Sicile
oder Rue des Droits-de-l'Homme geöffnet.

Hier führte sie nur auf einen Hinterhof. Die Außenaufnahmen sollten woanders gedreht werden.

Das geschäftige Treiben ringsum, der Heidenlärm,
den die verschiedenen Werkzeuge verursachten, störten nicht, im Gegenteil. Ich stellte mir Hébert vor,
wie er aus Neugier hier hereinschaute. Joachim und
ich standen des öfteren im Wege. Ein Typ rempelte
mich an.

– Wenn Sie mal ein bißchen Platz machen könnten. Wir arbeiten nämlich, auch wenn die Uhrzeit andere Dinge nahelegt.

Ein Arschloch, ganz kompetenter Techniker. Er
hatte das Gerüst für die Scheinwerfer zu installieren.
Es versteht sich von selbst, daß ich dachte: die Later-
nen. Wenn die Septembermörder über ihr Tun sprachen, redeten sie ebenfalls von ihrer «Arbeit» und
wie mühsam sie sei. Welcher Kommissar der Kommune war zuerst auf die Idee gekommen, daß auch

die Mörder entlohnt werden müßten, da schließlich jede Arbeit Bezahlung verdiente? Sicherlich Billaud-Varenne in der Abbaye. Es waren Gelder verteilt worden. Wer hatte den Nutzen davon gehabt? Die «Arbeiter»? Oder die städtischen Bediensteten, die später die Leichen abtransportierten und den Tatort säuberten? Ich verließ den Saal. Joachim versuchte vergeblich, herauszufinden, an welchem ausgefallenen Platz Adrien wohl den Kerker der Prinzessin unterbringen wollte. Mit seinem geschwollenen Schädel war er wieder zu einem aufgekratzten kleinen Jungen geworden. Er ruderte mit den Armen.

– Die Bauten hier unterzubringen ist absurd, kreischte er. Die Idee stammt von Ihnen, aber das ändert nichts. Es wäre zehnmal bequemer und billiger für Adrien gewesen, in irgendeinem Studio zu drehen. Verdammt! Die Nouvelle Vague, das war einmal.

Ich kam mir selbst ganz eigenartig vor, als ich mich erklären hörte, ich hätte es niemals akzeptiert, außerhalb des Viertels zu drehen. Joachim war total verblüfft, aber liebenswürdig genug, die Sache nicht als Laune eines Schauspielers abzutun. Ich wollte also, daß hier gefilmt wurde? Wie es seiner Rolle entsprach, explodierte er.

Verflixt nochmal, er wußte doch alles noch ganz genau: meine Anrufe zur Unzeit, die endlosen Diskussionen, die Gegenüberstellung von Berichten und Zeitungsartikeln, die gesamte Palette meiner Argumente. Okay, er hatte schließlich eingeräumt, daß Hébert wahrscheinlich nicht dem Tribunal vorstand, von dem die Lamballe dem Blutbad überantwortet wurde. Er hatte das Drehbuch umgearbeitet.

– Und jetzt kommen Sie daher und gehen mir auf den Wecker mit Ihrem Gefasel, anderswo könnten Sie nicht spielen? Sie haben keine einzige Szene hier! Adrien hat sich Ihrer Meinung angeschlossen, und er hatte unrecht: Aber er ist der Chef. Ich begreife allerdings allmählich seinen Standpunkt: Sie sind ein verdammter Saboteur!

Mein Flachmann hatte noch Reserven. Joachim hatte nichts gegen einen Schluck Bourbon.

– Hébert hat nirgendwo den Vorsitz geführt, sagte ich. Aber ich werde trotzdem hier vorbeikommen, als Nachbar.

– Ich verstehe überhaupt nichts mehr. War er nun hier oder nicht?

Wir standen schon wieder im Weg. Die Arbeiter schleppten Kisten heran. Niemand wußte etwas anzufangen mit einem Drehbuchschreiber und einem Schauspieler, die sich gerade zankten. Joachim pfiff auf meine Spitzfindigkeiten bezüglich Héberts Verhalten. Er konnte sich beim besten Willen nicht vorstellen, daß die von ihm erdachten Szenen in dieser Kulisse gespielt wurden. Er war es gewohnt, daß man mit seinen Drehbüchern völlig beliebig umging. Aber diesmal war er verärgert. Zweifellos weil ich gerade da war. Er hatte keine Chance. Was die Morde anging, war ich dickköpfig.

– Was wollen Sie jetzt tun?

– Nach Hause gehen, sagte Joachim. Meine Wunden verbinden und ein paar unsterbliche Seiten schreiben. Vielleicht auch eine kleine Schwarze kommen lassen. Und Sie?

Ich hatte vor, noch ein wenig zu bleiben. Dieser Raum gefiel mir. Joachim verabschiedete sich. Der Chef der Truppe kam auf mich zu. Ein großer, spindeldürrer Kerl mit einer dichten gelockten Mähne.

– Die Jungs haben schwer gearbeitet. Wenn sich der Drehplan verzögert, ist es nicht ihre Schuld. Monsieur Leck kann wie vorgesehen ab morgen früh hier anstellen, was er will.

Er war mit einem Schluck Schnaps einverstanden und stellte sich vor: Ludo. Ich hatte ihn oft gesehen.

Ein diskreter, tüchtiger Typ. Er legte Wert darauf, mir zu versichern, daß er dermaßen chaotische Dreharbeiten noch nie erlebt hatte. Er war nicht der einzige. Kein Mensch verstand mehr irgend etwas.

– Wenn da nicht die Karriere und das Prestige dieses Kerls wären, man hätte ihn schon längst aufgegeben. Ganz zu schweigen von dem Pech, das ihm an den Stiefeln zu kleben scheint.

– Das regt ihn an, keine Sorge.

– Kennen Sie ihn gut?

– Weniger gut, seit dieser Film begonnen hat.

– Es ist selten, daß sich Schauspieler über unsere Arbeit Gedanken machen.

– Ich bin nur ein Ersatzschauspieler. Es hat sich zufällig so ergeben.

– Verstehe, sagte Ludo. Bei mir ist es genauso. Ursprünglich war ich Architekt. Aber das Kino ist auch nicht übel.

Seine Männer begannen einzupacken. Mürrisch, aber zufrieden und ein bißchen stolz auf ihre Arbeit. Ich ließ Ludo die letzten Anweisungen erteilen. Warum vergaß ich in diesen Tagen bloß immer meinen Fotoapparat? Dabei war durchaus etwas anzufangen mit dieser Nachtschicht, die ihre Scheinwerfer auslöschte, damit andere Scheinwerfer später aufleuchten konnten. Der Innenhof war nicht mehr wiederzuerkennen. Ich verzog mich unauffällig in die Regionen des Gebäudes, in denen die Kameras eigentlich nichts zu suchen haben sollten.

Während ich mich vorwärtstastete, erriet ich geräumige, von Feuchtigkeit befallene Zimmer, deren Boden mit Bauschutt übersät war. Hier hatten sich wahrscheinlich zu verschiedenen Zeiten Clochards einquartiert. Vielleicht hatten die Dreharbeiten ein paar von ihnen aufgestört. Mein Fehler. Nicht zu reden von zahlreichen Katzen, die in diesen Mauern ihren festen Unterschlupf gefunden hatten. Ich stieg die

Treppe hinauf. Durch das Fenster des Zimmers, das einst der Prunksaal gewesen sein mußte, sah man den Garten. Er war nur noch ein verlassenes Gelände, mit undefinierbaren Abfällen überhäuft. Ein schäbiger Bretterzaun schloß ihn zur Rue Payenne hin ab. An der Rue Elzévir war der Aufbruch im Gange. Ludo wirkte beunruhigt über mein Verschwinden. Er rief ein oder zweimal nach mir. Ich sah, daß er die Achseln zuckte. Ich hätte mich verabschieden sollen. Es war nach Mitternacht. Die letzten Lichter wurden gelöscht. Ich hörte deutlich, wie sich der Schlüssel im Schloß des schweren Portals drehte. Sie legten eine Kette vor und ein dickes Sicherheitsschloß, was noch nie jemanden daran gehindert hatte, sich als blinder Passagier in das Haus einzuschleichen. Eine gewaltige Menge an Material und ausgeklügelten Kulissen war sich selbst überlassen. Meine Absichten waren friedlich. Ich blieb nur aus Vergnügen an leeren Häusern und um eine Hypothese zu prüfen.

Vielleicht war es ein Fehler, daß Adrien die Force hierhin verlegte. Er war nur meinem Rat gefolgt, das war sein gutes Recht. Vielleicht hatte ich ihn in unverantwortlicher Weise angesteckt. Na und? Ich spazierte durch die verlassenen Zimmer. Das Haus würde vor dem völligen Verfall gerettet werden. «Saniert» nach der gängigen Bezeichnung. Eine Frage von Monaten. Ich fühlte mich ihm nicht in besonderer Weise verbunden. Es hatte in meinem Leben keinen Schauplatz für irgendein bemerkenswertes Abenteuer abgegeben. Es gefiel mir, daß dieses Hotel der Rahmen für eine harte Fiktion war. Oder für irgend etwas Unkontrollierbares. Ich hörte zweimal nacheinander ein deutliches Knacken. Hier in dem großen Zimmer, in dem ich mich befand, konnte ich nichts tun; auf der einen Seite der Hof, auf der anderen der Garten, wie die rechte und die linke Seite einer Bühne. Wer hatte da seinen Auftritt? Wieder ein Geräusch.

Als Joachim und ich eingetreten waren und uns mit den Arbeitern bekanntgemacht hatten, hätte ich nicht darauf schwören können, daß sich ein Schatten hinter uns einschlich. Es war nur ein flüchtiger Eindruck. Daß dieser Schatten von der Haltung her Anna glich, lag in der Ordnung der Dinge. Auch eine Art und Weise, sich die Welt ein bißchen zu sehr den eigenen Vorstellungen entsprechend zurechtzulegen. Eine Hypothese.

In der Nähe der Tür zeichnete sich eine dunkle Silhouette ab.

– Guten Abend.

Die Fortsetzung? Jede Einzelheit ist wichtig. Ich befand mich in der Mitte der Bühne. Also war es an Anna, zu mir zu kommen. Sie bewegte sich langsam vorwärts, ließ ihren Mantel von den Schultern gleiten. Eine Annäherungsnummer, die sie in vielen Filmen vervollkommnet hatte. Es herrschte das graublau gefilterte Licht, das phantasielose Kameramänner einsetzen, mit tiefen Schwarztönen hier und da. Auch Anna war ganz in Schwarz getaucht, ihr Teint wirkte wie eine Maske. Sie war da, ganz nah, gleich mir gegenüber. Und dann?

Ich berührte ihre Stirn, streichelte ihren Nacken. Anna war jetzt reglos. Einen Augenblick dachte ich an die Wachsfiguren im Palais-Royal. Als ich sie entdeckte, hatte das gleiche Dämmerlicht geherrscht. Irgendwo in Paris hielt sich eine andere Statue versteckt. Der Knoten löste sich, die Locken fielen herab, fast bis zur Taille. Ihre Brüste waren weich und üppig. Ich fand ihre Warzen, die unter meinen Fingern steif wurden. Ich entkleidete ihren Oberkörper. So ausgestellt, rührte Anna sich nicht.

– Machen Sie weiter. Wenn Sie es wirklich wollen.

Immer noch die Theaterstimme. Der gleiche Tonfall, in dem sie sich geweigert hatte, der Königin Haß zu schwören. Sehr schnell war Anna ganz nackt. Ich sah sie schlecht. In meinem Kopf schwirrten viele Bilder von ihr. Sie löste sich von mir. Ihre Haut schimmerte sonderbar weiß im Halbdunkel. Und ich, was wollte ich?

– Sie wissen, was Sie tun, nicht wahr?

Sie fragte mich mehrmals, ob ich auch ganz sicher sei.

– Sicher worüber?

– Kommen Sie.

Ich beobachtete aufmerksam die Bewegung ihres Hinterteils, als sie die Treppe hinunterging. Ich holte sie ein. Anna fror, bestand aber darauf, nackt zu bleiben. Wir durchquerten einen winzigen Raum, der mit großen Metallkoffern vollgestellt war. Ein Mann saß da. Ein unerwarteter Aufpasser, den die Kulissenbauer zurückgelassen hatten, damit er das Material bis zum Morgen bewachte. Er kannte mich. Er hörte verdutzt auf, an seinem Sandwich zu knabbern, während Anna vollkommen gleichmütig an ihm vorbeiging. Wir gelangten in das Büro des Pförtners.

– Hier soll es stattfinden?

– Das Tribunal? Ja.

Anna nahm den Ort gründlich in Augenschein. Sie erriet mühelos, wo sich die guten Bürger, die Richter aufhalten würden, die sie in den Tod zu schicken gedachten. Sie umkreiste die Materialkisten, die Kostüme, die ein paar Stunden später zum Einsatz kommen sollten, streifte all diese Dinge leicht mit den Fingerspitzen.

– Sie richten mich, sie töten mich, sie reißen mir die Kleider vom Leib. Ich habe das alles mehrfach wiedererlebt, nicht nur den Film. Ich habe geträumt, daß ich nackt vor dem Tribunal stehe. Sie wollten das lesbische Weibstück sehen, die Hure der Königin demütigen. Deshalb haben sie mich so sehr zur Schau gestellt. Können Sie mich sehen?

391

Anna zeigte sich, ich nahm sie undeutlich wahr. Die Lamballe war dreiundvierzig Jahre alt. Die Chronik berichtet, ihr Körper sei ziemlich unverbraucht gewesen. Anna setzte sich auf den Tisch, an dem das Tribunal tagen würde, öffnete ihre Schenkel vor mir.

– So hätte die Prinzessin vor ihren Anklägern erscheinen sollen, wennschon, dennschon! Aber es heißt, sie war ein sittsames Persönchen. Ganz anders als ich.

Anna onanierte ein wenig, sagte, daß dafür Scheinwerfer nötig seien. Sie hätte sie gern voll auf sich gerichtet gesehen und dazu die lastende Schwere all der Blicke hinter dem Licht gespürt. Sie reckte ihre Brüste dem imaginären Objektiv entgegen.

– Berühren Sie mich.

Ich wußte, was ich tat, kannte alle Konsequenzen.

– Sind Sie wirklich wieder mein Geliebter? Wie damals, als wir uns unterhielten und Sie mich auf dem Bildschirm gesehen haben?

Anna war auf prachtvolle Weise verblüht, sie zitterte. Ich nahm sie in die Arme. Sie sagte, dies sei die Kulisse und die Zeit der letzten Szenen, man solle sich in acht nehmen. Dann drehte sie sich um, stützte sich mit den Ellenbogen auf den Tisch und präsentierte mir ihren Hintern.

Es war noch Nacht. Der Wärter gab keinerlei Kommentar von sich. Er sperrte Riegel und Vorhängeschloß für uns auf. Anna lächelte. Ich mußte ihr einfach den Arm um die Schultern legen. Sie schmiegte sich an mich. Die Rue Elzévir war wie ausgestorben.

– Ich weiß, was du denkst, sagte sie. Die leere Straße nach dem Liebesakt, die erwachende Stadt, die seltsame Person neben dir. Haben wir nur eine Nummer geschoben? Oder ist es ernsthafter?

Das war nicht ganz, was ich dachte. Unter anderem, weil ich überhaupt keinen Zweifel an der Ernsthaftigkeit des Geschehenen hatte. Anna wollte wieder geküßt werden. Was mich beunruhigte, war mein schamloses Vergnügen daran, im Freien zu sein, neben ihr zu gehen. Was mich befangen machte, war die verschwommene Gewißheit, daß sich die Sache zweifellos nicht wiederholen würde. Ich hätte am liebsten gegen dieses verspätete und zu beengende Drehbuch protestiert. Anna löste sich sanft und schmiegte sich dann wieder an mich.

– Es ist sinnlos. Sieh nur, wie sich eins ins andere fügt.

Ein Taxi hatte soeben an der Ecke der Rue des Francs-Bourgeois gehalten. Adrien stieg aus. Etwas verstört, eine Zigarette zwischen den Lippen, unterm Arm das Manuskript und die Morgenzeitungen. Er sah uns nicht gleich. Wir waren die letzten, denen zu begegnen er hier erwarten konnte, noch dazu zu so früher Stunde. Er verbarg seine Überraschung nicht. Anna drängte sich noch enger an mich, ohne den Schritt zu verlangsamen.

– Gute Arbeit, Monsieur Leck, warf sie ihm lässig zu.

Wir gingen an ihm vorbei.

– Einen Moment! ...

Er hielt mich zurück. Ich blieb stehen. Anna ließ mich los und ging weiter. Adrien begriff nichts. Ich konnte sehen, wie die Dinge außer Kontrolle gerieten. Anna warf sich in das Taxi. Bevor sie verschwand, machte sie eine kleine ironische Geste in meine Richtung. Adrien hatte mir mehrmals gestanden, daß er seine besten Regieeffekte dem Zufall verdankte.

Meinetwegen. Es fehlte nur noch der Klappenmann, der uns eine neue Sequenz anzeigte.

– Die Fried und du, in Liebe entflammt? Nicht ganz unerwartet, aber doch ziemlich komisch.

Bei genauerem Nachdenken fand Adrien es sogar rundum erfreulich. So sehr, daß er Dummheiten darüber von sich gab. Vielleicht konnte das Verhältnis Anna zumindest dazu bringen, sich nicht länger gegen den Film zu sperren! Ich ließ ihn das Thema ausschmücken. Der Tag brach an. Nach dem neuesten Dienstplan begannen die Dreharbeiten erst in zwei Stunden. Wie alle anderen hatte auch ich oft bemerkt, daß Adrien angesichts der üblichen Rationalität einer aufgebauten Szenerie unweigerlich jede Hoffnung aufgab, aber dennoch stets als erster an Ort und Stelle war, vor den anderen und vor allem vor den Schauspielern, um die Örtlichkeiten ein bißchen auszuprobieren, sich ungestraft dort niederzulassen. Sein Pflichtbewußtsein wurde von jedem anerkannt, obwohl es ärgerliche Folgen hatte: plötzliche, unwiderrufliche Eingebungen, grundlegende Änderungen des Arbeitsplans. Ein Mensch, der alles komplizierte.

– Hat es dir gefallen?

– Die Szenerie? Sie ist perfekt!

– Es ist tatsächlich das erstemal, daß du ein einigermaßen freundliches Wort für den Film übrig hast. Kaffee?

– Ja, gern.

Unterwegs reichte Adrien mir *Le Soir*. Stans jüngster Artikel befaßte sich mit dem Brand der Kulissen für die Force. Ich nahm mir die Zeit, ihn aufmerksam zu lesen. In kaum verhüllten Worten entwickelte Stan den Gedanken, daß der an diesem Projekt gescheiterte Adrien ein großes Interesse an Zwischenfällen während der Dreharbeiten hatte, um sich weißzuwaschen.

– Kurz gesagt, er beschuldigt dich, die Kulissen selbst in Brand gesteckt zu haben, weil du Reklame für dich brauchst.

– So habe ich es jedenfalls verstanden.

– Eine absolut bescheuerte Hypothese, denke ich?

– *No comment.*

– Wie bitte?

– *No comment*! Ich bin nämlich jetzt ebenfalls entschlossen, aufs Ganze zu gehen.

Als ob er jemals etwas anderes getan hätte! Um einigermaßen in der Logik der Geschichte zu bleiben, schlug ich den Tresen des *Dôme Saint-Paul* an der Ecke Rue Saint-Antoine/Rue Malher vor. Annas Abgang beunruhigte mich. Ich hatte den Wunsch, sie schnell wiederzufinden. Mehr aus Neugier als aus Verlangen. Adrien beobachtete mich aus den Augenwinkeln. Ich bestellte einen schwarzen Kaffee und einen trockenen Weißwein.

– Hast du vor, heute dabeizusein?

– Es wird sich schwer vermeiden lassen.

– Hébert steht nicht auf dem Plan, du hast das Skript gelesen. Aber von all deinen Dummheiten einmal abgesehen, bist du stets willkommen bei der Arbeit.

– Es geht um etwas anderes.

Die Bar stand genau an dem Platz, an dem die Leichen aufgehäuft worden waren. Vom Tresen aus erkannte man die Schokoladenfabrik Corne (Meisterpralinenhersteller). Das Gefängnistor mußte etwas links davon gewesen sein. Ich trank in gierigen Zügen mein Glas leer. Ein wenig einladender Tag kündigte sich an.

– Komm mit, sagte ich zu Adrien.

In der Rue François-Miron staute sich der Verkehr. Der 96er Autobus wartete ungeduldig hinter einem Lieferwagen. Es wurde gehupt. Ich erklärte Adrien, daß Hébert gegenüber der Passage du Petit-Saint-Antoine gewohnt hatte. Wo genau? Das Hospiz Petit-Saint-Antoine war von Haussmann abgerissen worden. Ich hatte deswegen erst vor ein paar Tagen noch einmal die Historische Bibliothek aufgesucht. Der Stadtplan von Vasserot und Bellanger stammt aus dem Jahr 1832. Er ist der erste, der den genauen Standort jedes Hauses und die Hausnummern angibt. Ich hatte mir eine Pause dieses im Maßstab 1:1000 erstellten Verzeichnisses angefertigt, und siehe da, es paßte sehr genau auf jeden beliebigen Auszug unseres heutigen Katasters.

– Die Nummern stimmen nicht mehr überein, aber alle Gebäude auf der Südseite der Straße sind stehengeblieben.

– Worauf willst du hinaus?

Die Passage lag auf der anderen Seite der Rue Saint-Antoine, genau in der Fluchtlinie der Rue aux Juifs, die inzwischen Rue Ferdinand-Duval heißt. Bezeichnenderweise steht heute an diesem Ort ein langgezogenes Geschäftsgebäude, das sich durch den gesamten Komplex zwischen Rue Saint-Antoine und Rue François-Miron zieht.

Vor diesem Laden standen wir. Was befand sich uns gegenüber? Links vom Hôtel de Beauvais die Nummern 72 (Malergeschäft), 74 (Metzgerei, koscher) und 76. Schmale, dürftig ausgebesserte, aber gut zweihundert Jahre alte Häuser, das höchste von ihnen vierstöckig. Die Nummer 64, die Jacques Hillairet in seinem *Dictionnaire des rues* beschreibt, schien auszuscheiden.

Ich fuhr fort.

– «Gegenüber der Passage», berichtet der Freund Desgenettes, der seinerseits Jacques-Renés Worte weitergibt; das ist natürlich eine ungenaue Beschreibung. Ich gebe zu, daß ich mir da unschlüssig bin.

Adrien hörte mir ungläubig zu.

Das Gebäude Nummer 72 strahlte eine gewisse Großzügigkeit und Wohlhabenheit aus, was zu der relativen Armut von Françoise nicht recht passen wollte. Als sie die Wohnung mietete, kam sie gerade aus dem Kloster. Sie verfügte nur über eine bescheidene Rente. Zudem war es wohl so, daß die Unterkunft alles in allem nur aus einem einzigen Raum bestand. Wohnzimmer, Büro und Schlafzimmer in einem. Sie lag in der dritten Etage.

Die Nummer 76 hat drei Etagen. Dazu eine offensichtlich nachträglich angebaute Terrasse. Das Haus liegt nicht genau auf der Linie der Passage, die Abweichung ist jedoch gering.

– Denken wir nach. Hébert begegnet einem Freund, den er lange Zeit aus den Augen verloren hatte, erzählt ihm in Kürze von seinen Lebensumständen und sagt ihm, wo er wohnt. Wäre es die Nummer 76, so hätte er nicht gesagt: ich wohne im dritten Stock. Er hätte gesagt: in der obersten Etage, was der Freund sich leichter hätte merken können.

Hébert hatte also in der Nummer 74 gewohnt, der ehemaligen Nummer 68, einem Haus mit vier Stockwerken, die jeweils nur durch zwei Fenster zur Straße Tageslicht bezogen.

– Hier war es. Das ist meiner Ansicht nach unbestreitbar.

– Hast du es dir näher angesehen?

– Ich traue mich nicht.

Adrien seufzte, sah unauffällig auf seine Uhr.

– Eine absolut entscheidende Vorführung, sagte er ironisch. Du bist ein bemerkenswerter Forscher, wenn du dir nur Mühe gibst. Wo besteht der Zusammenhang mit dem, was wir heute morgen drehen?

– Sehr einfach. Hébert ist in die Force gegangen.

Er unterdrückte mühsam eine verärgerte Geste.

– Du hast Stunden damit verbracht, uns vom Gegenteil zu überzeugen.

– Ich habe gesagt, daß er nicht den Vorsitz führte. Dagegen ist es logischerweise undenkbar, daß er nicht neugierig auf die Geschehnisse im Gefängnis gewesen wäre, das keine fünfundachtzig Klafter von seiner Wohnung entfernt lag.

– Fünfundachtzig Klafter?

– Hundertsiebzig Meter, wenn dir das lieber ist.

– Nach den Skizzen, die ich kenne, war der hintere Teil der Rue des Ballets nicht zu sehen. In Paris kann einem durchaus entgehen, was sich von einem Häuserblock zum anderen abspielt.

– Aber nicht ein Massaker. Nicht mitten in der Nacht.

Und schon gar nicht, wenn man Père Duchesne ist. Das war es, was mir an ihm so gefiel, seine Aufgeschlossenheit für die Schwingungen der Straße.

Adrien wurde ungeduldig.

Es wurde Zeit, in die Rue Elzévir zurückzukehren. Diesmal nahmen wir die Rue Pavée.

Acht Uhr morgens: Das Tribunal war versammelt.

Obwohl ich spät dran war, schmollte Radek nicht mehr allzu sehr. Weil er sich im Stich gelassen fühlte, hatte er seinen Zorn bereits in der Wohnung ausgetobt: Jacques-Renés rechter Stiefel hatte tiefe Kratzer, ebenso ein Teil der Hose. Auch an einem ledernen Schminktäschchen, das Julie vergessen hatte, hatte er seine Krallen geschärft. Ich servierte ihm einen Rest köstlicher pochierter Austern – eine seiner geheimsten Lieblingsnaschereien.

Auf dem Anrufbeantworter teilte Stan mir mit, er sei sicher, daß er nicht mehr lange zu leben habe. Villon ließ mich wissen, daß er sich ein Telefon hatte legen lassen, und beschimpfte mich. Während er sprach, glaubte ich im Hintergrund Monas Lachen zu hören. Jérôme machte sich Gedanken, weil er mich seltener im Museum sah und vor allem, weil er nichts von Julie gehört hatte. Anna versicherte mir, daß es mir stets gelingen würde, sie wiederzufinden, wenn ich nur wirklich wollte. Ich war müde. Auf der ersten Seite des *Soir* konnte man an diesem Montag, dem 1. Dezember, neben der Titelgeschichte über die Studentendemonstrationen des Vortages lesen, daß Cary Grant gestorben war.

Das Tribunal

Das Exposé sah eine rasche Szenenfolge vor. Die Lamballe weigerte sich, der Königin abzuschwören. Teils aus eigenem Antrieb, teils von der Menge mitgerissen, stand sie plötzlich auf der Straße. Sie wurde umgebracht.

Das Skript ging mehr in die Einzelheiten. Dort gab es den Kommissar der Kommune, Truchon, hinter dessen barschem Auftreten der Versuch steckte, Marie-Thérèse zu retten. Es wurde dringend angeraten, die Vertreter ihres Schwiegervaters, des braven Herzogs von Penthièvre, auftreten zu lassen. Unter den Mördern (nicht einmal fünfzehn Leute) in der Rue des Ballets fand sich auch der Perückenmacher Charlat, der sich bereits als Tambour zu den Freiwilligen gemeldet hatte und der als erster mit der Pike zustoßen würde. Außerdem Grison und Grand Nicolas und schließlich Angélique Voyer, eine Harpyie, die sich bei der Hetzjagd besonders hervortun sollte.

Etwa fünfzehn Fanatiker, nicht mehr? Joachim und Adrien hatten sich nur mühsam damit abgefunden. Im Film von Goras war es eine ganze Meute, die sich an dem Blutbad beteiligte. Doch die Tatsachen sahen anders aus: Im Jahre 1795 – die Thermidorianer saßen fest im Sattel – beschloß man, den Septembermördern den Prozeß zu machen. Im Zusammenhang mit dem Machtmißbrauch in der Force, der immerhin am längsten gedauert hatte, wurden nur dreizehn Namen erwähnt. Keiner der Angeklagten kam auf die Idee, Jacques-René zu beschuldigen, der sich allerdings auch schon lange nicht mehr verteidigen konnte.

Ich war in der Rue Malher.

Adrien hatte beschlossen, die Straße so zu filmen, wie sie war, ohne irgendeine zusätzliche Kulisse. Die Morde sollten an den heutigen Schauplätzen stattfinden. Einziges Zugeständnis: Adrien hatte erreicht, daß alle parkenden Autos entfernt wurden. Es herrschte absolutes Fahrverbot.

Es war der Set für die großen Tage. Das gesamte Filmteam war mobilisiert. Wer wie ich in den vorgesehenen Szenen keinen besonderen Auftritt hatte, legte Wert darauf, dabei zu sein. Die extreme Spannung, die sich im Verlauf von stürmischen Dreharbeiten angestaut hatte, und die Sentimentalität eines Teams, das in Kürze auseinanderfallen würde, fanden so ihren Niederschlag. Das Abenteuer ging zu Ende. Adrien saß in seinem Chefsessel.

Er war ins Drehbuch vertieft und schien unbeeindruckt von dem hektischen Treiben in seiner Umgebung. Alles war seit langem gründlich vorbereitet. Was sich in Adriens Vorstellungen sicherlich am wenigsten verändert hatte, war die Art und Weise, wie die Mordszene gedreht werden sollte. Seine Assistenten, der Erste Kameramann, das Skriptgirl, sein gesamter Mitarbeiterstab waren weit verstreut. Sie überprüften Kameras oder erteilten den Schauspielern und Statisten letzte Anweisungen. Von meinem Standort aus, dem Balkon eines Hauses in der Rue Malher, schien alles von Schweigen beherrscht zu sein.

So wie ich ihn sah, in sich zusammengesunken, bekam ich zum erstenmal eine Ahnung von Adriens Einsamkeit. Seine Skandale, seine Launen, seine entnervende Großzügigkeit? Kleine Nebensächlichkeiten. Selbst seine alkoholbedingten Schiffbrüche kannten nur ein Ziel, nämlich eifersüchtig zu hüten, was jeder ihm seit dem Beginn zugestand: die ungeteilte Herrschaft noch über die unbedeutendste gefilmte 24stel-Sekunde. Ich legte meine Objektive zurecht.

Ich ging wieder hinunter auf die Straße. Ludo und die Seinen verrichteten gelassen ihre Arbeit. Julie tauchte auf. Sie trug ein züchtiges Negligé mit schlichtem Spitzensaum. Auf ihren Schultern lag ein leichter Schal. Sie wirkte schön und zerbrechlich. Sie bat die Maskenbildnerin, die sie begleitete, um eine Zigarette. Ihr Gesichtsausdruck verwandelte sich, als sie mich sah. Sie triumphierte.

– Pech für deine Anna. Niemand kann mehr dazwischenfunken. Heute geht die Sache zu Ende.

Julie verwechselte ihren letzten Auftritt mit dem Ende der Dreharbeiten. Nur allzu menschlich, sollte man meinen. Sie war glatter und vollkommener denn je, ihre Haut schimmerte unverschämt weiß. Eine Puppe. Adrien wollte sie so, bis zum ersten Stoß der Pike. Da ich nicht recht wußte, was ich sagen sollte, fragte ich, ob sie bereit sei.

– Bereit wozu? Zum Sterben?

– Warum nicht.

Sie lachte. Ein bemerkenswertes Lachen, das ihre Züge kaum beeinträchtigte und kein einziges Fältchen hervorrief. Ergebnis einer langen Arbeit vor dem Spiegel.

– Ich glaube, ich werde weniger Angst haben als du neulich auf dem Schafott. Du hast auf ganz ungewöhnliche Weise die Augen gerollt. Und weil ich mit dir gevögelt habe, erlaube ich mir den Zusatz, daß ich dich zum erstenmal aus deiner bemerkenswerten Reserve habe kommen sehen.

Das Skriptgirl rief nach ihr. Egal. Was auch immer künftig passierte, Julie hatte sich gut aus der Affäre gezogen. Man hatte sie gesehen, sie war aufgefallen. Der Erfolg ihrer Ambitionen war nicht mehr an diesen Film gebunden. Joachim sprach mich an. Er teilte meine Meinung.

– Viele Schauspieler sind durch ausgezeichnete Auftritte in mittelmäßigen Filmen Lecks bekannt geworden. Auch das ist eine seiner Begabungen.

Joachim war glattrasiert und quicklebendig. Die Narbe auf seinem Schädel gab ihm das Aussehen eines Mannes der Tat. Er hatte sich ein neues weißes Halstuch gekauft.

– Es ist lange her, daß man Sie zuletzt auf der Brücke gesehen hat.

– Glauben Sie nicht, ich dächte, das Schiff geht unter. Ihnen kann ich es ja sagen: Ich weiß noch nicht, was ich verlangen soll. Ob mein Name aus dem Vorspann gestrichen oder dreimal größer geschrieben wird.

Ich entfernte mich ein Stück. Eisengitter und ein paar Polizisten riegelten den Eingang der Rue Malher ab. Ein paar Schaulustige drängten sich in der ungewissen Hoffnung, bekannte Gesichter zu sehen. Das *Dôme Saint-Paul* war als Erfrischungsraum für das gesamte Filmteam beschlagnahmt worden. Ich überquerte die Rue Saint-Antoine.

Wenn man sich die Sache von dem Tabakladen auf der anderen Seite her ansah, glaubte man sich um etwa zwei Jahrhunderte zurückversetzt. Ein kleiner, begrenzter Unruheherd. Man konnte ohne Schwierigkeiten übersehen, was sich dort zusammenbraute, und beschließen, nicht darauf zu achten. Die Bewohner des Viertels blickten gleichgültig, riskierten allenfalls einen Blick, gingen sich erkundigen, hielten sich nicht lange auf. Das war nicht ihre Sache. Dreizehn namentlich bekannte Fanatiker, mehr hatte es für den Vorfall im September 1792 nicht gebraucht. Adrien Leck hatte ein Aufgebot von etwa 150 Leuten in seiner Umgebung. Am Tresen sprach man über die Demos der Jugendlichen und sonstige aktuelle Dinge, die in der Zeitung standen.

Ich war nicht überrascht, als ich Villon in der kleinen Menge der Neugierigen entdeckte. Mona drückte sich an ihn. Ich wußte nicht, inwieweit dies für sie
auch ein Mittel war, ihre Seite der Barrikade zu wäh-
len. Wie im Film befand sie sich auf der Straße. Ich
übersprang die Metallschranke und begab mich zurück in die Filmkulisse. Die Spannung war um ein
paar Grad gestiegen. Ein Assistent gab den Schauspielern, die bald die «Mörderbande» sein würden,
letzte Instruktionen. Unter ihnen nur eine Frau, Angélique Voyer. Man hatte sie im Aussehen irgendwo
zwischen ordinärem Weibstück und Nutte angesiedelt, mit kreidebleichem Teint und üppiger grauer
Mähne. Auf einen Punkt hatte Adrien besonderen
Wert gelegt: Die Frau sollte aussehen, als ob sie eine
grauenerregende Maske trüge.
  – Aufstellung bitte!
  Ich ging wieder hinauf in meine Etage. Die Wohnung eines Lehrerehepaars; an den Wänden jede
Menge Bücher und Plakate vom Mai 68, liebevoll unter Glas konserviert. Die Mieter hatten sich begeistert bereit erklärt, uns gefällig zu sein und jedes
Hin und Her zu gestatten. Das reizende Ehepaar
hatte sogar ein kleines Buffet vorbereitet. Auf dem
Balkon war eine Kamera installiert.
  Adrien hatte sich inzwischen von seinem Stuhl
erhoben. Er vermaß das Gelände, nahm ein paar
Einzelheiten in Augenschein. Die Aufstellung war
fast abgeschlossen. Kameras und Schauspielergrup-
pen standen bereit. Er gab Anweisungen, die Schaulustigen zurückzudrängen. Statisten bezogen vor
ihnen Position. Der Kostümbildner hatte gute Arbeit geleistet. Man konnte Carmagnole-Jacken und
Holzschuhe entdecken, aber in der Gesamtheit spiegelte die Kleidung keinerlei präzise Epoche wider.
Alles mischte sich. Von meinem Platz aus sah ich
die Metallabsperrung zwischen Szenenaufbau und

Straße nicht mehr. Blieb eine letzte Gruppe zu arrangieren.

Adrien hatte es abgelehnt, auf Puppen zurückzugreifen. Es waren ungefähr zehn Männer. Ein Assistent führte sie auf den Bürgersteig unter dem Balkon, auf dem ich mich befand. Sobald sie ihre merkwürdigen Kittel abgelegt hatten, standen sie fast alle nackt da. Nackt, sehr mager und verwundet. Ein Murmeln lief durch die Reihen der Neugierigen. Die Statisten nahmen wie vorgesehen ihre Rolle ein. In wenigen Sekunden bildeten sie einen elenden, ausgebluteten Leichenberg. Man machte sich eifrig an ihnen zu schaffen. Pinsel und Puder sorgten dafür, daß einige Hautpartien noch fahler und geschwollener aussahen. Das Blut war noch nicht geronnen. Die Opfer der Nacht. Alles war bereit.

Adrien betrachtete einen Augenblick den erstaunlich klaren Himmel.

– Kamera ab!

Die Klappe fiel. Ich hörte eine undeutliche Szenenangabe.

– Action!

«Man möge Madame freilassen!»

Nein, nicht ich hatte diesen Satz gerufen.

Die Lamballe tauchte auf, fast aus dem Gefängnis getrieben. Das Licht blendete sie. Sie taumelte so sehr, daß sie Halt am Arm eines Wärters suchen mußte. Sie verharrte ein paar Sekunden, wollte begreifen oder hatte bereits allem entsagt. Die Mörder standen noch ein paar Schritte entfernt im Halbkreis. Piken und Knüppel wurden erhoben. Ich fotografierte mit einem 200er Objektiv ihr entsetztes Gesicht, fast in Großaufnahme. Angst lag darin, unbestreitbar. Sogar Grauen. Ich war zu weit entfernt, um ihre Stimme zu hören, die im Gezeter unterging. Sie entdeckte den Leichenberg. Die Lamballe pflegte für ein Nichts in Ohnmacht zu fallen. Diese Schwäche hatte sie bei

Hof geradezu zu einer Mode entwickelt. Aus meiner Sicht wirkte das plötzliche Erbleichen ihres mitgenommenen Gesichts nicht gespielt. Hände griffen nach ihr, hilfreiche ebenso wie grausame. Ihre Augen begegneten den Blicken ihrer Angreifer, sie wehrte sich kaum. Unvermittelt löste sich ihre Frisur, eine Kaskade blonden Haars fiel herab. Dieser Haarschopf war ihr Stolz. Es kam einer Vergewaltigung gleich. Schon riß man das Oberteil ihres Kleides herunter. Ich versuchte, das Bild noch näher heranzuholen. Das hin und her geschüttelte Gesicht drückte nur noch Ungläubigkeit aus. Etwas Blut beschmutzte ihre Schulter. Eine Hand griff an ihre Brust, knetete sie flüchtig. Die Megäre Voyer schüttelte wie rasend ihre graue Mähne. Die Piken kamen näher. Alles, alles war außer Kontrolle geraten. Die Lamballe versteifte sich plötzlich und wurde starr. Der Raum um sie herum öffnete sich. Ich sah sie gut. Das Surren des Motors dröhnte in meinem Kopf. Maximale Großaufnahme jetzt. Ihre Augen glaubten es noch nicht, der Mund stand weit offen, unfähig, Protest gegen das Geschehene einzulegen. Julie machte eine vage Handbewegung und sank langsam zu Boden.

Adriens «cut!» ertönte erst nach langem Schweigen. Er und ich gehörten sicher zu den letzten, die begriffen, daß Julie sich nie wieder erheben würde.

So unwahrscheinlich es auch klingen mag, ich ging nicht direkt zurück zum Quai de Jemmapes. Ich verrichtete einfache, banale Dinge. Zeitungen kaufen, die Leute in den Kneipen beobachten. Sogar ein paar Fotos machte ich. Ich wollte erst einmal nur gehen, allein und in aller Ruhe. Bei der Ankunft der Polizei hatte mich niemand zurückgehalten. Warum hätte man es tun sollen?

Ich ging durch die Rue de Bretagne. Zu dieser Stunde öffnete der Marché des Enfants-Rouges. Ich machte ein paar Besorgungen. Frisches Gemüse, Obst, eine Flasche Brandy, süßsaure Cornichons. Er hatte mir gestanden, daß Judith ihn mit ihrer Manie angesteckt hatte, ständig an russisch zubereiteten Cornichons zu knabbern. Ich ging zu Stevenson hinauf und klingelte lange, meinen Frühstückskorb am Arm. Ich wartete. Niemand. Eine Nachbarin steckte ihre Nase durch einen Türspalt und öffnete etwas weiter, als sie mich erkannte. Wie? Ich wußte nicht Bescheid? Der alte Herr war frühmorgens ins Krankenhaus gebracht worden. Die Frau hatte keine Ahnung, weshalb. Vielleicht sein Ödem. Die Tür wurde wieder geschlossen. Ich wußte nicht, daß Stevenson ein Ödem hatte. Ich wußte nicht, daß er überhaupt irgendeine Krankheit hatte. Ich ließ den Korb auf der Fußmatte stehen. Die Frau konnte ihn ja hereinholen, wenn sie wollte. Ich mochte sie einfach nicht bitten, mir noch einmal aufzumachen. Und schon gar nicht wollte ich sie fragen, ob sie wußte, in welches Krankenhaus Stevenson gebracht worden war.

Es war also ein kaputter Tag. Nicht weiter überraschend. Ich hatte mich nur nicht genug darauf vorbereitet, das war alles.

Am Square du Temple machte ich mühelos den Katzenwurf ausfindig. Sie hatten ihr Territorium nicht verlassen. Wenn meine Berechnungen stimmten, kamen sie jetzt in die Phase des Absetzens. Eine Oma war schon zur Stelle. Sie hatte verschiedene kleine Freßnäpfe auf dem Rasen verteilt. Reichlich mit breiigem Futter gefüllte Aluminiumdosen. Sie fragte mich, ob ich die Familie kannte. Ich bestätigte es. Und auch die nette Dame kannte ich. Eine Stammkundin des Marktes, die vornehmlich zur Schließungszeit kam, wenn in den Lattenkisten verwertbare Reste zu finden waren. Außerdem hatte ich sie in der Grünanlage und in anderen Gegenden des Viertels Katzen füttern sehen. Wir beide schätzten uns ab. Eine unförmige alte Frau, die mehrere Röcke übereinander und dicke Wollschals trug.

– Die Mutter kann nicht mehr, sagte sie. Die Kleinen nehmen ihr alle Kraft.

– Jedenfalls reicht ihnen die Milch nicht mehr.

– Den Katzen geht es hier nicht schlecht. Ich habe schon Leute gefunden, die sie nehmen wollen. Nur die eine da bleibt vielleicht zurück. Es ist übrigens ein Weibchen.

Schwarze, rote und weiße Flecken, sehr chaotisch verteilt. Kleine Knopfaugen, von denen eines ein bißchen näßte. Ein ganz spitzes Gesichtchen.

– Genau an diese habe ich gedacht.

– Warum?

– Ich will sie adoptieren.

– Und mit welchem Recht?

Keine schlechte Frage. Die Frau verfolgte wahrscheinlich die Würfe in der Nachbarschaft regelmäßiger als ich. Wir setzten uns auf eine Bank. Sie nahm eine Zigarette von mir an, bat mich aber, sie einen Augenblick zu entschuldigen. Sie kümmerte sich nämlich nicht nur um Katzen sondern auch um Enten und hatte ein bißchen Brot für sie mitgebracht. Sie stürzten sich darauf. Als sie sich wieder gesetzt hatte, erzählte ich ihr von Kamenjew und Sinowjew, zeigte ihr Fotos von ihnen. Auch diese beiden kamen von der Straße. Es war mir sehr schmerzlich, über ihr Ende zu sprechen, das ging niemanden etwas an. Die Frau konnte es gut verstehen. Außerdem konnte sie verstehen, daß Radek eine Freundin brauchte. Davon abgesehen hatte ich tatsächlich keinerlei Recht auf diese kleine Katzendame mit dem dreifarbigen Kleid. Wie übrigens überhaupt auf keine Katze.

– Warum gerade sie?

– Wegen ihres Auges. Sie ist ein bißchen krank. Man muß sich darum kümmern.

– Wird Ihr Radek einverstanden sein?

– Ich werde es ihm erklären. Wir sind gewohnt, uns zu unterhalten.

Ich gab der Frau meine Adresse. Der Quai de Jemmapes lag nicht weit weg. Ich sagte ihr, sie könne mich besuchen, wann sie wolle. Es entsprach nicht ganz der Wahrheit, aber als ich ihr meine Visitenkarte reichte, glaubte ich es wirklich.

Die kleine Katze ließ sich bereitwillig hochheben. Ich schob sie in meine Jacke, so daß sie es schön warm hatte. Als ich ein paar Minuten später den Kanal erreichte, war sie eingeschlafen.

Es kam nicht oft vor, daß ich Marc auf den Stufen meines Treppenabsatzes sitzend antraf. Der große Chef des großen Spitzenblattes mußte schon seit längerem gewartet haben: Vor ihm lagen mehrere ausgetretene Zigarettenkippen, ekelhaft. Auf meine Aufforderung hin beseitigte er seine Schweinereien, so gut es eben ging, und folgte mir in die Wohnung. Einem Freund, den man seit fünfundzwanzig Jahren kennt, weist man nicht die Tür. Nicht einmal Marc, jedenfalls nicht automatisch. Er war unglaublich aufgeregt. Der Grund war nicht schwer zu erraten.

– Hast du Fotos gemacht?

– Natürlich.

– Was sieht man darauf?

– Ich habe sie noch nicht entwickelt.

– Ich brauche sie! Du gehst sofort an die Arbeit!

– Vollkommen ausgeschlossen.

– Wie bitte?

Ich holte das Katzenkind aus meiner Jacke. Radek der neugierig angekommen war, fauchte sofort und verzog sich. Nimm es oder laß es, ganz einfach. Ich jedenfalls brauchte zwei Stunden Ruhe.

– Du bist verrückt! Es ist dringend! Eine Wahnsinnsgeschichte!

Ich zweifelte keinen Augenblick daran, aber für mich hatte anderes Vorrang. Zwei Stunden schienen mir ein vertretbarer Aufschub, um zu tun, was ich zu tun hatte. Zum Beispiel zu realisieren, daß Julie ermordet worden war. Marc protestierte, brüllte etwas von Verantwortungslosigkeit. Sein Standpunkt ließ sich vertreten, aber es war eben nur sein eigener. Er war wütend. Ich schob ihn zur Tür.

Die kleine Katze trippelte kein bißchen verunsichert in die Diele. Zart und drollig mit ihrem hochgereckten Rattenschwänzchen. Radek beobachtete sie abwartend.

Sie würde Bastille heißen.

Nach Auskunft des Apothekers brauchte das kranke Auge nur zwei oder drei Tage lang mit Tropfen behandelt zu werden.

Bastille ließ es sich brav gefallen. Ich zeigte ihr die Streu und ließ sie dann nach Lust und Laune die Wohnung erforschen. Dazu brauchte sie mich nicht. Ich richtete mich vor dem Telefon ein.

Ich brauchte ziemlich viel Zeit, bis ich Stevenson ausfindig gemacht hatte. Er lag im Krankenhaus Saint-Louis. Man versicherte mir, es gehe ihm den Umständen entsprechend gut, nannte mir aber keinerlei Einzelheiten. Das Krankenhaus befand sich ganz in der Nähe. Es war noch Zeit für einen Besuch. Außerdem war es eine Gelegenheit, das Treffen mit Marc zu versäumen, nicht zu sehr an die tote Julie zu denken. Zu guter Letzt entschied ich mich dafür, die Filme zu entwickeln.

Marc erforschte die noch feuchten Kontaktabzüge mit dem Fadenzähler. Er war überzeugt, eine der größten Sensationen seiner Laufbahn vor sich zu haben. Ich war skeptischer. Vor allem gegen Ende der Serie hatte die Kamera Julies Gesicht sehr nahe herangeholt. Manche Bilder waren etwas unscharf. Man sah Julie beim Sterben zu. Nach dem, was ich vor Marcs Ankunft gesehen hatte, kam der Mörder nicht deutlich heraus, was im übrigen nicht sehr wichtig war. An seiner Identität bestand leider kein Zweifel.

Mehrere Sekunden waren vergangen, bis man gemerkt hatte, daß Julie tot war, daß das Blut, mit dem sie besudelt war, nicht nur aus kleinen geplatzten Hämoglobinsäckchen stammte. Eine Pike, die nicht zu den Filmrequisiten gehörte, war unter ihrer Brust tief eingedrungen. Danach hatte großes Durcheinander geherrscht. Als sich die Zahl der Leute, die Julie umstanden, schließlich verringerte, hatte man rasch festgestellt, daß die Schauspielerin, die Angélique Voyer spielte, verschwunden war.

– Anna Fried?

– Wer sonst!

– Und kein Mensch hat sie erkannt!

– Nicht einmal ich.

Dabei hätten wir seit der Salpêtrière gewarnt sein müssen. Ich hatte an eine Provokation geglaubt, doch in Wirklichkeit hatte es sich um eine Probe gehandelt. Was war leichter, als sich ein neues Gesicht zuzulegen, wo doch das Drehbuch vorschrieb, daß die Voyer außerordentlich übertrieben geschminkt sein sollte?

– Und wie hat sie es geschafft, sich anstelle der anderen Schauspielerin einzuschleusen?

– Keine Ahnung. Das Geheimnis wird bestimmt bald gelüftet sein. Was gibt es sonst an Informationen?

Während der zwei Stunden, die ich Marc warten ließ, hatte er so ungefähr jeden angesprochen. Leck beschuldigte Anna, genau wie ich. Die Bullen versuchten, den Film zu begreifen. Sie waren ganz aufgeregt über das live-Verbrechen. In dieser Hinsicht stand Marc ihnen nicht nach.

– Alle Filmrollen sind beschlagnahmt und sofort ins Labor geschickt worden. Dies hier sind die einzigen Bilder, die sie nicht haben.

– Vielleicht war noch ein anderer Fotograf vor Ort.

– Nein, Leck hat mir versichert, daß bei dieser Szene nur du berechtigt warst, Aufnahmen zu machen.

– Und warum warst du, bevor er dir das gesagt hat, so sicher, daß ich Zeuge von Julies Ermordung war?

Marc schien verstimmt.

– Ein Anruf, unmittelbar nachdem das Telegramm mit der Nachricht von dem Mord eingetroffen war. Der Mann hat sich geweigert, seinen Namen zu nennen, aber er hat mir versichert, daß du eine wahnsinnige Exklusivstory im Kasten hättest.

– Hast du die Stimme nicht erkannt?

– Sie war mir nicht vollständig fremd, aber wenn ich ihr einen Namen zuordnen soll ...

– Villon?

– Wenn es ihn noch gibt, ja, so ähnlich klang es.

Solche Einzelheiten gingen Marc auf die Nerven. Es gab Besseres zu tun, und zwar schnell.

– Kannst du mir nicht ein Interview geben?

– Ohne weiteres, nur daß ich nichts gesehen habe.

– Das heißt?

– Ich habe fotografiert.

– Kannst du von diesen Fotos sofort Abzüge machen?

– Natürlich.

– Du brauchst keine Meisterwerke zu liefern. Nur etwas Geeignetes für die morgige Seite eins.

– Das ist allerdings etwas anderes. Wieviel?

– Pardon?

– Wieviel?

– Scheiße!

Er zückte sein Scheckheft. Wir einigten uns ziemlich problemlos über die Anzahl der Nullen. Lediglich die erste Ziffer erforderte eine etwas längere Verhandlung.

Was mir entgangen war, als ich das Auge am Sucher hatte, war Julies Blick. Ein Bild zeigte den Übergang. Vorher spielt sie ihre Rolle, eine gute Schauspielerin, die sich überlegt hat, wie es ist, einer Lynchjustiz zum Opfer zu fallen. Die entsprechenden Ausdrucksmöglichkeiten hat sie vor dem Spiegel einstudiert. Sie ist perfekt. Plötzlich erkennt Julie Anna. Sie begreift, daß sie tatsächlich sterben wird, und diese absolute Gewißheit blitzt in ihren Augen auf. In einer 500stel-Sekunde.

Es gab noch mehr Einzelheiten, die mir auf den Kontaktabzügen nicht aufgefallen waren. Ganz in Julies Nähe erkannte man deutlich die Frau mit der grauen Mähne. Sie hielt ihre Pike in der linken Hand. Auf einem anderen Bild berührte eben diese Pike Julies entblößte Seite. Das Gesicht der Frau war nur auf zwei Bildern zu sehen. Das erste war etwas unscharf. Man brauchte alle Vorstellungskraft, um Anna zu erkennen. Auf dem zweiten war sie schärfer und im Profil aufgenommen. Die Schminke konnte kaum täuschen. Ich erinnerte mich an die in der Kriminalistik angewandte Anthropometrie, deren Erfinder Alphonse Bertillon sehr schnell herausgefunden hatte, daß Profilaufnahmen bei weitem die tauglichsten sind. Julie schrie.

– Sehr gute Arbeit, sagte Marc.

Während ich die Abzüge herstellte, hatte er einen seiner Informanten angerufen. Die Bullen waren von Annas Schuld mehr oder weniger überzeugt. Sie hatten bereits dem *Mirabeau* einen Besuch abgestattet. Vergeblich, was keine Überraschung war.

– Ich nehme an, es ist sinnlos, dich zu fragen, ob du eine Ahnung hast, wo sie sich verstecken könnte?

– Vollkommen sinnlos.

412

– Ich bin kein Bulle. Ich lasse dir deine Geheimnisse. Dennoch ...

Ich sollte ihm nachsehen, daß er meine Wohnung ein bißchen durchstöbert hatte nach all der Zeit, die er nicht mehr hier gewesen war. Eine merkwürdige Bude sei das geworden. Der Film habe mich offensichtlich durcheinandergebracht. Nach Marcs Worten lag es in meinem Interesse, über diesen Aspekt der Frage nachzudenken. Was den Rest anging, die Stunde der Verhaftung würde schon kommen. Er verabschiedete sich.

Radek sah Bastille ziemlich ungläubig zu. Der Neuankömmling tollte durch die ganze Wohnung, ohne sich um ihn zu kümmern, probierte seine besten Kissen aus und fraß sogar aus seinem Napf. Ein Baby greift man nicht an. Also mußte man den Eindringling dulden, konnte nur von Zeit zu Zeit fauchen und ohne Überzeugung einen Buckel machen. Ich geizte nicht mit Streicheleinheiten. Radek nahm sie entgegen, dachte sich aber sein Teil. Es lag Rachsucht in der Luft.

Die Nachrichtensendungen im Fernsehen berichteten über Julies Ermordung so gut sie konnten. Anna wurde erwähnt, aber nur insoweit, als *Die Prinzessin* ein Remake ihres alten Films war. Julies kurze Karriere war schwer zu illustrieren. Quer durch sämtliche Programme erklärte Adrien den Journalisten, wie erschüttert er war. Er schien es tatsächlich zu sein. Außerdem erklärte er, daß der Film trotz allem zu Ende gedreht werden würde. Das sei die schönste letzte Ehrung, die man ihr erweisen könne usw.

Der Plan sah vor, daß die Arbeiten gleich am nächsten Tag weitergingen. Die Prozession durch Paris mit dem aufgespießten Kopf der Marie-Thérèse. Sonst nichts.

Ich ging zum Palais-Royal. Es war noch Nacht. Diesmal war das Eisengitter geschlossen. Ich hatte die Schlüssel und öffnete nur so weit, daß ich gerade in den Laden schlüpfen konnte. Ich rief mehrmals, nicht nur nach Stan, auch nach Anna. Niemand. Weder im Erdgeschoß noch oben. Die Wachsfiguren standen an ihrem Platz. Ich fand, daß sie unheilvoll aussahen. Ein vorübergehendes Gefühl. Ich haßte die Vorstellung, daß die Polizei in nur wenigen Stunden bei der Fahndung nach Anna hier eine Haussuchung durchführen könnte.

Neben dem Raum mit den abgeschnittenen Köpfen gab es eine Treppe, die ich beim erstenmal nicht genommen hatte. Oben am Treppenaufgang befand sich eine Tür. Sie war abgeschlossen. Keiner der Schlüssel, die Stan mir anvertraut hatte, paßte. Ich klopfte, rief. Niemand antwortete. Stan selbst hatte von einer unerbittlichen Beschleunigung der Ereignisse gesprochen.

Eines war gewiß: Ich würde die Wachsfiguren nie bei Tageslicht sehen.

Ich schloß sorgfältig hinter mir ab und kehrte zu Fuß zum Quai de Jemmapes zurück.

Anna hatte eine Nachricht auf den Anrufbeantworter gesprochen. «Bleiben Sie mein Partner. Noch für eine kleine Weile.»

Bastille zuckte nur ganz leicht zusammen. Als ich zu Bett gegangen war, hatte sie sich ungefragt an meinem Hals eingenistet. Ich hatte es zuerst niedlich, dann aufdringlich gefunden und war schließlich erschöpft eingeschlafen. Jetzt, das war nicht zu leugnen, klingelte es an der Tür, und zwar hartnäckig. Vielleicht schon seit längerem. Radek räkelte sich. Er hatte wie gewohnt auf meinem Bauch geschlafen. Es war sieben Uhr morgens, eine sehr frühe Zeit für mich.

Ich stand auf, brüllte, man solle sich ein wenig ge-
dulden, ich sei ja schon unterwegs. Dann zog ich eine
Jeans an und nahm mir die Zeit, noch eine Gauloise
anzuzünden. Sie waren zu zweit, und sie waren Bullen. Ein Rechtshilfeersuchen von einem Richter So-
undso. Bastille nahm Reißaus.

Ich schlug ihnen vor, sich im Wohnzimmer niederzulassen. Dagegen hatten sie nichts einzuwenden.
In der Küche war noch etwas Kaffee. Kalt. Für mich.

Name, Vorname, Geburtsdatum und Beruf meiner
Wenigkeit waren ihnen bekannt. Auch sie lasen regelmäßig die Morgenpresse. «A star is dead» war
nicht gerade die einfallsreichste Schlagzeile des *Soir*.
Daß das begleitende Foto mir zugeschrieben wurde,
hatte sie interessiert.

– Wir hätten Sie auf jeden Fall aufgesucht, müssen
Sie wissen.

Der Chef, der das Wort führte, war ungefähr in
meinem Alter, hatte längeres Haar als ich und trug
eine gepunktete Krawatte.

Ich mußte berichten, was ich von der Verbre-
chensszene gesehen hatte. Das untergeordnete kleine
Würstchen steckte in einem Trenchcoat à la Colum-
bo und sah sich nicht einmal genötigt, sich Notizen
zu machen. Die beiden Polizeibeamten interessierten
sich sehr viel mehr für die Innenausstattung meiner
bescheidenen Räume, wenn sie auch schelmisch be-
tonten, daß man in ihrem Gewerbe mit den komisch-
sten Leuten in Berührung kam.

– Natürlich haben Sie den Mörder nicht erkannt?

– Das Skript sah vor, daß das Handgemenge um
die Lamballe ziemlich wüst und gewalttätig war.
Und demgemäß schien sich alles abzuspielen.

– Kannten Sie das Opfer?

– Ja.

– Tut mir leid, so direkt zu sein, aber es sieht aus,
als würde es ein schwerer Tag. Ich meine gehört zu

haben, daß es sogar eine sehr intime Bekanntschaft war.

– Diese Ansicht teile ich nicht. Es hängt alles davon ab, was man unter Intimität versteht.

– Haben Sie sie geliebt?

– Nein.

– Haben Sie mit ihr zusammengelebt?

– Sie hat ein paar Tage hier gewohnt. Sehr kurz.

– Haben Sie sich gestritten?

– Schon wieder der falsche Ausdruck. Ich lebe lieber allein.

– Zusammen mit Ihren Schaufensterpuppen?

– Die können sich genauso sehen lassen wie Ihr letzter Geistesblitz.

– Regen wir uns ab?

– Das wollte ich gerade vorschlagen.

– Nachbarn berichten, sie hätten Schüsse bei Ihnen gehört.

– Unmöglich, ich bin ein friedliebender Fotograf.

– Dieselben Leute behaupten auch, Sie seien verletzt oder behindert.

– Richtig. Ich bin kein junger Mann mehr.

– Fühlte sich das Opfer bedroht?

– Jeder weiß, daß es so war. Sogar die Presse hat darüber berichtet.

– Es heißt, eine gewisse Anna Fried hat öffentlich ihre Feindseligkeit gegenüber diesem Fräulein Julie gezeigt und angekündigt, den Film mit allen Mitteln zu verhindern.

– Das ist in der Tat gesagt worden.

– Kennen Sie Anna Fried gut?

– Wir treffen uns gelegentlich.

– Nach der Zeugenaussage eines Wärters haben Sie und diese Anna vor zwei Tagen …

– Vor zwei Nächten. In der Rue Elzévir.

– Gehören solche Eskapaden zu Ihren Gewohnheiten?

– Ich liebe auch Kais und Toreinfahrten, schlimmstenfalls Hotelzimmer.

– Glauben Sie, Anna Fried ist fähig zu töten?

– No comment.

– Zum Beispiel aus Eifersucht?

– No comment.

– Haben Sie sie bei dem Mord erkannt?

– Ganz sicher nicht.

– Aber auf Ihrem Foto im *Soir* sieht man sie doch.

– Eine relative Ähnlichkeit.

– Wissen Sie, wo Anna Fried sich augenblicklich aufhält?

– Nein.

Es läutete. Dieses unangemeldete Eindringen bei mir wurde allmählich zur schlechten Gewohnheit. Ich ging öffnen. Villon begriff, daß er in ein Familientreffen geraten war. Seine beiden Kollegen setzten ein angemessen verblüfftes Gesicht auf. Die Vorstellung erübrigte sich. Trotzdem schüttelten sie sich die Hand.

Villon wiegte sich verlegen hin und her, während er mir eine in Folie gehüllte Flasche reichte. Ein ausgezeichneter Chablis.

– Sehr freundlich von Ihnen, aber weshalb?

Er hatte versucht, sich anzukündigen, war aber nur an den Anrufbeantworter geraten. Er hatte den Brief des Ministeriums heute morgen erhalten. Es war geschafft. Er wurde wieder eingestellt.

– Ich hatte Lust, das zu feiern. Mir ist eingefallen, daß Sie diesen Wein neulich morgens außerordentlich zu schätzen wußten.

Die beiden Kollegen konnten nicht recht folgen. Die Solidarität mit dem rehabilitierten Villon machte es unumgänglich, daß sie mit uns anstießen. Abgesehen davon, daß ich so ungefähr mit jeder Frau in dieser Geschichte geschlafen hatte, war ich nicht der, den sie suchten. Das Ulkigste war, daß Villon wirklich glücklich aussah, mit Tränen in den Augen.

417

Eine Stunde später saß ich an Stevensons Bett. Er lag allein in dem Zimmer. Seine Gesichtszüge waren eingefallen. Schweiß klebte seine Haare an den Schläfen fest, so daß es schien, als seien sie ihm ausgegangen. An seinem Unterarm war eine Infusion angelegt. Er war blau von Blutergüssen. Jede Bewegung schien ihm Schmerzen zu bereiten.

– Bringen wir die Dinge auf den Punkt, mein Junge, murmelte er. Hier wird nicht von Krankheit geredet.

Er sprach mühsam, sein Atem ging rauh. In der Annahme, daß er zu lesen in der Lage war, hatte ich ihm die neueste Ausgabe der *Société des amis d'Henry Fournaye* mitgebracht, des einzigen französischen Holmes-Clubs. Stevenson war erschöpft.

Er zeigte mit dem Finger kaum wahrnehmbar auf den Schrank. Dort hatte man seine Sachen untergebracht. Er lächelte. In seiner Tasche fand ich, was er wollte. Ich stopfte die Krummpfeife, zündete sie an und hielt sie ihm zwischen die Lippen. Er konnte den Rauch nicht richtig einatmen, allenfalls den Geschmack spüren. Ein ekelhafter Geruch.

– Bei mir zu Hause ist alles geregelt. Alles, was Ihnen gehört.

Seine Lippen bewegten sich kaum. Er schonte seine Kräfte. Der Schlaf oder irgendeine bösartige Starre überwältigte ihn.

– Meiner Meinung nach ist es Anna Fried. Sie ist die Frau …

Er schlummerte ein. Ich hielt lange seine Hand. Das Handgelenk, die Finger an seinem Puls. Stevenson würde sterben. Mir kam der Gedanke, daß ich ihm dabei helfen wollte.

Der Arbeitsplan war eindeutig, Julie hatte keine Szene mehr zu drehen. Nichts, aber auch gar nichts sprach dagegen, die Dreharbeiten wie vorgesehen fortzusetzen. Adrien schmetterte alle Einwände im voraus ab. Niemand formulierte wirklich ernst gemeinte. Schon gar nicht die Produktionsleitung, für die jede Kurznachricht über den Mord eine Gratiswerbung war.

Heute standen nur ein paar Momentaufnahmen an: der verstümmelte, enthauptete Leichnam der Lamballe vor der Prozession. Nackt in der Nähe eines Steinpfostens in der Rue des Ballets zusammengebrochen. Gedreht wurde in der Rue Malher. Das Programm hatte sich nicht geändert.

Jérôme hatte darauf bestanden, die Lieferung selbst zu besorgen. So beschädigt sie auch war, die Wachsfigur von Julie blieb sein Werk. Er hatte es mißbilligt, daß das Museum sie bereitwillig für den Film auslieh, aber man hatte ihn nicht gefragt. Seine Sache war es, darauf zu achten, daß sie keinen neuen Schaden erlitt. Adrien respektierte all diese Bedenken, auch wenn er sie nicht richtig verstand.

Skript: «Die Prinzessin ist tot. Ein Mann namens Charlat köpft sie mit einem Fleischermesser auf einem Steinpfosten. Der Körper wird liegengelassen. Der Kopf wird auf eine Pike gespießt und während einer Prozession, die von der Rue Saint-Antoine über die Boulevards bis zum Temple führt, zur Schau gestellt.»

Jérômes Statue war tatsächlich erschütternd. Sie hatte niemals einen Kopf besessen. Die Maskenbildnerin hatte lediglich die tiefen Hiebwunden, die der Vandale verursacht hatte, rot gefärbt. Es war Julie, ganz und gar ihr Körper. Der Erste Kameramann machte sich an die passende Einstellung.

– Nein!

Ich zog Jérôme beiseite. Er hatte recht, es war obszön. Aber ich schnauzte ihn an.

– Obszön war es von Anfang an. Völlig sinnlos, sich jetzt darüber aufzuregen.

Adrien filmte. Teilnahmslose Schritte an dem ausgestellten Leichnam vorbei, die blutbespritzte Mauer.
– Cut!

Das war alles, ein paar kurze Aufnahmen, mehr
nicht.

Jérôme konnte seine Reliquie wieder einpacken, es
war vorbei. Adrien tat, was sein Job war. Er schüttelte ihm die Hand, sagte, es sei wirklich hart und jedermann habe sehr an Julie gehangen. Er ging sogar
noch ein bißchen weiter. Diese Wachsfigur gefilmt
zu haben, sei ein zusätzlicher Treuebeweis für die
Verstorbene. Jérôme sagte, das könne man vielleicht
so sehen. Er hatte eben seine abstoßenden Momente,
wie jeder andere auch. Dann faßte er sich und hüllte
die Skulptur in ein Laken. Man wunderte sich fast,
daß er sich nicht mit Blut beschmutzte.

– Und trotzdem seid ihr Schweinehunde, alle,
ohne Ausnahme! zischte Jérôme.

Als nächstes war eine Massenszene vorgesehen.
Der Anfang der Demonstration an der Straßenecke
und später vor der Kirche Saint-Paul. Ich hatte keine
Lust, daran teilzunehmen. Adrien kam wieder auf
mich zu und nahm mich beiseite, wie er es für gewöhnlich mit seinen Mitarbeitern tat, wenn er sie um
einen Gefallen oder ein technisches Akrobatenstück
bitten wollte.

– Ich habe ein Problem, sagte er. Hast du den gestohlenen Wachskopf der Lamballe immer noch bei
dir zu Hause?

– Natürlich.

– Ich habe mir überlegt, daß er hervorragend für
die Prozession geeignet wäre.

– Du bist verrückt!

Adrien ließ mich in Ruhe erläutern, aus welchen
guten Gründen ich ablehnte: Der Kopf hatte überhaupt keine Ähnlichkeit mit Julie, er gehörte mir
nicht usw.

420

– Wir haben keine Wahl.

– Willst du mir erzählen, du hättest keine Alternativlösungen vorgesehen?

– Doch. Komm mit.

Er führte mich zu dem Lastwagen, in dem die Requisiten untergebracht waren. In einem Pappkarton lag ein Kopf. Nach Adriens Worten gab es jede Menge Erklärungen für dieses Desaster. Julie hatte sich geweigert, Modell zu stehen. Der Modellbauer hatte unter schwierigen Bedingungen gearbeitet. Man hatte daran gedacht, Jérôme zu bitten, doch der hatte abgelehnt. Ich überlegte einen Augenblick, was Stevenson daraus hätte machen können. Was ich in Händen hielt, war ein Standardabguß ohne Anmut oder Zauber. Im Museum und in meiner Wohnung hatte Adrien Meisterwerke gesehen.

– Die mangelnde Ähnlichkeit spielt doch keine Rolle, argumentierte er. Der Wachskopf, den du zu Hause hast, ist eine echte Lamballe, während das lächerliche Ding hier überhaupt keinen Sinn ergibt.

Adrien hatte natürlich recht. Er drehte einen Film. Es lag nicht in seiner Absicht, vorzutäuschen, daß Julie tatsächlich enthauptet worden wäre. Ein Bild der Lamballe wurde durch ein anderes ersetzt. Den Wachskopf, den man auf der Leinwand sehen würde, kannten Millionen Besucher des Musée Grévin bereits als den der Prinzessin. Adrien verschwand eilig. Der Rest sei ja sicher nur noch eine Frage der Verständigung zwischen dem Regieassistenten und mir.

Am Eingang des ersten Saals im Musée Carnavalet gab ich meine Erläuterungen zum besten.

Das Ding da über unserem Kopf war ein sogenanntes Kämpfergesims. Das heißt, jener dekorative Aufsatz, der bestimmte Türen oder Portale schmückt. Dieser hier war eindrucksvoll und sehr breit, ganz mit Eichenblättern verziert. Ein bemerkenswertes Stück.

– Warum? fragte sie.

– Er befand sich früher in der Nummer 32 der Rue de l'Ecole-de-Médecine, mit anderen Worten: der Passage du Commerce. Danton, Marat, Camille und viele andere Tribune sind oft darunter hindurchgegangen. Victorien Sardou hat den Aufsatz sichergestellt, als dieser Teil der Passage 1866 abgerissen wurde.

– Du redest wie ein Museumsführer, sagte Anna lachend.

– Das ist meine liebste Vorstellung. Wenn ich sehr alt bin, noch stärker als jetzt hinke und zu Katarrhen neige, werde ich Führungen machen. Um mich herum werde ich Kinder und Rentner haben, denen ich Geschichten von Paris erzähle. Weil ich dann sehr sehr behindert bin, werde ich nicht mehr in der Lage sein, auf ihrer Basis neue Geschichten zu erfinden, aber ich werde sie zumindest weitergeben.

Anna versteckte sich nicht wirklich. Sie folgte mir gelegentlich. Es machte ihr nichts aus, gesucht zu werden.

– Wenn du sehr alt bist, werde ich tot sein, und zwar schon lange. Wirst du ihnen von mir erzählen?

Ganz sicher hatte Anna Spuren hinterlassen.

– Meine Filme?

– Vor allem die Orte, an denen sie gedreht wurden.

Sie hatte getötet, und sie war hier, hielt mich beim Arm. Dieselbe Frau. Es gab keine großen Erklärungen, ich hatte Lust gehabt, ins Musée Carnavalet zu gehen, und Anna war mir auf dem Fuße gefolgt.

– Was genau willst du eigentlich hier sehen?

Nichts. Es war ungefähr so wie mit dem Boulevard Montmartre. Ich ging ins Musée Carnavalet, um zu flanieren, um mich zu vergewissern, daß die Marat-Büste oder die Fluchtleiter von Latude noch da waren, um bestimmte Gouachen von Hubert Robert oder Lesueur genauer zu studieren. Ich kam als

422

Nachbar auf ein Plauderstündchen ohne bestimmte Absicht.

– Bist du immer noch mein Partner?

– Ich weiß nicht, ob wir die Zeit haben werden, Komplizen zu sein.

Ihr Verbrechen war nicht das meine. Ich küßte ihre linke Hand, die gemordet hatte. Anna wanderte durch die Ausstellung, freute sich an einem Kupferstich, einem alten Ladenschild. Sie sprach laut, wollte, daß man sie bemerkte. Sie wurde wirklich gesucht. Leute erkannten sie, ich hörte ihren Namen.

– Wie früher, sagte sie. Das geliebte Publikum! Aber du? Ich habe den Männern oft vorgeworfen, in mir nur den Star zu sehen. Dabei hatten sie recht. Als das Leben kein Film mehr war, hat es mich nicht mehr interessiert.

Das waren Phrasen. Anna hatte nie sehr gute Dialogschreiber gehabt. Sie steckte mich mit ihrem Virus an. Warum hörte sie nicht auf, mir zu folgen? Sie gestand es mir ohne das geringste Zögern. Sie wollte Gewißheit haben, ob Adrien Leck die Mordszene bei der Endmontage tatsächlich beibehielt. Würde er es tun?

– Sehr viele andere Möglichkeiten hat er nicht.

– Genau darauf baue ich, sehr gut.

Wir befanden uns in jenem kleinen Saal des Musée Carnavalet, in dem ein paar Erinnerungen an die königliche Familie im Temple zusammengestellt sind. Capets Bibliothek, eine Frisierkommode, ein Bett. Auch Jacques-René war mit diesem Mobiliar flüchtig in Berührung gekommen. Anna zog eine Zeitung hervor, *Le Soir*. Mein Foto von ihr auf der Titelseite.

– Seit zwanzig Jahren das erstemal, daß ich die Seite eins besetze! Ich danke dir für das Foto.

Einige Besucher beobachteten uns inzwischen ziemlich aufmerksam. Diese Räumlichkeiten waren gedämpftere Manieren gewohnt. Anna fuhr fort.

– Ich schreibe das Drehbuch, sagte sie. Ich bin dir nah. Ich bitte dich nur darum, deinen Fotoapparat griffbereit zu haben und Stan nicht zu sehr zu vernachlässigen. Gehen wir?

Sie verschwand allein. Ich wollte gern auf meine Weise durch das Museum spazieren. Ohne Geschwätz.

Ich vertraute den Kopf der Prinzessin dem Regieassistenten an.

Er versicherte mir, daß das gute Stück keinerlei Schaden erleiden werde. Für so etwas war er schließlich da.

Adriens Idee war nicht nur gescheit, sie gab mir außerdem Gelegenheit, die Lamballe wieder dem Musée Grévin zukommen zu lassen. Ein paar kleine Lügen würden genügen, um meine Erklärungen glaubwürdig zu machen. Hébert dagegen würde länger bei mir wohnen.

Bastille hatte schon gelernt, auf meine Schulter zu klettern. Radek schmollte immer noch.

Im Grunde war Adrien ein halsstarriger Mensch.

Kaum hatte er Stan entdeckt, ging er auf ihn zu und schmetterte ihm seine Faust mitten ins Gesicht. Stan landete der Länge nach auf dem Boden. Als Adrien ihm aufhelfen wollte, fair-play, richtete sich plötzlich die Spitze eines Stockdegens auf sein Brustbein. Stan stieß einmal kurz zu. Dann akzeptierte er Adriens hilfreiche Hand.

– Der Preis für meine Arikel in *Le Soir*?

– Genau, sagte Adrien, noch verblüfft von dem Gegenschlag. Geh und laß dich schminken.

Eines Abends hatte Stan bei einem Saufgelage, das ohne mich stattfand, erzählt, daß der abgeschnittene Kopf der Prinzessin noch in einem Brunnen gewaschen worden sei. Eine Anekdote, nichts Neues. Aber

Adrien war fasziniert gewesen. Er hatte beschlossen, daß Stan es sich schuldig war, an diesem Tag auf der Straße dabei zu sein, als Schauspieler unter vielen.

Der Kopf der Lamballe war nur wenig bearbeitet worden. Lediglich etwas mehr Blut hatte man aufgetragen. Die Statisten warteten geduldig auf die Anweisungen. Adrien blieb bei seiner Entscheidung: Gedreht wurde an Ort und Stelle. Wir befanden uns auf dem Boulevard, in Höhe der Rue de Pont-aux-Choux. Das Eckhaus.

Die Verletzung, die Stan Adrien beigebracht hatte, war nur sehr oberflächlich, reichte aber aus, dessen Hemd völlig mit Blut zu besudeln. Jetzt, da sie quitt waren, grüßten sich die beiden Hitzköpfe mit einer höflichen Handbewegung.

– Wenn ich bitten darf!

Schnelles Hin und Her, jeder nahm seinen Platz ein. Nichts, was besonders schwierig zu filmen war.

– Action!

Der Zug aus etwa fünfzig Personen hatte sich in eher abwartender Haltung formiert. Stan löste sich aus der Reihe und nahm den Kopf der Prinzessin an sich. Seine Initiative wurde beklatscht. Stan lachte, lachte, so daß all seine faulen Zähne zum Vorschein kamen. Später auf der Leinwand würde man seine pockennarbige Haut, den Schmutz, den Schorf sehen. Und ein geschwollenes Auge, das eine interessante Färbung anzunehmen begann. Er tänzelte herum, ein unheilverkündender Kobold. Das Blut spritzte aus dem Halsstumpf. Das Gesicht der Marie-Thérèse war fast unkenntlich. Stan schwenkte seine Trophäe, entdeckte einen Portalvorbau und stürmte hinein.

Alles war an Ort und Stelle, die Kamera folgte. Der Brunnen? Man hatte ihn nur wieder öffnen müssen. Der gleiche Brunnenrand wie vor zwei Jahrhunderten, wie in der ersten Nacht. Stan tauchte den Kopf in das Wasser, bewegte ihn hin und her, zog ihn befreit von allem Schmutz wieder heraus. Keine Ähnlichkeit mit Julie. Die Haare trieften. Nie ist mir das Gesicht der Lamballe so traurig vorgekommen. Genau wie ich es gemacht hatte, ahmte Stan die abscheuliche Geste Sansons nach. Man applaudierte ihm lebhaft.

Das Café mit dem Tabakladen an der Ecke hieß *La Petite Chaise*. Im September 1792 hatte es dort bereits einen Weinhändler gegeben.

Stan hatte den Kopf der Prinzessin für einen Augenblick auf einen Hocker gelegt und schrie mit dröhnender Stimme, daß es jetzt an der Zeit sei, einen Chorknaben zu ertränken, verdammt! Die Truppe amüsierte sich.

Die Kameras liefen noch immer. Einige Statisten gingen Zigaretten kaufen oder auf die Schnelle einen Schluck trinken. Ein «Cut» mußte gefallen sein, das niemand gehört hatte. Es wurde diskutiert. Wohin? Was sollte man jetzt tun? Sie waren ebenso unentschlossen wie die Verschwörer nach Cäsars Ermordung. Es war komisch. Gesichter wandten sich Adrien zu. Er unternahm nichts. Stan selbst wußte nicht mehr recht weiter. So etwa mußten sich die Dinge abgespielt haben, in totalem Chaos.

Die Wirtin des Cafés, eine rothaarige junge Frau, sehr zuvorkommend, wie es sich gehörte, verteilte die Getränke. Sie kannte die Legende über ihre Straßenecke genau: «Wenn man an die Prinzessin denkt, zündet man sich eine Zigarette an und trinkt ein Glas Rum.»

Die Bestellungen überschlugen sich.

Die Wirtin fragte, ob sie sich die berühmte Prinzessin, von der im Viertel so oft gesprochen wurde, ein bißchen näher ansehen könne.

Stan machte sich ein Vergnügen daraus, sie ihr vorzustellen. Er reichte ihr den Kopf. Die junge Frau zuckte zurück und weigerte sich, ihn zu berühren.

– Wie schön sie ist! War sie wirklich eine Verbrecherin?

– Eine Hündin, die nach Patriotenblut lechzte, trompetete Stan vergnügt. Aber wir werden sie zurechtmachen und ihr ein paar neue Löckchen legen, bevor wir sie ihrer Mätresse zeigen.

Adrien frohlockte. Ringsum begriff man gar nichts mehr. Die Kameramänner folgten dem Geschehen, so gut sie konnten, das Auge ans Objektiv der Kameras geheftet. Zum Boulevard Beaumarchais und zur Rue des Filles-du-Calvaire hin hatte sich ein riesiger Stau gebildet. Das Hupkonzert ließ die Tontechniker verzweifeln. Stan spielte weiter den Hanswurst. Er hatte den Kopf jetzt auf seinen Stockdegen gespießt.

– Auf zum Temple!

Sein Ruf wurde von einem begeisterten Chor aufgenommen. Der Zug formierte sich wieder. Adrien entschied, daß der Take jetzt tatsächlich abgebrochen werden konnte.

Die Eröffnung der Ausstellung rückte näher. Der 8. Dezember. Die Direktion des Musée Grévin hatte beschlossen, die Sache groß und prunkvoll aufzuziehen. Hunderte von Einladungen waren verschickt, die besten Buffetlieferanten hinzugezogen worden. Im Untergeschoß, hinter der geschlossenen, von Marilyn bewachten Tür feilte man an den letzten Einzelheiten der Schau vor der Generalprobe. Die pflichtbewußten Kollegen hatten ihre Arbeit beendet. Die letzte Feinarbeit an den verschiedenen Arrangements kam den Kostümbildnern und Maskenbildnern zu. Es lag nicht allein an meinem Hébert-Tick und auch nicht an Annas Verlockungen. Ich hatte absichtlich vermieden, die letzten Vorbereitungen aus zu großer Nähe zu verfolgen. Nachdem ich lange in den Kulissen herumgeschnüffelt hatte, wollte ich mir den Luxus leisten, ein paar Überraschungen zu erleben, wenn der Vorhang hochgezogen wurde.

Stevenson starb am 7. Dezember. Ein friedlicher Tod nach dem, was man mich wissen ließ. Eine Krankenschwester hatte versucht, mir mitzuteilen, daß die letzte Stunde nahte. Das bewies eine Nachricht auf dem Anrufbeantworter, die ich aber erst sehr viel später zur Kenntnis nahm. Ich erfuhr die Neuigkeit, als ich ihn auf dem Rückweg vom Museum einfach nur besuchen wollte. Ich hatte ihm trotz allem Tabak gekauft und wollte ihm das letzte Bulletin des Clubs der Irregulären der Baker Street geben, das ich an diesem Morgen erst erhalten hatte.

Stevenson ruhte sich aus, lang und abgemagert. Man ließ mich ein paar Minuten mit ihm allein. Unter seiner pergamentartigen Haut zeichnete sich das Knochengerippe ab. Niemals hatte er Sherlock ähnlicher gesehen. Aber ich hatte bereits Mühe, ihn wiederzuerkennen. Die Totenmaske war dem Gesicht Stevensons, das ich gekannt hatte, beinahe fremd. Ich war hilflos. Ich machte sorgfältig mehrere Fotos, dann nahm ich seine Hand und weinte.

Zurück am Quai de Jemmapes, entdeckte ich etwas Überraschendes: Radek und Bastille schliefen tatsächlich Hinterteil an Hinterteil in dem thailändischen Sessel.

Die Polizei durchsuchte in Stans Anwesenheit die Wohnung im Palais-Royal. Er gehörte nicht zu der Sorte, die sich über so etwas aufregte. Er regte sich sowieso über gar nichts auf. Nach dem, was er mir am Telefon erzählte, hatten sich die Bullen eher gut benommen. Die Wachsfiguren hatten sie ein wenig überrascht. Sie hatten sie nicht beschädigt.

– Nachdem sie bei dir gewesen sind, gewöhnen sie sich allmählich daran.

– Was ist mit Anna?

– Sie tappen im Dunkeln.

– Und die oberste Etage?

Ich hörte, wie er am anderen Ende der Leitung losprustete. Er konnte sich gut vorstellen, daß die verschlossene Tür meine Neugier geweckt hatte.

– Die Räumlichkeiten waren ziemlich leer, als die Untersuchungsbeamten eintraten.

– Das war nicht immer so?

– Das Palais-Royal ist ein sehr bequemer Schlupfwinkel.

Es wäre lächerlich gewesen, Stan jetzt noch zu fragen, wo Anna sich versteckt hielt. Im übrigen hatte ich auch keinerlei Bedürfnis, es zu erfahren.

– Schade, sagte er. Ich versichere dir noch einmal: Du warst für mich der ideale Stiefvater.

– Machst du dir Gedanken ihretwegen?

– Sie tut genau das, was sie will. Wie du, wie ich. Dagegen ist nichts einzuwenden. Man kann einfach nur versuchen, sie zu begleiten. Falls sie darum bittet.

– Und du, Stan … Wie geht es dir?

– Mir?

Er sagte mit höhnischem Lachen, daß das Ende abzusehen sei, und legte auf.

An diesem Tag habe ich Jacques-Renés Gehrock aus der Reinigung in der Rue de la Grange-aux-Belles abgeholt.

Am Montag, dem 8. Dezember 1986, wäre Georges Méliès 125 Jahre alt geworden. Außerdem war es der siebte Jahrestag der Ermordung John Lennons. Und auf die Gefahr hin, mich lächerlich zu machen: Am Vortag hatte sich der Geburtstag von Marie Grosholtz-Tussaud zum 225. Mal gejährt! Ich betrat das Musée Grévin. Die Einweihung von Jane war ein kleines Privatfest gewesen. Heute abend war eine große Gesellschaftsfeier angesagt, Pinguinaufzug erwünscht. Ich trug selten Frack.

Schon bald fühlte ich mich etwas verloren, fast unwohl. Marc und ein paar weitere Journalisten des *Soir* waren ebenfalls anwesend.

– Ich werde versuchen, einen guten Eindruck zu machen, scherzte er. Vielleicht holt man mich dann aus den Beständen.

Ich nahm mir ein Glas Champagner und ging in den Säulensaal. Ein paar der Eingeladenen waren entzückt, ihren Freunden das eigene Wachskonterfei vorstellen zu können. Alice Sapritch, von einem wahren kleinen Hofstaat umgeben, konnte die Statue, die von ihr angefertigt worden war – echter als lebensecht –, gar nicht genug loben.

– Neuigkeiten von Anna? fragte Marc.

– Nichts.

Ich zeigte ihm das Arrangement, in dem sie jahrelang vertreten gewesen war. «Die Galakulissen der Künstlervereinigung». Die Besetzung war seitdem mehrfach verändert worden. Anna hatte damals ungefähr den Platz inne, den heute Catherine Deneuve einnimmt.

– Die Bullen glauben, sie in den nächsten Stunden schnappen zu können.

Sie verwechselten da etwas. Anna war kein Staatsfeind. Sie war ein Star. Man würde sie nicht festnehmen. Sie selbst würde entscheiden, wann der Zeitpunkt gekommen war zu verkünden: *the end*. Meine Prognosen hatten nur wenig Bedeutung. Adrien gesellte sich zu uns. Er hatte sich die letzten Zwischenergebnisse angesehen.

– Zufrieden?

– Dieser Film wird beschissen, sagte er und war dabei ganz zappelig. Aber meiner Meinung nach wird er die Kritik ein paar Jahrzehnte lang beunruhigen. Wo ist die Ausstellung?

Ich entfernte mich. Überall drängten sich die Leute mit ihrem Glas in der Hand. Die Smokings störten nicht weiter, aber es herrschte zuviel Lärm. Ein regelrechtes Gegackere. Die Ankunft von Charlotte Rampling wurde mit einem Blitzlichtgewitter begrüßt. Sie schlug vor, doch lieber ihre Statue zu fotografieren. Das sei klüger und praktischer. Mona hatte Villon von ihrer Einladung profitieren lassen. Sie war im Halbstarkenoutfit erschienen, er hatte sich einen neuen Anzug gekauft. Ich begrüßte sie und ging weiter. Natürlich zögerte ich den Augenblick hinaus, in dem ich das Untergeschoß aufsuchte. Die Furcht eines Verliebten.

Marilyns Kleid flatterte wie immer. Ich trat ein.

Hinter einem Fenster wachten Gabin und Morgan, *Hafen im Nebel*. Etwas weiter zielte Bogart mit einem Revolver. Ich machte die unerfreuliche Feststellung, daß der Bogey im Londoner Tussaud wirklichkeitsgetreuer war. In einem Abteil des Orient-Express schwang ein gelungener Boris Karloff eine Axt. Terzieff, der mit Vampirzähnen ausgestattet war, kam mir sehr schlecht getroffen vor. Die verschiedensten Leute kamen vorbei. Die einen wollten berühren, die anderen diskutierten über die Ähnlichkeit. Das zu Boden gegangene schmächtige Kerlchen in dem Arrangement «Western» sollte Steve McQueen sein? Tatsächlich nicht die gelungenste Darstellung. Aber Judy Garland ein Feld weiter war wirklich großartig. Auf einem Tablett wartete ein herrenloses Glas Champagner auf mich. In der Abteilung «Geschichtsfilm» beaufsichtigte die Bardot die Gladiatoren Marais und Stallone. Ich trank auf ihre Gesundheit.

– In ein paar Wochen, sagte Jérôme, hätte Julie hier ihre Statue gehabt, mit allen Rechten.

– Und Anna?

Er stand hinter mir. Er hatte ein wenig getrunken. Ich ging weiter. Für den «komischen Film» hatte man Fernandel aus den Beständen geholt. Nach seinem Aufenthalt im Gegenwartssaal hatte der verstorbene Coluche neben Bourvil und Raimu einen Platz von relativ ewiger Dauer gefunden. Jérôme lauschte den Kommentaren. Viele klangen begeistert, nicht alle fielen wohlwollend aus. Die Identifizierung war nicht immer eindeutig. Gab es bei der bewunderten Denise Grey nicht den geringsten Zweifel, so fiel es ein Stück weiter ziemlich schwer, Gina Lollobrigida oder einen angeblichen Marcello Mastroianni zu erkennen. Bei Gérard Philipe, der in demselben Arrangement als Geist aus einer Wunderlampe kam, war die Ähnlichkeit außerordentlich vage.

Als ich ein Kind oder fast noch ein Kind war, hatte mich Judith in ein Teehaus am Boulevard mitgenommen. Ich hatte meine Kuchenberge noch längst nicht verzehrt, da sagte sie zu mir: «Sieh mal, wer da ist.» Ich sah hin. Der Mann, den sie mir mit all ihrer überschwenglichen Diskretion zeigte, knabberte an einem Apfelstrudel herum. Ich hatte *Fanfan, der Husar* und *Till Eulenspiegel* wer weiß wie oft gesehen, aber diesen Mann erkannte ich nicht. Gérard Philipe hatte uns kurz freundschaftlich zugenickt und war aufgestanden.

– Kurz, es gefällt dir nicht.

– Ich komme wieder, wenn es nicht mehr so voll ist.

– Du hast kein einziges Foto gemacht. Wenn dir etwas gefällt, fotografierst du.

Ich hatte einen Apparat mitgenommen. Ich hatte nie vorgehabt, die neuen Bilder zu fotografieren, nur die Arbeit in der Werkstatt. Jérôme war lediglich für ein paar Figuren verantwortlich, die meisten waren wunderbar. Er hatte keine Lust, über die Ausstellung zu sprechen. Einzig der Gedanke an Julie beherrschte ihn.

– Du kommst an, du spielst den Voyeur, du fotografierst sie, du schläfst mit ihr, sie wird umgebracht,
und jetzt machst du dich wichtig mit deinem Glas in
der Hand und deiner saudummen Kritik!

– Du hast ebenfalls ein Glas in der Hand.

Jérôme versicherte, er würde es mir am liebsten in
die Fresse schütten. Ich zweifelte nicht daran.

Ich stützte mich auf das Geländer und stieg die elf
Stufen hinauf, die zum Saal der Französischen Revolution führten. Dort wartete Anna auf mich. Ich
hatte es ein wenig befürchtet. Sie küßte mich. Nur
zwei oder drei Besucher hielten sich hier auf. Eine
Versuchung.

– Ich glaube, dies ist der richtige Rahmen.

Sie schlich sich in das Arrangement ein, schob
Manon Roland zur Seite, nahm gegenüber dem Revolutionstribunal Aufstellung. Sie imitierte sogar die
Pose der Roland, arrogant, die Hand auf dem Herzen.

– Es ist angemessen, daß mein letzter Auftritt vor
diesem Tribunal stattfindet, begann sie. Daß es aus
euch allen zusammengesetzt ist, aus äußeren Erschei-
nungen, Trugbildern, armseligen Puppen, erstarrten
Akteuren. Ich plädiere auf schuldig. Ich habe getötet. Mildernde Umstände? Keine. Ich verachte alles,
was mildert und verkleinert.

Jacques-René betrachtete ironisch ihr Gesicht. Ich
wußte jetzt, daß er im Vergleich zum Original nur
einigermaßen gut getroffen war.

Annas Stimme trug weit. Die anwesenden Besucher machten neugierige Gesichter. Zumindest für einen Augenblick hielten sie das Ganze für eine Attraktion, die den Abend spannender machen sollte.
Anna setzte ihre Rede vor dem Wachstribunal fort.

– Ich habe lange Zeit zu euch gehört. Hier in diesen Räumlichkeiten. Es ist nur gerecht, daß ich zu
euch zurückkehre, um Rechenschaft abzulegen. Ich

habe getötet. Das war die einzig mögliche Tat. Jede andere Lösung wäre der Kamera unwürdig gewesen. Ich bitte darum, mich erklären zu dürfen.

Allmählich drängte man sich vor der Schwelle des Arrangements. Ein Gag oder ein Zwischenfall? Das Team von FR3 machte sich mitten in dem Geraune an die Arbeit. Sehr schnell ging der Name Anna Fried von Mund zu Mund, stellte sich die Gewißheit ein, daß dort etwas Ernsthaftes im Gange war.

– Diese Julie war ein armes Mädchen, sagt ihr? Das ist nicht zu bestreiten. Sie hatte das Recht, ihr Glück zu versuchen. Sie hat es nicht vermocht. Ich wollte ihr helfen. Wie? Indem ich sie herausforderte, natürlich! Hatte sie mich nicht auch herausgefordert mit ihrer Einbildung, sich meine Rolle anmaßen zu können? Es hätte nicht viel gebraucht, sie eben wegen dieser Kühnheit zu lieben. Aber diese armselige junge Frau besaß in Wirklichkeit keinerlei Kraft. Eine elende Streberin, zu allem fähig, aber ohne Talent.

Leck stand hinter mir. Er flüsterte mir die banale Erkenntnis ins Ohr, Anna sei verrückt geworden. Innerhalb weniger Minuten war der Saal überfüllt, alles drängte sich. Niemand kam auf die Idee, Anna zu unterbrechen. Marc wies mich an, Fotos zu machen.

– Diese Frau wollte ihre lächerliche Partitur allein spielen. Gewiß wird das Tribunal zu Recht die Frage aufwerfen, welchen Regeln der Film *Die Prinzessin* eigentlich folgte. Ich komme gleich darauf.

Anna zog alle Register, verteidigte sich, flüsterte kaum hörbar und verfiel dann in eine flammende Gerichtssaalrhetorik. Sie tat so, als ob sie sich nur an Fouquier oder Hébert wandte. Bei genauerem Hinsehen entdeckte ich, daß sie das weiße Kleid aus dem Goras-Film trug. Das rekonstruierte Tribunal glich in jedem Punkt der Gerichtsversammlung, vor der sie schon einmal ihre Rolle gespielt hatte.

– Dieses Remake war ein lächerliches Unternehmen. Hätte ich den Regisseur dafür verantwortlich machen sollen? Auch er hat seine Chance gehabt. Ich bin geduldig gewesen. Was ihr unbedingt begreifen müßt, ist dies: Jeder hat sein Bestes geben können. Ich war großzügig. Indem ich Julie tötete, habe ich aus einem schlechten Film Kino gemacht. Kino entsteht aus solchen fluchbeladenen Dreharbeiten, die die größten Opfer verlangen. Diese Frau hatte eine Rolle, ich habe ihr ein Schicksal gegeben.

Anna ging hin und her, argumentierte, wandte sich mit offensiven Gesten an die erstarrten Geschworenen. Sie war kokett und durchtrieben genug, auch auf Taschenspielertricks nicht zu verzichten. Wie viele Zeitschriften würden in dieser Woche auf ihrer Titelseite das Gesicht Julies abbilden? Julie, der zu früh gestorbene Star?

– Wer weiß denn noch, was ein Star ist?

– Was will sie? sagte Leck. Das ist Selbstmord, oder?

Jérôme, Stan, Villon und Mona. Sie waren jetzt alle da und verfolgten Annas Vorstellung. Und weiter? Sie holte tief Luft.

– Ich habe sie aus einem Gefühl der Würde getötet.

– Sie geht mir auf den Geist, flüsterte Leck mir zu. Wie soll man dieses Geschwätz unterbrechen?

– Indem du deinen Film vergißt.

– Du bist auf ihrer Seite?

Was sagte Anna? Kino, das sei nicht wie im Leben. Da habe man nicht das Recht zu tun, was man wollte. Die Videokamera lief immer noch. Jérôme benahm sich auf eine Weise, die mir nicht gefiel.

– Ich denke, ich habe meinen Vertrag erfüllt, schloß Anna. Der Rest ist anderen vorbehalten.

Endlich und zum erstenmal wandte sie sich zu uns um. Nur kurz, ein einfacher flüchtiger Blick, beinahe ausdruckslos. Dann erstarrte sie in sehr gerader Haltung vor dem Tribunal und grüßte es. Eine fast mechanische Bewegung des Oberkörpers.

Irgendwo im Saal wurde geklatscht, zunächst zurückhaltend. Dann brach ein regelrechter Beifallssturm los. Anna schien die Huldigung zu ignorieren. Sie stand reglos da und betrachtete ihre Wachsrichter, das letzte Publikum, das sie sich ausgesucht hatte. Schweigen trat ein. Ich glaubte zu sehen, daß sie traurig lächelte. Vielleicht war es ein Seufzer. Sie grüßte noch einmal und trat mit drei raschen Schritten aus dem Arrangement heraus. In einer ersten Regung rückte jeder zur Seite, um ihr Platz zu machen. Sie ging mit undurchdringlichem Gesicht durch die Gasse. Anschließend setzte Gedrängel ein. Hände streckten ihr Programme oder Einladungskarten zur Unterschrift entgegen. Stimmen riefen ihren Namen. Anna schickte sich an, die Treppe hinaufzugehen. Man hielt sie zurück. Immer mehr Leute setzten ihre Ellenbogen ein, um ihr näherzukommen, sie zu berühren. Das Durcheinander verwandelte sich in einen Aufruhr. Der Saal war klein und dunkel. Ich denke mir, viele merkten, daß etwas Unheimliches von ihm ausging. Wir wurden gegeneinandergedrückt, man erstikkte fast. Eine Falle. Panik machte sich breit. Ich sah mitten in der Menge eine fast ekstatische Anna, der man zusetzte, die hin und her gezerrt und bedrängt wurde. Jérôme befand sich jetzt ganz in ihrer Nähe. Das wiederholte Aufleuchten meines Blitzlichts stachelte die Unruhe noch an. Der Tod war da. Jérôme packte Anna bei den Haaren, dann an der Kehle. Er beschimpfte sie. Sie wehrte sich nicht. Man versuchte vergeblich, ihn zurückzuhalten. Annas Kopf wurde heftig in alle Richtungen geschüttelt. Schreckensschreie wurden laut, es kam zu einem Handgemenge. Mit Tränen in den Augen würgte der Racheengel Jérôme immer noch Annas Hals. Auch er mußte töten.

Rue des Cordeliers

Drei Tage hintereinander fast das gleiche Bild auf der Titelseite der Morgenblätter. Das Gesicht einer Frau, die von einer Menge bedrängt wurde. Ich faltete die Zeitung zusammen. Anna war nicht gestorben.

Der Zwischenfall in jener Nacht war rasch implodiert. Schreie, Schläge im Halbdunkel und plötzlich helles Licht. Irgend jemand hatte die Türen des Notausgangs zur Passage Jouffroy geöffnet. Ein Ansturm nach draußen setzte ein. Für die Dagebliebenen war Jérôme nur noch ein armer Kerl, der sich mit unkontrollierten Bewegungen an sein Opfer klammerte. Er wurde rücksichtslos überwältigt. Ein paar Minuten später traf die Polizei ein.

Auch Adrien schlug seine Zeitung zu. Er bestellte noch zwei Kaffee und zwei trockene Weiße, während er den Blick einen Moment über die morgendlichen Stammgäste am Tresen des *Capitale* schweifen ließ.

– Weißt du noch, was du mir einmal gesagt hast? Daß ich einen pessimistischen Film drehen würde. Du hattest recht.

– Das heißt?

– Ich habe den Schluß verändert.

Die Massaker, die Anschläge, Julies Ermordung, Jérôme in Polizeigewahrsam, eine zweifellos endgültig verrückt gewordene Anna. In diese entmutigende Liste hätte Adrien noch aufnehmen können: Stevenson – verstorben. Stan – unheilbar krank. René Jacques – lebenslang körperlich behindert. Und Hébert?

– Mona rettet ihre Haut. Sie wird nicht ermordet in der Salpêtrière. Sie kommt frei und ist glücklich, auch wenn die anderen Frauen tot sind.

Sie würde zur Seine hinuntergehen und dann wieder eintauchen in Paris. Es würde eine schöne Stadt sein. Nicht trotz allem eine schöne Stadt, sondern einfach eine schöne Stadt. Adrien wollte wissen, was ich davon hielt.

– Wir haben uns über deinen Film schon genug angeschnauzt.

– Du findest es nicht gut?

– Ich begrüße alles, was daran denken läßt, daß sie neunzehn Tage nach diesen schweinischen Massakern die Republik ausgerufen haben.

Sie? Wer war das? Die Bürger, die Freunde. Und Jacques-René? Ich kannte die ersten Zeilen der Nummer 172 des *Père Duchesne* auswendig: «Das wär's also, am Ende gibt es keinen König mehr in Frankreich, verdammt! Was für eine Freude! Was für ein Glück! Erst mit dem heutigen Tag fängt unsere Freiheit an.»

Adrien und ich hatten uns das Gläschen Weißwein am Morgen ein wenig abgewöhnt. Aber das hatte ja auch keine feste Angewohnheit werden sollen. Vor allem nicht in meiner Lieblingskneipe. Die letzten Stunden der Dreharbeiten standen bevor. Man konnte sich wieder in der Illusion wiegen, doch irgendwie befreundet zu sein. In unserer Art schlugen wir uns gar nicht so schlecht, Adrien und ich, wenn man unser Alter bedachte.

Der Tag war noch nicht richtig angebrochen. Ich schlug Adrien einen kleinen Spaziergang am Kanal vor. Es war kalt. Wir hatten nicht geschlafen.

Auf dem Rückweg vom Museum waren wir sofort bei mir vorbeigegangen. Ich hatte in aller Eile die Fotos von Anna vor ihrem Tribunal abgezogen, während Marc am Telefon herumtobte, um die Endredaktion des *Soir* hinauszuzögern. Er wollte Anna Frieds Schlußauftritt auf der Titelseite haben, noch bevor die ersten regionalen Fernsehsendungen begannen. Inzwischen lebte er nur noch für solche Herausforderungen, für nicht immer ganz saubere Sensationsgeschichten. Ich war wieder einmal Komplize. Als Marc gegangen war, hatten Adrien und ich uns noch einmal *Die Marseillaise* angesehen, danach *Il était une fois la Révolution* und Auszüge aus *Brazil* und *Alice in den Städten*. Methodisch, so wie man sich besäuft.

Jetzt spazierten wir nebeneinander. Adrien ging gebeugt.

– Als ich den Auftrag annahm, habe ich gesagt, daß ich nicht so richtig wüßte, wie man einen historischen Film dreht, und deswegen versuchen wolle, einen aktuellen Film zu machen. Einen Dokumentarfilm. Ich glaube, ich bin gescheitert.

Wir gingen am Krankenhaus Saint-Louis vorbei. Adrien brauchte mir nichts zu erklären. Wir alle hatten pausenlos versucht, den Film an uns zu ziehen: ich eher unbewußt, Anna, um nicht zugrunde zu gehen, und sogar Stan.

– Du wolltest dem Problem ausweichen, indem du uns Rollen angeboten hast.

– Ein kläglicher Einfall, weil ich nicht stark genug war, mich auf euer Terrain zu begeben.

Mein Fuß stieß gegen einen der dicken Steine, mit denen die Uferstraße gepflastert ist. Ich stolperte. Adrien packte mich im letzten Moment an der Schulter, so daß ich einem lächerlichen Kopfsprung in den Kanal nur knapp entging.

– Dein Bein?

– Und die Müdigkeit.

Adrien schlug vor, wir sollten uns ein wenig ausruhen, jeder für sich. Außerdem wollte er Mona über ihr neues Schicksal informieren.

– Je mehr ich darüber nachdenke, sagte er, desto
unfähiger fühle ich mich, einen weiteren Tod zu filmen.

Wir würden uns im Laufe des Tages sehen. Er
überquerte die Brücke und marschierte mit langen
Schritten in Richtung Place de la République. Ich
kehrte hinkend in meine vier Wände zurück. Meine
vier Wände? Villon wartete vor meinem Hausein-
gang. Er sah aus wie an seinen schlechten Tagen.

Während des allgemeinen Getümmels im Museum
hatte ich Villon durchaus gesehen. Aschfahl angesichts der Mordlust Jérômes, starr vor Angst wegen
der wimmelnden Menge in seiner Umgebung. Anschließend war er unter Ellenbogeneinsatz zum Notausgang gerannt und hatte jeden zur Seite geschoben,
der ihm im Weg war, während andere versuchten,
Anna zu retten. Ein armer Kerl. Als alles vorbei war
und wir die Räumlichkeiten verließen, hatten Adrien,
Marc und ich, vor allem ich, ihn einfach ignoriert. Er
hatte verstört und nach Luft ringend auf einer Stufe
in der Nähe des Hôtel Chopin gesessen. Mona, die
wahrscheinlich Schlimmeres gewohnt war, hatte ihn
angesehen. Ein seltsames kleines Paar, die beiden.
Wir hatten sie in Ruhe gelassen.

Villon trank seinen Kaffee, den gefüllten Karpfen
lehnte er ab. Bastille sprang auf meine Knie. Ihr
Auge näßte fast nicht mehr.

– Ich habe den Kopf verloren.

– Sie waren nicht der einzige gestern.

– Aber ich bin Bulle.

Es war schwer, ihm geradeheraus ins Gesicht zu
sagen, daß seine kleinen Aufregungen kein Thema
für eine Unterhaltung waren. Was hatte dieser Typ
in meinem Leben zu suchen, zumindest seit er wieder bei der Polizei war? Ich ging Champagner holen.

– Ich schlage vor, wir feiern das.

– Was?

– Das Ende unserer schönen vorübergehenden Freundschaft.

Villon betrachtete mich verblüfft.

– Gehe ich Ihnen denn so auf den Wecker?

– Solange Sie Ihren Ausweis noch nicht wiederhatten, war das ziemlich egal.

– Der alte Antibullenreflex? Dafür sind Sie zu alt.

– Das ist es nicht, Villon. Es ist der Überdruß. Mein allzu großer Überdruß. Auf Ihr Wohl!

Unangenehme Geschenke waren seit einigen Wochen in Mode. Ich machte ihm eines. Ein Porträt von Mona, sehr gelungen. Die Hand ausgestreckt, die Finger gespreizt, der eine verstümmelt, im Vordergrund etwas unscharf. Ein ausgezeichnetes Bild.

Außerdem konnte ich ihm Aufnahmen von Julie, von Stan und von Anna zu verschiedenen Zeiten anbieten, wenn er wollte. Meine lächerlichen Versuche, die Leute zu verstehen, ja, sie ein bißchen zu lieben.

– Okay, sagte Villon. Herzliches Beileid und danke für alles.

Er stand auf.

– Einen Augenblick noch, sagte ich. Wir wollen es schließlich ordnungsgemäß zu Ende bringen.

Ich bat ihn nach oben in mein Aufnahmestudio. Er posierte mit dem Rücken zur Wand. Wie all die anderen. Graue Bartstoppeln, Mitesser und komplizierte Fältchen. Der Kragen seines Trenchcoats war schmutzig. Villon verzog das Gesicht. Das Unternehmen dauerte nur ein paar Minuten. Ich verabschiedete ihn.

Ich erreichte den Père-Lachaise mit Verspätung, die Zeremonie hatte bereits begonnen. Genauer gesagt: Die Einäscherung war im Gange. Ich wußte nichts über die paar Freunde, es waren wirklich sehr wenige, die sich hier versammelt hatten. Die strenge Kälte war in aggressiv feuchtes Wetter umgeschlagen. Wie viele

Kollegen hatte ich Pläne für eine Fotoserie über den Père-Lachaise gehabt. Wegen kleiner persönlicher, sagen wir sexueller Abenteuer an irgendwelchen chaotischen Tagen vor langer Zeit. Inzwischen war der Friedhof für mich nur noch ein Ort für Spaziergänge, wenn ich nicht gerade hinging, um einem unerwartet verstorbenen Freund das letzte Geleit zu geben. Friedhofsangestellte kamen mit der Urne. Es war geschehen. Sie stellten sie in den dafür vorgesehenen kleinen Hohlraum. Paul (ich entdeckte, daß er Paul hieß) Stevenson, geboren und gestorben in Paris, 1909–1986. Schlußpunkt. Ich kannte niemanden. Niemand sagte das kleinste Wort, es sah nicht so aus, als ob die anderen sich kannten. Ein Typ sprach mich an.

Er war klein, rundlich und in Eile. Er stellte sich vor. Maître Irgendwas, Notar.

– Monsieur Victor Blainville, nehme ich an.

Er vertrat die Interessen des Verstorbenen. Eine problemlose Nachlaßregelung, aber wir müßten einen Termin ausmachen. Wind hatte sich erhoben. Ein böser Dezemberwind, ein Sturm. In Paris sind sie nie schlimm. Wie es schien, hatte Stevenson mir etwas hinterlassen.

Ich hatte keine Ahnung, was mit Anna war. Wo steckte sie? Bereits im Gefängnis oder noch in Polizeigewahrsam? Gab sie schon vor einem Richter Erklärungen ab? Ich fragte mich, ob ihr Bühnenabgang der bestmögliche gewesen war. Die Leere in ihrem Blick, als sie aus dem Arrangement herausgetreten war, beeindruckte mich noch immer. Ich hatte zu den ersten gehört, die halfen, sie aus Jérômes Händen zu befreien. Sie schien mich nicht zu erkennen. Eine Schauspielerin.

Adrien hatte sein ganzes Völkchen bei sich in der Passage du Commerce, vormals Rue des Cordeliers, versammelt. An erster Stelle Joachim, dann der technische Stab und ein unvermeidlicher Zombie von der Produktionsleitung. Stan und ich. Mitglieder der Kommune, Marseiller Föderierte, der Papiermacher aus der Rue Antoine etc. Mona hatte Wert darauf gelegt, ihren Bullen Villon mitzubringen. Es hieß, sie wollten zusammenbleiben. Außerdem hatten sich jede Menge andere Leute, die ich nie gesehen oder nie wahrgenommen hatte, recht und schlecht in der kleinen Wohnung niedergelassen.

Adrien hatte seine Fassung wiedergefunden.

– Für den Schluß brauchen wir einen hoffnungsvollen Ausblick. Den liefert Mona. Die Pariserin von der Straße. Sie darf nicht sterben. Was hältst du davon, Joachim?

– Was ich davon halte?

Er kratzte sich an der Stelle, wo der Kopfverband gesessen hatte. Fünf Schlußvorschläge aus seiner Feder waren an die Wand geheftet, jeder über und über mit Notizen versehen. Er betrachtete sie melancholisch und seufzte. Daß Mona überlebte sei möglich, warum nicht. Es hätte sogar etwas Erbauliches. Und außerdem würde es den Reaktionären stinken. Ganz davon abgesehen, daß er sich ohnehin nach Adriens Wünschen richtete, dafür würde er schließlich bezahlt.

– Mona?

Sie saß in einer Ecke des Zimmers eingepfercht neben ihrem Mann. Irgend etwas in ihrem Äußeren hatte sich verändert. Ihre Haltung wirkte weniger aggressiv, weniger gekünstelt. Sie sah ihrer Schwester ähnlicher denn je. Und das war gewollt. Ich war sicher, daß Adrien für sich dieselbe Feststellung gemacht hatte.

– Okay, sagte Mona. Wenn ich ehrlich sein soll, wollte ich sowieso nicht besonders gern sterben.

– Warten Sie, warten Sie, sagte der Mann von der Produktionsleitung.

Dreiteiliger Anzug, anthrazitgrau, gestreift. An die fünfzig, mit Ordensbandschleife. Er war nicht gegen Adriens Idee. Er begann seinen Einwand, mit allem ihm zu Gebote stehenden Takt, aber ohne seine Befriedigung verhehlen zu können, indem er das Interesse, ja die Neugier hervorhob, die *Die Prinzessin* seit den «Zwischenfällen» bei den Medien erregte. Der Film würde ein Ereignis werden, ganz zweifellos. Nur ...

– Wir hören, sagte Adrien verkniffen.

– Der Drehplan, das Budget ... die Überschreitung ist schon jetzt so, daß ... Ist das wirklich vernünftig?

– Es ist nicht vernünftig. Es ist notwendig.

– Sie sind ja auch nicht der Mann, der zahlt.

– Ich bin der Mann, der verantwortlich zeichnet.

Mit höflicher Herablassung erklärte Adrien, daß die Zeit des Knauserns vorbei sei. Er zählte Argumente auf, bei denen von alten oder neuen Millionen die Rede war, von Gewerkschaftstarifen, von bereits installierten Aufbauten, die wunderbar zu nutzen seien. Soweit ich es mitbekam, erhielt er Unterstützung vom technischen Stab. Ich war abgelenkt. Von meinem Standort aus sah ich die Place de l'Odéon und die Danton-Statue. Die Kids demonstrierten nicht mehr, zumindest nicht in diesem Viertel. Übriggeblieben war die auf den Sockel gesprühte Inschrift: «Freiheit, Gleichheit» usw.

Ich hörte Adrien versichern, daß jeder in den nächsten Stunden ein Arbeitsblatt in die Hand bekäme. Ich machte ein Foto vom Haus des Antoine Simon, seines Zeichens Schuhflicker, «Privatlehrer» des Königssohns im Temple und treuer Freund Héberts.

Im Treppenhaus umarmte mich Mona, hakte sich bei mir ein. Ziemlich unerwartete Zeichen der Zuneigung. Villon ging vor uns, wir hatten nicht miteinander geredet. Stan jonglierte mit seinem Stock.

– Adriens Idee ist großartig.

Mona war sorgfältig geschminkt und hatte sich neue Klamotten gekauft. Nichts, was darauf schließen ließ, daß sie auf Trauer bedacht war. Warum dieser neue Look?

– Warum?

Sie lachte. Keineswegs das gewohnte Lachen, das immer gekünstelt oder auf dümmliche Weise sarkastisch klang. Ein echtes Lachen, das gute Laune verriet.

– Ich fühle mich besser. Ist es eine Schande, das zu sagen?

Stan holte uns ein. Er wollte uns nicht lange aufhalten, nur eben guten Tag sagen. Er flüsterte Mona etwas ins Ohr und küßte sie anschließend mehrmals geräuschvoll auf die Wangen. Bevor ich ihn fragen konnte, ob er Neues von Anna wußte, war er verschwunden. Ihre Verhaftung schien ihn kaum zu berühren. Mona hing immer noch an meinem Arm.

Der Bulle entschloß sich zu schmollen und machte sich ebenfalls aus dem Staub.

– Wohin gehen wir? fragte ich.

– Wohin du willst, sagte Mona. Wenigstens für ein paar Meter.

Wir machten kehrt und gingen zurück in die Passage du Commerce. Wegen ihrer hohen Absätze verstauchte sie sich prompt die Knöchel auf den dicken Pflastersteinen. Ich paßte auf, daß mein verrücktes Bein nicht streikte.

– Hat diese Erleichterung mit Julies Tod zu tun? fragte ich.

– Ich habe immer ihren Tod gewünscht. So etwas sagt man nicht? Es ist schlecht? Von mir aus.

Die Fassade der Druckerei verfiel immer mehr: Uraltanstrich, Plakatreste und sogar Spuren eines rechtzeitig erstickten Brandes. Fast eine Ruine. Die Fenster waren mit Brettern vernagelt. Ich suchte nach einem Zwischenraum, um Mona etwas zu zeigen.

– Was willst du mir zeigen?

– Marats Druckerei.

Zu meiner absoluten Überraschung war die für gewöhnlich mit einem Vorhängeschloß gesicherte Tür halb geöffnet. Wir schlüpften hindurch.

– Ich habe Julie gehaßt.

Bauschutt, Abfälle, morsches Holz lagen auf dem Boden herum. Ich zeigte Mona die kreisförmige Konstruktion aus dicken Steinen, die sich in das Zimmer fraß. Das Fundament des Turms, einer der letzten Überreste der Stadtmauer, die Philippe Auguste II. hatte anlegen lassen. Sie lief durch die gesamte Konstruktion. Ein kostbares Relikt.

– Ich habe sie tödlich gehaßt, beharrte Mona.

Was konnte man mit dieser Werkstattruine anfangen? Der Gedanke an eine barbarische Sanierung war noch entsetzlicher als die katastrophale Verwahrlosung. Letztere gab mir wenigstens die Möglichkeit, einzutreten, wenn auch ein bißchen illegal. Ich hatte keine großen Schwierigkeiten, mir vorzustellen, wo die Druckpresse gestanden hatte. Man sah noch die Spur der Regale, in denen die Setzkästen mit den Bleibuchstaben und die Papierstöße untergebracht worden waren.

– Sie war zu schön, zu vollkommen. Ich wollte …

– Ja?

– Ich wollte sie zerstören. Ihre Schönheit, ihre Unverschämtheit.

Im ersten Stock nichts Besonderes. Eine Flucht geräumiger, verfallener Zimmer. An vielen Stellen war der Boden ausgeschlagen. Ein gefährliches Vorwärtskommen. Sosehr ich auch Ausschau hielt und das Gelände absuchte, hier war nichts zu holen. Die Druckerei war einer der Vulkane der Revolution gewesen. Geblieben waren nur feuchte Wände und

kümmerliche Reste des Festschmauses von Clochards. Ich hatte schon verstanden. Mona hatte
Krieg gegen Julie geführt, hatte sogar dafür gesorgt,
daß vor ihrer Nase eine Gasflasche hochging. Ohne
Gewissensbisse, ja beinahe vergnügt gestand sie mir
weitere üble Streiche. Ich hörte mir ihre Aufzählung
zerstreut an. Als sie für den Film engagiert wurde,
hatte Mona sich beruhigt. So wie sie es erzählte, war
alles ganz einfach. Adrien hatte recht. Sein Film hatte
die Gegenwart verfehlt.

– Es ist richtig, daß ich zum Schluß am Leben
bleibe. Mit Julies Tod ist der Spiegel zerbrochen.

Der Bulle war in Uniform, aber nicht böswillig.
Er fragte, was wir hier machten, schien jedoch keine
Antwort zu erwarten. Deshalb war er eine Spur
überrascht, als ich erklärte, daß ich, Père Duchesne,
nicht besonders glücklich gewesen war an dem Tag,
an dem die Kommune die vom Ami du Peuple
durchgeführte patriotische Enteignung zugunsten
ausschließlich seiner Zeitung und zum Nachteil dieser Druckerei gebilligt hatte. Der Vertreter der öffentlichen Gewalt unternahm nichts, das Ganze
überstieg seinen Horizont. Trotz meiner seltsamen
Äußerungen sahen wir aus wie anständige Leute.
Wir gingen hinaus. Mona war wirklich nicht mehr
wiederzuerkennen. Bevor sie verschwand, sagte sie,
sie gehe ohne Groll.

Radek und Bastille miauten hinter der Tür. Aber obwohl ich sämtliche Taschen meiner Jacke gründlich
durchsuchte, fand ich meine Schlüssel einfach nicht.
Dumm und unerklärlich. Nichts in den Taschen,
nichts im Futter.

Auch kein Ersatzschlüssel bei einem Nachbarn
oder bei der Concierge. Auf die simple Lösung, einen Schlüsseldienst zu bestellen, kam ich leider
nicht. Statt dessen versuchte ich mehrmals und ohne

jeden Erfolg, die Tür mit der Schulter aufzubrechen. Die Katzen maunzten herzzerreißend.

Ich stand da wie ein kompletter Idiot, ausgesperrt vor meiner eigenen Tür.

Ich ging wieder hinunter. Es regnete. Das Schlimme war, daß ich den Kanal bei solchem Wetter liebte, von meinem Fenster aus betrachtet. Ich lief hinkend zum *Capitale* und bestellte mir am Tresen einen trockenen Weißwein.

Ein Spiel am Flipper verlor ich ziemlich schnell.

Ich bin oft vergeßlich, aber ich verliere nie etwas. Ich hatte meine Schlüssel nicht verloren. Diebstahl? Das war gut möglich. Wer? Mona natürlich. Aber warum?

Wütend ging ich in der Rue de Saintonge vorbei. Bei Villon reagierte niemand. Trotz des prasselnden Regens versuchte ich mein Glück am Boulevard des Filles-du-Calvaire. Wieder ein Reinfall. Durchnäßt und gedemütigt kehrte ich zur Wohnung zurück. Die Tür war immer noch genauso blöde verschlossen. Ich hämmerte noch einmal dagegen. Die Katzen heulten um die Wette, weil sie die Welt nicht mehr begriffen. Dann sah ich unter der Fußmatte nach, und da fand sich der Schlüsselbund. Ich hatte ihn nicht dort hingelegt.

Alles war in Ordnung. Keinerlei Zeichen von einem Einbruch. Nichts war beschädigt. Dennoch war ich sicher, daß sich jemand Einlaß verschafft hatte. Ich verstand überhaupt nichts. Jetzt mußten erst einmal die Katzen versorgt werden. Sie fingen an, sich gut zu verstehen. Zwar neigte Bastille dazu, aus Radeks Napf zu fressen, doch er machte ihr Platz, gekränkt, aber würdevoll. Wer hatte mir die Schlüssel geklaut?

Ich untersuchte das Wohnzimmer, das Schlafzimmer, das Büro. Kein Gegenstand war verrückt worden. Blieb die obere Etage. Ich ging hinauf ins Studio.

Anna Fried war da.

448

Anna Fried oder besser, ihre wunderbar rekonstruierte Wachsstatue. Sie trug dasselbe duftige Negligé wie zu den Zeiten, als sie im Museum ausgestellt war. Ihre Haare waren sorgfältig gekämmt, das Make-up untadelig. Eine reine, vollkommene Schönheit. Der Wahnsinn ging weiter. Und es war nicht nur die Statue. Zu ihren Füßen hatte man eine ganze Souvenirsammlung ausgebreitet. Die Ballettschuhe der Tänzerin in *Heute nacht laß uns träumen*, der Perlmuttfächer aus *Die Rätsel von Schanghai*, ein signiertes Harcourt-Foto, die Klappe aus *Die Straße des Westens*, das Plakat von *Die Maßlosen*, der Studiosessel mit Annas Namen etc. Sogar das Kleid der Lamballe, das sie im Temple getragen hatte, war da. Kultobjekte. Ich war total verblüfft.

Ich sah mir die Wachsstatue genauer an. Eine phantastische Arbeit, die Gelenkverbindungen praktisch unsichtbar. Nicht einen Moment konnte man auf den Gedanken kommen, diese Statue sei jemals auseinandergenommen worden. Ich verstand Stevensons Stolz. Bei keinem Werk, und sei es noch so realistisch, hatte ich je eine solche Feinporigkeit der Haut, eine so wahrhaftige Wiedergabe der kleinsten Einzelheit gesehen. Das erstaunlichste war der Gesichtsausdruck. Eine von Melancholie überschattete Schönheit. Man konnte an eine friedliche Entsagung denken. Ich öffnete das Negligé ein wenig.

Dann griff ich hastig zur Leica und fotografierte die entblößte Anna. Ich machte die Aufnahmen so fiebrig, als ob sie sich von einer Sekunde zur anderen fortstehlen könnte. So verschwendete ich mehrere Filme. Ich konnte es einfach nicht glauben. Danach berührte ich sie. Bis hin zum intimen Bereich des Geschlechts war Stevenson genau gewesen.

Stan hatte es vorgezogen, nicht zu mir zu kommen, und ich sollte ihn auch nicht im Palais-Royal aufsuchen. Ein Treffen auf neutralem Gelände war ihm lieber. Seine Vorstellung von Neutralität hatte ihn auf das *Dôme Saint-Paul* gebracht.

Seine Erklärungen waren schnell zusammengefaßt. Eine schlichte Visitenkarte auf den Namen Anna Fried. Er reichte sie mir.

– Es ist ihre Schrift, sagte er.

«Achte wenigstens darauf, daß ich nicht irgendwem in die Hände falle.» Eine schöne, runde Schrift, bemüht, fast kindlich. Anna hatte sich angewöhnt, ihm kurze Nachrichten in Form von Ratschlägen oder Anweisungen zu hinterlassen. Diese hier hatte er am Tag von Julies Ermordung zwischen den Fingern der Statue gefunden.

– Bei Curtius?

– Es war ihr Geheimmuseum, ihr Schlupfwinkel. Besonders nachdem sie sich die Statue beschafft hatte.

Stan hatte nur einen Teil von Annas Souvenirs zu mir gebracht. Wie es schien, war die gesamte oberste Etage im Palais-Royal damit vollgestopft. Sie schloß sich ein im Kreis der alten Dinge, sah sich ihre Filme an, trug ihre ehemalige Filmgarderobe. Im Grunde genommen ziemlich banal. Stan hatte gedacht, daß ich nicht der schlechteste der denkbaren Verwahrer war. Mona hatte mir nur die Schlüssel abnehmen müssen, damit der Umzug auch überraschend aussah. Aber warum diese Eile?

Ich bedauerte meine Frage sofort. Man brauchte Stan nur anzusehen. Er war erschreckend abgemagert. Die Krankheit zeichnete ihn von Tag zu Tag ein wenig mehr. Er lächelte.

– Wirst du darauf aufpassen?

– Wie geht es Anna?

– Sie ist in Fleury. Wenn man dem Anwalt glaubt, ist das Ergebnis der ersten psychiatrischen Untersuchung alarmierend.

Sie hatte seit ihrer Inhaftierung praktisch kein Wort gesagt. Stan war überzeugt, daß seine Mutter endgültig ausgeklinkt war. Vielleicht nicht das Schlechteste. Er lächelte wieder, gezwungener als zuvor. Wenn es irgend möglich war, wünschte er, daß darüber nicht mehr gesprochen wurde, es sei denn, ich legte wirklich Wert darauf. Schließlich hätten wir alle sehr viel zu tun, und die verbleibende Zeit sei womöglich nur kurz. Ich haßte den falschen Abschiedston in seiner Stimme.

Wir schüttelten uns die Hand.

– Es könnte sein, daß wir uns in den nächsten Tagen selten sehen. Es gibt einiges zu erledigen wegen Anna.

– Kann ich dir helfen?

– Nein, nicht nötig. Eine letzte Sache noch, Bürger ...

– Ja?

– Es tut mir trotzdem leid, daß ich ohne Vorwarnung bei dir eingedrungen bin.

– Solange du die Katzen nicht hast entkommen lassen ...

– Die Gefahr bestand nicht. Und als Entschuldigung habe ich das hier mitgebracht.

Stan zog ein Päckchen aus seinem Jackett. Es war in Geschenkpapier gewickelt und mit einem breiten Band verziert. Er gab es mir so verlegen, wie man einen Strauß Veilchen überreicht. Dann entfernte er sich rasch in seinem gewohnten Schaukelgang und verschwand an der Ecke der Rue de Sévigné. Das Etikett auf dem Päckchen trug die Aufschrift «Die Lachstheke, Rue François-Miron». Das Gebäude, in dem Jacques-René nicht gewohnt hatte. Mit zittriger Schrift waren ein paar Worte darauf gekritzelt. «Für Radek und die kleine Neue, deren Namen ich nicht kenne. Sorry, pussycat.» Das Päckchen enthielt eine Dose mit fünfzig Gramm iranischem Kaviar. Ich war nicht sicher, ob ich mir die Eßgewohnheiten, die Stan meinen Freunden schmackhaft machen wollte, finanziell leisten konnte.

Adrien war zufrieden. Alles war wunderbar gelaufen, absolut problemlose Aufnahmen. Er dachte inzwischen sogar, daß Mona das Zeug zu einer echten Schauspielerin hatte. Sie war genau der kleine Glanzpunkt gewesen, den er für den Schluß haben wollte.

– Du kannst es dir gleich ansehen. Es ist erstaunlich.

Ich hatte nie genug Zeit und auch nie wirklich Lust gehabt, den rituellen Vorführungssitzungen beizuwohnen. Diesmal war es ein wenig anders. Das letzte Mal. Alles war jetzt im Kasten, ob im Guten oder im Schlechten. Adrien hielt sehr auf bestimmte Traditionen.

– Die Vorführung und danach auf zum Abschlußessen!

– Muß das sein?

– Nach so turbulenten Dreharbeiten käme es schlecht an, wenn du durch Abwesenheit glänzen würdest.

In fieberhafter Hektik durchmaß Adrien seine Wohnung in der Rue des Cordeliers. Er hatte seine Trunkenheit unter Kontrolle. Es war mein Problem, wenn ich nicht verstand, in welchem Zustand er sich befand. Der Rausch des Regisseurs nach dem letzten Cut. All der Papierkram, der herumlag, die Skizzen, die Fotos: erledigt! Die Fortsetzung blieb anderen überlassen. Oh! Er war durchaus entschlossen, dafür zu kämpfen, daß er die Montage überwachte. Seine Chancen standen in diesem Fall sogar ausgezeichnet. Sein Kurs war im Steigen. Man sprach nach wie vor von einem fluchbeladenen Film, ergänzte aber immerhin, es sei ein großer Film. Stans Artikel fehlten beinahe in dem aufmerksamen Konzert, das dieses Finale begleitete.

– Ist er tatsächlich so krank, wie er aussieht?

– Kränker als er zugibt.

– Und du hängst wirklich an ihm?

– Ich entdecke gerade, daß es so ist.

– Das muß dir eigenartig vorkommen.

Das war meine Sache. Eine Junggesellenangelegenheit, wie alle anderen in meinem Leben.

– Man muß sich damit abfinden: Man kann niemals etwas für irgendwen tun.

– Auch ein Standpunkt, sagte Adrien.

Jedenfalls gab es etwas, was er mir unbedingt sagen mußte, jetzt, wo das Spiel vorbei war. Eine Lektion, die er seit seinem ersten Film gelernt hatte und deren Regeln er fünfundzwanzig Jahre später immer noch nicht vollständig beherrschte.

– In jedem Film gibt es einen bösen Geist. Einen unnachgiebigen Intimfeind, der mit Unschuldsmiene Schaden anrichtet und mit dem man sich gütlich einigen muß. Man begreift nicht gleich, wer es ist. Es kann ein Techniker sein oder der Drehbuchautor oder eine Statistin. Von mir aus auch ein dritter Regieassistent.

– Und weiter?

– Dieses Mal warst du es.

Adrien schlug mir vor, mit ihm zu Abend zu essen. Ich bedankte mich und lehnte ab. Ich hatte eine andere Verabredung.

Es entsprach nicht ganz den Regeln, aber der Notar, klein, dick und rundlich, glaubte, ich würde mich nicht daran stoßen. Er fand es praktischer, wenn wir uns statt in seiner Kanzlei bei Stevenson trafen.

Im Wohnzimmer des alten Wachsbildnermeisters hing noch der Geruch seines Tabaks. Nichts war angerührt worden. Jeder Gegenstand befand sich noch am ihm zugedachten Platz, dem Ort, der sich nach vielen Jahren des liebevollen Umgangs als der angemessenste erwiesen hatte. Der Notar wurde amtlich.

– Monsieur Stevenson hat Sie wahrscheinlich nicht in seine letztwilligen Verfügungen eingeweiht. Ich glaube verstanden zu haben, daß er ein eher verschwiegener Mann war.

– So ist es, erwiderte ich. Wir haben dieses Thema um so weniger berührt, als wir ja nicht miteinander verwandt waren.

– In seinem Testament nennt er Sie seinen «lieben Victor». Wollen Sie in sein Vermächtnis Einsicht nehmen?

Zunächst einmal handelte es sich um eine Wachsbüste, die Reproduktion eines Originals, das Marie Grosholtz-Tussaud zugeschrieben wurde und nun mir gehörte, wie ausgeführt war. Das Porträt eines gewissen Jacques-René Hébert. Außerdem stand mir die Totenmaske eines Enthaupteten zu, die man in der Bibliothek finden würde, sowie alle Bücher oder Schriften, die sich mit der Kunst der Wachsbildnerei befaßten. Schließlich ein Pappkarton, der mit meinem Namen beschriftet auf der Schreibplatte des Sekretärs stand.

Er stand tatsächlich dort. Zum erstenmal sah ich Stevensons Arbeitstisch so gut aufgeräumt. Der alte Herr hatte seinen Abgang perfekt organisiert.

– Wenn Sie mir ein paar Papiere unterschreiben, hindert Sie nichts daran, Ihre Erbschaft sogleich anzutreten.

Von dem Karton abgesehen, legte ich keinen Wert darauf. Die Übereignungen, die man glaubte, mir zukommen lassen zu müssen, beunruhigten mich, brachten mich beinahe aus der Fassung. Ich setzte mehrere Erklärungen auf, unterzeichnete verschiedene Papiere. Ich fühlte mich mehr als unwohl. Was sollte aus dieser Sammlung werden, die ein Autodidakt geduldig zusammengetragen hatte? Aus den seltenen und ungewöhnlichen Objekten, deren poetischen Wert nur einzelne eingeweihte Liebhaber ermessen konnten?

– Ist es indiskret zu fragen, wer die anderen Erben sind?

– Keineswegs, sagte der Notar. Zumal ich bei Wahrung der Form alle Empfangsberechtigten zusammen hätte einbestellen müssen.

Manche Bücher und Archive waren für die Historische Bibliothek der Stadt Paris bestimmt. Alle anderen würde die Stadtbibliothek des 3. Arrondissements erhalten. Mit Ausnahme einer Anzahl von Werken und Karteien, die er der Société des amis d'Henry Fournaye hinterlassen hatte.

– Wissen Sie, um wen es sich dabei handelt? fragte der Notar.

– Ungefähr. Es sind sehr umgängliche Spinner. Ich gehöre übrigens auch zu ihnen.

– Außerdem ist dieser Gesellschaft eine Wachsbüste von Sherlock Holmes zugedacht.

– Sie finden sie in der Werkstatt. Ein bemerkenswertes Stück.

– Genaugenommen sind Sie der einzige Privaterbe.

Ich mußte dem braven Kerl nicht unbedingt verraten, daß ich mich deswegen mehr als geehrt fühlte. Und außerdem hätte ich selbst einem Vertrauten gegenüber nicht die richtigen Worte gefunden, meinem Gefühl Ausdruck zu verleihen. Also bat ich ihn so freundlich ich konnte, ein paar Minuten hinauszugehen, damit ich mich in Stevensons Höhle ein bißchen sammeln konnte, solange sie noch intakt war. Allein.

Was war der Inhalt des Pappkartons? Alte Papiertüten mit Souvenirkarten aus dem Musée Grévin, Museumsführer und Atelierfotos. Außerdem bergeweise Korrespondenz. Ich erkannte Judiths Handschrift. Es war nicht besonders gut sortiert, eher lose auf einen Haufen geworfen. In einem handgeschriebenen Brief, den ich beim Öffnen dieser Hinterlassenschaft fand, entschuldigte sich Stevenson für die Unordnung.

«Ich schätze, mir bleibt nicht mehr viel Zeit. Obwohl ich lange das Gegenteil geglaubt habe, läßt sich nicht alles im Leben vollständig in Ordnung bringen. Es fällt mir schwer, was Judith, also Sie, betrifft, in einer kleinen Schachtel unterzubringen. Die Ordnung, die Sie selbst herstellen können, wird ebensoviel taugen wie die meine.»

Ich hatte Mühe, mich von den letzten Worten loszureißen: «Und jetzt, wenn Du erlaubst, umarme ich Dich.»

Es kam nicht in Frage, alles zu lesen. Dazu war ich nicht in der Lage. Schlimmer noch, ich mußte jetzt diese ganze Ergriffenheit, diese ineinander verwobenen Zuneigungen aushalten.

Da Bastille keinerlei Ahnung von den wirklichen Kräfteverhältnissen hatte, hörte sie nicht auf, Radek im Verlauf von Kampfspielchen herauszufordern. Er war ein braver Bursche. Man mußte ihn schon sehr reizen, ehe er dem Katzenkind einen Pfotenschlag versetzte, der für den richtigen Abstand sorgte. Dann schüttelte sich Bastille völlig überrascht und ging abermals zum Angriff über. Stevenson hatte mir erklärt, daß er im Bewußtsein seines Alters seit einigen Jahren darauf verzichtete, mit Katzen zusammenzuleben, weil er nicht wollte, daß sie nach seinem Tod allein zurückblieben.

Ein paar Zeilen waren an den Brief angeheftet, eine Art Postscriptum. Darin gestand er einen Verrat durch Unterlassung.

«Aber ich vermute, daß Sie, Victor, mir auch nicht alles gesagt haben. Und das ist Ihr gutes Recht. Was mich angeht, ich muß Ihnen ein Geständnis machen. Ich habe Sie nämlich ein bißchen belogen. Genau wie Sie habe ich bedauert, daß Anna Fried aus der Ausstellung zurückgezogen wurde. Es hat mich sogar verletzt. Madame Fried hat damals wieder Kontakt zu mir aufgenommen. Wir haben beschlossen, uns dieses Werk zu verschaffen. Für mich war das ziemlich einfach: Ich kannte die Räumlichkeiten ganz genau, wußte, wo und wie man zu jeder Zeit hineingelangen konnte. Ich weiß, daß sich Anna Fried dieser legitimen kleinen Dieberei bezichtigt. Eine noble Geste von ihr, weil sie mir keinerlei Scherereien wünscht. Ich habe die Statue dieser großen Dame wieder zusammengesetzt. Ich weiß nicht, welches Schicksal ihr bestimmt ist. Jetzt weißt du alles.»

Und selbst zwischen den Zeilen ahnte ich die verrückte, uneingestandene Liebe. Die Beschaffung der Statue, ein kleiner, harmloser Zeitvertreib. Ich stellte mir vor, wie Stevenson, den Sack mit den Wachsgliedmaßen über der Schulter, mitten in der Nacht in der Nähe der glasüberdachten Passage Jouffroy über die Dächer kroch. Natürlich war er dazu in der Lage!

Stevenson! Da entdeckte ich auf meine alten Tage einen allzu vollkommenen, leidenschaftlichen Adoptivgroßvater für mich. Ich ging in mein Atelier hinauf, verzichtete darauf, die Spots einzuschalten. Ich riß die Fenster weit auf, ich wollte die Luft der Straße hereinlassen. Dann zog ich mich aus, um meinen Körper zu spüren. Ich ließ mich in Annas Bühnensessel nieder. Wir hatten uns nächtelang unterhalten. Ich hatte unsere Gespräche sogar auf einem Tonband aneinandergeschnitten. Ich hörte es mir wieder an. «Eines Nachts wird es nur noch mein Bild geben, Sie und mich, aber ich werde abwesend sein.»

Sie war nackt im bleichen Licht der Dämmerung. Nackter als in dem Haus in der Rue Elzévir. Obszöner und provozierender jetzt. Die Schenkel waren leicht gespreizt. Ich liebkoste ihre Möse. Der gleiche harte Darmbeinkamm in der Spalte. «Sehen Sie mich an, stoppen Sie das Bild, sehen Sie mich gut an. Kriegen Sie einen Ständer bei meinem Anblick?» Die Bilder waren vollkommen erstarrt. Sie bedeckten meine Wände.

Cut!

Sie tauchte glücklich aus der Hölle wieder auf, ohne groß zu begreifen, was mit ihr geschah, warum sie diese Chance erhielt. Sie war gerettet. Man rief «Es lebe die Nation», Mona schrie mit, wie die anderen. Sie ließ sich umarmen und betatschen. Sie war zufrieden. Die toten Freundinnen, der Berg von fündunddreißig Leichen im Hof – dafür würde es gute Gründe geben. Politische Gründe, die sie nicht begriff. Es gab so viele Verräter und Verschwörer in Paris. Ihre eigene Unschuld war jedenfalls anerkannt worden. Sie entzog sich den Zärtlichkeiten der Patrioten.

Mona trug ein sehr schlichtes weißes Kleid. Ihre Ähnlichkeit mit der Lamballe war auch auf der Leinwand verblüffend. Sie war nicht mehr ihr leicht schmutziges und vulgäres Gegenstück wie in den anderen Szenen, sondern eine plebejische, strahlende Wiedergeburt. Sie entfernte sich.

Sie entfernte sich noch auf zwei weiteren Takes, aber der erste war sicherlich der beste. Dann sah man sie an den Kais wieder. Die Kamera folgte ihr lange. Mona ging schnellen Schritts, couragiert und eilig, wie jemand, der entdeckt. Vor ihr lag Paris. Mehr brauchte es nicht.

Es war stark. Zumindest mit diesen letzten Aufnahmen hatte Adrien ins Schwarze getroffen. Das Licht ging an in dem kleinen Vorführsaal. Die Stimmung war überschwenglich. Ein dicker Typ mit hochrotem Gesicht nahm Adrien bei der Schulter.

– Sie hatten recht, dieser Schluß ist sehr viel gescheiter. Sehr schön. Und die Linkspresse wird entzückt sein.

Mona wurde aufs Neue von allen Seiten umarmt. Villon war bei ihr.

– Sind Sie nicht ein bißchen hungrig? flüsterte mir Joachim zu.

Das Diner war vorbereitet. Adrien hatte gegenüber der Produktionsleitung darauf bestanden, daß das rituelle Bankett zum Ende der Dreharbeiten im *Procope* in der Rue de l'Ancienne-Comédie stattfand. Keine schlechte Idee.

Der Vorführsaal leerte sich. Im Erdgeschoß machten einige an der Bar Zwischenstation. Ich hatte nichts gegen einen Bourbon als Aperitif. Adrien schloß sich uns an. Er hatte zwei runde Weißblechdosen unter dem Arm. Die Aufnahmen, die wir uns soeben angesehen hatten.

– Nun?

– Gut, wirklich sehr gut.

Er leerte sein Glas in einem Zug.

– Du glaubst nicht ein Wort davon. Aber das ist nicht weiter schlimm. Begleitet ihr mich?

– Wohin?

– Nach oben, um das hier abzulegen. Und danach zum Festschmaus, um den Schlußpunkt zu setzen.

Ich hatte nie darauf geachtet, daß die Produktionsleitung in einem Gebäude am Boulevard Saint-Germain saß. Ein gemütlicher privater Vorführsaal im Untergeschoß, Büros, ein Projektionsstudio. Adrien fand es schade, seine Dienstwohnung in Kürze aufgeben zu müssen. Er hatte sich daran gewöhnt. Zur einen Seite die Passage, zur anderen Danton.

– Die Rue des Cordeliers!

– Wenn du darauf bestehst, sagte er zu mir. Aber ich an deiner Stelle würde mich allmählich fragen, wie ich in die Wirklichkeit zurückgelange.

Adrien betrat ein Büro und legte die Filmrollen auf einen bereits eindrucksvollen Stapel. Der gesamte Film *Die Prinzessin* war dort gesammelt. Alle Einzelaufnahmen. An der Wand hing die erste Seite des *Soir* mit der Nachricht von Julies Ermordung. Fast ein Plakat.

– Mach dich nicht lustig, sagte Adrien. Der Gedanke liegt in der Luft. Dein Foto wäre eine ausgezeichnete Werbung.

– Das Verbrechen selbst ist die einzige Filmrolle, die uns fehlt, erklärte Adrien. Die Szene am Ausgang der Force. Die Bullen werden sie uns zurückgeben. Nach Anna Frieds Geständnis ist dieses Beweisstück vollkommen nutzlos für sie.

Ein Film, nichts als ein Berg beschrifteter Dosen.

Adrien war zufrieden. Die anderen änderten bereits ihre Meinung in Bezug auf die Montage. Er hoffte, sie bald hundertprozentig kontrollieren zu können, und zwar beginnend mit dem morgigen Tag.

– Eigenartig, sagte er. Seit ein paar Stunden habe ich wieder ein Gefühl für den Film. Es war mir während vieler Tage, an denen ich gedreht habe wie ein Idiot, verlorengegangen. Jetzt bin ich sicher, daß ich nach Augenmaß, aber in die richtige Richtung gesteuert bin.

Er legte es wahrhaftig darauf an, uns zu imponieren. Es war nicht ausgeschlossen, daß es ihm gelang. Adrien war ein gewitzter Macher. Seine triumphierende Freude zu sehen, konnte einem Vergnügen bereiten.

Der Boulevard war belebt. Viele Schaufenster kündigten Weihnachen an. Wir brachen auf zum *Procope*.

Ein Essen für mindestens sechzig Gäste. Die meisten hatten bereits im Saal in der ersten Etage Platz genommen. Durch Zufall landete ich neben Mona. Joachim saß mir fast gegenüber. Stan hatte sich irgendwo anders niedergelassen. Sogleich wurden kleine Leckereien aufgetragen, Gänseleber in der Mitte und Toasts dazu.

– Im allgemeinen, vertraute mir Joachim mit kaum gedämpfter Stimme an, besuche ich solche Feiereien nicht. Ich finde sie abstoßend.

Was feierten wir? Die große Familie zur Stunde des Abschiednehmens. Die lautstarken Auseinandersetzungen, die Bettgeschichten, die Momente der Erleuchtung. Die Chronik der Dreharbeiten, neu gesehen durch die Angst vor der Trennung und korrigiert mit ein paar guten Flaschen.

– Julies Tod, Annas Verhaftung, das verändert zwangsläufig die Perspektiven. Ich habe mir gesagt, daß ich für einmal ...

Mona war merkbar empört und entschloß sich, woanders hinzusehen.

Eine Familie, soweit war es mit uns gekommen. Eine offene Tischgesellschaft von Aussätzigen. Adrien hielt eine kleine belanglose Ansprache. Dank an jeden, an alle. Man solle ihn entschuldigen, er sei kein guter Redner, so wie er auch kein guter Filmemacher sei. Blieb das Kino, ein schwieriges Gelände. Zu schweigen (aber er tat es nicht) von der Liebe und der Revolution. Er erinnerte an Julie. War verlegen, als er die Selbstverständlichkeit aussprach, daß das Bild stets sowohl ein Verbrechen als auch ein Trauerfall ist. Noch ein paar Phrasen dieser Art.

– Diejenigen, die sich fragen sollten, warum wir diese Einrichtung für unser Abschlußfest gewählt haben, seien schließlich daran erinnert, daß wir hier im *Procope* im ersten in Paris eröffneten Café sind und daß viele Revolutionäre es zum Ort ihrer Gespräche erkoren hatten. Wer weitere Einzelheiten wissen will, wende sich an unseren Freund Victor, der sich für den hält, den er spielt.

Wer redete von Spiel?

Adrien hob sein Glas, brachte einen Toast auf das sogenannte Gemeinschaftsunternehmen aus und setzte sich wieder. Ich verzichtete auf die notwendige Richtigstellung. Das *Procope* war nicht das erste Pariser Café. Der wirkliche Vorläufer war 1672 unter dem Firmenschild «Maison de Caova» mitten im Herzen des Marktes Saint-Germain von einem Armenier eröffnet worden, einem gewissen Pascal. Im übrigen hatten sich Danton, Camille, Guillotin und ein paar andere Aktivisten der Sektion des Théâtre-Français tatsächlich häufig hier getroffen. Die Örtlichkeiten hatten sich sehr verändert, und ich hatte es satt, den gelehrten Clown zu spielen.

– Er hat nur eine einzige Wahrheit ausgesprochen: Der wahre Film ist das, was sich in seinem Umfeld abspielt, sobald das Drehbuch einmal steht.

– Alles nur Floskeln!

Das Skriptgirl hatte anfangs mit dem Ersten Kameramann geflirtet, inzwischen tauschte es Küsse mit dem Toningenieur. Der Regieassistent kam bei Madame de Tourzel auf seine Kosten. Der Ausstatter nahm eine große Liebesgeschichte mit einer der Maskenbildnerinnen in Angriff. Als der Abend fortgeschritten war, hatte Joachim eine Verabredung mit einer reizenden Schwarzen, die ganz nach seinem Herzen war. Mona liebte Villon. Eine kleine vergängliche Gemeinschaft, kurz vor der Auflösung. Jeder hatte seinen Plan, seine Ziele für die nächsten Tage. Ende der Partie.

Stan war mürrisch. Er hörte zu, gab gelegentlich einsilbige Äußerungen von sich und beteiligte sich nicht wirklich an der Unterhaltung. Er hatte den übrigen Gästen ein paar Flaschen voraus. Man vermied es, ihm gegenüber von Anna zu reden. Die Stunde der Dramen war vorbei.

Man trank viel und machte Pläne. Adrien zum Beispiel. Er hatte einen neuen Film im Kopf. Was auch sonst?

– Eine Geschichte von Müdigkeit und Ohnmacht. Kurz, ein echter Krimi.

Er dachte bereits darüber nach. Gelächter ertönte. Joachim zuckte die Achseln. Stan machte mir Sorgen. Ich langweilte mich. Ich sehnte mich nach meinem Zuhause am Quai de Jemmapes. Mona strahlte.

– Was wird der Bürger Hébert jetzt anfangen?

– Er wird sich um seine Katzen kümmern, Fotos machen und immer wieder *Le Père Duchesne* lesen.

– Adrien behauptet, du hättest dich vollständig mit diesem Typen identifiziert.

– Er macht Kino. Er ist immer hinter der Wirklichkeit zurück.

– Im Augenblick der Hinrichtung hat man es aber genau gesehen. Du hast Angst gehabt.

– Scheiße.

Stan erhob sich. Der große Spezialist der Gesellschaftsrubrik fühlte sich bei dem Geschnattere ringsum offensichtlich nicht wohl. Tratsch und schwachsinnige Ambitionen. Er schüttelte lässig ein paar Hände. Adieu!

– Willst du wirklich gehen?

– Die Pflicht ruft mich.

– Du und Pflichtgefühl? Das erste, was ich höre!

– Muß ein Versprechen einhalten, knurrte er. Nichts zu machen. Bitte entschuldigt mich.

Er wirkte niedergedrückt und zog sich zurück. Die Kellner servierten gekochtes Rindfleisch. Adrien spielte in seiner Ecke weiter die Nummer des alten Hasen, ließ sich über den bösen Geist und andere Dummheiten aus. Mona vertraute mir an, daß sie bereits mehrere Rollenvorschläge erhalten habe. In den ersten Drehtagen war Julie nicht weniger gefräßig gewesen. Die Verwandlung war beeindruckend. Echte Zwillinge.

– Glaubst du nicht an mich?

– An dich als Schauspielerin? Doch, doch. Du wirst hervorragend sein.

Villon saß schweigend vor seinem Teller. Er gehörte nicht dazu, aber es schien ihm nichts auszumachen. Er war der Bulle, der Mona begleitete. Das hatte Anlaß zu ein paar Scherzen gegeben, und anschließend hatte man ihn eher nett gefunden, Typ hübscher Kerl. Er störte niemanden. Joachim protestierte, weil der Haut-Médoc nach Korken schmeckte.

– Und Sie, was werden Sie machen?

– Morgen bin ich wieder zu Hause in Berlin, antwortete er. Nieder mit dem Computer! Ich schließe mich mit meiner altmodischen Underwood ein und schreibe das Werk des Jahrhunderts. Es wird die Geschichte eines …

Seine Stimme wurde von einem immer stärkeren Sirenengeheul übertönt. Feuerwehrwagen.

– Was ist das denn für eine Sauerei? rief Adrien in Dantonscher Manier. Wenn ich esse, hat die Straße mich gefälligst in Ruhe zu lassen!

Joachim fuhr fort. Es würde um eine kleine schwarze Nutte in Paris gehen, und außerdem … Er hatte ein gutes *feeling* bei diesem Buch. Ich brauchte nur nachher bei ihm in der Rue de la Corderie vorbeizukommen, er würde mir die ersten Kapitel vorlesen. Immer die alte Leier. Die Fenster hinter ihm färbten sich rötlich. Ein Feuerschein.

Mona setzte überrascht ihr Glas ab, so heftig, daß sie sich in die Hand schnitt. Wieder eine Verletzung. Es war in der Passage du Commerce. Wir rannten zu mehreren los. Das Feuer bedrohte uns nicht. Was da brannte, lag viel weiter weg. Adriens Gebäude.

Übrigens nicht seine Wohnung. Die gesamte Etage darüber hatte Feuer gefangen. Die Räume der Produktionsleitung. Die Scheiben waren bereits geborsten, aus allen Fenstern schlugen hohe Flammen. Unten fuhr ein kleiner roter Lastwagen in die Passage und hielt vor Marats Druckerei, dort, wo die Hitze erträglich war. Die Feuerwehrleute machten sich sofort eifrig an die Arbeit.

– Um Gottes willen!

Wir sahen uns niedergeschmettert an. Der Saal des *Procope* hatte sich im Handumdrehen in einen Ort der Bestürzung verwandelt. Vor dem Hintergrund der knisternden Flammen waren immer noch Sirenen zu hören. Mona betrachtete fasziniert ihre ekelhaft blutige Hand.

Vom Boulevard her gesehen, war es noch viel schlimmer. Das lodernde Feuer hatte rasch die Stockwerke erfaßt. Die Strahlrohre schienen ohnmächtig zu sein. Was brannte da? Papiere, Unterlagen, Möbel. Ein Film.

Ich entdeckte ohne Schwierigkeiten das Büro, in dem Adrien seine Filmrollen gelagert hatte. Es lag über allen anderen Fenstern und gehörte zu denen, die am stärksten glühten.

Der Brand hatte die Menge angezogen. Der Boulevard war blockiert. Jede Öffnung des Hauses sah aus wie ein feuriger Schlund. Es war schrecklich und natürlich sehr schön. Verantwortliche von der Produktionsleitung rannten zwischen den Feuerwehrleuten hin und her. Auf einen Schlag ging eine weitere Etage in Flammen auf. Eine unverschämte Explosion, die die Spezialisten einen Augenblick wie angewurzelt stehenbleiben ließ. Im selben Moment wurde es weiter unten in Adriens Wohnung hell. Sie war bis jetzt verschont geblieben, nun wurde sie vom Feuer erfaßt. In wenigen Minuten auch dort ein Flammenmeer und absolute Zerstörung. Auf der Schwelle tauchte eine Silhouette auf, ein schwankender Schatten, von der Flammenhölle mit einer Aureole umgeben.

Stan brannte buchstäblich. Er hatte seinen Stock in der Faust, zog die Klinge heraus und kam auf uns zugestürmt. Ein Angriff.

Wie stets spielten sich mehrere Dinge gleichzeitig ab. Ein Feuerwehrmann rannte los, ein anderer zielte mit seinem Strahlrohr, Villon zog seinen Revolver und richtete ihn auf Stan. Ein Blitzlicht mischte sich in das gesamte nächtliche Feuerwerk. Mona schrie.

Eine Detonation, ganz nah.

Villon steckte seine Waffe rasch wieder ein. Es war geschehen. Kein Schönheitsfehler, ein Reflex. Stan war getroffen, tat einen Schritt, noch einen und brach zusammen. Ich war in diesem Augenblick fast bei ihm, nahe genug, seine Hand zu ergreifen. Kleine Flammen tanzten noch auf seiner Kleidung, seinen alten Klamotten. Brandblasen entstellten ihn, scheußliche Verbrennungswunden. Er starb. Er stank nach Benzin, nach der Krankheit.

Ich umarmte ihn.

Um zwei Uhr zwanzig in der Nacht entschieden die Feuerwehrleute, daß die Feuersbrunst endgültig gelöscht war.

Mehrmals war das zerstörerische Feuer, das man besiegt zu haben glaubte, wiederaufgeflammt. Stan hatte seine Arbeit als Brandstifter gründlich erledigt, aber es war vorbei. Aus den von der Glut zerfressenen Fenstern drangen nur noch dicke weiße Rauchschwaden. Zahlreiche Gaffer waren trotz der Kälte geblieben und patschten durch die Pfützen auf dem Pflaster.

Adrien bestand darauf, sich die Sache anzusehen. Den Stapel verkrüppelter Filmrollen, die geschmolzenen oder direkt verbrannten Filme. Kleine braune Massen, uneben und zusammengeschrumpft, noch warm. Die ganze verkohlte Geschichte.

Zu Hause besuchte ich Anna. Ich kleidete sie wieder an. Bastille rieb sich an ihren Waden. Sie hatte es vorhergesagt: Diesen Film würde es nie geben. Ich schenkte mir ein Glas ein. Blieb als Spur nur noch die Ermordung der Lamballe. Die Filmrolle war im Besitz der Bullen. Hébert schien darüber zu lächeln. Radek sah woanders hin. Ich ging hinaus. Nichts in *Le Soir*, die Feuersbrunst war für den Redaktionsschluß zu spät ausgebrochen.

In dem Geschäft in der Passage Jouffroy kaufte ich mir einen sehr schönen Stock, schmucklos und schwer, mit Silberknauf. Dann holte ich mir am Schalter des Museums meine Eintrittskarte. Paris hatte nichts von seiner Urbanität verloren.

Chronologisches Glossar zur Französischen Revolution

Begriffe, Ereignisse und Namen von Personen und Institutionen, die im Roman vorkommen, sind kursiv hervorgehoben.

1789

5. Mai ● In Versailles treten die Generalstände zusammen. Ihre ursprüngliche Aufgabe war die Beratung über die Staatsfinanzen.

17. Juni ● Die Vertreter des Dritten Standes – des Bürgertums – erklären sich selbst zur *Nationalversammlung* mit der Aufgabe der Erarbeitung einer Verfassung. Erst nachdem Vertreter der beiden anderen Stände – des Adels und des Klerus – sich der Versammlung anschließen, ist der König, *Ludwig XVI.*, gezwungen nachzugeben.

Juli ● Wachsende Unruhe in Paris: vor allem die Angst vor weiterer Brotverknappung und der Protest gegen repressive Maßnahmen des Königs führen zum Aufruhr. Zentrum der öffentlichen Diskussion und der politischen Agitation (z. B. der berühmte Aufruf zum Widerstand durch *Camille Desmoulins*) sind die Gärten des *Palais Royal*, des Wohnsitzes des aufgeklärten Bruders des Königs, des *Herzogs von Orléans*, der sich später *Philippe Egalité* nennen wird.

14. Juli ● Der Pariser Aufstand kulminiert im *Sturm auf die Bastille*, das berüchtigtste königliche Gefängnis. Der König ist gezwungen, die Nationalversammlung um Hilfe zu bitten und somit die bürgerliche Revolution endgültig zu sanktionieren. Zwei Abgeordnete übernehmen im folgenden wichtige Positionen: der wegen seiner Teilnahme am amerikanischen Unabhängigkeitskrieg berühmte Marquis de *La Fayette* wird Befehlshaber der (von Pariser Bürgern sowohl

gegen die königlichen Truppen als auch gegen die befürchtete Anarchie der Straße gegründeten) *Nationalgarde*, und das angesehene Mitglied der Akademie, der Naturwissenschaftler *Bailly*, wird Bürgermeister der Stadt Paris.

Eine wichtige Konstante des Revolutionsverlaufs bis 1794 ist mit diesen Ereignissen vorgegeben: es werden immer diejenigen die Macht übernehmen bzw. erhalten, die die Unterstützung des (in seinen Forderungen sich radikalisierenden) Pariser Volkes finden.

August ● In ihrer Anfangszeit faßt die Nationalversammlung einschneidende Beschlüsse – vor allem die Aufhebung der Adelsprivilegien und der Feudallasten und die Erklärung der Menschenrechte, im November dann die ‹Nationalisierung› aller Kirchengüter. Wichtige Politiker dieser Zeit sind unter anderen der glänzende Redner *Mirabeau*, der (noch) ‹Linke› *Pétion* und der *Abbé Grégoire*.

5. Oktober ● Da Ludwig seine Zustimmung zu den Beschlüssen der Versammlung zunächst verweigert und sogar neue Truppen nach Paris ruft und da zudem eine neue Hungersnot droht, ziehen Tausende von Frauen nach Versailles, um den König unter Druck zu setzen. Unter dem Schutz *La Fayettes* und der Nationalgarde und bejubelt vom Volk zieht die königliche Familie (neben Ludwig seine Frau *Marie-Antoinette*, seine beiden Kinder *Charles* und Marie-Thérèse, genannt ‹*Madame Royale*›, und seine Schwester, genannt ‹*Madame Elisabeth*›) nach Paris ins Schloß der *Tuilerien*. Die Nationalversammlung folgt dem König; als Tagungsort wählt sie die Reitbahn der Tuilerien, den *Manège*.

Herbst ● Neue politische Macht- und Einflußzentren bilden sich heraus: die Klubs (deren einflußreichster der der *Jakobiner* ist), die Volksgesellschaften und Versammlungen der Pariser Stadtbezirke, der *Sektionen* (unter ihnen die besonders radikale Versammlung der Sektion *Cordeliers*, deren Mitglieder unter anderen *Desmoulins* und *Danton* sind) und nicht zuletzt die sprunghaft ansteigende Menge der Zeitungen und Broschüren (z. B. der aggressive ‹L'Ami du Peuple› von *Marat*).

1790

14. Juli ● Ausdruck der mittlerweile konsolidierten Revolution ist die große *Bundesfeier auf dem Marsfeld*, bei der *La Fayette* als erster den Eid auf die Nation, das Gesetz und den König ablegt.

November ● Das Dekret der zivilrechtlichen Konstitution der Geistlichkeit fordert alle Priester zum Eid auf die Verfassung auf, der aber nur von knapp der Hälfte der Geistlichen geleistet wird. Die ‹*Eidverweigerer*› werden zu einem Zentrum der beginnenden Gegenrevolution – und zum Anlaß des wachsenden Antiklerikalismus.

1791

21. Juni ● Trotz des bei *Varennes* gescheiterten Fluchtversuchs der königlichen Familie hält die Nationalversammlung an der monarchischen Staatsform fest. Die Folge ist allerdings eine Spaltung des Bürgertums wie auch der *Jakobiner*, deren gemäßigte königstreue Mehrheit ins Kloster der *Feuillants* umzieht, während die radikale Minderheit stärker unter den Einfluß *Maximilien Robespierres* gerät.

17. Juli ● Eine große antimonarchistische Volksversammlung auf dem Marsfeld wird von der Nationalgarde blutig niedergeworfen.

September ● Die Verfassung wird nach 2jähriger Beratung verabschiedet und vom König angenommen; einer ihrer umstrittensten Punkte ist das (wenn auch eingeschränkte) *Vetorecht* des Königs. Die verfassungsgebende Nationalversammlung hat ihre Aufgabe erfüllt und löst sich auf.

1. Oktober ● Die neugewählte Nationalversammlung tritt zusammen. Trotz eines deutlichen ‹Linksrucks› gibt es noch keine republikanische Mehrheit.

Winter • Heftige Debatten um einen bevorstehenden Krieg gegen die äußeren ‹Feinde der Revolution› führen zum Erstarken der kriegsbegeisterten, republikanisch-patriotischen Gruppe um *Brissot*, dessen Anhänger später *Girondisten* genannt werden.

1792

20. April • Die Kriegserklärung an Österreich ruft Kriegsbegeisterung in ganz Frankreich hervor. Das *Veto* des Königs gegen den von der Nationalversammlung angeordneten Zusammenzug der überall im Land gegründeten Bataillone, der sogenannten ‹*Föderierten*›, führt zu einer starken antimonarchistischen Bewegung.

20. Juni • Initiiert unter anderem von *Danton*, dringt eine große bewaffnete Volksgruppe in die Tuilerien ein; dies ist das erste Auftreten der *Sansculotten*, die sich größtenteils aus Handwerkern und Kleinhändlern zusammensetzen. Ludwig gelingt es ein letztes Mal, das Volk von seinem Patriotismus zu überzeugen.

Juli • Trotz des königlichen *Vetos* ziehen *Föderierte* aus allen Provinzen nach Paris. Am bekanntesten sind diejenigen aus *Marseille*, deren Lied eben die ‹Marseillaise› ist. Zugleich dringen feindliche Truppen in Frankreich weit vor; das herablassend drohende Manifest ihres Befehlshabers, des *Herzogs von Braunschweig*, ruft in Paris einen Aufruhr hervor.

10. August • Höhepunkt des Aufruhrs: die Stadtverwaltung (an deren Spitze mittlerweile *Pétion* steht) wird verjagt und durch eine Gegenverwaltung, die *Kommune*, ersetzt, und an die Stelle des ermordeten Befehlshabers der Nationalgarde tritt *Santerre*, ein Brauer aus der Vorstadt. *Sansculotten* und *Föderierte* stürmen erneut die Tuilerien, es kommt zu blutigen Gefechten mit den königlichen *Schweizergarden*. Ludwig begibt sich auf den Rat des gemäßigten Abgeordneten *Roederer* in den *Manège*-Saal unter den Schutz der Nationalversammlung, die aber unter dem

Druck der Menge seine Amtsenthebung beschließen muß und ihn und seine Familie in den *Temple* überführen läßt. Aus König Ludwig XVI. wird der (gefangene) Bürger *Capet*.

2.–5. September ● Der bis zum Zusammentritt des neu zu wählenden *Nationalkonvents* als provisorisches ‹Parlament› operierende Generalrat der revolutionären *Kommune* unter der Dominanz von *Robespierre, Danton* und *Marat* ruft zur Volksjustiz gegen den ‹inneren Feind› (Royalisten, Adlige, *Eidverweigerer*) auf. Weiter aufgestachelt durch Journalisten der extremen Linken wie *Fréron,* dringen Nationalgardisten, Sansculotten und Föderierte in die Pariser Gefängnisse ein und ermorden über tausend (meist nicht politische) Gefangene nach kurzen Prozessen sogenannter ‹*Volksgerichte*›.

20. September ● Am Tag des ersten Sieges der revolutionären Armee bei *Valmy* tritt das neue Parlament, der *Nationalkonvent,* zusammen. Den nunmehr am rechten Rand des Spektrums stehenden *Girondisten* (unter ihnen das Ehepaar *Roland, Brissot* und *Vergniaud*) stehen auf der Linken die *Montagnards* gegenüber, deren führende Vertreter sich meist aus der Kommune rekrutieren: *Robespierre, Danton, Desmoulins, Marat, Carrier, Fabre* (d'Eglantine), *Collot* (d'Herbois), *St.-Just,* der gelähmte *Couthon, Le Bas, Billaud-Varenne,* der Rheinländer *Cloots* sowie *David,* der spätere Hofmaler Napoleons. Einen Tag später wird das Königtum offiziell abgeschafft: Frankreich ist Republik.

6. November ● Sieg der Revolutionstruppen unter General *Dumouriez* bei *Jemappes* im heutigen Belgien.

Dezember ● Im Konvent beginnt die Verhandlung gegen den (ehemaligen) König. Die Girondisten können sich weder mit ihrer Forderung nach Volksbefragung noch mit der nach Strafaufschub durchsetzen; unter dem Druck der Straße wird das sofortige Todesurteil verhängt.

1793

21. Januar ● Die Hinrichtung des Königs verschärft die Lage Frankreichs: fast alle europäischen Mächte treten in den Krieg ein.

Februar ● Das allgemeine Aushebungs-Gesetz führt zum gegenrevolutionären *Vendée*-Aufstand in Westfrankreich, der erst im Dezember niedergeworfen wird. Sein Erbe treten aber die *Chouans* an, die in den folgenden Jahren gleichsam einen Partisanenkrieg gegen die verschiedenen revolutionären Regierungen führen.

April ● Die Zuspitzung der Kriegslage führt zur Verschärfung der inneren Konflikte in Frankreich. Nach dem Überlaufen General *Dumouriez'* geraten die Girondisten in die Schußlinie der Montagnards, der Sansculotten und der scharfmacherischen Presse. Im Zeichen der Krise installiert der Konvent das *Revolutionstribunal*, das unter der Leitung von *Fouquier* (-Tinville) zum Apparat der Schreckensherrschaft werden wird, sowie den mit diktatorischer Macht ausgestatteten *Wohlfahrtsausschuß* als Notstandsregierung. Zugleich beginnt in den Provinzen der *Bürgerkrieg*.

2. Juni ● Der von bewaffneten Sansculotten und Nationalgardisten unter der Leitung von *Hanriot* umstellte Konvent beugt sich deren Druck und läßt die führenden Girondisten verhaften.

13. Juli ● Nach der Ermordung *Marats* durch Charlotte *Corday* wird *Hébert* mit seiner nach einer populären Gestalt des Volkstheaters, einem Ofenhändler, benannten Zeitung ‹*Le Père Duchesne*› zum wichtigsten radikalen Publizisten.

27. Juli ● *Robespierre* wird Vorsitzender des Wohlfahrtsausschusses: Beginn der ‹Terreur›, der Schreckensherrschaft. Den Massenhinrichtungen der Folgezeit fielen unter anderen die Girondisten, die Aufständischen in der Provinz – besonders berüchtigt sind die Maßnahmen *Carriers* in Nantes – sowie die Pariser Volksbewegung der *Enragés* unter der Leitung von *Roux* zum Opfer.

Herbst ● Trotz der Wende des Kriegsgeschehens – nicht zuletzt durch die im August beschlossene Levée en masse, die allgemeine Volksbewaffnung – wird der Terror fortgesetzt. Es beginnen heftige Flügelkämpfe zwischen den Gruppen um *Robespierre* und um *Danton*, der für eine Milderung des Terrors eintritt und der ein wichtiges Sprachrohr in der neugegründeten Zeitung seines Freundes *Desmoulins*, ‹*Le Vieux Cordelier*›, findet, sowie den sozialrevolutionären Bewegungen um *Hébert* und *Chaumette*.

1794

Frühjahr ● *Robespierre* gelingt es, sich gegen seine Gegner durchzusetzen: im März werden die militanten Volksführer (unter ihnen *Hébert*, verurteilt am 24. März, bzw. am *4. Germinal des Jahres II* nach dem republikanischen Kalender), im April *Danton* und seine Anhänger abgeurteilt und hingerichtet.

Juni ● Zur Festigung seiner Macht erarbeitet *Robespierre* eine neue Religion, den *Kult des Höchsten Wesens*, die am 8. Juni mit einem großen Fest zelebriert wird. Zugleich verschärft er die Terrorgesetze.

27. Juli ● Am 9. *Thermidor* wird *Robespierre* gestürzt. Er und seine Anhänger, unter anderem fast die ganze *Kommune* werden an den nächsten beiden Tagen hingerichtet.

Mit dem Ende der Schreckensherrschaft übernehmen gemäßigte Politiker, die ‹*Thermidorianer*›, die Macht. Der Einfluß der Volksbewegungen geht schlagartig zurück, ‹Sansculotte› und ‹Jakobiner› werden zu Schimpfwörtern, an die Stelle der Revolutionsfeiern treten aufwendige Bälle. Gefeierte Mittelpunkte des gesellschaftlichen Lebens sind die schöne *Madame Tallien* und der zum Reaktionär konvertierte ehemalige Radikale *Fréron*, Idol der sogenannten Jeunesse dorée.

Im Herbst 1795 tritt eine neue Verfassung in Kraft, die die Direktoriumsherrschaft begründet. Von den im Ro-

man erwähnten historischen Personen setzen nur wenige ihre politische Karriere fort (sofern sie denn überlebt
haben), unter ihnen *Roederer* und der *Abbé Grégoire*,
mittlerweile Bischof geworden.

Der bis heute in Frankreich verehrte Jules *Michelet*
schließlich schuf mit seiner 1847 – 1853 geschriebenen,
plastisch und farbenprächtig erzählten ‹*Geschichte der
Französischen Revolution*› nach wie vor vielleicht «im
Grunde *den* Film über die Revolution».

Inhalt

Jean-François Vilar

*...schreibt den «Schwarzen Roman» so brillant, wie es das
bei uns nicht gibt. Vilar ist vom Feinsten.*
Paul Stänner, DER TAGESSPIEGEL

Affenpassage

Übersetzt von Klaus Laabs
320 Seiten, Leinen
ISBN 3–89470–102–1

Bastille Tango

Übersetzt von Christel Kauder
393 Seiten, Leinen
ISBN 3–924175–30–6

Djemila

Übersetzt von Christel Kauder
238 Seiten, Leinen
ISBN 3–924175–39–X

Palazzo Calonna

Übersetzt von Christel Kauder
347 Seiten, Leinen
ISBN 3–89470–103–X

Vilar schreibt in einer sehr visuellen Sprache. Schon beim Lesen
seiner früheren Romane drängten sich mir immer wieder
Sequenzen aus bestimmten Filmen ins Bewußtsein. Vor allem aus
«Z». Es ist die gleiche, eher im Alltäglichen unheimliche
Atmosphäre, es sind die gleichen Themen, zu denen
Costa-Gavras und Vilar immer wieder zurückkehren:
Rechtsradikalismus, Rassismus, militante Befreiungsgruppen,
die Rolle von Linken, Intellektuellen und Künstlern.
Was Costa-Gavras für den Film leistete – ein antifaschistisches
Meisterwerk, an dem sich folgende Filmemachergenerationen
messen lassen mußten –, das könnte Vilar für die Literatur,
für den engagierten Kriminalroman bedeuten.
Klaus Farin, Deutschlandfunk

BECK & GLÜCKLER